Inhalt

Mein Dank geht an Brian Turner, meinen Herausgeber und Freund, dessen weitsichtige Kritik stets von einem großen Maß an Herzlichkeit und Ermutigung gekennzeichnet war.

Mit diesem Band endet die Geschichte von Tama und dem Hirschvolk.

Oh, nichts vermag zur Wirklichkeit zu reifen,
das nicht in der Erinnerung verwurzelt ist,
oh, nichts ist dem Menschen erfaßbar,
das ihm nicht von Anfang an beigegeben wäre,
überschattet von den Gesichtern seiner Jugend.
Denn immer steht die Seele an ihrem Anfang,
sie steht zur erwachsenen Größe ihres Anfangs,
selbst das Ende hat für sie die Würde des Beginns.

Hermann Broch: *Der Tod des Vergil, Frankfurt 1986, S.38*

Erster Teil

YAKA UND VANI

1

Es war früh am Nachmittag, die heißeste Zeit eines drückenden Mittsommertages. Die meisten ruhten sich aus, unterhielten sich miteinander oder legten sich zum Schlafen in das nächstbeste Fleckchen Schatten, das sie finden konnten. Ein paar Kinder planschten lachend am Strand.

Flußabwärts flimmerte die Luft vor Hitze über den Dünen, die sich hinter dem Strand erhoben. Die Insel war gerade groß genug, um die Bewohner der beiden Dörfer aufzunehmen und noch genügend Platz zu bieten für Kochfeuer, Spiele und Tänze. Alle, die die Reise von den Dörfern bis hierher unternehmen konnten, hatten diese einzigartige Gelegenheit genutzt, um zu feiern und Friedensversprechen für die Zukunft auszutauschen.

Am Nachmittag teilten die Familien des Hirschvolks die Kochgruben mit den Schäferleuten, und ihre Kinder spielten zusammen. Junge Männer beider Völker maßen ihre Kräfte in Spielen, und für den Abend war Tanz im Schein der Lagerfeuer am Strand vorgesehen. Am nächsten Morgen würden einige nach Hause ziehen, andere noch bleiben, um weiter zu feiern, zu spielen und noch eine Nacht voller Tänze und Liebesvergnügungen unter den Sternen zu erleben.

Am südlichen Strand der Insel saßen Tama und Gilda, an einen Felsen gelehnt, und blickten über die seichten, sich verzweigenden Flußarme zu den braunen Hügeln hinüber. Zum erstenmal seit Sarns Tod konnten sie allein miteinander reden. Tama hatte mit Ke Rala zweimal das Dorf des Schäfervolks besucht und Gilda bei diesen Gelegenheiten nur zusammen mit ihrer Mutter oder anderen Frauen angetroffen; dabei hatte sich keine Gelegenheit ergeben, miteinander allein zu sein. Er war sehr betrübt gewesen zu sehen, wie sie sich verändert hatte. Ihre Züge waren angespannt, von Kummer gezeichnet, und sie war sehr dünn geworden. Früher hatte sie eine unbekümmerte Lebensfreude ausgestrahlt. Nun erinnerte sie ihn an eine alte Frau, die sorgfältig mit ihren Kräften haushielt. Obwohl ihre Augen unverändert wirkten, sah man hinter dem golden glitzernden Spott Bitterkeit durchscheinen.

Eine Zeitlang sprachen sie von dem Treffen der beiden Völker, von gemeinsamen Bekannten und den Reden, die am Morgen gehalten worden waren; darin waren der Friede bekräftigt und Hoffnung für die Zukunft ausgedrückt worden. Sie benahmen sich wie zwei Fremde, die höfliche Floskeln austauschten. Bald trat Schweigen ein – zuviel Wichtiges war zwischen ihnen ungesagt und uneingestanden.

Tama warf einen Kieselstein ins Wasser. »Ist deine Mutter hier? Ich habe sie noch nicht gesehen.«

»Der Weg ist ihr zu weit. Und sie ist sehr ängstlich geworden und fürchtet sich fast, das Haus zu verlassen.«

Gilda fügte nicht hinzu, ›seit Sarn tot ist‹, aber der Satz hing unausgesprochen in der Luft.

Tama nahm einen erneuten Anlauf. »Sie ist sicher froh, daß du bei ihr lebst.«

Gilda lachte kurz auf. »O ja. Offensichtlich gefällt es uns beiden so. Zwei alte Frauen, die sich gegenseitig stützen.«

Tama blickte sie an. »So etwas darfst du nicht sagen. Du bist nicht alt. Wir haben beide noch viele Lebensjahre vor uns.«

»Im Reden warst du schon immer gut. Aber deine Taten halten oft nicht, was deine Worte versprechen, habe ich recht?«

»Was meinst du damit?«

Gilda sah Tama mit schmerzerfülltem Blick an. »Wärst du damals selbst gekommen, um mich zu werben, statt Hora zu schicken, hätte ich dich geheiratet. Aber du kanntest mich nicht gut genug, um das zu begreifen. Zusammen wäre es uns vielleicht möglich gewesen, das Blutvergießen zwischen unseren Völkern zu vermeiden. Dann würde Sarn jetzt noch leben.«

Ärgerlich erhob Tama Einspruch. »Das sind grausame Worte. Es war falsch von mir, Hora zu schicken, anstatt selbst zu kommen, das gebe ich zu. Aber selbst wenn wir geheiratet hätten: Wie kannst du behaupten, daß wir die Jäger des Hirschvolks hätten hindern können, die Schäfer anzugreifen, und so vermeiden, was geschehen ist? Ich fühle mich nicht schuldig an Sarns Tod.«

»Nein«, sagte Gilda müde. »Die Schuld liegt nicht bei dir, sondern bei mir. Ich habe Sarn in den Tod getrieben. Aber du hättest mich aufhalten können, wärst du bei mir gewesen.«

»Gilda, hör auf damit, immer wieder in alten Wunden herumzustochern. Sarn wäre darüber sehr betrübt. Aus Liebe zu dir und zu seinen Freunden hatte er die Jäger des Hirschvolks vom Dorf weggelockt.«

»Liebe«, wiederholte Gilda. »Du sprichst von Liebe. Was ist das? Welche Kraft hat sie? Du liebtest mich einst, und ich liebte dich – was hat es geholfen? Ich liebte Sarn, und doch warf ich ihm Feigheit vor und reizte ihn so, daß er sein Leben aufs Spiel setzte. Ich habe ebenso sicher seinen Tod herbeigeführt wie der Pfeil, der in seinen Hals drang.«

Tama wünschte, Gilda könnte ihren Tränen freien Lauf lassen. Als er sie nach Sarns Tod zum erstenmal in der Hütte ihrer Mutter wiedergesehen hatte, hatte sie zu ihm gesagt: »Ich kann nicht um Sarn weinen. Nicht eine Träne habe ich vergossen. In meiner Brust sitzt ein Stein an der Stelle meines Herzens.«

»Ich habe Sarn ebenfalls geliebt«, antwortete er sanft, »und deshalb bin ich ihm durch die Pforten des Todes hindurch in die Welt der Verstorbenen gefolgt und habe ihm zugehört, als er zu mir sprach. Er gab mir Worte der Vergebung mit für die, die seinen Tod verursacht haben, und mir selbst gab er Liebe, Stärke und Weisheit für unsere beiden Völker. Deshalb haben wir uns heute hier versammelt. Das ist ein neuer Anfang, Gilda. Für uns alle.«

»Nicht für mich. Ich weiß nur, daß er nicht mehr kommt, um seine Mutter zu besuchen. Er hinterläßt keine Fußspuren mehr auf dem nassen Sand bei den Fischerbooten. Kein gebärendes Schaf wird mehr seine sanften Hände spüren, die seinem Lamm in die Welt helfen. Sarn ist tot.«

»Wenn du nur weinen könntest, dann würde die steinerne Last deines Herzens schmelzen.«

»Ich bin in der Lage, meinen Schmerz zu ertragen.«

Wieder breitete sich Schweigen zwischen ihnen aus. Tama versuchte genügend Mut aufzubringen, um zu Gildas Innerem vorzudringen, um einen Arm um sie zu legen. Er erkannte, daß sie sich nicht ändern konnte, daß sie den Weg, dem sie folgte, bis zum Ende gehen mußte. Und es machte ihm angst, sich vorzustellen, was das für ein Ende sein würde.

Plötzlich drehte sie sich zu ihm um und sagte mit gekünstelter Fröhlichkeit: »Habe ich dir erzählt, daß Ana sich weigert, mich in ihr Haus, in Sarns Haus, zu lassen, und ich nicht einmal mit den Kindern sprechen darf? Tante Gilda ist eine sehr schlechte Frau.«

Tama murmelte: »Das wird schon wieder. Gib ihr Zeit. Heute habe ich gesehen, daß Tukki mit Vani spielt. Sie sind ein hübsches Paar. Wenn er älter wird, sieht er sicher genauso aus wie Sarn.«

Gilda gab keine Antwort. Hinter sich hörten sie Gelächter und Stimmen, offenbar wurden die Spiele vorbereitet.

Noch einmal wandte sich Tama zu Gilda und sagte verzweifelt: »Es muß doch einen Weg geben, wie ich dir helfen kann. Bitte, laß mich dir helfen, Gilda. Du brauchst Hilfe. Du mußt aus diesem Schmerz herauskommen und wieder neu leben.«

Gilda sah über den Fluß hinaus zu den Hügeln, über denen die Hitze flimmerte. »Ja. Du bist da«, sagte sie ernst. »Das werde ich nicht vergessen.« Dann schwieg sie wieder einige Zeit, bevor sie sich zu Tama umdrehte und mit fast zärtlicher Stimme sagte: »Erinnerst du dich, wie wir uns zum erstenmal begegnet sind? Ich fütterte Sarn mit zerdrückten Erdbeeren und hatte eine Blumengirlande für Bozo gemacht. Wir waren wunschlos glücklich. Und doch ging die Welt, wie wir sie damals kannten, zu Ende. Dann hörten wir Bozo vor Schmerz aufschreien und rannten zu ihm. Da stand Hora mit gespanntem Bogen. Nicht nur Bozo ist damals gestorben – auch der Pfeil für Sarn war schon in den Bogen eingelegt. Damals starb unsere Welt.«

Darauf wußte Tama nichts zu antworten. Gilda stand auf, und er reichte ihr ihren Stock. Sie stützte sich darauf, lehnte seinen angebotenen Arm ab und mühte sich auf die Füße. Ihr linker Fuß war einwärts verkrümmt.

»Ich werde Lorna suchen und mich zu ihr setzen. Sie hat immer noch viel Verständnis für mich und hilft mir mehr als sonst irgend jemand. Du gehst besser zu deiner Escha, sonst denkt sie noch, die böse Gilda wolle dich ihr wieder wegnehmen.«

Hilflos sah Tama ihr nach, als sie davonhinkte. Dann setzte er sich wieder und starrte über den Fluß.

Auf der anderen Seite der Insel sprach Escha gerade mit Ana. Escha war sehr enttäuscht gewesen, als sie feststellen mußte, daß Tante Nonni nicht zu den Feiern gekommen war. Von Lorna hatte sie zu ihrem Kummer gehört, daß es ihrer Tante oft nicht gut gehe. Vielleicht würde es nun, da Frieden zwischen den beiden Völkern bestand, einfacher sein, ihre Tante mit Yaka zu besuchen. Es betrübte sie sehr, daß sie für viele Frauen des Schäfervolks, die sie von Jugend auf kannte und die jetzt verheiratet waren, mehr zum Hirschvolk als zu ihrem eigenen gehörte. Vielleicht haben sie recht, dachte Escha, oder vielleicht lag es daran, daß sie nicht Tamas Frau war, obwohl sie ihm einen Sohn geboren hatte. Oder gehörte das einfach nur zu dem Gefühl des Alleinseins, unter dem sie schon seit ihrer Kindheit litt?

Sie sah Ana allein in der Nähe sitzen. Ana war ein paar Jahre älter als Escha, und sie waren nie enge Freundinnen gewesen. Der Kummer des letzten Winters hatte auch an Anas Figur gezehrt. Als Escha näherkam, wandte sie ihr ihr bleiches Gesicht zu. Escha lächelte sie an.

»Darf ich mich eine Weile zu dir setzen und mit dir reden?«

»Natürlich.«

»Ich bin enttäuscht, daß meine Tante Nonni nicht gekommen ist. Lorna sagte mir, daß es ihr nicht gut gehe. Hast du sie in letzter Zeit gesehen?«

»Nein«, antwortete Ana. »Ich habe gehört, daß sie krank ist, aber gesehen habe ich sie nicht.«

»Vielleicht sollte ich sie besuchen kommen. Yaka ist jetzt alt genug, um mitzukommen.«

»Wo ist er heute? Ich habe ihn noch nicht gesehen.«

»Ich weiß nicht. Er ist ein einsamer Junge. Er spielt nicht viel mit anderen Jungen; oder sie spielen nicht mit ihm.«

»Die Jungen vom Hirschvolk wollen nicht, daß unsere Jungen ihren Clangruppen beitreten.«

»Ich weiß. Nur Horas Söhne verkehren ohne weiteres mit Yaka. Das liegt aber daran, daß Hora und Tama Clanbrüder sind. Doch Horas Söhne sind große, rauhe Jungen. Wenn Yaka mit ihnen gespielt hat, kommt er meist weinend nach Hause. Es gibt im Dorf nur noch einen anderen Mischlingsjungen in Yakas Alter, aber die beiden mögen sich nicht.«

Anas Stimme war voller Bitterkeit. »Nach der Feier heute werden sich unsere beiden Völker natürlich gegenseitig in die Arme fallen.«

Sanft gab Escha zurück: »Ich habe im letzten Winter viel an dich gedacht. Tama war der Kummer deutlich anzumerken, aber sicher war er nicht so tief wie deiner. Viele haben Sarn geliebt.«

Ana sagte langsam: »Er lebt in seinen Kindern weiter, besonders in Tukki. Das sage ich mir immer wieder. Jede Nacht, wenn ich einsam in meinem Bett liege, sage ich mir: ›Er lebt in seinen Kindern weiter.‹ Aber meine Einsamkeit wird dadurch nicht leichter.«

»Das verstehe ich. Auch ich bin in der Nacht allein. Tama kommt nur noch selten in mein Bett.«

»Aber er ist im Haus. Er lebt. Liebst du ihn noch?«

»O ja«, antwortete Escha leise. »Ich habe ihn immer geliebt. Er sorgt für mich auf seine Art, er braucht mich, und ich habe gelernt, mich damit zufriedenzugeben, daß das alles ist, was er mir je geben wird. Ihm ist mehr an seiner Arbeit gelegen, an seinem Leben als Priester, an den Jungen, die er unterrichtet. Nur für Yaka hat er kein Verständnis. Obwohl er nie unfreundlich zu ihm ist, hat Yaka fast Angst vor ihm.«

Ana sahte Escha interessiert an. Zum erstenmal wurde ihr bewußt, daß auch unter ihrem wenig ansprechenden Äußeren das Herz einer Frau schlug. Aber weil sie selbst so unglücklich war, sagte sie mit grausamer Offenheit:

»Wird er dich jemals heiraten?«

Escha schüttelte traurig den Kopf. »Ich glaube nicht. Nein, sicher nicht.«

»Wegen Gilda?«

Ein dunkles Rot stieg in Eschas braunes Gesicht, aber sie antwortete nicht.

»Ich habe ebenfalls Grund, sie zu hassen«, sagte Ana. »Ihre selbstsüchtige Verrücktheit hat Sarn in den Tod getrieben. Ich freue mich jedesmal, wenn ich sehe, wie sie mit ihrem verkrüppelten Fuß daherhumpelt. Wenigstens diesen Schmerz muß sie ertragen.«

Ein mit Fasern ausgestopfter Lederball landete zwischen ihnen. Escha warf ihn zu dem hübschen Mädchen zurück, das lachend vorgesprungen war, um den Ball wieder einzufangen. Es sagte: »Danke, Mutter Escha«, rannte zurück und warf den Ball einem der Jungen zu, mit denen es spielte.

»Wer ist dieses Mädchen?« fragte Ana.

»Das ist Vani, Ke Ralas Erstgeborene. Sie ist sehr hübsch, nicht? Es freut mich, die Kinder der beiden Völker miteinander spielen zu sehen.«

Sie sahen, wie Tukki hochsprang, um den Ball zu fangen. Er holte aus, um ihn einem anderen Jungen zuzuwerfen, aber Vani sprang rechtzeitig vor und hielt seine Arme fest. Tukki wollte den Ball weiter werfen, doch Vani stellte ihm ein Bein, lachend fielen sie zu Boden und rauften miteinander.

»Sie ist fast so stark wie ein Junge«, bemerkte Ana.

»Ja, ich glaube, sie spielt lieber mit Jungen als mit Mädchen. Ihre Schwester Ila ist genau das Gegenteil, sie verbringt ihre ganze Zeit damit, ihrer Mutter Anielli zu helfen. Aber in Ke Ralas Augen kann Vani nichts falsch machen. Wann immer sie etwas will, gibt Ke Rala am Ende nach, ganz gleich, was er zuerst gesagt hat. Anielli schimpft, daß er Vani zu sehr verwöhnt, doch ohne Erfolg.«

Escha stand auf und sah mit suchendem Blick über die spielenden Kinder hinweg zu den anderen hinüber. »Ich kann Yaka nirgends entdecken. Ich muß ihn suchen gehen. Er sollte mit den Kindern spielen. Er ist so ein Einzelgänger. Ka Balu sei mit dir, Ana.«

Am flußabwärts gelegenen Ufer der Insel gab es einige Felsen, die durch hohe Flachsgräser dem Blick entzogen waren. Dort kam man nur schwimmend hin, und dort hatte Yaka den größten Teil des Nachmittags verbracht, nachdem er sich mit einer schmerzenden Schulter von dem Spiel zurückgezogen hatte, das Vani mit Horas Söhnen und einigen der Jungen vom Schäfervolk spielte. Zuerst bedauerte er sich selbst wegen seiner blauen Flecken. Er war nicht wütend auf den Jungen, der sie verursacht, sondern auf Vani, die seinen schweren Sturz einfach abgetan hatte. So war sie manchmal. Wenn sie mit anderen Jungen spielte, ließ sie ihn meist links liegen. Sie dachte nicht daran, daß ihre Spielgefährten oft älter und stärker waren als Yaka und er deshalb leicht verletzt werden konnte. Wenn er sich hinterher deswegen bei ihr beklagte, sagte sie von oben herab: »Na, warum spielst du dann nicht mit anderen Jungen in deinem Alter, anstatt immer mir hinter herzulaufen? Ich bin drei Jahre älter als du.«

Aber bei den wenigen Gelegenheiten, wo er mit ihr allein war, schien Vani völlig glücklich und zufrieden mit ihm zu sein. Sie durchstöberten den Wald, gingen fischen, ahmten Vogelrufe nach und bauten Hütten aus Farnwedeln. Einmal hatte er ein Feuer angezündet, um einen Fisch zu braten, den Vani eigenhändig gefangen hatte. Sie hatte vorsichtig unter einen Felsvorsprung gefaßt und den sich langsam in der Strömung bewegenden Fisch am Bauch gekrault und zu sich her gelockt. Sie hatten eine Farnwedelhütte gebaut und taten so, als lebten sie dort miteinander. Vani hatte ihre Arme um ihn gelegt und versprochen, sie würde sich immer um ihn kümmern. Yaka erinnerte sich gern daran. Er hatte sich damals gewünscht, daß das Spiel nie zu Ende gehen würde.

Jetzt fühlte er sich einsam. Hinter sich hörte er Gelächter und Rufe. Einmal meinte er, die Stimme seiner Mutter zu hören, die ihn rief. Er beschloß zurückzugehen, aber statt den Fluß hinauf gegen die starke Strömung anzuschwimmen, versuchte er sich durch das Gestrüpp am Ufer zu drängen. Das erwies sich als schwieriger, als er gedacht hatte. Die scharfkantigen, lanzenförmigen Blätter der harten Flachspflanzen zerkratzten ihm die Beine, und Nektar und Pollen von den Blütenstengeln klebten ihm bald an Gesicht und Schultern. Die großen Pflanzen überragten den Jungen so weit, daß er außer den Wipfeln der beiden Bäume auf dem Hügel nichts von der Insel sehen konnte. Er kämpfte sich weiter voran und kam schließlich auf der anderen Seite heraus. Als er zurückblickte, war er sehr zufrieden, daß er es geschafft hatte, sich einen Weg durch diese dicht wachsenden Pflanzen zu bahnen. Auch hatte er einen geheimen Platz entdeckt, den niemand sonst kannte. Er wünschte sich, sein Zuhause wäre in der Nähe, damit er öfter dorthin gehen könnte.

Wieder hörte er die Stimme seiner Mutter, diesmal ganz nahe, und schon eilte sie auf ihn zu. »Yaka, wo bist du gewesen? Ich habe dich überall gesucht. Ich dachte schon, du hättest dir vielleicht weh getan und wärst in den Fluß gefallen. Was hast du nur gemacht?«

Der Junge sah zu seiner Mutter auf. Ein seltenes Lächeln lag auf seinem Gesicht. »Ich habe mir eine Peitsche gemacht«, sagte er. »Ich behalte sie, um damit zu spielen. Es ist eine gute Peitsche.«

Jetzt fiel ihm auf, daß die Familien ihre Kochfeuer anzündeten. »Ich werde ein bißchen Holz für dich sammeln gehen«, sagte er. »Ich habe Hunger.«

2

Vier Jahre vergingen ohne weitere blutige Zwischenfälle zwischen den beiden Völkern. Falls einige Jäger den Großen Fluß verbotenerweise überschritten, hatte das jedenfalls keine schlimmen Folgen. Häufiger als früher besuchten Familien und Freunde einander in den beiden Dörfern. Die meisten Leute des Hirschvolks, vor allem die Frauen und Kinder, waren noch nie beim Schäfervolk gewesen und nutzten nun die neue Vereinbarung zwischen den beiden Völkern. Obwohl die Schäfer eher bereit waren, das geschehene Unrecht zu vergeben, gab es unter ihnen auch Familien, die nicht vergessen konnten, daß die Jäger des Hirschvolks mit dem Blutvergießen begonnen hatten, und deshalb das andere Dorf nicht besuchen wollten.

Wie Ke Rala vorausgesehen hatte, heirateten wegen der starken Bande der Clanbrüderschaft nur eine Handvoll Jäger Frauen aus dem Schäfervolk. Bemerkenswert war, daß diese Männer im allgemeinen keine besonders guten Jäger waren; sie glaubten, im Dorf der Schäfer sei es für sie leichter als in ihrem eigenen Dorf zu leben. Auch brachten einige Jäger Schäfermädchen aus dem Dorf am Langen Wasser mit, wodurch sich die Zahl der Halbblutkinder im Hirschvolk vermehrte. Unter den jungen Schäfern ging das Gerücht, die Mädchen des Hirschvolks würden einem Mann das Leben erleichtern, weil sie allein Essen kochten, Tuch webten und die Kinder aufzogen. Dies erschien den fauleren unter den Schäfern recht erstrebenswert, und so suchten sich einige von ihnen Mädchen in Ke Ralas Dorf. Zuerst fühlten sich die Mädchen von der ungezwungenen und natürlichen Umgangsweise und den besseren Manieren der jungen Schäfer angezogen. Außerdem hatten sie gehört, daß diese ihren Frauen stets bei der Arbeit zur Hand gingen. Diejenigen, die dann wirklich Männer aus dem anderen Dorf heirateten, brauchten ein oder zwei Jahre, um herauszufinden, daß sie für ihre Ehemänner aus dem Schäfervolk noch mehr arbeiten mußten als für die Männer ihres eigenen Volkes, die als bessere Jäger zumindest immer für frisches Fleisch gesorgt hätten. Als dem Häuptling und den Ältesten die Grenzen der Männer aus dem Schäfervolk klar geworden waren, brachte man sie dazu, mehr in den Gärten zu arbeiten. Das taten sie zwar mit Geschick, aber die Jäger nannten sie daraufhin etwas verächtlich ›Gärtnerjungen‹.

Von diesen vereinzelten Schwierigkeiten abgesehen, verliefen die Jahre nach Sarns Tod glücklich und friedlich. Der Rhythmus der Jahreszeiten hatte sich wieder eingespielt. Es kam zu keinen längeren Unterbrechungen, und es gab keine Verluste bei der Sommerernte. Die Tiere in der Ebene vermehrten sich und erreichten fast wieder die gleichen Herdenstärken wie vor der Dürre. Essen war reichlich vorhanden, und die Menschen waren gesund. Es war eine gute Zeit, um auf die Welt zu kommen, jung zu sein, zu heiraten, Kinder zu zeugen und mit Vertrauen in die Zukunft zu blicken.

In diesen Jahren genoß Ke Rala seine Macht in vollen Zügen. Er war zu der Überzeugung gelangt, das neue harmonische Verhältnis zwischen den beiden Völkern sei sein Verdienst. In seinem eigenen Dorf übte er seine Autorität als Häuptling mit fester, aber gütiger Hand aus. Die Jäger und ihre Familien genossen die Sicherheit des Friedens und den Überfluß. Sie spürten, daß Gerechtigkeit und Freiheit Hand in Hand gingen. Alle waren guten Willens, und es gab daher wenig Anlaß für Auseinandersetzungen und Zank. Monde vergingen, ohne daß der Häuptling und die Ältesten über einen Streitfall zu Rate sitzen mußten.

Wenn Ke Rala das Dorf am Langen Wasser besuchte, gefiel es ihm, daß ihn die meisten Leute des Schäfervolks mit aufrichtiger Freundlichkeit begrüßten. Die wenigen, die in ihm einfach nur einen Jäger sahen, gingen ihm aus dem Weg. Immer öfter genoß er die Gesellschaft der Schäferleute, ihre angenehmen Umgangsformen, ihre Offenheit und Wärme, Eigenschaften, die in seinem eigenen Volk nicht so ausgeprägt waren; warum, wußte er nicht, doch bekräftigte es seinen Wunsch, die Beziehung zu einem Volk lebendig zu halten, dessen Häuptling er eines Tages zu werden hoffte. Er erkannte aber auch, daß die Zeit noch nicht gekommen war, darüber zu sprechen oder auch nur die Freundschaft zwischen Tukki und Vani offen zu begrüßen. Ein Jahr nach Sarns Tod hatte Ke Rala vorgeschlagen, Tukki könnte doch einmal einen Mond lang im anderen Dorf bleiben, das aufzubauen sein Vater geholfen hatte. Er würde im Haus des Häuptlings herzlich willkommen sein.

Mit stiller Würde hatte Ana ihm für sein Angebot gedankt und geantwortet, sie finde nur in Tukki etwas von der Stütze wieder, die sein Vater einst für sie gewesen sei. Tukki sei jetzt der Mann im Haus, und sie könne ihn nicht entbehren. Obwohl Ke Rala darüber enttäuscht war, bestand er nicht weiter darauf, doch ließ er die Einladung bestehen.

Das Fest auf der Zweibauminsel wurde zu einer alljährlichen Einrichtung um die Mittsommernacht. Beide Völker freuten sich schon im voraus auf dieses Ereignis. Ke Rala war mehr als stolz, wenn er Vani an der Spitze der jungen Frauen seines Dorfes sah. Sie war fast sechzehn und groß und stark wie eine Achtzehnjährige. Nicht nur ihre Schönheit war bemerkenswert, sondern auch die Geschicklichkeit, mit der sie Gegner im Spiel besiegte, und die Bescheidenheit, mit der sie die ihr dargebrachten Aufmerksamkeiten entgegennahm.

Im Spätherbst des Jahres, in dem Sarns Tod die beiden Völker zum erstenmal auf der Zweibauminsel zusammengebracht hatte, bekam Escha die Nachricht, ihre Tante sei zu krank, um das Haus zu verlassen, und brauche jemanden, der sich um sie kümmere. Tama war betroffen, daß sich Escha kaum traute, ihn um Erlaubnis zu bitten, ihre Tante zu besuchen, um nachzusehen, was getan werden müßte.

»Natürlich mußt du gehen«, sagte er. »Aber was ist mit Yaka?«

»Ich dachte, ich könnte ihn mitnehmen. Er ist jetzt alt genug, daß ihm der Besuch gefallen könnte.«

Es wurde beschlossen, daß Escha ungefähr einen Mond lang dort bleiben sollte. Eine Freundin Eschas, Ayana, würde Tama jeden Tag seine Mahlzeiten bringen. Tama vertraute Escha und Yaka der Obhut einer Schäferfamilie an, die nach Hause zurückkehrten. Als sie weg waren, entdeckte er, daß er nun mehr Zeit hatte, um nachzudenken, zu schreiben, sich für die kommenden Schulmonate mit drei Jungen und besonders auch für den Beginn von Vanis Unterricht in den ersten Stufen des Wissens vorzubereiten. Ihr Unterricht würde in Ke Ralas Haus stattfinden, solange Escha fort war, was länger dauerte, als Tama erwartet hatte. Tante Nonni fand solchen Gefallen an Eschas Gesellschaft und Pflege, daß sie noch den ganzen Winter überlebte und erst zur Zeit des Kartoffelpflanzens starb. Als Tama Vani in diesen Wintermonaten erstmals unterrichtete, fiel ihm auf, daß Vani williger und klüger war als jeder Junge, der jemals bei ihm gelernt hatte. Täglich erfreute er sich an ihrer Auffassungsgabe. Er sprach mit Ke Rala darüber, was den Häuptling mehr denn je davon überzeugte, daß dem Mädchen vom Wissen Ka Balus so viel beigebracht werden sollte, wie sie aufnehmen könnte.

»Einschließlich des Dunklen Wissens?« fragte der Priester.

»Bis kurz davor. Schließlich ist sie eine Frau. Die Dinge des Geistes und seine Macht waren immer das Geheimnis der Priester. Aber wenn sie in den nächsten Jahren so gut weitermacht, dann lehre sie soviel, wie der Alte Weise mir beigebracht hat, über die Pflichten, die Rechte und die Macht eines Häuptlings.«

In diesem Winter, der viel Frost und wenig Regen brachte, fühlte sich Escha so voller Schwung wie seit Jahren nicht mehr. Sie verbrachte zwar die meiste Zeit mit ihrer Tante ruhig im Haus, aber dort gab es weniger zu tun als in ihrem eigenen Zuhause. Sie bestand darauf, daß Yaka jeden Tag einige Zeit bei Tante Nonni blieb, so daß sie bei der allgemeinen Arbeit mithelfen und dafür Fisch oder Gemüse eintauschen konnte. Oder sie bekam den Fisch geschenkt, kochte ihn und gab einen Teil des Gerichts an den Spender zurück. Manchmal brachte auch Yaka Fisch mit nach Hause. Er hatte sich mit Tukki angefreundet, der ihn ab und zu in seinem Kanu mitnahm. Tukki wollte möglichst jeden Tag fischen gehen, wenn es das Wetter erlaubte. Er war nicht zufrieden, wenn er nicht seinen Teil zum Abendessen beitragen konnte. Etwas von seinem Stolz über seine wachsenden Fähigkeiten als Fischer übertrug sich auf Yaka, der mehr Zeit als je zuvor erfolgreich mit Angel und Netz zubrachte.

Das war der Hauptgrund für Eschas Zufriedenheit: Yaka war glücklich. Die Jungen seines Alters aus dem Dorf nahmen ihn bereitwillig als neuen Freund an. Sie spielten meist ziemlich ungestüm, aber ihnen war nicht die schlechte Laune und Grobheit zu eigen, die er mittlerweile bei den Jungen im Dorf der Jäger fürchten gelernt hatte. Trotz des neuen Abkommens zwischen den beiden Völkern hatte sich daran nichts geändert. In Ke Ralas Dorf waren die Halbblutjungen häufig von den Unternehmungen der Clanbrüderschaften ausgeschlossen, aber im Schäferdorf deutete nichts darauf hin, daß Yaka irgendwie anders wäre als andere Jungen. Er verlor seine Ängstlichkeit und Verdrossenheit, über die Escha so bekümmert gewesen war, hatte mehr Lebensfreude, stand früh am Morgen auf, anstatt im Bett liegen zu bleiben, und lachte oft. Kurz vor seinem dreizehnten Geburtstag wuchs er schneller, seine Haut glänzte, und seine Augen leuchteten. So groß wie sein Vater würde er sicher nicht werden, aber breitschultrig und muskulös, worin er der Familie seiner Mutter nachschlug.

Der Winter ging vorüber, und zu Beginn des Frühlings starb Tante Nonni friedlich im Schlaf. Nach der Beerdigung reinigte Escha die Hütte, verbrannte alte Kleider und Wäsche und verbrachte den Rest des Tages damit, Freunde zu besuchen. Einige gaben ihr Essen für den Rückweg mit. Fast unter Tränen kam Yaka, schlich sich aber nach einer Weile davon, um zum letztenmal den Hügel hinauf und am Meer entlang zu laufen. Als Tukki vom Fischen zurückkam, rannte er auf ihn zu.

»Ich muß morgen wieder nach Hause. Ich wünschte, du könntest mit uns kommen.«

»Eines Tages werde ich das tun«, sagte Tukki. »Wenn

mein Bruder alt genug ist, um für Mutter Fische zu fangen und Holz zu sammeln. Ich würde gerne einmal kommen.«

Am letzten Abend in der Hütte, die Escha einer entfernten Cousine überlassen hatte, die bald heiraten würde, sagte sie zu Yaka, als er sich zum Schlafen unter seine Decken legte: »Ich frage mich, wie Vater Tama ohne uns zurechtgekommen ist. Er wird sich freuen, uns wiederzusehen. Und er wird bemerken, daß du gewachsen bist.«

Yaka antwortete nichts.

Nach einer Weile sagte Escha erneut: »Freust du dich auf zu Hause?«

Der Junge drehte sich herum, wickelte sich halb aus der Decke und stützte sich auf einen Ellbogen. Lange sah er mit forschendem Blick seiner Mutter in die Augen, bevor er in seiner alten ängstlichen Art, von der Escha gehofft hatte, er habe sie für immer verloren, sagte: »Mutter Escha, warum müssen wir zurückgehen? Können wir nicht hierbleiben? Mir gefällt es hier so gut. Ich habe eine Menge Freunde, und Tukki bringt mir viel übers Fischen bei. Zu Hause habe ich überhaupt keine Freunde. Die Jungen können mich nicht leiden. Sie ärgern mich immer.«

Escha tat das Herz weh, aber sie sagte mit sanftem Vorwurf: »Das stimmt nicht ganz. Horas Jungen spielen mit dir, wenigstens manchmal. Und Vani. Vani magst du gern.«

»Ja, aber meistens spielt sie mit den älteren Jungen. Ich wünschte, Tukki könnte mit mir kommen.«

»Mittlerweile bist du älter und stärker. Du kannst besser auf dich selbst aufpassen. Und vielleicht können wir ja zum Mittsommernachtsfest zurückkommen und ein bißchen bleiben, aber ich will noch nichts versprechen.«

Yaka schwieg einen Augenblick, bevor er sich wieder hinlegte. Als er die Decken hochzog, sagte er: »Wenn ich ein Mann bin, komme ich hierher und bleibe für immer da.«

Escha lag noch wach, als Yaka schon eingeschlafen war, und dachte über seine letzte Bemerkung nach. Sie wußte nur zu gut, daß das Glück der letzten drei Monde bald wieder vorbei sein würde im Schatten eines Vaters, der dem Jungen nicht die liebevolle Führung geben konnte, die er brauchte, und bei einem Volk, das den Schäferkindern bestenfalls freundlich oder gleichgültig begegnete. Warum bleibe ich dort? dachte Escha. Tama hat mich niemals geliebt. Ich bin ihm nützlich, das ist alles. Ich arbeite für ihn und lasse ihm Raum für seine Pflichten als Priester und für die langen Nächte, die er mit seiner geheimen Arbeit, dem Kratzen auf diesen Häuten, in seinem verrauchten Zimmer verbringt. Ich kann mir nicht vorstellen, wozu das gut sein soll.

Als Escha neben ihrem schlafenden Sohn lag, schien es ihr, als würde der Abschied am nächsten Morgen noch endgültiger sein als damals ihre Abreise mit Hora und seinen Männern. Seit jener Zeit war sie mit Tama dreimal kurz hier gewesen, aber dieser lange, friedvolle Winter hatte ihr mehr innere Ruhe und Erfüllung gebracht als irgend etwas anderes in den letzten Jahren. Sie hatte sich gefühlt, als wäre sie nach Hause gekommen, und der morgige Aufbruch würde für Yaka und für sie wie eine Reise in ein Land von Fremden sein.

Natürlich freute sich Tama, als sie wieder da waren, auch kochte Ayana nicht halb so schmackhaft wie sie. Und sieh mal, Yaka wächst jetzt doch noch, und welch klugen Verstand Vani doch hatte. Es war eine Freude, sie zu unterrichten, während die drei Jungen, die er in den Wintermonaten unterrichtet hatte, nicht einmal halb so viel Verstand gezeigt hatten. Hatte Escha eine schöne Zeit gehabt? War Tante Nonni friedlich gestorben? Schon entfalteten die Kowhais am Fluß ihre gelben Blüten, und die Tage wurden wärmer.

Escha ergab sich wieder den Pflichten des Alltags und versuchte, nicht zu oft daran zu denken, wie glücklich sie im Dorf beim Langen Wasser gewesen war. Aber bald nach ihrer Rückkehr, als Tama wieder einmal voller Lob über Vanis Auffassungsgabe war, sagte sie plötzlich und fast grob: »Es gibt auch noch andere, deren Verstand durch ein wenig Freundlichkeit gewinnen könnte.« Mit rotem Gesicht hockte sie sich wieder auf die Fersen.

Sie saßen draußen, und Escha schabte das Fett von Langohrfellen ab.

»Meinst du Yaka?« fragte Tama ruhig.

»Ich meine unseren Sohn.«

»Ich weiß, daß ich ihm nicht sehr helfe. Zum einen liegt das daran, daß das Gesetz die Teilnahme der Schäferjungen an der Clanbrüderschaft verbietet, und zum anderen ...«

Atemlos fiel Escha ihm ins Wort, erstaunt über ihre eigene Kühnheit: »Das Gesetz erlaubt Mädchen auch nicht, an den Clangruppen teilzunehmen. Aber du und Ke Rala, ihr findet Gründe, um Vani zu unterrichten. Und für deinen eigenen Sohn tust du nichts.«

Tama erwiderte nichts, schien aber auch nicht verärgert, und Escha fühlte sich ermutigt weiterzusprechen.

»Du hättest ihn mal bei Tante Nonni sehen sollen. Du hättest den Jungen nicht wiedererkannt. Er war voller Lebensfreude, spielte glücklich mit anderen Jungen und half mir, wenn ich ihn darum bat. Keine Spur von Verdrossenheit oder Groll. Es machte mein Herz froh, ihn so zu sehen. Weißt du, was er am letzten Abend vor unserer Abreise zu mir gesagt hat?«

»Nein.«

»Er sagte: ›Wenn ich ein Mann bin, komme ich hierher und bleibe für immer da.‹«

Escha beobachtete Tamas Gesicht und sah, daß der Hieb saß. Ganz ruhig fragte Tama:

»Was soll ich deiner Meinung nach tun?«

»Könntest du nicht jemanden finden, der ihm all das beibringt, was Jungen wissen müssen? Er hat sehr schnell fischen gelernt, als Tukki ihn in seinem Kanu mitnahm und ihm zeigte, wie es geht. Wie ist es mit Horas Jungen? Nicht Rua, der älteste, er ist fünf Jahre älter als Yaka. Für seine Mutter ist er eine gute Hilfe, aber zu groß und stark, um ein Kamerad für Yaka zu sein. Aber wie ist es mit seinen zwei jüngeren Brüdern? Davi ist bald fünfzehn und Tas ein oder zwei Jahre jünger. Sie verbringen nicht ihre ganze Zeit mit ihren Clanbrüdern. Könnten sie Yaka nicht beibringen, was sie beim Schießen, Klettern, Jagen gerade lernen? Es gibt kein Gesetz, daß Jungen sich nicht gegenseitig helfen dürfen, oder?«

Tama stand auf. »Du hast ganz recht mit deinen Vorwürfen. Ich werde über das nachdenken, was du gesagt hast. Und ich werde mich mit Hora unterhalten. Er freut sich, wenn Yaka mit seinen Söhnen zusammen ist.«

Tama tat noch mehr, als sich nur mit Hora zu unterhalten. Er sprach mit Yaka über das Heranwachsen und Erwachsenwerden, und er bot dem Jungen an, nach dem Abendessen täglich einige Zeit mit ihm zu verbringen. Yaka gehorchte, wenn auch mit gewissen Vorbehalten. Horas Söhne kamen ihn gelegentlich abholen, damit er mit ihnen fischen, kundschaften oder Langohren jagen ging. Sie waren recht freundlich, wenn auch manchmal etwas von oben herab, aber sie stritten sich oft untereinander, waren leicht beleidigt und schnell mit scharfen Worten oder Schlägen bei der Hand. Yaka und die anderen beiden Halbblutjungen, die manchmal mitkamen, mußten immer auf der Hut sein, sie nicht zu verärgern, und manchmal zeigten Davi und Tas deutlich, daß sie nicht mit Halbblutjungen zusammen sein wollten.

»Ihr könnt nicht mit uns kommen«, sagten sie dann, »weil ihr nicht beschnitten seid. Eure Dinger sind faltig und häßlich. Ihr dürft nicht zusehen, was wir machen.«

Und sie zogen unter vieldeutigem Gelächter mit ihren Clanbrüdern ab in den Wald. Bei solchen Gelegenheiten verzichtete Yaka auf die Gesellschaft der beiden jüngeren Halbblutjungen und lungerte allein herum. Doch trotz solcher Demütigungen war er weiterhin von sich aus viel mit Davi und Tas zusammen, lernte von ihnen einige der Dinge, die sie von ihren Lehrern vermittelt bekamen, und war zumindest auf einem Gebiet bald besser als sie: Er war ein geschickter und furchtloser Schwimmer, sowohl im Fluß und in der Lagune als auch in den Wellen des Meeres. Wenige Jäger schwammen jemals über die Brandung hinaus in die offene See, aber bei gutem Wetter tauchte Yaka gern durch die Wellen ins tiefere Wasser. Er entfernte sich aber nie zu weit vom Ufer, wo Davi und Tas auf ihn warteten und ihm halb bewundernd, halb ängstlich zusahen.

Tamas Gespräche mit Hora hatten zwar dazu geführt, daß ihre Söhne sich näherkamen, die abendlichen Unterredungen zwischen Vater und Sohn waren aber weit weniger erfolgreich. Sie hatten im Sommer damit begonnen und führten sie den Herbst hindurch recht unregelmäßig fort. Als Yaka dann an den Winterabenden früher ins Bett mußte, hörten sie ganz damit auf, und nach dem Winter machten sie keinen neuen Anfang. Yaka nahm die Erläuterungen zwar an, die Tama ihm über das Dorfleben, die handwerklichen Fertigkeiten der Dorfbewohner sowie die Verantwortlichkeiten seines Volkes, die Pflichten eines Jungen gegenüber seinen Eltern, alten Leuten, dem Häuptling und den Ältesten gab, kannte jedoch die meisten der Gesetze Ka Balus schon, die sich auf das tägliche Leben bezogen. Am wichtigsten wären ohnehin die Erklärungen gewesen, die sich auf die Clanbrüderschaft bezogen, doch diese blieben aus. Ohne diesen Hintergrund aber erschienen die Gesetze Ka Balus völlig willkürlich.

Zu oft spürte der Vater, daß der Junge nur aus Höflichkeit zuhörte. Er stellte kaum eine Frage und war gleich weg, sobald Tama ihm die Erlaubnis dazu gab. Dennoch fühlte Tama eine unausgesprochene Dankbarkeit, daß er einen Schritt auf ihn zu gemacht hatte, selbst wenn es zu spät war, um eine von Verständnis und Vertrauen getragene Beziehung zwischen ihnen aufzubauen. Yaka spürte die aufkeimende Sexualität seines Körpers und war nicht bereit, irgend jemandem Zugang zu seiner geheimen Gedankenwelt zu gewähren, am wenigsten diesem Vater, der ihm in seiner Kindheit so selten Zuneigung entgegengebracht hatte.

In seinem fünfzehnten Lebensjahr war Yaka unabhängig genug geworden, um sich eine Hütte in der Nähe des elterlichen Hauses zu bauen und dort allein zu schlafen. Je mehr er sich in seine eigene Welt zurückzog, um so weniger war er bereit, seiner Mutter beim Wasserholen und beim Sammeln von Feuerholz zu helfen. Escha war sich dessen schmerzhaft bewußt, aber sie tadelte ihn selten. Sie hoffte, er würde sich wieder mehr öffnen, sobald er ganz erwachsen war, und faßte sich weiterhin in Geduld. Er nahm immer noch seine Mahlzeiten mit ihr zusammen ein, aber das war oft die einzige Zeit des Tages, die sie gemeinsam verbrachten.

Körperlich war er kräftiger und breiter geworden, und seine Arm- und Beinmuskeln waren so ausgebildet, daß sie die meisten Störenfriede von einem Angriff abhielten. Davi und Tas konnten ihn bei ihren häufigen, halb freundschaftlichen, halb ernsten Ringkämpfen zwar besiegen, wenn sie zusammenhielten, aber im Einzelkampf war er ihnen ebenbürtig. Und manchmal zeigten die Jungen die gleiche spontane Großzügigkeit wie ihr Vater, nahmen ihn zum Essen mit nach Hause, und Yaka wurde ein Teil der rauhen Kumpanei in Horas Haushalt, wo Mariti schimpfte, der große Rua gutmütig an seine jüngeren Brüder Klapse austeilte, wenn sie zu rüpelhaft waren, und Hora den ganzen Lärm noch überschrie oder darüber lachte. An solchen Tagen saß Escha zu Hause und wartete, bis ihr klar wurde, daß Yaka seine Mahlzeit nicht mit ihr, sondern mit jemand anderem einnehmen würde. Gelegentlich übernachtete er bei Horas Söhnen, aber auch dann sagte er seiner Mutter nicht immer vorher Bescheid.

Von Davi und Tas abgesehen, entwickelte Yaka noch für einen anderen Menschen Gefühle, die ihn verwirrten. Während der drei Winter, in denen Tama Vani so viel vom Wissen Ka Balus beibrachte, wie er es für richtig hielt, war Yaka auf eine verdrossene Art eifersüchtig auf Vani. An den Tagen, an denen Tama nicht die frisch geweihten Jungen einer Clanbrüderschaft unterrichtete, kam Vani am späten Morgen mit ihrer Mutter und blieb bis mittags. Während Anielli und Escha sich unterhielten, hörte Yaka von seiner Hütte aus die tiefe Stimme seines Vaters und Vanis helle Antworten oder fröhliches Gelächter. Wenn das Mädchen ihn sah und ansprach, verhielt er sich mürrisch und unbeteiligt, was seine Eltern ärgerte und die weichherzige Anielli verwunderte. Wenn er wußte, daß Vani kommen würde, machte sich Yaka oft vorher aus dem Staub und kam erst wieder, wenn er sich sicher war, daß sie gegangen war. Er fühlte nicht mehr den einfachen, zwanglosen Wunsch, mit ihr zusammen zu sein wie in seiner Kindheit. Er wußte überhaupt nicht, was er für sie empfand. Sicher war er eifersüchtig, manchmal nahm er es ihr schrecklich übel, daß sie seinem

Vater gegenüber sichtbar eine so glückliche, offene Zuneigung empfand, und er wollte ihr oft weh tun. Im Dorf ging er ihr so weit wie möglich aus dem Weg, aber manchmal, wenn die Jugendlichen unter sich waren, war es fast unvermeidlich, daß sie sich plötzlich gegenüberstanden. Er wußte, daß einige der Mädchen eifersüchtig waren, weil Vani bei den Jungen so beliebt war. Auch dieses Wissen löste bei Yaka heißen Zorn aus, als ob sie ihn absichtlich verletzen würde.

An einem Morgen mitten im Frühling, als Yaka fast sechzehn war, nahmen ihn Davi und Tas mit, um die Vogelschlingen zu prüfen, die sie in einem alten Rata-Baum flußaufwärts oberhalb des Hains des Priesters ausgelegt hatten. Wie üblich hatten sie Pfeil und Bogen dabei. Ein Jäger mußte immer bereit sein.

Jeder legte einen Arm um Yakas Schultern, und gleich wurde ihr Ton verschwörerisch. Davis braune Augen waren vor Aufregung weit aufgerissen, als er Yaka ins Gesicht blickte.

»Wir müssen dir etwas Wichtiges erzählen.«

»Was denn?« fragte Yaka.

»Du wirst es nie erraten«, sagte Tas. »Es ist ein Geheimnis.«

»Dann solltet ihr es mir nicht verraten, oder? Ich werde es schon herausfinden. Oh, seht mal, eine Taube. Zu spät, sie ist schon über den Fluß geflogen.«

Daß Yaka ihr Geheimnis so einfach abtat, beleidigte Tas ein wenig. Er schüttelte die braune Mähne zurück, die ihm ins Gesicht fiel, und versuchte es noch einmal. »Wenn du wüßtest, was es ist, wärst du bestimmt eifersüchtig, stimmt's, Davi?«

Davis legte seine Dolchhand fest auf Yakas Schulter. »Du willst es doch wissen, oder etwa nicht?« fragte er.

Er blieb stehen, und seine Gefährten ebenfalls. Die Jungen sahen sich an, die Arme immer noch umeinander gelegt, ihre Köpfe eng beieinander. Yaka grinste.

»Ja, erzählt es mir.«

Davi schürzte die dicken Lippen und machte ein bedeutsames Gesicht, dann flüsterte er: »Jemand ist auf dem Weg vor uns.«

»Zwei Leute«, fügte Tas hinzu.

»Und was weiter?«

»Willst du wissen, wer es ist?«

»Natürlich. Sagt es schon.«

Die Brüder wechselten einen Blick. Dann sagte Davi: »Der eine ist unser Bruder Rua«, und Tas fügte hinzu: »Die andere ist Vani.«

»Ja, und?«

Davis Augen glänzten heiß, auf eine Art, die Yaka unruhig machte. »Wir haben sie gestern gesehen«, sagte er, »als wir nach den Schlingen sehen wollten. Aber sie haben uns nicht bemerkt. Sie gingen Hand in Hand. Dann bogen sie auf den Weg ein, der am Hain des Priesters vorbeiführt, und verschwanden unter den Bäumen, so daß wir sie nicht mehr beobachten konnten. Aber heute morgen haben wir aufgepaßt. Wir sahen Vani allein hier hinaufgehen, kurz darauf folgte ihr Rua.«

Yaka nahm die Arme von den Schultern seiner Freunde, ging zum Rand des Weges hinüber und riß einen Grashalm aus. Er kaute darauf herum und spuckte aus. »Sie sind spazieren gegangen und haben sich an den Händen gehalten. Was ist daran verkehrt?«

Davi fuhr sich mit der Zunge über die Unterlippe, warf seinen Unterkörper nach vorn und fuhr mit der Hand seinen Penis auf und ab. »Rua besteigt Vani.«

»Das macht er nicht! Es ist nicht erlaubt! Das glaube ich nicht!« Yaka ballte die Fäuste und sah Davi wütend an.

Tas grinste. »Er ist unser Bruder, und wir glauben, daß er es tut. Er ist zu beneiden. Aber du mußt es geheimhalten. Wenn der Häuptling es herausfände, würde er Rua umbringen.«

»Das macht er nicht! Er macht es nicht! Ihr lügt! Ich glaube es nicht!«

Yakas leidenschaftlicher Ausbruch beunruhigte die Brüder, und ihr Anflug sexueller Begierde war plötzlich vorüber. Yaka drehte sich um und rannte vor ihnen den Pfad entlang. Auf ihre Rufe, doch auf sie zu warten, antwortete er nicht. Als sich der Weg nahe des Hains des Priesters gabelte, lief er in Richtung des Flusses, watete flußaufwärts an dem Hain vorbei und stolperte dann an Land. Davi und Tas zögerten an der Weggabelung, wußten nicht mehr, ob sie nun, wie besprochen, links gehen sollten, dann rannten sie Yaka hinterher.

Er keuchte und kam vor den Brüdern bei dem Rata-Baum an. Als sie ihn erreichten, kletterte er bereits zu dem Ast hinauf, wo sie die Schlingen angebracht hatten. Tas wollte ihm nachsteigen, aber Davi sagte:

»Dummkopf. Laß ihn in Ruhe. Er kann die Arbeit tun, während wir hier warten.«

Er ließ sich in den Farn fallen, während Tas in den Baum hinaufschielte.

»Ist etwas in den Schlingen?« rief er hinauf.

»Nein«, antwortete Yaka kurz. Er wollte nicht, daß die Brüder ihm nachkämen. Er lugte hinunter und sah Tas zu ihm hinaufspähen.

»Es ist nichts darin. Aber die Schlingen sind durcheinander. Wartet da unten. Ich werde sie wieder richtig auslegen. Hier oben ist nur Platz für einen.«

Yaka konzentrierte sich auf die schwierige Aufgabe, die verschlungenen Fasern wieder zu entwirren. Mit dem Rükken stützte er sich am Baumstamm ab und umklammerte mit den Schenkeln den Ast. Langsam legte sich seine panische Eifersucht wieder. Er versuchte, nicht an das von Davi heraufbeschworene Bild zu denken, aber in seinem Geist tauchte immer wieder das Bild von Ruas großem hellen Glied auf, wie es zwischen Vanis Schenkel eindrang. Sein eigenes Glied wurde dabei steif, und mit zittrigen Händen murmelte er vor sich hin: »Mach's ihr, Rua, nimm sie hart ran.«

Er beschäftigte sich so lange mit den Schlingen, daß Davi und Tas ungeduldig wurden.

Davi rief drängend, aber leise: »Beeile dich, Yaka. Wenn du sie nicht auseinander bekommst, schneide sie ab. Wir wollen gehen und zusehen, du weißt schon, wobei.«

Yaka gab keine Antwort. Nach einer Weile drängte ihn Davi wieder, er sollte sich beeilen. Der rothaarige Tas, der weit weniger Geduld hatte als sein Bruder, schrie hinauf: »Wenn du nicht herunterkommst, schieß ich dich runter.«

»Wir wollen, daß du auch zusiehst«, sagte Davi.

»Ich komme runter, wenn ich fertig bin. Geht ihr schon mal los. Ich hole euch ein.«

»Nein, du könntest uns verraten. Du kommst jetzt mit.«

Tas legte einen Pfeil in den Bogen ein. »Komm herunter, bevor ich bis drei gezählt habe, oder ich schieße. Eins, zwei, drei ...«

Ein Pfeil zischte durch die Blätter und blieb zitternd im Baumstamm direkt über Yakas Kopf stecken. Vor Schreck lockerte er den Griff und mußte den Ast mit beiden Händen umfassen, um nicht hinunter zu fallen. Mit heiserer Stimme schrie er: »Du Idiot! Der Pfeil hätte mich töten können!«

Tas war stolz auf seine Künste im Bogenschießen. Gewöhnlich traf er das, worauf er zielte. »Zieh deinen Kopf ein! Hier kommt noch einer!«

Ein zweiter Pfeil sauste singend in das Holz neben Yakas Schulter. Vor Entsetzen schrie er laut: »Nicht! Nicht! Tas, hör auf!«

Er tastete mit dem Fuß nach dem nächsttieferen Ast, als Davi auf Tas einschrie und ein dritter Pfeil durch die Blätter zischte. Yakas Hände ließen los, er schwang nach außen, ein Ast stieß ihm in den Rücken, und alles drehte sich vor seinen Augen, als er fiel.

Als er wieder zu sich kam, hörte er Stimmen, wütende Stimmen, und erkannte die von Rua. Dann hörte er einen Jungen schluchzen. Langsam öffnete er die Augen und sah Vani, die sich über ihn gebeugt hatte. Sie lächelte sanft.

»Jetzt bist du wach. Rua, er ist wach.«

Das Schreien und Schluchzen hörte auf. Rua neigte sich über ihn und betastete Yakas Arme und Beine. Seine Stimme war freundlich und besorgt.

»Kannst du dich bewegen, Yaka? Bist du verletzt? Kannst du dich aufsetzen?«

Langsam hob Yaka den Kopf, während er sich mit einer

Hand abstützte. Rua stützte ihn an den Schultern, und er setzte sich stöhnend auf.

»Mein Rücken tut weh.«

Er spürte Prellungen am ganzen Körper, aber keinen wirklichen Schmerz. Mit Ruas Hilfe stand er, noch ein wenig zitternd, auf.

Tas' blaue Augen quollen über vor Tränen. An den Schultern konnte man sehen, wo Rua ihn mit den Fäusten geschlagen hatte, und er wimmerte: »Es tut mir leid, Yaka, es tut mir so leid. Ich wollte dir nicht weh tun, es tut mir leid.«

Yaka sah ihn und dann Rua an. »Wir haben nur gespielt«, sagte er. Dann erinnerte er sich und trat ein paar Schritte von Rua weg. Er hörte Vani sagen, er solle sich an Ruas Arm festhalten und vorsichtig auftreten. Vielleicht sollten sie ihn zurück zum Dorf tragen. Yaka drehte sich um und sah sie an. Zum erstenmal sah er Rua und Vani als Mann und Frau, während er, Davi und Tas noch Jungen waren. Abweisend und stolz lehnte er ihre Hilfe ab und ging voraus.

»Mir fehlt nichts«, sagte er.

3

Hora hatte den Großteil des Nachmittags damit zugebracht, mit zwei Freunden Wurzelbier zu trinken. Tags zuvor waren sie von einer zweitägigen Jagd in das zerklüftete Hügelgebiet nördlich des Dorfes zurückgekehrt. Sie hatten nicht viel Erfolg gehabt: nur zwei alte Mutterschafe, deren Fleisch zäh sein würde. Aber am meisten bedrückte Hora, daß er mit Gefährten, die nur ein paar Jahre jünger waren als er, nicht mehr Schritt halten konnte. Vor nicht allzu langer Zeit wäre er noch der Schnellste von ihnen gewesen. Aber er war kurzatmig geworden und hatte sich seiner zittrigen Hand geschämt, die den Pfeil das Ziel weit verfehlen ließ.

Sein Kopf war schwer vom Bier, und er hatte genug von den Sticheleien seiner Kumpane. Er kam schwankend auf die Beine und stolperte zum Fluß hinunter, wo er sich breitbeinig hinstellte und in hohem Bogen in das Wasser pinkelte. Er rülpste, setzte sich hin und legte sich dann flach auf den Boden. Sein Kopf schien wie von selbst davonzuschweben. Er schwitzte, sein Magen hob sich, er drehte sich auf die Seite und erbrach sich am Ufer. Als die Magenkrämpfe nachließen, wischte er sich den tropfenden Speichel ab, spritzte sich kaltes Wasser ins Gesicht und fuhr sich mit den nassen Händen durch das Haar und über den Nacken. Er trank von dem reinen Wasser, und die kalte Flüssigkeit ließ ihn wieder nüchtern werden. Ihn fröstelte. Es wurde dunkler, und er wußte, daß er jetzt eigentlich heimgehen sollte, wenn er nicht das Opfer von Maritis spitzer Zunge werden wollte.

Trotzdem blieb er noch eine Weile am Flußufer sitzen und blickte über das ruhig dahinfließende Wasser in die tiefe Finsternis des Waldes, als ob er auf ein verlorenes Land blickte, das er nie wieder betreten würde. Hinter ihm stieg Rauch von den Dorffeuern auf, und die Leute schlossen die

Türen, um die Feuchtigkeit des frühen Abends abzuhalten. Einige Kinder folgten noch den Rufen nach Hause, und in verschiedenen Fenstern sah man trübes gelbes Licht aufleuchten.

Hora stand da, die kalten Hände in den Bund seiner wollenen Hose gesteckt. Er erinnerte sich an eine der letzten Bemerkungen der Männer, mit denen er getrunken hatte, bevor er zum Fluß gegangen war: »Armer, alter Hora. Er ist nicht mehr der Mann, der er einmal war. Er braucht jetzt schon Wollhosen.« Der Sprecher und sein Freund trugen nur das herkömmliche Lendentuch der Jäger und waren barfuß. Wartet noch ein paar Jahre, dachte Hora, und ihr werdet über warme Hosen im Winter froh sein. Die Schäfer wußten, wie man sich warm hielt. Dennoch senkte sich Traurigkeit auf ihn herab. Sie hatten ja recht. Er war nicht mehr der Jäger, der er einmal gewesen war. Die jungen Männer überholten ihn, er trank zuviel Bier, und in seinem Haus herrschte kein Frieden. Wenn er an Ke Ralas großes, komfortables Haus dachte, an die untersetzte, sanfte Anielli, die ihn liebevoll umsorgte, und an ihre zwei hübschen Töchter, fragte er sich manchmal mit einiger Bitterkeit, ob er und Ke Rala wirklich Clanbrüder waren. Der Häuptling kam nie in Horas Haus, doch besuchte er manchmal Tama und Escha, und er hatte den Priester gebeten, Vani alles beizubringen, was ein Häuptling vom Wissen Ka Balus lernen mußte. Nicht einmal Tama sehe ich sehr oft, dachte er, aber das verstehe ich. Ein Priester ist nicht wie andere Männer. Und wenn wir uns unterhalten, vergißt er nicht, daß wir Clanbrüder sind. Wenn nur Rua und Tula noch lebten, aber das alles ist schon so lange her.

Seit Sarns Tod fühle ich mich einsam in mir selbst, als suchte ich etwas, das ich verloren habe. Ich kann mir nicht verzeihen, Sarn in den Tod gejagt zu haben. Warum hatte ich mich nur nicht vergewissert, wen wir da verfolgten? Dieser letzte Blick in sein Gesicht, als unsere Augen sich trafen. Tama sagt, sein Geist sei in ein anderes Land gegangen, und es gehe ihm gut. Aber ich wünschte, er hätte diesen letzten, schrecklichen Blick, mit dem er mich erkannte, mit sich genommen. Ich verstehe nichts von diesen Dingen. Ich weiß nur, daß ich Sarn zu Tode gejagt habe.

Hora schüttelte langsam den Kopf, versuchte zu leugnen, was nicht zu leugnen war, und wandte sich vom Fluß ab und seinem Haus zu.

Er drückte die Tür auf und ging hinein. Rauch stach ihm in die Augen. Mariti schimpfte mit dem sechsjährigen Varro.

»Konntest du nicht sehen, daß es naß war? Erkennst du nasses Holz nicht, wenn du es siehst? Sieh dir an, was du angerichtet hast. Lani, schaffe ihn hier weg, oder keiner von uns wird etwas zu essen bekommen.«

Lani sah auf, als ihr Vater hereinkam, aber sie sagte nichts und zog den quengelnden Varro vom Feuer weg. Davi und Tas kauerten auf der anderen Seite der Feuerstelle. Wie Lani sahen sie ihren Vater an, sagten aber ebenfalls nichts. Hora ging mit gerunzelter Stirn auf seine Söhne zu.

»Könnt ihr Jungen nicht dafür sorgen, daß eure Mutter genug trockenes Holz für das Feuer hat? Macht Platz, mir ist kalt.«

Er schubste Davi weg und boxte Tas auf die Schultern. Der Junge heulte auf und rückte seinem Vater aus dem Weg. Davi zog eine Decke von einem Dachsparren, setzte sich neben Tas an die Wand und wickelte die Decke um sie beide. Hora hockte sich ans Feuer, wo Stücke des gestern erjagten Lammes im eigenen Fett in einer großen töpfernen Bratform brutzelten. Der Bratengeruch machte Hora hungrig. Er holte sich einen Stock aus dem Feuerholz, rieb ihn an seiner Hose ab und spießte ein Stück Fleisch auf, das er wegen des herabtropfenden Fettes über die Schüssel hielt.

»Laß es noch«, sagte sie, »es ist noch nicht gar.«

Hora hörte nicht auf sie, blies auf das Fleisch und kaute darauf herum. Er verzog das Gesicht und warf das Fleisch mitsamt dem Stock in die Bratform zurück. »Bah! Zäh wie eine Bullenzitze.«

Mariti preßte die Lippen zusammen, schabte das Fleisch vom Stock ab und ließ ihn ins Feuer fallen. Sie wendete die heißen Fleischstücke in der Pfanne. Durch einen Riß im Kamin fegte ein Windstoß herein und blies ihr Rauch ins Gesicht. Sie stand auf, wischte sich mit dem Handrücken über die Augen und starrte mürrisch auf ihren Mann.

»Wann wirst du endlich dieses Loch zustopfen?«

Hora regte sich gleich auf: »Kann nicht einer dieser faulen Jungen das machen? Wo ist Rua?«

Niemand antwortete. Hora drehte sich um, blickte auf seine Frau und empfand plötzlich Widerwillen gegen ihr verklebtes Haar, das verschwitzte Gesicht und die verschmutzte Kleidung, die den anschwellenden Bauch hervortreten ließ. Er wollte nicht noch ein Kind.

»Wo ist Rua?« fragte er wieder.

Mariti zuckte die Schultern und gab keine Antwort. Horas Mutlosigkeit wuchs. Sein ältester Sohn, den er als Kind so geliebt hatte, wuchs jetzt zu einem jungen Mann heran, der sein eigenes Leben führte. Es schien schon eine Ewigkeit her zu sein, seit er den Jungen stolz auf die Schultern genommen und ihm das Fischen und Bogenschießen beigebracht hatte. Er und Mariti hatten an ihrem Erstgeborenen viel Freude gehabt. Er war fast drei Jahre lang ihr einziges Kind gewesen, weil Mariti danach zwei Fehlgeburten hatte. Dann waren Davi und Tas gekommen, und Hora war erst recht stolz und sehr zufrieden gewesen mit seinen drei Söhnen. Als zwei Jahre danach Lani gekommen war, hatte er sie zuerst nicht gewollt. Aber als sie zu einem hübschen Mädchen heranwuchs, verwöhnte er sie und spielte mit ihr ebenso liebevoll wie Mariti. Sieben Jahre nach Lanis Geburt war Hora überzeugt gewesen, daß Mariti keine Kinder mehr bekommen würde. Vier Mäuler zu stopfen war genug, und beide Eltern hatten sich über Varros Geburt nicht freuen können. Mariti hätte lieber noch ein Mädchen gehabt und stillte deshalb das Kind nur ungern, das als Baby schwach war und als Junge schüchtern blieb. Nur in Lanis Gegenwart ging es ihm gut, und seine Schwester wurde für ihn wie eine Mutter.

Von der Wärme des Feuers juckte eine Narbe an Horas Bein. Er kratzte sich durch den Stoff seiner Hose und dachte wieder an Rua. Der war nun kein Junge mehr, sondern ein Mann im heiratsfähigen Alter. In seinem Alter hatte ich Mariti schon genommen, dachte Hora. In letzter Zeit nagte ein unbestimmter Groll gegen seinen Sohn an ihm. Vielleicht, weil er jetzt ein besserer Jäger ist als ich, dachte er verdrießlich. Bald werden Davi und Tas mehr Fleisch nach Hause bringen als ich. Und die Gerüchte über Rua und Vani ... Das ist Tollheit. Ich muß das beenden. Ke Rala wird keinen meiner Söhne für Vani auch nur in Betracht ziehen wollen. Sie wird nicht wählen können, wen sie will. Doch Rua sollte bald heiraten. Vielleicht könnte er dann unser nächstes Baby mit in seinen neuen Haushalt nehmen. Ich will es hier nicht haben. Auf einmal schrie er seine Frau an:

»Bei Ka Balu, werde ich heute noch mal etwas in meinen Bauch kriegen?«

Wie immer bekam er den ersten und besten Teil, danach gab Mariti ihren Söhnen dem Alter nach zu essen, dann Lani und zuletzt sich selbst. Sie ließ noch Fleisch in der Schüssel übrig. Hora aß auf, wischte den Teller mit dem Finger aus, den er anschließend ableckte, und fragte: »Ist das Fleisch in der Schüssel für Rua?«

Mariti zögerte und sagte dann: »Ich glaube nicht, daß er kommt. Er sagte, er würde bei einem Clanbruder essen.«

Es lag eine Spannung in der Luft. Es wurde nicht so laut geredet wie sonst. Lani flüsterte mit Varro, um ihn zu überreden, sein Fleisch aufzuessen, aber Davi und Tas saßen im Halbdunkel an der Wand, hielten die Augen auf das Essen gerichtet und redeten nicht. Ihr Schweigen fiel Hora auf.

»Was ist mit euch heute abend los? Ihr habt noch kein Wort gesagt.«

Die Jungen schwiegen immer noch, und Hora drehte sich irritiert zu seiner Frau um.

»Was ist passiert? Hat jemand ihre Zungen herausgeschnitten?«

Mariti seufzte. »Laß sie zuerst fertig essen. Es gab einen Streit mit Yaka. Rua war auch dabei. Er ist der älteste, er soll dir alles erzählen.«

»Bin ich der Herr in diesem Haus oder nicht? Ich bin der letzte, der erfährt, was geschieht, wie? Nun, ich habe Rua einiges zu sagen, wenn er nach Hause kommt.«

Als das Essen vorbei war, schürte Hora das Feuer neu an und setzte sich daneben. Zu dieser Abendzeit sang er manchmal ein paar der alten Lieder des Volks oder erzählte Varro eine Geschichte aus seiner Kindheit in einem fernen Land, besonders, wenn er ein oder zwei Schalen Bier getrunken hatte. Manchmal spielte Davi oder Rua auch Flöte, und Lani sang für sie. Aber in letzter Zeit hatte Mariti schlechte Laune wegen ihrer erneuten Schwangerschaft, Rua verbrachte viel Zeit mit seinen Clanbrüdern, Davi und Tas befanden sich in dem Übergang von Kind zu Mann, und der unbeschwerte Familienzusammenhalt der Vergangenheit brach langsam auseinander. Hora kam es vor, als sei er der Ausgeschlossene. Die Nähe zwischen Lani und ihrer Mutter schloß auch Varro mit ein. Davi und Tas waren in ihren Clangruppen mit ihrem Training und den Lehrern beschäftigt, und Rua ging immer mehr seine eigenen Wege, obwohl er seiner Mutter gegenüber weiterhin eine liebevolle Beschützerhaltung einnahm. Früher war es ein stehender Witz zwischen Hora und seiner Frau gewesen, daß der stämmige Rua der Herr des Hauses und Hora der Jäger sei, dem man erlaube, ihre Mahlzeiten zu teilen. – Rua. Immer wieder kehrten seine Gedanken zurück zu seinem ältesten Sohn.

Die Hitze des Feuers machte ihn schläfrig. Er begann trotz seiner unbequemen Haltung einzunicken; sein Kinn senkte sich auf die Brust, und er schreckte ein- oder zweimal durch sein eigenes Schnarchen hoch, wurde jedoch nicht richtig wach. Von der anderen Seite des Feuers aus beobachtete ihn Mariti. Als sie sicher war, daß er nicht in das Feuer fallen konnte, rief sie ihre Tochter, die Varro in seine Decken gewickelt hatte und sich leise mit ihren Brüdern unterhielt: »Lani.«

Das Mädchen wußte, was ihre Mutter wollte, und holte den Holzkamm aus einer Nische in der Wand. Mariti blieb auf einem Stuhl sitzen und überließ sich der zarten Berührung der Hände ihrer Tochter, als das Mädchen sich hinter sie stellte und sanft die erschöpften Muskeln in Gesicht und Nacken der Mutter zu massieren begann. Wann immer es möglich war, teilten Mutter und Tochter dieses abendliche

Ritual, das sie beide liebten. Es war eine stillschweigende, sinnliche Art der Gemeinschaft, die vor allem Mariti für eine Weile die ewig wiederkehrende Routine des Kochens und Putzens und des geduldigen Ertragens endloser männlicher Forderungen vergessen ließ. Ihre frühere Begeisterung und Spontaneität waren einem Schwanken zwischen Mutlosigkeit und Anfällen schlechter Laune gewichen. Manchmal hatte sie das Gefühl, wenn Lani am Abend nicht diesen wortlosen Liebesdienst leisten würde, könnte sie es keinen Tag länger ertragen.

Nachdem sie mit der Massage fertig war, begann Lani das früher wunderschöne braune Haar ihrer Mutter zu kämmen, das jetzt mit grauen Strähnen durchsetzt war, ihr aber immer noch lang über die Schultern fiel. Mit geschickten Händen löste sie Knoten und verfilzte Stellen und zog den schweren Kamm immer wieder durch die langen Haarsträhnen. Mariti saß mit geschlossenen Augen da, und Lanis Gesicht war die ernste Geduld anzusehen, mit der sie sich ihrem Liebesdienst hingab.

Wenn das Ritual beendet war, säuberte Lani den Kamm und warf die ausgekämmten Haare auf die rote Glut, wo sie zischend verbrannten. Manchmal setzte Mariti ihre Tochter neben sich und nahm sie in die Arme, aber heute seufzte sie nur: »Danke, Lani. Du bist deiner Mutter eine gute Tochter. Ich muß mit den Jungen reden.«

Die Frau raffte sich auf, drückte ihre Wange an die ihrer Tochter und erhob sich. Lani legte mehr Holz auf das Feuer. Mariti ging durch das Zimmer zu ihren Söhnen hinüber, die in ihre Decken eingehüllt an der Wand hockten und leise miteinander sprachen. Sie setzte sich neben sie und sah Tas an.

»Tun deine Schultern noch weh?«

»Ja.«

»Ihr beide müßt eurem Vater das mit Yaka erzählen, bevor Rua heimkommt. Ich ertrage es nicht, wenn ihr alle zur gleichen Zeit durcheinander schreit. Er wird wütend auf euch sein, aber es war nur ein Dummejungenstreich. Wenn ihr es ihm nicht selbst sagt und er es durch jemand anderen herausfindet, was sicher geschehen wird, dann wird er wirklich wütend und euch bestimmt schlagen.«

Tas wimmerte leise, bis seine Mutter ihn hart anfuhr: »Sei kein Baby. Du bist fünfzehn Jahre alt. Und du, Davi, bist für Yakas Sturz genauso verantwortlich wie dein Bruder. Du hättest ihn davon abhalten müssen, in den Baum zu schießen.«

»Können wir es Vater nicht morgen früh sagen?«

»Nein, ihr sagt es ihm heute abend noch. Er wird bald aufwachen. Wenn ihr es nicht tut, mache ich es.«

Mariti ging zum Feuer zurück. Lani hüllte sich in der Ekke neben Varro in ihre Decken. Eine Zeitlang hörte man nur Horas unregelmäßiges Schnarchen im Raum, bis die Frau sich mit grimmiger Miene an die Feuerstelle kniete und beim Zusammenharken der Glut und Anfachen des Feuers unnötig laut herumhantierte. Mit einem letzten Schnarcher öffnete Hora die Augen, runzelte die Stirn und gähnte. Er sagte mürrisch: »Bring mir etwas Bier.«

Mariti zögerte und sah ihn eine Weile an, was ihn ärgerte, so daß er die Stimme erhob und wiederholte: »Bring mir Bier, Frau, ich habe Durst.«

Mariti ging hinüber zum Kühlfach neben der Tür, wo Bier, Fleisch und Kartoffeln aufbewahrt wurden. Sorgfältig neigte sie den großen Krug, um eine Schale mit Bier zu füllen und Hora zu bringen, der sie ohne ein Wort des Dankes entgegennahm. Sie drehte sich um und sah ihre Söhne auffordernd an. Sie hatten beunruhigt zugesehen, wie sie Bier geholt hatte. Wenn sie ihrem Vater etwas beichten mußten, taten sie es besser, bevor er ein oder zwei Schalen Bier getrunken hatte. Schweigend kamen sie zum Feuer herüber und setzten sich zwischen die Eltern. Hora sah sie über den Rand der Schale hinweg an.

»Wollt ihr eure Füße wärmen, bevor ihr ins Bett geht, ja? Kalte Füße machen die Nächte länger.«

Dann sagte er scharf: »Also habt ihr eurem Vater etwas zu sagen. Nun, raus damit.«

Davi wollte aufstehen, aber sein Vater mahnte ihn: »Nein, nein, bleib sitzen. Erzähl mir einfach, was du zu sagen hast.«

Gerade hatte der Junge widerstrebend zu reden begonnen, als die Tür aufging und Rua hereinkam. Beide Jungen fühlten sich sichtlich erleichtert, in der Hoffnung, daß die vorauszusehende Wut des Vaters breitere Schultern als die ihrigen treffen würde. Einen Moment lang sah Hora grimmig drein, doch er konnte auch eine gefährliche Milde an den Tag legen, wenn er wollte. So sagte er zu den Jungen nur: »Macht Platz für euren Bruder. Ihm ist sicher kalt.«

Rua kannte diesen Tonfall, der Ärger verhieß. Er antwortete ruhig: »Danke, Vater«, setzte sich neben seine Mutter und streckte die Hände zum Feuer hin.

Hora drehte sich zu Davi um. »Gut«, sagte er, »fang noch mal von vorn an.«

»Also, heute morgen fragten Tas und ich Yaka, ob er mit uns zu dem Baum am Fluß kommen wollte, wo wir Vogelschlingen ausgelegt hatten. Nun, nach einer Weile rannte Yaka uns voraus und kletterte auf den Baum. Das war uns gleich, weil in den Schlingen sowieso keine Vögel waren, und wir warteten einfach, bis Yaka die Schlingen entwirrt hatte.«

Davi machte eine Pause und sah seinen jüngeren Bruder unglücklich an, der ihn mit den Augen aufforderte, weiter zu sprechen.

»Wir fanden es langweilig, auf ihn zu warten, Vater. Yaka war so langsam, wir dachten, er wäre in dem Baum eingeschlafen. Wir sagten ihm, wir würden nicht länger warten, aber er beeilte sich immer noch nicht, und so ...«

»Ich habe nur geübt«, warf Tas schnell ein, »aber mein Pfeil muß Yaka erschreckt haben ...«

»Halt«, sagte Hora scharf. »Dein Pfeil, sagst du. Worauf hast du gezielt?«

»Auf den Baum, Vater. Auf den Stamm des Baumes.«

Horas Stimme klang ungläubig, aber ruhig. »Schießt du so schlecht, daß du üben mußt, auf einen Baumstamm zu zielen, wenn du unter dem Baum stehst? Lüg mich nicht an, Junge.«

»Weiter oben«, erklärte Tas mit schwacher Stimme. »In die Zweige. Wir warnten Yaka, aber er wollte nicht herunterkommen.«

»Und?«

Tas wand sich. »Ich schoß noch einen Pfeil ab.«

Beide Jungen erschraken fürchterlich, als Hora einen Wutschrei ausstieß, den leeren Bierkrug beiseite warf und auf die Füße sprang; sie wichen zurück, aber Hora ergriff beide am Arm und brüllte sie an:

»Ihr habt mit Pfeilen auf Yaka geschossen, als er auf einem Baum saß? Mit Pfeilen geschossen? Und ihr wollt meine Söhne sein? Auf den Sohn meines Clanbruders schießen! Was geschah dann, du Dummkopf?«

Wild schüttelte er Davis Arm. Davi stotterte unglücklich: »Yaka ... erschrak. Er fiel vom Baum herunter.«

Rua war aufgestanden. »Vater«, sagte er, »den Rest kann ich dir erzählen.«

Hora drehte sich blitzschnell zu ihm um. »Du hältst dich da raus. Mit dir beschäftige ich mich, wenn ich mit diesen beiden fertig bin. Was ist mit Yaka geschehen? Ist er schlimm verletzt?«

»Nein«, schniefte Tas. »Er ist in Ordnung. Nur ein paar blaue Flecken. Er ging zu Fuß nach Hause.«

Hora starrte die beiden Jungen an und bebte vor Wut. »Habt ihr Dummköpfe schon einmal einen Mann mit einem Pfeil im Rücken gesehen? Oder im Hals? Ja? Nun, ich schon. Ihr hättet Yaka umbringen können!«

Er ließ Tas los, schlug aber mit seiner freien Faust auf Davis Schultern ein, während der Junge sein Gesicht mit einem Arm schützte und die Zähne zusammenbiß, aber keinen Laut von sich gab. Varro war aufgewacht und weinte. Auch Mariti war aufgestanden, zog Rua am Arm und schluchzte: »Laß ihn Tas nicht schlagen, bitte!«

Hora keuchte, stieß Davi von sich und drehte sich zu dem jüngeren um, aber bevor er zuschlagen konnte, stellte sich Rua dazwischen.

»Vater, ich habe Tas schon geschlagen. Ich habe ihn nicht geschont. Er ist bestraft worden.«

Hora starrte Rua an wie jemand, dem plötzlich die Luft ausgeht. Er ließ Tas' Arm fallen und konnte einen Moment lang nicht sprechen, bevor es aus ihm herausbrach: »Du! Du hast Tas bestraft! Seit wann bist du der Herr in diesem Haus? Wer hat dir erlaubt, meinen Sohn zu bestrafen? Du etwa, Frau?«

»Nein, nein. Rua kam vorbei und entdeckte sie.«

»Ja, Vater. Ich hörte ihre Stimmen und fand Yaka am Boden liegen. Er war wie betäubt, aber nicht schlimm verletzt. Nachdem sie mir gesagt hatten, was geschehen war, schlug ich Tas. Er hat seinen Teil abbekommen.«

»Ach, wirklich? Nun, das werde ich entscheiden. Wenn meine Söhne mir nicht gehorchen, bestrafe ich sie. Geh aus dem Weg.«

Rua wurde bleich, aber er rührte sich nicht vom Fleck und bat nochmals: »Bitte, Vater. Ich tat, was ich in dem Augenblick für das Richtige hielt. Ich wollte dir nicht deinen Rang streitig machen. Ich habe Tas hart geschlagen und ihm weh getan.«

»Geh mir aus dem Weg!«

Hora stieß Rua mit aller Kraft beiseite, daß er stolperte, gegen seine Mutter stieß und fast hinfiel. Er packte Tas am Hals und schlug ihm mit der Faust auf die Schulter. Bevor er erneut zuschlagen konnte, wurde sein Arm gepackt und zur Seite gedreht. Er ließ Tas los und drehte sich herum, um Rua anzusehen, der drohend über ihm stand. Das Gesicht des jungen Mannes war ebenso voller Wut wie das seines Vaters.

»Nein!« schrie er. »Das ist zuviel. Hör auf, Vater!«

Der ältere Mann blickte fast sprachlos zu Rua auf. »Du würdest deinen Vater schlagen«, murmelte er. »Du würdest mich schlagen, nicht wahr? So etwas habe ich schon erwartet. Du denkst, du kannst machen, was du willst, ja? Du hast keine Achtung mehr vor deinem eigenen Vater. Ich habe das kommen sehen, schon seit längerem. Du wirst mich nicht davon abhalten, meine Söhne zu bestrafen, wenn ich es will. Und was ist mit dir und Vani? Was hattest du mit ihr zu tun?«

Rua verstand seinen Vater falsch, oder er dachte, seine Brüder hätten Vani bereits erwähnt. Er versuchte ruhig zu sprechen. »Vani hat uns mit Yaka geholfen. Wir waren den Weg entlang gekommen, als wir sie schreien hörten.«

»Ach!« schrie Hora. »Du bist also heute morgen mit Vani am Fluß entlang gegangen. Du hast sie da reingezogen, nicht? Damit sie ihrem Vater von Horas dummen Söhnen erzählen kann. Sie ist nichts für dich. Ke Rala wird dir den Hals brechen, wenn er glaubt, du hättest sie angerührt. Du hast nicht mit ihr allein zu sein, verstanden? Sie ist nichts für dich, du Dummkopf! Du wirst dich von ihr fernhalten! Verstehst du?«

Rua sagte nichts, aber Hora ließ nicht so mit sich umspringen. Er packte Rua an der Schulter und schrie ihn an: »Sag mir, daß du gehorchen wirst!«

Rua schwieg weiter. In wilder Verzweiflung holte Hora mit der Faust aus, aber Rua drehte sein Gesicht zur Seite, und der Schlag ging ins Leere. Blind vor Wut raffte er sich wieder auf und ging auf seinen Sohn los. Mariti schrie und warf sich auf Hora.

»Nein, nein, bitte! Hör auf! Bitte!«

»Geh mir aus dem Weg, Frau! Bring deinen Bauch hier weg!«

Aber sie klammerte sich an ihn, auch dann noch, als Rua sie wegziehen wollte. Hora hob beide Fäuste und rammte sie ihr in den Bauch. Als sie zusammenbrach, warf sich Rua auf seinen Vater und versuchte seine Arme festzuhalten. Sie taumelten zusammen durch den Raum, als mehrere Männer und Frauen ins Zimmer stürzten. Die Männer zogen Hora und Rua auseinander, die Frauen halfen der schmerzverkrümmten Mariti und beruhigten Lani und Varro, die beide weinten.

Als Hora sah, daß die Frauen Mariti mitnahmen, wollte er sie daran hindern, aber sie stießen ihn unter Flüchen und Verwünschungen beiseite.

»Nur Frauen können ihr jetzt noch helfen«, sagte eine. »Das hat ihr wahrscheinlich den Rest gegeben.«

Zwei der Männer führten Hora zum Feuer, setzten sich dort mit ihm hin und redeten ruhig auf ihn ein. Horas Wut war verraucht und Schuld und Scham gewichen. Er sagte immer wieder: »Laßt mich zu Mariti gehen«, aber die Männer ließen ihn nicht und überredeten ihn schließlich, in den

Schlafraum zu gehen. Dort deckten sie ihn zu und blieben bei ihm, bis er eingeschlafen war. Dann überzeugten sie sich, daß mit dem Feuer nichts passieren konnte, sprachen kurz mit Rua, der noch wach in seinem Bett lag, und gingen dann still hinaus, vorbei an seinen verstummten Brüdern. In den Ecken des Raumes wurden die Schatten dunkler, während das Feuer herunterbrannte, bis nur noch Asche übrig war.

Hora schlief bis weit in den Morgen hinein. Als er aufwachte, war er allein im Haus. Das Feuer brannte ruhig, und er sah die Überreste eines Fischkuchens, der in einem Gefäß am Herd warmgestellt war. Während er lustlos aß, kamen zwei Jäger herein. Sie erklärten, daß sie von den Frauen gesandt worden seien, ihm zu sagen, daß Mariti das Baby verloren habe, daß sie sehr krank sei und für einige Zeit nicht nach Hause kommen werde. Sie wolle Hora nicht sehen. In diesen Angelegenheiten durfte man die Entscheidungen der Frauen nicht in Frage stellen. Die Frage war nur, ob sie den Häuptling und die Ältesten auffordern würden, Hora für seine Gewalttätigkeit zu bestrafen.

Irgend jemand mußte es dem Häuptling gemeldet haben, denn zwei Tage später schickte Ke Rala nach Hora und sprach mit ihm – nicht in seiner Eigenschaft als Häuptling, sondern als sein Clanbruder, der ebenfalls spürte, daß er älter wurde. Hora saß auf einem Kissen im warmen Haus des Häuptlings, nippte am Sonnenwasser und nahm die vertraulichen Reden mit einigen Vorbehalten auf; seine Gedanken behielt er für sich. Als Tama ihn besuchte, sprach dieser sich deutlich schärfer gegen Horas übermäßigen Biergenuß aus, aber er zeigte auch seine Dankbarkeit darüber, daß Hora seine Söhne zur Freundschaft mit Yaka angehalten hatte. Hora vertraute ihm seine Befürchtungen wegen Rua und Vani an, worüber Ke Rala nicht gesprochen hatte und vermutlich nichts wußte. Tama versprach, mit dem jungen Mann zu reden.

Mariti kam erst nach über einem Mond zurück, bleich und abgemagert. Ihr Haar war im Nacken zusammengebunden, was ihr einen Ausdruck von Strenge und Zurückgezogenheit verlieh, der Hora ins Herz schnitt. Seine Bitten um

Verzeihung hörte sie sich ohne ein Wort an, seufzte ein- oder zweimal und sah an ihm vorbei. Mit Lanis Hilfe kam sie ihren häuslichen Pflichten wieder nach, aber es ging langsamer als früher, und sie mußte sich öfter ausruhen. Sie wirkte abgehärmt und erschöpft. Und sie teilte Hora mit, daß eine weitere Schwangerschaft ihren Tod bedeuten würde. Von da an schlief sie im Schlafraum bei Lani und Varro, während Hora im großen Raum bei seinen drei älteren Söhnen schlief.

4

Yaka hatte den ganzen Morgen in den Gärten gearbeitet und Windbrecher aus Manukaholz gerichtet. Die stacheligen Zweige des Manuka hatten seine Arme und Beine zerkratzt, aber es bereitete ihm Spaß, die frisch riechenden Zweige an die dicken Manukastangen zu binden, die waagrecht zwischen den Zaunpfählen angebracht waren. Die Reisigbündel wurden wechselweise mit den Spitzen nach oben und nach unten aufgestellt, damit das dichte Geflecht aus Zweigen und Blättern als wirksamer Windschutz diente. Yaka war aufgetragen worden, die südöstliche Ecke des Zaunes, die um den größten Kartoffelacker herumführte, zu flicken, doch nachdem er bemerkt hatte, daß das untere Stück des Zauns zum großen Teil vom Sommergras beschädigt war, hatte er beschlossen, den ganzen Zaun wieder herzurichten, was vielleicht zehn Tage dauern würde. Es hatte ihn gefreut, daß der Älteste, der für dem Garten verantwortlich war, ihm erlaubte, es allein zu machen, was bedeutete, daß er Vertrauen in sein Können setzte. Yaka arbeitete im allgemeinen lieber allein. Da konnte er seine Schnelligkeit selbst bestimmen und im Bewußtsein seiner Muskelkraft und seiner Fähigkeiten die Aufgabe zu seiner eigenen Befriedigung lösen.

Andere Gärtner harkten die Kartoffelreihen hinauf und hinunter und jäteten Unkraut. Manchmal, wenn sie auf gleiche Höhe mit ihm kamen, machten sie eine kleine Pause, um sich mit ihm zu unterhalten. Ab und zu ruhte er sich aus und antwortete ein paar Sätze, aber wenn der Sprecher eher mürrisch als freundlich war oder gar Streit mit ihm anfangen wollte, brummte er nur und machte weiter seine Arbeit. Kam eines der hübscheren Mädchen in die Nähe, stellte er seine Kräfte zur Schau, indem er den von dem verrotteten Holz bereits gereinigten Teil des Zaunes lässig übersprang, zwei oder drei neue Bündel von dem Haufen außerhalb des Gartens holte, um dann wieder über den Zaun zu klettern.

Oben auf dem Zaun hielt er kurz inne, damit das Mädchen Gelegenheit hatte, seine breite Brust, seine kräftigen Schultern und seine festen Waden- und Oberschenkelmuskeln zu bewundern. Er wurde eitel und stolz auf seinen sich prächtig entwickelnden Körper. Manchmal, wenn er einen Seitenblick von einem Mädchen erhaschen wollte, richtete er sich auf, strich mit beiden Händen das braune Haar zurück, das ihm ins Gesicht fiel, faltete die Hände im Nacken und atmete tief ein, damit die Muskeln der Brust und des Oberarms sich wölbten. Klar, daß er dabei so tat, als hätte er die Anwesenheit des Mädchens überhaupt nicht bemerkt.

Am späten Morgen gaben die Ältesten das Zeichen zur Pause, und Yaka legte sich in den Schatten eines Baumes auf der anderen Seite des Zauns, um seinen Durst aus der schafsledernen Wasserflasche zu stillen. Das Dorf, der umgebende Wald und ein paar vereinzelte Wölkchen, die hoch oben am Himmel in Richtung Meer zogen, strahlten ein Gefühl tiefen sommerlichen Friedens aus. Ein Fächerschwanz flatterte über die Büsche und schnappte sich Insekten aus der Luft. Bienen waren emsig in den blühenden Gräsern beschäftigt, und im Wald konnte man deutlich das tausendfache Summen und Schwirren der Insektenflügel hören. Das sommerliche Leben war auf seinem Höhepunkt angelangt.

Voller Zufriedenheit arbeitete er den restlichen Morgen in der zunehmenden Hitze, bis die meisten Gärtner vor dem nachmittäglichen Höhepunkt der Hitze in den Schatten flohen. Yaka schlief eine Weile in seiner Hütte, aber obwohl sie im Schatten der Bäume lag, ging kein Lüftchen, und der Junge erwachte schweißgebadet. Er beschloß, zum Fluß hinunterzugehen. Nur mit einem Lendenschurz bekleidet, wanderte er durch das stille Dorf, wo nur wenige Kinder spielten. Die meisten Erwachsenen waren in den Häusern oder schliefen draußen im Schatten. Kein Windhauch bewegte die Blätter. Der Boden unter Yakas Füßen war heiß, und die Luft fühlte sich an wie über einer Kochgrube.

Yaka trottete zum Flußufer, tauchte seine Füße ins seichte

Wasser und beschloß, flußaufwärts bis zum Sonnenufer-Becken zu gehen. Diesen Platz betrachtete er gern als seinen geheimen Rückzugsort. Er lag weiter flußaufwärts als das beliebte Doppelbecken, wo sich die meisten jungen Leute zum Schwimmen trafen. Ein- oder zweimal waren Davi und Tas mit ihm zum Sonnenufer-Becken gekommen, aber sie zogen das nähergelegene Doppelbecken vor, weil man dort mehr Leute treffen konnte.

Heute war niemand am Doppelbecken, und Yaka machte dort ein paar Schwimmzüge, bevor er weiter flußaufwärts ging. Abwechselnd schwamm er ein Stück, watete durch das seichte Wasser oder ging am Ufer entlang. Er genoß das Alleinsein, die Freiheit, seinen eigenen Gedanken zu folgen, und auch die wachsende Kraft seines Körpers beim Rennen, Klettern und Schwimmen. Er war entschlossen, sich als stark und fähig genug zu erweisen, um mit auf die Jagd gehen zu dürfen.

Als er das Sonnenufer-Becken erreicht hatte, das in einer Biegung des Flusses lag, legte er seinen Lendenschurz ab und sprang in die kühle Tiefe. Er tauchte wieder auf, schüttelte den Kopf und schnappte nach Luft. Er trat mit den Beinen im Wasser, während er die Haare zurückstrich, atmete tief ein und legte sich auf den Rücken. Langsam ließ er sich über das Becken treiben. Er zog sich an einem Ast halb aus dem Wasser und ruhte sich für eine Weile aus, denn die Böschung war an dieser Stelle zu steil zum Hinaufklettern. Alles schien zu ruhen. Der Fluß trieb lautlos dahin, und kein Vogel sang.

Yaka ließ sich wieder ins Wasser gleiten und schwamm den Fluß hinauf bis zu dem sonnigen Ufer jenseits der Biegung. Sand und Steine bildeten einen flachen Strand, der zu einer kleinen Grasfläche hin auslief. Vor Jahren hatte eine Flutwelle die Bäume an dieser Stelle entwurzelt und mit sich gerissen. Seine Füße berührten den sandigen Grund, er watete an Land, schlurfte durch den warmen Sand und streifte sich das Wasser mit den Händen von Brust und Armen. Plötzlich hörte er ein Geräusch und blickte auf. Ihm gegenüber, nur ein paar Schritte entfernt, saß ein nacktes

Mädchen im Gras, das sich bei seinem Anblick erschrocken aufsetzte.

Einen Moment lang waren sie beide vor Überraschung sprachlos, dann lachte das Mädchen erleichtert auf und verschränkte die Arme über der Brust.

»Oh, Yaka, du bist es. Ich dachte, es wäre ein Mann.«

»Vani!«

Yaka wurde sich plötzlich seiner Nacktheit bewußt und drehte sich scheu zur Seite. Er fühlte, daß seine Wangen brannten. »Es tut mir leid«, rief er über die Schulter, »ich werde wieder gehen.«

»Sei nicht dumm«, sagte Vani. »Wo ist dein Lendenschurz? Hol ihn, komm her und unterhalte dich mit mir.«

Yaka watete ins Wasser, ohne zu antworten, und schwamm stromabwärts außer Sichtweite. Er empfand Ärger und Scham zugleich. Vani hatte seine nackte Männlichkeit gesehen, die man vor Mädchen verbergen sollte. Es machte nichts, daß er ihre Brüste gesehen hatte, denn Mädchen schwammen gewöhnlich mit nackter Brust, aber das andere ... seine Wangen wurden wieder heiß. Er erwog, nach Hause zu gehen; es ärgerte ihn, daß Vani den geheimen Platz entdeckt hatte. Aber als er seinen Lendenschurz zwischen den Beinen hindurch um seinen Po wand und daran dachte, wie selten er in den letzten Monden mit Vani geredet hatte, wandte er sich wieder flußaufwärts und ging am Ufer entlang zu ihr zurück.

Er war immer noch verlegen und lächelte unsicher, als er sich neben sie setzte. Vani hatte ihre Blöße mit einem leichten braunen Pflanzenrock und einem gelben Wollschal bedeckt, den sie als Schärpe um Brüste und Taille gebunden hatte. Sie bürstete ihr Haar, während Yaka sich ins Gras setzte.

»Du hast mich erschreckt, als du so plötzlich aus dem Wasser kamst. Du sahst so groß aus. Im ersten Moment habe ich dich nicht erkannt.«

Yaka kaute auf einem Grashalm herum und grinste, als Vani weitersprach.

»Kommst du oft hierher?«

»Ja, manchmal«, gestand er widerwillig und fügte etwas grollend hinzu: »Wann hast du diesen Platz entdeckt?«

Und plötzlich war Yaka klar, daß das Mädchen mit Rua hier gewesen war. Davi oder Tas mußten ihm von dem Becken erzählt haben. Er kaute an seinem Grashalm und sah Vani an, ohne zu lächeln.

»Ich kann sicher einen anderen Platz weiter flußaufwärts finden. Eines Tages werde ich diesem Fluß in die Berge folgen bis zu dem großen Wasserfall, wo der größte Aal der Welt lebt, der Großvater aller Aale. Ich werde ihn fangen und töten.«

In Vanis blauen Augen tanzte ein Funke Spott. »Typisch Junge, immer etwas töten wollen.«

»Ich bin kein Junge mehr. Ich bin ein Mann.«

Das Mädchen hob ein wenig die Augenbrauen und lächelte in sich hinein. Sie fuhr noch einmal mit dem Kamm durch ihr fließendes schwarzes Haar, schüttelte es leicht zurecht und drehte sich zu Yaka um. »Ist es noch irgendwo verfilzt?«

Sie drehte sich einen Moment um, und er betrachtete ihr Haar, das ihr in Wellen über die Schultern fiel. Dabei sah er mit Herzklopfen, wie ihr gelber Schal sich über ihrer linken Brust strammzog. Sein Blick blieb an der glatten Haut ihrer Schultern und an ihrem runden Schenkel hängen, der sich unter den Fransen des Rockes abzeichnete.

»Es ist gut so«, sagte er beiläufig. Er hob einen Kieselstein auf und warf ihn in den Fluß. »Wie oft bist du schon hier gewesen?«

»Oh, vielleicht drei- oder viermal. Warum?«

»Ich habe dich noch nie hier getroffen?«

»Ist das wichtig?«

»Ich komme hierher, wenn ich allein sein möchte.«

Vani sah Yaka an, der mit gesenktem Kopf an den Grashalmen zupfte, und ein Anflug von Trauer überzog ihr Gesicht. »Aus diesem Grund komme ich auch hierher, Yaka. Manchmal will ich allein sein. Es ist nicht leicht als Tochter des Häuptlings. Meine Mutter stellt immerzu Fragen, wo ich gewesen bin und wer bei mir war. Sie möchte, daß ich mehr zu Hause bleibe und ihr helfe. Aber ich mag mich nicht im

Haus aufhalten, wenn es draußen warm und sonnig ist. Ich liebe den Wald, ich liebe es, frei zu sein. Vielleicht hat Ka Balu die Samen verwechselt, als er mich geschaffen hat. Ich glaube, ich wäre lieber ein Junge als ein Mädchen geworden. Ich würde gern in der Ebene jagen gehen. Als ich noch jünger war, hat mich mein Vater manchmal mitgenommen, aber meine Mutter war empört, und die Ältesten waren dagegen. Als kleines Mädchen habe ich immer mit Jungen gespielt. Erinnerst du dich an die Hütten aus Farnwedeln, die wir gebaut haben?«

Yaka war verblüfft. Er hatte niemals gedacht, daß Vani sich einsam fühlen oder mit ihrem Schicksal unzufrieden sein könnte. Ihm war sie immer als das glücklichste aller Mädchen erschienen, achtunggebietend, schön, vollkommen. Die Erinnerungen an die Spiele ihrer Kindheit, auch wenn sie rar waren, hatte er wie einen Schatz gehütet; es war immer etwas Geheimnisvolles und Magisches damit verbunden gewesen. Es rührte ihn, daß Vani ebenfalls mit Freude daran zurückdachte.

»Ich fühlte mich sicher mit dir«, murmelte er, und sofort bedauerte er das Zugeständnis. Plötzlich grinste er Vani an. »Jetzt sind wir keine Kinder mehr. Du bist eine Frau, und ich bin ein Mann.«

Vani lächelte. »Du bist sechzehn, nicht? Ich bin drei Jahre älter. Ja, wir sind keine Kinder mehr.«

Dann nahm er seinen ganzen Mut zusammen und sagte: »Rua ist ein Jahr älter als du.«

Vani sah vor sich hin, sagte aber nichts.

Yaka tat seine unbesonnene Bemerkung leid. Er stotterte: »Entschuldige.«

Vani hob den Kopf und sah ihn lächelnd an: »Es braucht dir nicht leid zu tun. Es macht nichts.« Aber der Schatten ungeweinter Tränen in ihren Augen beunruhigte ihn. Sie fragte:

»Was reden die Leute über Rua und mich? Haben sie bemerkt, daß wir nicht mehr miteinander gehen?«

»Ja, das haben sie. Sie sagen, dein Vater habe Rua ermahnt, dich in Ruhe zu lassen.«

Vani schüttelte den Kopf. »Nein, mein Vater hat nicht mit ihm gesprochen. Aber Ruas Vater hat ihm gesagt, er solle sich von mir fernhalten, und meine Mutter war wütend auf mich. Sie drohte, es meinem Vater zu sagen und ihn zu bitten, mich zu schlagen, falls ich mich weiter mit Rua träfe. Das konnte ich nicht ertragen. Rua und ich sprechen jetzt nur noch miteinander, wenn wir mit anderen Freunden zusammen sind, aber es tut mir weh. Ich mag Rua sehr gern. Er ist so sanft zu mir. Es macht ihm nichts aus, daß ich die Tochter des Häuptlings bin. Viele andere junge Männer scheinen irgendwie Angst vor mir zu haben, oder vielleicht haben sie auch Angst vor meinem Vater.«

»Aber der Häuptling ist ein guter Mann.«

»Das glaube ich auch, aber er ist manchmal eifersüchtig, wenn ich zuviel Zeit mit anderen statt mit ihm verbringe. Ich denke, er war selbst damals eifersüchtig, als ich bei Vater Tama das Wissen Ka Balus lernte.«

Yaka hätte antworten können: »Da war ich auch eifersüchtig«, aber dieser Schmerz war noch zu frisch, um leichthin ausgesprochen zu werden. Sie schwiegen eine Weile, dann streckte Vani ihre Hand aus, legte sie leicht auf Yakas Knie und beugte sich vor.

»Kannst du ein Geheimnis für dich behalten, Yaka?«

Ihre Nähe und die Wärme ihrer Hand auf seinem Knie ließen ihn mit schroffer Stimme sagen: »Natürlich.«

Vani zog ihre Hand zurück und sagte leise: »Ich liebe Rua.«

Als sie das sagte, sah sie so wunderschön und betrübt aus, daß der junge Mann keine Eifersucht empfand, sondern nur eine Welle von Mitgefühl. Außerdem hatte er Rua immer gemocht und hätte ihn gern zum Freund gehabt, aber die vier Jahre Altersunterschied hatten zwischen ihnen gestanden.

»Ich werde nichts sagen«, sagte er. »Ich mag Rua auch. Und ich erinnere mich, wie du und Rua mir geholfen habt, als ich vom Baum gefallen bin.«

»Du hast uns einen Schrecken eingejagt. Im ersten Moment dachte ich, du wärst tot.«

»Hättest du geweint, wenn ich gestorben wäre?«

Yaka grinste, als er das fragte, aber Vani antwortete ernsthaft: »Ich möchte, daß du lebst, und nicht, daß du tot bist. Du bist mein Freund. Du benimmst dich nicht komisch, nur weil ich die Tochter des Häuptlings bin. Ich kann dir vertrauen.«

»Aber warum?« Yaka war wirklich erstaunt. »Warum willst du mich zum Freund haben? Ich bin ein Halbblut. In bin von den Clanbruderschaften ausgeschlossen. Dein Vater würde mich nicht in seinem Haus haben wollen.«

Vani hatte ein zerknittertes Blatt aufgehoben und glättete es geistesabwesend, während sie antwortete. »Das stimmt heute, aber eines Tages könnte sich das ändern. Dein Vater denkt, daß es auch einem Halbblut erlaubt sein sollte, zu einem Clan zu gehören. Vielleicht ...«

»Davon hat er mir nie etwas gesagt!« platzte Yaka hitzig heraus. »Ich bin sein Sohn, aber es ist ihm egal, daß ich zu den meisten Häusern keinen Zugang habe. Horas Haus ist das einzige, wo ich kommen und gehen kann, wie es mir gefällt. Die Ältesten teilen mir keinen Lehrer zu, damit ich die Kunst des Jagens lerne. Nur weil ich mein Brot verdienen muß, lassen sie mich in den Gärten arbeiten. Den anderen Halbblutjungen geht es genauso. Ganz gleich, wie stark wir sind oder welche Fähigkeiten wir haben, die Jäger werden uns niemals als gleichberechtigt anerkennen.«

Mit wütendem Gesicht blickte er über den Fluß, halb trotzig, halb beschämt wegen seines Ausbruchs, und fügte mürrisch hinzu: »Manchmal denke ich, ich sollte zum Volk meiner Mutter gehen und mit ihnen leben. Sie sind freundlich zu einem Halbblut.«

Vani sagte sanft: »Wenn ich einmal Häuptling bin, werden sich einige Dinge ändern.«

Yaka lachte kurz auf. »Wenn du Häuptling bist! Wie könntest du Häuptling werden? Du bist eine Frau.«

»Mein Vater hat keinen Sohn. Ich habe die Ausbildung und das Wissen erhalten, das einem Sohn zugekommen wäre. Vielleicht werde ich seine Nachfolgerin.«

»Die Ältesten würden das niemals erlauben. Eine Frau als Häuptling!«

»Nur weil es das bisher noch nie gegeben hat, ist es nicht unmöglich. Ich kann besser als die meisten Jungen klettern, rennen und Pfeil und Bogen benutzen. Warum sollte ich nicht in der Lage sein, die Angelegenheiten des Dorfes zu lenken, Streit beizulegen und von der Weisheit der Ältesten zu lernen? Die Leute vom Schäfervolk hören zu, wenn ihre Frauen sprechen, und bringen ihren Vorschlägen Respekt entgegen. Sie sind in manchen Dingen weiser als wir.«

Yaka zog die Augenbrauen hoch und bemerkte spöttisch: »Hast du mit deinem Vater darüber schon einmal gesprochen?«

Vani antwortete nicht. Yaka suchte sich in aller Ruhe einen flachen Stein und ließ ihn übers Wasser hüpfen, aber er kam nicht bis ans andere Ufer. Er stand auf, zog seinen locker gewordenen Lendenschutz zurecht und begegnete Vanis Blick. Etwas in ihren Augen drückte freundliches Mitleid aus und rief eine seltsame Wut in ihm hervor; sein Glied wurde steif, er drehte sich beiläufig zur Seite, hob einen anderen Stein auf und ließ ihn über den Fluß hüpfen. Dieses Mal schaffte er es weiter. Als er sich bückte, um noch einen Stein zu suchen, fragte er unvermittelt: »Bist du jemals mit Rua hier gewesen?«

»Ja, zweimal«, antwortete Vani beiläufig. »Warum willst du das wissen?«

Statt zu antworten, grinste Yaka sie über die Schulter hinweg an. »Ich gehe schwimmen? Du auch? Los, komm.«

Er rannte zum Wasser hinunter, warf kühn seinen Lendenschurz ab und watete in den Fluß. Das kalte Wasser ernüchterte ihn, aber als er in der sprudelnden Flut tauchte, herumplanschte und sich treiben ließ, konnte er die Vorstellung an Vani nicht loswerden, wie sie nackt und breitbeinig auf Ruas Schoß saß. Er sah, wie sie weiter unten ins Wasser glitt, und wollte sich gern in ihre Nähe treiben lassen, aber er fürchtete, daß ihre Nacktheit ihn nur zu offensichtlich erregen würde. Sie schwamm langsam um die Flußbiegung, so daß er Zeit hatte, seinen Lendenschurz wieder anzulegen und am Ufer entlang weiter flußaufwärts zu schlendern, bevor er sie beim Zurückkommen wieder am Strand sitzen und ihr Haar kämmen sah, wie sie es schon zuvor getan hatte.

Die heißeste Zeit des Tages war vorüber, und bald würden sich die Schatten des Waldes über das sonnenbeschienene Gras legen. Eine leise Vorahnung des Bedauerns überfiel ihn. Er rief Vani und schlenderte lässig zu ihr zurück. Sie hatte ihren Rock wieder angezogen, aber den gelben Schal nur lose um den Hals geworfen, er fiel locker über ihre Brüste und war in der Taille nicht festgebunden. Auf ihrem glatten Bauch, den Schultern und Schenkeln glitzerten Wassertropfen. Er hockte sich auf die Fersen und sah ihr zu, wie sie sich kämmte. Sie lächelten sich an.

Yaka sprach zuerst. »Es ist nur noch ein halber Mond bis zum Mittsommernachtsfest. Dieses Jahr werde ich beim Ringen mitmachen.«

Sie beugte sich zu ihm herüber. »Ich werde dir ein Geheimnis verraten.«

»Was?«

»Dieses Jahr werde ich bei allem gewinnen, was ich mitmache.« Sie hob die Augenbrauen und nickte so ernsthaft, daß sie beide lachen mußten.

»Ich hoffe, es klappt«, sagte der junge Mann, und die Bewunderung in seinen Augen war so glühend, daß Vani sich auffällig lange damit beschäftigte, sorgfältig eine Haarsträhne zu kämmen. Yaka war durch ihre Nähe kühn geworden und hob ein Säckchen an einem dünnen Band auf, das neben ihr lag. Er wußte, was es war. Die jungen Mädchen hängten es sich zwischen die Brüste, von denen es angewärmt wurde, so daß es einen aromatischen Duft verströmte, der junge Männer anziehen sollte. Yaka legte sich das dünne Band um den Hals und ließ das Säckchen auf seiner Brust baumeln. Er drückte es leicht. »Was ist da drin?«

»Zerdrückte Blätter und Blüten. Es hat seinen Duft schon ziemlich verloren. Ich werde ein neues machen müssen.«

Yaka klopfte sich auf die Brust, setzte sich wieder auf die Hacken und grinste. »Steht mir gut. Es gefällt mir. Ich denke, ich werde es behalten.«

Vani sah ihn erheitert an. »Um wie ein Mädchen auszusehen, bräuchtest du noch einiges mehr.«

»Ich möchte nicht wie ein Mädchen aussehen. Mir gefällt einfach der Geruch.«

Er legte sich auf den Rücken und spielte mit dem Säckchen, während Vani neben ihm kniete und nachsichtig lächelte.

»Du bist einfach ein großes Baby«, sagte sie.

»Ich möchte dein großes Baby sein«, sagte er kühn.

Eine Woge von Zärtlichkeit, Mitleid und Verlangen überkam Vani. Sie setzte sich näher zu ihm, so daß er die Wärme ihres Schenkels an seiner Seite spürte. Sanft begann sie sein Haar an den Schläfen zurückzustreifen, seine Wangen, seinen Hals, seine Schultern und Brust, Brustwarzen und Seiten zu streicheln. Yaka schloß die Augen und ließ das sinnliche Entzücken, das ihre Hände auslösten, durch seinen Körper strömen. Noch nie hatte er solche Wonnen erlebt. Vani murmelte: »Das machen Mütter manchmal mit ihren Babys, damit sie einschlafen.«

Yaka sagte nichts und genoß den sanften Druck ihrer Hände, die seinen Körper entlang strichen. Aber nach einiger Zeit merkte er, daß er mehr von Vani wollte als die zärtlichen Berührungen ihrer Hände. Hinter seinen geschlossenen Lidern stellte er sich vor, wie sie sich mit blauen Augen voller Zärtlichkeit und ins Gesicht fallendem Haar, das ihn kitzelte, über ihn beugte und ihre Arme, Brüste und Bauch ganz nahe über ihm waren. Sie bemerkte die Schwellung unter seinem Lendenschurz, sagte aber nichts. Doch als er spürte, daß es langsam bedenklich für ihn wurde, öffnete er die Augen, lächelte und sagte: »Danke.« Vani hörte auf, ihn zu streicheln, und setzte sich ein Stück weiter weg. Yaka richtete sich auf, zog die Knie an und umschlang sie, bis die Spannung wieder nachließ. Als er aufsah, war er sicher, daß Vani ihn vergnügt beobachtet hatte.

Sorgfältig nahm er das Duftsäckchen wieder ab. Vani streckte die Hand danach aus, aber er sagte: »Nein, laß mich das machen.«

Es war leicht genug, ihr das Säckchen um den Hals zu legen, aber schwieriger, ihr schweres Haar darüberzuheben, ohne daß die Schnur riß. Ihre Köpfe waren dicht beieinander, er spürte den leichten Geruch des Flusses auf ihrer Haut, die Wärme ihres Körpers. Als er fertig war, fuhr er mit den Fingerspitzen an der Schnur entlang bis zu ihrer Brust, dann schlüpfte er sachte mit den Händen unter den Schal und begann, ihre Brüste und Seiten zu streicheln, wie sie es bei ihm getan hatte. Zu seinem Entzücken nahm sie den Schal ab und warf ihn beiseite, während er ihr einen Arm um die Schultern legte und sie mit sich nach unten zog, wobei er nicht aufhörte, sie mit der anderen Hand rasch und kräftig zu streicheln. Er war von Erstaunen erfüllt, daß etwas so Schönes so plötzlich geschehen konnte, als ob Liebe und Glück ihm wie reife Äpfel in den Schoß fielen. Er atmete tief ein, hob ein Bein über Vanis Beine und zog sie eng an sich.

Er hatte noch nie ein Mädchen geküßt und berührte ihre Lippen zuerst ein- oder zweimal ganz behutsam. Vani bewegte sich kaum und lag ruhig in seiner Umarmung, bis er eine Hand unter ihren Rock zwischen ihre Schenkel gleiten ließ und sie murmelte: »Nein, nein, tu das nicht, ich sollte nicht ...«

»Bitte«, sagte er leise, »bitte, Vani, laß mich. Es ist das erste Mal. Zeige mir, was ich tun muß. O bitte, bitte, Vani.«

Sie legte eine Hand auf seine. »Nein, ich darf nicht. Nicht mit dir. Nein.«

Sein Hand hielt in der Bewegung inne. Er stützte sich auf einen Ellbogen und sah sie an. Sie öffnete die Augen.

»Warum nicht mit mir? Weil ich ein Halbblut bin, ja? Du also auch. Ist es das?«

»Nein, nein, das ist es nicht. Nicht das, Yaka, glaube mir, bitte.«

Ihre offensichtliche Besorgnis besänftigte ihn, und er zog sie wieder dicht an sich und streichelte sie, ohne zu sprechen, bis die Spannung in ihm nach Erleichterung drängte. Als er merkte, daß sie seiner Hand zwischen ihren Schenkeln keinen Widerstand mehr leistete, schob er sie forschend in das warme, weiche, feuchte Haar. Er nahm den Arm von ihren Schultern und legte sie ins Gras zurück, zog an seinem Lendenschurz und schleuderte ihn weg. Dann ließ er sich sanft auf sie herunter.

»Hilf mir«, bat er.

Vani faßte nach unten, machte ihren Rock auf, öffnete die Schenkel und nahm sein geschwollenes Glied in die Hand. Sanft zog sie ihn nach unten, streichelte ihn und half ihm, in sie einzudringen. Dann legte sie die Arme um ihn und schlang ihre Beine um seine Schenkel.

Yaka lag schwer auf ihr, stieß eifrig und ungeschickt in sie hinein. Nur allzu früh kam er zum Höhepunkt und ergoß seinen Samen in sie. Unerfahren, wie er war, konnte er ihr wenig Genuß bereiten und zog sich bald zurück, wobei ihm das Abschwellen seines Gliedes und die Feuchtigkeit ihrer Körper bewußt wurden. Er tastete nach seinem Lendenschurz und band ihn um, ohne Vani anzusehen, die ebenfalls Rock und Schal wieder umlegte. Als er dann doch aufblickte, sah sie ihn mit seltsam traurigen Augen an. Zum drittenmal an diesem Nachmittag kämmte sie ihr Haar. Er stand mit herabhängenden Armen vor ihr. Mit zitterndem Mund und gebeugtem Kopf war er jetzt nur noch ein schuldbewußter Junge.

»Du brauchst dich nicht zu schämen«, sagte Vani freundlich. »Erinnere dich daran, daß du zur Hälfte ein Schäfer bist. Die Schäfer glauben daran, daß es richtig ist, die Freuden des Körpers miteinander zu teilen. Wir müssen jetzt zurück, aber man darf uns nicht zusammen sehen, wenn wir ins Dorf kommen.«

Yaka blickte auf und war erleichtert, daß sie ihren Liebesakt als etwas so Natürliches hinnahm. »Danke«, sagte er, »ich werde mich immer ...du weißt schon ... danke.«

In dieser Nacht lag er noch lange wach, nachdem er sich in seine Hütte zurückgezogen hatte, und erlebte alles noch einmal. Endlich weiß ich, wie es ist, dachte er. Ich habe Vani gehabt, genauso wie Rua. Jetzt bin ich ein Mann. Bald werde ich es wieder tun.

Aber aller Stolz und auch seine Prahlerei konnten nichts daran ändern, daß diese Erfahrung zu gering war und ihm nur vorübergehende Befriedigung bot. Er dachte darüber nach, was es für Vani bedeutet hatte, die von dem starken Rua geliebt worden war. Er wußte, daß Vani für ihn nicht die Liebe empfand, die sie Rua geschenkt hatte. Vielleicht hatte sie ihm, Yaka, nachgegeben, weil sie Mitleid mit ihm hatte, denn er war ein Halbblut und würde es nicht leicht haben, Mädchen für sich zu gewinnen. Dann wieder fürchtete er sich, weil er mit der Tochter des Häuptlings zusammen gewesen war und den Gesetzen Ka Balus nicht gehorcht hatte, die vorschrieben, daß junge Männer und Frauen das Liebesspiel erst spielen durften, wenn sie verheiratet waren. Aber alle Jungen des Hirschvolks wagten es, den Zorn Ka Balus auf sich zu ziehen, und versuchten ihr Glück bei den Mädchen. Wenn ich im Dorf meiner Mutter wäre, dachte Yaka, könnte ich jetzt in das Haus der Jungherzen gehen und mit vielen Mädchen zusammensein.

In den nächsten Tagen sah er Vani kaum, und wenn, dann nur zusammen mit anderen. Einmal ging er zurück zum Sonnenufer-Becken, aber sie war nicht dort. Einzig die durch ihre Abwesenheit hervorgerufene Leere war zu spüren. Er blieb nur kurz.

Das Mittsommernachtsfest wurde vorbereitet, und Yaka ließ sich von der allgemeinen erwartungsvollen und aufregenden Stimmung anstecken. Jeden Tag übte er mit anderen Jungen Ringen, denn Ke Rala hatte nichts dagegen, daß die Fähigkeiten und Fertigkeiten der Halbblutjungen dem Dorf Ehre machten, wenn sie ihre Gegner aus dem Schäferdorf bei den Spielen besiegten. Seit nunmehr fünf Jahren betrachtete Ke Rala die Spiele als Prüfung der körperlichen Tüchtigkeit der Jungen aus beiden Völkern und war zu der Überzeugung gelangt, daß die Männer des Hirschvolks mehr aushielten als die Schäferleute. Seine entschiedene Einstellung, daß das Fest vor allem ein sportlicher Wettkampf sein sollte, war bei manchen Ältesten sowie bei einigen Leuten des Schäfervolks und bei Tama auf Widerstand gestoßen. Das Schäfervolk hätte es lieber gesehen, wenn bei dem Fest hauptsächlich Feiern, Singen, Tanzen und Lieben im Vordergrund gestanden und die Spiele nur der zusätzlichen Unterhaltung gedient hätten. Aber Tama wußte, daß der Häuptling, solange Vani jung und stark war, das Fest als eine Möglichkeit sah, ihre Fähigkeiten für die Bewohner beider Dörfer sichtbar herauszustellen. Niemand konnte umhin, ihre Schönheit, ihre Stärke und ihr Können und darüber hinaus die bescheidene Art zu bewundern, mit der sie auftrat. Wenn Vani zu Hause auch oft herrisch und leidenschaftlich war, so benahm sie sich in der Öffentlichkeit doch stets anmutig und würdevoll, wie es sich für die Tochter eines Häuptlings ziemte. Männer und Frauen des Schäfervolks waren gleichermaßen von ihrem Auftreten und ihrem Wesen begeistert. Wohin sie während des Festes auch ging, immer war sie von einer Gruppe von Bewunderern aus beiden Dörfern umlagert. Und Vani war freundlich, sanft und aufmerksam zu jedermann, ob alt oder jung, zu gutaussehenden jungen Männern und gebrechlichen alten Frauen, schüchternen Kindern und stolzen jungen Müttern.

Am ersten Tag des Sommerfestes gab es das übliche fröhliche Durcheinander beim Herrichten der einfachen Unterkünfte des letzten Jahres. Daß es regnen würde, war zwar nicht wahrscheinlich – die Vorzeichen verhießen gutes Wetter –, aber es wurde trotzdem eine Hütte für Mütter und Kinder bereitgestellt; Gruben für Kochfeuer wurden ausgehoben, und die für die Spiele vorgesehenen Plätze wurden von Unkraut, Zweigen und Steinen befreit. Am zweiten Tag waren dann alle angekommen, jede Familie hatte sich einen Platz zum Schlafen gesucht, die schwer beladenen Essensträger hatten dankbar ihre Lasten abgesetzt, Freunde begrüßten sich, und die ganze Insel war voll glücklicher Betriebsamkeit, voller Gelächter und Bewegung, Buntheit und Gesang.

Die ersten Wettkämpfe begannen. Die Besiegten trösteten sich mit Sonnenwasser, die Sieger rieben ihre Glieder mit Öl ein. Yaka gewann seine ersten beiden Ringkämpfe und besiegte beim zweiten sogar einen älteren Jungen aus seinem eigenen Dorf. Er war ganz außer sich vor Freude und gab bei jedem, der es hören wollte, mit seinen Kräften an, bis sein Vater ihn milde zurechtwies, aber selbst das konnte seine Freude nicht dämpfen. Er hatte Vani bei vier Rennen zugejubelt, die sie alle gewonnen hatte, und war überzeugt, daß sie zu ihrem Wort stehen und jedesmal siegen würde. An den Gesängen und Tänzen, mit denen der Tag ausklang, nahm Yaka ebenso wie einige Jungen und Mädchen des Schäfervolks teil, bis sie sich schließlich alle völlig erschöpft in einer Sandmulde zusammenrollten und die blitzende Sternenpracht der kurzen Sommernacht langsam verlöschte.

Am nächsten Tag wurde Yaka bei seinem dritten Ringkampf glatt besiegt, aber als seine erste Enttäuschung sich gelegt hatte, nahm er es ohne Murren hin und wandte seine ganze Aufmerksamkeit den anderen Wettkämpfen zu – vor allem jenen, an denen Vani teilnahm. Er schrie und machte vor Begeisterung Luftsprünge, als sie einen Kampf nach dem anderen gewann: den Hürdenlauf, den Sprung aus dem Stand, den Hochsprung, den Langlauf viermal um den Platz. Sie war unbesiegbar und wurde, erhitzt und strahlend, von Wettkämpfern aus beiden Dörfern auf den Schultern rund um den Platz getragen, und die versammelte Menge sang das Triumphlied, das herausragenden Leistungen vorbehalten war.

Die Feier ging die ganze Nacht weiter. Die Funken sprühten zu den vorüberziehenden Sternen hoch, die Gesänge schwollen an und flossen mit den Wellen des Flusses dahin. Yaka hatte noch nie solches Glück erlebt. Als er zu Vani sagte: »Ich wußte, daß du alles gewinnen würdest«, lächelte sie, legte einen Finger auf die Lippen und antwortete: »Das ist unser Geheimnis«, und er fühlte, daß er sein Leben für sie hingeben könnte. Es schien ihm, als wären alle Hindernisse gefallen und er als Halbblut von keiner Unternehmung des Hirschvolks mehr ausgeschlossen.

Am Abend, als alle tranken und aßen und fröhlich zusammensaßen, ging Ke Rala durch die Reihen beider Völker, blieb öfter stehen und lachte und redete viel ungezwungener als sonst. Und als er zu der Gruppe von Jugendlichen kam, bei denen Yaka saß, legte er ihm völlig überraschend die Hand auf die Schulter und sagte: »Du hast dich gut geschlagen, und du wirst noch besser werden. Ich will, daß du nächstes Jahr all deine Ringkämpfe gewinnst.« Und er lächelte auf Yaka herab, der ihn mit großen Augen ansah.

Der Häuptling hatte ihn berührt. Das war für Yaka der krönende Höhepunkt des ganzen Festes. Als die herrschaftliche Gestalt zur nächsten Gruppe im Schein des Feuers weiterging, hob Yaka die Hand und umfaßte seine eigene Schulter, als wollte er den warmen, lobenden Abdruck der Hand des Häuptlings für immer in sein Fleisch einprägen.

5

»Aber bisher habe ich Mutter immer geholfen, die Äpfel für den Wein zu pressen. Du hast das noch nie gemacht.«

»Nun, heute will ich es tun, und einer von uns beiden ist genug für diese Arbeit.«

Der Raum war erfüllt vom berauschenden Geruch reifer und überreifer Äpfel, die in braunen Tonkrügen entlang der Wand aufgereiht waren und in einer Ecke auf einem Haufen lagen. Vani hatte begonnen, die reiferen, aber noch nicht fauligen Äpfel in die engmaschigen Beutel zu füllen, aus denen ihr Saft zuerst in Schalen tropfte, bevor man die Beutel auspreßte.

Ila strich sich einige lose Haare aus den Zöpfen zurück, die sie jetzt wie manche Mädchen des Schäfervolks trug, und runzelte ärgerlich die Stirn über ihre Schwester. »Aber ich helfe immer beim Weinmachen«, wiederholte sie, und ihre frischen Wangen röteten sich vor Wut noch mehr.

Vani sortierte weiter die Äpfel aus und meinte gelassen: »Es wird Zeit, daß ich Mutter öfter helfe. Du kannst etwas anderes tun.«

Ila stürmte aus dem Zimmer, und Vani hörte, wie sie sich mit erregter Stimme bei ihrer Mutter beschwerte. Sogleich kam Anielli in den kühlen Raum mit dem Boden aus gestampfter Erde, in dem das Gemüse aufbewahrt wurde.

»Wenn du mir beim Weinmachen helfen willst, ist mir das recht, Tochter. Ila kann sich mit der Wolle beschäftigen. Es ist an der Zeit, daß du mehr über die Arbeit lernst, die das Leben einer Frau ausmacht.« Sie warf einen Blick auf das Mädchen, das bei dem Apfelhaufen kniete und die Äpfel langsam in die Beutel sortierte. Ein Anflug von Besorgnis huschte über ihr Gesicht und färbte ihre Stimme, als sie bemerkte, wie unruhig Vani ihr Haar aus dem Gesicht strich. »Warum trägst du es nicht in Zöpfen wie Ila? Dann bleibt es ordentlich.«

Vani antwortete nichts darauf, band den Beutel zu, den sie gefüllt hatte, und hängte ihn zum Abtropfen über eine Schüssel.

»Du hast dich in letzter Zeit mehr im Haus aufgehalten«, fuhr ihre Mutter fort. »Das ist gut so. Es gibt wahrlich genug Arbeit für euch beide. Allzu oft hast du deinen Anteil nicht beigetragen. Ila macht alles gut, was sie anfaßt. Aber deshalb gefällt es ihr auch nicht, wenn du plötzlich beschließt, ihre Arbeit zu tun. Verstehst du das, meine Tochter? Vani, warum siehst du mich nicht an? Es ist nicht deine Art, eingeschnappt zu sein.«

Langsam drehte sich Vani zu ihr um, und Anielli sah mit Bestürzung, daß die Lippen des Mädchens bebten und ihre blauen Augen vor Tränen überflossen.

»Aber, aber«, sagte sie besorgt, »ich wollte dich nicht verletzen. Komm, setz dich hierher zu mir.« Und schon zog sie ihre Tochter zu einer Bank an der Wand. Doch Vani kniete sich auf den Boden neben ihre Mutter. Sie hob ihr Gesicht mit flehendem Blick, nannte sie bei dem Kosenamen, den sie als Kind benutzt hatte, und brach in bitteres Weinen aus.

»Oh, kleine Mama, kleine Mama, hilf mir, bitte, hilf mir! Ich weiß nicht, was ich tun soll.«

»Aber was hat dich denn so durcheinandergebracht? Sag mir, was es ist. Natürlich helfe ich dir. Meine liebe Vani, ach, mein armes Kind.«

Anielli wiegte Vanis dunklen Kopf in ihren Armen, glättete ihr Haar, wischte die Tränen ab und hielt sich mit ihren Fragen zurück, bis sich der erste Tränenfluß gelegt hatte. Schließlich drückte sie Vani tröstend an sich und überredete sie, sich neben sie auf die Bank zu setzen. Dann nahm sie die Hände des Mädchens in ihre eigenen und sah ihr tief in die Augen.

»Jetzt erzähl mal, was dich so verletzt hat, mein Liebes. Was ist passiert?«

Vani hatte all ihre Ängste, ihre Schuldgefühle und ihre Verwirrung in dem Tränenausbruch herausgeweint und keine Kraft mehr, um ihrer Mutter die Wahrheit zu ersparen. Mit tonloser Stimme sagte sie: »Ich bekomme ein Kind.«

Anielli ließ die Hände ihrer Tochter fallen, als hätte sie etwas gestochen, stand auf und ging einige Schritte auf und ab, wobei sie unzusammenhängende Worte stammelte. Dann brach die Wut aus ihr heraus. »Was? Was sagst du da? Du bekommst ein Kind? Du Dummkopf, du ungehorsamer, undankbarer Dummkopf! Ach, bei allen guten Göttern, womit habe ich das verdient? Habe ich dich nicht wieder und wieder davor gewarnt, dich mit den Jungen aus dem Dorf herumzutreiben? Oh, wenn du doch mehr wie Ila wärst! Sie würde ihrer Mutter nie das Herz brechen. Wer ist der Vater? Sag es mir, du dummes Ding, wer ist der Vater? Wer hat diesen Aal in deinen Bauch kriechen lassen?«

Wütend blieb Anielli stehen, schüttelte Vani bei den Schultern und schrie wieder: »Wer ist es? Sag es mir, ist es Rua?«

»Nein, nein, es ist nicht Rua, ich kann es dir nicht sagen.«

Anielli trat einen Schritt zurück und legte sich eine Hand auf die Brust. »Du kannst es mir nicht sagen? Meinst du, es waren so viele, daß du es nicht weißt? Ach, du lieber Gott ...«

»Nein, nein, ich darf es dir nicht sagen, ich darf nicht. Oh, tu mir nicht noch mehr weh, hilf mir.«

Anielli rang die Hände. »Dir helfen! Ja, jetzt wo es zu spät ist, bittest du um Hilfe. Bist du sicher, daß du ein Kind unter dem Herzen trägst? Vielleicht irrst du dich ja. Gleich heute abend gehe ich mit dir zur alten Mira und lasse dich untersuchen.«

»Ich war schon bei der alten Mira.«

»Allein? Du hast kein Schamgefühl. Was hat sie gesagt?«

Vani hob den Kopf, um Mitgefühl im Gesicht ihrer Mutter zu finden, aber sie sah nur eine Mischung aus Wut, verletztem Stolz und Angst. Mit fester Stimme antwortete sie: »Ich bin seit drei Monden schwanger. Es war in der Mittsommernacht vor den Wettkämpfen.«

Anielli bedeckte das Gesicht mit den Händen und sagte dann mit beherrschter Ruhe: »Wir sollten nicht hier bleiben. Ila könnte hereinkommen. Komm mit mir in dein Zimmer.«

Als Vani mit dem Unterricht bei Vater Tama begonnen

hatte, hatte Ke Rala für sie einen kleinen Raum mit einer zur Sonne hinausgehenden Außentür bauen lassen, in dem Lehrer und Schülerin für sich sein konnten. In der letzten Zeit war es für sie zu einem Zufluchtsort vor den anderen geworden, vielleicht aber auch vor den qualvollen Gedanken in ihrem eigenen Kopf.

Die beiden Frauen setzten sich auf die gepolsterte Bank unter dem Fenster. Anielli stellte sich langsam auf die neue Lage ein.

»Das ist das Schlimmste, was passieren konnte. Hast du es irgend jemandem erzählt? Vielleicht Ila?«

»Nein, niemandem.«

»Weiß der Mann es? Wer ist es? Warum kannst du es mir nicht sagen?«

Vani schüttelte den Kopf. »Mutter, ich darf es dir nicht sagen. Niemand außer der alten Mira weiß, daß ich schwanger bin.«

»Sie wird nichts sagen. Aber du wirst noch einmal zu ihr gehen müssen. Ich werde mit dir kommen. Drei Monde, sagst du. Man könnte es heimlich wegmachen. Es ist gegen die Gesetze Ka Balus, aber manchmal denke ich, die Gesetze Ka Balus sind nur für Männer und nicht für Frauen gemacht. Manchmal müssen wir selbst entscheiden, was zu tun ist, ohne Ka Balu zu fragen.«

»Was meinst du damit?«

»Bist du so dumm, daß du glaubst, du könntest dieses Kind austragen? Kannst du dir nicht vorstellen, was du deinem Vater damit antun würdest? Alles, was er für dich getan hat, hatte zum Ziel, dich auszubilden, damit du eines Tages seine Stelle als Häuptling einnehmen könntest, vielleicht noch bevor seine Zeit gekommen ist, auf dem Weißen Hirsch zu reiten. Ich habe ihm keinen Sohn geschenkt, aber er hat dir alles zukommen lassen, was er einem Sohn gegeben hätte. Glaubst du, er könnte noch hocherhobenen Hauptes durch das Dorf gehen, wenn alle wüßten, daß du ein Kind bekommst? Dieser Mann – der Vater –, oh, warum willst du mir seinen Namen nicht sagen? Es muß Rua sein.«

»Es ist nicht Rua.«

»Wer ist es dann? Könnte er dich heiraten? O ihr Götter, er ist doch nicht schon verheiratet? Das doch nicht?«

»Nein, er ist nicht verheiratet.«

»Dann mußt du einwilligen, daß die alte Mira dir das Kind wegmacht. Es ist noch nicht zu spät. Dein Vater will bald auf die Jagd gehen, bevor das Wetter umschlägt. Dann müssen wir es tun und eine Krankheit vorschützen, die dich ans Bett fesselt.«

Vani rang verzweifelt bittend die Hände. »Nein, das will ich nicht. Ich werde nicht zulassen, daß mir mein Kind genommen wird. Es gehört mir. Hier in meinem Bauch lebt es schon. Es ist gegen das Gesetz Ka Balus, es zu töten.«

Die kalte Ungläubigkeit auf dem Gesicht ihrer Mutter jagte Vani einen Schauder der Angst über den Rücken.

»Denkst du wirklich, daß das allein deine Entscheidung ist? Kannst du dir vorstellen, daß dein Vater einen namenlosen Bastard in sein Haus aufnimmt? Hast du dir überlegt, welch schlechtes Beispiel das für deine Schwester abgibt? Willst du mich vor dem ganzen Dorf als Mutter bloßstellen, der es nicht gelungen ist, ihre Tochter im Geist der alten, anständigen Sitten unseres Volkes aufzuziehen? Oder hast du vor, wegzulaufen in den Wald, damit die Vögel dein Baby mit Beeren füttern?«

Vani biß sich auf die Lippen, um weitere Tränen zurückzuhalten. »Mutter, ich kann mein Kind nicht töten. Ich weiß, daß ich etwas Falsches getan habe. Zuerst dachte ich, es wäre besser, wenn dem Kind etwas zustieße. Aber mein Kind muß leben. Dein erstes Enkelkind.«

»Mach dich nicht über mich lustig mit der Verlockung von Enkelkindern. Glaubst du, daß dein Vater dieses Kind am Leben lassen wird? Weißt du nicht, daß das Gesetz einem Vater das Recht gibt, den Bastard einer unverheirateten Tochter zu töten? Du hast die Gesetze Ka Balus studiert. Viel Gutes ist nicht dabei herausgekommen. Und noch etwas: Du mußt nicht glauben, daß du den Namen dieses Mannes noch länger geheimhalten kannst. Wenn dein Vater herausfindet, daß du schwanger bist, wird er auch herausfinden, wer der

Vater ist, glaube mir, und nicht einmal Ka Balu kann dem Mann dann noch helfen.

»Ich werde meinen Vater um Gnade bitten.«

»Gnade? Es gibt das Gesetz, und es gibt Strafen. Dein Vater ist der Häuptling seines Volkes. Ohne das Gesetz gehen wir unter. Er wird von Gnade wenig wissen wollen. Ich biete dir die einzige Gnade an, die du bekommen kannst, den Weg der Frauen, der Geheimhaltung und Leiden bedeutet. Du mußt mit mir zur alten Mira gehen und dir das Kind wegmachen lassen. Die alte Mira kennt viele Geheimnisse, sie wird schweigen. Du und ich werden Bescheid wissen und lernen, mit dem Geheimnis zu leben. Niemand sonst braucht etwas davon zu wissen. Selbst der Vater des Kindes wird nichts davon erfahren, wenn wir vorsichtig sind. Es ist schwierig und gefährlich, aber es ist der einzige Ausweg. Du mußt mir glauben. Niemand sonst kann dir helfen. O Vani, du dummes, schlechtes Mädchen, du bist trotzdem immer noch meine Tochter, laß mich dir auf die einzig mögliche Art helfen.«

Sie hörten Ila rufen.

»Bleib hier«, befahl Anielli scharf. »Versuche zu schlafen. Ich werde Ila sagen, daß deine Monatsblutung dir Schmerzen bereitet. Ach, wenn es doch nur das wäre. Später bringe ich dir etwas zu essen. Falls dein Vater kommt, sag ihm, daß du schlafen möchtest. Ich muß gehen.«

Es gab keine Verbindungstür zwischen Vanis Kammer und dem Rest des Hauses. Anielli eilte fort, schloß die Tür hinter sich und ließ Vani im warmen Dämmerlicht des Raumes zurück.

In den nächsten Tagen, bevor Ke Rala mit den anderen zur Jagd aufbrach, taten Vani und ihre Mutter ihr Bestes, sich so normal, geschäftig und fröhlich wie sonst zu geben. Ke Rala konnte jedoch nicht anders, als zu bemerken, daß sich seine Tochter mehr als sonst im Haus zu schaffen machte, und er sprach mit seiner Frau darüber.

»Ich freue mich zu sehen, daß Vani dir jetzt mehr als früher hilft. Sie muß immer noch viel über Frauenarbeit lernen. Manchmal ist sie eigenwillig, mehr wie ein temperamentvoller Junge. Dieses Temperament gefällt mir, und ich habe es ausgebildet, aber sie muß auch in der Welt der Frauen ihren Platz finden. Hast du mit ihr darüber gesprochen?«

»Nein ... ja, ich erinnere sie immer an ihre Pflichten. Sie hat in letzter Zeit ihre Arbeit besser verrichtet. Wann wirst du mit den Jägern aufbrechen?« Anielli kramte mit abgewandtem Gesicht in einem Korb mit Kleidern bei der Feuerstelle herum.

»In zwei Tagen, bei Halbmond.«

Vani gelang es zwar, ihre Sorgen zu verbergen, wenn die ganze Familie beisammen war, aber als ihr Vater am Morgen seines Aufbruchs zur Jagd zu ihr kam, konnte sie ihre Tränen nur mühsam zurückhalten. Er nahm ihren Kopf in beide Hände, gab ihr einen Kuß und sagte einfach: »Meine Tochter bereitet mir Freude.« Dann brach er auf in den schönen, frostigen Herbstmorgen.

Ila bemerkte natürlich in den nächsten zwei Tagen, daß ihre Mutter und Schwester viel Zeit mit Streiten in Vanis Zimmer verbrachten, Anielli ein grimmiges Gesicht aufsetzte, kurz angebunden war und Vanis Augen vom Weinen gerötet waren. Ila und ihre Mutter hatten immer in bestem Einvernehmen zusammengearbeitet und waren stolz auf ihre gute Haushaltsführung. In den Dingen, die das Haus betrafen, stimmten sie völlig überein. Nun plötzlich wurde von Ila erwartet, zwar ihre Arbeit so gut wie sonst auch zu machen, doch ihre Mutter zog sie nicht mehr ins Vertrauen. Sie fühlte sich ausgeschlossen. Anielli war zu unglücklich, um den Groll ihrer jüngeren Tochter zu bemerken, bis Ila ungeschickt eine Suppenschüssel umstieß und ein Haufen glühender Kohlen sich zischend über die ganze Feuerstelle verstreute.

»Was machst du, Mädchen? Wie kannst du nur so ungeschickt sein! Das ist doch sonst nicht deine Art. Komm, mach es sauber.«

Ila stand auf und starrte ihre Mutter an. »Ich bin nicht ungeschickt, und ich werde nichts aufräumen! Tu es selbst!« Sie brach in lautes Schluchzen aus und rannte zur Tür hinaus.

Anielli sah auf das Durcheinander zu ihren Füßen und begriff. Bald darauf ging sie dorthin, wo sie Ila richtig vermutete, zu dem sonnigen Unterstand bei ihrem Geistbaum, dessen Äste über den Fluß hingen. Mutter und Tochter lehnten sich gemeinsam an den Baumstamm, und Anielli erklärte mit sorgfältig gewählten Worten:

»Ila, sie hat einen Kummer, über den sie nur mit mir reden kann. Ich möchte nicht, daß du dich darüber aufregst. Du bist ein gutes Mädchen. Wenn Vani erst einmal ... sobald ihr Problem gelöst ist, wird es ihr wieder gutgehen, und wir können alles vergessen. Ich möchte nicht, daß dein Vater etwas davon erfährt. Verstehst du?«

Ila hob ein Blatt vom Boden auf und drehte es sacht hin und her. Sie sah ihre Mutter nicht an, als sie leise sagte: »Die Mädchen aus dem Dorf reden über sie.«

»Was? Sie reden über Vani? Was sagen sie?«

»Nun, sie haben bemerkt, daß Vani fast die ganze Zeit im Haus ist. Das sei nicht ihre Art. Sie sagen ...«

Anielli sah ihre Tochter an, die den Kopf gesenkt hatte. »Nun? Heraus damit, Mädchen.«

Ila hob die Lider. Sie wurde rot, als sie mit gekränkter Würde sagte: »Ich bin kein Kind mehr, Mutter. Ich höre dich und Vani seit Tagen streiten. Und Vani benimmt sich anders als sonst. Die Mädchen aus dem Dorf wundern sich, warum man sie nicht mehr zu sehen bekommt. Du weißt, wie eifersüchtig sie immer gewesen sind, weil Vani so viel Zeit mit jungen Jägern verbracht hat. Jetzt sagen sie, es sei ihre eigene Schuld, wenn sie ...« Ila biß sich auf die Lippe, sah den gequälten Ausdruck auf dem Gesicht ihrer Mutter und fuhr fort: »... wenn sie einen Aal im Bauch hat.«

Das Mädchen war nicht darauf vorbereitet, daß ihre Mutter plötzlich in hilfloses Weinen ausbrechen würde; Ila tröstete sie, so gut sie konnte, bis Aniellis dumpfe Klagen plötzlich verstummten. Wütend wischte sie ihre Tränen fort, setzte sich auf und sagte bestimmt:

»Du mußt mir helfen. Ich wollte dich damit nicht belasten, aber es ist wahr. Du mußt mir helfen, Vani zur alten Mira zu bringen, während dein Vater fort ist. Er darf niemals etwas davon erfahren. Es würde ihm das Herz brechen. Wenn die Mädchen nach ihr fragen, dann sag … sag, daß sie das Dunkle Wissen studiert, daß das sehr schwierig ist und sie einen Mond lang oder zwei für sich bleiben muß. Wenn sie sagen, sie sei schwanger, dann drohe ihnen damit, dem Häuptling von ihren Lügen zu berichten.«

Falls Anielli gehofft hatte, in Ila eine Verbündete im Kampf gegen Vanis Dickköpfigkeit zu finden, hatte sie sich getäuscht. Für Ila waren Ordnung und Anpassung, Arbeit und Gehorsam die Gewähr für gleichbleibende Sicherheit. Die Auflehnung ihrer Schwester, deren Anspruch auf mehr Freiheit und ihre Beteiligung an männlichen Unternehmungen hatte sie nie nachvollziehen können. Nun, da Vani sich ein Kind aufgehalst hatte, fühlte Ila ihre eigene Sicherheit bedroht und überließ es ihrer Mutter, allein mit Vanis Willen zu ringen.

Am vierten Abend nach Ke Ralas Aufbruch brachte Anielli ohne Vorwarnung die alte Mira mit in Vanis Raum. »Wenn du auf mich nicht hören willst, hörst du vielleicht auf jemanden, der mehr über dein Problem weiß. Wenn du denkst, daß es für ein unverheiratetes Mädchen leicht ist, ein Kind auszutragen, wirst du vielleicht deine Meinung ändern, wenn du hörst, was Mira zu sagen hat. Es ist sehr freundlich von ihr, in einer so kalten Nacht herzukommen, um dir zu helfen. Du solltest dankbar sein.«

Vani sagte freundlich: »Ich bin dankbar und werde ihr gut zuhören.«

Aber ihr Herz wurde schwer, als sie die Besucherin ansah und Miras Anwesenheit als weiteren Angriff auf ihre Selbständigkeit bei dieser Entscheidung empfand. Vani zeigte sich äußerlich ruhig und aufmerksam, hielt aber an der tiefen Überzeugung fest, daß ihr Kind am Leben bleiben sollte.

Die alte Mira war gar nicht alt und schwach, noch nicht einmal vierzig Jahre alt. Sie war seit zehn Jahren Witwe und wußte, daß ihr das Prädikat ›alt‹ von den Dorfbewohnern in Anerkennung ihrer Fähigkeiten als Hebamme verliehen worden war, aber auch wegen ihres geheimen Wissens, mit dem sie schon mehr Mädchen und Frauen geholfen hatte, als die Männer im Dorf jemals erfahren würden. Ihr breites, volles Gesicht, ihr meist gesenkter Blick und der um Stirn und Augen gewickelte Schal ließen nicht vermuten, wie viele Geständnisse sie in ihrem Herzen mit sich herumtrug und wieviel Schmerz sie bereits miterlebt hatte. Sie war die einzige Frau im Dorf, die man nie ohne ihren Schal sah, und die meisten hatten völlig vergessen, daß sie einmal eine eigenartige Krankheit gehabt hatte und seitdem völlig kahl war. Wer ihrer Dienste bedurfte, spürte die Macht ihrer schwarzen Augen, wenn sie einen seitlich ansah, und brachte ihr fast ebensoviel Respekt entgegen wie dem Häuptling und den Ältesten. Für Frauen in Not war sie wichtiger als der Häuptling oder die Ältesten.

Vani hörte ihr schweigend zu.

»Es ist etwas Großartiges, ein junges und schönes Mädchen zu sein, meine Liebe. Noch dazu die Tochter eines Häuptlings. Dein Vater ist ein starker und weiser Mann. Wir wissen alle, wie stolz er auf dich ist und welche Hoffnungen er in dich setzt, Liebes. Du wirst ihn doch nicht enttäuschen wollen. Jugendliche haben heißes Blut, und sie sind schnell bei der Liebe. Da geschieht es leicht, daß man die Gesetze Ka Balus vergißt, ebenso wie die Pflichten, die man den Eltern gegenüber hat. Das heiße Verlangen des Körpers läßt uns alles andere vergessen. Aber Ka Balu kennt diese Zeit, und er schlägt im richtigen Moment zu. Alle, die seine Gesetze mißachten, werden irgendwann bestraft, Frauen ebenso wie Männer, und so wirst auch du jetzt bestraft durch das Schuldgefühl wegen deines falschen Verhaltens.«

Vani hob den Kopf mit zornrotem Gesicht, aber ein warnender Blick ihrer Mutter hieß sie schweigen. Den Augen der alten Mira entging nichts, und sie nahm die stumme Auflehnung mit Befriedigung wahr. Anielli hatte sie sehr gut darauf vorbereitet, wie sie mit Vani sprechen sollte.

»Nun, ich kann verstehen, meine Liebe, was dieses Kind für dich bedeutet: ein Liebespfand von dem jungen Mann, der sich mit dir vereinigt hat. Ich weiß, wie sie sind, sie stellen es sehr schlau an, aber sie denken nur an den Augenblick. Und junge Mädchen sind nicht erfahren genug, ihnen ihr Vergnügen zu verwehren. Der Stier besteigt die junge Kuh, wann es ihm gefällt, aber es ist die Kuh, die sein Kalb unter viel Blut und Schmerzen gebären muß.«

Die alte Mira nahm mit einem kurzen Seitenblick wahr, daß Vani unwillkürlich Abscheu zeigte, und fuhr mit langsamer, gleichförmiger Stimme fort:

»Was du bedenken mußt, Vani, ist die Tatsache, daß dein Kind nicht das Kind irgendeines gewöhnlichen Dorfmädchens ist, ob verheiratet oder nicht, sondern Enkel eines Häuptlings. Es ist Sache deines Vaters, einen Ehemann für dich auszusuchen, wenn er entscheidet, daß es für dich Zeit zum Heiraten ist. Es steht dir nicht zu, ihm einen Enkel von einem Mann ohne Namen zu präsentieren. Du bist die Erstgeborene eines Häuptlings, und Vater Tama hat dich für umfangreiche Pflichten ausgebildet. Es ziemt sich nicht für dich, mit einem unehelichen Kind nur deinen eigenen Vorstellungen nachzugeben. Du mußt zuerst an deinen Vater und an deine Mutter denken und daran, was du ihnen schuldig bist. Das Kind muß weggemacht werden, und dein Vater braucht es niemals zu erfahren, auch wenn du eines Tages deinem Ehemann darüber Rechenschaft ablegen mußt.«

Vani stand auf, am ganzen Körper zitternd, mit ineinander verkrampften Händen. »Nein, nein, das kann ich nicht. Ich werde es nicht tun. Ich will das Kind austragen. Ich kenne die Pflichten meinem Vater gegenüber. Er liebt mich, er wird ärgerlich sein, ich weiß, aber er wird verstehen und mir verzeihen ...«

»Du dummes Mädchen«, unterbrach Anielli sie, »du weißt nicht, was du sagst. ›Verstehen.‹ ›Verzeihen.‹ Dein Vater wird dem Gesetz Ka Balus gehorchen. Ein Vater hat das Recht, einen ungewollten Bastard zu töten. Ist es nicht so, Mira?«

Die alte Mira war von Vanis Ausbruch ungerührt geblieben und nickte zustimmend. Sie sah das Mädchen einen Augenblick offen an, bevor sie fortfuhr:

»Du mußt wissen, daß deine Weigerung, deiner Mutter zu gehorchen, dir nur weiteres Leid einbringen wird. Es wird nicht das erste Mal sein, daß ich andere Frauen bitten muß, ein unwilliges Mädchen festzuhalten. Wenn du dich vernünftig verhältst, kann dir das Kind ohne große Schmerzen entfernt werden, während einer meiner Heiltränke dich betäubt. Nur wenn du Widerstand leistest, wird es sehr weh tun.«

Vanis blaue Augen weiteten sich vor Entsetzen, als sie ihrer Mutter einen schnellen Blick zuwarf, aber Anielli biß sich auf die Lippen und sah zur Seite. Das Mädchen fühlte sich, als ob die Wände über ihm zusammenstürzten. Sie blieb stehen, stützte sich mit den Händen an der Holzwand hinter sich ab und starrte auf die alte Mira hinunter, die ungerührt auf einem Hocker saß. In der Stimme der Frau lag kein Mitgefühl, als sie weitersprach.

»Ich muß dich noch auf das Schlimmste hinweisen, was geschehen könnte, wenn du das Kind in deinem Bauch läßt. Wenn eine verheiratete Frau ein Kind trägt, ist sie glücklich, und alle Säfte ihres Körpers fließen voller Freude, damit das Kind wachsen kann. Wenn ihre Zeit gekommen ist, kann sie das Kind leicht und mit wenig Schmerzen herauspressen. Aber wenn eine Frau weiß, daß sie ein unerwünschtes Kind trägt, ist sie nicht glücklich, und ihre Säfte trocknen vor Angst und Schuldgefühlen aus. Das Kind wächst nicht gut, sondern kämpft um sein Leben. Vielleicht wird es mit einem großen Kopf geboren, so groß, daß er nicht hindurchpaßt, selbst wenn es in Todesangst um sich schlägt und tritt. Es könnte ersticken oder in deinem Bauch sterben und dich vergiften. Oder es könnte deinen Bauch durchstoßen und sich bis zu deinem Rücken durchkämpfen, bis deine eigenen Ausscheidungen aus dir herausquellen …«

»Nein, nein, nein!«

Vani kreischte vor Entsetzen, fletschte die Zähne, und in ihrem Gesicht war eine solche Wut, daß Anielli sich schnell zwischen sie und die alte Mira stellte, die ruhig auf ihrem Hocker sitzen blieb. Vani schluchzte, bettelte und zerrte an ihrer Mutter, bis Anielli merkte, daß sie sie nicht überzeugen würden, und Mira zu gehen bat.

Die Hebamme erhob sich ruhig und sagte: »Ich bin gekommen, wie man mich gerufen hat. Sie ist ein dummes, verstocktes Mädchen. Aber sie wird am Ende zu mir kommen, und ich werde tun, was nötig ist, wenn sie es nicht zu lange hinausschiebt. Sag ihrem Vater, er soll sie verprügeln.« Sie ging hinaus und schloß die Tür.

Anielli drehte sich zu ihrer verzweifelten Tochter um. »Sie hat recht. Du bist ein dummes, widerspenstiges Mädchen. Aber glaube nicht an diesen Blödsinn über Kinder, die versuchen würden, ihre Mütter umzubringen. Sie wollte dir Angst einjagen. Ich werde nicht zulassen, daß sie dir das Kind gewaltsam nehmen. Du bist die Tochter des Häuptlings, so dumm du auch sein magst. Aber Vani, ach, Vani, versteh doch, daß es das Beste für dich wäre, dieses Kind nicht zu bekommen. Denk an die Schande deines Vaters. Du kannst ihm das ersparen. Wie kann ich ihm jemals sagen, daß du schwanger bist?«

Mit tränenverschleierten Augen murmelte Vani in den Armen ihrer Mutter: »Das brauchst du nicht. Ich werde es ihm selbst sagen.«

Einige Tage später schlug das angenehme, frische Herbstwetter um, und stürmischer Regen aus Südwest warf die Baumwipfel hin und her, heulte um die Häuser und blies den heißen Rauch aus den Kaminen flußabwärts in Richtung Meer. Im Haus des Häuptlings gingen die Frauen wie gewöhnlich ihrer Arbeit nach, aber sie wußten auch, daß nach der Rückkehr des Häuptlings der große Krach ausbrechen würde. Zwischen den Schwestern hatte sich eine Kälte entwickelt, die bei Ila schon an Angst grenzte. Sie sah die heile Welt ihrer Kindheit von einer Veränderung bedroht, die darin keinen Platz hatte. Die ältere Schwester, der Liebling ihres Vaters, war eine Fremde für sie geworden, die durch ihr Verhalten und ihre Erfahrungen von ihr weggerückt war und sich in ihrer Einsamkeit selbst genügte. Ila suchte Zuflucht in ihrer Arbeit. Ihre Hände waren niemals müßig, und sie besorgte all das, was ihre Mutter angefangen und dann liegen gelassen hatte.

Anielli fragte sich mit wachsender Verwirrung, wie sie Vani am besten vor dem Zorn ihres Vaters beschützen und trotzdem noch erhobenen Hauptes vor den Frauen des Dorfes auftreten könnte. Der Dorftratsch war bereits soweit gediehen, daß alle von Vanis Schwangerschaft überzeugt waren. Man sah sie selten außerhalb des Hauses, und wenn, dann erschien sie verändert, ernüchtert und in sich gekehrt. Die Klatschmäuler standen nicht still, und manche waren voller Schadenfreude, daß ihre wilde Schönheit nun gezähmt werden würde. Aber es gab auch andere, die sich um sie sorgten, junge Männer, die gern für sie und ihr namenloses Kind aufkommen würden. Anielli wußte, was die Dorfbewohner dachten, ohne daß man es ihr zu sagen brauchte. Dagegen wußte sie nicht, was Ke Rala tun würde. Ihre Befürchtungen quälten sie Tag und Nacht. Ihr Verhalten gegenüber Vani wechselte von Geschimpfe und Einschüchterung zu liebevollem Zureden und oft auch zu Tränen, und dann war es die Tochter, die die Mutter tröstete.

Nachdem der Schrecken des Besuchs der alten Mira vorüber und Ke Rala immer noch auf der Jagd war, fühlte Vani eine innere Kraft in sich wachsen. Körperlich ging es ihr gut, und sie hielt sich an das, was sie von Vater Tama gelernt hatte, um ihre Ängste zu besänftigen und ihren Entschluß zu festigen, das Kind in ihrem Bauch auszutragen und ihren Eltern zu helfen, ihre Mutterschaft anzunehmen. Manchmal wurde sie von der Vorstellung des schrecklichen und grausamen Zorns ihres Vaters überwältigt, aber sie schob solche Bilder entschlossen von sich, denn sie konnte einfach nicht glauben, daß seine Liebe zu ihr nicht auch Verständnis und Verzeihung einschloß. Sie dachte nur selten an Yaka, seine Mitwirkung bei dieser Schwangerschaft war so kurz gewesen. Irgendwann würde er es erfahren müssen, vielleicht würde er es erraten, aber sie hatte nicht die Absicht, ihn zu heiraten. Yaka war ein Freund, ein einsamer Junge, dessen Bedürfnis nach körperlicher Liebe sie für eine kurze Weile gestillt hatte, doch sie wollte ihn nicht als Ehemann. Manchmal wünschte sie sich, sie wäre beim Schäfervolk zur Welt gekommen. Diese betrachteten die Liebesabenteuer der jungen Leute mit freundlicher Duldung und lebten nicht in der Angst vor Göttern. Wenn ihr solche Gedanken in den Kopf kamen, drängte sie sie freilich schnell wieder beiseite. Nur ein Priester war stark genug, diesen Abgrund zu überschreiten.

An einem regnerischen Abend kehrte Ke Rala zurück. Vor zwei Jahren hatte er in Chards Buch ein Bild von einem nackten Mann gesehen, der in einer dampfenden Holzwanne saß. Das Bild hatte ihn so fasziniert, daß er Brusa gebeten hatte, eine solche Wanne für ihn herzustellen. Er hatte die Fugen mit eingewachsten Fasern abgedichtet, und so hielt die Wanne das Wasser sehr gut. Es war Ke Ralas besonderes Vergnügen geworden, sich nach der Rückkehr von der Jagd von seiner Frau eimerweise Wasser erhitzen und in die Wanne gießen zu lassen, damit sie ihm in der Wärme der Feuerstelle seinen Schweiß und Schmutz abwaschen konnte.

Während er nun seine müden Muskeln Aniellis wohltuenden Händen überließ, zogen in seinem Geist noch einmal die Bilder von Wäldern und Ebenen, den sternklaren Nächten, die sie im Schutz einer Zweighütte verbracht hatten, und von dem Dung und den Hufspuren des großen Bullen, den er mit dem Pfeil erlegt hatte, vorüber. Er war sich voller Stolz bewußt, daß sein Körper es nach Kraft und Geschicklichkeit immer noch mit den jungen Männer aufnehmen konnte, die nur halb so alt waren wie er. Vielleicht war er nicht mehr ganz so beweglich wie sie, aber er besaß große Ausdauer und konnte seinen Anteil am Fleisch ebenso lange tragen wie seine Begleiter. Er hatte nicht, wie Hora, seine Kräfte durch Biergelage verschwendet.

Als das Wasser abkühlte und Anielli ihn vollständig abgeseift hatte, stieg er aus der Wanne und ließ sich von seiner Frau abtrocknen. Sie sprachen nur wenig, und das Ritual spendete seiner Frau mehr Trost, als er sich hätte vorstellen können. Danach zog er ein wollenes Hemd über und setzte sich auf einen Hocker beim Feuer. Anielli fing an den Boden zu wischen.

»Ila kann dir dabei helfen. Sag Vani, sie soll kommen und mich kämmen.«

Die Mädchen kamen auf den Ruf ihrer Mutter und halfen ihr, die schwere Wanne wegzutragen. Ila widmete sich weiter dem Kochen. Anielli ging unruhig auf und ab zwischen Ila und Vani, die das Haar ihres Vaters behutsam trocknete und es dann sorgfältig auskämmte. Vani stand hinter Ke Rala. Ihr Gesicht sah ernst und schön aus, während sie ihren Geist fest auf die ruhigen Worte aus Vater Tamas Unterricht richtete und die Gewißheit spürte, daß das, was gesagt werden mußte, von selbst kommen würde.

Als sie mit dem Kämmen fertig war und die herausgekämmten Haare vom Wind hatte forttragen lassen – Ke Rala wünschte nicht, daß seine Haare verbrannt wurden –, wünschte er eine Schale Sonnenwasser. Vani brachte sie ihm und stellte sie auf den niedrigen Tisch zwischen ihnen. Der Widerschein der Flammen tanzte auf seinen Handknöcheln, während er einen tiefen Zug nahm und die halb geleerte Schale wieder auf den Tisch stellte. Seine Hände lagen immer noch zufrieden und dankbar um die Schale.

»Vater«, sagte Vani, »ich muß dir etwas Wichtiges sagen.«

»Ja, meine Tochter, was möchtest du mir sagen?«

Anielli stand mit verkrampften Händen ganz steif in der Tür.

Als Vani sprach, stand ein Teil ihres Selbst neben ihr, als spräche jemand anderes und sie wäre nur ein Beobachter, der nichts mit der Sache zu tun hätte. Ein Gefühl des Stolzes hielt sie davon ab, zu erklären oder zu bitten, denn sie war so sehr von der Liebe ihres Vaters überzeugt, daß sie ihm nichts außer der nackten Wahrheit sagen konnte.

»Vater, ich bekomme ein Kind.«

In Ke Ralas Gesicht bewegte sich kein einziger Muskel, als er seiner Tochter in die Augen blickte, aber Vani sah, wie das Licht in seinen Augen zu erlöschen schien, als würde eine Wolke vor der Sonne die Erde verfinstern. Ganz langsam drehte er sich zu seiner Frau um, die unsicher in der Tür stand.

»Frau, ist das wahr?«

Aniellis stammelndes Flehen gab ihm die Antwort. Mit langem, forschendem, ungläubigem Blick sah er in Vanis Augen. Ihre Lippen zitterten, und ihre Augen füllten sich mit Tränen. Seine Hände packten die Trinkschale fester, und er senkte den Kopf.

»Laßt mich allein.«

Anielli kam nach vorn, jammerte und zog an Vanis Ärmel, aber Vani zögerte und fing an zu sprechen.

»Vater, bitte hör mich an …«

Der Mann stieß einen heiseren, gequälten Schrei aus, und seine Knöchel wurden weiß, als sich seine Finger um die Schale krampften. »Laßt mich allein!«

Seine ganze Stärke schien in die schreckliche Umklammerung seiner Hände zu fließen. Mit lautem Krachen sprang die Schale entzwei, Wein ergoß sich auf den Tisch und vermischte sich mit dem dunkleren Rot, das aus seinen Fingern quoll.

Anielli schrie vor Entsetzen auf und machte einen zögernden Schritt vorwärts. Zähneknirschend sagte Ke Rala zum drittenmal:

»Laßt mich allein!«

Vani legte einen Arm um ihre verzweifelte Mutter und führte sie aus dem Raum.

Ila starrte lange und tränenverschleiert in die Dunkelheit, die ihr keine Hoffnung auf eine Rückkehr zu Ordnung und Sicherheit bot. Bevor Vani erschöpft einschlief, weinte sie bitterlich, nicht wegen sich selbst, sondern wegen ihres Vaters, den sie liebte und so grausam verletzt hatte. Das Bild von dem Blut, das durch seine Finger herab tropfte, ließ sie nicht mehr los. Anielli kroch zweimal aus ihrem Bett und sah den Umriß ihres Mannes, der sich, über die Scherben der Schale gebeugt, vor den verglühenden Kohlen des Feuers abzeichnete. Beim drittenmal sah sie, daß der Raum leer und das Feuer erloschen war.

Am Morgen fand sie Ke Rala schlafend auf dem Boden bei der Feuerstelle. Er murmelte vor sich hin. Er war schmutzig, seine leichten Wollkleider waren durchweicht und zerrissen, an Armen und Beinen hatte er Verletzungen und blaue Flecken. Er sah aus, als hätte er die ganze Nacht hindurch mit Dämonen gekämpft.

Anielli weckte Ila und ließ sie auf der Kochstelle Wasser

erhitzen. Sie wusch ihren Mann, brachte Salben für seine Wunden und zog ihm saubere Kleidung an. Er wollte nichts essen, trank nur etwas Wasser und sprach nicht mit Anielli, bis sie fertig war. Dann sagte er:

»Du wirst sie in ihr Zimmer einschließen. Dort hat sie die ganze Zeit zu bleiben. Sperr die Tür ab. Niemand darf sie sehen oder mit ihr sprechen. Stell keine Fragen, sondern tu, was ich dir gesagt habe.«

Anielli erwiderte nichts und preßte die Lippen voller Bitterkeit zusammen. Ke Rala stand auf und sah kurz auf seine verbundenen Hände hinunter. Er verschränkte sie unter den langen Ärmeln seines Hemdes und ging langsam hinaus.

6

Während sich das Jahr dem Ende zuneigte und die Zeit der kalten Tage und langen Nächte anbrach, redeten die Dorfbewohner die ganze Zeit hinter vorgehaltener Hand über Vanis Gefangenschaft. Nur wenige hatten geglaubt, daß der Häuptling so streng reagieren würde. Er hatte nie verhehlt, wie sehr er Vani liebte und wie stolz er auf sie war. Wie konnte er nur so grausam sein, sie von jedermann abzuschließen, als ob sie eine schreckliche Krankheit hätte? Es war schlimm für die Tochter des Häuptlings, unverheiratet ein Kind zu erwarten, aber eine derart harte Bestrafung hatte sie nicht verdient. Sicher würde ihr Vater sie nun rasch mit irgendeinem standesgemäßen jungen Jäger verheiraten. Zum erstenmal in seiner Zeit als Häuptling war Ke Ralas übliche würdige Zurückhaltung zu einer undurchschaubaren Maske geworden, und er übte seine Macht mit gefühlloser, unbarmherziger Strenge aus. Seit jenem Winter des Großen Schnees hatten die älteren Dorfbewohner nicht mehr dieses Gefühl der ständigen Angst vor dem Kommenden verspürt. Nach kurzer Zeit sandten sie in ihrer Verzweiflung mehrere Männer zu ihrem Priester, um ihn zu bitten, sich dafür einzusetzen, daß Vani weiteres Leid erspart bliebe.

Tama konnte vielleicht mehr als jeder andere verstehen, welch herber Schlag Ke Ralas Stolz versetzt worden war. Er erinnerte sich, daß ihm schon als Junge auf der Langen Wanderung Ke Ralas Autorität und Fähigkeiten ein Gefühl der Sicherheit vermittelten, und er wußte, daß Ke Rala sehr darauf bedacht war, immer nur das Beste von sich selbst zu fordern. Tama konnte sich nicht entsinnen, daß es in Ke Ralas Leben jemals einen Moment der Schwäche oder Torheit gegeben hätte. Andere Menschen tranken vielleicht einmal zu viel, trafen mit ihrem Pfeil nicht das Ziel oder verprügelten ihre Frauen, aber Ke Rala war über die meisten menschlichen Schwächen erhaben. Er stellte wirklich eine Verkörperung der Gesetze Ka Balus dar, und das war wahrscheinlich auch das Bild, das er von sich selbst hatte.

Als Vani ausgebildet wurde, um später einmal seinen Platz einzunehmen, hatte er in ihr die gleiche Willensstärke, den gleichen Stolz, die gleichen Führungseigenschaften entdeckt. Vani war soweit wie möglich dahingehend erzogen worden, einem Jungen in allem ebenbürtig zu sein. Wenn sie manchmal mehr Wärme und Leidenschaftlichkeit an den Tag gelegt hatte, als Ke Rala sich jemals zugestand, dann sah er das eher in ihrer weiblichen Natur als in einer Schwäche ihres Charakters begründet. Tama aber wußte, daß Vanis Gefühlsstärke von einer Fähigkeit herrührte, die ihrem Vater abging: der Fähigkeit, sich in einen anderen Menschen hineinzuversetzen, seine Gedanken nachzuvollziehen und eine Sache aus dessen Sicht zu sehen oder zu empfinden. Eine Eigenschaft, die sicher eher einem Priester als einem Häuptling diente; auch war dies großzügige Geben der eigenen Kraft, um jemanden zu heilen oder zu stärken, mehr weiblich als männlich.

Tamas Aufgabe war es gewesen, diese Großzügigkeit bei Vani in bewußte Kanäle zu lenken und ihr beizubringen, wie sie diese Kraft sinnvoll einsetzen könnte. In den vier Jahren ihres gemeinsamen Unterrichts hatte er entdeckt, daß ihre Wahrnehmung der Menschen viel feiner war als die ihres Vaters und daß ihr tieferes Verständnis ihr flexiblere Handlungsmöglichkeiten eröffnete als Ke Rala. Wo Ke Rala von der Richtigkeit seines Verhaltens überzeugt war, zweifelte Vani, doch war sie einmal entschlossen, so blieb sie auch bei ihrer Entscheidung.

Als Tama sich darauf vorbereitete, mit Ke Rala zu sprechen, wurde ihm klar, daß die größte Schwierigkeit darin bestehen würde, seinen verletzten Stolz zu besänftigen und ihn davon zu überzeugen, daß Vanis Schwangerschaft keine vorsätzliche Zurückweisung der Lehren ihres Vaters bedeutete. Schweren Herzens machte er sich zum Haus des Häuptlings auf.

An einem kalten Abend saßen sie sich am Feuer gegenüber. Tama hatte auf dem Weg von seiner Anhöhe herunter gefroren und wärmte sich jetzt dankbar die Hände. Sie kannten sich zu gut, um sich etwas vorzumachen. Ohne zu zögern, ergriff Tama das Wort:

»Dein Kummer ist auch meiner, Bruder. Wir haben schon vieles miteinander geteilt und werden das auch diesmal tun.«

Ke Rala antwortete nicht und starrte in die Flammen, so daß Tama anfangs mehr zu den Flammen als zu seinem Gefährten sprach.

»Ich habe versucht, meine Ohren gegen das zu verschließen, was man im Dorf über deine angeblichen Absichten munkelt. Ich bin gekommen, um die Wahrheit aus deinem eigenen Mund zu hören. Und wenn du Hilfe brauchst, bin ich da, um sie dir anzubieten.«

Nach einem Moment des Schweigens sagte Ke Rala mit fester Stimme: »Ich werde tun, was ich tun muß. Ich brauche dazu keine Hilfe.«

»Als Vater oder als Häuptling?«

»Das ist ein und dasselbe.«

»Aber es gibt einen Unterschied. Wenn dies einem der Jäger geschehen wäre, könnte er seine Tochter ohne große Auswirkungen auf das Volk bestrafen, aber was du für Vani beschließt, wird das ganze Dorf betreffen und auch Vanis zukünftiges Ansehen als Häuptling.«

»Sie wird niemals Häuptling werden.«

Tama sah Ke Rala an, der nicht von den Flammen aufblickte. Der Priester bemühte sich, eine immer stärker werdende Bedrückung abzuschütteln, die seine Gedanken lähmte. »Schwerwiegende Entscheidungen muß man sorgfältig überlegen. Es ist das Beste, Vorsicht walten zu lassen, bis der Weg deutlich ist.«

Ke Rala antwortete unbewegt: »Mein Entschluß steht fest. Mein Weg ist klar. Ich werde tun, was das Gesetz erlaubt und Ka Balu befiehlt.«

»Kannst du es mir nicht sagen?«

Ke Rala blickte Tama an. »Du weißt so gut wie ich, was das Gesetz einem Vater einräumt, dessen Tochter unverheiratet ein Kind bekommt. Geschieht dies der Tochter eines

Häuptlings, wiegt das schwerer als bei einem Mädchen aus dem Dorf. Und noch schlimmer ist es, wenn das Mädchen sich weigert, den Namen des Vaters ihres Kindes preiszugeben.«

»Vani hat es dir nicht gesagt?«

»Nein.«

»Sei aufrichtig mit mir, Bruder. Das Gesetz erlaubt einem Häuptling, eine Tochter zu töten, die einen Bastard unter dem Herzen trägt, und auch das Kind. Daran kannst du doch nicht ernsthaft denken? Das ist seit Generationen nicht mehr vorgekommen.«

»Was ich denke, ist nicht von Belang. Meine Pflicht ist es, dem Gesetz Genüge zu tun und so zu handeln, wie Ka Balu es befiehlt.«

»Aber dieses Gesetz schreibt nicht vor, daß ein Häuptling eine Mutter und ihr Kind töten muß. Es ist die härteste Strafe, eine Möglichkeit und die stärkste Abschreckung, doch keine unausweichliche Folge. Du kannst nicht wirklich so etwas im Sinn haben.«

»Ich werde tun, was Ka Balu befiehlt.«

»Und was ist mit dem Mann, der bei Vani gelegen hat? Vielleicht hat sie nicht aus freien Stücken nachgegeben.«

»Da kannst du mir helfen. Ich will mir eine Prüfung ausdenken, ein Ritual, an dem alle Jäger teilnehmen müssen, um den Schuldigen zu finden. Er muß gefunden werden, und ich werde ihn finden und dafür sorgen, daß er die dem Gesetz nach zulässige Höchststrafe bekommt.«

Vor Tamas geistigem Auge tauchte ein Bild auf, eine klare Erinnerung an Ereignisse, die schon lange zurücklagen. Er war wieder ein Junge und kehrte allein durch die Berge in das Dorf zurück, nachdem Rua ums Leben gekommen war. Die Männer des Dorfes waren im Langhaus versammelt, um das Urteil des Häuptlings für sein – wie sie glaubten – Vergehen, Rua in den Tod geführt zu haben, zu vernehmen. Deutlich spürte der erwachsene Tama wieder den Angstschweiß am ganzen Körper und die Bosheit in den Gesichtern, die ihn im flackernden Fackellicht anstarrten. Noch einmal fühlte er, wie sein Körper sich vor Entsetzen zusammenkrampfte, als der Häuptling ihn zu der Folter des Käfigs verurteilte und eine Welle trotzigen Zorns in seinen Adern kochte.

Und jetzt hatte der Sohn jenes Häuptlings seine eigene Tochter zur Gefangenschaft verurteilt, hatte ihren stolzen Geist ebenso eingesperrt, wie damals Tamas Geist und Körper eingesperrt waren. Wut regte sich in dem Priester, und eine plötzliche, ungewohnte Heftigkeit kam in seine Stimme, bevor ihm klar wurde, was er sagte:

»Du sprichst viel von Bestrafung, als ob Rache allein wichtig wäre. Das Gesetz, das Gesetz! Ja, ich weiß, daß wir alle den Gesetzen Ka Balus gehorchen müssen, aber wir sind Menschen: Wir lieben, wir machen Fehler. Wird es nicht Zeit, auch an Vergebung zu denken? Vani ist dein Kind, sie ist eine edle und schöne Frau. Sie hat einen unabhängigen Geist. Ja, ich weiß, sie ist dumm und ungehorsam gewesen. Aber hast du ihr denn Gelegenheit gegeben, über das zu sprechen, was wirklich geschehen ist? Sie braucht Hilfe. Ich muß sie sehen.«

Tama war entsetzt über die bittere Endgültigkeit von Ke Ralas Antwort: »Du kannst sie nicht sehen. Ich verbiete es. Sie sieht niemanden außer ihrer Mutter.«

»Aber ich bin ihr Priester. Sie braucht mich jetzt ebenso, als wenn sie schwer krank wäre. Ich werde sie sehen. Du wirst mich nicht daran hindern.«

»Ich verbiete es! In dieser Angelegenheit ist meine Macht größer als deine. Ich spreche nicht nur als Häuptling, sondern auch als Vater. Du wirst sie nicht sehen.«

»Ich werde zu den Ältesten gehen.«

»Ich habe bereits mit ihnen gesprochen. Sie unterstützen meinen Entschluß, meine Tochter in ihrem Raum eingesperrt zu lassen.«

Beide Männer hatten sich erhoben. Zum erstenmal in seinem Leben keuchte Tama vor Wut auf seinen Clanbruder. Er drehte sich um, verließ den Raum und hastete ohne ein Wort des Abschieds in die Dunkelheit hinaus.

Innerlich zutiefst aufgewühlt, ging er den Weg zu seinem Haus hinauf. Erst jetzt wurde ihm klar, wie sehr Vanis Notlage ihm ins Herz schnitt und daß bereits seit einem Mond oder länger eine heimliche Wut über Ke Ralas Vorgehen in ihm war. Auf halbem Weg den Hügel hinauf blieb er stehen und legte die Hand gegen den Stamm einer großen Tanne.

»Ich liebe sie«, sagte er laut, »als ob sie meine eigene Tochter wäre. Ich weiß, daß Ke Rala sie mehr als irgend jemanden auf der Welt geliebt hat. Wie kann er sie nur so behandeln? Er redet vom alten Gesetz, das ihm das Recht zu töten gibt. O Ka Balu, hilf mir, in dieser Angelegenheit weise zu handeln. Hilf mir, Vani zu helfen.«

Noch bevor er zu Hause angekommen war, bereute er seinen Ausbruch gegenüber Ke Rala. Damit hatte er Schaden angerichtet. Er war nicht auf Ke Ralas Vorstellungen eingegangen, wie man den Vater des Kindes herausfinden könnte. Das mußte nachgeholt werden. Und dann mußte er versuchen, Ke Rala zu überzeugen, daß er die beiden heiraten ließ, es sei denn, der Mann wäre ihrer völlig unwürdig. Und er mußte Vani sehen. Vielleicht würde sie ihm sagen, was sie ihrem Vater verschwieg.

Escha saß am Feuer in seinem Raum. Sie begrüßte ihn und wollte sich zurückziehen, aber in einer Eingebung bat Tama sie, zu bleiben. Plötzlich hatte er das Bedürfnis nach ihrer Gegenwart, nach den Gedanken einer Frau über Vani als Ausgleich für die Kälte von Ke Ralas Geist.

Yaka kauerte nebenan in seiner Hütte vor dem Feuer. Er hörte, wie sein Vater heimkam und die Tür sich hinter ihm schloß. Er wußte, wo und in welcher Angelegenheit sein Vater gewesen war. Seine Mutter hatte es ihm gesagt. Mit einer Decke um die Schultern hockte er vor der Feuerstelle und umfaßte seine Füße mit den Händen. Jede Nacht saß er so da, nachdem er seine Mahlzeit gegessen und ein paar Worte mit seiner Mutter gewechselt hatte – aus eigenem Entschluß allein in seiner Hütte, wo er doch noch etwas Zeit mit seiner Mutter hätte verbringen können oder sogar gelegentlich am Feuer seines Vaters. Er wußte, daß seine Eltern diese Vorliebe für das Alleinsein besonders in einer Winternacht wie heute als etwas Seltsames betrachteten, aber mit keinem von beiden konnte er über das reden, was ihm am meisten am

Herzen lag. Er wurde immer unabhängiger. Was seine praktischen Fähigkeiten anging, war er jetzt schon geschickter als sein Vater. Er hatte den Kamin in seiner Hütte selbst gebaut, Risse in der Wand mit Kalk ausgefugt, Dränagen rund um die Hütte gegraben, einen Boden aus Holz eingezogen und seine Felle auf riesigen Mengen weichen Farns ausgebreitet. An die Wände hatte er Häute von Langohren und Lämmern und einem weiß-braunen Kalb gehängt, außerdem ein geflochtenes Stirnband, das mit Taubenfedern verziert war. Er hatte sich angewöhnt, allein zu jagen, was bei den Jägern nicht ausdrücklich verboten war, aber auch nicht unterstützt wurde. Der Sommer hatte ihm neues Selbstvertrauen und kräftig wachsende Muskeln gebracht. Aber was mit dem Besteigen von Vani angefangen hatte, wurde nun zu einer einsamen Notwendigkeit. Er wußte von ihrer Schwangerschaft und befürchtete, er könnte der Vater des Kindes in ihrem Bauch sein.

Wer sonst könnte es sein? Rua? War sie heimlich zu Rua zurückgegangen? Die Dorfbewohner tuschelten über Rua, und er selbst lief mit einem düsteren, verärgerten Gesicht durch das Dorf, aber niemand traute sich, ihn offen zu fragen. Und Vani hatte kein Wort gesagt.

Yaka krümmte seine Zehen in den Händen, stützte das Kinn auf die Knie und starrte in die Flammen. Zu seiner Überraschung hörte er die leisen Stimmen seiner Eltern. Gewöhnlich ging seine Mutter zu Bett, und sein Vater blieb allein in seinem Raum, wo er manchmal bis nach Mitternacht saß und kratzend auf seinen Pergamenten schrieb.

Es schien schon so lange her, aber es war erst vor vier oder fünf Monden gewesen, daß er an diesem herrlichen Sommertag am Fluß mit Vani zusammengelegen hatte. In den ersten Tagen danach hatte er befürchtet, jemand hätte sie zusammen gesehen. Als er sich dann sicherer fühlte, hatte er Vani noch einmal gewollt, aber sie ging ihm aus dem Weg oder lächelte nur, wenn sie an ihm vorbeikam. Bald wurde ihm klar, daß es kein zweites Mal geben würde. Er hegte seinen einsamen Stolz, arbeitete in den Gärten, ging auf die Jagd oder werkte an seiner Hütte, während der Sommer langsam kühler wurde, in den Herbst überging und ihm die ersten Gerüchte über Vanis Schwangerschaft zu Ohren kamen.

Sein erstes Gefühl war Angst um sich selbst gewesen. In seinen Träumen tauchte die riesige, furchterregende Gestalt Ke Ralas vor ihm auf. Sein Bedauern für Vani wurde von seiner Überzeugung gedämpft, daß ihr Vater sie liebte und freundlich zu ihr sein würde. Angst und Mitleid vermischten sich mit dem geschlechtlichen Stolz, ein Kind gezeugt zu haben. Aber vorherrschend war die Angst, und die nahm zu, als sich die Gerüchte über Vanis Gefangenschaft verbreiteten. Man sagte, ihr Vater habe sie geschlagen, sie sei halb verhungert, und die ältesten Frauen würden sie aufschneiden, um das Kind herauszuholen. An manchen Tagen sprach Yaka mit niemandem außer seiner Mutter, wenn sie seine Mahlzeiten zubereitete. In seinem Kopf aber redete er die ganze Zeit – mit seiner Mutter, seinem Vater, mit Vani, dem Häuptling – und drückte abwechselnd Entschuldigungen, Bitten und Bedauern aus. Seinen Eltern fielen sein zunehmendes Schweigen und seine Zurückgezogenheit auf, aber sie sahen das nur als Ausdruck seiner Persönlichkeit an. Manchmal traf er seinen Vater tagelang nicht.

Angenommen, das Kind sähe ihm ähnlich, würden die Leute es merken? Würde Vani es sich anders überlegen und alles sagen? Schuldgefühle bedrückten und quälten Yaka, besonders, wenn er sich in der Nacht selbst befriedigt hatte, dann dalag und in die Dunkelheit starrte, als hätte er Angst vor dem Einschlafen.

Immer noch hörte er die an- und abschwellenden Stimmen aus dem Haus. Yaka fuhr mit der Handfläche über seinen Arm, kratzte sich am Kopf, schloß die Augen und umfaßte seine Knie. An diesem Tag hatte er sich, wie viele andere während der kalten Tage, nicht gewaschen, und er konnte seinen eigenen Schweiß riechen.

»Hilf Vani, Ka Balu«, murmelte er. »Hilf ihr und mir auch.«

In der Nacht fiel kalter Regen, der noch den ganzen nächsten Tag mit kurzen Unterbrechungen andauerte. Am späten Morgen wickelte sich Yaka ein eingefettetes Schaffell um die Schultern und ging ins Dorf hinunter. Kurz nachdem er zurückgekommen war, rief Escha nach ihm und brachte ihm ein paar warme Fischkuchen. Er war immer noch in seine Decken gehüllt, lehnte auf einem Ellbogen und befestigte sorgfältig eine Feder, die sich aus seinem Stirnband gelöst hatte. Seine Mutter sah ihm einen Moment schweigend zu, bevor sie die Fischkuchen abstellte.

»Du hast dein Feuer ausgehen lassen.«

Yaka antwortete nicht, aber seine Mutter war an sein Schweigen gewöhnt.

»Iß deine Fischkuchen, bevor sie kalt werden«, sagte sie.

Yaka legte sein Stirnband beiseite. »Vielleicht werde ich heute damit fertig. Es ist zu naß, um jagen zu gehen.«

»Wenn das Wetter morgen nicht zu schlecht ist, hätte ich gerne etwas frisches Fleisch. Es ist noch zu früh, um meine Vorräte an eingemachtem Enten- und Taubenfleisch anzubrechen. Der Winter hat gerade erst angefangen.«

Yaka aß seine Fischkuchen und sah zu seiner Mutter hinüber, die, eingehüllt in ihre Schaffelle, vor der Feuerstelle kauerte. Er wußte, daß sie nicht nur gekommen war, um mit ihm über das Essen zu reden.

»Letzte Nacht«, begann Escha, »hat dein Vater lange mit mir gesprochen, nachdem er von seinem Besuch beim Häuptling zurückkam. Natürlich über Vani. Er wollte wissen, wie eine Frau denkt, wie sie sich fühlt, wenn sie ein Kind unter dem Herzen trägt. Und was mit ihr geschehen könnte, wenn nicht die richtigen Sprüche gesagt werden, um sie und das Kind zu beschützen. Das sind die Geheimnisse der Frauen, verstehst du. Aber dein Vater macht sich Sorgen um Vani. Was wird mit ihr geschehen, wo sie jetzt doch schon vier oder fünf Monde in ihrem Raum eingeschlossen ist? Sie hat einen stolzen Geist, die Vani. Anielli sorgt sich sehr um sie, aber sie wagt es nicht, sich den Befehlen des Häuptlings zu widersetzen. Ach, es ist schlimm, das arme Mädchen. Manchmal, wenn dein Vater sie unterrichtete, dachte ich, daß sie ihm gegenüber zu offen sei, beinahe so, als wäre er ihr Lieblingsonkel statt ihr Priester. Jetzt ist sie demütiger, und niemand kann zu ihr, um ihr zu helfen. Wenn wir nur wüßten, wer der Vater ist, dann könnte sie vielleicht noch heiraten, bevor das Kind auf die Welt kommt.«

Yaka aß seinen letzten Fischkuchen auf und wischte seine fettigen Finger an der Ecke eines Fells ab, sagte aber nichts.

»Mein Zahn tut wieder weh«, klagte seine Mutter. »Das Kräuteröl hat nichts geholfen. Ich werde deinen Vater bitten müssen, ihn herauszuziehen, aber ich habe Angst, daß es schlimm weh tut.«

Escha legte die Hand an die Wange und stöhnte ein bißchen, um bemitleidet zu werden, was ihren Sohn aber nicht rührte. Etwas schroffer sagte sie: »Dein Vater erzählt, daß der Häuptling einen Test für alle jungen Männer des Dorfes vorbereitet, an dem jeder teilnehmen muß. Dadurch wird der Schuldige herausgefunden werden, der Vani dick gemacht hat. Du wirst da auch mitmachen müssen, aber du brauchst keine Angst zu haben. Wenn der Zauber wirkt, werden wir bald wissen, was Vani nicht sagen will.«

»Was für einen Test?« Yakas Stimme war belegt. Er hustete.

»Ich weiß nicht. Ich nehme an, dein Vater wird wissen, wie man die Götter anruft. Er sagt, es könne funktionieren.«

»Wann ... wann wird das stattfinden?«

»Bald, glaube ich. Aber dein Vater muß erst die Vorzeichen befragen. Ich gehe jetzt wieder. Mach deine Feuerstelle sauber und hol dir dann einen Topf Kohle. Du mußt es warm haben, wenn du den ganzen Tag hier sitzen willst.«

Escha nahm die leere Schüssel, grummelte vor sich hin und legte wieder die Hand an die Wange. »Ach, dieser Zahn. Ich werde alt.« Schwerfällig watschelte sie hinaus.

Yaka fühlte sich den ganzen Tag unglaublich elend, während der Regen von den hängenden Ästen auf seine Hütte tropfte. Er sah sich in einer Zwickmühle. Er dachte daran, zu Rua zu gehen und seine Schuld zu gestehen, aber was konnte Rua schon machen? Vielleicht würde er sogar mit Eifersucht antworten und mit seinem Vater oder seinen Brüdern darüber reden. Was würde der Häuptling tun, wenn er herausfände, wer Vanis Kind gezeugt hatte? Yaka quälte sich selbst mit grausamen Vorstellungen über die Rache des Häuptlings, ähnlich wie die Jungen sich Schreckensgeschichten erzählen, um sich Angst einzujagen. Vielleicht würden seine Hoden abgeschnitten, oder er würde lebendig begraben oder mit einem Strick um den Hals an einem Baum aufgehängt oder mit Pfeilen gespickt. Wenn der Häuptling schon so hart mit seiner Tochter umsprang, würde ihm bestimmt nichts zu schrecklich für den Mann sein, der bei ihr gelegen hatte. Dem verängstigten, einsamen Yaka fiel niemand ein, der ihm hätte helfen können. Nie kam es ihm in den Sinn, seinem Vater alles zu erzählen. Aber als Escha ihm sein Abendessen brachte, die Stirn runzelte und fragte, ob er einen heißen Kopf habe, wäre er fast zusammengebrochen und hätte ihr alles gestanden. Doch er murmelte nur etwas über die Hitze des Feuers und machte sich über sein Essen her.

In den nächsten Tagen ging er den anderen so weit wie möglich aus dem Weg, fing zwei Tauben in der Schlinge, ging fischen und verbrachte viel Zeit vor dem Feuer in seiner Hütte. Escha war überzeugt, daß er eine Krankheit ausbrütete, und machte ihm Aalsuppe, die er besonders gerne mochte. Als er die Schale nicht leer aß, ging Escha zu Tama und bat ihn, nach seinem Sohn zu sehen. Der Vater erschien am Eingang der Hütte und sagte: »Yaka, komm ins Haus, ich möchte mit dir reden.«

Dem Jungen klopfte das Herz bis zum Hals vor Angst. Tama setzte sich mit ihm in seinem Raum ans Feuer und sagte mit einiger Besorgnis:

»Deine Mutter erzählt mir, daß du fieberst und dein Essen nicht aufißt. Fühlst du dich krank?«

Yaka starrte ins Feuer und murmelte: »Nein.«

»Laß dich ansehen. Dreh den Kopf zu mir. Deine Haut ist feucht und deine Stirn heiß. Sind deine Schlaffelle trocken? Yaka, mit dir ist irgend etwas nicht in Ordnung. Ich werde deiner Mutter sagen, sie soll eine Fiebermedizin zubereiten. Ich möchte nicht, daß du krank bist, wenn in ein paar Tagen das Ritual stattfindet. Hast du davon gehört? Der Häuptling will einen Test durchführen lassen, um den Vater von Vanis Baby zu finden. Ich werde ihm dabei helfen müssen. Alle jungen Männer müssen daran teilnehmen, auch du. Ich kann dir nichts weiter darüber sagen, nur, daß du an diesem Tag in Form sein mußt.«

Lag da Besorgnis in der Stimme seines Vaters? Beschlich Yaka der Gedanke, er dürfe seinem Vater keine Schande machen, während dieser sein Amt als Priester ausübte? Er konnte es selbst nicht sagen. Vor lauter Verwirrung und Einsamkeit platzte es aus ihm heraus: »Ich muß dir etwas sagen, aber ich weiß nicht, wie.«

»Die Wahrheit kann ruhig ausgesprochen werden«, sagte Tama. »Laß die Worte einfach kommen, wie sie möchten. Ich werde dir helfen, wenn es nötig ist.«

Yaka drehte sich um und sah Tama lange in die Augen. Dann sagte er einfach: »Vanis Baby ... ich glaube, es ist von mir. Ich habe bei ihr gelegen. Ich bin der Vater.«

Tama streckte die Arme aus und faßte Yaka fest bei den Schultern. Forschend blickte er ihm ins Gesicht. »Weißt du, was du da sagst? Du bist der Vater von Vanis Kind?«

»Ja.«

»Wann ist das passiert?«

»Vor den Wettkämpfen, etwa einen halben Mond davor. Oben am Fluß. Es war nur das eine Mal. Ich wußte nicht, daß es so kommen würde, ich wußte nicht, daß der Häuptling Vani bestrafen würde.«

Er wandte sich von seinem Vater ab und schluchzte mit rauhen, abgerissenen Lauten, die ihm den Hals zuschnürten. Tama legte ihm kurz die Hand auf die Schulter, dann wartete er, bis Yaka sich wieder beruhigt hatte, bevor er ihm weitere Fragen stellte. Hatte er es noch irgend jemandem erzählt? Hatte Vani zu ihm von ihrer Schwangerschaft gesprochen? Wie konnte er sicher sein, daß niemand anderes in dieser Zeit bei Vani gelegen hatte?

»Hör mir zu, mein Sohn. Du darfst niemandem davon erzählen. Falls du es tust, bist du vielleicht in Gefahr. Ich werde mit Vani sprechen, irgendwie werde ich Ke Rala davon überzeugen, daß ich es muß. Ich werde ihr nicht erzählen, was du gesagt hast, aber ich werde alles tun, was in meiner Macht steht, damit sie mir den Namen des Vaters ihres Kindes preisgibt. Du mußt mir vertrauen, daß ich das Beste für euch beide tue. Versuche, dich wieder mehr wie sonst zu benehmen. Ich will nicht, daß deine Mutter etwas erfährt. Geh jetzt in deine Hütte und ins Bett.«

Als Yaka aufstand, nahm Tama ihn sachte bei den Schultern und sagte leise: »Ich hätte mich mehr um dich kümmern sollen. Vergib mir, mein Sohn. Ka Balu sei mit dir.«

Verwundert ging Yaka in seine Hütte zurück und legte sich unter seine Felle. Warum war sein Vater nicht wütend gewesen? Verwirrt und mit schmerzendem Kopf schlief er unruhig ein.

Sein Vater konnte lange keinen Schlaf finden. Tama saß am Feuer und wälzte wieder und wieder die Konsequenzen von Yakas Geständnis im Kopf herum. Mit Bitterkeit nahm er zur Kenntnis, daß das, was unter anderen Umständen vielleicht ein Anlaß zum Feiern gewesen wäre, nämlich die Heirat seines Sohnes mit Ke Ralas Tochter, jetzt ein Anlaß zum Trauern war. Würde Vani Yaka heiraten wollen, hätte sie sich bestimmt nicht geweigert, seinen Namen preiszugeben. Ke Rala hatte sich nie für Yaka interessiert, dieses Halbblut, dessen Eltern nicht miteinander verheiratet waren. Als er früher über Vanis Zukunft sprach – was er nun schon lange nicht mehr getan hatte –, hatte er einmal Tukki als möglichen Ehemann für Vani erwähnt, damit beide Völker durch Heirat miteinander verbunden wären. Eine Heirat mit Yaka böte keine solche Gelegenheit. Was würde Ke Rala tun, sobald er wüßte, daß Yaka Vanis Liebhaber gewesen war? In seiner gegenwärtigen Verfassung, in der sein kaltes Herz nur nach Rache dürstete, könnte er wohl seine ganze Wut an Yaka auslassen. Man konnte nicht sagen, welche Strafe den Jungen treffen würde – außer dem Tod vielleicht. Da Ke Rala ja immer wieder vom Gesetz sprach, würde ihn das wenigstens davon abhalten, den Sohn eines Clanbruders zu töten. Tama wußte, daß er jetzt nicht mehr zulassen konnte, daß die Wahrheitsprüfung durchgeführt und damit vielleicht ein Unschuldiger verurteilt würde. Das hieß, daß er

Ke Rala die Wahrheit sagen mußte. Es würde dem gefährlichen Stolz des Häuptlings einen weiteren schweren Schlag versetzen.

Tama war vor lauter Sorge völlig erschöpft. Ihm war klar, daß er seinen Wahrheitsstein befragen mußte, und er wußte auch, daß er Angst davor hatte, denn er würde vielleicht ebenso unerträgliche andere Lösungen darin finden. Erst wenn er mit Vani gesprochen hätte, sagte er sich, würde er das tun. Er würde mögliche Visionen sicherer auslegen können, wenn Vani erst einmal bestätigt – oder verneint? – hätte, was Yaka ihm gesagt hatte. Am Morgen würde er dann nochmals mit Ke Rala sprechen.

An dem kalten Wintermorgen sah das Dorf öde und heruntergekommen aus. Einige der Häuser mußten instandgesetzt werden, andere waren an Stellen errichtet, wo sie dem schlechten Wetter ausgesetzt waren. Nicht alle Häuser waren gut gebaut worden, aber viele Dorfbewohner waren eher bereit, weniger angenehm zu wohnen, als etwas an ihren Häusern zu verbessern, auch wenn es möglich gewesen wäre. Tama war bedrückt vom Wetter und von seinen Gedanken. Er war froh, daß er diesen Winter keinen Unterricht bei neu geweihten Jungen zu geben hatte. War der Winter ungewöhnlich feucht, dann fand der Unterricht nur unregelmäßig statt. Die Jungen waren unaufmerksam, und ihre Lehrmeister neigten dazu, ihre Aufgaben zu vernachlässigen, denn sie scharten sich mit ihren Familien um die Feuerstellen und verbrachten die meiste Zeit mit Essen, Wurfsteinspielen, Streiten und Schlafen. Tama war auf dem Weg zum Häuptling. Er achtete vorsichtig darauf, nicht in Pfützen zu treten. Als er schließlich dort ankam, stieg er langsam die hölzernen Stufen hinauf. Er bemerkte, daß Ke Ralas großer geschnitzter Sessel nicht auf der Veranda stand. Sie hatten ihn sicherlich hineingeholt, damit der Regen ihn nicht beschädigte.

Anielli ließ ihn herein. Ihr Mund zitterte, vielleicht hatte sie geweint. Ke Rala saß am Feuer und bedeutete ihm näherzukommen.

Nach der Begrüßung entschuldigte sich Tama, daß er bei

seinem letzten Besuch so unhöflich gewesen war und das Haus wütend und ohne Gruß verlassen hatte. Ke Rala nahm seine Worte mit einem Kopfnicken entgegen und antwortete nur:

»Selbst zwischen uns kann es vorkommen, daß die Zunge vom Bauch aus spricht. Es ist vergessen.«

Tama erklärte, daß die Vorzeichen ihm einen Weg gewiesen hätten, wie man den Vater von Vanis Kind herausfinden könnte, doch würde das voraussetzen, daß er mit Vani selbst spräche. Die Zweideutigkeit seiner Worte war ihm bewußt, und in seinem Geist war unklar, wieviel er verraten würde, falls Vani zugab, daß Yaka die Wahrheit gesagt hatte. Ke Rala hatte solche Zweifel nicht.

»Berichte mir, was die Vorzeichen dir gesagt haben, und ich werde selbst mit Vani sprechen.«

»Das ist nicht so einfach«, antwortete Tama. »Vani könnte auch weiterhin nichts sagen, selbst wenn sie merkte, daß ich der Wahrheit auf der Spur bin. Mit deiner Macht als Vater und Häuptling könntest du ihr zwar einen bestimmten Namen vorhalten, doch nur mir verleiht das Dunkle Wissen die Macht, Geheimnisse in ihrem Geist aufzudecken. Da sie selbst darin ausgebildet wurde, einige Grundzüge des Dunklen Wissens zu verstehen, kennt sie dessen Macht und würde mich mit ihrem Willen vielleicht daran hindern, in ihren Geist einzudringen.«

»Da sie sich entschieden hat, meinen Befehlen Widerstand zu leisten, könnte sie sich wohl gegen deine Versuche wehren, deine Macht als Priester zu benutzen. Ich denke, es ist besser, meinen Plan durchzuführen, die Jäger einem Wahrheitsritual zu unterwerfen und dann zu sehen, ob das Ergebnis mit deinen Vorzeichen übereinstimmt.«

»Du und ich wissen«, bemerkte Tama, »daß das Ritual keine letzte Gewißheit bringt. Mehrere Männer könnten sich als schuldig erweisen. Was dann?«

Um Ke Ralas Mund zeigte sich ein grimmiger Zug. »Wenn nötig, können wir auch Folter einsetzen.«

»Und dann mit den bitteren Gefühlen weiterleben, die das beim Volk auslösen würde? Ke Rala, ich weiß, daß dein

Geist vom Sturmwind gepeitscht wird. Ich weiß, daß du das Gefühl hast, Vani habe deine Liebe und deine Unterweisungen verraten ...«

»Das hat sie.«

»Laß mich dir helfen, einen Weg aus diesem finsteren Schmerz herauszufinden. Vertraue mir. Glaube an die Macht meiner Priesterwürde. Was wir brauchen, ist Heilung, nicht Rache.«

»Versuche nicht mich umzustimmen. Mir ist ein großes Unrecht zugefügt worden von jemandem, der mehr Macht als jeder andere Mensch hatte, mich zu verletzen. Unsere Gesetze sind gebrochen worden, und nur das Gesetz kann wieder Recht schaffen.«

Trotz dieser bedrohlichen Worte sprach Ke Rala fast sanft, und zu Tamas Überraschung fügte er hinzu: »Ich weiß, daß du um mich besorgt bist, Bruder. Man soll nicht sagen können, ich hätte die Hilfe meines Priesters zurückgewiesen. Ich habe nichts getan, was gegen das Gesetz wäre, und ich werde auch nichts dergleichen tun. Als Priester meiner Tochter hast du das Recht, mit ihr zu sprechen. Tu, was du kannst, um die Wahrheit herauszufinden, und teile sie mir dann mit. Anielli wird dich zu Vani bringen.«

Während Anielli Tama um das Haus herum zu dessen Rückseite führte, waren ihre Augen voller Leid und Flehen. Als sie den schweren Riegel von der Tür hob, sagte sie nur: »Hilf ihr, Vater.«

Dann hörte Tama sie mit Vani sprechen. Es gab eine Bewegung und eine kurze Verzögerung, bevor Anielli zurückkam, ihn eintreten ließ und die Tür hinter ihm schloß.

Wie hatte er erwartet, Vani vorzufinden? Sicher nicht so, wie er sie jetzt vor sich sah. Sie saß auf einem niedrigen Hocker und stickte mit einem roten Faden eine Bordüre in einen Kissenbezug. Sie war bleich, aber gefaßt; ihr schwarzes Haar lag in ordentlichen Zöpfen um ihren Kopf.

»Vater Tama«, sagte sie lächelnd, als seine große Gestalt sich über sie beugte, und senkte den Kopf, als er einen Segen über ihr sprach. Der Priester setzte sich ihr gegenüber auf einen anderen Hocker, und sie lächelten sich an. Der Friede von Verständnis und Annahme breitete sich wie immer zwischen ihnen aus, aber Tama fiel es nicht leicht, den Zweck seines Besuches anzusprechen. Er blickte auf die Arbeit in ihren Händen.

»Das ist das erste Mal, daß ich dich mit Nadel und Faden sehe.«

»Es hilft mir, die Zeit zu vertreiben. Ich hätte Mutter mehr helfen sollen, anstatt die meiste Arbeit Ila zu überlassen. Aber wir sind einfach verschieden. Ihr wird Frauenarbeit immer Spaß machen, mir fällt das schwer. Vielleicht wollte Ka Balu eigentlich einen Jungen aus mir machen.«

»Geht es dir gut?«

»Ja, meinem Körper geht es gut, und ich wende die Techniken an, die du mich gelehrt hast, damit ich nicht auf allzu finstere Gedanken komme. Aber mir wird es langweilig. Deshalb bitte ich Mutter, mir solche Arbeiten zu bringen. Aber manchmal ...« Die tiefblauen Augen der Frau versenkten sich mit einer unausgesprochenen Bitte in die grün verschleierten des Priesters.

»Ich habe mit deinem Vater gesprochen, bisher ohne Erfolg. Ich werde es weiter versuchen. Für deinen Geist wäre es gut, wenn du manchmal draußen spazieren gehen könntest.«

»Wie geht es meinem Vater?«

»Wann hat er dich zuletzt besucht?«

»Er ist überhaupt nicht hier gewesen. Ich habe ihn nicht mehr gesehen seit der Nacht, als ich ihm sagte, ich sei schwanger, und er mich aus dem Raum schickte. Ich weiß, daß ich ihn verletzt und enttäuscht habe. Ich bin es nicht wert, die Tochter eines Häuptlings zu sein. Ila wird ihn nie so verletzen, wie ich es getan habe. Aber ich möchte ihn gern um Verzeihung bitten und mein Kind seiner Fürsorge anvertrauen. Ich glaube, daß ich einen Jungen bekommen werde. Tu alles für ihn, was du kannst, Vater Tama.«

Tama spürte, wie sich ihm der Hals zuzog. »Du sprichst, als ob ...«

Vani lächelte sanft. »Hab' keine Angst um mich. Mein Kind wird leben. Aber ich habe in das Reich des Dunklen

Wissens geblickt, wie du es mich gelehrt hast, und Ka Balu hat mir keinen Ausweg gezeigt.«

Unwillen stieg in dem Priester auf. »Vani, es ist gut, deinen Geist ruhig zu halten, wie ich es dir gezeigt habe. Das ist besser für dich und das Kind. Aber laß nicht zu, daß deine Ängste die Zukunft bestimmen. Der Winter wird vorübergehen, im Frühling kommt dein Kind zur Welt, und ein neues Leben wird für dich beginnen. Ich bin sicher, daß dein Vater und deine Mutter dein Kind annehmen werden und daß sie ...« Er verstummte, als er das traurige Wissen in ihren Augen sah.

»Lieber Vater, ich habe in meinem Geiststein gesehen, was geschehen wird. Hilf mir, es zu ertragen. Meine Mutter tut, was sie kann, um mir zu helfen, aber sie grämt sich ebenso sehr um meinen Vater wie um mich. Hilf meinem Vater, mit mir Frieden zu schließen. Ich bitte dich darum.«

Tama war zutiefst bestürzt über das, was Vani mit ihren Worten ausdrückte. So versuchte er auf anderem Weg eine, wenn auch, wie er wußte, trügerische Hoffnung heraufzubeschwören. »Wenn dein Vater ... hast du daran gedacht ... ich bin sicher, daß du es getan hast ... ihm den Vater deines Kindes zu nennen? Das ist es, was ihn täglich zur Verzweiflung bringt: daß er es nicht weiß. Jetzt bereitet er sich darauf vor, alle jungen Männer – wenn nötig, alle Männer im Dorf – einem Wahrheitsritual zu unterziehen. Wir haben diese Prüfung seit langer Zeit nicht mehr eingesetzt, und ich darf dir nicht sagen, wie sie genau vollzogen wird, aber sie wird mit ziemlicher Sicherheit den Namen deines Liebhabers ans Licht bringen. Wenn Ke Rala ihn einmal kennt, wird es vielleicht besser.

Vani, du mußt mir vertrauen. Ich bin der einzige, der dir helfen kann. Wenn du weiterhin schweigst, weist du diese Hilfe zurück. Wenn dein Vater erst einmal davon überzeugt ist, den richtigen Mann gefunden zu haben, wird er schnell handeln. Was er genau unternehmen wird, kann ich nicht sagen, aber ich weiß, daß ich diesem Mann nur dann helfen kann, wenn ich seinen Namen noch vor dem Häuptling erfahre. Nur dann habe ich Zeit, den Willen Ka Balus herauszufinden und die Hilfe zu leisten, die möglich ist. Wenn ich ihn nicht kenne, kann es gut sein, daß der falsche Mann angeklagt wird. Ich sage dir jetzt, wenn du es nicht schon weißt, daß die Dorfbewohner glauben, Rua sei der Vater deines Kindes. Und dieser Verdacht hat sicher auch einen Einfluß auf den Häuptling.«

Ein Hauch von Farbe stieg in die bleichen Wangen der Frau. Sie blickte auf ihre Hände hinunter, die müßig im Schoß lagen, und sah dann den Priester an. »Nein«, sagte sie mit schwacher Stimme, »nicht Rua. Laß nicht zu, daß sie Rua etwas tun. Es ist nicht Rua.«

»Dann muß ich den Worten dessen Glauben schenken, der meinem Herzen näher steht als Rua. Vani, meine Tochter, wächst mein Enkelkind in deinem Bauch heran?«

Obwohl Vani nicht antwortete, wußte Tama, daß der ausdruckslose Blick und ihre zusammengepreßten Lippen nicht ihr wahres Wesen ausdrückten.

»Du mußt mir antworten«, sagte er freundlich, aber sie antwortete nur:

»Ich habe Ka Balu geschworen, seinen Namen nicht zu nennen.«

»Wenn ich die Wahrheit kenne, kann ich für dein Leben und für das meines Sohnes kämpfen, aber für eine Lüge kann ich mich nicht einsetzen. Wenn Rua oder ein anderer junger Jäger der Strafe entgehen soll, muß ich deinem Vater die Wahrheit sagen und ihm helfen, sie zu ertragen. Ist mein Sohn der Vater deines Kindes, so werde ich meine ganze Macht einsetzen, um ihn vor Schaden zu bewahren. Du mußt mir vertrauen, Vani, ich werde für uns alle einen Weg aus dieser Dunkelheit finden.«

Ganz ruhig fragte Vani: »Was soll ich deiner Meinung nach tun? Den Schwur brechen, den ich vor Ka Balu geleistet habe?«

»Mein Sohn ist dein Freund. Er hat dich immer bewundert und geliebt. Aber ich bin nicht in der Lage gewesen, ihm die Liebe zu geben, die ein Vater empfinden sollte. Er ist sehr einsam, und ich glaube, er hat Angst. Gib mir ein paar Worte für ihn mit. Er weiß nicht, daß ich dich besucht habe, aber ich werde es ihm erzählen. Und du hast mit keinem Wort abgestritten, daß er der Vater deines Kindes ist.«

Schweigen breitete sich zwischen ihnen aus, bis Vani leise, wie zu sich selbst, sprach: »Sag ihm, er solle sich an die Hütten aus Farnwedeln erinnern, die wir immer gebaut haben, als wir noch klein waren, und an die kleinen Feste, die wir darin feierten, während die Sonne, die durch den Farn hereinschien, uns in grünes Licht hüllte und wir in Sicherheit waren.« Dann hob sie die Stimme und fügte beinahe ärgerlich hinzu: »Und sag ihm, ich möchte, daß mein Kind stolz ist auf den tapferen Mann, der sein Vater ist.«

Doch unter diesem Ansturm von Gefühlen brach ihre Selbstbeherrschung zusammen. Tränen schossen ihr in die Augen und flossen über. Tama kniete sich hin und legte die Arme um sie. Er drückte seine Wange an die ihre, und dann weinten sie gemeinsam, weil sie wußten, daß alle Liebe nichts half gegen lieblose Macht.

In der Nacht wickelte Tama seinen Wahrheitsstein aus und hielt ihn eine Weile in den Händen, bis er die Wärme seines Körpers annahm und der innewohnende Geist erwachte. Nachdem er Vani verlassen hatte, hatte er kurz mit Ke Rala gesprochen und ihm gesagt, er müsse erst noch seinen Wahrheitsstein befragen, bevor er die volle Wahrheit hinter Vanis zweideutigen Worten herausfinden könne. In seinem Herzen war er sicher, daß sie Yakas Geständnis bestätigen würden, aber er brauchte Zeit, um zu entscheiden, wie er das dem Häuptling am besten eröffnen sollte. Es war schwer gewesen, Ke Rala zu bewegen, ihm noch einen Tag zu gewähren, bevor er ihm sein Wissen mitteilen würde. Sie hatten sich mit kühler Förmlichkeit verabschiedet.

Doch jetzt wurde der Stein in seiner Hand warm. Tama hatte Angst. Er konnte die ruhige Empfänglichkeit, die er brauchte, in seinem Inneren noch nicht herstellen. Was er wollte, waren klare Anweisungen, wie Yaka und Vani der Bestrafung durch Ke Rala entgehen konnten. Wie kommt es, dachte er, daß mein Clanbruder und ich, die wir doch beide vom Alten Weisen in den Gesetzen und dem Wissen Ka Balus unterwiesen worden sind, diese Gesetze so unterschiedlich auslegen? Ke Ralas Betonung liegt auf Rache, meine auf Verzeihung. War das immer der Unterschied zwischen Häuptling und Priester? Oder versuche ich das Gesetz nach meinem Willen auszulegen, während Ke Rala seinen Willen völlig dem Gesetz unterwirft und dafür die Liebe und Sorge eines Vaters mit Füßen tritt? Was ist die Wahrheit? Er erinnerte sich, wie der Alte Weise ihn vor langer Zeit, als er noch ein Junge gewesen war, auf die Suche nach seinem Wahrheitsstein geschickt hatte. Der alte Priester gab damals zu, daß er von dem zerstörten Großen Dorf auf der anderen Seite der Berge wußte. Als er ihm beschrieb, wie die Menschen jener Zeit ihr Wissen auf üble Weise mißbraucht und so Zerstörung über sich gebracht hätten, fragte der Alte Weise: »Aber was bedeutet uns am meisten, Tama? Was ist das Wertvollste im Leben? Was schätzen wir am meisten auf der Welt?«

Und der Junge von damals, der heute der Priester Tama war, hatte geantwortet: »Am meisten schätzen wir die Menschen, die wir lieben.«

Die Antwort hatte dem Alten Weisen gefallen. Und mehr als ein halbes Lebensalter später war sie immer noch wahr. Ich würde das wieder sagen, dachte Tama. Nur die Liebe heilt und kittet, was zerbrochen ist. Vani und Yaka waren dumm und ungehorsam, aber sie sind jung. Liebe kann sie wieder auf den richtigen Weg bringen und sie weise machen. Die grausame Strafe, die Ke Rala, wie ich befürchte, verhängen will, kann nur Bruch und Verletzungen bringen und bewirken, daß sich die Angst nach innen wendet und die Verletzten selbst berechnend und grausam werden. Ich erinnere mich, daß ich abgrundtief haßte und keine Liebe mehr in mir spürte, als ich im Käfig gefangen saß. Nur die Liebe und Weisheit des Alten Weisen retteten meinen Körper und meinen Geist davor, für immer im Dunkeln umherirren zu müssen. Ich weiß, daß ich recht habe. Nur Liebe und Verzeihung können den Schaden, den diese dummen Kinder sich selbst zugefügt haben, wiedergutmachen. Was bedeutet Weisheit, wenn sie sich nicht über Rache und Haß erheben kann? Das kann Ke Rala nicht verstehen. So tief verletzt, wie er ist, hält er einen Stein in den Händen, der nicht erwärmt werden kann, um vor Wahrheit zu glühen, weil in seinem Herzen keine Liebe mehr wohnt und es kalt wie Eis geworden ist. Ich muß sein Herz zum Schmelzen bringen, ich muß den gefrorenen Kummer seines Geistes in Tränen verwandeln. Hilf mir, Stein meiner Wahrheit, zeige mir, was ich tun muß, um meinem Sohn zu helfen, Vani Leid zu ersparen und im Herzen meines Bruders die Liebe wieder zu erwecken.

Er schloß die Augen und drückte den Stein an die Stirn.

Er empfand das vertraute Gefühl des Sich-Öffnens, von Mauern, die einstürzten, und von einer Leere, die ihn aufnahm. Dann das Auftauchen einer Richtung, Kräfte, die Gestalt annahmen, zusammenhingen, klarer wurden. Und schließlich keine Bewegung mehr, das Eindringen von Licht in die Dunkelheit, das Zusammenfließen von Form, Farbe und Bewegung, um der inneren Schau Leben zu verleihen.

Er konnte sehen und fühlen, aber er befand sich in tiefster Dunkelheit in einem Raum. Er war wieder ein Junge. Ein paar Kohlen glühten an der Seite eines Feuers und beleuchteten einen Krug ähnlich dem, in dem seine Mutter ihre Fischkuchen aufbewahrte. Er aß einen davon und nahm dann seinen Bogen und die Pfeile, sein Messer, die Wasserflasche und seinen Regenumhang. Durch die Tür ging er in die Nacht hinaus. Im perlmuttfarbenen Licht eines umwölkten Mondes sah und fühlte er, wie er sich plötzlich veränderte. Die Gestalt, die er sah, war nicht er selbst, sondern sein Sohn. Yaka ließ seine Hütte hinter sich und bahnte sich vorsichtig einen Weg unter den Ästen hindurch auf dem Pfad, der zum Dorf hinunterführte, aber er wandte sich von den Häusern ab und ging rasch weiter zu dem Waldweg, der zu den Ebenen, zum Großen Fluß und zum Land des Schäfervolks führte, bis die Schatten des Waldes und des umwölkten Mondes ihn aufnahmen.

Langsam senkte Tama den Stein. Sein Gesicht war von Schmerz zerfurcht. Die Bedeutung dieser Vision war unmißverständlich. Sie brachte eine schreckliche Gewißheit von Endgültigkeit mit sich, das Erlöschen von Hoffnung. Und selbst jetzt, angesichts dieser ungeschminkten Kenntnis dessen, was geschehen würde, konnte Tama keine Tränen für den Sohn vergießen, für den er Liebe empfinden wollte, was ihm jedoch nicht aus vollem Herzen gelang. Wäre es Nikala oder der Rua von früher, dann hätte ich weinen können. Warum nicht für Yaka? Vergib mir, mein Sohn, vergib mir.

Der Stein hatte nichts über Vani gezeigt. Der Priester saß noch lange am Feuer und atmete gleichmäßig ein und aus, um wieder stark zu werden für eine zweite Vision. Er versuchte das Aufsteigen von Angst in seinem Bauch zu unterdrücken. Erst spät in der Stille der Nacht war er bereit, den Stein noch einmal zu befragen.

Erneut befreite ihn der Druck des Steines an die Stirn aus der Gefangenschaft des Körpers, und er fühlte, wie sich sein Geist öffnete, um die Bilder einzulassen, die Ka Balu ihm zeigen würde.

Er befand sich inmitten einer lachenden und drängenden Menge von Menschen, die alle sehr aufgeregt und gespannt zu sein schienen. Zuerst konnte er nichts sehen, aber schließlich erkannte er ein Bündel zusammengebundener Flachsstengel, die ein Mann über sein Knie bog. Sofort durchfuhr ein Erinnerungsblitz das Bild und erfüllte ihn mit einem Gefühl von Angst und Abscheu. Die Vision trübte sich, während er sich bemühte, seinen Geist von der Erinnerung freizumachen, um wieder ganz aufnahmefähig zu werden. Schließlich ließ die Angst langsam nach, und es erschien ein Bild von Ke Ralas Händen, die die Flachsstengel mit furchtbarer Kraft umklammerten, während sein gesamter Körper sich mühte, sie durchzubrechen. Mit erbarmungsloser Klarheit sah Tama erneut, wie bei Horas Hochzeit die Stäbe zerbrachen und Ke Rala niedersank, während ihm das Blut zwischen den Fingern hervorquoll. Und ebenso, wie er damals die Besinnung verloren hatte, fühlte er sich auch jetzt wie betäubt, kam dann aber wieder zu sich und fand sich in einer stillen Landschaft voll kaltem Nebel. Wieder stand er am Strand der nebelverhangenen Lagune im Land der frisch Verstorbenen. Schwere Tropfen fielen vom Himmel auf ihn herab, aber es waren keine Wassertropfen. Als er aufblickte, sah er Ke Ralas Hände groß und undeutlich im Nebel, und Blut tropfte von ihnen in das Wasser der Lagune hinab. Im Sand zu seinen Füßen waren die Spur von einem Kanu, das aus dem Wasser gezogen worden war, und die Fußspuren einer Frau, die es bestiegen hatte. Und dort verschwand ein Kanu im Nebel, und es trug eine Frau an Bord, die, wie er wußte, Vani war. Er stürzte vorwärts und fiel in das vom Blut getrübte Wasser und in die Dunkelheit.

Der Stein fiel ihm aus den Händen. Er kam schwankend auf die Beine, schlug sich mit den Fäusten vor den Kopf und schrie verzweifelt: »Nein, nein, nein!« Er wiegte seinen Körper vor und zurück und weinte, wie er seit Jahren nicht mehr geweint hatte. Escha wachte in ihrem Raum auf und hörte ihn. Sie lag da und bebte vor Mitgefühl, aber sie traute sich nicht, einen Kummer zu lindern, der sich vielleicht in Wut verwandeln würde, wenn sie sähe, was nicht für ihre Augen bestimmt war. Nur Yaka in seiner Hütte hörte nichts und schlief unschuldig weiter.

Der Morgen war feucht und kalt und verhangen von niedrigen Wolken aus dem Süden. Die Wipfel der Bäume im Wald bogen sich im Wind. Yaka blieb noch lange im Bett liegen, bevor er aufstand und den Fischkuchen aufaß, der im Fett kalt geworden war, denn seine Mutter hatte die Schale neben das Bett gestellt, ohne ihn zu wecken. Er hatte keine Lust, auf die Jagd zu gehen, obwohl er wußte, daß sich seine Mutter, was die Versorgung mit frischem Fleisch betraf, auf ihn verließ. Vielleicht später, dachte er, schob die Schale beiseite und legte sich wieder aufs Bett. Aber kurz darauf hörte er seinen Namen rufen, die Tür ging auf, und sein Vater kam herein. Sie begrüßten sich, und Tama setzte sich auf einen Hocker, während Yaka mit verschlungenen Beinen auf seinen Decken saß.

Yaka wartete, daß sein Vater etwas sagen würde. Deutlich fiel ihm auf, wie erschöpft er aussah, die Stirn zerfurcht, der Mund traurig nach unten gezogen. Er hatte sich seinem Vater nie nahe gefühlt, aber mit einem Mal sah er mit einem Anflug von Mitleid, daß er ein Mann war, der eine schwere Bürde trug.

Als Tama sich schließlich dem jungen Mann zuwandte, der ihn still beobachtete, fehlte seiner Stimme die gewohnte Festigkeit, und sie schien nicht aus der lebendigen Flamme seines Geistes zu kommen, sondern aus einer aschgrauen Einöde tief in seinem Inneren. Angst flackerte in Yakas Brust auf.

»Mein Sohn, was ich dir sagen muß, wird dir großen Schmerz bereiten. Die ganze Nacht saß ich mit offenen Augen da, um einen Ausweg zu finden, aber ich konnte nichts erkennen, nichts außer dem Schmerz eines Elends, das Ka Balu uns zu ertragen zwingt. Gestern habe ich den Häuptling dazu gebracht, mich mit seiner Tochter sprechen zu lassen ...«

»Du hast Vani gesehen? Wie geht es ihr? Hat sie von mir gesprochen?«

»Ich habe mit ihr geredet. Es geht ihr gut, sie bleibt innerlich ruhig und beschäftigt sich mit hausfraulichen Tätigkeiten, um ihrer Mutter zu helfen. Nachdem du mir gestanden hattest, daß du das Kind gezeugt hast, beschloß ich, Vanis Bestätigung zu hören, bevor ich den Häuptling davon überzeugen wollte, euch beide gnädig zu behandeln. Vani hat im Namen Ka Balus einen Schwur geleistet, den Namen des Vaters ihres Kindes niemals zu nennen, aber sie hat auch nicht abgestritten, daß du die Wahrheit gesagt hast. Ich weiß, daß du ehrlich warst und Vani mein Enkelkind auf die Welt bringen wird. Dagegen weiß ich nicht, wie der Häuptling reagieren wird, wenn er die Wahrheit erfährt. Obwohl Ke Rala mein Clanbruder ist, bleibt sein Geist für mich im dunkeln. Ich weiß nur, daß er schnell handeln wird, um sich an dem Mann zu rächen, der seine Tochter genommen hat. Er plant ein Wahrheitsritual, dem sich alle jungen Jäger unterziehen müssen. Dadurch soll herausgefunden werden, wer der Vater von Vanis Kind ist. Wenn dieses Ritual durchgeführt wird, könnte ein unschuldiger Mann bestraft werden.«

Yaka hörte seine eigene Stimme wie aus der Ferne. »Wenn es so sein muß, so soll es sein. Ich werde die Wut des Häuptlings auf mich nehmen.«

Tama sah den kühlen Stolz im Gesicht seines Sohnes und

war davon berührt. »Mein Sohn, dein Mut ehrt dich. Aber ich kenne den Häuptling besser als du. Ich brauche viel Zeit, um ihn zur Gnade zu bewegen. Im Moment ist er noch voller Wut und Haß und würde wahrscheinlich den Mann töten, der seine Tochter entehrt hat. Mit der Zeit kann ich ihm helfen, zu seinem früheren Sinn für weise Gerechtigkeit zurückzufinden, aber bis dahin ist es besser, wenn du für ihn nicht greifbar bist.«

»Was meinst du damit?«

»Du mußt noch heute nacht das Dorf verlassen. Nimm alles mit, was du brauchst. Geh, so schnell du kannst, über den Großen Fluß zum Land des Schäfervolkes. Die Cousinen und Cousins deiner Mutter oder vielleicht auch Ana und Tukki werden dir Obdach gewähren, bis ich nach dir schicke und du zurückkehren kannst. Aber es kann sein, daß das erst in mehreren Monden sein wird oder gar erst in ein oder zwei Jahren. Yaka, es gibt keinen anderen Weg, um dein Leben zu retten. Du läufst nicht weg, sondern handelst auf meinen Befehl als dein Vater und dein Priester. Es ist mein Wille, der das anordnet, nicht deiner. Wenn du hierbleibst, könnte das für dich und für andere zu einer Tragödie werden.«

Yaka fand keine Worte. Er empfand nur ein Gefühl der Ausgeschlossenheit, der Unwirklichkeit und völliger Ungläubigkeit, wovon er nichts in Worten ausdrücken konnte. Mit gesenktem Kopf saß er so lange schweigend da, daß sein Vater ihm schließlich eine Hand auf die Schulter legte und freundlich sagte: »Sag etwas, mein Sohn.«

Und dann fragte er nur: »Kann ich Vani sehen, bevor ich gehe?«

Tama schüttelte den Kopf. »Sie ist eine Gefangene im Haus ihres Vaters. Man würde dich nicht einlassen. Aber sie gab mir eine Botschaft für dich mit. Sie sagte: ›Sag ihm, er solle sich an die Hütten aus Farnwedeln erinnern, die wir als Kinder immer so gerne gebaut haben, und an die kleinen Feste, die wir miteinander in der Sicherheit des grünen Lichtes der Sonne feierten. Und sag ihm, ich möchte, daß mein Kind stolz auf den tapferen Mann ist, der sein Vater ist.‹«

Yaka wartete, bis das Brennen unter seinen Augenlidern nachgelassen hatte, und fragte dann: »Ist es tapfer wegzulaufen?«

»Ich habe dir schon gesagt, daß du nicht wegläufst. Du gehorchst einem strengen Befehl deines Vaters. Es braucht mehr Mut, diesem Befehl zu gehorchen, als hier zu bleiben und unter meinem Schutz zu stehen. Nicht nur Vani bittet dich, tapfer zu sein. Auch ich möchte stolz auf den Mut meines Sohnes sein.«

»Wann muß ich gehen?«

»Am frühen Abend, sobald deine Mutter sich schlafen gelegt hat. Du mußt so weit wie möglich weg sein, wenn ich morgen mit dem Häuptling rede. Das werde ich so lange hinausschieben, wie ich kann. Und du darfst dich nicht von deiner Mutter verabschieden. Sie würde es vielleicht nicht verstehen. Ich werde es ihr erklären, sobald du in sicherer Entfernung bist. Ich komme heute abend noch einmal zu dir, bevor du gehst.«

Nachdem sein Vater gegangen war, blieb Yaka noch eine Weile auf seinem Bett sitzen. Es fiel ihm schwer, die notwendigen Dinge für die Reise zusammenzupacken. Er fühlte nichts, nur einmal flüsterte er vor sich hin: »Vani möchte, daß mein Kind auf mich stolz ist«, und das gab ihm einen Funken Zuversicht in seiner Einsamkeit.

Der Tag verging wie in einem Traum. Er beschäftigte sich mit dem Wenigen, was er zu tun hatte – sein Messer schärfen, Pfeile auf Beschädigungen untersuchen, seine Wasserflasche füllen –, und war nur halb bei der Sache. Er tat alles ohne Überzeugung. Es schien ihm, als hätte er die Worte seines Vaters nur geträumt, als hätten sie nicht die Kraft, ihn allein in die Nacht hinauszuschicken. Wirklich dagegen war seine Hütte, sein gemütlicher Unterschlupf, der Erinnerungen an Tage voller Sicherheit bot. Seine wenigen Besitztümer, die er selbst gefertigt hatte, waren wertvoll für ihn: die Sandalen, für die er erst vor kurzem neue Riemen gemacht hatte; die beiden Decken, eine grüne und eine braune, die er zusammen mit seiner Mutter gefärbt hatte; die erste Tonschale, die er selbst gemacht hatte und die ein wenig schief war; das erst halb gegerbte Kalbfell, das an der Wand hing.

Ein anderer Teil seines Verstandes beschäftigte sich mit Fragen, auf die es keine Antworten gab. Was würde mit Vani geschehen, nun, da der Häuptling bald den Namen des Vaters ihres Kindes erfahren würde? Würde er sie rasch mit irgendeinem Jäger verheiraten? Vielleicht mit Rua? Yaka merkte, daß ihm das nichts ausmachen würde. Er wußte, daß Vani Rua liebte. Und er wußte, daß Vani ihn, Yaka, mochte, aber als Ehemann nicht in Betracht zog. Sie hatte sich ihm hingegeben, um seine Einsamkeit zu lindern, aber nun, da sie beide einsam waren, konnten sie einander nicht helfen.

Spät am Morgen kam seine Mutter, schimpfte über seine Faulheit und bat ihn, Wasser für sie zu holen. Zwei große Wasserbeutel und ein Joch zum Tragen warf sie ihm in die Hütte. Als er stromaufwärts am Ufer kniete, sah er vom Dach des Häuptlings Rauch aufsteigen und fragte sich, was die Bewohner wohl machten, aber niemand war zu sehen. Alles war so still wie die letzten gelben Blätter des alten Fuchsienstrauchs neben ihm, die bewegungslos an den sich schälenden Ästen hingen. Er rückte das Joch auf den Schultern zurecht, spannte die Muskeln an und kam vorsichtig auf die Füße. Mit den Händen hielt er den Tragebalken fest, der sich unter dem Gewicht der vollen Behälter bog. Als er den steilen Weg zu seinem Zuhause hinaufging, dachte er, daß es für viele Monde das letzte Mal sein würde, daß er für seine Mutter Wasser holte, und das Herz wurde ihm schwer, aber er konnte nicht weinen.

Der graue Tag ging langsam in die Abenddämmerung über. Yaka aß die Mahlzeit, die seine Mutter zubereitet hatte. Er sagte nichts, und die wenigen Bemerkungen, die seine Mutter machte, blieben unbeantwortet in der Luft hängen. Manchmal blieb er abends da und half Escha bei ihren Verrichtungen, hörte dem Dorfklatsch zu, den sie erzählte, oder ihren Beschwerden, und manchmal nahmen ihn auch die alten Geschichten ihres Volks gefangen, aber heute zog er sich unter einem Vorwand früh in seine Hütte zurück. Wäre er noch länger geblieben, hätten seine stummen Worte verraten, daß er sich danach sehnte, seine Arme um den untersetzten Körper seiner Mutter zu schlingen und wieder ein Kind zu werden.

In der Hütte suchte er Decken, Wasserflasche, Messer und Scheide, Bogen und Pfeile zusammen, seinen Regenumhang, ein zweites Paar Sandalen und den Bogenbohrer zum Feuermachen. Im flackernden Licht der Öllampe wählte er eines seiner drei Stirnbänder aus und band sein Haar zusammen. Dann setzte er sich aufs Bett und wartete. Kalte Angst packte ihn und ließ ihn erzittern.

Als sein Vater kam, erhob sich Yaka und bemühte sich, die Zähne zusammenzubeißen, damit sie nicht klapperten. Es war zu spät, all das zu sagen, was nie ausgesprochen worden war. Nach ein paar leisen Fragen und Antworten über die Reise kniete der junge Mann nieder, um den Segen seines Vaters zu empfangen. Die Anrufung Ka Balus um Mut und Schutz nahm mehr Zeit in Anspruch, als Yaka gedacht hatte. Bebend kauerte er zu Füßen seines Vaters, und es kam ihm der eigenartige Gedanke, daß das Gebet seines Vaters nicht allein ihm, sondern ihnen beiden galt. Schließlich legte der Priester die Hände auf seinen Kopf, Yaka umfaßte Tamas Fußknöchel und küßte seine Füße, stand dann schnell auf, trat einen Schritt zurück, nahm Umhang und Bogen. Dann verließen sie die Hütte. Yaka erhob seine gefalteten Hände zum Abschied, sah die dunkle Gestalt seines Vaters in der Dunkelheit und wandte sich um, um den Pfad hinunterzugehen. Schon nach kurzer Zeit konnte sein Vater ihn nicht mehr sehen.

Tama ließ seine ausgestreckten Hände sinken und schlug sie vors Gesicht. Ihn überfiel die Erinnerung an einen anderen Jungen, der in der Dunkelheit davonlief, und er weinte, aber er konnte nicht sagen, ob seine Tränen seinem Sohn oder ihm selbst galten. Vielleicht weinte er um sein Volk und um das Zerbrechen eines Traums.

»Mein Sohn, mein Sohn. O Yaka, mein Sohn, vergib mir!«

Gegen Ende des nächsten Tages ging Tama zu Ke Rala und sagte dem Häuptling, was er getan hatte und warum.

Anielli und Ila zitterten, als sie hörten, wie die Clanbrüder sich anschrien, wie ein wütender Ausbruch dem anderen folgte und die Stimmen schließlich leiser wurden, um einander bitter anzuklagen. Selbst nachdem Ke Rala hinter dem Priester die Tür geschlossen und sich in drohendes Schweigen gehüllt hatte, hielten die Frauen sich noch ängstlich umklammert.

Als Tama langsam sein Haus betrat, rief Escha nach ihm und kam näher.

»Hast du Yaka gesehen? Er war den ganzen Tag nicht da. Er hat fast alle seine Sachen mitgenommen. Ist er mit den Jägern für einige Tage weggegangen? Er hat mir kein Wort gesagt.«

Sie setzten sich in Tamas Raum ans Feuer. Aus den tröstlichen Flammen schöpfte Tama den Mut, das auszusprechen, was gesagt werden mußte. Escha hörte mit großen Augen und verkrampftem Körper zu. Schließlich stand sie auf, rang die Hände und sah Tama mit blinden Augen an, als ihr der Schmerz bewußt wurde, der sie von nun an nicht mehr verlassen würde.

»Dann ist er für immer gegangen. Er wird niemals zurückkommen.«

7

Als der Winter sich seinem Ende zuneigte und der dritte Mond des Jahres kam, breitete sich im Volk eine ungewohnte Zurückhaltung aus, die den Aufschwung der Kräfte, den der Frühling üblicherweise mit sich brachte, mäßigte. Die Männer und Frauen erfreuten sich an dem jubelnden Gezwitscher der Vögel an Flußufer und Waldrand, die Mädchen flochten Blütenkränze und setzten sie sich aufs Haar; Großmütter hockten in der Sonne und hatten ein Auge auf unternehmungslustige Krabbelkinder, und die Jäger planten längere Jagdausflüge außerhalb des Dorfes. Aber irgend etwas dämpfte ihre Energien und Hoffnungen, als fürchteten sie sich davor, einen schlafenden Feind zu wecken. Während der Frühling seine volle Pracht ausbreitete, saßen die Erwachsenen am Abend um ihre Feuer und redeten nur über das Kind, das bald geboren werden würde, über seine unglückliche Mutter und ihren Häuptling, der in seinem Schweigen wie eingemauert und hinter seinem furchtbaren Entschluß nicht mehr ansprechbar schien. Und von dem nutzlosen Yaka, der so feige gewesen sei zu fliehen, was alle verurteilten.

In und um das große Haus am flußaufwärts gelegenen Ende des Dorfes aßen, arbeiteten und schliefen die Bewohner getrennt voneinander. Ila ging gleichgültig ihrer Arbeit nach, trotzdem holte sich Anielli von ihrer jüngeren Tochter die Kraft, die sie brauchte, um einen weiteren Tag der Qual zu ertragen. Ila tröstete sie, wenn Ke Rala nicht im Haus war und sie in Jammern ausbrach und ihre schlimmen Vorahnungen über Vanis Schicksal in Worte kleidete. Anielli war sicher, daß sie den Winter nicht überlebt hätte, wenn Ila nicht diesen ruhigen Mut und gesunden Menschenverstand bewiesen hätte.

In dem kleinen Raum hinten am Haus verbrachte die Gefangene ihre kummervollen Tage mit Sticken, Meditation und der Tröstung durch eine Mutter, die ihr keinen Trost zu spenden vermochte. Mutter und Tochter hatten die Rollen getauscht. Weil Vani ihr Schicksal angenommen hatte, fand sie die innere Ruhe, um die Tränen ihrer Mutter zu trocknen, und Worte der Beruhigung und des Mutes für sie. Manchmal, wenn es gefahrlos war, besuchte auch Ila ihre Schwester, erzählte ihr den neuesten Dorfklatsch und brachte ihr etwas zu tun für ihre Hände, unterließ es jedoch, Mitleid zu bezeugen oder Fragen über die Zukunft zu stellen. Vani war dankbar für die Augenblicke mit Ila, in denen sie nur in der Gegenwart zu leben brauchte. Ila erwähnte die beiden Male nicht, als sie ihren Vater gebeten hatte, gnädig mit Vani umzugehen. Beim erstenmal hatte er nur kurz zugehört und war dann gegangen. Beim zweitenmal hatte er sie unterbrochen und gesagt: »Sprich nicht über Angelegenheiten, von denen du nichts verstehst«, und als Ila mutig weitergeredet hatte, hatte er sie aus dem Raum geschoben und die Tür geschlossen.

Das Schweigen des Häuptlings war undurchdringlich. Zuerst hatte seine Frau ihn gebeten und gebettelt, er sollte mit Vani reden, aber es war, als spreche sie zu einer Statue aus Stein, und schließlich hatte er ihr in einem Wutausbruch befohlen, den Namen ihrer Tochter nie mehr zu erwähnen, sonst werde er auch sie einschließen. So wurden Anielli und Ila wie Vani Gefangene seines Schweigens. Es war eine Erleichterung, wenn Ke Rala aus dem Haus ging und sie wußten, daß er den ganzen Tag wegbleiben würde. Anielli besuchte dann kurz die Familie ihres Bruders, um Trost zu finden, oder ging zu einer Freundin, bis die Neugierigen merkten, daß sie im Dorf war, und ihr Fragen stellten, angesichts derer sie nur den Kopf schütteln und nach Hause fliehen konnte. Sie ging immer mit gebeugtem Kopf herum, wie ein Kind, das fürchtet, bei etwas Verbotenem erwischt zu werden.

Der Häuptling hüllte sich nicht nur in seinem eigenen Haus, sondern auch gegenüber den Jägern in den Mantel des Schweigens. Er sprach nur, wenn es unbedingt nötig war, und dann ohne Herzlichkeit. Seine Äußerungen hatten einen Unterton, der nicht nur Endgültigkeit, sondern Unfehlbarkeit andeutete, als ob Ka Balu selbst gesprochen hätte. Wenn er sich einer Gruppe von Männern näherte, verstummten deren Gespräche. Setzte er sich zu ihnen, wurde die Spannung mit der Zeit immer unerträglicher, so daß einer nach dem anderen eine Ausrede murmelte und davonschlich, bis Ke Rala allein dasaß wie ein Denkmal seiner eigenen unerschütterlichen Zurückgezogenheit.

Als das Wetter wärmer wurde, schloß er sich öfter den Gruppen der Jäger an. In der grünen Kühle des Waldes und der sonnigen Weite der Ebenen gab es Raum für den in seinem Stolz verwundeten Jäger in seinem Innern.

Wut und Verwirrung hatte er nun hinter sich gelassen. Sie waren Teil der ersten Qual des Verrats an ihm gewesen, in dem ersten Mond, nachdem Vani ihm gesagt hatte, daß sie ein Kind erwartete. Damals war sein Geist überwältigt, von einer Dämonenhorde niedergetrampelt worden, und sein Verstand getrübt. Aber er hatte sich aus dieser Verwirrung herausgekämpft und erkannt, daß er diese Bedrohung seines Selbst nur dadurch meistern konnte, daß er sie als neue Tatsache in seinem Leben annahm. Das verlangte eine Untersuchung seiner Macht als Häuptling, seiner Verantwortung als Träger des Willens von Ka Balu für sein Volk. An seiner Macht hatte ihn anfangs die Tatsache zweifeln lassen, daß alle herkömmlichen Hilfsquellen versagten. Unter den Ästen seines Geistbaumes hatte sein erstarrter Geist keine Heilung gefunden, und keine Stimme hatte klar aus seinem Wahrheitsstein zu ihm gesprochen. Als er ihn gegen seine Stirn gepreßt hatte, waren bloß verschwommene Formen erschienen, nur manchmal blitzten kurze Bilder von Vani als Kind auf, wie sie entzückt lachte, als er sie in den Armen herumwirbelte, wie sie auf seine Knie kletterte, um mit großen Augen seinen Geschichten zuzuhören, oder wie Vani als triumphierende Wettkämpferin vom Volk gefeiert wurde. Doch was er tun könnte, um die Ganzheit seines Wesens wiederherzustellen, die Vani erschüttert hatte, enthüllte der Stein nicht.

Womit hatte er Ka Balu so verärgert, daß dieser ihn durch

Vani derart strafte? Wieder und wieder hatte Ke Rala sich diese Frage gestellt. Er hatte sich immer darum bemüht, den Lehren des Alten Weisen Folge zu leisten und das Volk zur Treue gegen die Gesetze und Gebräuche Ka Balus anzuhalten. Die Macht des Gottes konnte das Volk nur durch den Geist des Häuptlings erreichen. Es war die Pflicht eines Häuptlings, seinen Geist für die Stimme Ka Balus offenzuhalten, dessen Willen zu deuten und in die täglichen Verrichtungen des Dorflebens einfließen zu lassen. Aber irgendwie hatte er den Gott durch Nachlässigkeit oder überhebliche Machtanwendung schwer verärgert. Je länger er darüber nachdachte, desto tiefer war er überzeugt, daß es falsch gewesen war, Vani so zu unterrichten, daß sie eines Tages an seiner Stelle Häuptling werden könnte. Nie hatte es im Hirschvolk einen weiblichen Häuptling gegeben. Es war ihm wichtiger gewesen, Vani Macht zu verleihen, als zu fragen, ob das der Wille Ka Balus war.

Aus Liebe hatte er einen Verrat begangen. Niemand sonst in seinem Leben hatte ihm so viel bedeutet wie Vani. Seine Liebe zu Anielli war ein angenehmer, zweckmäßiger Zustand gewesen, in dem für alles Raum war, was er brauchte. Niemals war er von Anielli in Versuchung geführt worden, von seiner Linie abzuweichen. Aber nachdem er seine Enttäuschung überwunden hatte, daß sein erstes Kind ein Mädchen war, hatte er schnell sein Herz an sie verloren mit einer sehnsuchtsvollen Zärtlichkeit, die niemand sonst je in ihm geweckt hatte. Seit ihrer Zeit als Kleinkind hatte Vanis Art ihren Vater für sich eingenommen. Er mochte seine vernünftige zweite Tochter Ila gern, aber er konnte sich nicht vorstellen, daß sie ihm als Häuptling nachfolgen könnte.

Manchmal war er mit Vani zu ihrem eigenen Besten streng gewesen und hatte gesehen, wie sich ihre schönen Augen mit Tränen füllten, wenn sie sich von ihm abwandte. Er hatte sich nicht im Traum vorgestellt, daß sie sich einem Mann hingeben könnte, ohne die Zustimmung ihres Vaters einzuholen. Daß seine Tochter den Bastard eines unbekannten Mannes unter dem Herzen trug, bedeutete für Ke Rala, daß sie ihm ihre Loyalität für alles verweigerte, was er für wichtig hielt – sogar für die Zukunft, die er für sie geplant hatte. Er hatte der Liebe vertraut und aus Liebe einen Verrat begangen. Er hatte die Liebe höher gestellt als das Gesetz, und Ka Balu hatte ihn dafür bestraft. Nur das Gesetz war die Wahrheit, und ihm mußte man gehorchen. Liebe mußte geopfert werden. Die Verbindung zwischen dem Häuptling und seinem Gott mußte gereinigt werden, und zwar durch Blut. Das Volk sollte erleben, daß der Häuptling dem Gesetz gehorchte, ganz gleich, was es ihm persönlich antat.

Manchmal dachte er an Yaka, den dummen Halbblut-Bastard seines Clanbruders und der Schäferfrau Escha. Der Junge hätte schon vor langer Zeit zum Volk seiner Mutter zurückgeschickt werden sollen. Es war ein Fehler gewesen, Heiraten zwischen den beiden Völkern zu erlauben. Nur die Gnade Ka Balus hatte ihn davor bewahrt, Vani mit Tukki zu verheiraten. Das wäre ein nicht wiedergutzumachender Fehler gewesen. Wie hatte er an eine solche Vereinigung auch nur im Traum denken können? Tama war dafür gewesen. Ob er nun sein Clanbruder war oder nicht, der Priester hatte ihn für seine eigenen Zwecke benutzt, für eine erhoffte Heirat Yakas mit der Tochter eines Hirschjägers. Als Ke Rala daran dachte, wie Tama Yakas Flucht eingerichtet hatte, ballte er die Fäuste. Aber Ka Balu verbot das Töten eines Clanbruders oder seiner Kinder. Tama hatte gewußt, daß Yaka der Strafe entgehen würde, während jeder andere junge Jäger entmannt oder getötet worden wäre. Meine Macht ist lächerlich gemacht worden, dachte er bitter. Ka Balu hat mich bestraft, weil ich die Liebe über die Befolgung seiner Gesetze erhoben habe. Von nun an darf es außer der Befolgung der Gesetze nichts mehr in meinem Leben geben. Ich muß meine Strafe erleiden, meine Tochter muß sterben, damit das Gesetz von allem Makel reingewaschen wird.

Als Vanis Zeit näherrückte, blieb Ke Rala im Dorf. Die Ältesten waren damit einverstanden, daß er nach der Geburt des Kindes tun würde, was nötig war, um seine Ehre als Häuptling wiederherzustellen. Wenn die Zeit käme, würde er bereit sein. Als die Tage länger und wärmer wurden, verbrachte er viel Zeit in seinem großen Sessel vor oder unter seinem Geistbaum hinter dem Haus, wobei er stets darauf achtete, nicht zu dem Raum hinzublicken, wo Vani eingesperrt war. Er hielt sich von den Familien der Jäger fern, und sie mieden ebenso ihn. Wenn die Dorfbewohner einen Richter brauchten, um einen Streit beizulegen, gingen sie zu ihrem Priester oder zu einem der Ältesten.

Ke Ralas Schweigen hatte Aniellis Bitten ebenfalls zum Verstummen gebracht. Sie kochte und putzte für ihn mit erstarrter Bitterkeit. Er wußte, daß es zwischen ihnen keine Liebe mehr geben würde, nur noch hartes Erdulden dessen, was über sie gekommen war. Zwischen ihm und seinen Clanbrüdern hatte sich ein Abgrund aufgetan. Hora hatte ihn einmal angehalten und ungeduldig und überheblich gefragt, was er mit Vani zu tun gedenke. Er war mit offenem Mund wie ein Fisch zurückgeblieben, als Ke Rala, ohne stehenzubleiben, geantwortet hatte: »Was ich denke, zählt nicht, wichtig ist nur, was das Gesetz befiehlt.«

Allein Tama hatte seinem Clanbruder Zugeständnisse abringen können. Nach Ke Ralas ursprünglicher Weigerung, Tama weitere Besuche bei seiner Tochter zu gestatten, hatte dieser gedroht, eine Versammlung der Ältesten einzuberufen und sich dort auf seine Macht als Priester zu berufen, die ihm gestattete, jederzeit jeden zu besuchen, der ihn brauchte. Dieses Gesetz zu mißachten, würde bedeuten, Ka Balu selbst zu leugnen. Widerwillig hatte Ke Rala Tama die Erlaubnis gegeben, Vani jeden Mond zweimal zu besuchen, und Tama hatte keine Gelegenheit ausgelassen. Aber zwischen Priester und Häuptling gab es keine Vertraulichkeiten, und was sich zwischen Tama und Vani abspielte, gelangte nicht über die Grenzen ihres Raumes hinaus.

Eines Morgens am Ende des dritten Mondes, als Ke Rala unter seinem Geistbaum saß und blind auf das Dorf starrte, kam seine Tochter Ila zu ihm und sagte, daß Vanis Wehen eingesetzt hätten. Ke Rala zeigte kein Anteilnahme und antwortete nur: »Es soll so sein, wie ich gesagt habe. Sie darf nicht ins Haus der Geburt gehen, aber die Frauen können in ihren Raum kommen. Wenn das Kind geboren ist, sollen die

Frauen es mitnehmen. Die Mutter bleibt bei verschlossener Tür in ihrem Raum. Niemand darf zu ihr.«

Was ist wirklich? dachte er. Er nahm einen Stein in die Hand, der neben einer großen Wurzel des Baumes lag. Das ist wirklich, ein Teil der Welt. Er berührte die Knochen an seinem Handgelenk. Das ist wirklich. Er schüttelte den Kopf, um den Nebel in seinen Gedanken loszuwerden. Er hörte Vogelgezwitscher, das wie Wasser auf die von der Sonne beschienene Erde herabströmte. Die Erde ist wirklich. Das Dorf, seine Bewohner. Die Welt Ka Balus, der Himmelskönig, Herr des Waldes, der Große Hirsch. Die Stimme seines Geistes, seines Gesetzes. Sein Gesetz ist wirklich. Ich bin der Durchfluß seines Geistes. In mir und durch mich soll er wieder klar fließen.

In kürzester Zeit verbreitete sich die Neuigkeit im Dorf. Die Menschen standen in Gruppen beisammen und unterhielten sich mit ernsten, angespannten Stimmen. Nur die wichtigsten Aufgaben wurden erledigt. Bloß die Kinder rannten herum und waren vom Leben des Sommers erfüllt. Die Ältesten behielten ihre Ängste im Herzen und warteten.

Tama kam zu dem Platz, wo sein Clanbruder unter dem Geistbaum saß, aber er konnte nicht wirklich mit Ke Rala reden, er konnte nur Worte an ihn richten, wie man Steinchen an eine Wand wirft. Er bezweifelte, daß Ke Rala ihn überhaupt sah oder hörte, und kehrte niedergeschlagen nach Hause zurück. Dort verbrachte er den Rest des Tages allein und betete, Ka Balu möge in den Geist seines Clanbruders eindringen und ihn zu Mitgefühl bewegen.

Ke Rala saß unter dem Baum und rührte sich kaum. Mittag ging vorüber, die Hitze des Nachmittags ließ nach und verwandelte sich in eine bernsteinfarbene Dämmerung, die langsam über dem Wald verging. Schnell kam die Dunkelheit und hüllte das Dorf in ihr stilles Gewand. Der Mond würde erst nach Mitternacht aufgehen.

Die Dorfbewohner schliefen nicht und lauschten auf das Quaken der Frösche, das Rascheln einer Ratte an einer Hauswand, den hohen, verklingenden Ruf eines Nachtvogels, der über das Dorf hinwegflog.

Aus den Bäumen hinter dem Haus des Häuptlings kam Bewegung in die Dunkelheit. Neben der versperrten Tür erhob sich ein Schatten und warf sich hemmungslos schluchzend der näherkommenden Gestalt entgegen. Anielli umklammerte ihren Mann mit den Armen und brachte ihn zum Stehen, bis er sich freimachte, sie hart auf den Kopf schlug und zur Seite stieß. Er schloß die Tür auf und betrat den Raum.

»Vater?«

Es war eine sehr sanfte Frage.

Ke Ralas Hände sorgten für die Antwort.

8

Alle schrien gleichzeitig. Hora hatte Schaum vor dem Mund und wollte sich von Rua und einem anderen Jäger losreißen, während er Ke Rala in unbeherrschter Wut verfluchte. Tama hatte den Dolch aufgehoben, der zu Boden gefallen war, und Hora aufgefordert einzuhalten. Ke Rala legte die Hand an seine blutende Wange und wiederholte: »Du hast deinen Häuptling und Bruder angegriffen! Dafür gibt es keine Verzeihung!«

Andere Jäger kamen herbeigerannt. Mehrere hielten Hora fest, versuchten seine unzusammenhängenden Flüche zu ersticken und wandten sich um Erklärung an Tama und Rua.

»Ich habe versucht ihn zurückzuhalten«, schrie Rua. »Ich habe es versucht, aber er war zu stark für mich. Er kam hier heraufgerannt ... Tama, bitte, hilf uns. Er ist dein Clanbruder.«

Tama würde niemals die Verzweiflung im Gesicht des jungen Mannes vergessen. Er wußte, wie Rua litt, nun, da Vani tot war. Aber der Sohn dachte nur daran, seinen rasenden Vater zu beschützen, damit dieser sein Leben nicht weiter aufs Spiel setzte. Der Kummer in Ruas Augen entsprach am Ende auch Tamas eigenem Kummer über den Bruch des geheiligten Bandes der Bruderschaft zwischen Hora, Ke Rala und ihm selbst. Er half, Hora wegzuführen, aber vorher sagte er noch zum Häuptling:

»Ka Balu versteht vielleicht, was du getan hast, und verzeiht dir. Ich kann es nicht, nicht jetzt, vielleicht niemals. Für meinen armen Bruder Hora in seiner trunkenen Wut kann ich Liebe und Mitleid empfinden, aber du hast dich außerhalb von beidem gestellt. Von jetzt an ...«

»Hör mit deinem Geschwätz auf!« schrie Ke Rala. »Er hat seinen Häuptling angegriffen. Er hat versucht mich zu töten. Er muß das Dorf verlassen. Er ist aus dem Volk ausgestoßen. Bringt ihn vor Sonnenaufgang aus dem Dorf.«

Und zu einem der Jäger gewandt, fuhr er fort: »Ruf sofort die Ältesten zusammen – alle.«

Die Versammlung war kurz. Die Ältesten hatten Angst um ihr Leben und sagten wenig. Sie akzeptierten Ke Ralas Verteidigung seines Rechts, die Tochter zu töten, die ihn entehrt hatte, und befürworteten – außer Tama – die Verbannung Horas. Tama beantragte, den Urteilsspruch nach einem Jahr erneut zu prüfen, aber er wurde überstimmt. Seine Bitten um Mitgefühl wurden mit stummem Kopfschütteln beantwortet. Er verließ die Versammlung, ohne zu zögern, und ging zu Horas Haus.

Den Rest des Tages tat er, was er konnte, um Hora und seiner Familie zu helfen, sich der Sache zu stellen. Mariti sagte wenig und preßte die blutlosen Lippen zusammen, während Hora, von seinem Wutausbruch erschöpft und verwirrt, zwischen seinen Kindern und Freunden saß. Einmal zog er Tama am Ärmel und sagte mit der Ungläubigkeit eines verwirrten Kindes: »Er hat Vani getötet. Seine eigene Tochter. Er hat sie erwürgt. Vani ...« Und er schluchzte rückhaltlos.

Drei von Horas Freunden und auch Rua machten sich bereit, ihn zu begleiten.

»Wenigstens ein Stück des Weges«, erklärte Rua Tama. »Jedenfalls bis zum Großen Fluß.«

Hora sprach dagegen und sagte, Rua solle bei seiner Mutter bleiben, aber Mariti murmelte: »Nein, geh mit deinem Vater, so lange er dich braucht, mein Sohn. Hier gibt es viele, die mich trösten und beschützen werden.«

Den ganzen Tag über kamen Männer und Frauen, um Horas Hand zu drücken, ihn zu umarmen, mit ihm zu trauern. »Vielleicht schickt der Häuptling nach dir, wenn sein Zorn sich abgekühlt hat. Du bist schließlich sein Clanbruder. Ein Streit zwischen Clanbrüdern kann beigelegt werden.«

Tama hörte zu und tröstete, so gut er konnte. Er wußte, daß dieser Bruch nicht zu heilen war. Und als Hora am Spätnachmittag sein Gepäck schulterte, schien es, daß dem ganze Dorf bewußt war, daß sie ihn vielleicht nicht wiedersehen würden. Mit Rua und den drei Jägern ging er an den schweigenden oder weinenden Männern und Frauen vorbei und wurde selbst fast von seinen Tränen überwältigt. Er stützte sich auf Ruas Arm. Sein Stolz und seine Stärke waren beinahe erloschen.

Tama begleitete sie noch ein Stück auf dem Waldweg, der zu den Ebenen führte, und verabschiedete sich am Waldrand. Der rötliche Schein des Sonnenuntergangs ließ Horas zerwühltes Haar aufflammen, als Tama ihn an die Brust drückte. Sie beide vermochten kaum zu sprechen.

»Die erste Hütte …«

»Ja, heute nacht. Sag meinem Sohn Yaka …«

»Ja, bald …«

»Ka Balu, mein Bruder …«

Mit den Augen folgte Tama den fünf Männern auf ihrem Weg durch den Flachs, bis er sie nicht mehr sehen konnte. Dann sank er an einem Baumstamm nieder. Und dort blieb er in einer Erstarrung sitzen, die so trostlos war wie der Tod, während die Nacht den Wald in Finsternis hüllte. Auf der kalten Ebene zog Hora unter einem wolkenverhangenen Sternenhimmel in die Verbannung.

In späteren Jahren konnte Tama sich nicht mehr genau an die Abfolge der Ereignisse in jener Zeit erinnern. Der Mord an Vani und Horas Verbannung vermischten sich und wurden zu dem Mittelpunkt, um den sich alle anderen, weniger tiefgreifenden Ereignisse rankten. Wie lange dauerte es, bis Brusa bei Mariti einzog? War das vor oder nach Ke Ralas Beschluß, alle Schäfer, die im Dorf wohnten, in ihr eigenes Dorf zurückzuschicken? Nur zwei Ausnahmen duldete der Häuptling: Brusa wegen seiner Holzschnitzkünste und Escha, gegen die nicht einmal Ke Rala vorzugehen wagte. Goff und Manny mußten gehen, und der Künstler Uunu blieb daraufhin allein in seinem Winkel der Werkstatt zurück. Manchmal war er den ganzen Tag allein, bis Brusa ihm gegen Abend etwas zu essen brachte. Uunu weigerte sich, seine Ecke zu verlassen, um in den Häusern der anderen zu essen, wurde mit der Zeit immer eigensinniger und ließ niemanden an sich heran.

Familien brachen auseinander, manche Frauen wurden dadurch zu Witwen oder beschlossen, ihren Ehemännern zusammen mit den Kindern in das Schäferdorf zu folgen. Alles in allem waren es etwa zwanzig oder dreißig Menschen, die vor Ke Ralas harter Herrschaft fliehen mußten. Irgendwann im darauffolgenden Jahr heiratete Rua, baute sich ein Haus und überließ seine Mutter, Lani und seine Brüder dem fürsorglichen Schutz Brusas.

Zwei Jahre nach Vanis Tod verheiratete Ke Rala Ila mit einem soliden, schweigsamen Jäger, der doppelt so alt war wie sie. Gleich nach der Hochzeit erhob er den Mann in den Ältestenrat, da durch einen kürzlichen Todesfall ein Platz freigeworden war. Bisher hatte man sich immer zuerst unter den Ältesten besprochen, wer in den Rat aufgenommen werden sollte, aber innerhalb von nur zwei oder drei Jahren wurde hingenommen, daß Ke Rala das alleinige Recht ausübte, frei werdende Plätze im Ältestenrat neu zu besetzen.

Als Ke Rala wegen der Vorbereitungen der Mittsommerspiele zu Rate gezogen wurde, sagte er, sie würden nicht stattfinden. Das Volk könne im eigenen Dorf Spiele veranstalten, aber es werde keinen Wettbewerb mit dem Schäfervolk geben. Diese Entscheidung löste großes Mißfallen vor allem bei den jungen Leuten aus, aber da die Menschen Angst hatten, den Zorn des Häuptlings auf sich zu ziehen, kam es zu keiner gemeinschaftlichen Beschwerde.

Einige verkürzte Darbietungen wurden auf dem Dorftanzplatz abgehalten, aber im nächsten Jahr wurden auch diese fallengelassen. Ein Abgesandter des Schäfervolkes, der wegen der Spiele nachfragte, wurde nicht einmal über Nacht im Dorf beherbergt. Nach diesem Besuch kam niemand mehr über den Großen Fluß herüber. Im Herbst nach Vanis Tod war jegliche Verbindung zwischen den beiden Völkern abgebrochen. In den darauffolgenden Jahren wurden am Großen Fluß gelegentlich Jäger in Auseinandersetzungen verwickelt, aber kein Volk verfolgte das andere bis auf dessen eigenes Gebiet. Trotz all dieser Vorfälle gab es in dem breiten grauen Flußbett manchmal friedliche Gespräche zwischen Hirschjägern und jungen Schäfern, wobei sie sich mit Bedauern an glücklichere Zeiten erinnerten. Aber kein Hirschjäger brachte jemals Neuigkeiten für Ke Rala mit.

Im Dorf des Hirschvolks ging das Leben weitgehend seinen gewohnten Gang, als dieser tragische Frühling langsam dem Sommer wich und die Herbsternte ins Haus stand. Nahrung mußte erjagt, angebaut und gesammelt, Kleider, Gerätschaften und Häuser mußten gerichtet werden. Für die Jungen, die nichts zu vergessen hatten, war die Welt immer noch voller Wunder. Obwohl das Ankunftsfest in diesem Jahr nicht gefeiert wurde, nahm man die Feierlichkeiten im nächsten Jahr wieder auf und behielt sie bei. Das Volk gewöhnte sich an einen zurückgezogenen Häuptling, der an ihrem täglichen Leben keinen großen Anteil mehr nahm und sein großes, stilles Haus, dem nie jemand einen Besuch abstattete, nur noch verließ, um Dinge zu überwachen oder Personen zu beaufsichtigen, zu verurteilen oder ihnen Einschränkungen aufzuerlegen.

Wer in der Nähe des Hauses vorbei mußte, hörte niemals menschliche Stimmen oder Lachen. Ein paar Tage nach Vanis Tod hatten Männer mit krachenden Axt- und Hammerhieben den kleinen Raum abgerissen, den Ke Rala für seine Tochter hatte bauen lassen. Das Holz wurde noch am gleichen Abend verbrannt. Man sagte, daß Mann und Frau nur noch miteinander sprachen, wenn es unbedingt nötig war, und getrennt schliefen. Nachdem Ila verheiratet worden war, sagte Anielli ihrem Bruder, daß sie manchmal ein oder zwei Tage lang mit niemandem rede. Vielleicht war das der Grund, warum sie später ständig vor sich hin murmelte.

Tama und Ke Rala begegneten sich nur bei förmlichen Anlässen in der Öffentlichkeit oder im Ältestenrat. Es gab keine Freundschaft mehr zwischen ihnen. Bei solchen Treffen fiel Tama auf, daß Ke Rala niemals seine Hände aus den langen Ärmeln seines Umhanges zog. Er trug seinen Häuptlingsstab nicht länger bei sich und sprach oft kein Wort, wenn er seine Absicht auch durch Kopfnicken oder -schütteln klarmachen konnte. Wurde ihm widersprochen oder wurde er herausgefordert, war seinem Gesicht gleich eine solche Wut abzulesen, daß die Männer sich ängstlich zurückzogen und verstummten.

In späteren Jahren wurde Tama immer klarer, daß Vanis

Tod einen Wendepunkt im Lebens des Volks darstellte. Das Dorfleben war äußerlich unverändert, hatte aber im Inneren große Wunden davongetragen. Vertrauen und Zuversicht waren zutiefst erschüttert, und an ihre Stelle trat so etwas wie Heimlichtuerei und Vorsicht. Die Leute wurden selbstbezogener und waren weniger geneigt, das zu teilen, was sie einstmals ohne Bedenken großzügig hergegeben hätten. Manche litten stärker unter dem Verlust der Freundschaft mit den Schäfern, die nach Sarns Tod während der Jahre der gemeinsamen Spiele kurz aufgeblüht war. In der Erinnerung wurde das Schäferdorf am Langen Wasser zu einer Traumwelt, Stoff für Kindergeschichten, die fast wie Märchen klangen.

In dieser neuen Wirklichkeit war Tamas Platz. Jeden Tag kümmerte er sich um die Kranken; jedes zweite oder dritte Jahr hielt er im Winter Unterricht ab; in der Nacht schrieb er in seinem Raum Geschichten, Sitten und Glaubenssätze seines Volks auf, und es entstand Seite für Seite ein großes Buch, das er in dem Kasten aus Tannenholz aufbewahrte, den er dafür selbst angefertigt hatte.

Jeden Tag fand er Zeit, sich gemeinsam mit Escha dem Spielen und Aufziehen ihres Enkels zu widmen. Nach der Geburt hatten die Frauen ihn einer Amme übergeben, deren Kind gerade tot geboren worden war, aber als er abgestillt war, nahm Escha ihn mit nach Hause und gab ihm die Liebe und Zuwendung, mit der sie zuvor seinen Vater umsorgt hatte. Ke Rala erwähnte das Kind niemals und kümmerte sich auch nicht darum, ob es tot oder lebendig war, aber manchmal kam Anielli heimlich zum Haus des Priesters, nahm das Baby schüchtern auf den Schoß und gab ihm einen Finger zum Nuckeln, während ihre Augen sich mit Tränen füllten.

Auf der großen Steintafel, die den Lauf der Jahre anzeigte, hatte Tama gegenüber der Kerbe für den neunten Tag des dritten Mondes nach Aufgang der Sternenvögel zwei Namen eingeritzt. Der eine war ›Vani‹, die damals gestorben war, und der andere der Name des Sohnes, den sie an jenem Tag geboren hatte. Sie nannten ihn Rulf.

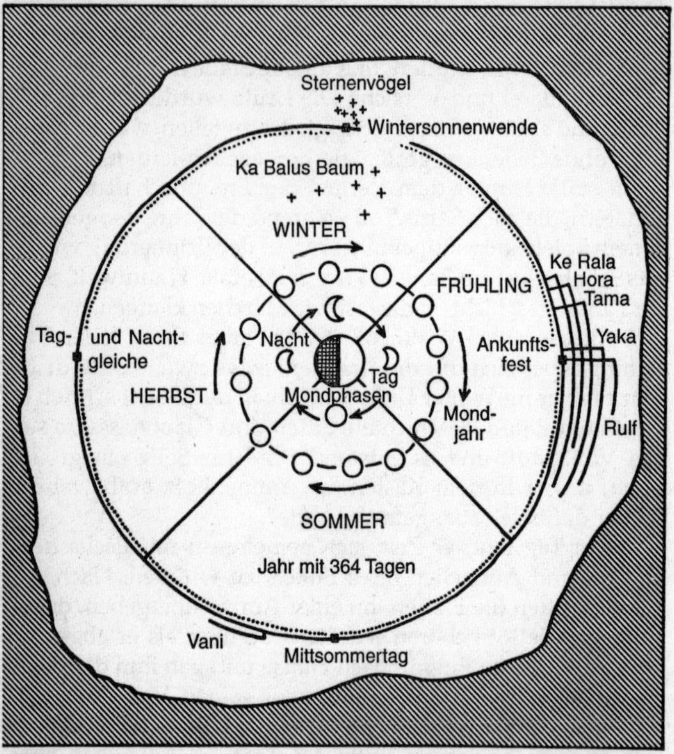

Diagramm des Kalendersteins, Inschriften ins Deutsche übersetzt. Erläuterungen s. Anhang II

Zweiter Teil

DER JUNGE RULF

1

Obwohl Tamas Kummer nie nachließ, wenn er sich an Vanis Tod und den Verlust seines Sohnes und seines Clanbruders erinnerte, entwickelte er doch ein gewisses Verständnis für Ke Ralas brutale Tat, auch wenn er sie nicht guthieß. Die frühere offene Vertraulichkeit zwischen ihm und dem Häuptling war für immer dahin. Tama konnte nur mutmaßen, unter welch großer Einsamkeit Ke Rala litt, doch außer bei förmlichen Anlässen gab es keinerlei Annäherung zwischen ihnen. Der Priester hatte befürchtet, daß Ke Rala, nachdem er seine eigene Tochter getötet hatte, nun auch ohne Zögern andere Dorfbewohner, die sich seiner tyrannischen Herrschaft widersetzten, mit der Todesstrafe belegen würde. Aber so kam es nicht; auch wenn Ke Rala nun entrückt und gefühllos erschien, war er doch nicht mit Vorsatz ungerecht. Nachdem der Bruch mit dem Schäfervolk vollzogen war und die Dorfbewohner gelernt hatten, mit der neuen, strengen Förmlichkeit umzugehen, die ihren Häuptling von nun an umgab, ging das Leben weitgehend so weiter wie vorher. Überschwang und Abenteuerlust stießen in Gegenwart des Häuptlings auf Mißbilligung. Sein ständiges Pochen auf Gehorsam, auch wenn es um ganz alltägliche und banale Vorschriften gemäß den Gesetzen Ka Balus ging, verärgerte die Menschen, die lange dem Geist der Lehren des Gottes treu gewesen waren, auch wenn sie manchmal seine Rituale vernachlässigt hatten.

Mehr als über alles andere waren die Menschen darüber aufgebracht, daß der Häuptling darauf bestand, daß sie sich jeden Morgen bei Sonnenaufgang, ob bei schönem Wetter oder Regen, auf dem Tanzplatz versammelten. Tama bat dann um Ka Balus Segen für die Verrichtungen des Tages, und Ke Rala hielt eine kurze Ansprache über die unterschiedlichsten Angelegenheiten: zum Beispiel darüber, daß immer ein Erwachsener dabei sein sollte, wenn Kinder am

Fluß spielten, oder über ein neues Gesetz, das Geschlechtsverkehr zwischen Mann und Frau in dem Mond untersagte, in dem das Ankunftsfest gefeiert wurde. Da zur gleichen Jahreszeit in der Regel viele Aale in die Reusen am Fluß gingen, machten unter den Männern anzügliche Witze die Runde, in denen von Aalen die Rede war, die geköpft und nach unten gebunden wurden und über rauchigen Feuern verschrumpelten. Tatsächlich änderte sich nur wenig, außer daß sich eine neue Art der Unehrlichkeit breitmachte und auf spöttische Art angenommen wurde.

Persönlich tat Tama, was er konnte, um den Leuten die Last der besonders beschwerlichen Erlasse des Häuptlings zu erleichtern. Er leistete aber keinen offenen Widerstand gegen Ke Rala. Die Zeit dafür war noch nicht gekommen, vielleicht noch lange nicht. Zusätzlich zu seinem neuen Recht, die Plätze im Ältestenrat zu vergeben, hatte Ke Rala sich auch noch zwanzig der stärksten jungen Jäger ausgesucht, die schwören mußten, in allen Dingen zuerst ihm zu gehorchen. Manchmal ging er mit einigen von ihnen auf die Jagd, einmal pro Mond rief er sie auf dem Tanzplatz zusammen und besprach Dorfangelegenheiten mit ihnen, ähnlich wie im Ältestenrat. Zwei von ihnen mußten jede Nacht vor seinem Haus Wache halten.

Zu Beginn löste die Einführung dieser neuen Leibwache großes Mißfallen beim Volk aus, besonders in den Gruppen der Clanbrüder. Es war gegen den Geist der Clanbrüderschaft, wenn ein Mitglied in erster Linie dem Häuptling Treue schwören mußte. Beschwerden beim Ältestenrat wurden mit der schlichten Begründung abgewiesen, daß jede Stärkung eines Verhaltens, das dem Gesetz diente, Ka Balu bestimmt gefallen werde. Mit der Zeit stellte sich heraus, daß die Leibwache mehr eine Zurschaustellung von Macht als eine wirkliche Bedrohung war. Dennoch baten manche Männer Ke Rala, von diesem Dienst freigestellt zu werden, da er innerhalb ihres Clans bittere Gefühle hervorrufe. Diesen Bitten wurde stattgegeben. Gelegentlich übten die Wachen auf dem Tanzplatz und hielten ihre Wettkämpfe ab. Die Dorfbewohner durften dann zusehen, und es wurde erwartet, daß sie Beifall klatschten. Nach und nach ebbte der Groll ab, und Ke Ralas ›Jungs‹ wurden ein anerkannter Teil des Dorflebens. Sie hatten nur wenige Vorrechte, außer daß ihr Leben beherrschter und gleichmäßiger verlief als das ihrer Clanbrüder. Wenn ein Mann fünf Jahre als Wache gedient hatte, wurde er abgelöst, hatte aber später einen Anspruch auf einen Platz im Ältestenrat.

Gewöhnlich hatte ein Vater wenig mit seinem Kind zu tun, bis es abgestillt war. Das war zwischen Tama und Yaka eindeutig so gewesen, aber Tama beschloß, daß er für seinen Enkel sein würde, was er für seinen Sohn nicht hatte sein können. Er hatte vergessen, wie nervenaufreibend es war, vom Schreien eines Babys aufgeweckt zu werden, und welche neuen Geräusche und Gerüche durch ein Baby ins Haus kamen. Aber er entdeckte, daß er jetzt über mehr Geduld für die Bedürfnisse eines Kindes verfügte als während Yakas Kleinkindzeit. Es gefiel ihm auch, daß er nun mit den meisten Häusern im Dorf etwas gemeinsam hatte, nämlich die Frische eines neuen Lebens, das heranwuchs.

Eine zusätzliche Freude war Eschas tiefe Zufriedenheit, die sie im Aufziehen des Kindes fand. Vielleicht wurde etwas von der Sehnsucht nach ihrem verlorenen Sohn gestillt, da sie wußte, daß dieses warme Leben auf ihrem Schoß ein Teil von ihm war. War sie auch früher manchmal eifersüchtig auf die Zuneigung gewesen, die Tama und Vani offensichtlich füreinander empfunden hatten, so war jetzt, da sie sich um Rulf kümmerte, nichts mehr davon zu spüren. Und Tama erinnerte sich seinerseits voller Trauer an die schöne Frau, die er nicht vor ihrem schrecklichen Tod hatte retten können, und beschloß, keinen Schatten des Unglücks seiner Mutter auf Rulfs Kindheit fallen zu lassen. Wenn die Zeit reif wäre, ihm die Wahrheit zu sagen, würde er gut darauf vorbereitet sein. Er machte das seinen engsten Freunden im Dorf klar, damit ihre Kinder Rulf nicht mit solchen Fragen quälten. Gib mir Zeit, Ka Balu, betete er, damit ich den Jungen stark machen kann, so daß er, wenn die Zeit für die Wahrheit gekommen ist, sowohl anderen als auch sich selbst gegenüber damit umgehen kann.

In der Zwischenzeit wurde Rulfs Heranwachsen immer mehr zu einer Quelle der Freude für seine Großeltern. Im achten Mond nach seiner Geburt stillte seine Amme ihn ab, und Escha übernahm seine Betreuung. Mütter des Hirschvolks gaben ihren Kindern manchmal bis zu zwei Jahre lang die Brust, aber Escha und Tama konnten es nicht abwarten, für den Jungen unter ihrem eigenen Dach zu sorgen. Eine Zeitlang war das Kind kränklich und quengelte den ganzen Winter hindurch, aber sobald sein erstes Lebensjahr herum war, entwickelte es einen gesunden Appetit und machte stetige Fortschritte.

An dem Morgen, als Tama den Kalenderstift in das Loch steckte, das bedeutete, daß seit Rulfs Geburt eine Jahresreise um die Sonne vergangen war, hob er das Kind hoch und zeigte ihm den großen Stein mit seinen geheimnisvollen Jahreszeitenwechseln und seiner langsamen Entfaltung der Zeit.

»Jetzt bist du ein Jahr auf der Welt«, sagte sein Großvater.

»Da«, sagte das Kind und streckte seine Händchen nach der Zeit aus.

Es wurde zu einem Ritual. Einmal im Jahr am Geburtstag des Jungen nahm sein Großvater ihn bei der Hand und zeigte ihm die Reise, die sein Körper und seine Seele im vergangenen Jahr gemacht hatten. Zu anderen Zeiten war es dem Jungen nicht erlaubt, bei diesem täglichen Ritual dabei zu sein, so daß das Aufdecken des Steines einmal im Jahr an seinem Geburtstag zu einem ganz besonderen Ereignis wurde, auf das er sich mit dem Gefühl freuen konnte, in ein Geheimnis eingeweiht zu sein.

Rulf wuchs zu einem stämmigen Jungen heran. Tama sah, daß er wie sein Vater ein breites Hinterteil bekam und auch die gleichen starken Beine und Schenkel. Welche Eigenschaften seiner Großeltern würde ich gern in ihm sehen? überlegte Tama. Ke Ralas ruhiges und starkes Vertrauen, als er ein junger Mann war; Aniellis liebevolle Freundlichkeit; Eschas Treue und gesunden Menschenverstand? Und von mir? Welches Geschenk kann ich dir geben, Sohn meines Sohnes? Meine Liebe zur Schönheit der Welt, ja. Mein feines

Gespür für Liebe und Leid bei anderen? Liebe, ja, aber nicht zuviel Leid für ihn, Ka Balu, nicht zuviel Leid. Er ist in so viel Leid hineingeboren worden, gib ihm Frieden in seinem Leben.

»Geh zu Oma. Ja, so ist es gut. Geh zu Oma. Hier lang. Was für ein guter Junge. Weiter, geh zu Oma.«

Escha kauerte mit ausgestreckten Armen vor ihm und machte ihm Mut. Tama sah ihnen lächelnd zu.

Der kleine Junge hielt sich mit einer Hand am Türrahmen fest. Die andere hatte er zögernd auf den Mund gepreßt. Er sah seinen Großvater an, als ob er ihn um Rat fragen wollte, und seine geraden Augenbrauen waren unter seinem dunklen Pony fragend zusammengezogen. Ein Schatten von Zweifel in den braunen Augen gab seinem Gesicht einen so ernsthaften Ausdruck, daß Tama und Escha lachen mußten. Aber Rulf lachte nicht. Er schwankte ein bißchen, dann unternahm er mutig drei oder vier Schritte in Richtung seiner Großmutter, bevor er in ihre Arme fiel. Er klammerte sich an ihrem Knie fest und strahlte Tama voll reinen Entzückens an.

Als er älter wurde, bekam er einen für ihn typischen leichten Schlendergang, der seine Gefährten oft zur Verzweiflung trieb. Gewöhnlich war er ein ruhiger Junge, schon früh nachdenklich und selbständig. Er redete langsam und mit ungewöhnlich tiefer Stimme. Eines der ersten Dinge, an die sich Tama im Zusammenhang mit dem Jungen erinnerte, war, wie er einen ganzen Morgen lang geduldig dahockte und beobachtete, wie eine lange Reihe Ameisen winzige Blätterteilchen zu ihrem Nest in einer Baumwurzel trug. Als Belohnung für seine Geduld entwickelte Rulf in vielem ein tiefes Verständnis, das seinen hastigeren Kameraden versagt blieb.

Bevor der Junge am Abend einschlief, erzählte ihm Escha oder Tama eine Geschichte. Eschas Geschichten waren immer die überlieferten Erzählungen ihres Volkes, wie schon bei Yaka. Als Tama sie nun nach all den Jahren wieder hörte, fiel ihm auf, wieviel Gespür für die Wirklichkeit und komischen Humor sie enthielten, wie anders sie waren als die ernsthafteren und poetischeren Geschichten seines eigenen Volkes. Er schrieb sie auf, und so wuchs seine Sammlung in Rulfs Kinderjahren immer mehr an. Zum erstenmal wurde ihm klar, wie wertvoll es war, nicht nur die Sitten und Gebräuche seines eigenen Volkes, sondern auch die des Schäfervolkes, soweit er sie kannte, festzuhalten. Zum erstenmal formte sich in ihm der Gedanke, daß er Rulf vielleicht eines Tages das Lesen beibringen und ihm und vielleicht auch anderen Kindern Geschichten zum Lesen geben könnte. Tama war von dieser Vorstellung begeistert, aber er hielt es noch für zu früh, solche Pläne den Ältesten zu unterbreiten. Vielleicht würde Ke Ralas Starrheit mit der Zeit ja nachlassen, so daß neuen Vorschlägen Gehör geschenkt würde.

In der Zwischenzeit schrieb Tama in seinen nächtlichen Sitzungen nicht nur die Geschichte und die Gesetze seines Volks auf, sondern auch Geschichten und Lieder, die er für Rulf zum Spaß und zum Lernen gedichtet hatte. Manchmal wurden sie dadurch bereichert, daß der Junge zu seiner sich erweiternden Welt Fragen stellte und Bemerkungen machte. So auch an einem warmen Sommerabend, als Tama dem Jungen erklärte, wie man die über dem Wald aufgehenden Sterne unterscheiden könnte. Rulf unterbrach seinen Großvater und sagte: »Ich kann sie miteinander reden hören. Sie haben Stimmen wie alte Männer.«

Tama unterbrach seine Erzählung und fragte sanft: »Was sagen sie? Und warum haben sie Stimmen wie alte Männer?«

»Sie sagen nichts Bestimmtes«, antwortete Rulf, »aber es hört sich so an, als ob sie Halsweh hätten. Kannst du die Sterne nicht hören? Heute nacht sind sie besonders laut.«

Als Tama begriff, was er meinte, mußte er lächeln. Er wollte gerade erklären, daß das, was Rulf gehört hatte, die Frösche seien, die in der sumpfigen Talsenke genau zu der Zeit quakten, in der die ersten Sterne am Himmel erschienen, aber die Einbildung des Jungen gefiel ihm, und er machte eine Geschichte daraus.

»Vor langer Zeit, als die Welt noch jung war und Ka Balu die Erde aus den großen Wassern herausgehoben und die

Sterne an den Nachthimmel gehängt hatte, sangen all die wunderschönen Geschöpfe, die er gemacht hatte, miteinander und freuten sich, daß sie am Leben waren.

Auch die Sonne sang, während sie über den Himmel wanderte, ein tiefes, brummendes Lied, das immer mit einem zischenden Platsch endete, wenn sie in die Wasser des Meeres eintauchte. Und dann in der Nacht sang der Mond, zuerst leise und mit dünnem Stimmchen, als er noch sehr klein war, wie das Lied einer Flöte, die jemand weit weg in der Ferne spielt. Aber als der Mond immer mehr aus der verhüllenden Finsternis hervortrat, sang er mit einer solchen Freude wie eine Mutter, die stolz auf das Kind ist, das in ihrem Bauch heranwächst. Und dann, als das Kind geboren war, sang der Mond immer sanftere Schlaflieder für alle Kinder zum Einschlafen.«

»Oma singt mich in den Schlaf«, sagte der Junge, geborgen im Arm seines Großvaters.

»Ja, Oma singt die Lieder, die der Mond ihr vor langer Zeit vorgesungen hat. Nicht nur der Mond konnte singen, sondern auch die Sterne. Sie hatten so hohe, klare Stimmen, daß alle Geschöpfe des Waldes verstummten und zuhörten. Fast alle, außer den Fröschen, die glaubten, daß die Sterne nur für sie alleine sängen.

›Seht!‹, sagten sie, die dicken Frösche mit den braunen Bäuchen, ›die Sterne singen nur für uns allein. Sie mögen uns lieber als alle Vögel oder anderen Waldtiere. Deshalb kommen sie herunter und singen für uns. Sie singen nicht für Wekas oder Tauben oder Schafe oder Bullen, nur für uns Frösche. Die Sterne sind in Wirklichkeit unsere Schwestern.‹

Und sie hüpften vor Aufregung auf und ab, platschten in den Wasserpflanzen herum und schlugen solche Wellen, daß die Sterne erzitterten, durcheinander gerüttelt wurden und in kleine Stückchen zersprangen.

›Jetzt seht, was ihr angerichtet habt‹, sagte die Ruru-Eule. ›Ihr habt die Sterne in lauter Stücke zerbrochen und sie im Teich verloren.‹

Die armen Frösche! Sie waren so unglücklich. Oh, wie sie weinten und schrien und sich gegenseitig die Schuld gaben und weiter auf und ab hüpften, daß man nichts mehr hören konnte außer ihrem heiseren Quaken. Ka Balu ärgerte sich so sehr darüber, daß er dicke Wolken vor die Sterne schob und ein richtig stürmisches Gewitter auf die Frösche herabregnen ließ.

›In Zukunft‹, sagte er zu den Fröschen, nachdem der Regen aufgehört hatte, ›könnt ihr nur dann alle zusammen quaken, wenn Regen kommt. Dann mögt ihr schreien, so laut ihr könnt, und alle Geschöpfe des Waldes wissen dann, daß es bald regnen wird. Aber das Singen der Sterne werde nur ich hören können. Die Musik der Götter ist nicht für die Erde bestimmt. Die Erde hat ihre eigene Musik, das Anschwellen des Vogelgesangs am Morgen, den Wind, der durch den Wald rauscht, die Wellen, die sich am Strand brechen. Alle Geschöpfe sprechen mit ihrer eigenen Stimme, die Erde ist voll von Stimmen. Aber die Sterne und der Mond und die große Sonne sprechen nur zu den Göttern. Nur ich kann ihre Musik hören. Die Geschöpfe der Erde sollen damit zufrieden sein, einander ihre Lieder mit ihren eigenen Stimmen vorzusingen. Niemand wird von mir bevorzugt. Niemand soll sich einbilden, daß die Sterne nur für ihn singen.‹

Und deshalb«, schloß Tama, »hören wir die Frösche quaken, bevor es regnet, denn sie singen das Lied, das Ka Balu für sie bestimmt hat. Aber nur die weisesten Männer können manchmal, sehr leise und in weiter Ferne, das hohe, eindringliche Flötenlied der Sterne hören.«

»Werde ich es einmal hören?« fragte der Junge.

»Nicht einmal ich kann das beantworten«, sagte sein Großvater. »Die Götter behalten ihre Geheimnisse für sich. Aber sieh, die Frösche haben recht gehabt. Die Wolken fangen die Sterne in ihren Netzen ein. Heute nacht regnet es.«

Tama stand mit dem Kind in seinen Armen auf und trug es ins Haus, wo Escha schon wartete, um es in seine Decken zu wickeln und leise in den Schlaf zu singen.

In seinem Raum nahm Tama aus dem frisch riechenden Tannenholzkasten eine neue Haut, auf der er in seiner sorgfältigen Schrift die Geschichte festhielt, die er Rulf soeben erzählt hatte. Als er fertig war, las er sie noch einmal durch, und sie gefiel ihm. Selbst nach den vielen Jahren des Schreibens dachte er immer noch, daß diese Macht des Aufzeichnens durch das Einkratzen von schwarzen Zeichen auf getrocknete Häute die größte Entdeckung seines Lebens war. Ein Gedanke, der unsichtbar, unhörbar und vergänglicher war als selbst der Atem, konnte dauerhaft gemacht und selbst noch nach vielen Jahren wieder zu menschlichem Gehör gebracht werden: Das war in der Tat ein Geschenk der Götter. Dennoch hatte er in all der Zeit niemals etwas über das Dunkle Wissen geschrieben und auch nichts über seine Reise zur Geistwelt auf der Suche nach Sarn. Ebensowenig hatte er jemals die Symbole festgehalten, die die Laute von Ka Balus Namen versinnbildlichten. Die Schreibsymbole waren dafür da, alle Dinge auf der Erde und ihre Bewohner zu beschreiben, aber der Name des höchsten Gottes wurde immer durch den vollständigen fließenden Kreis dargestellt, der als Sinnbild des Lebens in seinem universellen Aspekt diente, so wie es das Schäfervolk verstand. Es gefiel Tama, daß das Zeichen für den Gott in seiner Ganzheit alle Bestandteile umfaßte, die in verschiedenen Kombinationen die Laute menschlichen Sprechens wiedergaben. Da alles Leben von Ka Balu ausging, war es richtig, daß die Sprechzeichen der Schrift Teile seiner Schöpfung waren.

Tama legte die Geschichte von den Fröschen und den Sternen in den Kasten zu den anderen und dachte erneut darüber nach, Rulf das Lesen beizubringen. Vieles aus seinem Kasten würde sich dafür eignen. Aber konnte man einem Kind das Lesen beibringen? Hatte das Alte Volk aus dem versunkenen Dorf seinen Kindern das Lesen beigebracht, oder war dieses Wissen nur für ihre alten Männer bestimmt gewesen? Tama erkannte, daß das eine Frage war, die er für sein Volk selbst beantworten mußte. Escha bedeutete sein Schreiben nichts, obwohl sie davon wußte, und als er Ke Rala gegenüber vor Jahren beiläufig erwähnt hatte, daß er ein Muster von Schriftzeichen entwarf, war er auf wenig Neugierde gestoßen. Aber die getrocknete Tinte auf den Häuten konnte von seinem Atem erwärmt werden und sich in einem lebendigen Körper zu Blut verwandeln. Die raschelnden, aufeinander gestapelten Seiten enthielten ein Flüstern, das zu einem Wind anschwellen konnte, der vielleicht eines Tages einem Volk, das sich in den Wäldern verirrt hatte, eine neue Vision bringen konnte. Während Ke Rala vielleicht noch viele Jahre lang die Macht von Leben und Tod über das Volk in Händen hielt, mußte die Herausforderung neuen Lebens und neuen Wissens noch verborgen bleiben, bis die Zeit gekommen war, solche Saat in aufnahmebereite Köpfe zu pflanzen.

Von dieser Nacht an überlegte sich Tama immer wieder, wie er eines Tages Rulf und vielleicht auch anderen Jungen das Lesen und Schreiben beibringen, wie man das Wissen der Menschen bewahren und weitergeben und wie man es zum Wohl des Volks einsetzen könnte.

In der Zwischenzeit wuchs Rulf zu einem kräftigen Jungen heran, der viel Spaß an der Erforschung der Welt um ihn herum hatte. Tama und Escha waren sehr bemüht, einander immer wieder zu versichern, der Junge dürfe nicht so einsam aufwachsen wie sein Vater. Aber als Rulf heranwuchs, zeigte sich bald, daß er viel mehr in sich selbst ruhte als damals Yaka. Wie die meisten Jungen hatte er Spaß daran, sein eigenes Spielzeug zu bauen – Schleudern, Pfeile und Bogen, Speere und Schiffe –, aber mitten in dieser handwerklichen Tätigkeit verfiel er manchmal in einen langen Tagtraum, bei dem seine Hände weitaus ruhiger waren als seine Fantasie. Von seinem fünften Lebensjahr an erzählte er zwei Jahre lang einem eingebildeten jüngeren Bruder Geschichten, wobei er leise mit sich selbst sprach, während er im Umkreis des Hauses spielte. Er konnte sich so sehr in dieser vorgestellten Freundschaft verlieren, daß Escha sich manchmal ärgerte, wenn er ihr Rufen nicht hören konnte oder wollte. Als sie ihm einmal mit scharfer Stimme sagte, er habe keinen jüngeren Bruder, sah er sie entsetzt an: »Sag das nicht, Oma. Er könnte dich hören. Kleine Jungen brauchen Brüder.«

Tama sah nichts Schlimmes in Rulfs Tagträumen, und sie hörten auch bald auf, sobald Tama anfing, Rulf zu seinen täglichen Besuchen bei den Dorfbewohnern mitzunehmen. Er paßte immer auf, daß er Rulf nur zu den Haushalten mitnahm, wo der Junge willkommen war, während er selbst sich um die Kranken kümmerte oder mit den Leuten redete. Rulf war zwar nie ein Junge, der sich ganz den lärmenden Spielen hingeben konnte, aber die anderen Jungen mochten ihn wegen seines Einfallsreichtums und seiner gutmütigen Geduld. Manchmal wunderten sich seine Spielkameraden über seine plötzliche träumerische Geistesabwesenheit, aber er konnte diese Stimmung schnell wieder abschütteln, über sich selbst lachen und wieder beim Spiel mitmachen. Wenn jedoch jemand mit Gewalt in seine Traumwelt einbrach, schlenderte er einfach allein mit einer Würde davon, die über sein Alter weit hinausging. Er war stark und konnte auch bei rauheren Spielen mithalten, fing aber nie selbst damit an. Manchmal, wenn Tama Rulf und seinen Spielkameraden zusah, erinnerte ihn dessen Auftreten klar und deutlich an die Selbstbeherrschung und natürliche Macht eines Häuptlings, wie sie auch Ke Rala schon als Junge gezeigt hatte.

Es kam zum Glück nicht oft, doch manchmal vor, daß Tama bei einem Treffen mit Ke Rala in Versuchung kam zu sagen: »Ist dir eigentlich nicht klar, daß du außer Ilas beiden Jungen noch einen Enkel hast? Wie lange willst du noch so tun, als ob Rulf nicht existierte?« Aber er sprach diese Worte nie aus. Der Häuptling hatte keinen Fuß mehr in das Haus des Priesters gesetzt, seit Vani tot war, und auch Tama hatte Ke Rala nur einige wenige Male wegen dringender Dorfangelegenheiten aufgesucht. Zwischen den beiden Männern gab es nur äußerst förmliche Höflichkeit. Als Rulf vom Kleinkind zum Jungen herangewachsen war, hatten auch Aniellis Besuche aufgehört. Wenn sie Rulf im Dorf begegnete, verzog sich ihr gewöhnlich finsterer Blick zu einer Art Lächeln voller Schuldgefühle, aber das war auch alles. Oft sah sie beim Gehen über die Schulter, bevor sie weitereilte. Die Leute waren freundlich zu ihr, aber niemand wollte sich länger in ihrer Gegenwart aufhalten.

Rulf wußte, daß sie seine andere Großmutter war, aber er war nicht neugierig auf diese Großeltern, die sein Dasein nicht zur Kenntnis nahmen. Als er dann jedoch jeden Tag mit den anderen Jungen spielte, wurde ihm bewußt, daß sie außer Großeltern auch Mütter und Väter hatten, und ihm kamen halb vergessene Dinge in den Sinn, die er anscheinend schon seit langer Zeit gewußt hatte. Aber plötzlich, mit sieben Jahren, war es ihm wichtig, mehr zu erfahren.

»Oma, erzähl mir von meiner Mutter. Warum ist sie gestorben?«

»Manchmal ist es schwer für eine Mutter, ein Kind auf die Welt zu bringen. Böse Geister können in ihren Körper kommen und sie krank machen. Sie haben deine Mutter krank gemacht, und sie starb bei deiner Geburt.«

»Warum haben sie sie krank gemacht?«

»Das weiß ich nicht. Nur Ka Balu weiß, warum wir sterben. Vielleicht brauchte er die Hilfe deiner Mutter in seinem Zuhause im Himmel.«

Rulf saß mit verschlungenen Beinen auf dem Boden und setzte sich mit diesen schwer faßbaren Dingen auseinander.

»Nein, Oma«, sagte er vertrauensvoll, »sie ist nicht mit Ka Balu gegangen. Sie hat mir gesagt, wo sie hingeht. Ich werde es dir ins Ohr flüstern.«

Escha beugte ihren Kopf zu dem glühenden Gesicht des Jungen und dem geflüsterten Geheimnis hinunter.

»Sie hat es mir gesagt, als ich noch sehr klein war. Sie sagte, sie wolle meinen Vater finden.«

Die dunklen ernsten Augen sahen Escha mit herausforderndem Blick ins Gesicht.

»Und wenn ich ein großer Mann bin«, sagte Rulf kühn, »werde ich meinen Vater und meine Mutter finden. Wirst du mir helfen, Oma?«

»Deine alte Großmutter wäre dir keine Hilfe im Wald. Nur tapfere Jäger können da draußen überleben.«

»Ich werde ein tapferer Jäger werden.«

Rulf glaubte fraglos die Geschichte, daß sein Vater Yaka von einem Jagdausflug, den er allein unternommen hatte, nicht zurückgekommen war. Tama und Escha waren sich einig, daß die Wirklichkeit, falls Yaka jemals zurückkehrte, nicht allzu verschieden von dem sein würde, was Rulf glaubte.

Bis zum Alter von zehn Jahren war Rulfs Welt ganz ähnlich wie die der meisten Dorfkinder. Die Unterschiede lagen in seiner Herkunft, dem Fehlen der Eltern, der Erziehung durch die Großeltern und darin, daß er ein Einzelkind war. Aber zum Ausgleich wurde der Junge durch die Tätigkeit seines Großvaters überall im Dorf schon früh mit den meisten Erwachsenen und auch mit den Kindern vertraut. Da es Ke Rala nicht gelungen war, den früheren ehrlichen, manchmal fast liebevollen Respekt der Dorfbewohner ihm gegenüber wiederzuerlangen, wandten sie sich mit ihren alltäglichen Sorgen im Haushalt und untereinander mehr an Tama und brauchten ihn deshalb nicht nur als Heiler und Weissager. Tama war im weitesten Sinn zu einem weisen und geduldigen Vater des Volks geworden. Die Dorfbewohner konnten sich innerhalb der engen Grenzen von Ke Ralas Regeln nur sehr eingeschränkt bewegen und öffneten daher dem Priester ihr Herz, wenn es um Hochzeiten, Vorherrschaft innerhalb der Familie, Schwierigkeiten mit Kindern, Liebesangelegenheiten und Beistand auf dem letzten Weg zum Tod ging. Rulf lernte schon früh im Leben die Leute zu erkennen, die oft langsam den steilen Weg zum Haus seines Großvaters emporstiegen, und die langen Unterhaltungen hinzunehmen, die sich draußen in der Sonne oder manchmal hinter geschlossenen Türen abspielten. Wenn Tama mit jemandem allein sein wollte, benutzte er Yakas Hütte, die sonst Rulf und seinen Spielkameraden als Spielhaus diente.

Die Welt der Kinder war zum Großteil ein Abbild der Welt ihrer Eltern. Sie machten alles nach, vom Geschlechtsverkehr bis zu Geburt und Tod, und übernahmen auf diese Weise die Werte und das Verhalten der Erwachsenen. Auch vertieften sie tatsächliche Ereignisse in ausdrucksstarken Spielen. Wenn ein Jäger starb, weil er von einem verwundeten Bullen in den Fluß gestoßen worden war, gab dieses Ereignis dem Spiel der Kinder noch für viele Monde Nahrung. Die Jungen wetteiferten darin, die Stärke und Wildheit des Bullen nachzumachen, und die Mädchen weinten echte Tränen, wenn der sterbende Jäger nach Hause getragen wurde. Die Kinder setzten sich gefühlsmäßig völlig mit denjenigen gleich, denen das alles in Wirklichkeit zugestoßen war. In solchen Spielen gab es weder Mitleid noch Ehrfurcht, sondern nur die Stärkung des eigenen Muts und den Willen, die Widrigkeiten des wirklichen Lebens auf sich zu nehmen.

Vor und nach dem alljährlichen Ankunftsfest, das immer zur Zeit von Rulfs Geburtstag gefeiert wurde, hatten die Kinder ihr eigenes Fest. Oft waren sie ziemlich lange im Wald unterwegs und überquerten immer wieder den Fluß, um nachzuspielen, wie damals ihre heldenhaften Vorfahren aus dem Land des Sonnenuntergangs zu den Ufern ihrer jetzigen Welt vorgestoßen waren.

An Rulfs achtem Geburtstag trat eine neue Art Spiel in sein Leben, das die Erforschung seiner Welt noch mehr bereicherte. Die meisten Dorfbewohner erinnerten sich nicht an ihren Geburtstag und hatten tatsächlich auch keine Möglichkeit, ihn in irgendeiner Form festzuhalten. Als damals der Alte Weise Priester gewesen war, hatte er alle Versuche, den Ablauf des Kalendersteins zu verstehen, abgewehrt und sein Wissen eifersüchtig gehütet. Aber Tama sah nichts Falsches darin, den wenigen Jägern, die sich dafür interessierten, das Markieren der Geburtstage ihrer Kinder zu erlauben. Man konnte den Tag der Geburt später nicht feststellen, wenn er nicht bei der Geburt festgehalten worden war. Doch für die Kinder, deren Namen auf dem Großen Stein eingeritzt waren, war es immer ein wundervolles Ereignis, wenn ihnen eines Morgens gesagt wurde: »Heute ist es acht Jahre her, daß du geboren wurdest, in einem Frühling vor acht Jahren.« Manchmal kochte die Mutter dann zu diesem Anlaß das Lieblingsessen des Kindes, oder der Vater schnitzte ihm ein Spielzeug aus Holz.

Da Rulf wußte, wozu der Kalenderstein diente, und dabeisein durfte, wenn der Steinstift in das Loch gesteckt wurde, das ein weiteres volles Jahr seines Lebens darstellte, lernte er bald, diesen Tag und natürlich auch das dazugehörige Geschenk von seinen Großeltern voller Ungeduld zu erwarten.

An seinem achten Geburtstag gab ihm Tama ein paar Abfallstücke einer Haut, die er zum Schreiben benutzte, und auch zwei ganze Häute sowie Ruß, Kalk, Harz und zerriebenes Steinpulver, aus denen man rote, weiße und schwarze Farbe herstellen konnte, dazu noch Federpinsel. Rulf war begeistert. Tama zeigte ihm, wie man die Tinte herstellte und die Pinsel stutzte.

»Du kannst auf Steinen und flachen Rindenstücken üben«, erklärte er dem Jungen. »Die Häute sind kostbar. Was du auf ihnen malst, kann man nicht mehr auswischen, deshalb muß es deine beste Arbeit und vollendet sein. Probiere deine Formen und Muster zuerst auf dem Boden aus, dann übe auf Steinen und Rinde. Wenn du genau weißt, wie du das Gewünschte aufträgst, kannst du die Häute benutzen.«

Rulf sah seinen Großvater fragend an. »Aber wie weiß ich, was ich zeichnen soll?« fragte er.

Tama lächelte und nahm ein Blatt zur Hand. »Siehst du diese Form? Den dicken Stiel, der wie ein Rückgrat bis zu der feinen Spitze oben führt, die kleinen Zähne am Rand? Wenn du mehrere von diesen Blättern aneinander legst, bekommst du ein Muster ähnlich dem, mit dem Oma die Kanten eines Bettuches verziert.«

»Ja! Ich verstehe!« schrie der Junge plötzlich begeistert auf. »Ich bin der Schöpfer! Ich mache, daß die Tinte in Formen fließt, die mich glücklich machen.«

Und so war es. Rulf hatte bald heraus, wie man die Tinte herstellte, und probierte neue Materialien, Pflanzensäfte und Steinmehl aus, um verschiedene Farben zu bekommen. Nicht alle Farben waren wasserfest, aber es gelang ihm, verschiedene Schattierungen von Blau, Rot, Grün, Gelb, Orange, Braun und Schwarz herzustellen. Dann setzte er sich auf die Hacken und bewunderte das Ergebnis. Manchmal war er dabei fast ehrfürchtig vor der schöpferischen Kraft, die sich unter seinen Händen entfaltete. Schlechte Arbeit, die man nicht abwaschen konnte, warf er weg. Schon bald bat er Tama um weitere Häute, aber Tama schüttelte den Kopf.

»Nein, mehr davon kann ich dir nicht geben, Rulf. Es gefällt mir sehr, daß du so gute Arbeit geleistet hast, aber ab jetzt mußt du alles, was du brauchst, selbst herstellen. Die

Häute, die ich habe, brauche ich für mein eigenes Schreiben. Es dauert lange, sie vorzubereiten, und ich brauche viele davon. Du kannst Rindenstreifen nehmen, die du zum Trocknen unter Steine legst. So werden sie gleichzeitig flach gepreßt. Und Holzstücke ... ich weiß, was wir machen. Ich nehme dich morgen mit zu Brusas Werkstatt. Wir werden sehen, ob er ein paar kleine Holzstücke hat, die er dir geben kann. Du mußt ihm ein paar von deinen Zeichnungen zeigen.«

Brusa arbeitete nicht jeden Tag an seinen Holzschnitzereien. Seit er Horas Platz eingenommen hatte, war er sehr damit beschäftigt gewesen, für Mariti und ihre Kinder zu sorgen, aber nun, da Rua, Davi und Lani verheiratet waren, gab es nur noch Tas und Varro im Haus. Tas brachte das ganze Fleisch für die Familie, so daß Brusa seit ungefähr zwei Jahren mehr Zeit hatte, sich wieder um die Holzschnitzerei zu kümmern, die er so liebte.

»Aber das Hirschvolk interessiert sich jetzt nicht mehr so sehr dafür. Als ich damals mit Meister Yonni hierher kam, bekam der Häuptling seine große Holztür für sein Haus und den Lehnstuhl ... ach, wir haben unsere beste Arbeit in diesen Stuhl gesteckt ... weißt du, Vater, die Leute schätzen solche Arbeit nicht mehr so wie früher. Was hat sich verändert?«

»Zuviel, Brusa, zuviel. Aber laß uns jetzt nicht davon reden. Rulf hat ein paar Zeichnungen mitgebracht, die er dir zeigen möchte. Ich dachte, du hast vielleicht ein paar Holzstücke, die er benutzen kann.«

Schüchtern breitete Rulf seine bemalten Rindenstücke auf der Werkbank aus. Brusa war entzückt.

»Die sind gut. Hast du dir das selbst ausgedacht? Sieh, dieses blaue Muster ähnelt dem, das ich gerade in diesen Türpfosten schnitze. Das gefällt mir sehr gut. Du mußt noch mehr Muster machen. Ich möchte sie gerne sehen. Vielleicht gibst du mir Anregungen für meine Arbeit. Ja, natürlich kann ich ein paar Holzstücke für dich finden.«

Rulfs Augen strahlten vor Freude. Er mochte den großen, behaarten Brusa, der zu Kindern immer freundlich war.

Während Brusa sich für Rulfs Zeichnungen begeisterte und Sägemehl von Abfallstückchen blies, die er für den Jungen aufstapelte, richtete er sich plötzlich auf, sah Vater Tama an und lachte. »Ach, wir haben Uunu ganz vergessen. Er ist der Mann, der Rulfs Zeichnungen sehen sollte. Auf, Junge, komm mit.«

»Ich habe auch schon daran gedacht«, sagte Tama. »Aber manchmal ist er, na, du weißt schon, er mag manchmal nicht gestört werden.«

Brusa zwinkerte. »Ich komme schon mit ihm klar. Begleitet mich.«

Er öffnete eine Tür, die in einen weiteren Raum führte. Rulfs Nase bemerkte gleich einen anderen Geruch in der Luft. Anstelle des sauberen Holzdufts in Brusas Werkstatt herrschte hier ein muffiger und scharfer Geruch, der dem Jungen gar nicht gefiel. Vielleicht gefiel es auch Brusa nicht, denn er ließ die Tür zu seinem eigenen Raum offen. Für Rulf roch der Raum nicht nur schlecht, er war auch nicht sauber. Es roch nach lange nicht gefegtem Staub. Große Spinnweben hingen von den Regalen und in den Ecken. Überall an den Wänden waren Rindenrollen und lange Holzstücke aufgestapelt. Rindenstreifen waren an die Wand geheftet, und viele von ihnen waren reich verziert mit Zeichnungen von Tieren und Vögeln, Blättern und Blumen.

Rulf zog seinen Großvater am Ärmel. »Sieh nur! So viele Zeichnungen.«

Dieser Raum war kleiner als Brusas Werkstatt. Am anderen Ende sah man die vorgebeugte Gestalt eines Mannes, der neben einer mit Arbeiten übersäten Bank saß, nur vom Sonnenlicht beleuchtet, das durch ein einziges, mit dünner Rinde verkleidetes Fenster hereinfiel. Strähniges graues Haar fiel dem Mann über die nackten Schultern. Er saß nach rechts gedreht da, und seine Scheidenschulter war höher als die andere. Mit seiner Scheidenhand malte er etwas auf einen Streifen Rinde. Auf Wandbrettern oberhalb der Bank waren getöpferte, mit Farbe verzierte Schalen, Haar- und Federpinsel verschiedener Größe und noch mehr zusammengerollte Rindenstreifen. Rulf durchlief ein Schauder der Vorahnung, und er versteckte sich hinter seinem Großvater, als Brusa hineinging und ein paar Schritte vor dem Maler stehenblieb.

»Uunu, mein Freund, hier kommt Vater Tama zu Besuch. Er hat seinen Enkelsohn mitgebracht. Wenn du soweit bist …«

Der Maler gab keine Antwort, hatte vielleicht gar nicht zugehört und machte mit seiner Arbeit weiter. Brusa und Tama unterhielten sich gedämpft, aber Rulf konnte die Augen nicht von der merkwürdigen gebeugten Gestalt abwenden, die er noch nie zuvor gesehen hatte. Der Junge war fasziniert davon, wie sehr Uunu in seine Arbeit vertieft war, und gleichzeitig abgestoßen von dem Dreck und Gestank in diesem Raum.

Plötzlich legte der Maler seinen Pinsel weg und rief Brusa. Der Holzschnitzer ging zu ihm hin.

»Der Topf ist voll. Leer ihn aus.«

Brusa bückte sich neben Uunu und nahm einen schweren Tontopf hoch. Er trug ihn zum Fenster und schob den Rindenvorhang beiseite. Uunu hob die Hand, um seine Augen vor dem grellen Licht zu schützen. Brusa schüttete den Inhalt des Topfes nach draußen. Rulf roch Männerurin.

»Wir sollten ein Loch für dich in die Wand machen«, sagte Brusa, als er den Topf wieder unter die Bank stellte. »Aber vielleicht ist er ja nicht lang genug, um bis nach draußen zu reichen, oder?« Er lachte und legte dem Maler eine Hand auf die Schulter. »Komm, begrüße deine Freunde.«

Der graue Kopf bewegte sich steif, blickte von der Seite zu dem Priester auf und nickte langsam. Die Stimme eines alten Mannes krächzte: »Tama. Gut.«

Brusa und Tama halfen den Stuhl von der Bank wegzurücken, damit Uunu sie ansehen konnte. Erst jetzt vermochte Rulf das Gesicht des Malers genau zu erkennen. Er erschrak – vor der Wildheit seiner Miene, dem verkrampften Stirnrunzeln über den buschigen Augenbrauen und vor allem vor den Augen des Mannes. Sie waren hellbraun, fast gelbbraun, aber sehr leuchtend, unwiderstehliche und vorwurfsvolle Augen. Sie glichen Waffen, die jederzeit angreifen konnten, leuchtenden Pfeilspitzen, die sich in ein Ziel bohrten. Die Nase bog sich wie ein Eulenschnabel über einem grimmigen Mund, der für immer zur einen Seite hin verzogen war. Graue Haare sprossen hie und da aus seinem Kinn.

In der muffigen Wärme des Raumes sah man Schweißtropfen in Uunus Achselhöhlen, und als Rulf den verkümmerten Dolcharm sah, der dünn und nutzlos an der Seite herunter hing, bekam er erneut einen Schreck und verkroch sich hinter seinem Großvater.

Brusa beugte sich hinab und sagte klar und deutlich: »Das ist Tamas Enkelsohn Rulf. Er hat Zeichnungen, die er dir zeigen will.«

»Schrei mich nicht an. Ich bin nicht taub«, schnappte Uunu zurück und wiederholte ärgerlich, indem er seinen Blick auf Brusa richtete: »Ich bin nicht taub.«

Brusa gab ihm eine auf Rinde angefertigte Zeichnung. In diesem Augenblick stand für Rulf fest, daß er diese Zeichnung nicht zurückhaben wollte, es war ihm zuwider, daß die schmutzige Hand des alten Mannes sie berührte. Uunu sah sie an und sagte nichts, dann ließ er sich von Brusa eine weitere geben. Ohne ein Wort sah er sie alle an und gab sie Brusa wieder zurück. Danach winkte er Rulf zu sich heran, aber der Junge klammerte sich fest an die Hand seines Großvaters und machte keine Bewegung, bis Tama ihn näher zu Uunu hinführte.

»Kopf hoch, Junge«, murmelte der alte Mann und hielt den Blick des Jungen mit seinen kraftvollen Augen fest. Ganz plötzlich empfand Rulf keine Angst mehr. Die grimmigen Augen suchten anscheinend nach etwas in Rulfs Gesicht und konnten es nicht finden. Rulf hatte das merkwürdige Gefühl, dem alten Mann helfen zu wollen, so abstoßend er auch war.

Uunu sah zu Tama auf. »Keine Ähnlichkeit, was?«

Tama runzelte die Stirn und fragte: »Was hältst du von Rulfs Zeichnungen?«

Der Künstler kaute auf seiner Lippe herum, was Rulf widerwärtig fand, und brummte: »Spielereien eines Kindes.«

Plötzlich drehte er sich zu Brusa um und befahl: »Meinen Stock.« Brusa gab ihn ihm, und der alte Mann hievte sich von seinem Stuhl herunter, stützte sich auf den Stock und ließ seinen Blick auf dem Jungen ruhen. »Du kannst mich nicht leiden, was? Du denkst, ich bin ein gräßlicher alter Mann.«

Rulf wurde rot und ließ den Kopf hängen.

»Nun, da hast du recht, Junge. Ich bin schmutzig. Die Götter verspotten mich, aber ich kümmere mich nicht um sie. Ich spucke ihnen ins Gesicht. Ich erschaffe meine eigene Welt.« Er schüttelte den Kopf in Tamas und Brusas Richtung. »Verschwindet. Laßt uns allein. Los, geht!«

Die beiden Männer zogen sich in die Werkstatt des Holzschnitzers zurück. Uunu sah ihnen mit hämischem Grinsen nach, wandte sich dann wieder dem Jungen zu und krächzte: »Malen macht dir Spaß, ja? Nun, mir auch. Komm mit, ich zeige dir etwas.«

Uunu stützte sich auf den dicken, schönen Stock, den Brusa für ihn geschnitzt hatte, zog sein nutzloses Bein hinter sich her und hinkte von Bild zu Bild an der Wand. Er fragte nicht nach der Meinung des Jungen, sondern zeigte ihm, wonach er Ausschau halten sollte, und erklärte, was er sich vorgestellt und wie er es ausgedrückt hatte.

Rulf sah sich bemalte Rindenbilder an, trug auf Uunus Geheiß leuchtende Bilder von den an die Wand gelehnten Stapeln herüber, staunte und staunte und nahm mit taumelnden Sinnen Wunder über Wunder in sich auf. Hier gab es Farben und Formen, die die gegenständliche Welt nachmachten oder verhöhnten, Muster, die verblüffend und erschreckend wirkten, weil sie Wirklichkeit und Traum auf wagemutige Weise gegenüberstellten. Es war zuviel, was es da für den Jungen zum Aufnehmen gab, und ganz plötzlich blieb er stehen und fragte: »Machst du jemals etwas anderes?«

Uunu sah ihn düster an und schüttelte den Kopf. »Ich brauche nichts anderes. Es gibt keine Welt außerhalb dieses Raumes für mich.« Dann erhob er die Stimme und rief in den Nachbarraum hinüber: »Wann bekomme ich etwas zu essen?«

Tama tauchte auf und nahm Rulf an der Hand. Lächelnd fragte er: »Gefallen dir Uunus Bilder?«

Rulfs Zunge fühlte sich wie gelähmt an, und er konnte nur stammeln: »Ja. Er hat eine Menge davon.«

Uunu fauchte Tama an: »Glaubst du, ein Kind hat Verständnis für ein ruiniertes Leben? Bring ihn nach Hause.«

Aber als sie sich zum Gehen wandten, rief der Künstler: »Komm wieder, Junge. Komm allein.«

Sie gingen hinaus in den warmen Sonnenschein des Nachmittags. Rulf holte tief Luft und lächelte seinen Großvater an.

»Haben dir Uunus Bilder gefallen?«

»Manche gefielen mir sehr. Er hat so viele. Einige möchte ich mir gern noch einmal ansehen. Vater Tama, warum ist Uunu so schmutzig, und wodurch wurde er so verkrüppelt?«

»Vor langer Zeit, als er noch ein Junge war, fiel er von einem Baum, brach sich ein Bein und einen Arm und verletzte sich den Brustkorb. Manchmal hat er deswegen immer noch Schmerzen. Er wurde von Ka Balu auserwählt, um zu leiden. Er ist nicht wie andere Menschen. Wir müssen freundlich zu ihm sein. Durch seine Bilder versucht er die Geheimnisse der Götter zu ergründen. Wenn du wieder hingehst, frag Brusa zuerst, ob du hineingehen kannst. Manchmal verschläft Uunu den größten Teil des Tages. Jetzt kannst du nach Hause laufen. Ich habe noch etwas zu erledigen.«

Tama sah einen Moment lang der stämmigen kleinen Gestalt nach, die sich, die Zeichnungen unter den Arm geklemmt, in Richtung seines Zuhauses auf dem Hügel bewegte. Ein Gebet stieg in ihm auf. »Mögen die Götter immer gut zu dir sein, mein lieber Junge.«

Als der Maler gesagt hatte: »Keine Ähnlichkeit, was?«, hatte Tama traurig an Vani denken müssen. Es stimmte auch nicht ganz. Der Junge hatte nicht die lebhafte, leidenschaftliche Schönheit seiner Mutter, aber in seinem Blick lag eine ruhige Sicherheit, die Uunu nicht aufgefallen war, eine Ruhe und Geistesstärke, die der verkrüppelte Künstler nie erfahren würde. War es wirklich so, daß die Götter einen Mann verstümmelten, damit die anderen in ihrem Herzen Mitgefühl für ihn entwickelten? Früher hätte Tama diese Lehre, mit der er dem Jungen gegenüber so schnell bei der Hand gewesen war, nicht in Frage gestellt. Wegen der Verbitterung von Uunus Geist hatten sich fast alle Dorfbewohner von ihm abgewandt. Es war ihnen egal, ob er am Leben war oder starb; wäre da nicht der fröhliche, gutmütige Brusa, wäre er schon lange tot. Die Bitterkeit in Uunus Herzen war viel schlimmer geworden, seit Goff und Manny vor Jahren aus dem Dorf ausgestoßen wurden. Als sie noch im Haus gelebt hatten, hatte Uunu sich oft über ihre Unzuverlässigkeit aufgeregt, aber nun, da sie für ihn nicht mehr erreichbar waren, kam es ihm vor, als wäre noch zusätzliches Leid über ihn gekommen.

Tama ging zum Fluß hinunter und schlenderte am Ufer entlang, vorbei am Haus des Häuptlings bis zu einer Lichtung, wo die Sonnenstrahlen noch etwas länger ihre Wärme verbreiteten. Er setzte sich, mit dem Rücken an einen Baum gelehnt. Müßig ließ er seinen Geist auf den Pfaden der Erinnerung und der Vorstellungskraft wandern, und die Sonne webte Muster von Licht und Schatten in seinem Kopf. Seine Gedanken waren eher schwermütig und drehten sich um den leidgeplagten Künstler, der trotz allem noch den Mut aufbrachte, sein eigenes widerspenstiges Selbst zu sein. Vielleicht gab es ganz tief in seinem Geist verborgen etwas Zartes, das noch am Leben war. Er hatte zu Rulf gesagt, er solle wiederkommen. War er nur von dem Interesse des Jungen am Malen angerührt worden oder von der Schönheit des jungen Lebens überhaupt? Die anderen Kinder warfen oft Steine auf das Dach von Uunus Raum, wenn sie wußten, daß Brusa nicht in der Nähe war, oder riefen dem gefürchteten alten Mann, den sie niemals zu Gesicht bekamen, Beleidigungen zu. Vielleicht streckte Uunu mit dem Angebot an Rulf, wiederzukommen, die Hand nach neuem Leben aus.

Tama saß entspannt an den Baum gelehnt und döste. Er glitt in einen Traum hinüber, aber er träumte nicht von dem Künstler. Statt dessen sah er sich selbst, wie er einer Gestalt auf dem Waldweg in der Nähe des Meeres folgte, der Gestalt eines jungen Mannes, der immer ein paar Schritte voraus war, sich zwischen Bäumen versteckte und weiter unten auf dem Weg wieder auftauchte, der lachte und wartete, bis Tama näher heran war, und dann wieder weiterrannte, bevor er ihn einholen konnte. Der Traum war erfüllt von tiefer Sehnsucht, einem dringenden Bedürfnis, das Glück festzuhalten und den lachenden Jungen bei der Hand zu fassen und mit ihm weiterzulaufen. Aber die Gestalt verspottete ihn und zeigte ihr Gesicht nur halb. Man konnte ihr Lachen mehr hören als sehen. Schließlich sprang der Junge unter den Bäumen hervor und hüpfte auf den Strand, wo die Wellen zwischen den Felsen schäumten. Er drehte sich um, und Tama sprang ihm nach, fiel aber hin und verrenkte sich den Knöchel genau in dem Augenblick, als er das lachende Gesicht Nikalas erkannte.

Der Traum hinterließ in ihm die Gewißheit, daß Nikala ihn genauso geliebt hatte wie er den Jungen, und die Überzeugung, daß nur die Liebe wirklich wichtig war. Trotzdem ist er gestorben, dachte Tama, und auf so schreckliche Weise. Meine Liebe konnte ihn nicht retten. Vielleicht hat er sie mit sich genommen, bis ich ihm wieder begegne. Ich weiß es nicht.

»Ich weiß es nicht«, sagte er laut, und es kam ihm vor, als hätte er Ka Balu um einen Beweis gebeten, der ihm nicht geliefert worden war.

Auf der Lichtung wurde es kühler, die Sonnenstrahlen berührten nur noch die Wipfel der Bäume. Tama machte sich auf den Rückweg. Als er um eine Wegbiegung kurz vor dem Haus des Häuptlings kam, blieb er plötzlich stehen und versteckte sich im Schatten einiger Büsche. Nicht weit entfernt hockte ein Mann am Ufer des Flusses; wie es schien, wusch er seine Hände darin. Es war Ke Rala.

Die langen weiten Ärmel des Gewandes, das er immer trug, waren hochgerollt, was in der Öffentlichkeit seit Jahren nicht mehr vorgekommen war. Er sprach leise mit sich selbst und wusch immer wieder seine Hände im Wasser. Tama erkannte, daß er schluchzte und mit gebrochener Stimme beständig die gleichen Worte wiederholte. Nach einiger Zeit stand er auf und hob seine Arme dem letzten hellen Lichtstreifen über dem Fluß entgegen. Tama sah deutlich die verkrüppelten Hände, sah, wie das Wasser auf geschwollenen Knöcheln glitzerte und die Finger in grausamem Krampf verbogen waren durch eine schmerzhafte, unheilbare Krankheit, die manche der alten Leute befiel.

»Ka Balu, vergib mir, vergib mir. Gib mir die Stärke meiner Hände zurück. Laß das lebendige Wasser meine Hände heilen. Hilf mir, Ka Balu. Gib mir die Stärke meiner Hände zurück. Vergib mir, heile mich, Ka Balu. Heile meine Hände.«

Tama stand noch lange reglos im Schatten der Bäume, nachdem Ke Rala seine Ärmel wieder heruntergerollt und sich langsam seinem Haus zugewandt hatte. Es war dunkel, als Tama durch das Dorf ging und den Weg zu seinem Haus hinaufging. Er erkannte, daß er nicht beten, sondern nur immer wieder die lähmende Gewißheit in sich hin und her schieben konnte, daß weder Künstler noch Häuptling, noch Priester eine Antwort auf das Geheimnis menschlichen Leidens kannten.

2

Es war eine schlechte Nacht gewesen. Zweimal war er stöhnend nach draußen gehumpelt, um sich ins Gras zu hocken und seinen Darm zu entleeren. Dieses Fleisch war nicht ganz gar gewesen. Brusa wußte, daß er halbgares Fleisch haßte. Warum hatte er es ihm gebracht? Beim zweiten Mal, als er sich durch den Raum zu seiner Decke in der Ecke getastet hatte, war er über einen Knochen gestolpert, hatte das Gleichgewicht verloren, war gegen die Bank gefallen und hatte sich die Rippen angeschlagen. Zitternd und vor sich hinschimpfend war er zu seinen Decken zurückgekrochen. Er versuchte einzuschlafen, aber wie er sich auch hinlegte, immer fühlte er stechende Schmerzen in der Brust. Halb schlafend, halb träumend und bei jeder Bewegung stöhnend verbrachte er eine üble Nacht, die noch schlimmer wurde durch das Quietschen und Rascheln der Ratten, die zwischen den Essensresten, die ihm oft zu Boden fielen, umher huschten. Er haßte und fürchtete Ratten, schrie und schlug mit seinem Stock nach ihnen. Es schien, als wollte das Tageslicht überhaupt nicht mehr kommen.

Als es hell genug war, um sehen zu können, kroch er zu seinem Stuhl, zog sich auf die Füße und merkte, daß es besser für ihn war, aufrecht zu sitzen. Aber er zitterte vor Kälte. Er hinkte noch einmal zu seiner Ecke zurück und nahm zwei Decken mit zu dem Stuhl, in die er sich einhüllte. Er trank etwas Wasser aus dem Krug, der mit einem Korken verschlossen war, und sah, daß nur noch wenig darin war. Wieder Brusa. Warum konnte er ihn nicht regelmäßig nachfüllen?

Es war noch früh am Morgen. Man hörte von draußen nichts als das Singen der Vögel. Er dämmerte unruhig vor sich hin und konzentrierte sich auf den lauernden Schmerz. Halt ihn in seiner Ecke fest. Laß ihn nicht herausspringen. Auch Ratten könnten herausspringen. Halt den Stock bereit.

Warum kommt dieser verdammte Brusa nicht? Ka Balu, gib ihm einen Tritt, damit er aufwacht.

Uunu war viel allein, und es war ihm inzwischen egal, ob er in der Vergangenheit oder in der Gegenwart lebte. Ihm war alles gleich. Er nahm keinen Anteil mehr am Leben des Volkes und betrachtete daher alle als seine Feinde: von den fernen Freunden und Bekannten aus seiner Jugendzeit über die Clanbrüder, die ihn nie besuchen kamen, die Kinder, die Steine auf sein Dach warfen, den Häuptling, der sich für Ka Balu selbst hielt, und den Priester, auf dessen Mitleid er verzichten konnte, bis hin zu Brusa, der nur kam, wenn es ihm gefiel, und der eines Tages einen kalten, stinkenden Körper in der Ecke vorfinden würde.

Rulf. Der Junge. Uunu hatte diese Freundschaft nicht gewollt, diese zwei Jahre, in denen langsam Vertrauen gewachsen war. Es war fast so, als wäre Nikala wieder am Leben. Aber nein, sie waren sehr unterschiedlich. Nikala war stark gewesen, sorglos, spöttisch, tapfer, er hatte Uunu manchmal zur Verzweiflung gebracht und ihn auch lange Strecken auf dem Rücken getragen. Ich habe Nikala geliebt, dachte der Krüppel in einem Moment der Ehrlichkeit sich selbst gegenüber. Ich liebte ihn. Er starb, um mein Leben zu retten. Was für eine Verschwendung. Es wäre besser gewesen, er hätte mich den Flammen überlassen und sich selbst gerettet.

Er hob den Kopf mit den grimmig herabgezogenen Mundwinkeln, schob das Kinn vor und schnaubte, was er immer tat, wenn er das Aufsteigen von zärtlichen Gefühlen verhindern wollte.

Der Junge Rulf. Er war nicht wie Nikala. Er war ernst und sprach langsam, außer wenn ihn etwas begeisterte. Etwas Tiefes war in ihm, er konnte nicht so leicht erschüttert werden. Er war schüchtern und dennoch selbstsicher, ein Junge, der abwarten und anderen zuhören konnte, der nicht lärmend Aufmerksamkeit auf sich lenken wollte wie andere Jungen. Uunu hatte dem Jungen nie gesagt, daß es ihm Trost gab, ihn an der kleinen Bank zeichnen zu sehen, die Brusa ihm beim Fenster hergerichtet hatte. Ohne den

Kopf zu wenden, wußte Uunu, daß der Junge da war, irgendwo auf seiner Scheidenseite ernsthaft beschäftigt mit seinem Rinden- oder Holzstück, und eine kleine, gefährliche Flamme loderte tief in seiner Brust. Oft nahm er die Anwesenheit des Jungen überhaupt nicht zur Kenntnis, grunzte nur, wenn der ihm seine Arbeiten zeigte, und schickte ihn ohne ein freundliches Wort nach Hause. Aber irgendwie verstand der Junge das und kam wieder. Bis dahin hatte Uunu schon einige Tage an seiner Angst und seinem Bedauern zu kauen gehabt und hörte dem Jungen zu, stellte ihm Fragen, half ihm bei der Arbeit oder zog aus dem Stapel verstaubter Bilder etwas hervor, das Rulf weiterhalf. Und dann machte Uunu ihm eine Freude, so daß er lächelnd nach Hause ging – mit einem Bild unter dem Arm, einem Bild von seinem Freund Uunu, das er säuberte und an der Wand seines Spielhauses aufhängte. Manchmal mußte Uunu an das Spielhaus denken, das er noch nie gesehen hatte und wo seine eigenen Arbeiten ihm aus der Dunkelheit entgegen leuchten würden. Damit Rulfs Freunde darüber lachen konnten. Er spuckte aus.

Er trank den Rest des Wassers. Plötzlich packte ihn die Wut, er hieb mit dem Stock auf die Werkbank und schrie heiser: »Bruuusaaa!« Ein stechender Schmerz in der Brust gebot seiner Wut Einhalt, er holte keuchend Atem. Irgendwoher hörte er Kinderstimmen, aber niemand kam. Erst später am Morgen hörte er, wie die Außentür zu Brusas Werkstatt geöffnet wurde. Absichtlich ließ er sich noch tiefer in seinen Stuhl sinken, jammerte, ließ seinen Kopf auf die Brust fallen und den gesunden Arm hilflos herunterhängen.

Es klopfte an der Tür seines Raumes, und eine für einen Jungen tiefe Stimme sagte: »Uunu, hier ist Rulf. Bist du wach?«

Ein Wutausbruch schüttelte den Krüppel, er griff nach seinem Stock, bekam dann aber seine Gefühle in den Griff und rief: »Komm rein.«

Rulf öffnete die Tür, kam herein und schloß sie wieder hinter sich. In seinem Gesicht mischten sich Lächeln und fragendes Stirnrunzeln. »Arbeitest du gerade?«

Uunu blickte ihn in stummer Wut an. »Ich wollte dich nicht stören.«

Die ernste Stimme, die natürliche, ernste Höflichkeit des Jungen ließen seine Worte im Halse verstummen. Plötzlich überfiel ihn ein Bild von Schönheit, wie es kein Pinsel einfangen konnte: der gesunde Schimmer auf glatter goldbrauner Haut, kräftige Beine und Füße, ein anmutiger Hals, ein warmer, direkter Blick unter Augenbrauen wie Flügel. Rulf trug nur einen Lendenschurz. Ein kleiner hölzerner Anhänger hing an seinem linken Ohrläppchen. Er trug etwas Flaches, das in Rindenstoff eingewickelt war.

»Ich warte auf Brusa. Ich habe nichts zu essen.« Sofort wütete Uuna innerlich gegen sich selbst. Er hatte nicht gewollt, daß Rulf davon erfuhr. »Es macht nichts«, sagte er gleich, »ich kann warten.«

Rulf legte sein Päckchen auf die Bank. »Ich gehe ihn gleich holen.«

»Nein.«

»Ich kann schnell laufen.«

»Nein, habe ich gesagt. Bist du taub?«

Rulf sah auf ihn hinunter, sagte aber nichts.

»Was hast du da? Noch ein Bild?«

»Es ist nur ...«

»Zeig es mir.«

Rulf zögerte und wickelte dann langsam das Bild aus, um es dem Künstler zu reichen. Uuna sah eine menschliche Gestalt in hellem Braun. Der Körper, die Arme und Beine waren merkwürdig gerade, als wären sie grob aus einem Holz geschnitzt. Es war eine weibliche Figur, die einen knittrigen blauen Kittel trug. Aber im Gesicht war Leben: rote Lippen, tiefblaue Augen, glattes schwarzes Haar, das auf die Schultern fiel. Etwas Auffälliges lag in der Klarheit des Blicks.

»Wer ist das?« fragte Uunu ruhig.

Rulf drückte die Zehen seines rechten Fußes an die Wölbung des linken und verschränkte die Hände hinter dem Rücken. »Es ist meine Mutter. Vater Tama sagt, sie hatte blaue Augen und schwarze Haare. Meine Augen sind braun wie die meines Vaters. Heute ist mein Geburtstag. Seit zehn

Jahren bin ich auf der Welt. Das ist lange, oder? Ich möchte dir dieses Bild geben, weil du keine Geburtstage hast und meine Mutter kanntest. Sah sie so aus wie auf meinem Bild?«

Uunu zog sich in seinem Stuhl hoch und unterdrückte ein Stöhnen.

»Hast du heute Schmerzen?«

Die unverständlich gemurmelte Antwort sollte wohl heißen: »Ich habe immer Schmerzen.«

Rulf trat verlegen von einem Fuß auf den anderen, während der alte Mann die Zeichnung genauer ansah. Dann sagte der Junge, um das Schweigen zu brechen: »Gefällt es dir? Ich möchte, daß du es behältst.«

»Ähnlich? Ja, es ist ähnlich und doch wieder nicht. Nein, es ist ihr nicht ähnlich.« Er ließ das Bild auf die Bank fallen. »Wie kannst du wissen, wie deine Mutter ausgesehen hat? Warum mußt du mich an etwas erinnern, worunter wir heute noch leiden? Ke Rala, der Allmächtige – was kümmert ihn schon außer seiner eigenen Person? Hat dein Priester dir nicht gesagt, wer Ke Rala ist? Wir waren einmal ein glückliches Volk, Junge. Bevor du auf der Welt warst. Deine Geburt hat alles verändert. Wußtest du das? Haben sie dir ein wenig von der Wahrheit erzählt, oder nicht? Ist dir klar, daß deine Ankunft unser ganzes Leben verändert hat?«

Rulf sah beunruhigt, daß der Mann sich offensichtlich in große Wut hineinsteigerte, seine gute Hand war um den Stuhl gekrampft, mit Schaum auf den Lippen saß er um Atem ringend da.

»Wo sind sie jetzt, Hora und Goff und Manny und all die anderen? Sie haben mich verlassen, alle haben mich verlassen, auch Brusa. Es ist ihnen egal, ob ich lebe oder sterbe. Die Schäferleute waren früher gut zu mir. Sie haben nicht über meine Bilder gelacht. Du bist vom Schäfervolk, Junge, jedenfalls zur Hälfte. Deine alte Großmutter stammt aus dem Schäfervolk. Warum solltest du Bilder von Ke Ralas Familie malen? Male die Schäferleute. Blöder Brusa. Wo ist er? Wo ist mein Fischkuchen?

Geh nicht. Bleibe hier, Junge. Sag mir, haben sie dir jemals erzählt, was mit deiner Mutter geschehen ist? Weißt du, was Ke Rala verrückt gemacht hat? Hast du keine Zunge?«

Rulf lief es eiskalt den Rücken hinunter. »Ich glaube, ich gehe jetzt besser.«

»Nein.« Mit erstaunlicher Kraft umklammerte Uunu den Arm des Jungen. »Nur die Wahrheit ist wichtig. Nur die Wahrheit kann Ke Rala töten. Er lebt mit einer Lüge. Du bist die Wahrheit, die ihn umbringen wird. Er tut so, als gäbe es dich nicht. Weißt du, warum? Weil er deine Mutter getötet hat. Jeder weiß, daß er sie mit eigenen Händen erwürgt hat. Seine eigene Tochter, Vani. Ich hasse ihn. Alle hassen ihn. Du mußt ihn auch hassen, mehr noch als alle anderen. Du mußt den Mord an deiner Mutter rächen.«

»Laß mich los! Laß mich los!« Rulf machte sich mit solcher Kraft frei, daß der Stuhl umfiel und Uunu vor Schmerz aufschrie, als er zu Boden stürzte. Der Junge sah ihn einen Augenblick lang entsetzt an, schrie dann: »Das wollte ich nicht! Das wollte ich nicht!«, drehte sich um und rannte weg.

In der Tür stieß er fast mit Brusa zusammen, sagte aber nichts und rannte einfach weiter aus dem Dorf hinaus und hinunter zum Flußufer, als ob er bis zum Ende der Welt rennen wollte.

Am Strand war keine Menschenseele zu sehen. Er gehörte ganz den ihre Kreise ziehenden Möwen und anderen Vögeln aus der Brackwasserlagune. Wenn man sich in eine Mulde zwischen das stachelige graugrüne Gras der Dünen legte, sah man nur die Weite von Himmel und Meer. Ein leichter Ostwind blies ein paar weiße Wolken ins Landesinnere. Zum Norden hin verlor sich der Strand im Nebel, als hätte die Welt keine sicheren Grenzen. Im Süden erhoben sich jenseits des Meeres kleine mattgraue Hügel, die aussahen, als schlüge der Horizont Falten. Direkt am Fuß der Dünen war der Sand naß von der hereinströmenden Flut. Eine Wellenreihe nach der anderen erhob sich in dem glitzernden blaugrünen Wasser, schwappte eilig den Strand hinauf und ließ an ihrem Saum Blasen zerplatzenden Schaums zurück.

Als Rulf bei der Lagune ankam, watete er in das warme,

seichte Wasser und schwamm über eine schmale Sandbank, um den Schweiß von seinem Körper abzuwaschen. Er kletterte auf einen Sandhügel und rannte dann hinunter zum feuchten Strand. Die Wellen schäumten über seine Füße und spritzten an den Waden hoch. Eine Weile wanderte er Richtung Süden, bückte sich, um Muscheln aufzusammeln, anzusehen und wieder wegzuwerfen. Manchmal hielt er an und sah landeinwärts zu dem windgepeitschten Waldrand hinter den Dünen hinüber, aber er erblickte niemanden, keinen Arm, der ihn ärgerlich heranwinkte, keinen schnellen Läufer, der auf ihn zu rannte. Zur Mittagszeit ging er zurück in die Dünen, fand eine geschützte Mulde, legte den Kopf auf die Arme und schlief ein.

Als es am Nachmittag kühler wurde, wachte er auf. Noch mit geschlossenen Augenlidern wurde er sich wieder seiner Umgebung und der Geräusche des Meeres bewußt. Als er sich erinnerte, was geschehen war, wurde er vollends wach. Er klopfte sich den Sand vom Körper, stand auf und sah sich vorsichtig um, aber er sah nur die Dünengräser, die sich zu beiden Seiten erstreckten, und den unbeweglichen Wald dahinter. Er setzte sich wieder hin, stützte die Ellenbogen auf die Knie und blickte mit gerunzelter Stirn auf das glitzernde Meer hinaus.

Hatte er Uunu getötet? Der Krüppel hatte aufgeschrien, als er gestürzt war. War er tot? Brusa wäre beinahe Zeuge des Zwischenfalls geworden. Was würde er sagen? Fragen wirbelten im Kopf des Jungen durcheinander, erschreckende Fragen, die sofortige Antworten verlangten, und doch waren sie alle weniger schrecklich als die weggeschobene Frage, die dahinter lauerte. Rulf schob die Erinnerung an Uunus Anschuldigungen gegenüber dem Häuptling entschlossen beiseite. Eines Tages, gelobte er sich, eines Tages werde ich die Wahrheit herausfinden. Aber warum hat Vater Tama mir nichts gesagt, und auch Oma nicht? Ich sollte zurückgehen. Hier wird es heute nacht kalt werden. Aber was werden sie mit mir machen, wenn Uunu tot ist? Er senkte den Kopf auf die Knie, die er immer noch umklammert hielt, doch er weinte nicht. Es kam ihm alles unwirklich vor, wie ein dunkler Traum, aus dem er bald erwachen würde, um die tröstende Anwesenheit seiner Großmutter und ihrer Küchendüfte zu spüren. Tatsache aber waren der kühler werdende Sand unter ihm und die langen Schatten, die sich vom Wald zum Meer hin ausbreiteten.

Schließlich stand er auf, streckte sich, stampfte mit den Füßen auf und fröstelte ein bißchen, als eine kühle Brise den Fluß herunter strich. Er überlegte, ob er vielleicht eine Ente oder einen Aal fangen und das Fleisch an einem Feuer braten könnte, aber er überzeugte sich selbst, daß es sinnvoller wäre, rasch ins Dorf zurückzukehren. In der Regel führte er die Entschlüsse, die er traf, auch aus, aber da er von den Ereignissen des Morgens noch erschüttert war, fand er es leichter, gar nichts zu tun, und kickte müßig im Sand herum, während das Blau der Nacht im Osten heraufzog und die Sonne unterging.

Der Junge wandte sich unvermittelt von dem leeren Strand ab und rannte zurück zur Lagune. Er hielt inne und beobachtete Enten, die vor ihm wegschwammen. Er war hungrig, aber nicht hungrig genug zum Töten, zum Feueranmachen, was schwierig sein würde, zum Entscheiden, ob er lieber einen Vogel oder einen Fisch braten sollte. Er würde morgen essen. Er folgte dem Flußlauf in den Wald hinein. Dort war es düsterer, als er gedacht hatte. Er warf einen Blick hinauf durch das dichte Blättergewirr und die ineinander verwobenen Äste, durch dunkle, fest erscheinende Schatten. Da sah er einen einzelnen Stern. Mit zitternder Stimme flüsterte er: »Ka Balu, hilf mir. Es ist zu spät, um ins Dorf zurückzugehen. Ich könnte in den Fluß fallen. Mein Knöchel tut weh, den ich mir heute morgen verstaucht habe. Hilf mir, einen Unterschlupf zu finden.«

Er sah sich um und entdeckte schließlich einen großen Baumstamm, dessen Wurzeln ausgehöhlt waren. Die Öffnung zeigte in Richtung Meer und bot Schutz vor den Nachtwinden, die am Fluß entlang meerwärts wehten. Er riß abgestorbene Blätter von hohen Farnen ab, legte damit die Höhle weich aus und holte sich noch ganze Arme voll davon, um vor der Feuchtigkeit geschützt zu sein und sich damit zuzudecken. Bevor er sich auf dem knisternden Farn zusammenrollte, zog er seinen Lendenschurz aus und legte ihn sich um die Schultern, dann häufte er Farnblätter auf sich und schloß die Augen. Im Schutz der Bäume würde es keinen Tau geben. Er hoffte, daß es nicht regnen würde. Weil er am Nachmittag geschlafen hatte, war er jetzt noch nicht müde und lag lange in seinem Nest wach, hatte auch gar keine große Angst, sondern strebte, die plötzliche Einsamkeit seiner erschütterten Welt vorsichtig zu ergründen. Er schlief unruhig, schreckte immer wieder aus beunruhigenden Träumen oder durch das Knarren der Äste im Nachtwind auf. Noch vor der Dämmerung erwachte er steif und fröstelnd und wartete, bis das Licht und die wärmende Sonne erschienen. Aber es war wolkig an diesem Morgen, und Rulf war immer noch in seinen zu kurzen Lendenschurz eingehüllt, der mit kleinen, kratzenden Blattstückchen übersät war, als er plötzlich durch die Geräusche von Fluß, Wald und das dumpfe Donnerrollen des Meeres hindurch menschliche Stimmen und das Aufstampfen menschlicher Füße vernahm.

Nackt und mit Abdrücken des Farns auf seiner Haut trat er auf den Weg hinaus und wurde von einem frohen Durcheinanderrufen der Stimmen empfangen, von warmen Händen, die ihn abrubbelten, und der Behaglichkeit einer Wolljacke über den Schultern. Auf die fröhlichen und neugierigen Fragen sagte er nur: »Ich bin zu lang am Strand geblieben und mußte unter einem Baum übernachten.«

Die Jäger brachten ihn ins Dorf zurück, die Leute winkten ihm zu, und die Kinder fragten, ob er sich gefürchtet habe im Wald. Einige von ihnen begleiteten ihn den Berg hinauf zu seinem Zuhause, wo Tama und Escha ihr lärmendes Näherkommen hörten und ihnen entgegenkamen.

Großmutter stemmte die Hände in die Hüften und sagte: »Was hast du uns nur für einen Schrecken eingejagt«, dann nahm sie ihn in die Arme. Vater Tama legte dem Jungen eine Hand auf die Schulter, bedankte sich bei den Rettern, und alle redeten durcheinander.

Später, als Rulf sich aufgewärmt und gegessen hatte, beantwortete er Tamas Fragen.

»Mein Bild hat ihm nicht gefallen. Ich wollte es zurücknehmen, aber er gab es mir nicht. Und der Stuhl fiel um. Ich bekam Angst und rannte weg, gerade als Brusa hereinkam.«

»Aber warum bist du nicht dageblieben, um Uunu zu helfen und Brusa zu erklären, was geschehen war?«

»Ich weiß nicht. Ich hatte Angst.« Viel mehr sagte der Junge nicht, fragte nur, ob Uunu schlimm verletzt sei.

»Nein, nicht sehr. Er hat blaue Flecken, aber er sagte mir, er sei in der Nacht über die Bank gestolpert. Er ist ein schwieriger Mann, der nicht gern Hilfe annimmt. Er wollte nicht, daß ich irgend etwas für ihn tue.«

Tama sah seinen Enkel an und wunderte sich über das Abenteuer des Jungen und die Erklärungen, die ihm nicht sehr plausibel vorkamen. In den nächsten Tagen bemerkten sowohl Tama als auch Escha, daß der Junge sich mehr zurückzog, daß er irgendwie entrückt schien und lieber allein blieb. Auf Tamas Vorschlag, Uunu zu besuchen, ging er nicht ein, und plötzlich schien sein Interesse am Zeichnen verflogen. Tama ließ ihm Zeit, und als es langsam Sommer wurde, war ihm ein Gedanke gekommen. Er sprach mit Escha darüber.

»Ich denke, ich werde mit dem Jungen für ein paar Tage hinaus in die Ebene wandern. Da draußen gibt es für ihn viel zu sehen und zu lernen. In drei Jahren wird er bereit sein für seine Lange Wanderung vor der Männerweihe. Es wird mir gut tun, davor noch einige Zeit mit ihm allein zu verbringen, draußen unterwegs zu sein und zu übernachten und uns selbst mit Essen zu versorgen.«

Escha schlug die Hände zusammen und sah ihn an. »Wird er so schnell größer?« fragte sie traurig. »Bald wird er ein Mann sein und mich nicht mehr brauchen. Jedenfalls bist du zu alt, um wieder hinaus in die Wildnis zu gehen. Der Junge sollte lieber mit einem jüngeren Mann gehen.«

»Zu alt! Wovon redest du, Frau? Mir fehlt nichts.« Tama stapfte in sein eigenes Zimmer hinüber und brummte vor sich hin: »Zu alt, also wirklich!« Dann setzte er sich und dachte lange Zeit nach.

Tama hatte fast genauso viel Spaß wie Rulf an den Vorbereitungen für ihre Wanderung. Für Rulf waren zwei Monde eine lange Wartezeit, aber für seinen Großvater verging die Zeit wie im Flug. Der Frühsommer war immer eine geschäftige Zeit im Dorf. In den Gärten gab es viel zu tun, Häuser mußten repariert werden und wegen der häufigeren Jagdausflüge gab es mehr Felle und Häute, die bearbeitet werden mußten. Mehr Töpferwaren wurden hergestellt und in die Sonne zum Trocknen gestellt, bevor man sie in glühenden Gruben brannte, die einen Tag und eine Nacht am Brennen gehalten werden mußten. Bei vielen dieser Tätigkeiten war die Anwesenheit des Priesters notwendig, und so waren Tamas Tage gut ausgefüllt. Manchmal kam er erst dazu, mit Rulf über ihre bevorstehende Reise zu sprechen, wenn der Sommerabend sich seinem Ende zuneigte.

Zwei Tage vor dem längsten Tag kam Brusa eines Morgens früh zu Tama.

»Ich glaube, Uunu braucht Hilfe. In der Nacht ist etwas mit ihm geschehen. Die rechte Seite seines Gesichts ist ganz verzogen, und er kann nur undeutlich sprechen. In der letzten Zeit war er sehr ruhig und hat nicht viel gegessen. Und er beschwert sich auch nicht mehr. Er scheint seinen Geist verloren zu haben. Er hat schon eine Weile nicht mehr gezeichnet, liegt nur herum und döst fast den ganzen Tag.«

»Ich werde ihn noch heute morgen besuchen.«

Tama spürte einen Anflug schlechten Gewissens. Gleich nach Rulfs Abenteuer hatte er mit dem Künstler geredet, und dieser hatte in seiner üblichen grimmigen Art kein Aufhebens um seinen Sturz vom Stuhl gemacht und sich mit solcher Schärfe über Brusas mangelnde Aufmerksamkeit beklagt, daß Tama ihn ebenfalls mit ziemlicher Schärfe daran erinnert hatte, daß Brusa sein bester Freund war, der ihm das Essen brachte, ihn säuberte und seine abgetragene Kleidung ersetzte, wenn es nötig war. Und der Künstler hatte auch kaum etwas über Rulfs Zeichnung von Vani gesagt und Tamas Fragen ungeduldig beiseite gewischt. Aber dieser Besuch lag schon über zwei Monde zurück. In dieser Zeit war Rulf ebenfalls nicht mehr zu ihm gegangen, und seine Liebe zum Zeichnen schien erloschen zu sein.

Tama steckte Kräuter und Salben in einen Fellbeutel. Uuna lag auf einer frischen Unterlage aus Holzspänen.

»Die alte habe ich verbrannt«, murmelte Brusa, »sie stank.«

Tama beugte sich über den Krüppel und nahm seine Hände in die seinen. »Ka Balu sei mit dir, Uunu. Ich bin gekommen, um dir Stärke und Heilung zu bringen.«

Früher hätte Uunu auf diese Bemerkung eine seiner grimmigen Antworten gegeben. Heute erwiderte er nichts. Die Scheidenseite seines Gesichts war unverändert, aber die Dolchseite war in einer hochgezogenen Grimasse erstarrt, während der Mund nach unten gezogen war.

Tama strich ihm sanft über Stirn und Wangen. »Kannst du mit mir sprechen, mein Freund?«

In die Augen des Krüppels stieg ein gequälter Ausdruck, sein Mund bewegte sich zuckend, und er stieß hervor: »Da, glaube.«

Tama tat, was er konnte, massierte die betroffene Seite, in der Uunu wenig Gefühl hatte, von der Schulter bis zur Hüfte. Aber er konnte die Dolchseite noch bewegen und sich aufsetzen. Er trank die Mixtur, die Tama zubereitet hatte, ohne sich zu beschweren, doch lief einiges davon über sein Kinn. Mit Brusas Hilfe wusch Tama Uunu, brachte Kissen und half ihm, sich bequem aufzusetzen, machte um das Bett herum sauber und stellte Essen und Trinken in Reichweite. Nach zwei Tagen merkte Uunu, daß er nicht so hilflos war, wie er befürchtet hatte. Seine Dolchseite blieb taub, sein Gesicht fühlte sich abgestorben an, aber sein guter Arm und das eine Bein waren noch beweglich. Es machte ihn allerdings wütend, daß er kaum sprechen und nur verzweifelt kurze verdrehte Worte hervorstoßen konnte, die ein anderer oft nicht verstand. Erst nach fünf Tagen begriffen Tama und Brusa, die ihm oft und geduldig zuhörten, daß Uunu einige Bilder so aufgestellt haben wollte, daß er sie sehen konnte. Tama kam ihn jeden Morgen besuchen, und Brusa brachte Tas und manchmal auch Mariti oder Lani dazu, am Nachmittag ein bißchen Zeit mit Uunu zu verbringen, während Brusa am Abend dablieb, bis der Künstler eingeschlafen war.

Einige Tage, nachdem Uunu krank geworden war, fragte Rulf ziemlich besorgt seinen Großvater, wann sie zu ihrer Wanderung aufbrechen würden. Tama schwieg eine Weile, dann sagte er:

»Glaubst du nicht, du solltest Uunu besuchen? Du könntest ihm von den Fischkuchen deiner Großmutter bringen.«

Rulf biß sich auf die Lippen, antwortete aber nicht. Tama sagte etwas schärfer:

»Früher war er dein Freund. Er hat dir bei deinen Zeichnungen geholfen. Er war gut zu dir. Du mußt an einem Morgen mit mir kommen. Gerade jetzt, wo ich nicht weiß, wie es mit Uunu weitergeht, können wir noch nicht aufbrechen.«

Der Mittsommermond wurde voll und wieder schmal. Rulf wurde launisch und gereizt. Tama beobachtete Uunu, ob sich dessen Zustand veränderte, aber er blieb immer gleich. So eine Krankheit hatte auch schon andere Dorfbewohner befallen. Tama hatte schon gesehen, wie einige alte Leute mehrere Monde lang in einem solchen Zustand eher tot als lebendig dahinsiechten – wie sein eigener Vater, den Rini geduldig gepflegt hatte. Als Tama an sie dachte, durchfuhr ihn ein Erinnerungsblitz: wie er sie das letzte Mal gesehen hatte, als sie im fortwährenden treuen Dienst für andere das Kanu in die Nebel der düsteren Welt der Verstorbenen paddelte. Würde sie wohl noch dort sein, um Uunu über jene Wasser zu bringen?

Aber es sah nicht so aus, als ob Uunu bald sterben würde.

»Geh du mit Rulf los«, sagte Brusa eines Tages. »Wir werden über den alten Knochen wachen. Lange wirst du nicht weg sein. Im Moment gibt es nichts, was du noch tun könntest.«

Tama wußte, daß Brusa recht hatte, und war ihm dankbar. In dieser Nacht sagte er Rulf, daß sie zwei Tage später aufbrechen würden, aber er fügte hinzu: »Morgen kommst du mit mir, um Uunu zu besuchen. Bitte Oma, daß sie etwas Besonderes für ihn zubereitet.«

Der befürchtete Besuch war weniger schlimm, als Rulf geglaubt hatte. In Anwesenheit seines Großvaters fühlte er sich sicher, konnte sich aber mit Uunu nicht unterhalten, sondern ihm nur von den Fischkuchen seiner Großmutter anbieten und dem Krüppel helfen, sie vorsichtig aufzuessen. Als Uunu fertig war, brachte Rulf sogar ein Lächeln zustande und beugte sich vor, um die Krümel von seinem Gesicht abzuwischen. Tama und Rulf erzählten ein bißchen von ihrer bevorstehenden Wanderung, Uunu nickte und machte mitleiderregende Versuche, selbst zu sprechen. Als Rulf sich verabschiedete, kämpfte Uunu mit seinen Worten, winkte den Jungen mit seiner guten Hand näher zu sich heran und drückte die frische junge Wange an seine eigene. Einen Moment lang empfand Rulf Widerwillen und Ekel, aber er konnte es gerade noch unterdrücken, sich lächelnd zurückziehen und die Hand des Krüppels tätscheln. Dann stand er auf und lächelte noch einmal gezwungen, bevor er sich abwandte.

Am übernächsten Morgen brachen Tama und sein Enkel zusammen auf. Escha schimpfte immer noch, wie verrückt diese ganze Unternehmung sei. Außer den üblichen Waffen eines Jägers, der Wasserflasche und der Decke trug Tama zwei Kochtöpfe, Gewürze für Fleischbrühen, seinen Medizinbeutel und einen kleineren Fellbeutel mit den Gegenständen zum Legen der Vorzeichen. Das hatte er in der Nacht zuvor getan und nur günstige Zeichen entdeckt, abgesehen von einer verwirrenden Vorschau von graurotem Büschelgras an einem Fluß, das eher aussah wie Menschenhaar und nicht wie die harten Halme dieser Gräserart. Seit einigen Jahren war er nicht mehr in der Ebene unterwegs gewesen und prüfte daher die Vorzeichen sorgfältig nach Hinweisen auf Gefahren für sich oder Rulf, aber er sah nur angenehme Tage und Nächte, die kleinen Befriedigungen des umsichtigen Jägers und ihre Freundschaft unter den Sternen. Das feine rötliche Büschelgras schien keine Bedrohung zu bedeuten.

Am ersten Tag trieb Rulf sich bis aufs äußerste an und untersuchte alles, was ihn lockte, stellte seinem Großvater endlose Fragen und wartete meist die Antwort gar nicht erst ab. Wenn dieser Ausflug ein Teil des Unterrichts von Clanbrüdern gewesen wäre, hätte Tama ihn viel strenger herangenommen, aber so ließ er Rulf an seinem ersten Tag einfach spielen. Der Junge entfernte sich nie aus Tamas Sichtweite, rannte aber in weiten Kreisen um den alten Mann herum, der mit Hilfe seines Stockes gleichmäßig voranschritt. Ihr Essen verdankten sie einem Langohr, das Tama am Abend mit einem glücklichen Schuß erlegt hatte. In einer trockenen Mulde zwischen dem hohen Büschelgras lagen sie in ihre Decken eingewickelt. Rulf wollte eine Geschichte über die Sterne hören, schlief aber schon ein, noch bevor sein Großvater mit dem Erzählen angefangen hatte. Tama lag noch länger wach und war voller Ehrfurcht vor den glitzernden Sternen, die in der trockenen, mondlosen Nacht majestätisch am Himmel leuchteten. Im Dorf wurde der Nachthimmel manchmal vom Rauch der Feuerstellen verdunkelt, und der Horizont war immer vom Wald verstellt; hier draußen jedoch auf den Ebenen nahm der Himmel den meisten Raum ein, und es war der Ausblick auf die Erde, der begrenzt war, außer man stand auf einem Hügel und konnte weit hinaussehen bis zur Kette der Berge im Westen. Als Tama die verschleierten blauen, schneebedeckten Gipfel der Berge sah, die sich in der Ferne verloren und die Welt seiner Kindheit von der Welt seiner Mannesjahre trennten, erwachte die alte Sehnsucht in ihm, das Land, in dem er geboren war, wiederzusehen. Diesen Traum von der Rückkehr hatte er mit Ke Rala gemeinsam gehabt, aber er wußte, daß es jetzt nicht mehr dazu kommen würde. Vielleicht würde Rulf eines Tages dorthin gehen. Er betrachtete den neben ihm friedlich schlafenden Jungen und empfand in seinem Herzen Dankbarkeit für die Liebe, die sie füreinander empfanden. Müde in den Knochen, glitt er langsam in den Schlaf hinüber.

Tama und Rulf folgten im großen und ganzen dem Verlauf des Großen Flusses, gaben aber auch ihrer Neigung nach, dorthin zu wandern, wo ihre jeweilige Stimmung und der Hunger sie hinführten. Rulf hatte hoffnungsvoll davon geredet, einen Bullen zu jagen, bis Tama ihn davon abbrachte, mehr zu töten, als sie brauchten oder tragen konnten.

»Außerdem«, fügte er hinzu, »kannst du vielleicht schnell genug rennen, um einem verletzten Bullen zu entwischen, aber dein Großvater würde nicht weit kommen.«

Rulf sah Tama mit überraschtem Lächeln an. »Du bist doch nicht alt«, sagte er. »Du wirst noch zehn und dann noch zehn und zehn und zehn Jahre leben, bis du ganz mit Moos bedeckt bist. Läßt du mich heute nacht ein Feuer anmachen? Du hast gesagt, ich darf.«

»Nur wenn wir beide der Meinung sind, daß der Platz sicher ist«, antwortete Tama. Er hatte Rulf nicht von dem Feuer erzählt, in dem Nikala umgekommen war, aber jede Nacht überzeugte er sich davon, daß der letzte Funke ihres Feuers erloschen war, bevor er sich in seine Decke wickelte. Er hatte vorgehabt, eine Gelegenheit zu finden, um mit Rulf über dessen Entfremdung von Uunu zu reden, aber da jeder Tag auf angenehme Weise die Fähigkeiten und Bedürfnisse des Jungen herausforderte und sie jede Nacht in sternenvollen Schlaf gehüllt wurden, wollten weder Tama noch Rulf ihr grenzenloses Glück stören.

Einmal bemerkte Rulf: »Ich hoffe, daß Tara den Kalenderstift jeden Tag weiterrückt. Was würde mit uns geschehen, Vater, wenn er es einmal vergißt?«

»Wir würden es nicht merken, bis wir zurück sind. Ich zähle die Tage, die wir vom Dorf weg sind.«

»Als ich noch klein war«, sprach Rulf weiter, »dachte ich immer, die Tage würden nicht weitergehen, wenn man vergäße, den Stift weiterzusetzen, und es würde so lange Nacht bleiben, bis man sich daran erinnerte, es wieder zu tun.«

»Ein großer Teil meines Lebens ist auf diesem Stein festgehalten«, sagte Tama. »Wenn der Stift nicht mehr weitergesetzt würde, hieße das, daß ich tot bin und sich niemand darum kümmerte, den Lauf der Zeit zu verfolgen. Unser Volk würde in alle vier Winde zerstreut und zu heimatlosen Wanderern werden.«

»Ich würde den Stift weiterrücken«, sagte der Junge. »Mein Leben ist auch in dem Stein festgehalten, und das ist mir wichtig.«

Am nächsten und übernächsten Tag wanderten sie zusammen bei schönstem Wetter weiter. Sie hatten lange blaue Sonnentage mit milden Winden und warmen Nächten ohne Regen. Fleisch oder Brennholz fanden sie genug, nur das

Wasser mußten sie sorgfältig einteilen. Als sie den Großen Fluß erreichten, sahen sie, wie das oft im Sommer der Fall war, daß das Flußbett nur noch aus verschiedenen kleinen Wasserläufen bestand, die sich um Kiesbänke herumwanden. Es war mehr Staub als fließendes Wasser.

Vielleicht war Tama den Pfaden seiner Erinnerung gefolgt; jedenfalls landeten sie am Flußufer beinahe genau gegenüber der Insel, auf der sich die Schäferleute und das Hirschvolk einige Jahre lang zu den Sommerspielen gemeinsam eingefunden hatten. Die Insel sah genauso aus wie früher, die zwei Bäume auf der Erhebung ragten immer noch hoch über dem Flußbett auf. Wehmütige Gefühle überkamen Tama, als er sich an die letzten Spiele erinnerte, bei denen Vani ihre großartigen Siege errungen hatte. Zu Rulf freilich sagte er nichts davon. Eines Tages würde er ihm dieses schmerzhafte Wissen enthüllen, aber jetzt noch nicht. Als Antwort auf die Fragen des Jungen erzählte er ihm von dem versunkenen Dorf, zeigte in die Richtung, in der es lag, und erwähnte das Dorf des Schäfervolkes, weit weg beim Langen Wasser in einer Senke zwischen den Hügeln.

»Warum können wir da nicht hingehen?« fragte Rulf. »Oma hat mir so viel davon erzählt. Ich möchte es gerne sehen.«

»Der Häuptling hat unserem Volk verboten, den Fluß zu überqueren, weil es einmal einen Kampf zwischen den beiden Stämmen gegeben hat und er nicht möchte, daß das noch einmal geschieht. Das war noch vor deiner Geburt. Ich hoffe, daß unsere beiden Völker eines Tages wieder Freunde sein werden.«

Sie hatten sich gerade an einen umgefallenen Baumstamm am Flußufer gelehnt, genossen träge die warme Sonne und blickten beim Reden über das Tal, als Rulf auf der anderen Seite des Stammes ein leises Geräusch hörte und hinüberspähte.

Sein Warnruf brachte Tama auf die Füße. Sie fanden sich drei Männern mit gespannten Bogen gegenüber, die sich ihnen aus der Deckung der Flachsbüsche heraus langsam näherten. Tama hob die Arme, die Innenflächen nach außen gekehrt, und rief mit fester Stimme: »Willkommen, Freunde, Ka Balu sei mit euch.«

Die Männer blieben stehen. Ein großer blonder junger Mann in der Mitte senkte den Bogen, starrte eine Weile herüber und rief dann: »Es ist tatsächlich Vater Tama!« Er rannte lachend vor bis zu dem umgefallenen Baum, sprang darauf und wieder herunter, ergriff Tamas Hände und sprudelte heraus: »Kennst du mich nicht mehr? Ich bin Tukki. Du mußt dich doch an mich erinnern – Sarns Sohn.«

Und da erkannte Tama ihn und erwachte von der Vorstellung, daß Sarn selbst ihn umarmte, zu einer nicht weniger wunderbaren Wirklichkeit. »Ja, ja natürlich, du bist Tukki. Einen Moment lang dachte ich ... du siehst deinem Vater so ähnlich. Laß dich ansehen.«

Eine verrückte Freude ergriff Tama, und in einem für ihn ungewöhnlichen Ausbruch von Fragen, Ausrufen, Überraschung und Erleichterung flossen ihm die Worte nur so aus dem Mund, bis er merkte, daß Rulf ihn beinahe verstört ansah. Dann nahm er sich zusammen, zog den Jungen zu sich heran und sagte einfach zu Tukki: »Das ist Vanis Sohn Rulf«, und Tukki nannte die Namen seiner Begleiter, junger Männer Ende Zwanzig wie er selbst. Alle setzten sich zusammen hin, und Tukki erklärte, daß er und seine Freunde von einem Jagdausflug weiter flußaufwärts zurückkämen und gerade den Fluß zur Insel hin überqueren wollten, als sie Stimmen hörten. Weil vom Flußbett Staub aufwirbelte und auf ihre Seite des Flusses zog, waren sie dem nördlichen Ufer gefolgt, auch wenn sie dadurch das Risiko eingingen, auf Jäger des Hirschvolks zu treffen. Würden Tama und Rulf wohl die Nacht mit ihnen auf der Insel verbringen, wo gebrauchsfertige Kochgruben schon auf sie warteten? Und während das Lamm briet, könnten sie sich unterhalten. »Ganz viel unterhalten«, lachte Tukki, »wir können die Sterne vom Himmel herunterreden.«

Diese Einladung zurückzuweisen wäre grobe Unfreundlichkeit gewesen. Dennoch zögerte Tama einen Moment, als eine merkwürdige Treue zu Ke Rala in ihm aufstieg, doch dann gewann sein gesunder Menschenverstand die Oberhand, und er sagte »ja«. Tukki nahm ihn bei der einen Hand und Rulf bei der anderen, und sie folgten Tukkis Freunden durch das seichte Wasser und betraten die Insel. Nach einer Weile übernahmen Tukkis Freunde das Feuermachen und bereiteten das Lamm zum Braten vor, während der Himmel sich im Westen flußaufwärts rötlich färbte. Rulf hockte sich neben das Feuer, stellte Fragen und gab Antworten, während Tukki und Tama sich ein Stück weiter weg miteinander unterhielten.

»Bist du verheiratet, Tukki?«

Der junge Mann lächelte mit Sarns Lächeln und sagte: »Ja, wir haben zwei Söhne. Der ältere ist ungefähr so alt wie Rulf.«

Dann fragte Tama nach dem, was ihm am meisten am Herzen lag: »Und die Leute aus unserem Dorf, die vor zehn Jahren zu euch kamen, geht es ihnen gut? Mein Sohn Yaka, mein Clanbruder Hora? Lange Zeit habe ich keine Nachricht mehr von ihnen erhalten. Eine Zeitlang sandte Hora regelmäßig Grüße durch die Jäger, die manchmal einige aus unserem Volk trafen, aber das ist schon lange nicht mehr vorgekommen. Wie geht es ihm?«

Tukkis braune Augen blickten mitfühlend in die des Priesters. Er streckte die Arme aus und ergriff die Hände des alten Freundes seines Vaters.

»Hora ist tot«, sagte er, »und Yaka ist mit meiner Tante Gilda und einigen anderen aus unserem Dorf weit weggezogen. Das war letzten Winter.«

Da verstand Tama die Bedeutung seiner Vision von dem graurorten Büschelgras, das wie menschliches Haar aussah. Hora war tot und sein Leichnam beerdigt. Lange sah er in das offene Gesicht des jungen Mannes.

»Erzähle mir«, sagte er, »erzähle mir alles, was du weißt, alles, was ich wissen muß. Wenn Hora tot ist, müssen meine Tränen für ihn fließen, aber berichte mir zuerst, wie er gestorben ist.«

Tukki sah zu Boden und zum Feuer hin, bevor er weitersprach. »Der Junge fühlt sich wohl mit meinen Freunden. Laß uns zuerst essen, und wenn Rulf dann schläft, erzähle ich dir alles, was ich weiß. Ich dachte, es wäre inzwischen bis zu dir gedrungen, aber, ach, das Erzählen wird uns beiden Kummer bereiten, mein lieber Freund. Du wirst all deine Kraft brauchen, um es zu ertragen.«

»Ka Balu wird mir Kraft geben«, sagte Tama. »Es soll so sein, wie du gesagt hast.«

3

»Es scheint schon so lange her zu sein, daß Yaka zu uns gekommen ist. Obwohl es ja nicht das erste Mal war. Er war ein paar Jahre zuvor schon einmal dagewesen und einige Monde lang geblieben, als seine Mutter ihre sterbende Tante gepflegt hatte. Damals habe ich deinen Sohn näher kennengelernt. Ich nahm ihn mit zum Fischen, zeigte ihm, wie man Köder an der Angel anbringt, wie man erkennt, wie das Wetter werden und welche Fische die Flut bringen wird. Die vier Jahre Altersunterschied zwischen uns schienen keine Rolle zu spielen. Wir mochten die gleichen Dinge und fanden Gefallen daran, uns auszutauschen. Yaka war mein Freund. Zuerst war er schüchtern und zurückhaltend und traute sich kaum, neue Dinge in Angriff zu nehmen. Er lachte nicht viel. Aber ich habe gern Spaß, ob allein oder zusammen mit einem Freund, und Yaka wurde bald lebhafter. Wenn er nicht bei seiner Mutter oder seiner Tante war, verbrachte er fast seine ganze Zeit mit mir. Meine Mutter Ana mochte ihn immer mehr. Und als es Zeit war, mit seiner Mutter zu deinem Volk zurückzukehren, wollte er nicht fort. Ach, der arme Yaka, wenn er damals bei uns geblieben wäre, wäre es vielleicht nicht zu den ganzen Veränderungen gekommen.

Du hast deine Götter, Vater Tama, du verstehst die Geheimnisse des menschlichen Lebens. Aber ich nicht, ich bin nur ein einfacher Fischer wie so viele meines Volkes. Als ich noch jünger war, hütete ich die Schafe in den Hügeln des Sommers, aber dann hat das Meer mich gerufen. Ich liebe die tägliche Herausforderung, dem Meer Nahrung abzuringen. Nicht sehr oft komme ich hier heraus in die Ebenen zum Jagen, weil ich dann mehrere Tage lang von zu Hause weg bin und am liebsten heimgehe, wenn es Abend wird. Meine Frau Beth und meine zwei Söhne begrüßen mich, und ich lege die Arme um sie, damit sie sich sicher fühlen. Aber manchmal, wenn ich auf dem Wasser bin, die Angel lose herunterhängt und die Hügel der Bucht in der Sonne zu dösen scheinen, zerbreche ich mir den Kopf über Dinge, die ich nicht verstehe. Warum mußte mein Vater Sarn auf so schreckliche Weise sterben, lange bevor seine Zeit abgelaufen war? Hora wollte ihn nicht töten. Es war alles ein Fehler, ein Wahnsinn. Mit dem Töten kommt Blutvergießen, und Blut macht Männer blind. Sie wußten nicht, was sie taten.

Nach Yakas Ankunft, also nachdem er Vanis Kind gezeugt hatte ... dieser Enkel von dir, Rulf, hat etwas von Yakas ruhigem Gedankenfluß in sich, Vater Tama ... also nach Yakas Ankunft fingen die Dinge langsam an sich zu verändern. Ich erinnere mich, wie ich ihm die Tür öffnete und er da in der Dunkelheit stand, stumm, mit zerzaustem Haar und dem Schweißgeruch einer langen Reise am Körper. Wir nahmen ihn auf, gaben ihm zu essen, wuschen ihn, und in dieser Nacht schlief er wie ein Toter. Weil er dein Sohn war und du der Freund meines Vaters, ließ meine Mutter ihn bei uns bleiben, obwohl sie, wie du weißt, deinem Volk gegenüber immer mißtrauisch war. Aber Yaka blieb fast drei Jahre lang bei uns, bevor er uns verließ, um bei Horas Leuten zu leben. Doch da hatte sich schon zu viel verändert; es war nicht bloß wie ein durcheinandergeratenes Netz, das man mit geduldigen Fingern wieder entwirren kann. Die Veränderung war zu einem Unkraut geworden, das die Saat auffrißt und jedes Wachstum verhindert.

Es gibt Ebbe, und es gibt Flut, und man muß der Zeit folgen. Ein Fischer kann die Gezeiten nicht ändern, sie folgen ihrem eigenen Wechsel. Manchmal, wenn ich müßig neben meinem Boot sitze, denke ich, daß so ein unscheinbares kleines Menschenleben eine Flut erzeugen kann, die niemand mehr aufhält. Ein Fluß mit Hochwasser sucht sich vielleicht einen neuen Weg, sein altes Flußbett trocknet aus. So war es, als Yaka kam. Weil er und Vani ihre Körper in Liebe vereinigt hatten, wuchs in Vani ein Same heran und wurde immer größer. Wir waren entsetzt, als Yaka uns von Ke Ralas Haß erzählte und davon, daß er Vani von Sonnenlicht und Luft und der Süße des Tages abgeschlossen hatte. Wir konnten kaum glauben, daß du es nötig fandest, deinen Sohn wegzuschicken, weil du Angst hattest, Ke Rala würde versuchen, ihn zu töten. Wie kann ein Mann nur so grausam sein? Wie kann ein Volk erlauben, daß ein einzelner Mann soviel Macht hat, und jeden Tag in Furcht vor ihm leben? Ich verstehe eure Gesetze nicht, Vater Tama.

Ich sah Yaka nur ein einziges Mal weinen. Das war, als Hora kam und ihm sagte, Vani sei von ihrem Vater ermordet worden. Warum nur? Weil sie Yakas Kind auf die Welt gebracht hat. Ich verstehe das nicht.

Wie erzähle ich dir von diesen ersten Jahren nach der Ankunft Horas und seiner Männer? Als wir erfuhren, daß Ke Rala sie aus ihren Häusern vertrieben hatte, waren wir überrascht und entsetzt, öffneten ihnen unsere Türen und teilten mit ihnen das Beste, was wir hatten. Wir konnten Horas Zorn nachempfinden, als er Ke Rala angegriffen hatte. Es war eine Art von großmütigem Zorn, den wir nachempfinden konnten. Ich erinnere mich, wir fürchteten, Ke Rala würde ihnen Jäger hinterherschicken und unser Dorf angreifen. Hora hielt das für möglich. Wir fertigten viele Bogen, Pfeile und scharfe Speere an und stellten in den Hügeln den ganzen Sommer über Wachen auf. Ich hatte Angst um meine Mutter, meinen Bruder, meine Schwester und um Beth. Wir hatten in diesem Sommer geheiratet und lebten noch bei meiner Mutter, während ich ein Haus für uns baute. Im Herbst trug Beth unser erstes Kind unter dem Herzen. Mein Vater war wegen der Streitereien zwischen deinem und meinem Volk ums Leben gekommen. Ich erinnere mich, wie bei seinem Tod ein Licht in den Augen meiner Mutter ausging, die niemals mehr strahlten wie früher. Mußte ich auch in solch sinnlosem Töten umkommen und Beth unser Kind allein aufziehen? Doch du weißt, es ist nicht so gekommen, und die Leute aus dem Dorf des Hirschvolks, die mit Hora gekommen waren, erkannten nach und nach, daß sie in Ruhe gelassen würden und bei uns in Frieden leben könnten.

Im Frühling begannen einige von ihnen, sich neue Häuser zu bauen oder alte, verfallene herzurichten. Einige unserer Leute, die aus eurem Land mit Frauen und Kindern zurückgekehrt waren, wohnten zuerst bei ihren Verwandten; im Frühling aber bauten auch sie neue Häuser, und wir halfen ihnen. Das war eine geschäftige und glückliche Zeit, auf die ich gerne zurückblicke. Es schien gut, daß einige aus unserem Volk in unser Dorf zurückgekehrt waren und Männer und Frauen aus dem Hirschvolk mitgebracht hatten. Das war, was mein Vater erhofft hatte, seit euer Volk zum erstenmal über die fernen Berge in unser Land gekommen ist, nämlich daß die beiden Völker sich vereinten.

Ach, es gibt so viel zu erzählen, Vater Tama, zu viel. Laß mich darüber nachdenken. Wickle dir die Decke um die Schultern, während ich das Feuer wieder anschüre, es kommt ein leichter Wind im Flußtal auf. Meine Freunde und Rulf schlafen. Der Schlaf eines Kindes in einer Sommernacht ist lieblich anzusehen. Ja, ich sehe eine Ähnlichkeit mit Yaka um die Augen herum, und er hat die starken Schenkel seines Vaters. So habe ich ihn damals kennengelernt. Wenn ich daran denke, daß er seinen Vater nie gekannt hat. Aber du bist gut zu ihm gewesen, Vater Tama? Du liebst ihn sehr? Sag mir, ob meine Geschichte dich müde macht und du lieber schlafen möchtest. Du weißt schon das Schlimmste, das Ende, wenn es denn ein Ende gibt, aber du kannst es erst ganz verstehen, wenn du mir auf dem Weg dorthin gefolgt bist. Es ist jedoch eine traurige, grausame Geschichte, die ich dir da zumute, eine schwere Bürde für die Schultern eines alten Mannes. Ich wollte, sie enthielte mehr an Glück, das ich dem alten Freund meines Vaters mitteilen könnte.

Wie friedlich die Funken in die Nacht hinauf schweben. Ich wünschte, unsere Leben wären auch so, leuchtend wie kleine Welten, die in einer Sommernacht in den Himmel hoch getragen werden ... aber sieh, wie sie plötzlich schwarz werden und vergehen. Ich bin nicht so klug wie du, Vater Tama, um diese Geheimnisse verstehen zu können. Ich weiß nur, daß ich Liebe und Freude und Schmerz empfinde. Es gefällt mir, am Morgen aufzuwachen und am Abend mit Beth in meinen Armen einzuschlafen. Die Kraft meines Körpers zum Wohl meiner Frau und meiner Söhne einzusetzen, ist das nicht genug? Was kann ein Mann mehr verlangen? Und dann, wenn das Alter ihn schwächt und er still in der Sonne sitzt, erinnert er sich daran, wie er ein Junge war ... empfindet man dann Trauer, Vater, oder eine stille Freude?

Da, das Feuer brennt jetzt wieder hell, ich kann zu meiner Geschichte zurückkehren. Aber sage mir, ob es dir zuviel wird, dann können wir mit dem übrigen warten, bis du wieder bei Kräften bist. Was ich zu erzählen habe, wird bis zur Morgendämmerung dauern.

Die Veränderungen kamen nach und nach, so daß wir sie zuerst nicht bemerkten, aber nach einem Jahr oder zweien ... ja, nach zwei Jahren erkannten wir langsam, daß allerhand vor sich ging, was uns nicht gefiel. Ich glaube, es begann mit dem Essen. Wir waren mit Fischen und Vögeln, Eiern, Obst und den Erzeugnissen unserer Gärten zufrieden gewesen, bis dein Volk uns beigebracht hatte, das Fleisch der Schafe und der wilden Tiere auf den Ebenen zu verzehren. Und als unsere jungen Männer erst einmal gelernt hatten, mit dem Bogen umzugehen, fanden sie mehr Gefallen daran, mehrere Tage lang in die Ebenen hinauszuziehen und wilde Tiere zum Essen zu erlegen. Sie fanden das aufregender, als in den Hügeln Schafe zu hüten, ruhig im Hafen zu fischen oder in den Gärten zu arbeiten. Mein Vater hatte vorausgesehen, welche Veränderungen es mit sich bringen würde, wenn wir unsere Herden vernachlässigten und dafür auf die Jagd gingen. Er hatte mich eindringlich gebeten, bei den alten Sitten unseres Volks zu bleiben. Wir waren immer Fischer oder Bauern gewesen: die einen lieber dieses, die anderen lieber jenes. Ich entschied mich, Fischer zu werden, verbrachte aber auch drei Sommer damit, unsere Schafe auf den Sommerweiden in den Hügeln zu hüten. Das war eine gute Zeit für mich. Zu dem Zeitpunkt, als mein Vater starb, gab es wenige junge Männer, die bereit waren, ihre Sommer in den Hügeln beim Schafehüten zu verbringen, wenn sie doch draußen auf den Ebenen die wilden Bullen jagen konnten. Und seither ist das Schafehüten ganz vernachlässigt worden, wir halten uns nur noch ihrer Wolle wegen ein paar Schafe in der Nähe des Dorfes. Die Hütten im Hügelland verfallen. Die Frauen beklagen sich, weil sie nicht mehr genug Wolle haben, um daraus Kleidung zu machen, und einige unserer Männer tragen lieber Tierhäute, wie euer Volk es tat, bevor ihr von uns gelernt habt. Aber wir essen das Fleisch von wilden Schafen und anderen Tieren, obwohl es manchmal nicht mehr frisch ist, wenn es im Dorf ankommt. Immer weniger von unseren Leuten werden Fischer, und manche Familien wissen kaum noch, wie Fisch schmeckt. Ein Boot zu bauen erfordert viele Kenntnisse und viel Geduld. Unsere jungen Männer sind zu faul, um diese Fähigkeiten zu erlernen. Sie verbringen ihre Tage lieber damit, Wurzelbier zu trinken, Glücksspiele zu spielen und sich zu streiten.

Unsere Bootsbaukunst gerät langsam in Vergessenheit. Es fand sich kein Nachfolger für meinen Großvater Yonni, den besten Holzschnitzer, den wir je hatten. Niemand konnte so schnitzen wie er. Viele Leute verzieren ihre Haustüren jetzt überhaupt nicht mehr.

Ach, Vater Tama, es tut mir so leid, daß ich dir das alles erzählen muß. Du und ich verstehen einander und könnten in Frieden miteinander leben, aber uns hat das Kommen eurer Leute viel Kummer gebracht. Wir haben unser altes Gefühl von Sicherheit und Glück verloren, wir sind selbstsüchtig und faul geworden. Die alten Vergnügungen stellen uns nicht mehr zufrieden. Es ist nun schon Jahre her, seit unser Volk sich zum letztenmal am Ufer versammelte und alle miteinander ein großes Singfest feierten. Bist du jemals bei so einem Singfest gewesen? Einmal habe ich in einer stillen Sommernacht Beth in meinem Boot mit hinaus in die Bucht genommen, und wir haben den Dorfbewohnern zugehört, die am Strand sangen. Ach, das war wunderschön. Mein Herz tut weh, wenn ich daran denke.

Ich meine, die Veränderungen haben mit Hora begonnen. Nach seiner Ankunft verbrachte er mehr als ein Jahr lang viel Zeit mit seinen eigenen Freunden, ging auch manchmal allein zum Jagen in die Ebenen hinaus. Zuweilen sprach er davon, in sein Dorf zurückzukehren und Ke Rala herauszufordern, mit ihm um die Häuptlingswürde zu kämpfen.

Aber das war nur Gerede, und er kehrte immer wieder in das alte Haus zurück, das er sich mit zwei anderen Hirschjägern teilte. Manchmal sah ihn tagelang keiner. Er hatte sich eingeschlossen und verbrachte seine Zeit mit Trinken. In solchen Zeiten war es das Beste, sich von ihm fernzuhalten. Er war so mißmutig und manchmal so wild wie ein verletzter Bulle. Dann eines Tages sandte er einen Boten zu jedem Haus im Dorf, der sagen sollte, er würde gern mit allen über gewisse Vorschläge sprechen, die er machen wolle, um das Leben im Dorf zu verbessern.

Wir sind – oder waren – ein sanftes und höfliches Volk. Hora hatte sich um Schutz an uns gewandt, deshalb gingen wir alle an diesem Abend zum Tanzplatz am Strand. Ich erinnere mich noch, daß es still und mild war, ein neuer Mond stand über den Hügeln im Westen, die Bucht lag ruhig da wie ein See. Wir konnten die Fische schnappen hören.

Hora hatte einige seiner Freunde um sich versammelt, alles Männer vom Hirschvolk. Er sprach so sanft und vernünftig, daß bald alle aufmerksam zuhörten. Er sagte, daß er nun schon seit zwei Jahren bei uns lebe und daß er und seine Freunde ihr Leben unserer Gastfreundschaft verdankten. Hätten wir sie nicht aufgenommen, wären seine Freunde heimatlose Wanderer in den Ebenen. Nach einer Weile ließ er einfließen, daß einige seiner Leute, so glücklich sie auch in ihren Häusern seien – manche hatten Frauen von uns geheiratet –, den Geschmack ihrer alten Lebensweise sowie ihre eigenen Gebräuche und Rituale und Überzeugungen vermißten. In Ke Ralas Dorf zurückzukehren, komme nicht in Frage, zumindest nicht, ehe er gestorben sei und ein neuer Häuptling Hora vielleicht wieder zurückholen werde. Das aber scheine unsicher zu sein und noch in weiter Ferne zu liegen. Ihm und seinen Anhängern würde es daher gefallen, gemeinsam im Dorf zu leben, die Nähe der Beziehungen untereinander nach den Sitten des Hirschvolks wieder herzustellen, ihr Essen so zuzubereiten, wie sie es gewohnt seien, und ihren Gott Ka Balu zu verehren.

Hora sprach mit solcher Wärme und Dankbarkeit, mit so offensichtlichem Bemühen, die Werte und Glaubenssätze aufrechtzuerhalten, mit denen er aufgewachsen war, daß unser Volk davon bewegt war und großzügig versprach, für ihn zu tun, was er verlangte. Wir würden seinen Leuten helfen, neue Häuser in einem eigenen Teil des Dorfes zu bauen, wenn es das war, was sie wollten.

Hora dankte uns erneut, aber er meinte, neue Bauten seien gar nicht nötig. Er hatte bemerkt, daß das Haus der Jugend kaum noch genutzt wurde. Einst war es Sitte, daß die jungen Schäfer dort mit ihren Mädchen einige Zeit verbrachten, wenn sie keine Pflichten zu erfüllen hatten, aber die Weiden in den Hügeln waren aufgegeben worden, und die Männer verbrachten mehr Zeit auf der Jagd. Im letzten Jahr hatten nur drei Paare ein wenig Zeit im Haus der Jugend verbracht. Kurz, es sei schade zu sehen, wie ein solch schönes Gebäude vernachlässigt werde. Könnte es Hora und seinen Leuten überlassen werden, würden sie die notwendigen Arbeiten durchführen und es in Ordnung halten. Vielleicht könnten sie in der Nähe Gärten anlegen. Es gebe genügend Raum in dem Haus für die zwanzig oder dreißig Männer und Frauen, die darin wohnen wollten. Freilich, fänden sich genügend junge Paare, die die alten Sitten aufrechterhalten und das Haus nutzen wollten, dann würden sich Hora und seine Leute neue Häuser irgendwo anders entlang der Bucht bauen. Es liege vollkommen in der Hand unseres Volkes, das zu entscheiden.

Es war eine Sache, Horas Freunden zu helfen und enger beieinander zu leben, aber eine ganz andere, das Haus der Jungherzen gänzlich aufzugeben. Das Gebäude und seine Aufgabe waren seit vielen Menschenaltern ein Teil unserer Lebensart und verbanden uns mit unseren frühesten Anfängen am Langen Wasser. Männer und Frauen sahen sich an, scharrten mit den Füßen im Sand, niemand wollte eine Entscheidung treffen. Es stimmte, daß das Gebäude hergerichtet werden mußte, und ebenso, daß es von unseren jungen Leuten sehr viel weniger genutzt wurde als früher, aber seinen ursprünglichen Zweck ganz aufzugeben, traf uns tief.

Hora bemerkte unsere Zweifel und bot an, den Gedanken fallenzulassen. Er habe sich wohl geirrt, sagte er, als er dachte, das Haus der Jugend werde nicht mehr benötigt. Seine Leute würden sich weiter oben an der Bucht Häuser bauen, auch wenn es dort steiler sei. Doch einige von uns schämten sich irgendwie und hatten das Gefühl, daß sie Hora gegenüber nicht entgegenkommend genug gewesen seien, daß es stimme, daß die Jugendlichen das Haus kaum mehr benutzten und die alte Sitte bereits in Vergessenheit gerate. Gebt Hora und seinen Anhänger das Haus, dort können sie alle zusammen leben und sich die Mühe sparen, neue Häuser zu bauen. Diese Stimmen setzten sich langsam durch, jemand sprach es aus, und einige andere unterstützten Horas Vorschlag: Erlaubt Hora und seinen Leute, das Haus der Jungherzen zu nutzen.

Nur eine einzige Stimme erhob sich dagegen. Meine Tante Gilda hinkte nach vorn und sprach sich gegen das Angebot aus, wandte sich an die jungen Leute und bat sie, wieder zusammenzukommen und das Haus für den Zweck zu nutzen, für den es ursprünglich eingerichtet worden war. Sie sprach davon, wie wertvoll dieser Abschnitt im Leben von Jugendlichen sei, ein Abschnitt, in dem sie die Kunst des Zusammenlebens, die Künste des Gebens und Nehmens in der Liebe, des Teilens und der Duldsamkeit erlernten, und sprach von den Freuden einer Zeit, die nie wiederkehren werde. Sie redete mit fester, aber trauriger Stimme, als ginge es um eine längst verlorene Sache. Etliche spendeten Beifall, aber als der Schiedsmann um eine Entscheidung bat, wurde Horas Wunsch erfüllt. Dies war ein schlimmer Tag für unser Volk.

Ich weiß, daß er dein Clanbruder war, Vater Tama, und du ihn früher geliebt hast, aber ich glaube, daß ihn eine Bitterkeit überkam, als er aus eurem Dorf vertrieben wurde, die ihn nicht zu seinem Besten veränderte. Sobald er, seine Anhänger und einige junge Leute aus unserem Dorf, die von den Gebräuchen des Hirschvolks angezogen wurden, sich in dem Haus eingerichtet hatten, nahm Hora eine herrische Haltung an und gab Befehle, als wäre er eingesetzt worden, über uns zu bestimmen.

Manches, was er anordnete, war gut und notwendig: Die

verstopfte Quelle nahe dem Haus wurde aufgegraben und wieder mit Steinen gefaßt; auch ließ er neue Latrinengruben und Gärten in der Nähe des Hauses anlegen. Im Inneren des Großen Hauses teilte er mit Wänden Einheiten für Familien ab, die das so wollten. Allerdings blieb ein großer Raum bei der großen Feuerstelle offen, wo sich alle zum Essen oder Reden zusammenfinden konnten. Draußen neben der geschnitzten Eingangstür ließ er sich einen Sitzplatz zurechtmachen und eine Schneise durch die alten Bäume schlagen, die die Sicht auf die Bucht verdeckten. Dort saß er manchmal am Nachmittag und blickte über das Dorf und das Wasser.

Gegen diese Dinge hatten wir nichts, aber wenn er ins Dorf herunter stolzierte, begleitet von zwei jungen Jägern, die Speere trugen, störte uns das. Er war weiterhin freundlich. Er blieb immer wieder stehen und redete mit den Leuten, half manchmal bei der Arbeit, lobte etwas, das gut gelungen war, schickte auch manchmal einige seiner Leute, um beim Richten von Häusern oder der Arbeit in den Gärten zu helfen. Eines fiel uns jedoch sofort auf. Wie viele Fische seine Leute auch fingen, wie viele Vögel sie mit ihrem Speer durchbohrten oder welche Mengen an Fleisch die Jäger auch nach Hause brachten, es wurde immer sofort zum Großen Haus hinaufgebracht. Wir dagegen hatten unsere tägliche Nahrung stets miteinander geteilt. Alles Fleisch oder der Fisch aus dem täglichen Fang wurden immer zu dem großen Steintisch am Ufer gebracht und dort aufgeteilt für alle, die zu essen brauchten. Niemand ging leer aus. Die alten Leute, die nur noch durch ein bißchen Unkrautrupfen in den Gärten zur Gemeinschaft beitragen konnten, bekamen von den erfolgreichen Jägern und Fischern das Nötige zum Leben. Aber die Leute aus dem Hirschvolk waren anders. Sie behielten, was sie gefangen hatten, und teilten es nur unter sich auf. Sie benahmen sich, als ob ihr Großes Haus ein eigenes Dorf wäre.

Innerhalb eines Jahres hatten sie noch zusätzliche Häuser beim Großen Haus errichtet. Familien, die ein eigenes Haus gewohnt waren, wollten lieber für sich sein. So entstand eine

Art Siedlung beim Großen Haus, aber unsere Leute gingen selten dorthin. Einige der jungen Dorfbewohner, die eher tatendurstig waren, schlossen sich Horas Leuten an. Spät in der Nacht hörten wir manchmal ihr Schreien und Singen, besonders, wenn sie zuviel Wurzelbier getrunken hatten. Unser Volk verhielt sich abends gewöhnlich ruhig und ging früh schlafen. Wenn schönes Wetter war, standen wir gern früh auf, um den neuen Tag mit allen Sinnen zu spüren, solange er noch frisch war. Es erstaunte uns sehr, daß Horas Leute manchmal bis Mittag im Bett lagen.

Du siehst, Vater, es wurde jeden Tag deutlicher, daß Horas Leute eigentlich nicht zu unserem Dorf gehörten. Sie hatten etwas von unserem Land genommen, auch das Große Haus, andere Häuser gebaut, nur für sich selbst gejagt. Es war wie zwei Dörfer in einem. Und das Schlimmste daran war, daß unser eigenes Volk sich langsam zu spalten begann. Die älteren Männer und Frauen lehnten vieles ab, was bei Horas Leuten vor sich ging, aber einige unserer jungen Männer und Mädchen waren teils heimlich, teils offen neidisch auf das lärmende Leben im früheren Haus der Jugend. Eltern stellten fest, daß die Jugendlichen immer öfter nicht gehorchten. Sie verboten ihnen, Horas Leute zu besuchen, mußten jedoch feststellen, daß sie es nicht verhindern konnten. Nie zuvor hatten wir einen solchen Riß in unserer Gemeinschaft erlebt, außer vielleicht damals, als Tante Gilda heimlich die Männer anführte, die dann eure Jäger angegriffen haben. Und das führte zum Tod meines Vaters. Und doch war es diesmal Tante Gilda, die die Wunden zu heilen und wieder ein einiges Volk aus uns zu machen versuchte.

Ich habe meine Tante immer sehr gemocht. Sie war eine Frau mit starkem Geist, eine leidenschaftliche Frau. Ihre Lahmheit änderte nichts an der Stärke ihres Geistes. Sie hatte die Kraft, anders zu sein, die Macht, andere Menschen ihrem Willen zu unterwerfen. Ich bin nicht so, aber an ihr konnte ich es bewundern. Ich bin wie meine Mutter, auch wie mein Vater, denke ich, wir machen einfach mit unserem täglichen Leben weiter und freuen uns an den Dingen, die da kommen, und was wir nicht annehmen oder verstehen können, lassen wir einfach los. Wir versuchen nicht, die Dinge zu verändern. Tante Gilda und ich unterhielten uns immer, wenn wir uns trafen, und manchmal kam sie zu Beth auf Besuch – nicht oft, denn wenn meine Mutter da war, gab es immer Ärger. Mutter gab der Tante stets die Schuld am Tod meines Vaters.

Ich erinnere mich an einen Tag, der zu regnerisch zum Fischen war. Tante Gilda kam zu meinem Haus, aber meine Mutter war zu Besuch und wollte sie nicht hereinlassen. Das machte mich wütend, ich schrie meine Mutter an, schüchterte sie ein, warf mir einen Regenumhang um die Schultern und ging mit Tante Gilda zu ihrem eigenen Haus. Sie lebte zu jener Zeit in dem Haus, in dem sie auf die Welt gekommen war, aber es war zu groß für sie. Sie hatte kein Feuerholz und fror. Ich brachte ihr Holz und machte Feuer. Dann saßen wir dort und redeten miteinander, während draußen der Regen fiel. Sie erzählte mir vieles aus ihrem Leben, was ich noch nicht gewußt hatte. Ich blieb den größten Teil des Tages dort. Als ich nach Hause kam, war Beth wütend auf mich, weil ich meine Mutter angeschrien und durcheinandergebracht hatte. Manchmal kann ein Mann keinen Frieden in seinem eigenen Haus finden, Vater. Doch es kommt selten vor, daß Beth und ich uns streiten.

Vieles von dem, was Tante Gilda mir erzählte, behielt ich für mich. Es beunruhigte mich, und zwar deshalb, weil ich wußte, daß sie recht hatte. Sie sagte, daß jemand unserem Volk klarmachen müsse, was gerade mit uns geschehe, nämlich daß die Sitten des Hirschvolks unsere eigenen zu überlagern begännen und wir bald Fremde in unserer eigenen Welt sein würden, wenn wir nicht an Shans Richtlinien festhielten. Es hätte nicht erlaubt werden dürfen, daß Horas Leute dort abseits lebten und unsere jungen Mädchen und Männer in ihr eigenes kleines Dorf lockten. Unser Volk werde seine Stärke verlieren. Wir sollten unsere alten Gebräuche verteidigen und aufrechterhalten, sonst würden die Hirschjäger über uns herrschen und wir wären wie verirrte Schafe.

Ich wußte, daß sie die Wahrheit sprach. Und es schien mir, daß sie auch beim erstenmal recht gehabt hatte, als sie damals unser Volk drängte, sich gegen die Hirschjäger zur Wehr zu setzen, die unsere Männer getötet hatten. Damals hätten wir für uns selbst einstehen müssen. Sie hat es versucht. Es war ihr nicht gelungen, uns zum Widerstand aufzurufen. Sie aber mußte leiden, und mein Vater war gestorben.

Was hätte ich tun sollen, Vater? Tante Gilda helfen, unser Volk aufzustacheln, sich für sich selbst einzusetzen? Ich dachte an Beth und an das Leid, das meine Mutter immer mit sich herumtrug. Ich bin kein Feigling. Mit der Zeit, so sagte ich zu meiner Tante, würden die Jäger und die Schäfer untereinander heiraten und Hora sterben; diese Trennung würde es nicht immer geben. Aber Tante Gilda meinte, wir würden bis dahin zuviel von unserer ursprünglichen Lebensart verloren haben.

Hora ließ Spiele und Tänze abhalten an dem Ort, wo wir immer unsere Singfeste veranstaltet hatten. Er versuchte uns an einem Singfest zu beteiligen, aber nur wenige gingen hin. Menschen singen, weil sie glücklich sind, und zu viele aus unserem Dorf hatten Furcht vor Hora oder verachteten seine Trinkgelage und seine wilde Lebensart. Zum erstenmal gab es in unserem Dorf Mädchen, die schwanger waren und nicht wußten, wessen Same in ihrem Bauch heranwuchs. Als ein verregneter Sommer viele Ackerfrüchte verfaulen ließ, forderten Horas Leute uns auf, mit ihnen zu teilen, was uns noch geblieben war. Einige unserer Männer weigerten sich, und es kam zum Streit. Schließlich sorgten Horas bewaffnete Leibwächter dafür, daß er bekam, was er wollte. Danach bauten manche Dorfbewohner Kartoffeln in der Nähe ihrer Häuser an und wollten nicht mehr gern in den gemeinschaftlichen Gärten arbeiten. Der Anbau wurde vernachlässigt, und die Ernte fiel schlechter aus. Im Winter gab es Zeiten, in denen die Ausbeute beim Fischfang mager war und auf den Hügeln Schnee lag. Ich hörte Kinder vor Hunger schreien. Das hatte es noch nie gegeben.

Im dritten Frühling sah ich zu meinem großen Erstaunen eines Tages Tante Gilda und Hora in ernste Unterhaltung vertieft beieinander am Strand sitzen. Sie waren lange Zeit dort, und viele unserer Leute starrten sie neugierig an. Einige Tage später sagte Tante Gilda mir, Hora sei nicht von Grund auf schlecht. Sie habe im Namen der meisten unserer Ältesten an ihn appelliert, er solle doch versuchen, bessere Gefühle zwischen seinen Leuten und uns aufzubauen. Sie habe erklärt, wie wichtig es wäre, daß wir mehr Schafe züchteten und unsere alte Gewohnheit des sommerlichen Schafehütens in den Hügeln wieder aufnähmen, damit auf den Feldern in der Nähe des Dorfes wieder Weizen angebaut werden könne, wie man es früher gemacht habe. Hora hatte wohl auch viel Aufmerksamkeit für das gezeigt, was sie sagte, und war ihrer Meinung gewesen. Er versprach, daß seine Leute helfen würden. In diesem Sommer wurden unsere wenigen Schafe auf die Hügel getrieben, mehr Weizen wurde angebaut und mehr in den Gärten gearbeitet. Oft schufteten die Leute aus dem Hirschvolk Seite an Seite mit den unseren, und es schien, als hätte eine Art Heilung eingesetzt.

Yaka war einer von denen, die beim Hüten der Schafe in den Hügeln mitmachten. Ich hatte ihn in der Zeit davor wenig gesehen, weil ich mit meiner eigenen Familie genug zu tun hatte. Ein junger, frisch verheirateter Mann, du verstehst, Vater. Das Vergnügen des Körpers sollte man nicht vernachlässigen. Und wir bekamen unser erstes Kind. Yaka war bei meiner Mutter geblieben, als ich geheiratet hatte, und hatte gut für sie gesorgt. Aber nachdem er einige Zeit in den Hügeln gewesen war, wo sich Jungen und Mädchen die Arbeit teilten, verbrachte er seine Abende immer öfter bei Horas Leuten. An einem Tag am Ende des Sommers kam er zu mir und sagte, er wolle bei den Leuten aus dem Hirschvolk leben. Sie seien keine schlechten Leute, er sei selbst mit den Sitten des Hirschvolks aufgewachsen, und er habe mehr vom Hirschvolk als vom Schäfervolk in sich. Aber wir würden weiterhin Freunde bleiben, sagte er, und ich stimmte zu, obwohl mein Herz traurig war, Vater. Denn ich hatte ihn am selben Tag mit Tante Gilda reden sehen, und bald wußte jeder, daß sie das alte Haus ihrer Eltern verlassen hatte und mit Hora im Großen Haus zusammenlebte, inmitten des

Lärms, der Trinkgelage und dem üblen rauhen Leben, das uns angst machte. Als ich sie das nächste Mal traf und mit ihr sprach, sagte sie: ›Tukki, ich nehme kein Wort von dem zurück, was ich dir neulich gesagt habe. Ich setze mich auf neue Art für unser Volk ein. Ich glaube, daß Hora mich braucht und ich ihn überzeugen kann zu tun, was ich für uns für richtig halte. Wenn unser Volk das nicht versteht, dann sag ihnen, daß ich das für uns alle tue.‹

Ach, Vater, laß mich hier eine Pause machen. Mein Herz tut mir weh, wenn ich das alles erzähle. Du mußt jetzt schlafen. Laß dich von deinem Gott Ka Balu trösten. Morgen können meine Freunde Rulf mit auf die Jagd nehmen, und du und ich klettern auf den Hügel, setzen uns in den Schatten der Zwillingsbäume und erinnern uns an die Zeiten, als die Spiele hier noch stattfanden. Dann erzähle ich dir, was ich noch zu sagen habe, und tue, was ich kann, um dir zu helfen, es zu ertragen. Schlaf jetzt, alter Mann, Freund meines Vaters, bevor die Dämmerung über das Meer schleicht und die Nacht vorüber ist.«

4

Hora erwachte und öffnete die Augen. Ein Traum beunruhigte ihn. Er war allein in einer bergigen Gegend unterwegs gewesen, auf einem engen Pfad, der sich zwischen bedrohlich aufragenden Berghängen hindurchschlängelte, an denen zerklüftete Felsen hingen, als würden sie gleich herunterstürzen. Nichts wuchs dort. Es war eine zerstörte Welt, von Riesen aufgehäuft. Der Pfad verengte sich, wurde steiler und auf seiner Scheidenseite fiel das Gelände schroff ab zu einer tiefen engen Schlucht, in deren Wasser sich der bleiche Himmel spiegelte. Eine Schattengestalt begleitete ihn, aber er konnte nicht ausmachen, ob es Mann, Frau oder Tier war. Was es auch war, sie schien Macht über ihn zu besitzen, denn ihr Wille wurde zu seinem eigenen. Als sich der Schatten auf einen Felsen setzte, der die Schlucht überragte, fühlte sich Hora gezwungen, sich auch dorthin zu setzen, aber fast sofort rutschte das Geröll unter seinen Füßen weg, er schlitterte in die Tiefe und schrie vor Schmerz auf, als er in eine enge Spalte stürzte. Bis zur Taille steckte er im Wasser. Er konnte sich nicht bewegen, seine Beine waren zwischen dem Daumen und dem Zeigefinger des Berges eingeklemmt. Er blickte den schrecklichen Abhang hinauf und sah, daß der Schatten immer noch dort oben saß und ihn beobachtete. In seiner Angst schrie er um Hilfe, aber der Schatten bewegte sich nicht und sagte nichts. Da spürte Hora, wie das eisige Wasser um ihn immer höher an seinem Körper heraufkroch, und wachte vor Entsetzen schweißgebadet auf.

Er stöhnte und wälzte sich herum, sein Blick fand Halt an den rußgeschwärzten Balken über ihm. Neben ihm schlief Gilda, zusammengerollt und mit um die Knie geschlungenen Armen. Das Haar hing ihr unordentlich übers Gesicht. In den Bäumen draußen rauschte der Wind, frühes Morgenlicht fiel ins Haus. Ein anderer Schläfer bewegte sich, und ein Kind murmelte im Schlaf. Der Traum verflüchtigte sich, und Hora lag still. Dann erinnerte er sich, daß er ohne Schmerzen geschlafen hatte, und war dankbar dafür. Das wilde Tier in seinem Bauch hatte ihn eine Nacht lang in Ruhe gelassen. Manchmal war es so: Das Tier war still, vielleicht schlief es, weil es genug gekaut hatte, aber es kam immer wieder, um sich mehr zu holen. Er stellte es sich wie eine Ratte vor, die in seinem Bauch gewachsen war und sich nun ihren Weg nach draußen nagte. Noch vor ein paar Monden war es nur ein spürbares Kratzen, ein gelegentlicher Stich gewesen, aber jetzt war es ein ausgewachsenes Tier, das ihn verschlang. Er wußte, daß es ihn töten würde. Vielleicht hätte Tama es vergiften und ihn davon befreien können, aber zwischen ihm und Tama lagen viele Jahre ohne Botschaft und der Große Fluß. Seine Hand legte sich auf seinen haarigen Unterbauch. Er war heiß, hart und geschwollen, dort, wo das Tier schlief. Er hätte es fast streicheln können, so vertraut war es ihm. Sie kannten sich gut, das Tier und er. Nichts sonst war mehr wichtig. Wenn dessen Zähne an ihm nagten und er seine eigenen Zähne vor Schmerz zusammenbiß, gab es keine andere Wirklichkeit. Gilda, Yaka, die Kinder, die er nachlässig gezeugt hatte – all das war nicht mehr wichtig. Seine ganze Stärke und sein Wille wurden gebraucht, um das Tier in Schach zu halten. Er hatte noch seine alte Jägerehre. Er war stolz, wenn er die Schmerzen aushalten konnte und nicht aufschrie, und er schämte sich, wenn er manchmal wie ein verwundeter Bulle in unerträglicher Qual losbrüllte und das Gefühl hatte, sein Körper würde zerrissen. Manchmal spuckte er Blut, und Blut war auch in seinem Kot und Urin. Er blutete sich zu Tode.

Während der Traum verschwand und er sich bemühte, den schlafenden Schmerz nicht aufzuwecken, klärte sich sein Verstand, richtete sich auf die Gegenwart und zurück in die Vergangenheit. Es gab keine Zukunft. Er war durstig, hatte aber Angst, sich aufzurichten, um an den Wasserkrug zu kommen.

»Gilda«, murmelte er.

Die Gestalt an seiner Seite atmete gleichmäßig weiter.

Er würde warten.

Er ließ ihre gemeinsamen Jahre an sich vorüberziehen, wie sie sich gestritten, getrennt und wieder versöhnt hatten, wie Gilda ihn dazu gebracht hatte, seinen Einfluß zu nutzen, um die früheren guten Beziehungen zu ihrem Volk wiederherzustellen. Es war Zeitverschwendung gewesen, es zu versuchen. Er war überzeugt, daß die Schäfer keinen Kampfgeist hatten; sie hatten zu lange auf ihre eigene Art gelebt, mit Veränderungen kamen sie nicht zurecht, sie waren hilflos. Die Jungen, die zu ihm gekommen waren, waren noch die Besten von ihnen, sie hatten Mumm in den Knochen und ärgerten sich über ihre trägen Verwandten, die an nichts anderes als an Schafe und Fische denken konnten.

Arme Gilda. Ihr eigenes Volk wollte nichts mehr mit ihr zu tun haben, sie war eine Frau des Hirschvolks geworden, Horas Frau – und Yakas. Wenn sie sich mit Hora gestritten hatte, verbrachte sie ein paar Tage mit Yaka und redete auf ihn ein, bis seine schwer zu entfachende Wut ausbrach und er sie verfluchte. Trotzdem glaubte Hora, daß ihr an Yaka mehr gelegen war als an ihm. Sie war für Yaka ebenso Mutter wie Geliebte. Doch er wollte keine andere Frau, obwohl es im Haus einige gab, die seine launische Gleichgültigkeit leichter zu ertragen fanden als die lärmende Trunkenheit anderer Männer. Wenn Gilda bei Hora war, blieb Yaka für sich oder ging den ganzen Tag allein auf die Jagd. Er war nicht eifersüchtig, ließ Gilda in sein Bett, wenn sie es wollte, und war auf Horas Seite, wenn eine der häufigen Querelen im Haus ausbrach.

Es war ein lärmendes, schmutziges Leben voller Streitereien, wo man sich in der Regel lautstark durchsetzen mußte, wo Faulheit ein kultiviertes Laster und Selbstsucht das wichtigste Gesetz für das Überleben war. Kinder stahlen Essen, sobald sie laufen konnten. Es gab wenig zärtliche Gefühle. Wenn sie zwischen zwei Menschen entstanden, wurden sie bald von der verächtlichen Härte, die man in der Gruppe Gefühlen gegenüber an den Tag legte, aufgezehrt. Die körperliche Vereinigung von Männern und Frauen war nur selten mit demselben Genuß verbunden, mit dem die Jugendlichen ihre Körper geteilt hatten, als das Haus noch ihre

Domäne gewesen und dort manch eine junge Liebe genährt worden war, die später zur Heirat geführt hatte. Sie aßen und schliefen, stritten sich und spielten Glücksspiele, verfluchten die Ratten, Flöhe und Läuse, machten aber kaum Anstrengungen, um eine gewisse Sauberkeit wiederherzustellen, die das Ungeziefer verjagt hätte. Nun, da sein Körper in seinen Schmerzen gefangen war, merkte Hora nicht viel von der Unordnung um ihn herum, es war ihm mittlerweile gleichgültig. Der Schatten seiner alten Macht genügte noch, um Männer und Frauen davon abzuhalten, ihre schlimmsten Streitereien in der Nähe seines Bettes auszutragen. Manchmal kam ein Mann, setzte sich in freundschaftlichem Schweigen neben ihn oder beantwortete Horas Fragen. Wenn er in sein Bett gemacht hatte und sich beklagte, weil er in seinem eigenen Abfall lag, kamen einer oder zwei, hoben ihn vom Bett und machten ihn sauber, denn für Gilda allein war er zu schwer. Nur Yaka war wirklich freundlich zu ihm, kam öfter als die anderen und berührte den Sterbenden sowohl mit Sanftheit als auch mit Stärke, fast so, als wäre es sein eigener Vater, um den er sich kümmerte. Aber bei all seiner Hilflosigkeit gelang es Hora nicht, Bilder von Lust und Eifersucht zu unterdrücken, wenn er sich Gildas leichten Körper vorstellte, der auf den braunen Schenkeln des jungen Mannes lag. Er hatte sie für sich allein haben wollen, wollte sie nicht gern teilen wie die anderen zuvor, aber er hatte nicht mit ihrem Willen gerechnet. Sie brauchte von Yaka die Sicherheit, die sie von ihm nicht bekam.

Er drehte sich um und sah sie an. Kinderstimmen, Babygeschrei, gemurmelte Worte unter den Decken zeigten den Beginn des Tages im Haus an, aber falls Gilda schon wach war, hielt sie die Augen geschlossen. Hora sagte ihren Namen, bekam jedoch keine Antwort. Er seufzte, weil der Durst ihn plagte, aber er war immer noch vorsichtig, um das lauernde Tier in seiner Höhle nicht zu stören. Er versuchte, nicht an seine gegenwärtige elende Lage zu denken, und machte im Geist einen Schritt zurück in die Vergangenheit.

Er erinnerte sich an einen Traum vor einigen Nächten, als er wie ein Vogel über die Ebenen gesegelt und mit Herden von schwarzen Langhörnern dahingestürmt war, wobei sich die Berge am Horizont wie betrunken auf und ab bewegten. Mit ausgebreiteten Armen war er furchtlos über das Lange Wasser geschwebt, sah die Fischerboote mit ihren roten Segeln wie Blätter auf dem Wasser treiben. Es war der Traum eines Jungen von Freiheit, aber diese Verspottung seiner Hilflosigkeit hatte ihn eher getröstet als verletzt, als wäre es eher ein Vorgeschmack auf die Zukunft als ein Echo aus der Vergangenheit. Tama hätte die Bedeutung dieses Traumes sicher entschlüsseln können.

Tama.

In letzter Zeit hatte er viel an seinen Clanbruder gedacht. Hora kam es vor, als sei Tama der einzige von all den Menschen in seinem Leben gewesen, der ihn nicht verraten hatte. Manchmal war Tama seinen Verrücktheiten gegenüber streng gewesen, aber er hatte immer Mitgefühl gezeigt. Als wir Jungen auf der Langen Wanderung waren, dachte er, hatte Tama Angst vor mir, und ich machte mich über ihn lustig, weil er schüchtern war, die Tiere nicht töten mochte und ihm das Abhäuten meistens nicht gelang. Aber er bewies Mut, als er allein über die Berge zurückkam, nachdem Rua umgekommen war. Und die Ältesten hatten ihn in den Käfig gesperrt als Strafe dafür, daß er Rua in den Tod geführt hatte. Diese dummen, ängstlichen Idioten. Damals habe ich sie verachtet, und das tue ich heute noch. All dieser Unsinn über die Götter. Was haben mir die Götter jemals Gutes getan? Was hast du für mich getan, Ka Balu?

Tama würde es wissen, er kannte die Antworten. Er verurteilte die Leute nicht. Nicht wie Ke Rala. Der hat schon immer zuviel von sich selbst gehalten, schon damals, als wir noch Jungen waren. Eine solche Grausamkeit, Vani zu töten. Warum hat das Volk ihn nicht umgebracht, nachdem er mich verbannt hat? Er hat für nichts und niemanden etwas übrig außer für sich selbst.

Ich frage mich, ob Mariti noch lebt. Arme Mariti, ich konnte sie nicht mehr lieben, als sie sich in ein spitzzüngiges, keifendes Weib verwandelte. Jedenfalls konnte sie mich damals auch schon nicht mehr leiden. Als Rua noch klein war, hatten wir unsere beste Zeit. Rua, mein Sohn Rua. Ich habe immer gedacht, er würde Ke Rala verlassen und mir folgen, vielleicht meine anderen Söhne mitbringen. In all den Jahren habe ich nichts von ihnen gehört. Ist es ihnen egal, ob ich tot oder lebendig bin? Nur Yaka kümmert sich jetzt noch um mich. Er wird meinen Körper für das Begräbnis vorbereiten. Gilda wird froh sein, mich loszuwerden. Ich bedeute ihr nichts mehr. Hat sie mich jemals so geliebt wie ich sie? Damals auf dem Hügel in dem Totara-Hain? Ja, damals, als ich Tamas Bote war. Damals habe ich Tama unrecht getan. Vergib mir, mein Bruder. Meine Lust hatte mich gepackt, und ich habe dich vergessen. Hast du es je erfahren? Was Gilda von mir wollte, waren Stärke und Macht, um die alten Sitten und Gebräuche ihres Volks wiederherzustellen. Ich habe es versucht, konnte es aber nicht. Die Schäferleute wollten mich nicht als Anführer, sie waren keine Häuptlinge gewöhnt. ›Wir sind verantwortlich‹, hatte Sarn immer gesagt, ›jeder von uns ist verantwortlich für die anderen.‹ Das hatte vielleicht gestimmt, bevor wir kamen, aber jetzt nicht mehr. Sie kümmern sich genauso nur um sich selbst, wie wir es tun. Jeder für sich.

Hora bewegte sich ein bißchen, als sich die Unruhe seines Geistes auf den Körper übertrug. Er fühlte, wie seine Blase sich leerte und der warme Urin über seine Schenkel floß.

»Gilda«, keuchte er, »Gilda.«

Die Frau öffnete langsam die Augen und sah ihn mit einem Blick ohne Zärtlichkeit an, ohne Mitleid, einfach als körperliche Antwort auf seinen Ausruf, wie sie eine Tür angesehen hätte, die hinter ihr zugefallen war.

»Was ist los?«

»Ich habe mich naß gemacht.«

Gilda stand auf, ihr Haar fiel über die Schultern und die verkümmerten Brüste, die niemals ein Kind gestillt hatten. Sie nahm ein dreckiges Tuch, das neben Hora lag, wischte ihm Schenkel und Lenden ab und zog die Decke hoch.

»Ich habe Durst.«

Sie gab ihm Wasser, stützte ihn beim Trinken mit dem Arm und sah ihn gleichgültig an, als sie ihn zurücksinken ließ. Seine Augen, fiebrig in dem mageren Gesicht mit dem grauen Bart, hielten ihre einen Moment lang fest.

»Ich habe an Tama denken müssen.«

Die Frau antwortete nicht. Sie ließ die Decke von den Schultern gleiten und zog ihre Kleider an. Hora sah ihr zu. Es tröstete ihn ein bißchen, daß ein anderes menschliches Wesen den neuen Tag immer noch mit den gewohnten Gesten beginnen konnte. Er selbst wohnte Tag und Nacht nur noch in der leeren Hülle seines Körpers, an sein Bett gefesselt wie ein zu Boden gestürzter Baum an die Erde. Er wußte, daß er ihn erst verlassen konnte, wenn er nach draußen getragen und in die Erde gebettet werden würde. Wenn nur Tama käme, dann könnte er ihm beim Sterben beistehen.

»Tama«, sagte er wieder. »Ich habe an Tama gedacht. Ich wollte gern, daß er zu mir kommt.«

Gilda sah ihn kalt an, bevor sie aufstand und zur anderen Seite des Raumes hinüberging, wo das Feuer gerade angemacht wurde. Sie sagte: »Tama? Wieso glaubst du, daß er noch am Leben ist?«

Das versetzte Hora einen Schlag. Er war nie auf den Gedanken gekommen, Tama könnte schon tot sein. Wie könnte Tama gestorben sein, und er hätte es nicht gewußt? Aber er mußte zugeben, daß es möglich war, und plötzlich wurde es wichtig, das zu wissen, nur noch diese Gewißheit war wichtig. War Tama am Leben oder tot? Er mußte es wissen. Und wenn Tama noch lebte, dann mußte er ihn sehen. Tama würde kommen, wenn er erführe, daß ich im Sterben liege, dachte er. Er liebte mich, er verstand mich, er würde all das Schlechte in mir verzeihen, durch ihn könnte ich mich wieder rein fühlen.

Der Schmerz erinnerte ihn einmal und ein zweites Mal daran, wer über seine Zeit bestimmte. Er biß die Zähne zusammen, schwitzte, versuchte ruhiger zu atmen. Als Gilda ihm ein Stück warmen Fischkuchen brachte, waren seine Augen geschlossen. Sie sagte zu ihm: »Iß das«, aber er hob den Kopf nicht. Sie sah Yaka weiter weg an der Wand stehen und rief ihn. Er kam herüber, und zusammen brachten sie den alten Mann zum Sitzen.

Hora öffnete die Augen und seufzte. Er nahm ein Stück von dem Fischkuchen aus Gildas Hand und kaute es langsam, wollte es nicht hinunterschlucken, weil er Angst hatte, es würde später wieder hochkommen. Er legte eine Hand auf Yakas Schenkel und sah ihm eindringlich in die braunen, wachsamen Augen.

»Tama, dein Vater Tama«, sagte er. »Lebt er noch? Sie sagt, er wäre vielleicht tot. Er ist nicht tot, oder?«

Yaka sah Gilda an, die den Kopf schüttelte. Sanft sagte er zu Hora:

»Nein, er ist noch am Leben. Aber er wohnt weit weg von hier, in dem Dorf, wo wir früher auch gelebt haben, über dem Großen Fluß. Erinnerst du dich?«

Hora fühlte, wie Ärger ihn durchzuckte. »Natürlich erinnere ich mich«, sagte er mit etwas von seinem früheren Kampfgeist in der Stimme. »Ich bin nicht blöde, auch wenn ich im Sterben liege. Ich will meinen Clanbruder Tama sehen. Schicke einen Läufer zu ihm, oder geh selbst. Sag ihm, ich bräuchte ihn, er müsse schnell kommen, oder es wäre zu spät.«

Yaka nahm den Arm von Horas Schultern, legte ihn wieder auf sein Bett und stopfte seine Decken um ihn fest.

»Wirst du gehen?« fragte Hora nochmals.

Yaka wollte dem alten Mann nicht in die Augen sehen. Er blickte quer durch den Raum. »Man braucht lange bis dorthin«, sagte er. »Zwei Tage hin, zwei zurück. Und was werde ich dort vorfinden? Ich weiß es nicht.«

Zu seinem Erschrecken füllten sich Horas Augen mit Tränen. Er wandte sich mit unsicherer Stimme an Gilda. »Sag ihm, er soll gehen. Er wird gehen, wenn du es ihm sagst. Ich muß mit Tama sprechen.«

Sie ließen ihn allein und gingen zusammen zum Feuer hinüber, wo Hora sie nicht sehen konnte. Dort kauerten sie sich in der Wärme nieder, redeten aber nur wenig. Später gingen sie draußen spazieren und setzten sich auf ein Fleckchen Erde, auf das die blasse Wintersonne schien.

»Es ist das Warten, die Unsicherheit, aber es kann jetzt nicht mehr lange dauern.«

»Selbst wenn ich ginge, wenn die Leute vom Hirschvolk mir zuhörten und Ke Rala mich nicht töten ließe, würde Vater Tama kommen? Er ist jetzt alt, man kann ihn nicht drängen. Weißt du, was ich dachte, als Hora nach ihm fragte? Er spricht von meinem Vater. Ich habe ihn seit zehn Jahren nicht gesehen. Ich weiß selbst nicht, ob er noch lebt oder schon tot ist. Macht es dir etwas aus? Mir scheint es nicht viel auszumachen. Obwohl ich manchmal denke, ich würde meine Mutter gerne noch einmal sehen, bevor sie stirbt. Sie liebte mich.«

Yaka saß vorgebeugt da und hatte die Ellbogen auf die Schenkel gestützt. Er drehte einen Zweig in den Fingern herum und kniff die Augen zusammen wegen des Glitzerns der Sonne auf dem Wasser jenseits der Bäume. Gilda fühlte, wie sich ein warmes Gefühl für ihn in ihr regte, eine Liebe, die zum Teil Mitleid war. Für Hora empfand sie nichts, außer daß sein mühsames Sterben noch unterstrich, wie sehr all ihre törichten Hoffnungen und Sehnsüchte fehlgeschlagen waren. Mit seinem Tod würde ihr Scheitern vollkommen sein. An Tama dachte sie überhaupt nicht. Das war nur ein Name, eine verschwommene Erinnerung über Jahre des Vergessens hinweg.

»Eigentlich ist es unmöglich«, sagte sie, »und es ändert auch nichts. Hora wird sterben, bevor Tama hier sein kann, selbst wenn sie ihn gehen ließen. Aber es macht keinen Unterschied.«

Yaka sah sie unter zusammengezogenen Augenbrauen an. »Es ist eine letzte Sache, die ich für ihn tun könnte. Ich weiß, er ist ... nun, wir haben alle Fehler gemacht, aber er hat immer versucht, mir zu helfen.«

»Es ist unmöglich«, wiederholte Gilda fest, »es ist nicht notwendig. Du solltest besser bei ihm bleiben und da sein, wenn er dich braucht. Sag ihm, du hast einen Läufer geschickt, wenn du möchtest. Es kann jetzt keinen Unterschied mehr machen.«

Yaka sprach zum Boden und sah Gilda nicht an. »Ich habe dich nie verstanden. Manchmal denke ich, ein böser Geist ist in dir. Nichts berührt dich.«

Gilda sagte beinahe heftig: »Du hast recht. Nichts berührt mich noch. Nach Horas Tod werde ich frei sein. Ich brauche nie mehr etwas zu fühlen. Wenn das etwas Schlechtes ist, dann möchte ich es behalten.« Sie stand auf. »Ich gehe zum Strand hinunter. Kommst du mit?«

»Nein.«

Sie ging allein weg. Yaka blieb zurück, starrte die Erde an und drehte den Zweig zwischen den Fingern.

Trotz ihrer Lähmung ging sie mit kräftigen, zielgerichteten Schritten an den Gärten vorbei zum Strand hinunter und ins Dorf. Damit wollte sie ihre Orientierungslosigkeit verbergen. Sie wußte, daß man die Türen vor ihr verschließen würde, daß die Frauen, die vor dem Haus zu tun hatten, ihr den Rücken zuwenden, Kinder sie zuerst anstarren und dann wegrennen würden. Mütter warnten ihre Kinder vor ihr: »Sprich nicht mit der hinkenden Frau. Sie ist böse. Wenn sie dich anfaßt, wirst du krank. Renn weg, wenn sie kommt.« Gilda verachtete ihre Angst, ihre Verdächtigungen. Aber es nagte an ihrem innersten Kern, immer wenn sie ins Dorf ging, und deshalb hielt sie sich selbstbewußt aufrecht und bewegte sich zielsicher, um sich einen Rest von Stärke und Selbstbejahung zu bewahren.

Nur wenige Leute waren unterwegs; ein, zwei Männer bei den Booten, die aufsahen, als sie näherkam, und sich dann beiläufig wieder ihrer Arbeit zuwandten. Es gab nur noch wenige, die mit ihr redeten, und von denen begegnete sie heute keinem. Sie ging weiter durch das Dorf, an den letzten Häusern und der Ruine von Chards Haus vorbei bis dorthin, wo der Weg auf einem schmalen Felsvorsprung auslief, von dem aus man die schmale Bucht hinauf zu den Hügeln übersehen konnte. Ein leichter Südwind kräuselte das Wasser stark genug, daß das Sonnenlicht blitzend darauf tanzte, wenn auch nicht so stark, daß die Wellen Schaumkronen trugen.

Gilda setzte sich mit dem Rücken zum Felsen, schlang die Arme um die Knie und senkte den Kopf vor dem blendenden Winterlicht am Ende der Bucht. Eine Zeitlang ließ sie sich von der milden Wärme trösten. Es war ein milderer

Winter gewesen als sonst mit wenigen strengen Kältetagen und ohne Schnee auf den Hügeln. Es würde nicht mehr lange dauern, bis der Frühling kommen und ein paar knopfäugige, im Pferch der Mutterschafe herumhüpfende Lämmer mitbringen würde und Apfelblüten, die neben einigen Häusern wuchsen und wie Schaumberge aussahen. Und Hora würde tot sein.

Sie wiederholte innerlich diese Worte, aber sie lösten kein Gefühl von Liebe oder Trauer aus. War jemals Liebe zwischen ihnen gewesen? Nichts, was sie als Liebe bezeichnen könnte. Am Anfang, als sie und Hora darüber geredet hatten, ob er vielleicht ihr Volk anführen könnte, hatte sie noch geglaubt, daß sie Ehrgeiz und Stolz in ihm wecken könnte – Eigenschaften, die ein Häuptling besitzen mußte. Aber sie wußte auch, daß sie seinen Körper begehrt hatte, daß sie zu ihm gegangen war, um der Einsamkeit ihres leeren Elternhauses zu entfliehen. Und auch ein Teil des Schuldgefühls war dabei gewesen, das sie seit Sarns Tod ständig hatte. Wenn sie die Energie der Hirschjäger dazu nutzte, den Niedergang ihres Volks aufzuhalten, würde sie damit vielleicht einiges von ihrer übereilten Verrücktheit gutmachen können, mit der sie damals Sarn dazu gebracht hatte, die Hirschjäger anzugreifen, die in ihr Gebiet eingedrungen waren. Und ebenso war es verrückt gewesen zu glauben, daß sie aus Hora einen angesehenen Führer machen könnte. Schon nach einem Jahr hatte sie diese Hoffnung aufgegeben, sie hatte gemerkt, daß Horas Selbstbewußtsein nicht echt und er weit weniger als sie imstande war, selbstlos zu denken und zu planen, daß seine gutmütige Natur und sein Wunsch, gemocht zu werden, für einen angehenden Häuptling schwerwiegende Schwächen waren. Wenn die Schäfer sich ihm angeschlossen, ihn gebeten hätten, ihnen behilflich zu sein, ihren früheren Stolz und ihre Unabhängigkeit wiederzuerlangen, wäre er geschmeichelt gewesen und über sich hinausgewachsen. Für ein Weilchen. Der Zusammenbruch wäre schnell genug gekommen. Es war dumm von ihr gewesen, daß sie sich irgend etwas von ihm erhofft hatte. Vielleicht hatte ihre Lust auf seinen Körper ihr Denken beeinträchtigt. Als dann die Freuden des Körpers erschöpft waren, war auch jegliche Hoffnung erschöpft, er könnte jemals ein Anführer werden. Er war faul, nachlässig, gutmütig und großzügig und hatte einigen Einfluß als Mittelpunkt seiner Anhänger aus dem Hirschvolk und der Mitläufer aus dem Schäfervolk, aber er war zufrieden damit, die Dinge zu lassen, wie sie waren. Er konnte niemals, so wie sie selbst, erkennen, daß das Große Haus und seine Bewohner eine Krankheit waren, die sich im ganzen Dorf ausbreitete.

Und auch in mir, dachte sie. Ich kann nicht mehr zurück. Ich war Horas Frau, eine von ›denen‹. Die Schäfer hatten gehofft, daß Horas lärmende Anhänger eines Tages so plötzlich verschwinden würden, wie sie gekommen waren, aber das war nicht geschehen. Was würden seine Leute nach seinem Tod machen? Würden die Schäfer sie hierbleiben lassen oder vertreiben? Sie werden bleiben, dachte sie, mein Volk hat keinen Führer. Sie finden es einfacher, mit diesem Geschwür in ihrem Körper zu leben, als es herauszuschneiden und wieder gereinigt zu sein. Sie haben ihren früheren Geist und Antrieb ganz verloren.

In einem plötzlichen Anfall von Traurigkeit schlug sie die Hände vors Gesicht und flüsterte: »Sarn, mein Bruder, wenn du nur noch lebtest«, aber sie war überrascht, daß der alte Kummer um ihren Bruder nicht mehr so heftig war, wie sie gedacht hatte, und sie wußte, daß er mit seiner sanften Art dem Einfluß von Hora und seinen Anhängern sicher nichts hätte entgegensetzen können. Warum fühle ich mich verantwortlich für Menschen, die sich nicht selbst helfen wollen? fragte sie sich. Für mich selbst konnte ich keinen Frieden und kein Glück finden, warum denke ich dann, ich könnte anderen so etwas geben?

Hora stirbt. Aber mein Herz empfindet nichts für ihn. Sein Körper ist am Ende, soll sein Geist frei sein. Was auch immer zwischen uns war, jetzt ist es zu Ende. Und was bleibt für mich? Was soll ich tun?

Da ist Yaka. Er braucht mich irgendwie, das weiß ich. Er nimmt mich ungestüm und ergießt sich in mir, aber ich glaube nicht, daß er mich liebt. Er hat etwas Unerreichbares an sich. Er ist wie ein Bach, dem man in die Hügel folgt, um seine Quelle zu entdecken, aber sie ist nicht da, kann nicht gefunden werden, man kann ihn nicht vollständig erfassen. Trotzdem glaube ich, daß er mich braucht, aber ich bezweifle, daß er selbst weiß, warum das so ist. Ich glaube, am meisten liebt er das Alleinsein, wie beim Fischen oder Jagen. Wenn er mit anderen zusammen ist, läßt er wenig von sich selbst heraus, aber ich dränge ihn nicht, mir mehr als das zu geben. Ich verlange von ihm, etwas für mich zu tun, aber das macht ihm nichts aus, solange ich sein innerstes Selbst in Frieden lasse, zu dem er niemandem Einlaß gewähren will. Wir sind verschieden, aber wir lassen uns, wie wir sind. Vielleicht ist das genug, um dankbar zu sein.

Was würde Tama sagen, wenn er wüßte, daß sein Sohn und sein Clanbruder meine Liebhaber geworden sind? Ist das wichtig? Ich habe ihn schon vor langer Zeit verloren. Vielleicht liebte er seine Arbeit mehr als mich. Es macht jetzt keinen Unterschied mehr. Vielleicht war alles vom Schicksal schon entschieden an diesem Tag vor langer Zeit in den Hügeln, als Sarn und ich Bozo schreien hörten und drei Männer mit gespanntem Bogen auf uns zukamen. Nicht nur Bozo ist damals gestorben, auch Sarns Tod wurde schon beschlossen, ebenso mein lahmes Bein und Ke Ralas Wahnsinn und der Mord an seiner Tochter, auch Yakas Flucht und Horas Verbannung. Alles ging von diesem einen Moment aus. Ein Baum des Bösen wuchs aus Bozos begrabenem Körper. Und seine Äste haben den Himmel verdunkelt.

Während sie dort saß, an den Fels geschmiegt, und die kleinen Wellen ein Stück höher auf dem kleinen Strand nach oben schwappten, fühlte sie sich als Teil des Felsens und seines Ausharrens unter dem ständig wiederkehrenden Angriff von Wasser und Wetter. Wie der Fels konnte auch sie von der Sonne gewärmt werden, konnte sie etwas von sich selbst geben, wenn es auch nur Erinnerungen an Sommernächte und Jugend und einen späten Mond waren, der sich wie ein goldener Apfel über den Hügeln erhob. Die Liebe eines Jungen war so kurz wie der Sommer gewesen und hatte im Herbst keine Früchte getragen. Oder hatte sie die Frucht zu früh zu pflücken versucht, bevor sie langsam heranreifen konnte? Sie wußte nur, daß sie die Hoffnung auf Liebe verloren, an deren Stelle nur kurzlebigen Trost durch das Stillen der sinnlichen Bedürfnisse ihres Körpers erfahren hatte. Sie wußte aber auch, daß ihre Ausdauer dadurch gestärkt worden war, so daß Dinge, an denen sie früher zerbrochen wäre, jetzt nicht mehr diese Wirkung auf sie hatten. Selbst jetzt, mit grauen Haaren, trockenen und eingesunkenen Wangen und Brüsten und mit unerfüllter und langsam vergehender Weiblichkeit spürte sie im Inneren einen unbändigen Lebenswillen. Was Horas Tod auch an Veränderungen oder Schwierigkeiten mit sich bringen würde, sie würde ihren Nutzen daraus ziehen. Irgendwo und irgendwie gab es immer noch einen Sinn, den sie dem Leben abringen konnte.

Mühsam stand sie auf und sah auf die Bucht hinunter. Die Sonne hatte ihren Höhepunkt überschritten, und der Südwind hatte aufgefrischt. Weiße Wellenkämme waren jetzt hie und da zu sehen. Die Ebbe kam. Vom Wind getrieben sauste ein Fischerboot durch die Bucht. Gilda sah ihm mit Freude nach und erinnerte sich an Krisa, der das Meer geliebt hatte. Das tapfere rote Segel hob sich von den dunklen Hügeln des westlichen Ufers ab und bauschte sich im Wind. Schaum stob am Bug auf. Sie erkannte Tukkis Boot und stand bewegungslos da, während er an der Einfahrt zur Bucht vorbeifuhr. Falls der Mann die Gestalt auf dem Felsen bemerkt und erkannt hatte, gab er jedenfalls kein Zeichen. So war es schon seit Jahren. Wie die anderen ging auch Tukki Gilda aus dem Weg, und wenn sie sich zufällig einmal trafen, gab er nur ein kurzes Gegrummele von sich und ging weiter.

Plötzlich stieg Wut in Gilda auf und rötete ihre Wangen. Warum sollte sie dieses Schweigen und ihre Verurteilung einfach so hinnehmen? Früher hatte Tukki ihre Meinung geachtet und sie auch wegen ihrer Art gemocht, nicht nur, weil sie seine Tante war. Aber nun hatte er sie schon seit Jahren nicht mehr besucht, und seine Kinder waren Fremde für sie. Äußerlich war er als Mann Sarn so ähnlich, daß es ihr manchmal einen Stich ins Herz versetzte, wenn sie ihm plötzlich begegnete. Merkwürdig, daß sie nun, da Hora im Sterben lag, wissen wollte, was Tukki darüber dachte. Sie stolperte zurück auf den Weg und hinkte zu der Mole aus Stein, wo er anlegen würde.

Zwei andere Männer schlenderten müßig auf der Mole, aber sie beachteten Gilda nicht, während sie Tukki halfen, sein Boot festzumachen und seinen Fang auszuladen. Nach einigen Gesprächen über die Verteilung der Fische packten die beiden Männer zwei Netze voll und gingen zu den Häusern zurück. Tukki begann, die restlichen Fische auszunehmen und zu säubern. Erst dann ging Gilda auf die Mole hinaus, aber er blickte erst auf, als sie neben ihm stehen blieb. Und wie jedesmal, wenn er sie ansah, konnte Gilda Sarn aus den Augen seines Sohnes blicken sehen, die blauen Augen hinter den braunen, die vom Wind geröteten Wangen und Stirn waren die von Sarn, ebenso das helle lockige Haar, aber jetzt sah sie um Tukkis Mund etwas Störrisches, das Sarn nie besessen hatte. Der junge Mann hatte sich einen Knöchel aufgerissen. Das Blut verkrustete, und auf seiner vom Salz gegerbten Haut sah man an Armen und Beinen längst verheilte Narben. Fischschuppen trockneten auf seinem dicken Pullover und verloren ihren Glanz. Er hatte weder gelächelt noch gegrüßt, als sie herankam. Nun sagte der Fischer mit rauher Stimme:

»Was will meine Tante von mir?«

Gilda hätte antworten können: »Das Verständnis und die Gefühle, die du mir früher entgegengebracht hast«, aber sie sagte: »Ein bißchen von deiner Zeit, Neffe, und deine freundliche Aufmerksamkeit.«

Tukki nahm den Fisch in die Hand und machte mit seiner Arbeit weiter, ohne etwas zu erwidern.

Gilda drehte sich um, damit der Wind ihr nicht das Haar ins Gesicht wehen konnte. »Hora liegt im Sterben«, sagte sie.

Tukki arbeitete geschickt weiter mit dem Dolch mit Knochengriff, den er zum Fischausnehmen benutzte. Gilda erinnerte sich, daß er ihn von Sarn ein Jahr oder länger vor seinem Tod bekommen hatte, den ersten richtigen Dolch, den der Junge besessen hatte. Er hielt ihn seitdem in Ehren.

»Bedeutet dir das irgend etwas?«

»Warum sollte es mir etwas bedeuten? Horas Tod kann für uns nur ein Anlaß für bittere Erinnerungen sein. Erwarte nicht von mir, daß es mir etwas ausmacht, daß Hora stirbt.«

»Er ist nicht durch und durch schlecht. Er konnte großzügig sein, bevor diese Krankheit ihn niederstreckte. Als er noch jünger war, versuchte er, etwas für unser Volk zu tun, aber sie hörten ihm nicht zu. Ich habe lange genug versucht, die schlechten Gefühle zwischen unserem Volk und dem Hirschvolk zu heilen, aber die Kluft ist zu tief. Jetzt, da Hora stirbt, ist es vielleicht Zeit, einen erneuten Versuch zu unternehmen, diese Wunden zu heilen. Darüber möchte ich gern mit dir sprechen.«

Tukkis Mund preßte sich zu einer geraden Linie zusammen, und sein Atem beschleunigte sich, aber er sagte nichts. Gilda sah ihm zu, wie er den Fisch mit kurzen, flinken Dolchstößen ausnahm, und wünschte, er würde eine Weile damit aufhören.

»Tukki«, sagte sie plötzlich, »hör auf, so zu tun, als sei ich nicht da. Ich muß mit dir reden. Wenn dein Vater hier wäre, hätte ich mit ihm darüber sprechen können. Unser Volk …«

Mit plötzlicher Wut und Kraft hieb Tukki den Dolch in den Holzblock, auf dem er den Fisch ausgenommen hatte. Er richtete sich auf und starrte Gilda mit zornrotem Gesicht und geballten Fäusten an. »Sprich mir nicht von meinem Vater! Wessen Schuld ist es denn, daß er zu Tode gejagt worden ist? Und wer hat die Männer angeführt, die ihn umbrachten? Ha! Eben dieser Hora, auf den du scharf warst und mit dem du dich zusammengetan hast! Du hast es vorgezogen, uns zu verlassen und mit ihm und seiner Horde dreckiger Jäger zu leben. Du bist jetzt eine von ihnen. Das bist du schon seit Jahren. Rede nicht von ›unserem Volk‹, als ob du noch zu uns gehören würdest. Das tust du nicht. Du bist einfach Horas Frau, du machst, was er will, du hast dein eigenes Volk verlassen und unsere Sitten abgelehnt. Was kann es dir schon ausmachen, daß Hora und seine Horde einige unserer jungen Leute angesteckt haben, so daß sie sich weigern, ihren Eltern zu gehorchen, und sich über unsere überlieferten Gebräuche lustig machen? Durch Hora ist es soweit gekommen, daß wir nicht einmal mehr genug Schafe haben, um sie in den Hügeln weiden zu lassen, weil unsere jungen Männer lieber für ihn jagen gehen. Seit Jahren haben keine jungen Männer und Mädchen mehr im Haus der Jungherzen gelebt, weil Hora es für sich beansprucht. Er hat unsere Bräuche zerstört, unsere Einheit geschwächt, und unsere alten Männer und Frauen haben Angst vor seinen Leuten. Was hat er jemals getan, außer überheblich unsere Art und unsere Überzeugungen schlechtzumachen? Du sagst mir, Hora liege im Sterben? Ich spucke auf seinen Namen. Laß ihn sterben.«

Die lodernden Augen, die scharlachroten Wangen und das rauhe Geschrei enthüllten einen Tukki, den Gilda nicht gekannt hatte. Gegen ihren Willen empfand sie Bewunderung für seine Wut, aber sie sagte eine Weile nichts, während er sie weiterhin wütend anstarrte und heftig atmete. Schließlich sagte sie mit leiser Stimme:

»Ich kann nicht so tun, als hätte ich nicht üble Dinge auf dem Gewissen. Aber du hast keine Ahnung, wie das Leben für mich seit vielen Jahren ist. Du kannst nicht wissen, wie oft ich Horas Anhängern irgendeine Verrücktheit ausgeredet habe, über die unser Volk sich empört hätte. Und sage mir nicht, ich gehörte nicht mehr hierher. Ich habe hier genauso viele Rechte wie du, auch wenn ich im Großen Haus mit den Leuten vom Hirschvolk lebe. Ich ging dorthin, um zu versuchen, eine Brücke über die Kluft zwischen Horas Leuten und unseren zu schlagen. Und als meine Absichten fehlgeschlagen waren und ich hier nicht mehr erwünscht war, was konnte ich da schon tun, außer bei Hora zu bleiben? Wer von euch hat sich so bemüht wie ich, den Frieden aufrechtzuerhalten? Du vielleicht? Hast du jemals versucht, die Lebensart des Hirschvolks zu verstehen? Glaubst du nicht, es wäre einfacher für mich gewesen, im Haus meiner Eltern zu bleiben, Garn zu spinnen und Töpfe herzustellen, statt mich mit den Problemen von ängstlichen schwangeren Mädchen herumzuschlagen, die ihr Baby nicht wollen, oder Hora zu veranlassen – ja, Hora! – mit einem Jäger zu sprechen, damit er seine Frau nicht halb totschlägt? Du hast keine Ahnung, wie mein Leben verlaufen ist. Aber ich habe mich nicht hinter geschlossenen Türen versteckt und so getan, als ob all diese häßlichen Dinge nicht passiert wären.«

Die Bitterkeit langer Jahre lag in Gildas Stimme, und Tukkis Ablehnung brachte den herben Geschmack von Galle auf ihre Zunge. Ihre Schimpfrede bewirkte nur, daß er ein mürrisches und widerspenstiges Gesicht zog. Er machte sich daran, Fische in ein Netz zu packen.

»Tukki«, bat ihn Gilda mit einer Spur Verzweiflung in der Stimme, »hör mir zu, geh nicht weg. Bitte, hör mir einfach zu und laß dir durch den Kopf gehen, was ich sage. Jeder weiß, daß Hora stirbt, und jeder wartet darauf, was nach seinem Tod geschehen wird. Ich kann nicht sehen, daß es irgend jemanden gäbe, der seine Anhänger in Schach halten könnte. Sie werden sich streiten und miteinander kämpfen, stehlen und spielen, sie werden ihre Gärten vernachlässigen. Sie brauchen jemanden, der sie anführt, der ihnen hilft, etwas Stolz und Würde wiederzugewinnen. Ich könnte es versuchen. Vielleicht hören sie auf mich. Aber ich allein kann nicht viel ausrichten. Es gibt jetzt die Möglichkeit, einen neuen Anfang zu machen, aber dazu braucht es die Hilfe unseres Volks oder meinetwegen deines Volkes. Die Fehler liegen nicht nur alle auf einer Seite. Wenn die Dorfbewohner nur einen Versuch machen würden, nach Horas Tod mit seinen Leuten zu arbeiten, dann könnte es auf beiden Seiten Verzeihung geben. Sie könnten wieder zusammen in den Gärten arbeiten. Sieh dir nur an, wie vernachlässigt sie aussehen. Kaputte Zäune, Unkraut, das die guten Pflanzen überwuchert, Schafe sind hereingekommen, Häuser müssen gerichtet werden. Die Leute bringen es nicht einmal mehr fertig, ihre Apfelbäume zu schneiden …«

»Das weiß ich alles«, unterbrach Tukki. »Aber als die Leute vom Hirschvolk hier angekommen sind, haben wir ihnen Freundschaft angeboten, Mitarbeit beim Häuserbau und Schutz vor Ke Rala, falls er ihnen Jäger hinterherschicken sollte. Doch Hora hat es schlau angestellt, um unsere Freundlichkeit auszunutzen. Er hat das Haus der Jungherzen übernommen und unsere Sitten und Gebräuche zerstört. Warum sollten wir uns darum kümmern, was aus seinen Leuten wird? Glaubst du, ich werde Beth bitten, in den Gärten neben diesen Huren aus dem Großen Haus mit ihrer schlimmen Ausdrucksweise zu arbeiten? Oder soll ich meine Kinder von rotznäsigen Dieben belästigen lassen, die nicht wissen, wer ihre Väter sind?«

Gilda strich sich das Haar aus dem Gesicht und rang die Hände. »Rede mit den Leuten«, drängte sie, »rede mit den anderen. Nicht jeder denkt so wie du. Laß uns Horas Leuten helfen. Eines Tages könnten wir als ein vereintes Volk leben, wie dein Vater es sich erhofft hatte.«

Tukki verknotete die Schnur, die die Netze zusammenhielt. »Rede du mit den anderen, wenn du willst«, sagte er müde. »Es wird nichts nützen. Wenn Hora stirbt, wäre es das Beste für seine Leute, sie würden weggehen und uns in Ruhe lassen. Sie haben in den letzten zehn Jahren genug Schaden bei uns angerichtet. Hier gibt es keinen Platz mehr für sie. Laß sie zurück in Ke Ralas Dorf gehen. Wenn Hora erst tot ist, können sie zurückgehen.«

»Das würde Familien auseinanderreißen. Ke Rala würde keine Schäfer aufnehmen.«

Er nahm die Netze voller Fische auf und stieg vom Boot auf die Mole. Einen Augenblick lang überragte er Gilda, und sein junger, schwerer Körper war eine Bedrohung für ihren lahmen, eingeschrumpften Leib. Angst und Verzweiflung lagen in ihrem Blick. Sie legte ihm eine Hand auf den Arm, aber er fuhr zurück, als hätte ihn etwas gestochen.

»Faß mich nicht an. Es ist zu spät für Wiedergutmachungen. Geh deiner Wege. Ich gehe nach Hause.« Er wandte sich zum Gehen.

»Geh nicht weg, Tukki, bitte ...«

Er wandte sich um. »Geh zu Hora. Da gehörst du hin.«

Gilda lehnte sich an den Poller, an dem Tukkis Boot angebunden war. Das kalte Klatschen der Wellen gegen die Steinmole, die Sonne, die hinter den Hügeln im Westen unterging, die langen Schritte des Fischers, die sich immer weiter von ihr entfernten, all das waren scharf umrissene Bilder von Ereignissen, über die sie keine Macht hatte. Ihr war kalt, und sie zitterte. Neben ihr schwappte das Boot unruhig hin und her. Fischstücke und Blut klebten an dem Hackklotz, den Tukki gewöhnlich reinigte, bevor er ging. Sein Dolch steckte immer noch da, wo er ihn in das Holz getrieben und vergessen hatte. Gilda sah ihn an, sah den abgewetzten Griff und Blutstropfen an der Klinge. Sie bückte sich, nahm den Dolch und zog kräftig daran, bevor er aus dem Block herausglitt. Sie wischte die Klinge an ein paar Taufasern ab.

Sarns Dolch. Er hatte ihn immer in seinem Gürtel getragen. Sie ließ ihn in ihre Jackentasche gleiten. Langsam drehte sie sich um und ging an der Mole entlang über den Strand und den Weg zum Großen Haus hinauf.

5

Ein herrlicher Morgen voll Wärme und Licht, die schwellende Fülle des Sommers. Über dem Fluß die breiten, frischen grünen Höhenzüge, die bewaldeten Täler der Hügel. Das Summen von Insekten, das Wogen der Gräser in einer leichten Brise. Unten am Wasser hockte Rulf und baute aus Steinen einen Hafen für die Boote aus Flachs, die er gemacht hatte. Er war ganz bei der Sache.

»Ich kann etwas von seinem Vater in ihm sehen«, meinte Tukki. »Yaka war immer aufmerksam und selbstgenügsam, aber er konnte auch mißtrauisch sein und sich in sich selbst zurückziehen. Rulf hat mehr Vertrauen.«

Rulf hörte seinen Namen, sah über die Schulter und grinste die Männer an, die an dem langsam verlöschenden Feuer hockten. »Ich werde ihn noch größer machen«, sagte er und grub die Zehen tiefer in den Sand.

Tama blieb still sitzen und genoß diesen wohltuenden Morgen, der etwas von der Dunkelheit in seinem Geist vertrieb und ihn erhellte, so daß er die Wahrheit dessen erkennen konnte, was Tukki ihm erzählte. Später würde er noch einige Fragen zu stellen haben, wenn Tukkis Freunde Rulf mitnahmen, um am nördlichen Flußufer Langohren zu jagen. Er hatte sich ihre Namen sagen lassen, sie aber schon wieder vergessen und nannte sie im stillen Alte Großnase und Junges Grinsgesicht. Plötzlich war er sich seines Alters bewußt und fühlte sich schwerfällig. Dazu kam noch die Müdigkeit vom langen Zuhören bis spät in die Nacht. In seinem eigenen Körper würde er eine solche Muskelkraft wie die von Tukki nicht mehr spüren und noch weniger eine so tänzelnde Leichtigkeit wie die von Rulf. Durchhalten ist alles, dachte er. Wir werden alt, unsere Körper werden langsamer und steifer, und wir können noch lange in diesem Zustand weiterleben, vielleicht länger, als Kindheit und Jugend zusammen dauerten. Ein alter Mann ist wie ein alter Baum, von den Jahren zerfurcht, mit kahlen oder abgebrochenen Ästen und ausgedünntem oder nur noch spärlichem Laub, aber die Wurzeln halten sich immer noch in der Erde fest und überdauern Jahreszeit um Jahreszeit. Nun, da Hora tot ist, ist wieder ein Ast von mir abgebrochen, und ich halte trotzdem aus. Wie viele Jahre wird es noch dauern, bevor auch ich gefällt werde und zur Erde zurückkehre?

Er mußte wohl eine Weile gedöst haben und durch blutige Träume gewandert sein, denn er erwachte davon, daß ihm Tränen über die Wangen liefen und Tukki ihm den Arm um die Schultern gelegt hatte.

»Das alles anzuhören war zuviel für dich«, sagte der junge Mann freundlich. Er gab Tama Wasser zu trinken. Die Sonne hatte ihren Höhepunkt schon überschritten. Die anderen waren auf die Jagd gegangen.

Die frische Kühle des Wassers brachte Tamas Geist in die Gegenwart zurück, und er seufzte. »Wir müssen weiterreden, Tukki. Morgen muß ich mit Rulf nach Hause zurückkehren.«

»Bist du sicher, daß du nicht mit uns kommen willst? An einige von denen, die am Langen Wasser wohnen, wirst du dich noch erinnern.«

»Ke Rala würde mir das nicht verzeihen. Ich kann Rulf nicht in Gefahr bringen.«

»Nein. Vielleicht kannst du eines Tages gefahrlos kommen, und unsere Völker können wieder Freunde sein.«

»Das hoffe ich, aber es wird nicht geschehen, solange Ke Rala am Leben ist. Vielleicht in Rulfs Zeit.«

Es war sehr warm. Sie setzten sich in den Schatten eines großen Flachsbüschels und sahen den Fluß hinunter bis zum fernen östlichen Horizont, hinter dem das Meer lag.

»Ich verstehe immer noch nicht«, begann Tama, »warum Gilda Hora getötet hat. Er lag im Sterben, ein paar Tage später hätte er ohnehin den Weißen Hirsch geritten. Sie hatte ihn viele Monde lang versorgt. Ich habe Gilda als eine Frau in Erinnerung, die aus Überzeugung handelt und weiß, was in ihrem Kopf vor sich geht, nicht als eine betrunkene Verrückte. Sie muß sich sehr verändert haben.«

»Das hat sie. So sehr, daß sie – wie ich dir erzählt habe – nicht mehr zu unserem Volk gehörte. Die Leute im Dorf hatten Angst vor ihr und mißtrauten ihr, weil sie Horas Frau geworden war. Ich hatte sie einst, als ich noch jünger war, bewundert, obwohl sie am Tod meines Vaters beteiligt war. Meine Mutter hat ihr das nie verziehen, aber Gilda selbst ebensowenig. Einmal kam mir der Gedanke, daß sie sich mit jedem hinkenden Schritt daran erinnern mußte, wie verrückt es damals von ihr war, die Hirschjäger, die uns überfallen hatten, zu verfolgen und meinen Vater so zu veranlassen, ihr nachzueilen.

Aber an diesem letzten Tag, als sie mit mir redete, bat sie um Hilfe. Und ich wollte nicht zuhören. Es war mir gleich, daß Hora starb. Vielleicht freute ich mich darüber, obwohl ich nicht annahm, daß es viel ändern würde. Aber Gilda nahm es an, oder wenigstens glaubte sie es. Sie bat mich inständig, mit den Schäferleuten zu reden und zu versuchen, in ihnen Mut und Tatkraft zu wecken. Und ich ließ nicht zu, daß sie mir ihren Willen aufdrängte, so wie sie es damals mit meinem Vater gemacht zumindest versucht hatte, und als er nicht wollte, hat sie ihn mit einer List zu einem Vorgehen gebracht, von dem er wußte, daß es Wahnsinn war. Aber ich war wütend auf sie, wollte eigentlich gar nicht mit ihr sprechen, dachte an Beth und wollte nur nach Hause. Es lag Verzweiflung in ihrem Flehen. Das hat mich berührt, aber es machte mich auch noch dickköpfiger. Sonst hätte ich meinen Dolch bestimmt nicht vergessen. Das war das erste Mal, daß ich ihn je im Boot gelassen hatte. Wie konnte ich wissen, daß sie ihn nehmen und Hora zwischen die Rippen stoßen würde? Habe ich mich falsch verhalten, Vater Tama? Mußt du mir die Schuld geben am Tod deines Clanbruders?«

»Wir handeln so, wie wir müssen. Man kann dir keinen Vorwurf machen. Du kannst nicht im voraus um Ecken sehen. Wenn Gilda vorhatte, Hora zu töten, hätte sie auf jeden Fall eine Möglichkeit gefunden.«

Tukki runzelte die Stirn. »Wenn ich ihr an diesem Nachmittag nur zugehört hätte. Ich hatte mich an der Hand verletzt und wollte, daß Beth die Wunde versorgte und verband.«

»Hat dir Yaka noch irgend etwas darüber erzählt, warum Gilda an jenem Tag so viel Wurzelbier trank?«

»Er sagte, sie habe gewöhnlich unser Sonnenwasser getrunken, aber keines finden können und deshalb das Wurzelbier getrunken. Hora hat früher an diesem Abend schon Schmerzen gehabt, aber es ging ihm wieder besser, und er fing an, mit meiner Tante herumzustreiten, weil du nicht da warst. ›Ich will Tama sehen‹, sagte er immer wieder. Und das schien sie wütend zu machen. Yaka versuchte Hora zu erklären, daß du kommen würdest, er habe einen Läufer nach dir ausgeschickt. Aber Tante Gilda stritt das ab, sie schien Hora ärgern zu wollen. ›Tama wird nicht kommen‹, sagte sie, ›du wirst ohne ihn sterben.‹ Yaka redete mit ihr und versuchte sie von Hora wegzuziehen, aber sie wollte nicht. Und niemand sonst schien sich darum zu kümmern. Alle hatten sich um das Feuer am anderen Ende des Raumes geschart. Diese Herumstreiterei zwischen den dreien muß noch lange so weitergegangen sein. Einmal rief Tante Gilda aus: ›Warum immer ich? Warum tut niemand sonst irgend etwas?‹ Yaka wußte nicht, was sie meinte.«

Tukki wandte sich mit verzweifeltem Gesichtsausdruck Tama zu. »Aber ich weiß es. Sie versuchte mir zu sagen ...«

»Genug, Tukki. Dich trifft keine Schuld. Sprich weiter.«

»Na ja, das war's dann auch schon. Als Yaka gerade aufgestanden war, um zum Feuer hinüberzugehen, stach sie zweimal auf Hora ein. Yaka hörte sie schreien: ›Das ist für Sarn! Und das ist für Bozo!‹ Es war Yaka, der den Dolch aus Horas Kehle zog. Er war tot, in Herz und Kehle gestochen. Überall war Blut. Alle drängten sich hinzu, und die Frauen kreischten. Tante Gilda stand plötzlich auf und ging zur Tür, wobei sie ihre Hände vor sich ausgestreckt hielt. Niemand hielt sie auf. Sie ließen sie gehen und beklagten Horas Tod. Alle außer Yaka. Er folgte Gilda und sah sie wie eine Schlafwandlerin zum Strand hinunter und ins Wasser gehen. Und dann rannte er los. Sie versuchte sich gegen ihn zu wehren, sich von ihm loszumachen, so daß er sie mit einem Schlag bewußtlos machen mußte, bevor er sie aus dem Wasser holen und an den Strand tragen konnte. Er muß sie in eines der leerstehenden Häuser gebracht haben. In den nächsten drei Tagen war so viel Durcheinander, daß ich mich nicht mehr genau an alles erinnern kann. Hora wurde am folgenden Tag in der Nähe des Großen Hauses beerdigt. Niemand wußte, was man mit Tante Gilda machen sollte. Seit Generationen hatte es im Dorf keinen Mord mehr gegeben. Einige der Hirschjäger wollten sie töten, aber niemand unternahm etwas. Unsere Leute schlossen sich am Anfang in ihre Häuser ein, aber schließlich sprach es sich herum, daß die Leute vom Hirschvolk gehen würden. Dann kam Yaka zu mir.«

Tukki machte eine Pause und sah Tama in die Augen.

»Weißt du, Yaka und ich hatten unsere Freundschaft nie ganz aufgegeben. Als er sich schließlich Horas Anhängern anschloß, sah ich ihn viel seltener, aber nie empfand ich ihm gegenüber eine solche Wut oder fast Haß wie Hora gegenüber. Yaka stand für sich allein. Das hat mir immer an ihm gefallen. Warum er nicht geheiratet und statt dessen mit Gilda das Bett geteilt hat, wenn sie keine Lust auf Hora hatte, habe ich nie verstanden. Sie war zu alt für ihn. Es ging über mein Verständnis, aber es war nichts, was ich ändern konnte, und es machte eigentlich auch nichts aus, weil wir uns ja so selten sahen. Nachdem er ein gutes Jahr bei den Leuten vom Hirschvolk gelebt hatte, kam Yaka zu mir und fragte, ob ich ihm helfen würde, ein Boot zu bauen; er zog dann doch das Fischen dem Jagen vor. In der Regel braucht man mehrere Männer, um während des Sommers ein Boot zu bauen, weil man nicht die ganze Zeit daran arbeiten kann, aber da niemand von unserem Volk Yaka helfen wollte und seine eigenen Freunde aus dem Hirschvolk nichts vom Bootsbau verstanden, half ich ihm, soweit ich konnte. Es dauerte zwei Sommer, bis es fertig war.

Ich erinnere mich noch an den Morgen, als wir es zu Wasser ließen. Ein neues Boot vom Stapel zu lassen, war gewöhnlich ein Anlaß zum Feiern in unserem Dorf, aber niemand hatte für Yaka etwas vorbereitet. Das tat mir leid für ihn, nur ein paar von seinen Jägerfreunden kamen herunter, machten Krach und blöde Witze. Jemand gab ihm Wein zu trinken und wollte mitfahren, aber Yaka war entschlossen, allein hinauszufahren. Er fragte mich, ob ich mitwollte, aber ich sagte ihm, ein Mann solle sein eigenes Boot am Anfang allein beherrschen lernen. Und er war sowieso so glücklich darüber und so stolz darauf, daß er keinen Begleiter brauchte. Er versuchte dauernd, sein Lachen zu unterdrücken. Wie du dich erinnerst, lachte Yaka sonst nicht oft, er war fast immer ruhig und nachdenklich. Er hatte sein Boot ›Südwind‹ genannt, was ich merkwürdig fand, denn die Winde aus dem Süden bringen uns kalten Regen und peitschen die Wellen in der Bucht hoch. Aber er wollte es so. Wir schoben ihn an, wünschten viel Glück, und die braunen Segel bauschten sich im Wind, als er in die Bucht hinaus segelte. Ich freute mich. Die ›Südwind‹ war ein gutes Boot. Zur Hälfte auch meines, fand ich.«

»Bist du jemals mit Yaka gesegelt?«

»O ja, mehrere Male in jenem Sommer. Die ›Südwind‹ flog wie eine Möwe über die Wasseroberfläche. Einmal verbrachten wir die Nacht an einem schmalen Strand, zu dem mein Vater mich einmal kurz vor seinem Tod mitgenommen hatte. Wir wollten eigentlich schon früh weit draußen in der Bucht sein, um in der Morgendämmerung loszukommen, aber das Wetter schlug um. In jener Nacht erzählte er mir eine Menge über seine Kindheit, über dich und seine Mutter.«

Er machte eine Pause und schien Tamas unausgesprochene Frage zu spüren.

»Er sagte – und das schien ihn zu beunruhigen –, daß er dir Schande gemacht habe, daß er nicht die Art Sohn gewesen sei, den du dir wünschtest, aber er wisse nicht, warum. Ich glaube, es hat ihn sehr verletzt, daß er fliehen mußte, um Ke Ralas Wut zu entgehen.«

Tama fuhr sich mit der Hand über die Augen. »Du sagst, Yaka kam zu dir, nachdem Hora beerdigt war?«

»Ja. Wir hatten schon seit Jahren nicht mehr richtig miteinander geredet. Als meine Mutter erfahren hatte, daß Tante Gilda sich Yaka zum Liebhaber genommen hatte, erzählte sie es Beth, und sie meinten, es wäre schlecht für mich, mit

Yaka befreundet zu sein, schlecht für meine Kinder. Es machte mich wütend, aber du weißt ja, wie Frauen einen Mann drängen können. Vielleicht hatte Yaka davon gehört oder es erraten. Manchmal sah ich ihn an der Mole, wir redeten kurz miteinander über das Fischen, aber das war auch schon alles. Deshalb war ich überrascht, als er nach Horas Tod zu mir kam. Beth wollte ihn nicht ins Haus lassen, deshalb gingen wir zum Strand hinunter. Dann sagte er, er wolle mit Gilda und den meisten von Horas Anhängern weggehen. Zuerst konnte ich das gar nicht glauben, nach dem, was Gilda getan hatte. Aber offensichtlich hatte sie mit den Leuten vom Hirschvolk geredet, irgendwie gerechtfertigt, warum sie Hora getötet hatte, Trauer und Bedauern ausgedrückt, ihre eigene Betrunkenheit verurteilt und angeboten, ihnen behilflich zu sein, ein neues Zuhause zu finden, irgendwo draußen in der Ebene, weit weg von den Hügeln. Sie sagte, daß es keine Versöhnung zwischen den beiden Völkern mehr geben werde, daß die Kluft schon zu tief sei. Jetzt sei die Zeit gekommen, ein neues Zuhause zu finden und für ihre Kinder eine bessere Zukunft zu schaffen. Als Horas Frau gehöre sie jetzt mehr zum Hirschvolk als zum Schäfervolk und werde bei ihnen bleiben, so lange sie lebe, wenn sie ihr verzeihen könnten. Yaka sagte, daß sie zuvor mit ihm gesprochen und er sich einverstanden erklärt habe, bei ihr zu bleiben, auch wenn sonst niemand mitgehen wolle. Die ganze Nacht redeten die Leute über Gildas Plan, und am nächsten Morgen beschlossen die meisten, mit ihr zu ziehen, außer drei oder vier Familien, die dablieben und lieber bei uns leben wollten. Sie leben immer noch am Rand des Dorfes in einiger Entfernung, aber sie teilen sich mit uns die Dorfarbeit, und es gibt keine Schwierigkeiten.

Yaka fragte mich, ob ich einige Dorfbewohner überreden könne, ihnen Essen und nicht benötigte Kleidung mitzugeben. Sie konnten nicht viel tragen, aber manche Kinder hatten fast nichts anzuziehen. Es war immer noch Winter, es hätte noch einmal kalt werden können. Ich ging zu einigen meiner Freunde. Zuerst wollten sie mir nicht zuhören, aber dann wurde ihnen klar, daß wir besser den Hirschjägern alle

Hilfe geben sollten, zu der wir fähig waren, wenn wir nicht wollten, daß ihre Suche fehlschlug und sie zu uns zurückkämen. Einige unserer Leute sagten: ›Laßt sie verhungern, wenn sie sich nicht selbst ernähren können. Wir werden ihre Häuser verbrennen, wenn sie erst einmal weg sind, so daß es nichts geben wird, wohin sie zurückkehren können‹, aber sie wurden von freundlicheren Seelen überstimmt. Am Ende deckten wir sie reichlich mit Kleidung, Essen und Werkzeug ein. Schließlich hatten sie mehr, als sie tragen konnten, und konnten denen, die dablieben, noch etwas abgeben.

In meinem Herzen weinte ich um sie, Vater. Ihr Versagen war auch das unsere. Wir hätten uns mehr anstrengen sollen, zu einem Volk zu werden, aber nun war es zu spät. Gilda hatte recht damit, ihnen eine neue Hoffnung zu geben, ihnen einen schwierigen Weg zu zeigen, der aber eine neue Zukunft versprach. Yaka sagte, sie wolle mit mir reden, bevor sie gingen. Wir setzten uns eine Weile abseits hin, während die anderen ihren Aufbruch vorbereiteten. Sie ist eine tapfere Frau, meine Tante Gilda. Wo sie jetzt sind, weiß ich nicht, aber manchmal denke ich an sie, und ich hoffe, sie hat zu essen und ein Feuer und ein Haus, in dem sie mit Yaka in Frieden leben kann.«

Tukki machte ein kleine Pause. Er ließ seinen traurigen Blick über den Fluß zu den Hügeln schweifen. Die Luft flimmerte vor Hitze über den ausgetrockneten steinigen Inseln in der Flußniederung, und weiter flußabwärts sah man am Horizont helle Wolken vor die Bläue des Himmels ziehen.

»Ich glaube, das Wetter schlägt um, Vater.«

»Kann sein. Was hat Gilda zu dir gesagt?«

Tukki seufzte. »Sie bat mich, ihr zu vergeben, daß sie mit dem Dolch meines Vaters Blut vergossen hatte. Sie fragte, ob ich ihn zurückhaben wollte, aber ich konnte es nicht ertragen, ihn anzufassen. Ich sagte, sie solle ihn ins Meer werfen, damit die Wellen ihn reinigten. ›Mit der Zeit‹, sagte sie, ›wirst du mich vielleicht verstehen und mir vergeben. Du bist der einzige, dem das vielleicht gelingen wird, und das, obwohl gerade du am meisten Grund hast, mich zu hassen. Ich liebte meinen Bruder, deinen Vater, aber ich glaubte in meinem Hochmut, daß ich am besten wüßte, was für unser Volk das Richtige wäre, und führte damit seinen Tod herbei. Es war Wahnsinn zu glauben, daß wir den Hirschjägern etwas entgegenzusetzen hätten, weit weg von unserem eigenen Dorf. Sarn hatte recht. Wir hätten ihn mit einigen anderen zusammen zu Ke Rala schicken sollen, um Gerechtigkeit zu fordern. Wir hätten etwas tun sollen, um Heilung zu erreichen, nicht neue Wunden schlagen. Seit damals habe ich all diese Jahre leiden müssen, aber mein Geist ist noch nicht besiegt. Ich glaube, ich kann Horas Leute anführen, trotz meines lahmen Beins, um irgendwo da draußen ein neues Zuhause zu finden.‹ Ich fragte sie, warum sie Hora erstochen habe, wo er doch sowieso bald an seiner Krankheit gestorben wäre, und sie antwortete: ›Mein Herz quoll über von altem Leid, und so viel davon hatte er verursacht. Ich stach zu, um mein eigenes Leiden zu beenden, nicht das seine. Ich glaube, seine Leute verstehen das, sie wissen, wie es zwischen uns gewesen ist. Es geschah nicht deswegen, weil du mich zurückgewiesen hattest, das mußt du mir glauben. Es ist schon lange vorherbestimmt gewesen, als Horas Pfeil im Hals meines Lieblingslämmchens steckte. Viele Jahre sind seit damals vergangen, aber Blut ist mit Blut vergolten worden. Nun fühle ich mich seltsam frei, aber wohin mich das führen wird, weiß ich nicht.‹ Sie sagte zwar, es sei nicht mein Fehler gewesen, Vater Tama, aber es wird mir immer leid tun, daß ich mich damals voller Wut von ihr abwandte, als sie mich um Hilfe bat.«

»Du konntest weder in die Vergangenheit blicken noch die Zeit ungeschehen machen. Gilda hatte recht: All das hat vor langer Zeit begonnen, als ich mit Ke Rala und Hora zusammen einen Jungen und ein Mädchen erblickte, die über ein sterbendes Lamm gebeugt waren. Wie die Götter ihr Spiel mit uns treiben.«

»Hätte dein Gott Ka Balu uns nicht davor bewahren können?«

»Ich bin ein Priester, Tukki, manche aus meinem Volk nennen mich sogar den Alten Weisen, aber ich kann im Grunde wenig von dem erklären, was im Leben geschieht.

Wir alle bewegen uns die meiste Zeit unseres Lebens in einem unergründlichen Geheimnis. Es sieht aus, als befänden wir uns in der Wirklichkeit, wenn wir ein anderes menschliches Wesen berühren, aber in Wahrheit ist es nur eine Wolke, die mit dem Wind segelt. Am Ende kann keine menschliche Berührung den Wind daran hindern, daß er geradewegs durch uns hindurch bläst.«

»Glaubst du nicht mehr an Ka Balu?«

»Doch, ich glaube noch an ihn, aber auf andere Weise. Als ich ein Junge war, glaubte ich, daß ich mit Ka Balus Hilfe alles erreichen und sogar selbst ein Gott werden könnte. Vielleicht bin ich deshalb Priester geworden. Aber schon vor langer Zeit habe ich begriffen, daß man im Leben nicht so sehr deshalb einen Gott braucht, um persönliche Befriedigung zu erlangen, sondern um ihn in Bereichen zu suchen, in die ich mich sonst nicht vorwagen würde. Ihn überall zu finden, würde vielleicht das Geheimnis des Lebens zunichte machen.«

»Das alles ist mir ein Rätsel«, sagte Tukki, »aber solange die Fische noch an meinem Köder anbeißen und mein Haus erfüllt ist von der Liebe meiner Frau und meiner Kinder, stelle ich keine Fragen.«

»In dieser Einstellung könnte mehr Weisheit liegen, als ich sie besitze. Erinnerst du dich, was Gilda sonst noch sagte?«

»Sie erzählte ein wenig davon, wie glücklich sie und mein Vater als Kinder gewesen seien in Großvater Yonnis schönem Haus mit seiner großen geschnitzten Tür und dem guten Geruch aus Großmutter Madas Küche. Und sie bat mich, falls unsere beiden Völker jemals wieder miteinander reden sollten, dir auszurichten, daß sie dich nie vergessen werde. Sie bat, du mögest ihr den Mord an deinem Clanbruder verzeihen. Wenn sie an dich dachte, sagte sie, empfinde sie immer Traurigkeit über all das, was sie verloren habe, aber eine Traurigkeit, in der auch Stärke liege, eine Art Reinigung. Das waren ihre Worte, Vater.

Am nächsten Tag verließen sie das Dorf. Die meisten von uns kamen, um ihnen dabei zuzusehen. Die meisten sagten nichts, aber einige traten auch vor und wünschten ihnen alles Gute. Sie waren vielleicht vier mal zehn Leute, denke ich, oder sogar noch weniger. Ich nahm Tante Gildas und Yakas Hände in meine, aber ich konnte nichts sagen, das Herz war mir zu schwer. Wir sahen ihnen nach, wie sie ihre schweren Lasten trugen, selbst die Kinder hatten etwas zu tragen auf dem Pfad ins Hügelland bis zum Gipfel hinauf, wo manche von ihnen anhielten, sich umdrehten und winkten. Dann waren die Hügel wieder verlassen, und wir gingen zurück zu unseren Häusern. Das war vor eineinhalb Jahren. Einen Mond später fanden einige unserer Jäger verlassene Feuerstellen, Knochen und Muscheln südlich der Großen Lagune am Meer, aber seit damals haben wir nichts mehr von ihnen gehört oder gesehen. Das Schweigen der Ebenen hat sie verschluckt.«

Der alte Mann schwieg, als Tukki am Ende seiner Erzählung angelangt war. Er sagte so lange nichts, daß Tukki ging, um Holz für ein Feuer zu sammeln, das er zur Rückkehr seiner Freunde und Rulfs entfachen wollte. Und erst als Fett vom Fleisch auf die heißen Steine tropfte und die letzten Strahlen der Sonne im Westen karminrot verglühten, schloß Tama sich ihnen wieder an. Traurigkeit war in seinen Augen, und sie stellten ihm keine Fragen.

Der nächste Morgen brachte Wolken und einen leichten Ostwind, der flußaufwärts wehte. Tama redete nur wenig, während sie den Rest des Fleisches am erkaltenden Feuer aufaßen. Er merkte, wie schweigsam Rulf war, wie enttäuscht, daß sie Tukki und seine Freunde nicht bis jenseits des Flusses begleiten konnten.

»Ich würde gern in Tukkis Dorf gehen«, hatte Rulf zu Tama mit flehendem Blick gesagt, der gewöhnlich die gewünschte Wirkung bei seinem Großvater nie verfehlte. Aber diesmal half er ihm nicht. Der Junge mußte sich mit der Aussicht zufrieden geben, vielleicht einmal dort hinzugehen, wenn er erwachsen wäre. Und Tukki hatte ihm versichert, daß er stets willkommen sein würde.

»Es wird noch einige Zeit dauern«, vertraute er Tama an. »Unser Volk ist noch nicht bereit, wieder Besuch vom

Hirschvolk zu empfangen. Und euer Ke Rala würde ihnen auch nicht erlauben zu kommen. Aber nach der Ebbe wird wieder Flut kommen. Und auch davor wird mein Haus dir, Escha und Rulf, falls ihr kommen könnt, immer eine Zuflucht bieten.«

Abschiedsgrüße wurden ausgetauscht, und Tama und Rulf wateten wieder durch den Fluß zum Nordufer hinüber, durch seichte Stellen und über die steinige Insel in der Flußmitte. Immer wieder drehte Rulf sich um und erhob seine gefalteten Hände in Richtung der drei Männer, die von der Insel herübersahen. Schließlich lag der Fluß hinter ihnen, und der alte Mann und der Junge stapften weiter, während die Morgensonne gelegentlich durch Lücken in der Wolkendecke auf ihrer Dolchseite hindurchblitzte. Sie redeten wenig, Rulf wollte vorauslaufen und rannte manchmal los oder bückte sich, um irgend etwas in der Natur näher zu untersuchen, das ihm aufgefallen war. Tama wußte sicher genug, in welche Richtung sie gehen mußten, und achtete wenig auf seine Umgebung, denn seine Gedanken waren immer noch belastet von all den schmerzlichen Ereignissen, die Tukki ihm berichtet hatte.

Um die Mittagszeit machten sie eine Pause, aber nicht lange. Ein leichter Regen begann von Osten her zu fallen.

»Wir müssen weitergehen«, sagte Tama. »Die Hütte ist ungefähr noch so weit vor uns, wie der Fluß jetzt hinter uns liegt.«

»Großvater, ich kenne den Weg. Laß mich vorauslaufen und schon mal das Feuer anmachen. Ich weiß, wie es geht. Dann hast du es warm, wenn du ankommst.«

Tama blickte in die leuchtenden Augen des Jungen und fühlte, wie ihm etwas wärmer ums Herz wurde. Er legte dem Jungen eine Hand auf die Schulter. »Bleibe noch bei mir, bis wir durch den Vier-Bäume-Sumpf gekommen sind, dann kannst du vorauslaufen.«

Die Wolkendecke senkte sich tiefer, und der Regen kam mit großen Windböen. Ihre Regenumhänge hielten sie eine Weile trocken, und obwohl ihnen nasses Gras und Flachs um die Beine schlugen, blieben sie durch das stetige Weiterwandern warm. Tama merkte, daß Rulfs Begeisterung ihre Gangart beschleunigte, was ihm beschwerlich war. Er rief dem Jungen etwas zu, der daraufhin langsamer wurde, bis sie sich vorsichtig auf den glitschigen Pfaden durch den Sumpf hindurchgeschlängelt hatten.

Dann stellte Tama ihm einige Fragen, und als er beruhigt feststellte, daß Rulf den Weg wirklich kannte, ermahnte er ihn noch, vorsichtig zu sein, und ließ ihn dann vorauslaufen. Er hatte keine Angst um ihn. Die einzige Gefahr hier waren Langhörner, aber Rulf hatte eine ebenso feine Nase wie sie und würde ihnen aus dem Weg gehen. Die wilden Krummzähne, die die Schäfer Schweine nannten, kamen in den flacheren Gebieten des Flußlandes nicht vor. Einen Moment lang machte sich Tama Sorgen um Rulfs Sicherheit, als er sich an sein Abenteuer mit dem Krummzahn erinnerte, damals, als er als Junge mit Rua dieses Land entdeckt hatte. Auch an jenem Tag hatte es geregnet.

Die Einsamkeit des Landes unter dem prasselnden Regen bedrückte ihn. In allen Gliedern spürte er Müdigkeit. Es war dumm gewesen, sich von Rulf antreiben zu lassen. Starrsinnig stapfte er weiter. Der Junge hat seinen eigenen Willen, dachte er. Ich spüre keine frohe Kraft in mir, weil ich wieder nach Hause gehe. Trotzdem ist alles, was ich jetzt will, aus diesem Regen herauszukommen und in die Wärme von Eschas treu sorgenden Händen. Mit plötzlich aufwallender Dankbarkeit dachte er an sie, an ihre verläßliche Kraft und Güte, ihre Treue. Selbst ihre manchmal spitze Zunge mochte er gern, weil sie ihm so vertraut war. Es gibt Zeiten, dachte Tama, zu denen die Götter uns verlassen. Ich kann sie dann nicht erreichen, sie sind nicht mehr auf der Erde anzutreffen. Wohin sie gehen, entzieht sich meiner Kenntnis. Aber zu solchen Zeiten fühlen wir uns verloren und handeln auf törichte oder grausame Weise. Mit den Folgen müssen wir dann weiterleben. Hora, Gilda, Yaka. Sie waren schon vor Jahren heimatlos geworden, keines der beiden Völker wollte sie. Als er daran dachte, wieviel einsamen Mut Gilda bewiesen hatte, indem sie den Rest von Horas Anhängern als Anführerin in die Wildnis hinausführte, suchte er in seinem

Geist nach einem Segen, den er ihnen schicken könnte, aber er fand keine beruhigende Gegenwart in sich, die seinen Worten hätte Kraft verleihen können. Die Verzweiflung seines Herzens fand ihr Gegenstück in der Trostlosigkeit der Ebene unter dem unaufhörlichen Regen. Um Rulf hatte er keine Angst, aber er merkte, daß es möglicherweise ihn selbst treffen könnte und er dann nie wieder aufstehen würde.

Unter den hin und her peitschenden Blättern eines Flachsbüschels hielt er an. Er streckte die Hand aus und berührte die Pflanze. Er wartete und ließ die Furcht in seinem Geist zur Ruhe kommen.

»Die Erde ist fest«, murmelte er, »und der Regen ist ein Teil des Lebens auf der Erde. Er ist ein Segen. Laß ihn durch mich hindurchfließen und meinen Geist reinigen. Ich trage die Last leidvoller Ereignisse heim zu meinem Volk. Gib mir die Stärke, ihnen beizustehen, das zu ertragen. Sei mit mir, Ka Balu. Sei mein Stab und meine Stütze und hilf mir vorwärts.«

Kurz und deutlich sah er noch einmal Rulfs erwartungsvollen Ausdruck vor sich, als er allein losgezogen war.

»Laß dieses Licht mein Führer sein«, murmelte er, ging wieder mit gleichmäßigem Schritt weiter und merkte, daß er tatsächlich etwas von seiner Last unter den vom Regen geschüttelten Blättern der Flachspflanze zurückgelassen hatte. Mehrere Male wurde ihm leichter ums Herz, als er an beruhigenden Spuren sah, wo Rulf vorbeigekommen war: ein schwerer Stein, absichtlich umgedreht, ein Pfeil aus Zweigen auf dem Weg, verknotete Flachsstengel. So durchnäßt, wie sicher auch er war, hatte der Junge doch diese Zeichen zurückgelassen, um seinem Großvater Mut zu machen.

Unter dem dunklen Bauch der Wolken sah der triefende und durchgefrorene Tama vor sich endlich die Hütte auftauchen. Rauch kam aus dem Kamin und verwehte mit dem Wind. Und dann spürte er Rulfs warme Hände, die ihn ergriffen und über die Schwelle in Ruhe, Wärme und Sicherheit zogen. Der Junge breitete Kleidungsstücke zum Trocknen aus, und Tama hockte sich vor das Feuer. Dummerweise stiegen ihm Tränen in die Augen, als er bemerkte, wie Rulf ihm Kopf und Schultern mit dem Rest einer Decke abtrocknete, die er in der Hütte gefunden hatte.

»Ist mein Großvater zufrieden mit dem Feuer, das ich für ihn gemacht habe?«

»Ai-jee! Sehr zufrieden. Du bist ein guter Junge, Rulf. Dein Großvater ist sehr zufrieden mit dir. Du wirst ein guter Mann werden, eine feste Stütze für unser Volk.«

Die Worte kamen aus seinem Mund, bevor er ihre Tragweite noch begreifen konnte. Ein Wind war durch seinen Geist gefahren und hatte sie hervorgeholt. Weder der Mann noch der Junge stellten sie in Frage. Rulf trocknete Tama den Rücken ab und grinste, als er ihm das Stück Decke reichte, damit er sich den Schlamm von den Beinen abwischen konnte. Zusammen saßen sie schweigend da und genossen die Wärme des Feuers. Draußen fiel immer noch stetig der Regen. Eine angenehme Müdigkeit überkam sie, und Rulf schlief eine Weile ein. Als er aufwachte, war es Abend und das Feuer schon ziemlich heruntergebrannt, da Tama vorsichtig war und nur wenig von dem Holz verwenden wollte, das neben der Feuerstelle aufgestapelt war. Sie würden vor ihrem Aufbruch am nächsten Morgen kaum noch trockenes Holz draußen finden, um das verbrauchte zu ersetzen.

Tukki hatte ihnen das wenige übriggebliebene Langohrfleisch mitgegeben und einige Stückchen trockenen Fisch. Tama teilte das meiste davon nun mit Rulf und legte noch ein bißchen für den nächsten Morgen beiseite. Rulf war als erster mit Essen fertig, seufzte und rieb sich die Hände.

»Wenn wir nach Hause kommen«, sagte er, »bitte ich Mutter Escha, mir das größte Essen zu kochen, das ich je gegessen habe.«

Tama lächelte ihn an.

»Du ißt nicht so viel wie ich, Vater Tama. Du solltest mehr essen.«

»Alte Leute brauchen nicht so viel zu essen wie junge. Wir haben schon seit langer Zeit aufgehört zu wachsen, unsere Körper sind schon lange fertig. Wir brauchen immer nur genug für einen Tag.«

»Tukki und seine Freunde essen eine Menge. Ich mag sie gern, Großvater. Du auch? Du hast lange mit Tukki geredet, aber das hat dich offensichtlich traurig gemacht. Warum?«

Tama blickte ins Feuer und sagte langsam: »Niemand lebt ewig, Rulf. Wir wissen alle, daß wir eines Tages sterben müssen. Aber es ist immer traurig, wenn man vom Tod von Freunden hört, besonders von einem Clanbruder. Hora und ich sind zusammen aufgewachsen in einem Land weit hinter den Bergen. Wir sind zusammen auf die große Reise gegangen, als unser Volk nach einem schrecklichen Winter mit viel Schnee, in dem viele Leute starben, sein Land verlassen mußte. Ke Rala, Hora und ich waren Clanbrüder. Zwei andere waren schon gestorben. Rua wurde durch einen Erdrutsch verschüttet, und Tula starb an der Winterkrankheit. Nun sind nur noch Ke Rala und ich übrig.«

Rulf spielte mit einer Haarsträhne und sah stirnrunzelnd ins Feuer. »Wenn Hora dein Clanbruder war, warum ist er dann zu den Schäferleuten gegangen, statt bei unserem Volk zu bleiben?«

Tama überlegte eine Weile schweigend, wieviel er dem Jungen erzählen sollte, aber er war auch müde und fand, daß es noch nicht an der Zeit war, Rulf die wahren Umstände seiner Geburt mitzuteilen.

»Um die Zeit, als du geboren wurdest, gab es Schwierigkeiten in unserem Dorf. Hora brachte Ke Rala so sehr gegen sich auf, daß er uns verlassen mußte, und da ging er zu den Schäfern.«

»Ist er nie zurückgekommen?«

»Nein.«

»Wie mein Vater. Er ist auch nie zurückgekommen. Tukki sagte, er habe meinen Vater gekannt. Ich wünschte, wir wären zu Tukkis Dorf gegangen. Ich möchte mehr über meinen Vater herausfinden. Tukki erzählte, er habe lange im Dorf der Schäfer gelebt, sei dann aber fortgegangen. Tukki wußte nicht, wo er jetzt ist. Wenn ich erwachsen bin, werde ich meinen Vater finden.«

Rulf zog die Knie an die Brust, und man sah seinen Schatten an der Wand hinter ihm tanzen. Er sah zu Tama auf. Licht und Schatten vom Feuer ließen die Augen des alten Mannes zu tiefen Höhlen werden, und die ausgeprägten Linien zwischen Nase und Mund und seine buschigen Augenbrauen traten deutlich hervor. Rulf wählte seine Worte sorgfältig.

»Meine Mutter mußte nicht weggehen. Sie starb.«

Tama antwortete nicht.

»Uunu erinnerte sich an meine Mutter.«

»Ich frage mich, wie es ihm wohl geht.«

»Er erinnerte sich daran, wie sie starb.«

Falls Tama die Frage in Rulfs Augen sah oder die Aufforderung in seiner Stimme erkannte, so entschloß er sich, darüber hinwegzugehen. Der Junge blickte weg und rieb sich die Augen. Er schüttelte sich ein wenig.

»Das Feuer brennt herunter.«

»Wir dürfen kein Holz mehr verbrauchen. Wir sollten schlafen, solange uns noch warm ist. Wickle dich in deine Decke. Wir haben morgen noch einen langen Weg vor uns, aber wir sollten das Dorf erreichen, bevor die Sonne untergeht, selbst wenn es regnet.«

Der Junge stimmte zu, und Tama sah auf das zerzauste dunkle Haar, das hie und da rötlich schimmerte – das war alles, was er von Rulf sehen konnte –, und er fühlte, wie zärtlich er den Jungen liebte. Es war gut gewesen, diese Tage, fast einen halben Mond, mit ihm zu verbringen, selbst wenn der Rückweg von Regen und Sorgen getrübt wurde. Bald würde er dem Jungen die Wahrheit über den Tod seiner Mutter sagen müssen, aber das war etwas, wovor er zurückschreckte.

Er wickelte sich in seine Decke, legte sich auf den harten Boden und schlief bald ein. Aber Rulf lag noch einige Zeit wach, zum Teil, weil sein Großvater schnarchte, aber auch, weil die Wärme des Feuers nachließ, es zog und der Junge sich der weiten, nassen kalten Welt außerhalb der warmen Hütte bewußt wurde; er kam sich auch allein gelassen vor mit einem Wissen, das sein Großvater ihm nicht enthüllen wollte, und weil er eines Tages dem Häuptling würde gegenübertreten müssen mit den Worten: »Du hast meine Mutter getötet.«

Am Morgen blies der Wind immer noch stürmisch von Osten her, aber der Regen verebbte bis auf kurze Schauer. Tama und Rulf kamen gleichmäßig voran und erreichten das Dorf, als die Sonne bleich und fahl unterging. Bevor Rulf losrannte, ermahnte ihn Tama, nichts von der Begegnung mit Tukki zu erzählen, bevor er nicht Ke Rala davon berichtet habe, was erst am folgenden Morgen sein würde. Aber als Rulf an diesem Abend zu Bett gegangen war, holte Tama Escha zu sich in seinen Raum und erzählte ihr zusammengefaßt das Wichtigste über Horas Tod, auch daß Gilda und Yaka Horas Anhänger über die Hügel und in den Süden geführt hätten, an den Sümpfen und Lagunen am Meer vorbei, außerhalb der Reichweite von Jägern aus dem Schäfervolk. Seit Jahren hatte Escha nicht mehr um Yaka geweint, aber jetzt standen Tränen in ihren Augen, als sie zu Tama sagte:

»Als du mir in jener Nacht sagtest, er sei fort, antwortete ich, daß er niemals wiederkommen würde. Ich wußte es, und ich hatte recht. Ich hatte einen Sohn Yaka, der ein Junge war, fast ein Mann, aber meine Augen haben niemals den Mann gesehen, der aus meinem Körper hervorgegangen ist. Das ist sehr schwer zu ertragen. Dein Gott Ka Balu ist kein Gott für Frauen.«

»Wir müssen ertragen, was die Götter uns schicken. Wir haben immer noch Rulf.«

Am nächsten Morgen, der klar und kühl heraufzog, ging Tama zu Ke Rala und wurde in den Raum geführt, den der Häuptling für seine Unterredungen mit den Ältesten benutzte. Ke Rala hatte seine Hände in den langen Ärmeln seines Gewandes verborgen und zeigte keine Gefühlsregung, als Tama von dem Treffen mit Tukki und von Horas Zeit bei den Schäfern erzählte, von seinem Tod, von Gilda und Yaka und ihrer Suche nach einer neuen Heimat. Am Ende eines langen Schweigens sagte Ke Rala nur das, was Tama auch zu Escha gesagt hatte: »Wir müssen auf uns nehmen, was Ka Balu schickt.«

Viel mehr redeten sie nicht miteinander, Tama fühlte sich nicht mehr wohl in der Gegenwart seines Clanbruders, aber er erinnerte Ke Rala daran, daß er in zwei Tagen das Volk um Horas Geistbaum versammeln werde, um von ihm Abschied zu nehmen.

»Du solltest auch kommen«, sagte er.

»Ich werde es mir überlegen, Bruder. Ka Balu sei mit dir.«

Wärmer und gefühlvoller wurde Tama bei Mariti und Brusa empfangen. Mariti war gebrechlich und hustete viel, aber sie wurde von Brusa gut umsorgt.

»Ich wollte ihn nicht zurückhaben. Aber wir waren glücklich, als wir jung verheiratet waren. Damals war er gut zu mir. Hora war kein schlechter Mann, aber er handelte oft übereilt und unüberlegt.« Sie sah in Brusas liebevolle Augen. »Sagst du es Rua und den anderen, bitte?«

Sie kamen mit ihren Frauen und Kindern, das Haus war voll. Sie blieben den ganzen Tag, und Tama erzählte immer wieder seine Geschichte. Merkwürdigerweise fühlte er sich bei ihnen getröstet. Was an Hora lebenspendend gewesen war, lebte in der Gegenwart seiner Angehörigen fort.

Am nächsten Tag versammelten sie sich bei dem Baum, unter dem sich Hora und Mariti unter dem wachsamen Blick des Alten Weisen ihr Heiratsversprechen gegeben hatten. Die meisten Dorfbewohner waren da. Hora war seit seiner Verbannung nicht vergessen worden. Manche hatten ihn sogar als Helden in Erinnerung und verehrten ihn im stillen. Als Tama dem Baum mitteilte, daß Hora von ihnen gegangen war, senkten Männer und Frauen die Köpfe, und einige vergossen Tränen. Es war eine kurze Zeremonie, da es keinen Leichnam zu beerdigen gab. Tama beendete sein Gebet und merkte, daß auf seiner Dolchseite ein Mann zu den Ältesten getreten war. Während Horas Familie am Baum vorbeiging und jeder ihn kurz berührte, stand Ke Rala schweigend in der Nähe. Erst als der letzte Jäger sich verabschiedet hatte, trat der Häuptling langsam weiter vor und legte seine Hand für einen Augenblick auf die rauhe Rinde.

Als Tama an diesem Abend mit Rulf vor dem Feuer saß, bevor der Junge ins Bett ging, sagte er leise: »Gestern habe ich mit Brusa gesprochen, und er sagte mir, daß Uunu drei Tage nach unserem Aufbruch gestorben ist. Er hatte am Ende keine Schmerzen. Brusa möchte, daß ich ihm helfe, Uunus Bilder zu ordnen. Viele sind merkwürdig, und nur Uunu verstand ihre Bedeutung, aber andere könnten vielleicht denen gefallen, die Uunus Geschichte gekannt und ihn verstanden haben. Möchtest du mit mir kommen und sie dir ansehen?«

Rulf senkte den Kopf, und Tama konnte ihn kaum verstehen. »Ich habe ihn nicht gestoßen.«

Der alte Mann legte dem Jungen den Arm um die Schultern. »Er war ein merkwürdiger Mensch, aber er war dein Freund. Du hast ihm in seinem letzten Lebensjahr geholfen. Erinnere dich an das Gute, das er für dich getan hat, und vergib ihm seine böse Zunge. Er mußte sein ganzes Leben lang viel leiden.«

Widerstrebend ging Rulf mit seinem Großvater und Brusa in Uunus Raum. Während die Männer ein Bild nach dem anderen umdrehten und nur einige wenige für sich und Freunde auswählten, machte sich Rulf in aller Ruhe bei der vollgestellten Werkbank auf die Suche und fand schließlich, was er gesucht hatte: das Bild von Vani, das er Uunu gegeben hatte. Er wischte den Staub davon ab.

»Was wirst du mit all diesen Bildern machen?« fragte Tama.

Brusa zuckte die Achseln. »Sie verbrennen, nehme ich an. Wozu sollte ich sie aufbewahren?«

»Das Leben eines Mannes.«

»Ich weiß. Vielleicht noch nicht gleich, aber später. Es ist niemand mehr von seiner Familie übrig. Er ist tot, und sein Werk stirbt mit ihm.«

Tama nahm sich zwei Bilder mit, ein Jungengesicht, das vielleicht Nikala darstellte, und eines von einem großen Baum mit roten Blüten, dessen Äste verdreht und merkwürdig aussahen. Rulf ging schweigend neben ihm, bis Tama ihn fragte: »Hast du dir etwas mitgenommen?«

Rulf zeigte ihm das Bild, das er aus Sehnsucht von der Mutter gemalt hatte, die er niemals kennengelernt hatte. Zusammen stiegen sie schweigend den Hügel hinauf und teilten das stumme Wissen, das auszusprechen keiner den Mut fand.

6

In den folgenden Monden, vom Herbst bis in den Winter, grübelte Tama über all das nach, was er von Tukki über die schlimme Entwicklung von Horas Anhängern aus dem Schäfer- und Hirschvolk und über den noch schwerwiegenderen Verfall der Gemeinschaft der Schäferleute erfahren hatte. Warum war die Stärke der Hirschjäger unter Horas Führung geschwächt und orientierungslos geworden? Warum hatten sie die Gesetze und Gebote Ka Balus vergessen? Und wie hatten sie die Gemeinschaft der Schäfer unmerklich so untergraben können, daß sie beinahe zerstört worden wäre? Wenn er sich tagsüber bei den Dorfbewohnern aufhielt, erkannte Tama nun deutlicher die Anzeichen von Angst, Verachtung und Spannung, die unter Ke Ralas erdrückender Herrschaft aufgekommen waren. Man wußte, daß die jungen Leibwächter, die immer durch das Dorf streiften, dem Häuptling jedes Anzeichen von Unzufriedenheit und Kritik an ihm und den Ältesten hinterbrachten. Bald nach Tamas und Rulfs Rückkehr wurde ein Mann von den Wachen ausgepeitscht, weil er ein Stück Fleisch für seine Familie zurückbehalten hatte, das dem Häuptling zugedacht war. In den letzten beiden Jahren war es zum Gesetz geworden, daß von allem Fleisch, das die Jäger zurückbrachten, ein Anteil von ungefähr einem Fünftel dem Häuptling zustand. Normalerweise waren Wachen dabei, wenn ein Tier zerlegt wurde, um sicherzustellen, daß zuerst der Anteil des Häuptlings abgetrennt wurde. Die Jäger empfanden große Bitterkeit wegen dieses Gesetzes, denn manchmal kam es vor, daß Ke Rala und seine Wachen sich ein Festmahl teilten, während für die Familien der Jäger nicht genug übrigblieb. Der Jäger, der für schuldig befunden worden war, Fleisch versteckt zu haben, war der erste, der aufgrund des neuen Gesetzes zum Auspeitschen verurteilt wurde. Tama spürte den Geruch der Angst hinter jeder

Tür. Welche neue Härte würde Ke Rala ihnen als nächstes auferlegen?

In der Nacht, wenn Escha und Rulf schliefen, brütete der Priester im Licht der stinkenden Öllampe, von deren harzigem Rauch sich seine Augen röteten, lange vor sich hin. Ke Ralas Herrschaft über das Dorf war so absolut, wie es das der Erinnerung der Ältesten zufolge noch nie gegeben hatte. Tama entdeckte, daß einige der Ältesten insgeheim den Methoden des Häuptlings kritisch gegenüberstanden, sich aber nicht trauten, seine Macht öffentlich in Frage zu stellen. Unsicherheit und Angst waren ebenso ihre Begleiter wie die der Jäger und ihrer Familien. Als Tama darüber nachdachte, welche Auswirkungen Ke Ralas Härte auf sein Volk hatte, fand er Ähnlichkeiten mit dem Niedergang der Schäfergesellschaft unter der Bedrohung, die Hora und seine lärmende Bande von Eindringlingen für sie darstellten. Einerseits übte die erbarmungslose Macht, in der Hand eines Mannes konzentriert, zunehmenden Druck auf sein Volk aus, andererseits brachte die Gesetzlosigkeit von Streit, Gier und Geilheit Angst, nachlassende Hilfsbereitschaft und einen Rückzug hinter geschlossene Türen mit sich, und das in einer Gemeinschaft, die früher sanft, glücklich und stark gewesen war. Wenn auch die Ursachen bei beiden Völkern verschieden waren, so war doch das Ergebnis ziemlich das gleiche. Während er in der Nacht kratzend seine gegerbten Häute beschrieb, stellte sich Tama, der Priester, die Frage, wo in all dem die Führung Ka Balus, des Himmelskönigs und Herrn des Waldes, des Weißen Hirsches, der vor langer Zeit sein auserwähltes Volk aus dem Dorf der Zerstörung zu den lebenspendenden Wäldern jenseits der Berge geführt hatte, geblieben war. Worin lag der Sinn von Blut, das unter einem Peitschenschlag hervorspritzte?

Tama kam es so vor, als hätte Ke Rala, indem er so gnadenlos Gehorsam vor dem Gesetz verlangte, sich selbst ein göttliches Richteramt angemaßt. In der Vergangenheit war es, soweit die Überlieferung der Priester zurückreichte, immer die Pflicht des Häuptlings gewesen, seinen Geist stark und offen für die Befehle des Gottes zu erhalten. Aber nun schien es, als ob Ke Rala nur die Gebote seines eigenen Geistes hörte, als ob er keine andere Wahrheit mehr kannte.

Der Priester kannte den Grund für die Gnadenlosigkeit des Häuptlings. Durch seine Liebe zu Vani hatte er zugleich seinen eigenen Stolz, seine eigene Macht geliebt. Als sie, ohne es zu wollen, diesen Stolz verletzt und diese Macht bedroht hatte, hatte er ihr nicht vergeben können und beschlossen, seine erschütterte Autorität mit dem größten Opfer, das er bringen konnte, wiederherzustellen. Indem er seine Tochter getötet hatte, hatte er sie vollständig aus seinem Leben getilgt. Seit der Nacht ihres Todes und Horas Angriff auf ihn am nächsten Morgen hatte niemand mehr Vanis Namen in Ke Ralas Gegenwart ausgesprochen. Jeder tat so, als hätte es sie nie gegeben. Tama fragte sich manchmal, ob Ke Rala sich überhaupt daran erinnerte, daß Rulf Vanis Sohn war.

Von Sarns ausdrücklicher Anordnung, einander zu verzeihen, die Erzeugnisse der Gärten miteinander zu teilen, sich freundschaftlich zu begegnen und Spiele zu veranstalten sowie Heiraten zwischen den beiden Völkern zu erlauben, war nichts übriggeblieben. Ein paar Jahre lang war durch die Spiele ein Prozeß der Heilung, des Friedens und der Freundschaft eingeleitet worden, aber all das ging wieder unter, als Ke Rala jeglichen Kontakt zwischen dem Schäfer- und dem Hirschvolk verbot, nachdem Hora verbannt worden war.

Und nun war Hora tot, von Gilda ermordet. Sie und Yaka und ihre Anhänger waren irgendwo in der großen Einsamkeit der Ebenen verschwunden. Die Schäfer, die im Dorf geblieben waren, lebten in den Schatten und Erinnerungen ihrer Vergangenheit, und es war keineswegs abzusehen, ob sie ihre frühere Stärke wiedererlangen würden. Und das Hirschvolk lebte in einem Wald der Angst, jeder kümmerte sich nur um seine eigene Sicherheit und die Erfüllung der eigenen Bedürfnisse. Wenn Ke Rala sterben würde, wer würde an seiner Stelle die Macht übernehmen? Er machte keine Anstalten, einen Nachfolger zu bestimmen, wofür der Abstammung nach eigentlich nur einer von Ilas Söhnen in Frage kam. Falls die

Ältesten dann einen Herrscherrat bildeten, würde er wohl stark genug sein, um ehrgeizige junge Männer aus der Leibwache des Häuptlings unter Kontrolle zu halten?

Wohin er auch blickte, überall sah Tama nur, daß Verwirrung, Kampf und möglicherweise Blutvergießen drohten. Die Kinder von Rulfs Generation kannten nichts anderes als Ke Ralas harte, distanzierte Herrschaft. Wie konnte man von ihnen erwarten, daß sie sich für irgendeine andere Art von Zusammenleben interessierten, wenn sie einmal erwachsene Männer und Frauen sein würden? Ein mißlungenes Muster kann man nicht mehr ändern, man läßt es am besten sein und fängt ein neues an.

Tama wußte, daß es außer ihm niemanden gab, der den Grundstein für ein neues Lebensmuster legen konnte. Offene Auflehnung gegenüber seinem Clanbruder würde keine Unterstützung finden. Veränderungen mußten so eingeleitet werden, daß Ke Rala nichts davon bemerkte. Veränderung mußte im kleinen beginnen, sorgfältig genährt und verbreitet werden und doch wie das Wachsen von Gras unmerklich vor sich gehen. Veränderung mußte in den Köpfen der Menschen beginnen, damit neue Formen des Denkens entstanden, neue Formen von Vertrauen und Stärke. Und solche Veränderungen konnten nur von der Unterweisung der Clanbrüder in der Winterschule durch den Priester ausgehen, aus dessen Mund Ka Balu sprach.

Deshalb habe ich während all dieser traurigen Ereignisse die Stimme Ka Balus verloren, dachte Tama. Ich bin sein Priester, aber ich habe nichts getan, um ihm einen Weg zu eröffnen. Ich kann mich an keine Zeit erinnern, in der unser Volk so sehr eine Veränderung gebraucht, wo jeder eine neue Kraft benötigt hätte, um zu überleben und sich über die Unterweisungen eines schlechten Häuptlings hinwegzusetzen. Ich weiß jetzt, daß die Sanftheit der Schäfer, so wie ich sie damals kennenlernte – Sarn und Gilda und Rad und andere ihrer Art –, einen besseren Weg darstellt als unsere eigene Methode, einem einzigen Mann die Macht zu überlassen. Die Schäfer hatten keine Häuptlinge und auch keine Priester. »Wir sind alle verantwortlich«, hatte Sarn gesagt.

Diesen Weg muß ich unserem Volk bereiten. Escha wird mir dabei helfen, auch wenn sie den Sinn meiner Fragen vielleicht nicht versteht. Ich werde den Jungen die Vorstellungen vom Wachsen und Teilen, von Sanftmut und Frieden nahebringen, die kommen werden, wenn Ke Ralas Herrschaft vorüber ist. Ich werde zu Ka Balu beten, damit er mich leitet und mir seinen Segen gibt. Wenn es ein falscher Weg ist, den ich da beschreite, dann soll er mich davon wegführen, damit ich neu anfangen kann.

Und ich glaube, daß diese Öffnung des Geistes zuerst bei Rulf geschehen muß, sogar schon, bevor er alt genug ist, um in die Clanbrüderschaft aufgenommen zu werden. Ebenso wie die Übung, meine eigenen Gedanken aufzuschreiben, meinen Geist für viele Wahrheiten geöffnet hat, die sonst verborgen geblieben wären, muß ich auch Rulf die Mittel an die Hand geben, die Reichtümer seines eigenen Wesens zu erschließen. Und wenn ich damit erfolgreich bin, werde ich in zwei oder drei Jahren seinen Clanbrüdern beibringen, wie man schreibt, wie man Weisheit für die Zukunft bewahrt und sich selbst kennenlernt. Wenn ich bei den Eltern anfinge, würde das Mißtrauen und Angst auslösen. Das Beste, was ich für sie tun kann, ist, bei meinen Besuchen im Dorf mit denjenigen zu reden, die zuhören wollen, und hie und da Hoffnung und Vertrauen in die Zukunft zu säen. Und für den Fall, daß die mir zugedachte Zeit kürzer ist, als ich es mir wünsche, muß ich mit den Ältesten besprechen, welchen Jugendlichen ich als Priester ausbilden kann. Zuerst werde ich mir einmal die ansehen, die jetzt gerade ihre Ausbildung bei ihren Lehrmeistern beenden. Aber dieser Jugendliche müßte zuerst in all dem alten Wissen von Ka Balu unterwiesen werden, bevor ich überzeugt wäre, daß er auch das neue Wissen aufnehmen könnte.

Mitten im tiefen Winter nach der Kunde von Horas Tod kam Tama zu einem Entschluß. Er fühlte, wie die Bürde der Unentschiedenheit, des Kummers und der Verwirrung, die er seit einem halben Jahr mit sich herumgetragen hatte, von ihm abfiel. Sofort begann er sich Methoden zu überlegen, wie er den Jungen das Schreiben beibringen könnte und welches Wissen er ihnen am besten vermitteln sollte. Diese Vorbereitung geschah auch im Hinblick darauf, daß er bald schon Rulf unterrichten wollte, nämlich ab dessen elftem Geburtstag im kommenden Frühling.

An dem Vormittag, an dem sie schließlich mit ihrer Arbeit begannen, saß Rulf aufrecht am Tisch seines Großvaters, ein Vorrecht, das ihm gewöhnlich nicht gestattet wurde. Tama bereitete eine Feder vor, goß Tinte in ein Gefäß, breitete Häute auf dem Tisch aus. Während er diese Gegenstände ehrfürchtig an ihren Platz legte, spürte Tama, wie Rulfs braune Augen seinen Bewegungen mit einiger Anspannung folgten. Er hatte dem Jungen nur gesagt, daß er ihm ab heute etwas sehr Wichtiges beibringen wollte.

»Ka Balu sei mit dir, Sohn meines Sohnes.«

»Und mit dir, Vater Tama.«

Als Tama die Hände auf den Kopf des Jungen legte und einen Segen über ihre Arbeit sprach, war er sich der Aufregung über das Unbekannte bewußt, welche die Jungen gut kennen, die Alten aber nur noch selten erleben. Er begann hier etwas, das sowohl für ihn als auch für das Volk ganz neu war; er eröffnete Rulf einen Weg, seinen Geist zu bilden und so später sein Verständnis für die Menschen und die Götter zu erweitern. Gleichzeitig spürte er eine Warnung vor möglichen Gefahren auf diesem noch unbekannten Pfad. Rulfs Haar unter seinen Händen erinnerte ihn hinreichend daran, daß auch Demut vonnöten war.

Er sprach mit Rulf über das Malen. »Erinnerst du dich, wie wir Uunus Bilder nach seinem Tod durchsahen? Es waren manche dabei, die Bäume und Felsen darstellten, den Fluß und das Meer. Es war, als ob wir die Welt durch Uunus Augen sähen, Umrisse und Gestalten, wie er sie gesehen hat. Das Bild von dem Baum, das an der Wand hinter dir hängt, ist auch so. Es ist ein merkwürdiger Baum, aber trotzdem zweifellos ein Baum, groß und kräftig und mit roten Blüten übersät. Aber es gab andere Bilder, die nicht so leicht zu verstehen waren, Bilder, die seine Erinnerungen, Hoffnungen und Ängste ausdrückten. Diese Bilder waren wie ein Spiegel von Uunus eigenen Vorstellungen, sein Innerstes kam aus der Dunkelheit ans Licht. Das Bild, das du von deiner Mutter gemalt hast, war ein Abbild deiner Vorstellung von ihr. Mir kommt es ganz wunderbar vor, daß Gedanken, die wir nicht sehen oder berühren oder riechen, unter unseren Händen Farbe und Gestalt annehmen können.

Du weißt, daß ich mit diesen Häuten arbeite, Rulf, und mit diesen angespitzten Federn Zeichen darauf mache. Ich habe dich nie sehen lassen, was ich da tue. Es gibt für alles eine Zeit. Die Frucht darf nicht gepflückt werden, bevor sie reif ist. Aber nun habe ich beschlossen, dir zu zeigen, was ich geschrieben habe, und dir den Sinn zu erklären. Was du hier siehst … nein, hier … sind Zeichen, die die Laute der menschlichen Sprache darstellen. Wenn wir in Worten denken, hören wir die Laute unserer eigenen Stimme in unserem Kopf. Ich habe eine Möglichkeit gefunden, wie man diese Gedanken auf Papier festhalten kann. Früher ist das schon einmal so gemacht worden, vor langer Zeit, aber nicht bei den Jägern oder den Schäfern. Ich habe dir einmal ein Buch gezeigt, das man in den Ruinen auf den Hügeln oberhalb des Versunkenen Dorfes gefunden hat. Diese Menschen konnten ihre Gedanken aufzeichnen, aber da wir nicht wissen, wie sich ihre Sprache anhörte oder ob sie so wie wir sprachen, konnte ich ihre Zeichen nicht benutzen, um unsere Sprache abzubilden. Deswegen habe ich Zeichen erfunden, die unserer Sprache entsprechen. Jedes Zeichen stellt einen gesprochenen Laut dar. Jedes Wort besteht aus einem oder mehreren Lauten, und deshalb muß ich verschiedene Zeichen benutzen, wenn ich ein Wort darstellen will. Nimm zum Beispiel deinen Namen: Rulf.«

Auf der glatten Oberfläche eines Steins, den man abwischen und wieder benutzen konnte, schrieb Tama sorgfältig die Zeichen für den Namen des Jungen und darunter seinen eigenen Namen: 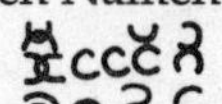

Rulf war fasziniert. Er wollte noch mehr Namen geschrieben sehen, den seiner Großmutter, die seiner Freunde. Er wollte seinen eigenen Namen in den Griff seines Dolches eingravieren, und das gab dem Priester Gelegenheit zu erklären, daß es eine besondere Auszeichnung für Rulf sei, schreiben zu lernen, und daß es noch nicht an der Zeit sei, anderen Jungen und ihren Eltern mitzuteilen, was Rulf lernte.

»Du kannst nicht auf einen jungen Baum steigen, ohne ihn zu beschädigen. Es ist sehr leicht, neues Wissen zu zerstören oder falsch einzusetzen. Das wirst du wahrscheinlich in ein oder zwei Jahren lernen, wenn du deine Clanbrüder aufmerksam beobachtest, wenn ihr eure Lange Wanderung hinter euch habt und im darauffolgenden Winter zu mir kommt, um in den verschiedenen Arten des Wissen, das Ka Balu uns geschenkt hat, unterrichtet zu werden. Ich werde dir hier in meinem Raum das Schreiben beibringen, aber du darfst es niemandem sagen, keinem einzigen Menschen, bis ich es dir erlaube. Das wird noch nicht in diesem Jahr sein und wahrscheinlich auch nicht im nächsten. Verstehst du?«

Rulf zog an einer Haarsträhne und wickelte sie um den Finger, eine Angewohnheit, die bedeutete, daß er durcheinander war. Nach einer Weile sagte er: »Großvater, warum muß ich das Schreiben lernen? Wozu dient es? Andere brauchen es nicht. Warum brauche ich es?«

Tama war ein bißchen enttäuscht über diese Frage, aber er sagte sich, daß er sich in Rulfs Alter wahrscheinlich genauso verwirrt gefühlt hätte. Er wandte sich dem Jungen zu. »Spielst du mit anderen Jungen Pfeil und Bogen?«

»Ja.«

»Aber wozu tut ihr das? Ihr jagt nicht das Wild, das wir essen.«

»Es hilft mir zu lernen, wie man Pfeil und Bogen benutzt. Wenn ich ein Mann bin, werde ich die wilden Stiere auf der Ebene jagen.«

»Stellst du deine eigenen Kleider her?«

»Nein, das macht Großmutter.«

»Kochst du selbst dein Essen?«

»Nein, eigentlich nicht. Aber Großmutter hat mir beigebracht, wie man Fischkuchen macht. Und ich kann Feuer machen. Als wir draußen auf den Ebenen waren, hast du gesehen, wie ich Feuer gemacht habe.«

»Alle diese Fähigkeiten wirst du als Mann noch besser beherrschen. Oft müssen Jungen und Mädchen etwas lernen, das sie erst dann ganz verstehen können, wenn sie erwachsen sind. Wenn du das Schreiben übst, wirst du, wenn du erst einmal gelernt hast, die verschiedenen Laute zu schreiben, beim Schreiben das gleiche Vergnügen empfinden wie beim Malen. Aber es wird dir noch wunderbarer vorkommen. Durch das Schreiben kannst du deine Gedanken so wirklich machen wie einen Speer zum Fischen oder eine Tonschale. Sie sind auf dem Pergament festgehalten und können jederzeit wieder verwendet werden, wenn du sie brauchst.«

Rulf hörte geduldig zu und sagte dann fast traurig: »Ich habe schon lange nicht mehr gemalt.«

»Du wirst wieder malen, wenn dir der Sinn danach steht. Wisch nun die Zeichen von dem Stein ab, und gib ihn mir. Ich glaube, für heute haben wir genug gelernt.«

Während Tama seine Schreibsachen in ihren Kasten zurücklegte, wurde ihm klar, daß er bei Rulfs Unterricht vorsichtig vorgehen mußte. Im letzten Jahr hatte sich der Junge ziemlich verändert. Er war nicht mehr nur das liebenswerte, gehorsame Kind, das seinen Großvater überallhin begleiten wollte. Er spielte mehr mit anderen Jungen, mit den Clanbrüdern, mit denen zusammen er in zwei Jahren die Einweihungsriten vollziehen würde. Er begeisterte sich schnell für etwas und versenkte sich dann ganz darin, aber plötzlich wurde es ihm langweilig, und er legte es weg. Manchmal sah er Tama merkwürdig, fast feindselig an, oder er sprach von seinen Eltern und fragte, wo Yaka jetzt wohl sei, dann wieder verließ ihn plötzlich der Mut, ohne daß Tama wußte, warum.

Ich muß Geduld haben, dachte der alte Mann. Vertrauen in andere und sich selbst kann nicht erzwungen werden. Bei Rulf muß ich mehr Weisheit an den Tag legen, als ich es bei Yaka getan habe. Zumindest hat Rulf einen Vorteil, den Yaka nicht hatte. Niemand hatte etwas dagegen gehabt, daß Rulf als Mitglied eines Clans aufgewachsen war, trotz seines Halbblutvaters. Ich glaube, daß die Jäger wegen der Grausamkeit des Häuptlings Rulfs Zugehörigkeit zu seinem Geburtsclan leichter anerkennen. Dem armen Yaka gegenüber hatten sie sich nicht so entgegenkommend gezeigt. Und Ke Rala selbst übersieht Rulfs Existenz völlig.

Obwohl Rulf eine Zeitlang die Lautzeichen, die Tama ihm vorschrieb, nur widerstrebend lernen wollte, wurde sein Interesse stärker, als er genug Zeichen kannte, um einfache Worte zu schreiben. Tama ermutigte ihn, die Worte mit kleinen Zeichnungen zu bebildern, so daß er um die Mittsommerzeit mehrere Häute mit Worten und Zeichnungen bemalt hatte, die alltägliche Dinge und täglich wiederkehrende Lebensabläufe der Dorfbewohner darstellten. Auch wenn er angesichts des geschriebenen Wortes nicht dasselbe Gefühl von Ehrfurcht und Wunder empfand wie sein Großvater, brachte er doch zum Lernen Neugier und ein gutes Gedächtnis mit. Tama freute sich über seine Fortschritte, merkte aber auch, daß dadurch sein Vorrat an Häuten zu schnell abnahm. Er drängte Rulf, von den Jägern Langohrfelle zu verlangen, die diese nicht brauchten, und auch selbst in der Nähe des Dorfes nach Langohren zu jagen. Er hatte viel Freude daran, Rulf früh am Morgen mit seinen Clanbrüdern aufbrechen und am späten Nachmittag fröhlich den Hügel heraufkommen zu sehen; wenn er Glück gehabt hatte, mit einigen Fellen, die am Gürtel baumelten. Der Junge redete dann nicht viel, sondern machte sich gleich daran, die Felle zu säubern und zu trocknen. Ganz gleich, wie müde er war, spannte er immer zuerst die Felle zum Trocknen auf, bevor er sich wusch und zum Essen hinsetzte.

In den zwei Jahren vor Rulfs Großer Wanderung hatten Tama und Escha gleichermaßen viel Freude daran, Rulfs Wohlergehen und sein körperliches Wachstum zu fördern. Geltungsbewußtsein wurde beim Hirschvolk als ein Vorzug angesehen, der bei den Jungen unterstützt wurde, aber Rulf konnte sich die Mitarbeit der anderen allein durch ein paar ruhig gesprochene Worte sichern. Gleichzeitig machte er aber auch gern bei rauhen und lärmende Spielen mit, ohne die Geduld zu verlieren.

Im Sommer nach Rulfs zwölftem Geburtstag geschah etwas, das Tama und Escha ebenso durcheinanderbrachte wie das ganze Dorf. Als Ke Rala eines Abends entdeckte, daß Anielli den ganzen Tag nicht im Haus war, fragte er bei anderen Frauen nach, die zusammen mit ihr am Morgen im Fluß Kleider gewaschen hatten. Ein Häufchen gewaschener Kleider wurde am Ufer gefunden, und am nächsten Morgen entdeckten die Suchenden Aniellis Leiche, die von den Zweigen eines aus dem Wasser ragenden Baumes weiter unten am Fluß festgehalten wurde. Es war fast schon Mittsommer, daher war der Wasserspiegel niedrig und die tiefere Stelle, in der sie ertrunken war, die einzige in der Nähe des Dorfes. Bald tauchten Gerüchte auf, daß sie sich wohl selbst getötet habe, weil sie es nicht länger ertragen konnte, für einen Mann zu sorgen, den sie schon seit langem nicht mehr liebte und der keine Dankbarkeit für ihre Dienste zeigte.

Die Dorfbewohner standen schweigend dabei, als Tama Aniellis Geistbaum ihren Tod mitteilte und zum Gedenken einige grüne Blätter der Erinnerung sanft in ihr Grab fallen ließ. Rulf stand mit ernstem Gesicht neben Escha. In den letzten Jahren hatte er Anielli nicht mehr oft gesehen, weil sie Escha nicht mehr besucht hatte. Das war anscheinend auf Ke Ralas Eingreifen zurückzuführen. Die beiden Frauen hatten sich zu Beginn als Rulfs Großmütter zueinander hingezogen gefühlt und dabei festgestellt, daß sie neben Familienangelegenheiten auch andere Dinge des Lebens ähnlich sahen. Fast fünf Jahre war diese Frauenfreundschaft, wie sie beim Hirschvolk ansonsten nicht üblich war, eine Quelle der Stärkung für beide Frauen gewesen, obwohl sie nur dann ausführlich miteinander reden konnten, wenn Anielli Escha besuchte. Gegenbesuche von Escha waren unmöglich.

Aniellis Tod traf Escha schwer. Sie brütete den ganzen folgenden Winter so sehr darüber, daß Tama fürchtete, sie könnte krank werden. Nur weil Rulf sie brauchte, gewann sie nach und nach etwas von ihrer früheren Fröhlichkeit zurück.

Nicht lange nach Aniellis Tod zogen Ila und ihr Mann mit ihren beiden Söhnen in Ke Ralas Haus. Wenn die Dorfbewohner später dort vorbeikamen, hörten sie zum erstenmal seit Jahren wieder Stimmen und Gelächter in diesem Haus, in dem lange Zeit nur Schweigen geherrscht hatte. Aber Ke Rala blieb dennoch fast ganz für sich, wenn er nicht mit seinen Wachen Sport trieb oder auf die Jagd ging. Ila als tüchtige Hausfrau brachte es fertig, für ihren Vater zu sorgen und zugleich weiterhin ein eigenes Familienleben zu führen, so daß sich die beiden Tätigkeiten kaum ins Gehege kamen.

Einige Tage vor dem ersten Neumond nach Rulfs dreizehntem Geburtstag rief Tama die Jungen am Flußufer oberhalb des Dorfes, nicht weit vom Priesterhain entfernt, zusammen und besprach mit ihnen die bevorstehende Reise und die anschließende Weihezeremonie. Diesmal waren es sieben Jungen, eher mehr als sonst, aber das war eigentlich gut, denn für kleinere Gruppen waren die Gefahren und Schwierigkeiten der Wanderung schwieriger zu überwinden. Vieles von dem, was der Priester ihnen erzählte, wußten die Jungen schon von ihren älteren Brüdern, selbst Einzelheiten der Männerweihe, die eigentlich nicht weitererzählt werden durften. Dennoch hörten sie den Ermahnungen des Alten Vaters aufmerksam zu.

Wie er das schon so oft getan hatte, rief ihnen Tama die körperlichen Fähigkeiten ins Gedächtnis, die auf ihrer Wanderung auf die Probe gestellt werden würden und die sie bereits von ihren Vätern, älteren Brüdern und Onkeln her kannten. Sie durften nichts essen, was sie nicht selbst gefangen oder gesammelt hatten. Wenn sie etwas nicht essen konnten, weil sie beim Kochen nicht aufmerksam genug gewesen waren, würde es keine Mutter geben, die etwas anderes für sie zubereitete. Verlorene Pfeile konnten nicht dazu beitragen, leere Bäuche zu füllen.

»Aber ihr werdet noch anderen Herausforderungen begegnen, die für euer Leben als Jäger eures Volkes ebenfalls eine wichtige Lektion bedeuten. Dort draußen in den Ebenen und den Bergen werdet ihr die Gegenwart Ka Balus auf neue Art und Weise spüren. Er ist genauso in der Einsamkeit von Fels, Schnee und Wolken zu Hause wie auf den bekannten und vertrauten Wegen um das Dorf herum. Habt keine Angst, wenn ihr seine Stimme im Donner hört. Das macht angst, weil es so laut ist, aber er braucht eine laute

Stimme, damit er in der ganzen Welt gehört werden kann. Vergeßt nicht, ihm dafür zu danken, daß er auf euch aufpaßt. Vertraut euch ihm an, bevor ihr abends einschlaft. Aber vergeßt auch nicht, daß ihr nicht allein seid, sondern zu siebt. Was ihr für euch selbst erbittet, solltet ihr auch für eure Brüder erbitten. Wenn einem von euch etwas geschieht, wirkt sich das auf alle aus. Buka ist euer Anführer und wird sein Bestes tun, seine Sache gut zu machen, aber er kann euch nur so weit helfen, wie ihr bereit seid, euch gegenseitig beizustehen. Ka Balu ist immer noch der Gott, der unsere Vorfahren aus Tod und Zerstörung herausgeführt hat, als die Sonne das Große Dorf und die meisten seiner Bewohner verbrannte. Das war vor langer Zeit, aber wir haben nicht vergessen, wie ein paar Leute gerettet und von Ka Balu in Form des Weißen Hirsches durch die Berge in die sicheren kühlen Wälder geführt wurden, in denen ich geboren bin. Einen Teil dieses Weges werdet auch ihr bei dieser Wanderung gehen. Ihr müßt versuchen, am längsten Tag zurück zu sein.«

Während er dann weiter beschrieb, was sie nach ihrer Rückkehr erwarten würde – die Pflichten gegenüber ihren Lehrmeistern im Sommer und im Herbst, im Winter dann der Unterricht über die Gesetze Ka Balus –, richtete Tama seinen Blick nacheinander auf jeden der Jungen. Er betonte zwar die Wichtigkeit der Gruppentreue, achtete aber auch sehr darauf, nicht den Sinn eines Jungen für die Wichtigkeit seiner eigenen Person zu beeinträchtigen. Nacheinander sah er jedem Jungen tief in die Augen und ließ in Gedanken Stärke, Liebe und Sicherheit zu ihm hinüberfließen, bevor er sich dem nächsten zuwandte. Am Ende einer solchen langen Sitzung fühlte er sich meistens völlig erschöpft. Aber diese Erschöpfung brachte ihren eigenen Frieden mit sich und war die Belohnung dafür, daß er sich mit seiner ganzen Person dem Vertrauen der Jungen und ihren Bedürfnissen gewidmet hatte.

Zum erstenmal sprach er zu Rulf, während seine Clanbrüder dabei waren, und zwar nicht als sein Großvater, sondern als sein Priester. Er spürte den Unterschied, als Rulf ihn scheu anblickte, und er konnte verstehen, warum Rulf ihn nicht bat, einige Punkte näher zu erklären. Für Rulf war es wichtig, daß seine Clanbrüder ihn einfach als einen der ihren ansahen, nicht als Enkel des Priesters und noch weniger als ein Waisenkind. Tama war froh, daß Rulfs Clanbrüder nette Jungen waren, die ihn ohne Widerstände aufnahmen.

Ihr Anführer Buka war in seinem sechzehnten Lebensjahr, ein großer, herzlicher blonder Bursche, der seine eigene Weihe vor drei Jahren versäumt hatte, weil er krank gewesen war. Während er mit angezogenen Knien dasaß und Tama zuhörte, gab er gelegentlich einem Jungen, dessen Aufmerksamkeit abschweifte, einen leichten Knuff, der aber immer von einem freundlichen Grinsen begleitet war. Seine gutmütige, einfache Art erinnerte Tama an Sarn.

Die beiden Vierzehnjährigen waren, wie Tama wußte, unzertrennlich, obwohl der kleine stämmige Rana seinen langsameren, schlaksigen rothaarigen Freund Arris oft neckte. Rori war im gleichen Mond wie Rulf auf die Welt gekommen, und als schneller Denker war er ein Ansporn für den nachdenklicheren Rulf. Der einzige Junge, an dem Tama Zweifel hatte, war Alturna. Er war verträumt und geistesabwesend und wirkte daher faul, und Tama konnte voraussehen, daß er nur allzu schnell wachgerüttelt werden würde, wenn die Jungen unter sich waren. Der Jüngste war Riki. Er war noch nicht einmal dreizehn, fast noch ein Kind und versteckte sein mangelndes Verständnis oft hinter einem Lächeln.

Nachdem Tama mit dem Unterricht fertig war, blieb er noch bis zum Sonnenuntergang am Fluß und dachte zurück an all die Jahre, in denen er Jungen darin unterrichtet hatte, die Gesetze des Hirschvolks zu verstehen und zu befolgen. Es war fast dreißig Jahre her, seit er seine erste Gruppe von Clanbrüdern unterrichtet hatte, aber deren Jugend stand ihm deutlicher vor Augen als einige Ereignisse der jüngsten Zeit. Neuerdings merkte er, daß er immer öfter an die Vergangenheit dachte, manchmal mit Traurigkeit, manchmal mit der Sehnsucht, wieder in einem Fluß zu treiben, der sich schon vor langer Zeit ins Meer ergossen hatte. Im Zusammenhang mit dieser ersten Clangruppe konnte er sich noch daran erinnern, wie ihn Nikalas Tod gequält hatte und wie verzweifelt er gewesen war, als habe Ka Balu aufgehört zu existieren. Das war das erste Mal gewesen, daß er ernsthaft die Macht des Gottes in Frage gestellt hatte. Und in all den folgenden Jahren war er den Antworten auf die Fragen und Zweifel seines Herzens immer noch nicht nähergekommen. Mit Gewißheit wußte er jedoch, daß nur das Vertrauen der von ihm unterrichteten Jungen ihm die Möglichkeit gegeben hatte, ihre Bedürfnisse angemessen zu befriedigen. Er hatte ihnen ohne Zögern seine Liebe und Stärke geschenkt. Dessen war er sich in seinem eigenen Herzen ganz sicher. Dafür brauchte er keine Bestätigung. Und was sie ihm in der Großzügigkeit ihrer Jugend gegeben hatten, hatte seinen erschöpften Geist wieder bis zum Überlaufen aufgefüllt. Er dachte: Dessen bin ich mir sicher, das ist eine unerschütterliche Wahrheit für mich. Die Zeit ist wie ein Wald, in dem wir uns schließlich alle verlieren, aber die Liebe, die wir gegeben haben, ist unser Begleiter. Die Liebe, die ich diesen Jungen in der ersten Clangruppe entgegengebracht habe, ist mir seit damals in vielfältiger Weise wieder zugeflossen. Vielleicht ist das die Eigenschaft Ka Balus, des immerwährenden Gebers, der es nie leid wird zu geben, auch wenn die Zeit seine Geschenke davonträgt. Als Nikala starb, wußte er, daß ich ihn liebte. Hielt diese Liebe ihn auf der nebelverhangenen Insel der frisch Verstorbenen aufrecht, sprach sie aus einem Kopi-Baum zu der treuen Rini, der Hüterin dieses melancholischen Ortes? Ich glaube, daß es so war. Und waren die Bilder Uunus, für den Nikala gestorben ist, der Ausdruck seiner Suche nach Liebe? Viele Jahre lang spürte ich, daß er sich in meiner Gegenwart wohl fühlte. Nur gegen Ende hatte er sich in seinen Schmerzen verloren. Von seinen Clanbrüdern geht es nur noch dem standhaften und geduldigen Matia und Ajef gut, denn Pitas Blindheit fesselt ihn an seine Frau. Ai-jee. Ich werde traurig.

Der Priester stand mit steifen Gliedern auf. »In zwei Tagen«, sagte er laut, »geht Rulf auf die Lange Wanderung«, und mit diesem Gedanken wandte er sich heimwärts.

7

Der Morgen kam mit einem Himmel voller Wolken, die von Süden heranzogen, und Regen lag in der Luft. Aber Rulf war schon vor seinen Großeltern auf. Sorgfältig untersuchte er noch einmal seinen Wasserbeutel auf Löcher, prüfte, ob sein Dolch scharf war, brachte den Riemen, der den Köcher auf seiner Scheidenschulter festhielt, auf die richtige Länge und wickelte seinen Regenumhang und ein zweites Paar Sandalen nochmals fest zusammen, damit sie gleichmäßig verteilt hinten am Rücken saßen. Er war so aufgeregt, daß er anders als sonst keinen Appetit hatte, was Escha mehr Kummer bereitete als ihm selbst.

»Gestern abend habe ich genug gegessen, das reicht auch noch für heute«, sagte er. »Ich brauche erst morgen wieder etwas zu essen.«

Seine Großmutter schnalzte mißbilligend mit der Zunge, als sie ihn den Weg zum Dorf hinunter begleitete. Fast alle Dorfbewohner waren zusammengekommen, um zu sehen, wie sich die Jungen auf den Weg machten. Jüngere Brüder gafften neidisch, ältere Brüder gaben aus überlegener Stellung Ratschläge, Schwestern standen zusammen oder kicherten über die Jungen, die nicht ihre Brüder waren. Manche Mütter waren zu offensichtlich besorgt, und der kleine Riki schämte sich deswegen und brach in Tränen aus. Die Väter sagten kaum etwas. Ihnen war die wahre Bedeutung dieses Ereignisses bewußt, aber sie waren auch etwas traurig über den Verlust der Unschuld, den es mit sich brachte.

Die Jungen gingen hinter Buka den Weg hinunter, der vom Dorf zu den Ebenen führte, und eine Weile gingen ihre Brüder und einige der jüngeren Jäger mit, rannten voraus und kamen schnaubend wie wilde Bullen zurückgaloppiert. Andere machten unverschämte Bemerkungen über Ausrüstungsgegenstände, die angeblich schlecht befestigt waren, oder malten eine demütigende Rückkehr der Jungen schon nach zwei Tagen aus. Die Jungen gingen kaum darauf ein, lächelten mit unsicherem Stolz und waren überzeugt, daß sie Buka selbst bis zum Ende der Welt folgen würden.

In den ersten Tagen waren Rulfs Sinne geschärft und sein Verhalten diszipliniert, weil er Buka beweisen wollte, was er konnte. Er lebte nur in der Gegenwart und war fast nur auf sich selbst konzentriert. Den anderen Jungen ging es genauso. Die Bemühung, es gut zu machen, und die Angst vor dem Versagen brachten eine gewisse Selbstsüchtigkeit mit sich, die nur langsam schwand, aber um den Vollmond herum, als jeder langsam sicherer wurde in den Aufgaben, die er von Buka übertragen bekam, begann das bedingungslose Vertrauen zu wachsen, das den Kern der Clanbrüderschaft ausmachte. Langsam kümmerte sich jeder mehr um die anderen, was auch nötig war. Aber das ging nicht ohne Schwierigkeiten und Enttäuschungen vor sich.

Rulf hatte am ersten Tag bemerkt, daß Alturna wenig Begeisterung für die Wanderung zeigte. Im Dorf verbrachte er die meiste Zeit damit, am Fluß entlangzuschlendern oder im Schatten eines Baumes zu schlafen. Wenn man ihm eine Aufgabe gab, zum Beispiel, Wasser aus dem Fluß zu holen, dann vertrödelte er die Zeit und kam mit nur halb gefüllten Wasserbeuteln zurück. Er suchte nicht die Gesellschaft der anderen Jungen und schien damit zufrieden, seine Zeit einfach mit Träumen zuzubringen. Einen Tagesmarsch vom Dorf entfernt, war er bereits so weit hinter seine Gefährten zurückgefallen, daß Buka selbst zurückging und ihn antrieb. Am Abend, als die Jungen Holz für das Feuer sammelten, hockte Turni, wie die Jungen ihn nannten, an einem schlammigen Tümpel und fing Kaulquappen. Buka ermahnte ihn, und so sammelte er schließlich einen Armvoll Holz, das aber größtenteils so feucht war, daß Moos darauf wuchs. Anscheinend überlegte er nicht vorher, was er tat, und war versunken in seine eigene Welt. Er hatte verhangene, gedankenverlorene blaugraue Augen, und sein breiter, voller Mund stand immer ein bißchen offen, als ob er gleich etwas Gutes essen wollte, das die anderen nicht sehen konnten.

Rulf hatte nichts gegen Turni, er tat ihm eher leid, aber die anderen ärgerten sich über seine Langsamkeit und Tolpatschigkeit, wegen der Turni oft seinen Anteil an der Arbeit nicht übernahm. Rori war schnell bei der Hand, ihm den Spitznamen ›Schlammaal‹ zu verpassen, denn seine Langsamkeit erinnerte an die Aale, die manchmal im Winter halb erfroren im Sumpf zu finden waren.

»Und er stinkt«, sagte Rori zu Rulf. »Seit wir das Dorf verlassen haben, hat er sich nicht einmal gewaschen.«

Rulf erinnerte sich, daß Turnis Vater schon lange tot und seine Mutter nicht in der Lage war, mehr zu tun, als ihren Sohn abzufüttern. »Wir müssen einen Weg finden, wie wir ihm helfen können«, sagte er.

»Ihm helfen!« schnaubte Rori. »Wir sollten ihn loswerden, würde ich sagen. Er fällt uns nur zur Last. Er ißt unser Essen, aber er kann nicht einmal ein auf Armeslänge entferntes Schaf treffen. Warum sollten wir ihm helfen?«

»Wir sind Clanbrüder.«

Rori machte ein ungläubiges Gesicht.

Ein paar Abende später kamen die Jungen, nachdem sie dem Lauf des Großen Flusses gefolgt waren, zu einer günstig gelegenen Baumgruppe am Fuß eines steilen Abhangs, wo der Fluß vor der Felswand tiefe Tümpel bildete. Man sah Hufspuren von Langhörnern, die von einem Bach zu den Tümpeln führten.

»Hier ist ein guter Ort zum Bleiben«, sagte Buka. »Wir können in den Wasserlöchern schwimmen und unter den Bäumen schlafen, aber wir müssen wegen der Langhörner wachsam sein.«

Blitzschnell hatten die Jungen sich ausgezogen und wuschen sich planschend Schweiß und Schmutz des Tages ab. Rori kam spritzend zu Rulf herüber, der sich kräftig die Haut schrubbte und mit den Fingern fest durch das nasse Haar fuhr.

»Sieh her!« schrie Rori und tauchte sofort zwischen Rulfs Beinen hindurch, so daß dieser in den Tümpel fiel. Nach Luft schnappend tauchte Rulf wieder auf und sah, daß Rori im seichten Wasser herumhüpfte und sich vor Lachen bog.

»Rulf ist ein altes Wackelbein. Du hast Froschbeine. Fang mich doch!«

Er tänzelte am Strand entlang, Rulf rannte ihm hinterher, und sie jagten sich durch Büschelgras, Treibholz und steinige Mulden, bis Rulf mit großen Schritten den flinken Rori eingeholt hatte und sie sich im Sand balgten. Rulf saß auf seinem sich windenden Freund, hielt ihm kurz die Arme über dem Kopf fest und rieb feinen, trockenen und pulverigen Sand in sein Haar. In kürzester Zeit waren sie beide völlig eingerieben damit.

»Ich wünschte, es könnte immer so sein«, sagte Rori. »Keine Gärten zum Umgraben, nicht früh am kalten Morgen aufstehen müssen, um bei den Versammlungen des Häuptlings zu erscheinen, keine Eltern, die uns bestrafen, wenn wir etwas Dummes angestellt haben. Nur wir Jungen, die zusammen wandern, unser eigenes Essen jagen und Spaß miteinander haben. Oh, ich finde es einfach toll.«

»Und keine warmen Häuser im Winter, keine Mütter, die sich um uns kümmern, wenn wir krank sind, keine reifen Äpfel im Herbst, die man klauen kann ...«

»... und keine alten Männer, die uns dabei erwischen ...«

»... und keine Mädchen zum Heiraten, wenn wir erwachsen sind!«

Sie lachten.

»Es ist die Weite«, sagte Rulf. »Diese riesige Ebene und die blauen Berge im Dunst in weiter Ferne, wo die Sonne untergeht, all das ist so aufregend. Das Dorf ist von Bäumen umgeben, aber hier ist alles offen für die Sonne und die Sterne. Und selbst das ist nur ein Teil von Ka Balus ganzer Welt. Wie weit sie wohl noch reicht? Wir wissen, daß es noch ein anderes Land hinter den Bergen gibt, wo unser Volk früher gelebt hat. Aber wie ist es mit dem Land, aus dem die kalten Winde kommen und wo der Schnee sich im Sommer versteckt? Oder wenn wir an den Stränden, die nördlich unseres Dorfes liegen, immer weiter gingen, weiter, als die Jäger jemals gegangen sind, wo würden wir dann hinkommen?«

»Wir würden über den Rand der Welt fallen und – platsch! – ins Meer. Auf, komm, wir gehen besser zum Wasserloch zurück und machen uns sauber. Ich habe Staub im Mund. Buka wird sich schon fragen, wo wir sind.«

Die Jungen standen auf, rieben sich ab, schüttelten den Staub von ihren Körpern und wanderten in enger Umarmung langsam zum Tümpel zurück.

Etwas war geschehen. Einige Jungen knieten neben einem, der auf dem Boden lag. Rulf und Rori rannten los. Buka sah auf.

»Wo seid ihr zwei gewesen? Habe ich euch nicht gesagt, ihr sollt zusammenbleiben? Wärt ihr hier gewesen, wäre das vielleicht nicht passiert.«

Turni lag mit dem Gesicht nach unten auf dem Boden. Ein kranker Geruch ging von ihm aus. Buka drehte ihn vorsichtig auf die Seite und wischte ihm mit einem Büschel Gras Erbrochenes vom Gesicht.

»Gleich wird es dir besser gehen. Leg den Arm um meinen Hals. Rulf, hilf mir, ihn ans Ufer zu bringen. Was habt ihr bloß gemacht? Ihr seid total verdreckt.«

Turnis Arme um ihre Schultern gelegt, halfen Buka und Rulf ihm das steinige Flußbett hoch zu ihrer Lagerstelle unter den Bäumen. Dort rubbelten sie ihn ab, wickelten ihn in einen Regenumhang und setzten ihn an das Feuer, das Buka entfacht hatte. Nach einer Weile hörte er auf zu zittern und döste vor sich hin. Buka sah Rulf an.

»Sie wollten ihn dazu bringen, in dem Wasserloch zu schwimmen und sich zu waschen. Aber sie waren zu grob mit ihm, hielten seinen Kopf unter Wasser und ertränkten ihn fast. Arris und ich mußten das Wasser aus ihm herausschütteln und ihn mit dem Kopf nach unten halten, während Rana auf seinen Bauch drückte. Ich möchte, daß du und Rori mir helft, das Fleisch zu braten, und wenn Turni dann schläft, werde ich mit euch allen darüber reden. Geht jetzt und wascht euch.«

Es war ein schweigsames Abendessen. Rana, Arris und Riki waren vor Angst und Schuldgefühlen verstummt und schämten sich, weil Buka jetzt auf sie wütend war. Sie aßen nur wenig, und Buka wickelte das übriggebliebene Fleisch für den nächsten Tag in Blätter. Er ließ sich Zeit und schickte sie alle los, um noch mehr trockenes Holz zu sammeln. Erst dann setzte er sich mit gekreuzten Beinen hin und starrte eine Zeitlang ins Feuer, während es unter den Bäumen dunkler wurde und die Nacht sich über die Ebenen senkte.

Ruhig begann er zu sprechen. »Wir sind eins. Deshalb sind wir auf diese Lange Wanderung geschickt worden. Wir müssen das immer wieder lernen. Wir sind eins. Unser ganzes Leben lang werden wir Clanbrüder sein, weil wir alle zur gleichen Zeit des Jahres geboren sind, wenn der Tag und die Nacht Hand in Hand gehen wie Brüder. Andere Clangruppen haben andere jahreszeitliche Bindungen. Manche kommen mitten im Sommer zusammen, manche sehen auf den Herbst zurück und gleichzeitig auf den Winterfrost voraus, und wieder andere sind um die Rückkehr der Sternenvögel geboren. Es macht keinen Unterschied, zu welcher Zeit des Jahres wir gemeinsam geboren worden sind. Es ist die Tatsache, daß wir ein Teil des Jahres von Ka Balu sind, die uns zu Brüdern macht.

Ihr wißt alle, daß es stimmt, was ich sage. Ich wiederhole nur, was der Alte Vater uns erzählt hat, bevor wir aufgebrochen sind. Wir gehören einander und Ka Balu. Das macht uns zu einer Einheit.

Aber das zu wissen, nur weil die Ältesten es uns beigebracht haben, ist nicht genug. Wir müssen es selbst herausfinden, hier auf der Langen Wanderung in die Berge, durch Hunger, Verletzungen, Müdigkeit und Angst, und auch durch volle Bäuche und Gelächter und Beineausstrecken in der Welt des Sommers. Was wir Turni angetan haben, sollte uns viel lehren. Wenn Turni gestorben wäre, hätten wir sofort ins Dorf zurückkehren müssen. Wir wären dann immer als ein schwacher Clan angesehen worden, dem man keine Verantwortung übertragen kann.«

Buka machte eine Pause, rückte ein bißchen von der Wärme des Feuers ab und hielt seine Knie mit den Händen umfaßt. Rulf beobachtete sein Gesicht und sein vom Feuerschein angestrahltes lockiges Haar, und es erinnerte ihn an Tukki, den Freund seines Großvaters, den Mann aus dem Schäfervolk, der die ganze Nacht über mit seinem Großvater geredet hatte. Rulf hatte die gleiche Zuneigung für Tukki empfunden wie für seine Großeltern, auch Vertrauen und ein Gefühl der Sicherheit in ihrer Gegenwart. Buka besaß die gleiche Art von Stärke.

Als Buka weitersprach, redete er noch einmal über Turni, darüber, daß er noch nicht begriffen habe, was Clanbrüderschaft bedeute, daß er seine Pflichten vernachlässige, sinnlos vor sich hin träume und die Pflege seines Körpers vernachlässige.

»Aber woher wollen wir wissen«, fragte er, »daß Turni in seinen Träumen nicht bei Ka Balu ist? Vielleicht hat der Gott mit Turni etwas Besonderes vor. Was Rana und Arris und Riki mit Turni gemacht haben, war falsch, nicht weil sie wollten, daß Turni sauber wird, sondern weil sie ihre Stärke benutzt haben, um ihm weh zu tun und Angst einzujagen. Turni muß lernen, seinen Anteil an Arbeit zu übernehmen, sich sauberzuhalten und an uns alle und nicht nur an sich selbst zu denken. Aber wir müssen lernen, mit ihm Geduld zu haben, ihn zu einem von uns zu machen. Morgen wird er sich einsam, vielleicht auch ängstlich fühlen. Ich möchte, daß jemand mit Turni redet, den Tag mit ihm teilt, ihn zwar langsamer sein läßt als wir, wenn er das will, aber dennoch immer in Sichtweite bleibt. Wer wird das tun?«

»Ich«, sagte Rulf sofort über die flüsternden Stimmen von Rana und Arris hinweg. Buka verstummte einen Moment und sagte dann:

»Rulf wird es tun und mir morgen abend darüber berichten, wenn wir das Feuer anmachen.«

Nachdem sich die Jungen in ihre Decken eingewickelt hatten, flüsterte Rori Rulf zu: »Warum hast du dich so vorgedrängt, mit Turni zu gehen?«

»Jemand muß ihm helfen.«

Rori sagte nichts, aber Rulf fühlte, daß sein Freund verletzt war. In der Dunkelheit streckte er eine Hand aus und berührte Rori an der Stirn. Rori ergriff seine Hand. Seine Hand in der des Freundes, drehte sich Rulf zum Feuer um, das Buka gerade mit Steinen abdeckte. Ein letztes Aufglühen ließ das Gesicht des großen Jungen aufleuchten, als er einen

Stein hinlegte, und sein Kinn, seine Nasenlöcher, Wangenknochen und Stirn waren deutlich zu erkennen, während seine Augen im Schatten lagen. Einen Augenblick lang spürte Rulf die Einsamkeit eines Anführers, bevor er seinen Geist Ka Balu und seinen müden Körper dem Schlaf anvertraute.

Am nächsten Morgen war es schon weit nach Sonnenaufgang, als sie aufbrachen, später als gewöhnlich. Rulf blieb unter dem Vorwand, seinen Wasserbeutel noch füllen zu müssen, zurück und ging hinunter zum Fluß, während Buka mit den anderen schon losging. Als Rulf langsam wieder die Böschung hinaufkletterte, sah er Turni gemächlich hinter den anderen herzockeln. Ohne Eile holte er ihn ein und ging neben ihm her. Er lächelte und sagte: »Ich hätte fast vergessen, meinen Wasserbeutel zu füllen.«

Turni antwortete nicht und stapfte weiter, die Augen auf den Boden gerichtet, ohne zu achten, wohin er trat, so daß er manchmal stolperte. Sein Köcher mit den Pfeilen hing unbequem mitten auf dem Rücken, statt fest über seine Scheidenschulter gebunden zu sein, und die Schäfte kratzten ihn leicht an der Haut, aber Turni schien das nicht bemerken.

So trotteten sie eine Weile schweigend weiter, und Turni warf Rulf manchmal verwirrte Seitenblicke zu, aber Rulf schlenderte unbekümmert neben ihm her und summte Teile des Wandererliedes. Ab und zu hörten sie auch Töne des Liedes von Ranas Flöte vor ihnen herwehen, mal abreißend, mal wieder einsetzend, wenn die Jungen in einer Senke verschwanden und wieder auftauchten. Sie folgten immer noch dem Flußlauf, umgingen aber Gebüsch, das direkt am Fluß wuchs, und mußten öfter sumpfige Niederungen mit kleinen Bächen durchqueren, die aus dem großen Sumpf auf ihrer Dolchseite kamen. Schwärme von Vögeln flogen kreischend darüber hinweg. Rulf drehte sich zu seinem Gefährten um.

»Ich frage mich, ob Buka uns wohl auf ein paar Enten schießen läßt.«

Sein breites Lächeln schien Turni durcheinanderzubringen, er runzelte die Stirn und zuckte die Achseln, dann antwortete er: »Hat keinen Sinn, daß ich es versuche. Geh du, wenn du willst.«

»Ich werde Buka fragen.«

Rulf setzte sich in Trab und schloß zu den anderen auf. Obwohl Rori und Rana auch gerne im Sumpf jagen wollten, war Buka dagegen.

»Wenn wir heute morgen hierbleiben, müssen wir in der Hitze des Nachmittags weitergehen, um einen Platz zum Rasten zu finden. Laßt uns weitergehen, bis wir auf trockeneres Land kommen, dann können wir unser Essen am Spätnachmittag fangen. Bis dahin werden jede Menge Enten auf dem Weg zum Sumpf sein, um dort zu übernachten.«

»Bleibst du jetzt bei uns?« fragte Rori.

Rulf schüttelte den Kopf. »Noch nicht.«

Rori schubste ihn leicht an. »Nimm das.«

Rulf setzte sich hin, um auf Turni zu warten; die anderen gingen weiter. Während die Jungen angehalten hatten, um mit Rulf zu reden, hatte auch Turni eine Pause gemacht, aber jetzt setzte er sich sehr langsam wieder in Bewegung und kam schließlich dort an, wo Rulf hockte und auf ihn wartete. Als Rulf aufstand, blieb Turni stehen und sagte in beinahe bösem Ton: »Warum wartest du auf mich?«

Rulf machte ein überraschtes Gesicht. »Buka meint, wir sollten weitergehen, bis wir einen trockeneren Platz finden, um am Nachmittag Rast zu machen. Es wird sehr heiß werden. In den Sümpfen lauern böse Geister. Wir können unser Fleisch später jagen.«

Turni starrte ihn an und runzelte die Stirn. »Du mußt nicht bei mir bleiben. Du kannst mit den anderen gehen. Ich bin in Ordnung. Ich werde schon nicht verlorengehen.« Seine verhangenen Augen sahen eher verwirrt als ärgerlich aus.

Rulf gab seiner Stimme einen etwas beleidigten Unterton. »Ich dachte, wir könnten zusammen gehen.« Plötzlich ging ihm Turnis Bockigkeit auf die Nerven. »Sieh«, sagte er lebhaft, »seit wir auf diese Wanderung aufgebrochen sind, war ich mit all den anderen zusammen, wir sind miteinander gegangen oder haben gefischt oder gejagt oder einfach nur Unsinn gemacht, aber mit dir habe ich all das noch nicht getan. Warum sollte ich bei dir eine Ausnahme machen? Ich möchte auch mit dir zusammen sein. Aus diesem Grund sind wir alle hier draußen. Clanbrüder teilen alles miteinander. Wenn einer ausgeschlossen ist, haben wir alle versagt.«

Turni sah zu Boden. Er murmelte: »Du machst das nicht freiwillig, sondern bloß, weil Buka dich darum gebeten hat. Niemand will bei mir bleiben. Ich bin zu langsam. Ich verfehle die Vögel, auf die ich schieße, und jedesmal, wenn ich ein Feuer anmache, geht es aus.« Und dann sagte er mit plötzlichem Trotz: »Ich bin gern allein.«

Rulf wollte ihm schon eine verärgerte Antwort geben, da sah er plötzlich Vater Tamas lächelndes Gesicht vor sich, als ob dadurch ein Fehler vermieden werden sollte, den zu machen er gerade im Begriff war. Einen Moment lang konnte er Turni nicht mehr sehen, nur den sanft lächelnden alten Mann, der ihn liebte und verstand, und er spürte, wie er von Stärke erfüllt wurde, die seinen kurzen Wutanfall abschwächte. Turni sah ihn schweigend an.

»Ich bin auch ziemlich oft gern allein«, sagte Rulf. »Dann kann ich meinen eigenen Gedanken nachhängen und träumen und mir vorstellen – ach, alles mögliche, aber sieh, wir können hier nicht stehenbleiben und über all das sprechen. Die anderen sind schon außer Sicht. Es ist gefährlich, sich zu trennen. Wenn plötzlich ein Langhorn aus der nächsten Senke auftauchte, müßten wir über die Böschung in den Fluß springen. Laß uns bei den anderen bleiben. Wir müssen ja nicht viel reden. Wir können jeder für sich bleiben.«

Sein rasches Grinsen brachte auch auf Turnis Lippen ein angedeutetes Lächeln zum Vorschein, aber er sagte nichts und hob schweigend seinen Bogen auf.

Rulf schob sich hinter ihn. »Laß mich mal …«

»Was machst du da?«

»Deine Köcherschnur ist verrutscht.«

»Nein, sie ist okay.«

»Du sagst immer, alles sei okay, wenn die Dinge besser sein könnten. Das ist die Hälfte deines Kummers. Du gibst dich mit Dingen zufrieden, die du ändern könntest. So ist es besser, oder nicht?«

Turni murmelte etwas, das vielleicht »Danke« hieß.

Rulf hängte sich den Bogen über die Schulter. Es wurde langsam sehr heiß. »Hilf mir, die Fährte der anderen zu verfolgen. Buka wird ärgerlich auf uns sein, wenn wir zu weit zurückbleiben.«

Sie trabten schweigend weiter.

In den folgenden Tagen richtete es Rulf immer so ein, daß er einen Teil seiner Zeit mit Turni verbringen konnte, ohne großes Aufhebens darum zu machen. Die anderen Jungen hatten mit ihren Sticheleien aufgehört und entweder gar nichts zu ihm gesagt oder gelegentlich mal Hilfe angeboten, wenn Turni ungeschickt ein Feuer anzuzünden oder seine Pfeile mit Federn zu versehen versuchte.

»Nimm dir Zeit und denke mit den Fingern«, sagte Rulf eines Tages mit ruhiger Stimme, als Turni ungeduldig versuchte, einen abgerissenen Riemen an seiner Sandale zu ersetzen. Turni sah mit großen Augen zu ihm auf. Er machte keine Bemerkung dazu, aber als sie an diesem Abend nach dem Essen um das Lagerfeuer saßen und er in die Flammen starrte, drehte er sich langsam zu Rulf um und sagte ruhig:

»Du hattest recht, als du mir sagtest, ich sollte mit meinen Fingern denken. Das mache ich nämlich nicht, weißt du. Es gefällt mir, die Träume in meinem Kopf zu beobachten und mich in ihnen zu verlieren. Ich vergesse, daß ich Finger, Arme und Beine habe. Deshalb bin ich so ungeschickt und mache Fehler. Ich lebe in meinen Träumen statt in meinem Körper.«

Rulf warf einen Zweig in die Flammen. »Das tun wir alle ein bißchen. Ich könnte jetzt träumen, daß es außer uns niemanden auf der Welt gibt und sich die Nacht um uns schließt. Ich könnte mir selbst Angst einjagen oder glückliche Träume träumen, aus denen ich nicht aufwachen wollte. Aber ich habe auch Arbeit zu tun, ich lebe in dem Teil des Körpers, der mich braucht. Das kannst du auch, wenn du es versuchst.«

Daß Turni sich wirklich bemühte, wurde langsam deutlicher, als der zweite Mond der Langen Wanderung anbrach und die Jungen auf schmalen Pfaden über tiefen Schluchten balancierten, in denen sich Bäche durch das Vorgebirge der fernen Berge schlängelten. Zu dieser Jahreszeit waren die Hügel, abgesehen von Ausläufern dunkler Wälder an den Seiten, bedeckt mit üppig grünem Gras, das die Sommerhitze und der trockene Wind schon bald zu einem braunen Gelb ausbleichen lassen würden. Sie kamen in unbekanntes Gebiet mit dunklen Wäldern, in denen fast ausschließlich nur eine Baumsorte wuchs und nur wenige Vögel zu sehen waren. Keiner von ihnen mochte den dunklen Wald, und sie hielten sich deshalb am Waldrand oder folgten Bachläufen auf der Suche nach Vogeleiern oder Fischen. Manchmal schliefen sie hungrig ein. In den Tälern gab es Schafe, aber sie waren schmutziger und dünner als die im Tiefland.

»Das ist ein rauhes Land«, meinte Buka eines Morgens, als sie gerade dabei waren, höher in die Berge zu steigen. »Hier würde ich nicht gern einen Winter verbringen. Steine und Büschelgras und Dornbüsche. Denkt nur an unser Volk, das vor vielen Jahren durch diese Hügel gekommen ist. Sie waren schwach und halb verhungert nach einem schweren Winter. Manche starben unterwegs.«

Rulf drehte sich zu Buka um, der immer alle Fragen beantworten konnte, und sagte mit fragendem Gesichtsausdruck: »Warum hat Ka Balu ihnen nicht geholfen?«

»Aber das hat er doch getan«, sagte Buka fest, »er hat sie das Flußufer entlang zum Meer geführt.«

»Aber einige sind gestorben«, wiederholte Riki.

Buka sah Rulf an. »Was würde dein Großvater dazu sagen?«

»Die Wege der Götter sind nicht unsere, aber wir müssen ihnen gehorchen«, sagte Rulf ernsthaft.

Die Jungen lachten.

»Du hörst dich genau wie der Alte Vater an«, sagte Rana. Er tat so, als ob er auf seinen Stab gestützt daherhumpelte, und murmelte dabei: »Ich verstehe nicht, was der Gott will, aber ich muß ihm ge-ge-horchen«, dann hoppelte er wackelig weiter, um sich auf einem mit Flechten überzogenen Felsen niederzulassen.

Rulf war peinlich berührt. Manchmal merkte er, daß er die Unbekümmertheit seiner Kameraden nicht teilen konnte;

er war bei den Großeltern aufgewachsen und ruhte deshalb ziemlich in sich selbst, war mit seiner eigenen Gesellschaft zufrieden und ertrug das rauhe Spiel oder Streiten der Gefährten eher, als daß er es wirklich mitmachte. Nur Roris Necken machte ihm Spaß, weil er wußte, daß es aus Zuneigung geschah. Wegen der Ernsthaftigkeit von Turni konnte sich Rulf auch in dessen Gegenwart wohl fühlen.

Als der zweite Mond abzunehmen begann, hatten sich die Jungen so an das tägliche Wandern, das Braten des Fleisches am abendlichen Lagerfeuer, die gemütlichen Unterhaltungen in der Abenddämmerung, das Singen und Geschichtenerzählen, das tägliche morgendliche Aufstehen gewöhnt, daß sie dachten, sie könnten immer so weitergehen, in die Berge hinauf und über den Schnee in das Land der weiten Wälder, von dem die Ältesten mit solcher Sehnsucht erzählten.

Als sie schließlich ein enges Tal erreichten, in dem die Flüsse zu Wasserfällen wurden, die vom Himmel über die ausgetrockneten Felsen hinabstürzten, teilte ihnen Buka mit, daß sie nicht weiter gehen würden.

»Man hat uns gesagt, wir dürften die Gipfel nicht überqueren, aber wir werden ein paar Tage hierbleiben, ein bißchen klettern und die verschiedenen Täler erforschen, bevor wir uns wieder auf den Heimweg machen.«

Schon früh waren die Jungen am nächsten Morgen bei strahlendem Himmel unterwegs, der den Rand der östlichen Gipfel der Gebirgskette zu Silber schmelzen ließ. Sie klettern einen steilen Abhang hinauf, über riesige Felsbrocken, von denen ein Bergbach in grünsilbrigen Wasserfällen herabstürzte. Sie wateten durch den Bach und japsten wegen der eisigen Kälte des Wassers nach Luft, hielten sich aber alle an einem Ast fest und kletterten weiter. Das Tal lief schließlich in einen weiten, sanften und sumpfigen Abhang aus, und darüber thronten unerklimmbare Berge. Weite Flächen am Bachufer waren mit Blumen übersät, die in kleinen Gruppen auch am Hang wuchsen. Rana und Rori steckten sich die dicken, haarigen Stengel der riesigen Butterblumen durch ihre Stirnbänder. Gelbe Gänseblümchen sprossen mitten im

Geröll, und hellblaue Blütenblätter ragten überall im Gras von ihren Stengeln auf. Sie entdeckten riesige weiße Blüten, die aus Schnee gemacht zu sein schienen; sie waren so wunderschön, daß Rulf sie nur ganz sanft berührte und nicht wagte, sie zu pflücken. Noch nie zuvor hatte er so viele Blumen in allen Schattierungen von weiß, cremefarben und gelb gesehen: manche waren so klein wie sein Daumennagel, andere hatten Blütenblätter so groß wie getöpferte Schalen, manche Blätter waren so spitz wie Dolche und wieder andere Blätter hätte er als Regenkappe benutzen können. Er war von der Schönheit dieser Landschaft so überwältigt, daß er nichts sagen konnte. Selbst Rori war voller Ehrfurcht.

»Ich frage mich, ob wir sie auch zu Hause anpflanzen könnten«, sagte er. »Vielleicht sind die Blätter eßbar.«

Rulf schüttelte den Kopf. »Sie sind nicht für uns bestimmt. Ich glaube, daß die Götter manchmal hierher kommen. Das ist ein Garten der Götter. Ka Balu kühlt sich die Füße inmitten dieser Blumen, nachdem er die Sonne über den Himmel gejagt hat.«

Langsam wanderten die Jungen den blumenübersäten Hang hinauf, bis sie zu einem großen, wie eine Bank geformten Felsen kamen, der von der Sonne erwärmt war und sich am Fuß einer Klippe befand. Dort legten sie sich hin und dösten wie Eidechsen in der warmen Nachmittagssonne.

Buka erwachte mit einem Ruck und stand auf. Die Gipfel waren in Wolken gehüllt, Ka Balus Garten lag im kalten Schatten, in der Schlucht auf der anderen Seite stieg Nebel auf. Alles war frostig, dunkel, bedrohlich. Er weckte die anderen. Beunruhigt, still und schnell folgten sie ihm entlang der kleinen Sumpfbäche zum anderen Ende des Gartens hinunter, aber dort war zu ihrer Bestürzung das Bachbett, das sie heraufgeklettert waren, in wirbelnde dunkle Nebelfetzen gehüllt. Rulf drehte sich um und konnte die Felsen, bei denen sie sich ausgeruht hatten, nicht mehr erkennen.

»Bleibt dicht beieinander«, ordnete Buka an, »und geht langsam. Rana, du kommst hinter mir, dann Rulf, Riki in der Mitte, dann Turni, Rori und Arris. Wir können uns nicht einmal gegenseitig sehen. Einen Schritt nach dem anderen.«

Der Nebel zog sich um sie herum zusammen, kalt und feucht, und hinterließ Tropfen auf Haaren und Augenbrauen.

»Wenn wir ganz langsam das Flußbett hinuntergehen, schaffen wir es«, rief Buka.

Sie setzten vorsichtig einen Fuß vor den anderen und stiegen mit ausgebreiteten Armen, um das Gleichgewicht zu halten, ab. Manchmal lehnten sie sich gegen nasse Felsen, um den Fuß sicher aufsetzen zu können und Halt zu finden. Sie hatten Angst vor dem neben ihnen herabstürzenden Wasser. Es gab nur das Geräusch des spritzenden Wassers, das unmittelbar hinter ihnen auftauchte und gleich, nachdem es an ihnen vorbei war, wieder verschwand. Sie konnten nichts sehen, außer ihren eigenen Armen und Beinen, mit denen sie sich vorsichtig über nasse Felsen tasteten. Der Himmel und die Erde, alles was über oder unter ihnen lag, hatte sich in ein nicht faßbares Schweigen aufgelöst. Sie hatten Angst.

Genau in diesem Moment fühlte Rulf in sich eine kalte Leere vollkommenen Schweigens, wie er sie noch nie empfunden hatte. Er blieb stehen. Er wußte, daß Rana und Buka nicht mehr vor ihm waren. Er hörte die Stimme seines Großvaters, ruhig und ohne Gefühlsregung, aber sehr klar.

»Rulf, du mußt ihnen sagen, sie sollen anhalten.«

»Halt! Rana! Buka! Bleibt alle stehen! Ruft eure Namen!«

Hinter ihm antworteten nacheinander Riki, Turni, Rori und Arris, wobei man den letzten kaum noch hören konnte. Rulf faßte nach hinten und berührte Riki.

»Faßt euch alle an den Händen und bleibt dicht bei mir stehen.«

Alle fünf standen zitternd bei einem Felsbrocken. Rulf rief noch einmal laut, aber von Rana oder Buka kam keine Antwort. Er nahm einen faustgroßen Stein und warf ihn nach vorn. Nur Schweigen war zu hören. Rulf sagte mit belegter Stimme:

»Wir müssen etwas zurückgehen, vor uns geht es steil abwärts.«

Auf Händen und Füßen kletterten sie ganz langsam und

vorsichtig ein Stück das Flußbett wieder hinauf, bis sie einen engen Felsvorsprung erreichten, der den Fluß überragte. Dort kauerten sie sich eng zusammen. Im Nebel konnten sie einander kaum noch sehen.

»Ich glaube, ich weiß, was passiert ist«, sagte Rulf. »Hier mitten im Flußbett ist eine große, flache Felsplatte. Buka und Rana sind an ihrer Scheidenseite heruntergeklettert und ich auf der Dolchseite. Wir müssen einfach warten. Bestimmt ist ihnen inzwischen klargeworden, daß wir nicht mehr hinter ihnen sind. Es ist zu gefährlich weiterzugehen.«

Sie klammerten sich aneinander, redeten nicht viel und fröstelten. Die Zeit verging in den undurchdringlichen Nebelschwaden. Ihnen war nicht klar, ob der Tag schon vorbei war oder nicht. Sie waren in bleiches Zwielicht gehüllt, und die einzig greifbare Wirklichkeit war der Felsen, an den sie sich lehnten. Es wurde kälter. Sie kuschelten sich eng aneinander, rieben Arme und Beine, machten manchmal sogar einen Witz. Immer wieder sagte Rulf: »Wir werden es schaffen. Wir müssen einfach warten, selbst wenn es die ganze Nacht dauert. Buka und Rana sind irgendwo weiter unten am Fluß. Ich weiß, daß wir es schaffen. Ka Balu ist mit uns.«

Arris sagte: »Vielleicht hätten wir die Blumen in seinem Garten nicht pflücken dürfen. Vielleicht ist er wütend auf uns.«

»Ka Balu hat uns gerettet. Das weiß ich sicher.«

Rulfs ruhige Sicherheit beschwichtigte ihre Angst und erwies sich schließlich als richtig. Um Mitternacht lichtete sich der Nebel schlagartig, und sie sahen Sterne, die über dunklen Gipfeln funkelten. Ihnen war kalt, ihre Glieder waren steif, ihre Zähne klapperten, und sie trösteten und ermutigten sich gegenseitig, so gut sie konnten, bis sich schließlich auf den kleinen Wolken hoch oben das erste Rosa des anbrechenden Morgens abzeichnete. Der stetig zunehmende Lichtstrom brachte Stimmen von weiter unten mit sich. Es waren Buka und Rana, die ihre Namen riefen.

Keiner der Jungen vergaß jemals diese Erfahrung. Für Rulf bedeutete es noch etwas Zusätzliches. Hätte er nicht angehalten und der Stimme Vater Tamas gehorcht, dann hätte er seine Clanbrüder in den Tod geführt über eine steile Klippe, die so tief abfiel, wie ein Baum hoch war, und in spitzen Steinen auslief. Für Rulf war es das erste deutliche Zeichen, daß Ka Balu überall war, daß er Vater Tama die Macht verliehen hatte, über die Berge hinaus seine Warnung hörbar auszusprechen. So entstand in Rulf ein Vertrauen in das Leben selbst, und in ihm wurde die Überzeugung gestärkt, daß er für andere verantwortlich war. Das wurde zu einem der Grundsteine, auf denen er sein Leben aufbaute.

Ein weiterer Mond rollte seinen Honigkranz über die Berge und Ebenen, und als er zu einer dünnen Sichel in der Dämmerung geschrumpft war, führte Buka die Jungen auf den vertrauten Waldwegen zu ihrem Dorf zurück. Nur wenige sahen, wie sie schattengleich zwischen den Bäumen hervorkamen und den steilen Pfad zu Vater Tamas Haus erklommen, aber als er schließlich jeden von ihnen einzeln begrüßt und ihnen ein paar kurze Fragen gestellt hatte, waren die meisten Dorfbewohner bereits am Fuße des Hügels versammelt, um ihre Söhne und Brüder mit Stolz und Freude in Empfang zu nehmen. Besonders die Mütter fanden ihre Söhne merkwürdig verändert, mit glänzenden Augen, völlig verfilztem langem Haar, Stirn und Nase von der Sonne verbrannt, Arme und Beine zerkratzt und von Narben bedeckt. Der Geruch der Wildnis haftete ihnen von ihrer langen Reise noch an, als ob sie tatsächlich aus einem verwunschenen Garten der Götter herabgestiegen wären.

Tama ließ Rulf als letzten zu sich kommen. Als der Junge vor den Priester hintrat und sich niederkniete, um seinen Segen zu empfangen, hatte er den seltsamen Eindruck, daß sein Großvater geschrumpft sei, denn die Augen des alten Mannes befanden sich fast auf einer Höhe mit den seinen.

Dritter Teil

DER WASSERFALL

1

Rulfs Rückkehr brachte für Escha die Erkenntnis, daß seine Knabenzeit nun endgültig vorbei war und seine Beziehung zu ihr sich durch den Ritus der Weihe zum Mann verändern würde. War ein Junge erst einmal beschnitten, veränderte sich nicht nur sein Körper, sondern auch sein geistiges Wachstum. Wie das Durchtrennen der Nabelschnur das Baby körperlich von der Mutter trennt, so symbolisiert die Beschneidung der Vorhaut die geistige Unabhängigkeit von der Mutter. Da Escha nicht Rulfs körperliche Mutter war, hatte ihr die geistige Verbindung mit ihm um so mehr bedeutet. Er war für sie eher wie ein Sohn als wie ein Enkel. Yaka, dem die Clanbrüderschaft verboten gewesen war, hatte nie das Beschneidungsritual über sich ergehen lassen müssen, und Escha war bis zu seiner Flucht aus dem Dorf, durch die sie ihn für immer verloren hatte, nie aus seinem Leben ausgeschlossen gewesen. Ein Junge, der die Männerweihe durchgemacht hatte, mußte seinem Lehrmeister dienen und mindestens sechs Monde lang in dessen Haushalt leben. Während dieser Zeit konnte er seine Eltern zwar immer, wenn er frei hatte, besuchen, aber zu seiner Mutter kam er fast wie ein Fremder.

Es wurde von ihm erwartet, daß er seiner Mutter Achtung, Dankbarkeit und förmliche Höflichkeit entgegenbrachte und von kindlichen Gefühlsausbrüchen und Zuneigungsbezeugungen absah. Die ständige Fürsorge, mit der sie ihn umgab, indem sie für ihn das Essen kochte, Kleider flickte und nähte, nahm er als natürlichen Teil ihrer Haushaltsaufgaben hin. Da er die meiste Zeit in diesen sechs Monden mit seinem Lehrmeister und seinen Clanbrüdern zubrachte, schienen die Besuche zu Hause sich auf die Gelegenheiten zu beschränken, wenn er irgend etwas dringend von seiner Mutter brauchte und von ihr erwartet wurde, daß sie ihn damit versorgte. Kehrte er dann gegen Mitte des

Winters, wenn die Rückkehr der Sternenvögel erwartet wurde, zu seinen Eltern nach Hause zurück, verbrachte er viel Zeit mit dem Üben der Künste, die er gelernt, und der geistigen Rituale, die ihm der Priester beigebracht hatte. Fast immer bedeutete Freizeit, daß er sich mit seinen Clanbrüdern entweder im Freien traf, wenn das Wetter schön war, oder in einem leeren Haus, wenn der Regen über das Dorf peitschte. Im allgemeinen nahmen die Mütter die schlagartige Veränderung der Beziehung zu ihren Söhnen ohne Murren hin, so schwer ihnen auch das Herz vor versagter Zuneigung wurde. Von den Müttern wurde sogar erwartet, daß sie den Jungen im ersten halben Jahr nach seiner Weihe nicht einmal berührten. Ihn gar zu umarmen, würde dem Jungen Schande machen und ihn entehren.

Die Väter hingegen mußten keine solche Trennungsphase durchmachen. Ganz im Gegenteil widmeten sie ihren Söhnen vor der Männerweihe besonders viel Zeit, um ihren Mut zu stärken, unterstützten die Unterweisungen der Jungen von seiten ihrer Lehrmeister und teilten ihren wachsenden Stolz auf ihre immer bessere Beherrschung der Kunst des Jagens. Geweihte Jungen durften sich ruhig im Hintergrund einer Gruppe von Männern aufhalten, die im Schatten eines Baumes hockten, die Dorfangelegenheiten besprachen und Pepa-Wurzeln kauten und ausspuckten. Sie durften nicht am Palaver teilnehmen oder die anderen unterbrechen. Wenn es sie langweilte, gingen sie einfach leise weg und wandten sich aufregenderen Dingen zu. Innerhalb von ein oder zwei Jahren nach der Weihe wurde das Männlichkeitsgefühl immer stärker, und die Jungen fingen an, mehr Wert auf ihr Äußeres zu legen. Dann reichte es nicht mehr aus, gute gespitzte und sorgfältig mit Federn versehene Pfeile und einen Dolch zu haben, der so scharf geschliffen war, daß man sich bei der geringsten Berührung daran schnitt und blutete. Der Junge mußte durch seine Muskelkraft und die geschmeidigen Bewegungen seines Körpers zeigen, daß er ein Mann war. Die meiste Zeit verbrachten die Jungen deshalb mit Rennen, Springen und Ringen, bis sie irgendwann in ihrem eigenen Verständnis keine Jungen mehr, sondern junge Männer waren. Und als junge Männer ölten sie dann ihr Haar ein und webten ausgefallene Stirnbänder aus roten, schwarzen und braunen Fasern, in die sie bei besonderen Ereignissen Federn und Blumen stecken konnten. Manche zeigten auch eine Begabung zum Flötenspieler, eine Fertigkeit, die vom Hirschvolk sehr geschätzt wurde. Andere wurden zu Liedführern, und einige wenige entwickelten die Gabe, Wild für die Jäger herbeizusingen, eine geheimnisvolle Macht, die nur wenigen in den ersten paar Jahren nach der Weihe gegeben war. Tama hatte diese Gabe, als er jung war, besessen und hoffte, daß auch Rulf damit begnadet sei, aber sie konnte nicht willentlich heraufbeschworen werden und hielt nie länger als zwei bis drei Jahre an. Ein Junge, der diese Gabe besaß, wurde von den anderen als jemand angesehen, der in Ka Balus besonderer Gnade stand. Außerdem war sie eines der Anzeichen, die auf eine mögliche Berufung zum Priester hinwiesen.

Tama beobachtete, wie Rulf die Prüfungen der Weihe ohne mit der Wimper zu zucken über sich ergehen ließ und anschließend eine glückliche und vertrauensvolle Beziehung zu seinem Lehrmeister entwickelte. Yarran, der Neffe von Tara, dem Ersten Ältesten, war ein schlanker Jäger von dreißig Jahren, mit grün und goldgelb gefleckten Augen, in denen immer ein Lachen tanzte. Zwischen Tama und Rulf entstand keine Kluft, vielmehr eine Vertiefung des Vertrauens und Verstehens. Da Rulf immer mehr Zeit mit seinen Clanbrüdern verbrachte, hatte er auch kleine Geheimnisse, doch Tama bohrte nicht nach, und dieses Vertrauen von seiten seines Großvaters ermöglichte es Rulf, offen auf ihn zuzugehen, wenn er Hilfe brauchte, und ihn um Rat, Erklärungen oder Unterricht zu bitten. Es gab da nur eine Sache, die er gegenüber seinem Großvater nicht erwähnen konnte, ein Geheimnis, das er seit mehreren Jahren mit sich herumtrug und das irgendwann einmal heraus mußte, doch er fürchtete sich noch, den möglichen Folgen ins Auge zu sehen. Mit dem Bruch, zu dem es durch die Weihe zwischen den Jungen und ihren Müttern kam, wurde es leichter, das Geheimnis für sich zu behalten. Die Clanbrüder redeten nie über ihre Mütter, gaben jedoch um so häufiger mit dem Mut ihrer Väter an.

Nachdem Rulf eine Weile bei Yarran und seiner Frau gelebt hatte, merkte Tama, daß mit Escha irgend etwas nicht in Ordnung war. Sie erledigte ihre täglichen Pflichten schweigend oder saß teilnahmslos vor dem Haus in der Sonne und redete fast nie, außer wenn sie angesprochen wurde. Wenn Rulf eine Weile nach Hause kam, hatte sie immer irgend etwas an ihm auszusetzen, so daß er es mit der Zeit vermied, mit ihr allein zu sein, und Tama etwas verwirrt fragte, wieso Großmutter Escha immer wütend auf ihn zu sein schien. Tama erklärte, daß es manchmal für Frauen schwer sei, sich damit abzufinden, daß ihre Söhne zu jungen Männern heranwuchsen, aber daß sie die neue Beziehung gewöhnlich nach einer Weile akzeptierten. Doch in seinem Herzen wußte Tama, daß Eschas Verhalten andere Gründe hatte. Je älter sie wurde, desto mehr betonte sie ihm gegenüber immer, daß sie eine Schäferfrau sei und sich in seinem Volk nie ganz zu Hause gefühlt habe. Wegen der Sitten des Hirschvolks, wegen der Gesetze Ka Balus, die sie nie anerkannte, hatte Escha ihren eigenen Sohn verloren und mußte nun mitansehen, wie sich Yakas Sohn von ihr zurückzog.

»Was bin ich denn?« fragte sie Tama gereizt, wenn er versuchte, ihrer Unzufriedenheit auf den Grund zu gehen. »Ein altes Mutterschaf, dessen Fell niemand mehr will. Rulf braucht mich nicht. Er wird so sicher von mir weggehen, wie Yaka von mir gegangen ist. Ich weiß das. Ich bin am Ende. Ich wünschte, ich könnte zu meinem eigenen Volk zurückgehen. Meine Cousinen oder deren Kinder würde sich um mich kümmern, und ich könnte all die Orte wiedersehen, die mir als junges Mädchen vertraut waren. Ach, wie war der Frühling immer schön, wenn die Eichen ausschlugen und ihre frischen jungen Blätter fast die Farbe meines Haars hatten. Was hatte ich für schönes Haar als junges Mädchen.«

»Ich brauche dich immer noch, Escha«, sagte Tama bescheiden.

»Du? Ja, du brauchst mein Essen, das Wasser, das ich für

dich hole, und das Feuer, das ich für dich mache. Aber mich? Mich? Wann hast du mich denn je gebraucht?«

In seiner Not fand Tama keine Worte.

»Arme Anielli! Ich wünschte, sie hätte sich nicht ertränkt. Sie hatte zu sehr unter Ke Rala gelitten. Ich wünschte, sie wäre nicht gestorben.« Escha faltete ihre Hände in den Schoß, preßte ihre Lippen zu einer bitteren Linie zusammen und sah über die dünnen Rauchfahnen, die von den abendlichen Eßfeuern in den rosa Sonnenuntergang aufstiegen. »Zuerst Anielli und dann ich«, sagte sie ruhig.

An diesem Abend saß Tama lange Zeit unter seinem Geistbaum. Die Erde darunter war von den zerdrückten Blüten der Sommerblüte immer noch karminrot gefärbt.

Es war schon Winter, ein trockener, frostig kalter Winter bis lange nach dem kürzesten Tag, als Rulf seinen Lehrmeister verließ und zu seinen Großeltern zurückkehrte. Er war jetzt einen Kopf größer als Escha und so groß wie Tama. Er hatte einen breiten Brustkorb und starke Schultern. Seine Zeit mit Yarran hatte er genossen und suchte ihn auch danach noch häufig auf, um mit ihm zusammen zu sein. Tama war stolz über den Bericht, den Yarran vor den Ältesten über Rulfs Geschicklichkeit im Jagen, seine Klugheit und seine Selbstbeherrschung ablegte, die von einer Reife zeugten, die sonst bei Jungen seines Alters nicht zu finden war. Obwohl er noch nicht einmal vierzehn war, legte er die Haltung eines selbstsicheren jungen Mannes an den Tag, und sein gerader Blick mit seiner durchdringenden Herausforderung war manchmal fast beunruhigend. Seine Fähigkeit, sich Dinge selbst auszudenken, anstatt um Rat zu fragen oder von sich aus Auskunft zu erbitten, machte ihn manchmal zu einem stillen Gefährten. Tama schätzte diese Eigenschaft an ihm und überlegte sich wieder einmal, ob er mit Rulf über die Möglichkeit reden sollte, sich zum Priester ausbilden zu lassen. Aber auch dieses Mal beschloß er, noch damit zu warten, zumindest bis er die erste Winterschule hinter sich hatte.

Der Anfang des Unterrichts für Rulfs Clan an den eisig kalten Wintermorgen im Hain des Priesters brachte Tama eine weitaus größere Erfüllung, als er sie beim Unterrichten je gekannt hatte. Obwohl die Jungen ganz verschieden waren, gelang es ihm, mit jedem von ihnen zu einer Übereinstimmung zu kommen, die es ihm ermöglichte, ohne Anstrengung zu unterrichten. Aufgrund ihres Vertrauens in ihn wollten sie ihm gefallen, indem sie alles lernten, was er ihnen geben konnte. Sie waren interessierter und aufnahmefähiger als alle anderen Clangruppen, die er bisher unterrichtet hatte, oder es schien ihm zumindest so; aber es war so überzeugend, daß er sich überlegte, ob es wirklich sein könnte. Spielte ihm sein Gedächtnis einen Streich, und erinnerte er sich bloß nicht mehr an die Jungen, die er vor langer Zeit als junger Priester unterrichtet hatte? In den vergangenen Jahren hatte es immer wieder Erfolge und Mißerfolge, erfüllte und enttäuschte Hoffnungen gegeben. Vielleicht spann ja auch das herrliche Winterwetter eine Fantasie für ihn über seinen Unterricht, oder vielleicht verlieh seine Liebe zu Rulf seinen Worten einen besonderen Glanz, so daß die Jungen seinen lebendigen Geist darin spürten, der ihren eigenen Geist beflügelte. Was auch immer der Grund war: Dieser Winter war für Tama auf jeden Fall eine der glücklichsten Zeiten seines Lebens.

Sobald er wußte, daß er sich der Aufmerksamkeit der Jungen sicher sein und leicht ihre Neugierde zur Aufnahme des neuen Wissens erwecken konnte, flocht Tama nach und nach die Vorstellung ein, Gedanken, Erfahrungen und Wissen in sichtbarer Form festzuhalten. Dazu zeigte er ihnen einige von Uunus Bildern, die wegzuwerfen Brusa nicht übers Herz gebracht hatte. Mit Genugtuung beobachtete er, wie die Jungen sie eifrig betrachteten und besprachen. Rulf zeigte sich weniger interessiert daran als die anderen, doch Tama führte das auf die unglückliche Auseinandersetzung zwischen Rulf und Uunu zurück, bei der ihre Freundschaft zu Bruch gegangen war. Von den anderen Jungen zeigte Turni das größte Interesse an Uunus Bildern und begriff sie gleich als Visionen seines Denkens und als die Farbe seiner Worte.

»Meine Gedanken sind auch farbig«, sagte er und war begeistert, als Tama unter eines von Uunus Bildern Zeichen in den Sand schrieb, die ›Glockenvogel‹ bedeuteten. Mit diesen Zeichen wurde auf andere Weise dasselbe ausgedrückt, was der Künstler mit Form und Farbe dargestellt hatte. Zuerst lehrte Tama die Jungen, ihre eigenen Namen und dann Bezeichnungen für ihre Körperteile, für Nahrungsmittel und Waffen, für Pflanzen und Vögel zu schreiben. Es wurde zu einem mitreißenden Spiel, das Turni dem mündlichen Unterricht des Priesters vorzog, den man anschließend auswendig lernen mußte. Eines Tages fragte er Tama: »Weshalb müssen wir denn das Wissen von Ka Balu auswendig lernen? Weshalb können wir es nicht einfach aufschreiben und es dann wieder lesen, wenn wir es brauchen?«

Aber der Priester war keineswegs der Meinung, daß Auswendiglernen unnötig sei. »Solange ihr noch jung seid«, sagte er, »könnt ihr leicht lernen, viel leichter, als wenn ihr erwachsen seid. Ihr müßt soviel Wissen wie möglich in euren Köpfen speichern. Der Kopf leckt nicht wie ein alter Wasserbeutel. Aber wenn ihr jetzt Schreiben lernt, könnt ihr, wenn ihr älter seid, eure Gedanken aufschreiben oder Jagdgeschichten, die ihr später euren eigenen Kindern vorlesen könnt. Ihr werdet euch dann nicht nur daran erinnern, was ihr jetzt gelernt habt, sondern ihr werdet sogar in der Lage sein, dieses Erlernte mit späteren Erfahrungen zu verbinden und etwas Neues daraus zu machen. Wie Ka Balu werdet ihr in der Lage sein, neue Welten zu erschaffen.«

Einige der Jungen sahen ihn daraufhin nur zweifelnd an, während Turnis Augen bei dieser Aussicht strahlten. Obwohl alle Jungen sich pflichtbewußt daran machten, die Zeichen zu üben und sich einzuprägen, verbrachte Turni auch dann, wenn er allein war, Zeit damit, die Zeichen in den Staub zu malen, wieder auszuwischen und andere zu schreiben. Er schnitzte sich seinen Namen in den Griff seines Dolchs, was ihm ein paar andere alsbald nachmachten. Seine Begeisterung war so groß, daß Tama sich wünschte, Rulf könnte ihn darin übertreffen, doch Rulfs gleichmäßiger Fortschritt gab keinen Grund zur Klage.

Gegen Ende des Winters veränderte sich das trockene kalte Wetter. Mehr als einen Mond lang verhinderten häufige Regenschauer, daß Tama seinen morgendlichen Unterricht abhalten konnte. Zwar hatten die Jungen fast alles gelernt, was er sich für diesen Winter vorgenommen hatte, dennoch hoffte er, ihnen vor dem Ende der Jahreszeit noch ein paar weitere Schreibzeichen beibringen zu können. Am ersten schönen Nachmittag ließ er sie zusammenkommen. Doch als er sie aus dem Unterricht entlassen hatte und sich am Fluß entlang auf den Nachhauseweg ins Dorf machen wollte, warteten dort zwei Jäger auf ihn, die mit ihm reden wollten. Es waren die Lehrmeister von Turni und Rori.

»Es ist gut, Vater, daß die Jungen so erpicht aufs Lernen sind«, hob einer von ihnen an, »aber auch wir bringen ihnen wichtige Dinge bei. Es war immer so vereinbart, daß du sie morgens unterrichtest und wir nachmittags.«

Tama sah ihn an und merkte, wie wichtig ihm sein Anliegen war. Er dachte einen Augenblick nach und sagte dann: »Ich verstehe. Der Regen hat uns beide in Verzug gebracht. Ja, du hast recht. Nachmittags stehen euch die Jungen zur Verfügung. Ich werde warten, bis noch zwei oder drei schöne Vormittage kommen. Ka Balu wird sie mir bald schikken.«

Jetzt trat der andere Jäger näher und hielt ihm an der Schneide einen Dolch entgegen. »Vater Tama«, sagte er, »Rori hat mir erzählt, daß dieses Zeichen auf dem Knauf seines Dolches seinen Namen bedeutet. Wie kann denn das sein?«

»Es stimmt. Diese Zeichen bedeuten die Laute, die Roris Namen ausmachen. Ich habe einen Weg entdeckt, wie man Worte lebendig erhalten kann. Wir machen schon immer Zeichen, die angeben, in welche Richtung ein Jäger gegangen ist. Drei Pfeile, die nach Süden zeigen, bedeuten, daß drei Jäger in diese Richtung gegangen sind. Ich habe Zeichen für andere Botschaften, für andere Vorstellungen gemacht.«

Der Mann lachte. »Das ist wohl Zauberei, was? Die Zauberei des Priesters.«

Auch sein Gefährte lachte. Sie gingen kopfschüttelnd weg

und taten so, als schrieben sie Zeichen in die Luft. Doch Tama lief tief in Gedanken versunken nach Hause und spürte ein unbestimmtes Unbehagen in sich aufsteigen. Rori hatte eines der Zeichen unachtsam geschnitzt, so daß das Geschriebene nicht »Rori«, sondern ›Pori‹ bedeutete. Es beunruhigte Tama stärker, als er zugeben wollte.

2

An seinem vierzehnten Geburtstag durfte Rulf wieder einmal den großen Kalenderstein ansehen, den er zu keinem anderen Zeitpunkt im Jahr unverdeckt zu sehen bekam. Der Stein hatte für den Jungen etwas so Aufregendes und Geheimnisvolles an sich, als wäre er lebendig.

»In gewissem Sinn ist er lebendig«, sagte Tama. »Er hält den Fluß der Zeit in seinen Tiefen gefangen. Die Vergangenheit ist hier. Meine ganzen Mannesjahre sind in diesem Stein festgehalten. Viele Male ist der Stift im Kreis herumgewandert, seit der Alte Weise mir zum erstenmal beibrachte, wie sich unsere Tage in Abhängigkeit von der Sonne genau zählen lassen. Sieh her, hier unten ist meine Lebenslinie, und gleich daneben ist deine. Du hast noch einen langen Weg vor dir, bis du mich eingeholt hast.«

»Eines Tages wird meine Lebenslinie genauso lang sein wie deine, so lang.« Und der Junge zeichnete mit seinem Finger eine imaginäre Linie auf den Stein, die genauso lang war wie die Lebenslinie seines Großvaters.

»Wenn du den Stift in das nächste Loch gesteckt und Ka Balu dafür gedankt hast, daß er dich wieder sicher durch ein Jahr geführt hat«, erklärte Tama, »lasse ich dich heute die nächste Kerbe deiner Lebenslinie in den Stein meißeln. Von heute an darfst du jedes Jahr deine eigene Lebenslinie fortführen. Ganz vorsichtig natürlich. Wenn der Meißel abrutscht, wird der Stein beschädigt, und das kann sogar unsere Zukunft in Gefahr bringen. Du mußt also deine Hand ganz ruhig halten.«

Hätte Tama nicht vollkommenes Vertrauen in Rulfs ruhige Hand gehabt, hätte er ihm nie erlaubt, den Meißel überhaupt in die Hand zu nehmen. So sah er zufrieden zu, wie Rulf den Steinstift ein Loch weiterbewegte und sein Dankesgebet für sein vollendetes Lebensjahr zu murmeln begann. Dann nahm er einen Meißel mit einer feinen Schneide und einen Hammer in die Hand, um einen kleinen weiteren Schritt auf seiner Lebenslinie einzumeißeln. Tatsächlich war dieser Schritt nur etwa ein Viertel seines Daumennagels lang.

»So«, sagte Rulf, »wie habe ich das gemacht?«

Er wischte die schwache Farbspur weg, mit der er die Linie vorgezeichnet hatte. Tama legte ihm die Hand auf die Schulter.

»Sehr gut. Aber jetzt muß der Geist des Steines wieder einen Tag schlafen. Und nächstes Jahr, wenn es wieder soweit ist, wirst du deine Lebenslinie wieder ein bißchen verlängern können.«

»Danke, Großvater.« Rulf sah zu, wie Tama das Hirschfell über den Kalender legte. Mit ernstem Blick drehte er sich zu ihm um und lächelte dann. »Jetzt bin ich ein Mann, nicht wahr?«

Im Dorf wurde in letzter Zeit viel über Ke Ralas neuestes Vergnügen geredet. Seit langem hatte er viel Zeit darauf verwendet, sich Spiele und Kraftproben für seine jungen Wächter auszudenken. Er war davon überzeugt, daß sie dadurch ihre Muskeln stärken und ihre Geschicklichkeit beim Jagen verbessern könnten. Seit Jahren war er nicht mehr mit ihnen auf die Jagd gegangen, da er sich schämte, seine verkrüppelten Hände zu entblößen. Aber auf dem eingeebneten Gelände vor seinem Haus, das er mit Steinen hatte pflastern lassen, konnte man ihn oft beobachten, wie er Steine und Stöcke bewegte, bis er ein neues Spielmuster gefunden hatte. Manchmal halfen ihm ein paar der Wachen dabei oder spielten die verschiedenen Geschicklichkeitsübungen nach, die er sich ausdachte. Und manchmal lachten sie dabei ausgelassen oder lärmten wild bei ihrem rauhen Spiel. Besonders liebte er Ringen, und es verging kaum ein Tag, an dem er nicht mindestens einem Paar Jungen zuschaute, wie sie sich schwitzend und angestrengt auf dem staubigen Übungsgelände neben seinem Haus auf den Rücken zu werfen versuchten. Wenn er mit einer außerordentlichen Leistung bei einem der Spiele besonders zufrieden war, ließ er manchmal eine Vorführung veranstalten. Es hatte einmal eine Zeit gegeben, als ein paar der Jäger fast jede Sommernacht mit staubigen Beinen im Kreis herumwirbelten, während die Frauen sich wie eine Welle zum Rhythmus der Schlagtrommel auf und ab bewegten und um sie herumschlurften. Mit kreisrunden Holzscheiben, die sich der Trommler mit Riemen über die geschlossenen Fäuste gestülpt hatte, wechselte er zwischen dem Trommelrhythmus auf einer Stierhaut und dem Stakkato-Rasseln der Scheiben ab. Geübte Trommler beherrschten die Rhythmen so gekonnt, daß sie die Tänzer zu wilden Freudentänzen hinrissen.

Aber diese Tänze waren unter Ke Ralas autokratischer Herrschaft immer mehr in Vergessenheit geraten oder sogar unterbunden worden. Sie waren zu etwas geworden, über das die Älteren mit wehmütiger Erinnerung sprachen. Und wenn sie bei so seltenen Anlässen wie der Ankunftsfeier, dem Fest, mit dem die wohlbehaltene Rückkehr der Jungen von ihrer Langen Wanderung gefeiert wurde, oder dem Mittsommernachtsfest und dem Fest zur Feier der Rückkehr der Sternenvögel erlaubt wurden, waren es immer die älteren Männer und Frauen, die als erste tanzten, während die Jüngeren ihnen leicht belustigt zusahen oder ihre Tänze mit irgendwelchen Bewegungen nachäfften. In der Vergangenheit hatten erwachsene Tänzer die Kinder genauso ernsthaft im Tanzen unterwiesen wie die Lehrmeister die beschnittenen Jungen in der Kunst des Jagens. Rulf und seine Clanbrüder hatten die Tänze des Hirschvolks noch nie mit der Leidenschaft und Freude getanzt gesehen, die sie früher einmal ausgezeichnet hatten.

Anstelle der Tänze ließ Ke Rala Vorführungen des überragenden körperlichen Könnens seiner Wachen veranstalten. Es stand außer Zweifel, daß diese Fertigkeiten die jungen Jäger stark und behende erhielten, obwohl die besondere körperliche Übung, die ihnen zuteil wurde, die Gleichheit der Beziehungen der Clanbrüder untereinander zu zerstören drohte. Ein Mann, der vom Häuptling als eine seiner Wachen erwählt wurde, mußte fast zwangsläufig ein Clanführer werden, ob er dazu von seinen Clanbrüdern erwählt worden war oder nicht. Bisweilen verhinderte die

Treue eines Wachmanns gegenüber seinem Clanführer jegliche Herausforderung, aber meistens bedeutete es, daß ein Clanführer für zwei oder drei Jahre seines Amtes enthoben wurde. So viel Zeit verbrachten die Jugendlichen nämlich im Durchschnitt bei Ke Ralas ›Jungs‹.

Der Häuptling erwartete, daß sein gesamtes Volk an den von seinen Wachen veranstalteten Spielen teilnahm. Und die meisten taten es auch. Die Spiele ließen ein Zusammengehörigkeitsgefühl unter den Dorfbewohnern entstehen. Was immer auch Ke Rala machte, es war die zentrale Achse, um die sich ihr Leben drehte. Die Jahre hatten sie eine umsichtige Duldsamkeit gegenüber seinen Neuerungen gelehrt, auch wenn sie untereinander über seine Ausschweifungen herzogen. Doch das Schlagrutenspiel löste tiefere Gefühle aus und entzweite sogar ganze Familien. Selbst die Dorfältesten, die nur selten Entscheidungen des Häuptlings in Frage stellten, zeigten ihr Mißfallen und schickten Tara und Tama zu Ke Rala, um die Grausamkeit des Spiels zu mildern. Doch er weigerte sich und sagte, es sei eine Übung, die mit der Zeit die besten Eigenschaften eines Jägers hervorbringen würde. Tara und der Priester hielten dies nicht für möglich. Ke Rala weigerte sich, das Spiel zu ändern, obgleich seine Lieblingswachen danach bewußtlos zu seinem Haus zurückgetragen wurden.

Das Schlagrutenspiel war zum erstenmal einen Mond vor Rulfs vierzehntem Geburtstag vorgeführt worden, als Ke Rala eine öffentliche Vorführung für das ganze Volk veranstaltet hatte.

Auf dem Sandboden des Tanzplatzes wurden zwei Reihen mit Kreisen aufgemalt. Jeder Kreis war so groß, daß ein Mann mit gespreizten Beinen darin stehen konnte. Seine Füße berührten dabei gerade noch die Kreislinie. Der Abstand zwischen den einzelnen Kreisen betrug etwa viermal die Armlänge eines Mannes und zwischen den beiden Reihen etwa achtmal die Armlänge. Jeder Kreis befand sich gegenüber dem Zwischenraum zwischen zwei Kreisen der gegenüberliegenden Reihe.

Die Männer in allen Kreisen waren bis auf den Lendenschurz nackt und hielten in den Dolchhänden biegsame Ruten, die zweimal so lang waren wie ihre Arme. Am Anfang dieser Gasse aus Schlägern stand ein Mann mit auf dem Rücken zusammengebundenen Armen und verbundenen Augen, der ebenfalls nur mit einem Lendenschurz bekleidet war. Er war der Läufer, den die anderen schlagen durften. In dem Spiel ging es darum, daß der Läufer durch die Gasse der Schläger laufen und entkommen mußte.

Regeln gab es nur wenige. Die Schläger durften die Füße nicht vom Boden nehmen, doch sie konnten sich strecken, einen Ausfall nach vorn machen und sich drehen, um besser zu treffen. Die Rute mußte jedoch in der Dolchhand bleiben.

Es war nicht erlaubt, den Läufer auf den Kopf oder über die Lenden zu schlagen, aber sonst war kein Körperteil tabu. Im Eifer des Gefechts war es jedoch schwierig, genau zu sagen, wo ein Schlag landen würde, und es kam immer vor, daß ein Läufer ein paar Schläge auf den Kopf bekam.

Bevor dem Läufer die Augen verbunden wurden, lief er die beiden Reihen ab, faßte die Dolchhand jedes Schlägers und rief ihn beim Namen. Der Schläger legte dabei seine Scheidenhand auf die Dolchschulter des Läufers. Der Läufer konnte loslaufen, sobald seine Augen verbunden waren.

Er war keineswegs ohne Chancen. Zwar bestand die größte Leistung darin, durch die Gasse zu rennen, ohne hinzufallen, doch der Läufer durfte sich – solange er nicht zurückrannte – jeder Technik bedienen, um zu entkommen. Er konnte seine ganze Kraft darauf verwenden, durch die Lükken zwischen den Schlägern auszubrechen, und die meisten Läufer unternahmen am Anfang des Rennens auch solche Versuche, obwohl die größten Schläger mit der längsten Reichweite stets am Ende jeder Reihe plaziert waren. Wenn der Läufer beim Versuch, die Reihen zu durchbrechen, einen Schläger aus seinem Kreis stieß, mußte er zu einem Punkt gegenüber dem Schläger zurückkehren und von dort aus sein Rennen fortsetzen. Zwei oder drei Fehlversuche, die Reihen zu durchbrechen, bedeuteten, daß der Läufer schwer bearbeitet wurde. Gute Läufer zogen es daher vor, mit großer Geschwindigkeit durch die Gasse zu preschen. Doch mit verbundenen Augen und auf dem Rücken zusammengebundenen Händen war es schwierig, das Gleichgewicht zu bewahren. Die Läufer gerieten unter den Schlägen unversehens ins Wanken, wußten nicht mehr, in welche Richtung sie rennen mußten, stolperten in die Reihen der Schläger hinein und fielen hin.

Erst wenn der Läufer wieder auf den Beinen war, durfte weiter auf ihn eingedroschen werden, doch ein Läufer, der daraus Vorteile zu ziehen und weiterem Leiden zu entkommen versuchte, wurde von den schreienden Schlägern so lange verspottet und angetrieben, bis er sich wieder aufrappelte. Wenn der Läufer völlig den Mut verloren hatte und auf dem Boden liegen blieb, wurde das Spiel abgebrochen. Jeder Schläger durfte jedoch, bevor er den Platz verließ, dem Opfer einen kleinen Schlag versetzen, um seiner Verachtung für dessen Feigheit Ausdruck zu verleihen. So ein armer Teufel wurde dann von den anderen Wachen tagelang gemieden, bis er bei einer anderen Geschicklichkeits- oder Tapferkeitsprüfung seine Ehre wiederherstellte.

Ke Rala hatte das Spiel aus einem viel unschuldigeren Spiel entwickelt, das seit langer Zeit von den Jungen gespielt wurde. Dort wurden allerdings keine Ruten benutzt, und der Junge mit den verbundenen Augen wurde nur von einem lachenden Jungen zum anderen geschubst, was meistens in eine allgemeine Rauferei unter großem Gelächter ausartete.

Als das neue Spiel zum erstenmal vor einer großen Menschenansammlung vorgeführt wurde, verstummten plötzlich viele Zuschauer, weil sie sich der Grausamkeit und der Tatsache bewußt wurden, daß der Läufer mit Sicherheit Verletzungen davontrug. Doch als das Spiel weiterging und verletzte Läufer die Plätze der Schläger einnahmen, die wie versessen darauf waren, nun selbst durch die Gasse zu rennen, als weitere junge Männer mit blutenden Striemen auf Rücken und Schultern sich in brutalem Blutdurst heiser schrien, fingen die Frauen an zu schluchzen, und viele Männer wandten sich voller Ekel ab. Andere wurden von der

Wildheit des Spiels angesteckt, trampelten mit den Füßen auf die Erde, klatschten mit den Händen und riefen den wankenden Läufern wilde Anfeuerungsrufe zu. Wenn einem Läufer, der die Gasse der Rutenschläger überstanden hatte und immer noch auf den Beinen war, die Binde von den Augen genommen und der Strick von seinen blutenden Armen entfernt wurde, die er Ke Rala zum Gruß erhob, schlug ihm rasender Beifall von Schlägern und Zuschauern entgegen. Ke Rala würdigte manchmal eine außergewöhnliche Leistung, indem er sich erhob und vor dem Sieger leicht verneigte. Je stärker der Läufer blutete, desto zufriedener schien der Häuptling zu sein.

Nach der ersten Aufführung gab es aufgeregte Angebote von seiten mancher Jäger, die bei der nächsten Gelegenheit an dem Spiel mit den Wachen teilnehmen wollten. Gleichzeitig versuchten kühlere Köpfe unter den älteren Männern, Vernunft in die ganze Angelegenheit zu bringen.

Rulf beobachtete, daß die Jungen seines Alters bald eine eigene Version des Schlagrutenspiels spielten, allerdings ohne die strengen Regeln der Wachen. Das erste Mal, als sie ihn aufforderten, mit ihnen zu spielen, redete er sich mit der Behauptung heraus, er müsse mit seinem Lehrmeister arbeiten, und ging dann zu Yarran, um ihn zu fragen, ob er gebraucht werde. Das machte er nicht nur deshalb, weil er wußte, daß sein Großvater gegen das Spiel war, sondern auch, weil er selbst von dessen Grausamkeit abgestoßen wurde. Als er jünger gewesen war, hatte er gern mit den anderen Jungen Herumstoßen gespielt, aber für die neue Art des Spiels, die sich der Häuptling ausgedacht hatte, empfand er nur Verachtung.

Zwei Tage später redete er morgens gerade mit seinen Clanbrüdern, als eine andere Gruppe zu ihnen stieß, die Spieler für das Schlagrutenspiel suchten. Es folgten viel Gestreite, Geschrei und Gejohle, als die wilderen Jungen die anderen zum Mitmachen drängten. Zu Rulfs Überraschung ließ sich Buka darauf ein, jedoch nur, wenn Flachsstengel anstatt der härteren Ruten der Wachen verwendet würden. Arris protestierte zwar, daß er nicht mitspielen wollte, ließ sich dann aber doch überreden, und wie üblich folgte ihm Rana. Riki trat zurück und sagte: »Ich bin zu klein«, aber Rori sah Rulf mit schelmisch glitzernden Augen an und sagte:

»Na, was ist, Rulf? Auf, laß uns mitmachen.«

Rulf machte sich von Roris Hand auf seinem Arm frei. »Nein, ich will nicht.«

»Ach, mach schon. Nur eine Weile. Das macht Spaß.«

»Es ist dumm und grausam.«

Ein großer Junge von einem anderen Clan ging auf Rulf zu. »Ja, Rulf, komm doch auch. Du bist ziemlich stark, du könntest durchkommen. Auf, komm mit.«

»Ich will nicht.«

»Warum nicht? Es ist ein gutes Spiel. Mein Bruder ist Wächter, und er hat mir gezeigt, wie man einen Läufer hindern kann, die Reihen zu durchbrechen. Es geht so: Du stehst mit dem Gesicht in diese Richtung ...«

»Nein«, sagte Rulf entschlossen. »Ich werde nicht mitspielen.«

Der andere blickte ihn direkt an. »Du hast keine Angst, das weiß ich. Du hast Mut. Und du hast genug Kraft. Warum willst du nicht mitmachen?«

Rulf sah mit gerunzelter Stirn zu Boden, stieß mit seiner Sandale gegen einen Stein, sagte aber nichts. Jetzt versammelten sich weitere Jungen um die beiden und drängten ihn, doch mitzuspielen.

»Rulf, wir brauchen mehr Schläger. Oder du kannst der erste Läufer sein. Und dann werde ich dich so verdreschen – Piff! Paff!«

Rulf drehte sich um und wollte weggehen, doch der Junge, der zuerst mit ihm geredet hatte, legte ihm die Hand auf die Schulter und sagte:

»Sag mir, warum du nicht spielen willst, ich möchte es wissen. Du hast keine Angst, ein paar abzubekommen. Was ist los?«

Rulf sah in verwirrte graue Augen. Er mochte den Jungen, der zwei Jahre älter war als er selbst. Plötzlich merkte er, daß er zum Zentrum der Aufmerksamkeit einer kleinen Gruppe von Jungen geworden war, die eine Spannung spürten, die unterhaltsamer als das Spiel war. Er atmete einmal tief durch und wandte sich ihnen zu.

»Ihr denkt nur an die Aufregung und der Versuch, den Läufer am Durchkommen zu hindern. Wir haben früher immer ›Herumstoßen‹ gespielt, und das war ein Spiel, das Spaß machte und bei dem niemand verletzt wurde. Dieses neue Spiel ist grausam. Es verletzt die Männer. Es macht keine besseren Jäger aus ihnen. Wenn die Fingerknöchel eines Mannes gebrochen sind, kann er keinen Bogen mehr spannen. Und das Spiel verlangt auch keine Geschicklichkeit ...«

Protestschreie wurden laut.

»Nein, Geschicklichkeit wird nicht verlangt. Wichtig sind nur Kraft und Gewicht. Es ist ein dummes Spiel und hat bereits zu Streitereien in den Familien geführt. Weshalb sollten wir uns gegenseitig verletzen wollen? Es ist gegen die Lehre von Ka Balu. Wir sollten uns gegenseitig helfen, nicht uns zu töten versuchen. Die Wachen des Häuptlings tun, was er ihnen befiehlt, aber wir müssen uns nicht gegenseitig die Köpfe einschlagen, um ihm Vergnügen zu bereiten. Diejenigen von euch, die schon auf der Langen Wanderung waren, wissen, daß die wirklichen Mut-, Kraft- und Ausdauerproben dort draußen in den Ebenen und in den Bergen zu bestehen sind. Dort draußen wird nicht nur der Körper geprüft, sondern auch der Geist. Das hilft uns, zu richtigen Männern zu werden, statt uns gegenseitig mit Stöcken grün und blau zu schlagen, bis wir bluten. Zu welchem anderen Spiel ist ein Läufer, der das Schlagrutenspiel überstanden hat, noch Tage danach gut? Manche von ihnen mußten ihre Wunden von Vater Tama kurieren lassen.

Wenn wir irgend etwas zusammen spielen wollen, laßt uns ein Seil aufhängen und mit zwei Bällen spielen. Das ist wirklich schnell und erfordert sowohl Geschicklichkeit als auch Kraft. Ich werde nicht den Rest des Tages in eine Decke gehüllt in der Ecke verbringen und mich selbst bedauern. Kommt, laßt uns das Seil über den Tanzplatz spannen und Clangruppen zum Spring-Werfen bilden.«

Vielleicht war es seine Furchtlosigkeit, seine Verachtung für reine, dumme Gewalttätigkeit, oder vielleicht eher seine

Weigerung, unnötig verletzt und blutig geschlagen zu werden, die sich auf sie übertrug, denn plötzlich schrien alle in größter Einigkeit durcheinander und sprangen zu dem Tanzplatz hin. Einige von ihnen wären dabei fast in einen Mann gerannt, den niemand bemerkt hatte und der halb versteckt hinter einem Baum gestanden und alles mitangehört hatte. Er drehte sich zu Rulf um.

Einen endlosen Augenblick lang sahen sie über den Raum zwischen ihnen und über die Jahre des Schweigens hinweg, bis es dem Jungen plötzlich eiskalt über den Rücken lief. In dem ausdruckslosen Blick des Häuptlings konnte Rulf weder Verurteilung noch Zustimmung lesen, weder Wut noch Verständnis. Mit seinen unter den weiten Ärmeln versteckten Händen hätte der bewegungslose Ke Rala genausogut eine Holzstatue sein können. Aber da war das graue Haar an seinen Schläfen, das sich im Wind bewegte. Wenn er geglaubt hatte, er könne mit seinem Blick den Jungen zum Wegsehen bringen, hatte er sich getäuscht. Rulfs glänzende braune Augen ließen die seinen keinen Augenblick los, aber in seiner Haltung lag auch keine Anmaßung. Furchtlos und offen sah er dem Häuptling mit seitlich herabhängenden Händen und erhobenem Kopf in die Augen. Rulf hielt dem langen prüfenden Blick stand, bis sich der Häuptling mit einer fast unmerklichen Neigung des Kopfes umdrehte und langsam wegging. Kurze Zeit später ging auch Rulf zu seinen Gefährten zurück.

Der Zwischenfall beunruhigte ihn ein wenig, und er überlegte sich, ob er seinem Großvater davon erzählen sollte, aber er wußte, daß wegen seines unausgesprochenen Wissens, daß seine Mutter durch die Hände des Häuptlings gestorben war, allein bei der Erwähnung von Ke Ralas Namen sein Herz klopfen würde. In letzter Zeit, das heißt im letzten Jahr, hatte er seltener über der Möglichkeit einer endgültigen Rache gebrütet. Die Lange Wanderung, seine Weihe zum Mann, seine Zeit mit Yarran und dessen Frau sowie das neue Lernen in der Winterschule hatten seinen Kopf mit der Kraft und Herausforderung neuer Erfahrungen gefüllt, die er gierig aufsog. Vater Tama hatte ihm nie erzählt, wie Vani gestorben war. Vielleicht hatte er seine Gründe dafür. Aber Rulf hatte sich geschworen, daß er eines Tages seine beiden Großväter mit dem, was er darüber wußte, konfrontieren würde. In der Zwischenzeit mußte der starke Wunsch, dieses Ziel zu erreichen, die ganze Ausbildung seines Geistes und Körpers beseelen, bis er irgendwann, wenn Ka Balu ihm zeigen würde, daß die Zeit reif war, den Tod seiner Mutter rächen würde.

An einem sonnigen Morgen fast einen Mond danach hockte Rulf neben seinem Großvater Tama vor dem Haus. Sie genossen die Sonne nach ein paar Tagen leichten Regens. Der Nebel hatte in den Baumwipfeln gehangen, so daß Rulf von der Anhöhe aus nur ein bißchen über das Dorf hinaussah, das verschwommen zwischen den im Nebel versinkenden Wäldern, Bergen und dem Himmel lag. Sogar die Gedanken und Bewegungen schienen gedämpft zu sein, und das Rauschen des Flusses war kaum zu hören. Nur den Vögeln schien der Nebel nichts anhaben zu können. Sie sangen weiter durch die feuchten Regenschleier. Morgens nach dem Aufwachen fand sich Rulf überall von blauem Dunst umgeben, durch den er in das Dorf hinuntersah wie durch das Wasser eines Geistersees. Neben den Pfaden duftete es eindringlich nach dem üppigen Grün des Frühsommers. Es war der Mond der Lila Speere, in dem die breitblättrigen Pflanzen überall, wo die Erde umgegraben war, hervorsprossen und ihre Blütendolden, die mannshoch wuchsen, vollhingen mit lauter einzelnen Blumen, die die Kinder Fingerhüte nannten. Unmengen dieser Pflanzen, die bisweilen weiß und rosa gesprenkelt waren, hüllten den Pfad am Fluß und den zur Anhöhe von Tamas Haus in eine lila Wolke. Sie waren sogar zwischen manchen der Steine gewachsen, die Rulf neben dem Haus verlegt hatte.

Viele Dorfbewohner waren dem Beispiel des Häuptlings gefolgt und hatten den Platz vor ihren Häusern mit Steinen gepflastert. Den Frauen gefiel das, weil dann nicht immer soviel Schmutz ins Haus getragen wurde. Tama und Rulf hatten Steine gewählt, die schön geädert und gemustert waren und verschiedene Strukturen und Farben aufwiesen.

Beide hatten Freude daran, in den Steinen die Formen von Flüssen, Wellen und ziehenden Wolken, runden Hügeln und spitzen Berggipfeln zu sehen. Tama hatte gesagt: »Diese Formen sind die Gedanken, die Götter im Sinn hatten, als sie die Welt erschufen. Die Erde erinnert sich immer noch daran.«

In der trocknenden Sonne fühlten sich die Steine unter Rulfs nackten Beinen warm an. Er hatte sich träge neben Tama an die Hauswand gelehnt. Sie sahen einer Familie von Weka-Rallen zu, die aus dem Farn herausgewatschelt kamen und leise, zufriedene Grunztöne von sich gaben, während sie eifrig nach Würmern, Schnecken und wonach ihnen sonst noch der Sinn stand, suchten. Die Sonne glänzte warm auf ihrem herrlichen braunen Gefieder, und ihre lächerlichen kleinen Schwänze wippten beim Rennen von einer Seite auf die andere, während sie mit ihren starken Schnäbeln nach Würmern pickten. Zwar jagte das Hirschvolk normalerweise Wekas, aber hier oben beim Haus des Priesters wurden sie nicht gestört, und sie nahmen dieses Schutzgebiet an und kamen auf ihrer Futtersuche bis zur Hauswand.

Rulf kannte dieses Weka-Paar schon ein paar Jahre. Manchmal zogen sie tief im Farn versteckt mehrere Küken in einem Sommer auf, aber dieses Jahr hatten sie bisher nur ein Küken hervorgebracht, das jetzt zu einem selbstbewußten langbeinigen Jungvogel herangewachsen war, der nicht nur alles annahm, was ihm seine Eltern anboten, sondern selbst mit gierigem Auge nach seltenen Leckerbissen Ausschau hielt. Sein Blick wurde von den lilanen Fingerhüten angezogen, die sich auf halber Höhe des Stengels im Wind bewegten. Er zog seine Stummelflügel eng an den Körper, sprang hoch in die Luft, schnappte vergebens nach einer Blüte, plumpste wieder auf die Steine und plusterte beleidigt seine Federn auf. Rulf lachte, und Tama lächelte sanft.

»Ich glaube, als es Ka Balu langweilig wurde, immer nur Berge zu erschaffen und Ströme, die daraus hervorflossen, rollte er ein paar braune Federn und eine Handvoll Erde zusammen, und die Weka war geboren. Paß auf, oder sie zwickt dich in den Zeh.«

Rulf wackelte mit den Zehen, und die junge Weka beäugte sie aufmerksam, drehte sich dann aber mit der Gleichgültigkeit eines erwachsenen Vogels um, als könnten sie solche Versuchungen nicht verlocken, und pickte statt dessen zwischen den Steinen herum.

»Ah, das ist gut«, sagte Rulf. »Ich glaube, es wird wirklich gutes Wetter. Ich werde mal sehen, ob Yarran auf die Jagd geht. Oder vielleicht geht Rori mit mir zur Lagune hinunter.«

Das Geräusch näherkommender Schritte ließ die Wekas schnell unter dem Farn verschwinden. Tama und Rulf blickten auf, als sie zwei der Wachen des Häuptlings um die Hausecke biegen sahen. Sie blieben stehen, lächelten und stützten sich auf die langen Stöcke, die sie fast immer bei sich trugen.

»Ka Balu sei mit euch, Vater Tama und Rulf.«

Ganz langsam erhoben sich Tama und Rulf und blickten die Männer lange Zeit an, bevor sie sie zurückgrüßten. Wie alle Wachen hatten diese beiden allzu vertrauliche Umgangsformen und dieses anmaßende Lächeln, das besagte, daß ihnen nichts, was sie wollten, verweigert werden konnte. Tama kannte sie alle, denn er hatte sie durch die Ausbildung in Ka Balus Gesetzen geleitet. Er hatte beobachtet, daß es nicht die wachsten und klügsten seiner Schüler waren, die Wachen wurden, sondern eher diejenigen, die mehr an ihren Bauch dachten als an Gott. Diese beiden bildeten keine Ausnahme.

»Habt ihr mir irgend etwas zu sagen?« fragte der Priester. »Dann laßt es mich hören.«

»Ein Befehl des Häuptlings, Vater. Er bat, Rulf zu ihm zu bringen.«

Rulf sagte nichts, spürte aber, wie sich ihm vor Angst die Brust zusammenzog. Er sah seinen Großvater an.

»Was hat der Häuptling Rulf zu sagen?«

»Das wissen wir nicht. Er hat uns aufgetragen, dir auszurichten, daß der Häuptling mit Rulf sprechen möchte.«

»Ist das alles, was ihr zu sagen habt?«

»Ja.«

»Ka Balu sei mit euch.«

Die Wachen sahen sich unsicher an. Einer von ihnen streckte seine Hand nach Rulf aus.

»Geht in Frieden«, sagte Tama. »Und sagt dem Häuptling, Rulf habe seinen Befehl gehört.«

»Aber wir müssen ihn mitbringen.«

»Rulf wird kommen, wenn er dazu bereit ist. Geht jetzt.«

Wieder wechselten die Wachen Blicke. Hätte es sich um irgend jemand anderen als Vater Tama gehandelt, so hätten sie den Jungen trotz aller Einwände mitgenommen, aber die Augen des Priester strahlten eine Macht aus, die sie nicht herauszufordern wagten.

Tama und Rulf sahen ihnen zu, wie sie locker den Pfad hinunter schlenderten. Dann setzte sich Tama wieder hin, aber Rulf blieb mit dem Rücken an die Hauswand gelehnt stehen. Tama fragte ihn aus.

»Hast du vielleicht eine Ahnung, weshalb der Häuptling mit dir sprechen möchte?«

»Ja«, sagte Rulf heiser. Er räusperte sich und erzählte Tama von dem Zwischenfall, bei dem Ke Rala mitangehört hatte, wie sich die Jungen über das Schlagrutenspiel stritten.

»Er hat mich gesehen, und er muß alles gehört haben, was ich gesagt habe, aber dann hat er mich einfach nur ganz lange angestarrt, ohne irgend etwas zu sagen.«

»Das hast du gut gemacht«, sagte Tama. »Bei dem Spiel wurden bereits mehrere Jäger verletzt. Es ist brutal und gefährlich. Das habe ich Ke Rala auch gesagt. Aber ich muß noch einmal mit ihm reden.«

»Muß ich wirklich zu ihm gehen?«

»Dem Befehl des Häuptlings muß man Folge leisten. Aber sei guten Mutes, Junge. Du hast nichts Böses getan und hast nichts zu befürchten. Ich werde mit dir kommen und zuerst mit Ke Rala sprechen.«

»Aber was kann er denn wollen? Er hat noch nie ein Sterbenswörtchen mit mir geredet und noch nicht einmal bemerkt, daß ich existiere. Wenn er will, daß ich meine Meinung über das Schlagrutenspiel ändere, dann hat er sich getäuscht. Ich kann nicht, und ich will nicht. Er kann mich nicht zwingen mitzuspielen.« Nachdenklich fügte er hinzu: »Oder kann er das?«

»Natürlich nicht. Ich weiß nicht, was er will, Rulf, aber mach dir keine Gedanken. Je früher wir gehen, um so besser, dann kannst du anschließend den Rest des Tages genießen.«

Tama stand auf, blickte auf Rulfs gesenkten und sorgenvollen Blick und legte dem Jungen die Hände auf die Schultern. »Sieh mich an, Rulf. Du hast nicht vergessen, mir etwas zu erzählen, oder?«

Was Rulf darauf sagen wollte, wagte er nicht auszusprechen. Er überlegte sich sogar, ob sein Großvater überhaupt wußte, wie Vani gestorben war. War jetzt der richtige Zeitpunkt, um darüber zu sprechen? »Nein«, antwortete er. »Nein, das heißt ... nur der Streit über das Schlagrutenspiel. Ich habe sonst nichts getan, was den Ärger des Häuptlings hätte erregen können.«

Tama drückte liebevoll die Schulter des Jungen, bevor er ihn losließ und leichthin sagte: »Sei guten Mutes und Kopf hoch. Zieh deine Sandalen an, und bitte deine Großmutter, dir die Haare zu kämmen.«

Sie redeten wenig, während sie zusammen die Anhöhe hinuntergingen, aber Rulfs Herz schlug ihm bis zum Hals, als sie sich dem Haus des Häuptlings näherten. Eine Wache vor der Tür besprach sich kurz mit jemandem im Haus und kam dann Tamas Bitte, zuerst mit Ke Rala sprechen zu dürfen, mit den Worten nach: »Der Häuptling bittet dich herein.«

Zu Rulf gewandt, sagte Tama: »Warte hier draußen in der Sonne, bis ich dich hereinrufen lasse.«

Dann wurde er hineingelassen und die Tür hinter ihm verschlossen. Rulf und die Wache sahen einander an. Der blonde junge Mann lächelte und zwinkerte Rulf zu.

»Zwei Großväter, die sich besprechen, was? Du bist heute anscheinend ein wichtiger Junge.«

Aber Rulf war nicht zum Scherzen aufgelegt und murmelte: »Ich werde mich ein bißchen in die Sonne setzen.« Und schon war er um die Hausecke verschwunden. Er lehnte sich mit dem Rücken gegen die Hauswand und ließ die

Wärme in seinen Körper strömen. Das ist das erste Mal, daß ich das Haus des Häuptlings berühre, dachte er. Er ist mein Großvater, und ich bin vierzehn, aber er hat mich bis heute nie auch nur angesehen. Was kann er nur von mir wollen?

Hinter einem zertrampelten Grasstück lag das Grundstück, auf dem die Wachen ihre Übungen abhielten. Feuchte dunkle Flecken aus gestampfter Erde trockneten in der Sonnenhitze. Ein einsamer Wachmann hatte das ganze Gelände für sich. Er trug nur einen Lendenschurz und übte sich im Handstand. Die Sonne schimmerte auf seinen spielenden Arm- und Brustmuskeln. Immer wieder beugte er die Arme, mit dem Kopf und den Handflächen ganz nahe bei der Erde, und streckte dann langsam wieder seinen Brustkorb durch und seine Beine hoch, kam jedoch jedesmal wieder ins Wackeln und überstreckte sich. Rulf merkte, daß er mit beinahe schmerzhafter Eindringlichkeit zusah, wie der junge Mann jedesmal wieder seine Ausgangshaltung einnahm und seine Beine nach oben zu strecken begann, während seine Arme und Schultern zitterten. Jedesmal sagte sich der Junge, diesmal wirst du es aber schaffen, dieses Mal ganz bestimmt. Und als der junge Mann endlich seinen braunen Körper in eine vollkommene Haltung gebracht hatte, jauchzte Rulfs Herz auf: ›Ai-jee! Bring mir das auch bei.‹

Im selben Augenblick hörte er, wie sich im Haus zornige Männerstimmen erhoben, und so kam es nicht dazu, daß er seinen Freudenschrei ausstieß. Angst überkam ihn, die erst langsam wieder wich, als sich die Stimmen beruhigten. Er stand auf, reckte sich und warf einen Blick zu der Wache hinüber, die jetzt auf dem Rücken lag und ihre Beine nach oben und nach hinten über den Kopf hob, um den Boden zu berühren. Das kann ich auch, dachte der Junge und schlenderte die Hauswand entlang zur Rückseite des Hauses. Dort hörte er das Murmeln anderer Stimmen, die Stimmen eines Mannes und einer Frau im entspannten Ton einer gewöhnlichen Unterhaltung, aber da er nicht gesehen werden wollte, kehrte er zur Hausecke zurück und setzte sich dort hin. Eine lange Zeit verging.

Irgendwann kam die Wache von der Tür leise um die

Ecke, zupfte den dösenden Jungen an der Schulter und sagte: »Rulf, wach auf, der Häuptling fragt nach dir. Folge mir.«

In dem plötzlichen Halbdunkel im Haus sah Rulf zwei Männer bei der Feuerstelle stehen. In seiner Aufregung vergaß der Junge, den Häuptling förmlich zu grüßen. Er schielte zu Tama hinüber, um bei ihm Sicherheit zu finden. Es traf ihn wie ein Schlag in die Magengrube, neben dem Häuptling schien Großvater Tama geschrumpft zu sein. Seine Augen waren tief in dunklen Höhlen versunken, und sein Gesicht war schmerzverzerrt. Seine Mundwinkel waren in einem bitteren Ausdruck nach unten verzogen. Es war Ke Rala, der schließlich das Schweigen brach.

»Ka Balu sei mit dir, Rulf. Vater Tama und ich haben über dich gesprochen. Er hat dir etwas zu sagen.«

Da ging der Priester ein paar Schritte auf den Jungen zu. Es kostete ihn offenbar Mühe, etwas herauszubringen. Rulf konnte nichts als Qual in seinen Augen erkennen. Als er sprach, fehlte seiner Stimme ihre ganze übliche Spannkraft.

»Der Häuptling hat dir viel zu sagen, Rulf. Höre gut auf seine Worte. Er ist nicht wütend auf dich. Es wird ... wir haben beschlossen ... es wird einige Veränderungen in deinem Leben geben. Du wirst eine Weile hier bleiben. Der Häuptling wird dir alles weitere erklären. Ka Balu ... Balu ... sei mit dir, mein Junge.«

Rulf stand sprachlos da und bewegte sich nicht. Tama ging langsam zur Tür, ohne zurückzublicken. Die Tür wurde geöffnet und dann hinter ihm wieder geschlossen.

3

Als Rulf sich umdrehte, um dem Häuptling ins Gesicht zu sehen, bemerkte er seitlich hinter Ke Rala eine Töpferschale auf einem kleinen Regal neben der Feuerstelle. Von der Schale hing eine Ranke der Sternenblumen herunter, die jetzt schon fast alle verblüht waren, aber an geschützten Stellen immer noch gefunden werden konnten. Sie wanden sich häufig von den unteren Ästen herunter oder überzogen ganze Büsche mit einem Netz aus weißen Blüten. Beim Hirschvolk erzählte man sich viele Geschichten über die Sternenblumen. Die einen sagten, sie seien die Seelen von Kindern, die sich im Wald verirrt hätten, andere, es seien die Seelen von Kindern, die kurz nach der Geburt gestorben waren. Manche Mädchen banden sich einen Kranz aus den Ranken der Sternenblumen ins Haar, aber meist ließ man sie ungestört blühen. Noch nie hatte Rulf sie jedoch aus einem Topf an der Wand herunterhängen sehen. Doch in dem Gespräch, das nun folgte, in seinem Kampf um Selbstbeherrschung, um zu verstehen, was Ke Rala ihm da sagte, suchte Rulf mit den Augen immer wieder Halt bei den in der sanften Schummrigkeit des Raumes still glänzenden wilden Blumen. Es schien ungeheuer wichtig zu sein, sich auf die Reinheit der weißen Blüten zu konzentrieren, die mit nachlässiger Anmut die Wand herunterbaumelten, damit er nicht vergaß, daß draußen in dem sonnigen Morgen das Leben des Waldes wirklich und unverändert war.

Ke Rala setzte sich in den großen Sessel neben dem Herd, in dem man ein früh angezündetes Feuer hatte ausgehen lassen, und bedeutete Rulf, gegenüber von ihm auf einem gepolsterten Hocker Platz zu nehmen. Dort saß der Junge tiefer als der Häuptling, so daß er seinen Kopf heben mußte, um ihm in die Augen zu sehen. Er saß mit den Händen im Schoß aufrecht da und starrte in die Asche der Feuerstelle, während Ke Rala anhob zu reden.

»Du wirst dich sicher wundern, warum ich nach dir habe schicken lassen. Vater Tama erzählte mir, du habest gedacht, ich sei vielleicht ärgerlich auf dich, weil ich hörte, wie du das Schlagrutenspiel verurteilt hast. Doch darum geht es hier nicht, auch wenn ich mit dir ein anderes Mal gern darüber sprechen würde. Aber jetzt müssen wir über wichtigere Dinge reden. Sieh mich an, Rulf.«

Widerwillig hob der Junge den Kopf und sah dem Häuptling ins Gesicht. Mit einem langen prüfenden Blick versuchte er herauszufinden, was Ke Rala vorhatte, doch der unbewegte Ausdruck um dessen Mund und Augen verriet ihm nichts. Es war das Gesicht eines alten Mannes, aber ohne die Wärme und Freundlichkeit von Vater Tama. Wieder tauchte Tamas schmerzverzerrtes Gesicht vor seinem inneren Auge auf. Da fragte der Junge mit plötzlicher Dreistigkeit: »Warum hat Vater Tama so traurig ausgesehen, als er hinausgegangen ist?«

»Es gibt vieles, worüber wir reden müssen«, erwiderte der Häuptling ruhig. »Du wirst es später verstehen. Sag einmal, wußtest du, daß du mein Enkel bist, und hast du dich manchmal gewundert, wieso ich nicht schon früher nach dir schicken habe lassen?

Rulf antwortete leise: »Ich dachte, du magst mich nicht.«

»Ich hatte keinen Grund, dich nicht zu mögen. Aber da ich dein Großvater bin, hast du da nicht erwartet, in mein Haus eingeladen zu werden?«

Rulf verzog das Gesicht und ärgerte sich darüber, in seinen eigenen verborgenen Schmerz vorstoßen zu müssen. »Nein.«

Ke Rala blickte auf das leidvolle Gesicht hinunter, doch sein eigener Ausdruck blieb unverändert. »Ich habe viel mehr von dir miterlebt, als du vielleicht annimmst. Ich habe mitangesehen, wie du als Kind mit den anderen Jungen gespielt hast. Ich wußte, daß mein Clanbruder und seine Frau dich weise erzogen, um einen starken, selbstbewußten und ehrlichen Mann aus dir zu machen. Auf der Langen Wanderung hast du dich gut geschlagen, und dein Lehrmeister erzählte mir, daß aus dir einmal ein mutiger Jäger werden wird. Du bist in die Geheimnisse der jungen Männer eingeweiht worden und bist jetzt einen Winter in die Winterschule gegangen. Vater Tama erzählte mir, daß du die ersten Lektionen des Wissens über Ka Balu gut gelernt hast.«

Der Mann hielt inne, aber der Junge sagte nichts dazu, sondern hielt nur weiter seinen Blick gesenkt und sah zur Feuerstelle hin.

»Damit will ich sagen, Rulf, daß du mir glauben mußt, daß ich mit Dankbarkeit gegenüber Ka Balu dein Wachstum vom hilflosen Kleinkind zu einem gesunden, selbstsicheren jungen Mann verfolgt habe und viel über dich weiß. Ich weiß, daß du denken mußtest, ich machte mir nichts aus dir, weil ich nie mit dir geredet, nie irgend etwas für dich getan, dir nie gezeigt habe, daß ich dich ebenso als meinen Enkel anerkenne, wie du der Enkel von meinem Clanbruder Tama bist. Ich hatte meine Gründe zu schweigen, bis du alt genug warst, alles von meinen Lippen zu erfahren. Diese Zeit ist nun gekommen, die Zeit für uns beide, einander näher kennenzulernen, und für dich, alles zu lernen, was ich dir beibringen kann. Es wird eine große Veränderung für dein Leben bedeuten. Das ist das erste, was du verstehen und anerkennen mußt. Jetzt, da du am Anfang deines Mannesalters stehst, möchte ich dir helfen, körperlich und geistig an Stärke zu gewinnen, das heißt, in Techniken geschult und mit Kräften vertraut zu werden, die Ka Balu für dich vorgesehen hat. Vater Tama und ich haben darüber geredet und werden wieder darüber reden.«

Rulf hörte zu, antwortete aber nicht. In seiner Brust schien ein schwerer Stein an Gewicht zuzunehmen und ihn zu ersticken. Darunter brannten Verwirrung und Wut mit einem stechenden Schmerz, den er kaum aushalten konnte. Seine steife Haltung auf dem Hocker ließ kein Interesse für die Worte des Häuptlings erkennen, nur eine erzwungene Aufmerksamkeit. Als Ke Rala innehielt, sah der Junge nicht auf, um seinem Blick zu begegnen.

»Du machst es mir nicht leicht, Junge.«

Rulfs Kopf schnellte hoch. »Ich weiß nicht, was du von mir willst«, brach es unsanft aus ihm heraus.

»Höre einfach zu. Und denk darüber nach, was ich dir sage. Frage alles, was du wissen möchtest.« Ke Rala lehnte sich ein bißchen vor und hielt den Blick des Jungen fest. »Es gibt etwas, worüber wir reden müssen, das uns beiden weh tun wird, das dir vielleicht mehr weh tun wird als mir, denn die Jahre haben mich gelehrt, den Schmerz zu ertragen. Weißt du, was ich meine, Rulf?«

Rulf fletschte die Zähne, und seine Augen sprühten. »Sag es schon!« schrie er. »So sag es doch! Ich werde dir nicht helfen.«

Ke Rala lehnte sich in seinem Stuhl zurück und schwieg, bis die Wut des Jungen abgeflaut war und er wieder in ruhigen gleichmäßigen Zügen atmete. Doch Rulf entschuldigte sich nicht. Und Ke Rala rügte ihn nicht wegen seines aufsässigen Verhaltens, sondern wartete nur. Jetzt ließ Rulf nicht länger seinen Kopf hängen, sondern saß dreist und aufrecht da und hielt seinen Blick auf den Häuptling gerichtet. Nur manchmal schweiften seine Augen zu der Schönheit der Sternenblumen ab, und dann holte er tief Luft, als erneuerte er dadurch seine Stärke. Als Ke Rala sah, daß der Junge sich wieder im Griff hatte, sprach er weiter.

»Als ich in deinem Alter war, hat mich mein Vater eines Tages beiseite genommen und mir gesagt, daß ich ihm einmal als Häuptling nachfolgen sollte. Ich hatte immer vermutet, daß das so sein würde, aber mein Vater machte mir an jenem Tag klar, daß ab jetzt viel von mir erwartet würde. Er brachte mir strengen Gehorsam gegenüber seiner Befehlsgewalt bei und lehrte mich, daß nur derjenige, der gehorchen kann, auch wissen kann, wie man Befehle erteilt. Ich hatte alles, was er mir beigebracht hatte, gut gelernt und betete zu Ka Balu, daß es noch viele Jahre dauern möge, ehe ich zum Häuptling ernannt werden würde. Nach einem Winter, der viel Not über uns gebracht hat und in dem viele den Weißen Hirsch geritten haben, hat mein Vater sein Volk aus seiner Heimat in dieses neue Land geführt. Hat dir Vater Tama von seiner Kindheit und von seiner Reise mit Rua in die Berge erzählt?«

»Ja.«

»Es war eine Reise gegen die Sitten und Gebräuche unseres Volkes, und sie hat Rua den Tod gebracht. Aber manchmal sucht sich Ka Balu Wege für sein Wirken, die für uns schwer zu verstehen sind. Als Tama von seiner Reise zurückkehrte, brachte er Neuigkeiten mit, die es unseren Dorfältesten ermöglichten, die große Entscheidung zu treffen, unser altes Heimatland zu verlassen und in diesem Land am Meer seßhaft zu werden. Der Alte Weise sah, daß Tama von Ka Balu geführt und von der Macht des Geistes erfüllt war. Und so wurde Tama unser Priester, als der Alte Weise den Weißen Hirsch ritt. Etwa um dieselbe Zeit starb auch mein Vater, der Häuptling, und ich hängte mir den Mantel seiner Herrschaft über die Schultern.

Ich habe immer versucht, unserem Volk ein guter Häuptling zu sein. Ich erinnerte mich an das, was mein Vater mich gelehrt hat. Ein Häuptling hat nur so lange Macht über sein Volk, wie er Ka Balu gehorcht. Der Wille Gottes erreicht das Volk durch den Häuptling, der seinen Geist klar und frei für Ka Balus Macht halten muß. Als junge Männer teilten Vater Tama und ich oft unsere Hoffnungen und Pläne für unser Volk. Es war eine gute Zeit für uns beide und für unseren Clanbruder Hora. Ja, ja, das waren noch Tage ohne Dunkelheit, ganz gewiß.«

Einen Moment hielt Ke Rala inne und starrte in die kalte Feuerstelle. Sein Gesicht verriet eine tiefe Traurigkeit. Doch Rulf wollte nichts anderes spüren als seine Wut und seinen Groll, verzog das Gesicht und wich den Augen des Häuptlings aus. Der Häuptling fuhr fort:

»Meine Frau gebar mir zwei Töchter, aber keinen Sohn. Lange habe ich zu Ka Balu gebetet, er möge mir einen Sohn schenken, aber es sollte nicht sein. Anstelle eines Sohnes gab er mir eine Tochter, Mivani. Alle nannten sie nur Vani. Sie war deine Mutter. Ich weiß, daß das, was ich dir erzählen muß, dich verletzen wird, Rulf, aber höre genau zu und versuche zu verstehen, daß das, was geschehen ist, von allen Menschen des Hirschvolks als der Wille Ka Balus angesehen wurde.«

Ke Rala machte wieder eine Pause, aber Rulf sagte nichts.

Die Gedanken in seinem Kopf waren vor Anstrengung wie erstarrt. Er spürte nicht einmal den Schmerz eines Fingernagels, der sich in die weiche Haut unterhalb des Daumennagels grub.

»Ich liebte meine beiden Töchter, aber besonders meine erstgeborene, Vani. Alle liebten sie. Sie war nicht nur schön, sondern hatte auch einen furchtlosen Geist. Nichts erschreckte sie. Sie konnte besser klettern, rennen und schwimmen als viele Jungen ihres Alters. Sie war in vielerlei Hinsicht mehr wie ein Junge als wie ein Mädchen. Die üblichen Frauenarbeiten interessierten sie bei weitem nicht so wie die Kunst des Jagens. Gleichzeitig hatte sie aber das Wesen einer Frau, war warmherzig und liebevoll, leidenschaftlich, wenn sie in Wut geriet, aber auch schnell dabei, wenn es darum ging, wieder zu vergeben. Sie war in jeder Hinsicht würdig, eine Häuptlingstochter zu sein. Je älter sie wurde, desto mehr war ich davon überzeugt, daß sie einen guten Häuptling abgeben würde. Ich sprach mit Vater Tama darüber. Eine Frau als Häuptling wäre von einigen Jägern sicher nicht so leicht akzeptiert worden. Trotzdem glaubte ich, Vanis Geist sei stark genug, um sich über Widerstände hinwegzusetzen, und sie besitze den Mut zum Befehlen. Je länger sie darin ausgebildet wurde, mir nachzufolgen, desto sicherer war ich, daß sie alle Eigenschaften hatte, die ein Häuptling braucht.«

Ke Rala atmete tief durch und stand plötzlich auf. Er wirkte groß und irgendwie furchterregend auf den Jungen, der jetzt ebenfalls aufstand. Wieder füllte der Häuptling seine Brust mit einem langen, tiefen Atemzug, schritt dann quer durch das Zimmer, drehte sich um und kam langsam zum Feuer zurück. Er blickte mit strengem und angespanntem Blick auf Rulf herunter.

»Mit niemandem habe ich bisher jemals so über diese Angelegenheit gesprochen, Junge. Ich möchte, daß du verstehst, daß ich dich in mein Herz blicken lasse. Für dich allein sind diese Worte bestimmt. Du allein hast das Recht, die ganze Wahrheit über den Tod deiner Mutter zu hören. Bis jetzt warst du zu jung, um es zu erfahren. Aber heute mußt du es erfahren und lernen, es zu ertragen. Du hast dir bestimmt schon oft Gedanken darüber gemacht. Nicht wahr? Rede mit mir, Junge. Ich bin dein Häuptling.«

Rulf hielt seinen Mund so fest verschlossen, daß die Kieferknochen hervortraten, und sah grimmig drein. Vor lauter Angst vor dem, was aus ihm herausplatzen könnte, war sein Körper ganz steif. Ke Ralas Augen durchbohrten ihn.

»Ah, es ist schwer für dich zu ertragen. Möge Ka Balu dir helfen. Hör zu. Es ist die Liebe, die uns auf den falschen Weg führt. Die Liebe. Ich habe Vani mehr geliebt als alles auf der Welt. Ich habe sie für vollkommen gehalten. Nie ist mir auch nur in den Sinn gekommen, daß sie irgend etwas tun könnte, das die Pläne, die ich mit ihr hatte, durchkreuzen könnte. Fängst du langsam an zu verstehen ... aber nein, wie könntest du denn? Niemand verstand, was es für mich bedeutete, als sie mir sagte, sie trage ein Kind unter dem Herzen. Sie hat sich geweigert, mir den Vater zu nennen, und erst ein paar Monde später hat Vater Tama herausgefunden, daß es Yaka war. Er war ein Halbblut. Er gehörte keinem Clan an. Er war nie geweiht und in die Gesellschaft der Männer aufgenommen worden. Und er war erst sechzehn, zwei Jahre älter als du. Wie hätte ich zulassen können, daß aus dieser Verbindung eine Ehe mit meiner Tochter würde, die meine Nachfolge antreten sollte? Wie hätte ich einen derartigen Verrat vergeben sollen? Niemand wird je die Qualen begreifen, die ich in jener Nacht ausstand. Ich ging wie blind in den Wald hinaus und kämpfte mit den Bäumen. Ich aß von der Erde. Ich wollte sterben. Ich bat Ka Balu, mich sterben zu lassen.

Und dann sah ich es, mein Junge, dann sah ich, was ich getan hatte. Ich hatte die eine Sünde begangen, die die Götter uns nie vergeben. Ich hatte auf mein eigenes Herz gehört. Ich hatte zugelassen, daß meine Liebe mich von meinen Pflichten gegenüber Ka Balu abgelenkt hatte. Ich hatte den Gott nie darum gebeten, über Vani zu mir zu sprechen. Es war mein eigener Wille, den ich liebte, es war meine Liebe, die ich wollte! Ich hatte den Geist Ka Balus in mir vernachlässigt. Ich hatte den Platz in meinem Herzen an jemand anderes vergeben. Ich mußte die Strafe Gottes auf mich nehmen, die einzige Strafe, die meinen Verrat an ihm sühnen konnte. Das Gesetz, das Gesetz unseres Volks erlaubte es. Du kannst mich mit deinen Blicken töten, wenn du willst, aber ich sage, das Gesetz erlaubte es. Ein Häuptling darf eine Tochter töten, die mit einem Mann schläft, bevor er ihr einen Ehemann ausgesucht hat. Vani hatte mich verraten. Ich hatte meinen Gott verraten. Die Peitsche seines Zorns geißelte meinen Geist. Es gab nur eine Möglichkeit, meine Schuld zu sühnen. Das Gesetz befahl es so. Ich tötete meine Tochter, als du geboren wurdest.«

Rulf fühlte sich ganz klein neben den Qualen des Häuptlings, dessen Teilnahmslosigkeit jetzt gebrochen und einem schmerzverzerrten Gesichtsausdruck gewichen war, der die lange unterdrückten Gefühle widerspiegelte, die endlich hervorbrachen. Er schüttelte den Kopf in dem nutzlosen Versuch, sich nicht ständig Selbstvorwürfe zu machen, erhob seine in Verzweiflung gefalteten, von Ärmeln verdeckten Hände zu seinem Gott, den er vor Jahren verraten hatte, trat hastig vor, blieb wieder stehen und rannte fast mit Rulf zusammen.

Der Junge blickte mit weit aufgerissenen Augen und gefletschten Zähnen zu ihm auf. »Du hast sie umgebracht! Du hast meine Mutter umgebracht!« In seinem Herzen schrie er die Worte heraus, in Wirklichkeit stieß er eher ein heiseres Flüstern hervor. Jetzt war der Moment gekommen, den er sich immer vorgestellt und vor dem er sich gefürchtet hatte. Er sprang zurück und hockte sich in abwehrender Haltung vor den Häuptling. Dann brach sein Stimme mit ganzer Kraft heraus.

»Ai-jee! Du hast meine Mutter umgebracht! Jahrelang habe ich auf diesen Augenblick gewartet. Du hast sie getötet und meinen Vater weggetrieben. Was kümmern mich deine Gründe? Wegen dir habe ich keine Eltern. Vielleicht sterbe ich für das, was ich jetzt tue, aber wenigstens werde ich zuerst dein Blut vergießen ...«

Da sprang die Tür auf, und ein Leibwächter stürzte herein. Rulf wollte nach seinem Dolch greifen, aber da war keine Scheide an seiner Hüfte. Er hatte seinen Jagdgürtel nicht an. Im nächsten Moment waren seine Arme mit festem Griff auf den Rücken gedreht.

»Laß ihn los«, sagte Ke Rala ruhig.

Widerwillig ließ der Leibwächter los.

»Das hast du gut gemacht, aber der Junge wird mir nichts antun. Bleib einfach hier drinnen vor der Tür stehen.«

Die Wache zog sich zurück, und Rulf stand dem Häuptling gegenüber, während langsam der Schmerz in seinen Armmuskeln nachließ. Ke Rala sprach ruhig.

»Dein Zorn ehrt dich, aber ich bin ein alter Mann. Mich zu töten, würde dir nur deinen eigenen raschen Tod einbringen. Und das würde den Menschen, die dich lieben, nur Kummer bereiten. Außerdem hättest du dadurch die Möglichkeit verspielt, in deinem eigenen Leben die edlen Eigenschaften des Wesens deiner Mutter zu zeigen. Und genau diese Möglichkeit will ich dir geben. Glaube mir, wenn das Versprechen deiner Mutter jemals in Erfüllung gehen wird, dann nur durch dich. Laß uns jetzt reden.«

Er wandte sich dem Leibwächter zu und entließ ihn. Gedemütigt und verwirrt sah Rulf, wie der Häuptling seine Hände zu ihm hinstreckte.

»Es ist den Göttern vorbehalten, uns zu richten, Rulf. Allein die Götter kennen das richtige Maß für gerechte Rache. Sieh her.«

Er hob seine Arme, und die weichen wollenen Ärmel fielen zurück. Zum erstenmal sah der Junge die Hände des Mannes. Er wich entsetzt zurück.

Riesige, verdrehte, entstellte und grotesk geballte Hände sahen ihm da entgegen, deren Knöchel rot und geschwollen und deren nutzlose Finger zu Klauen verkrümmt waren, die weder etwas halten noch greifen konnten. Einen langen Augenblick litt der Junge unter ihrem Anblick. Dann ließ Ke Rala gnädigerweise seine Ärmel wieder herabgleiten. Er setzte sich hin und machte Rulf Zeichen, sich wieder auf dem Hocker niederzulassen.

»Ich habe meine Hände noch keinem so gezeigt, Junge. Nie. Nicht ein einziges Mal in all den Jahren deines Lebens.

Jeden Tag, wenn die Schmerzen kommen und gehen, erinnert mich Ka Balu daran, daß seine Strafe bis zu meinem Tod nie enden wird. Dein Dolch hätte mir die Erlösung davon nur früher gebracht, als ich erwartet hätte. Aber dir zeige ich die Macht der Strafe Gottes. Du allein, als einziger unseres Volkes, hast das Recht, mich so zu sehen, wie ich bin, aber ohne darüber zu reden. Das ist ein Wissen, das nicht für alle Dorfbewohner bestimmt ist, was auch immer sie vermuten mögen.«

Rulf fühlte sich erschöpft, als seien alle Gefühle aus ihm herausgeflossen, und unsicher, was er sagen sollte oder was von ihm erwartet wurde. Doch nachdem beide eine Weile geschwiegen hatten, wagte er eine Frage zu stellen.

»Wie lange willst du, daß ich hierbleibe?«

»Das hängt davon ab, ob du das, was ich dir anzubieten habe, annimmst oder ablehnst. Ausbildung, Selbstbeherrschung, neue Gefährten, Möglichkeiten zu wachsen, die Tama und Escha dir nicht geben können. Wenn du erst einmal verstehst, was die Zukunft für dich bereithalten kann, ist es Zeit zu entscheiden, ob du bei mir bleiben oder wie die meisten Männer ein guter Jäger werden willst. Ich verspreche dir noch nichts, Rulf. Ich gebe dir Möglichkeiten, neue Fähigkeiten zu entwickeln und neues Wissen zu erwerben. Du kannst jetzt noch nicht sehen, was es bedeutet. Laß dir Zeit. Genieße am Anfang einfach nur, in einem großen Haus zu leben, neue Gefährten um dich zu haben, immer gut zu essen und dich von deiner Tante Ila versorgen zu lassen. Bald wird dir alles nicht mehr so fremd sein. Ich werde vorschreiben, was du während eines Teils des Tages zu tun hast, aber du kannst jederzeit zu mir kommen, wenn du Hilfe brauchst oder Fragen hast.«

»Kann ich Vater Tama und meine Großmutter sehen?«

»Natürlich. Sie werden verstehen, daß ich das nur zu deinem Besten tue. Du wirst deine Ausbildung zum Jäger mit Yarran und deinen Clanbrüdern fortsetzen und in die Winterschule zu Vater Tama gehen. Aber dieses Haus wird von jetzt an dein Zuhause sein. Außer du lehnst ganz entschieden ab, was ich dir anzubieten habe. Und du kannst keine wirkliche Entscheidung treffen, bevor du nicht ein paar Monde lang geprüft hast, was das wirklich bedeutet. Du hast dein ganzes Leben lang mit deinem Großvater Tama gelebt. Jetzt wirst du deinen anderen Großvater kennenlernen. Das soll für heute genug sein. Ich werde jetzt deine Tante Ila bitten, uns etwas zum Essen zuzubereiten.«

Rulf war es nicht gewöhnt, in der Mittagshitze zu essen, aber er nahm das Fleisch und das Wasser an, das ihm seine Tante brachte, und es gelang ihm sogar, ihren fröhlichen Gruß mit einem schwachen Lächeln zu erwidern. Doch brachte er es nicht über sich, sie ›Tante‹ zu nennen. Manchmal hatte sie ihm im Dorf zugelächelt, und er hatte gewußt, wer sie war. Aber sie hatten nie miteinander geredet. Sie erinnerte ihn irgendwie an eine sehr kräftige Ente, die gegen die Strömung anschwimmt, sich mit raschen, flinken Seitenblicken umsieht und mit der Brust kraftvoll der Strömung entgegenschiebt. Sogar durch die Art, wie sie ihm Essen und Trinken reichte, schien sie ihm einen körperlichen Willkommensgruß entgegenzubringen. Er fühlte sich ein bißchen eingeschüchtert von ihr.

Später zeigte Ke Rala ihm das Haus, die Zimmer, die er benutzen konnte, und die, die er nicht betreten durfte. Rulf hatte sich wie die meisten Dorfbewohner, die noch nie im Häuptlingshaus waren, gewundert, weshalb es so groß war und mehr und größere Räume hatte als alle anderen Häuser im Dorf. Es war so groß wie vier oder fünf normale Häuser zusammen. Doch am meisten staunte Rulf nicht über die Anzahl und Größe der Räume, sondern über die prächtige, komfortable Einrichtung. Gewobene Decken in weichen Braun- und Gelbtönen hingen an den Wänden, damit der Wind nicht durch Ritzen hereinblasen konnte. Rollen aus gewebtem Schilf konnten im Winter vor den Fenstern heruntergelassen werden. Er hatte vorher nie bemerkt, daß das Haus drei Feuerstellen besaß. Die größte davon war in einem Raum, in dem die Familie ihr Essen auf gepolsterten Bänken um einen niedrigen Tisch einnahm. Der Boden war mit Stierfellen und Schilfmatten bedeckt. Weiche Bettrollen waren tagsüber auf der einen Seite aufgestapelt, die bei

Nacht nach Wunsch auf dem Boden ausgebreitet werden konnten – im Sommer bei offenem Fenster, im Winter nahe bei der Wärme eines zusammengeschobenen Feuers. Zum erstenmal in seinem Leben entdeckte Rulf, daß ein Haus nicht nur als Eß- und Schlafplatz dienen, sondern überdies schön sein konnte. Er dachte an die einfache Ausstattung der beiden Räume von Vater Tama und Escha und merkte, wie leichter Unmut in ihm aufstieg. Weshalb sollte der Häuptling so viel mehr als alle anderen Dorfbewohner besitzen?

Doch alle anderen Gedanken wurden durch die Entdeckung beiseite geschoben, daß er ein eigenes Zimmer bekommen sollte, in das niemand ohne Erlaubnis eintreten durfte, in dem er seine eigenen Besitztümer aufbewahren und allein schlafen konnte, wenn er wollte. Es war ein kleiner Raum, etwa vier Schritte in jede Richtung, mit einem Fenster, das auf das Übungsgelände der Wachen hinausging. Im Moment standen nur ein Hocker und eine Rolle mit Bettzeug in einer Ecke.

»Deine Kleider, Waffen und alles andere, was du willst, können wir später holen lassen«, erklärte Ke Rala und fügte auf die unausgesprochene Frage, die er in Rulfs Augen las, hinzu: »Es ist besser, wenn du ein oder zwei Tage nicht zu Vater Tama zurückgehst, bis du dich mehr an dieses Haus, das dein neues Zuhause sein wird, gewöhnt hast.«

»Es würde ja nicht lange dauern, alle meine Sachen zusammenzusuchen.«

»Es ist besser für dich, wenn du es so machst, wie ich es gesagt habe.«

Schon jetzt spürte Rulf in seinem Geist die Anfänge einer Spaltung, wie er sie noch nie zuvor erlebt hatte. Was würde wohl Rori sagen, wenn er ihm erzählte, daß er jetzt ein eigenes Zimmer für sich hatte, einen geheimen Ort, wo er sich sicher und ungestört fühlen konnte? Bis jetzt hatte er im Zimmer seiner Großmutter geschlafen. Wie es wohl war, bei Nacht allein zu schlafen? Wenn er niemanden neben sich atmen oder sich bewegen hörte? Er konnte es sich nicht vorstellen. Und ganz schwach dämmerte ihm, daß von jetzt an

– wie lange wohl? – sein Herz in zwei Rhythmen an zwei Orten schlagen würde, daß er wahrscheinlich irgendwann einmal entscheiden mußte, wo er auf Dauer leben wollte, und möglicherweise bei seiner Entscheidung nicht ganz frei sein würde.

Den Rest des Tages verbrachte er in quälender Verwirrung. Er sah, er hörte, er redete, aber durch die Betäubung drang nichts wirklich tief in sein Inneres vor. Es war, als sei er von den üblichen Quellen seiner Stärke und seines Verantwortungsgefühls abgeschnitten und lebe nur am Rande des Lebens anderer Menschen mit. Er traf seine Cousins, Jungen, die einige Jahre jünger waren als er. Durch die Erfahrungen der Männerweihe und der Langen Wanderung fühlte er eine tiefe Kluft zwischen sich und ihnen. Er hatte sie schon vorher gekannt, aber nur von weitem. Sie betrachteten ihn, sagten aber nur wenig, vielleicht aus Eifersucht, weil der Großvater einem Cousin, mit dem zu spielen ihnen bisher verboten gewesen war, einem Jungen mit mürrischer Miene, dunklem Haarflaum auf der Oberlippe, harten Beinmuskeln und einem anderen Geruch, soviel Beachtung schenkte.

Ilas Mann Dugan, ein Dorfältester, lächelte allzu bereitwillig und zeigte seine Zähne. Außerdem hatte er die Angewohnheit, schnell wegzusehen, wenn er mit jemandem sprach, anstatt den Leuten gerade ins Gesicht zu sehen. Rulf traute ihm nicht über den Weg, doch selbst in seiner einsamen Verwirrtheit spürte er, wie ihn innerlich Dugans vollkommene Unterwerfung unter jedes Wort, das aus seinem Mund kam, erheiterte. Schon beim ersten Abendessen merkte Rulf, daß der vorherrschende Geist im Haus mehr seine Tante Ila als Dugan oder sogar sein Großvater war. Das beruhigte ihn seltsamerweise. Nach dem Essen saß er eine Weile neben Ke Rala vor dem Haus und sah auf die Kochfeuer im Dorf hinunter, während die länger werdenden Schatten des Sommerabends sich zu dem Höhenrücken hochschoben, auf dem Tamas kleines Haus zwischen den Bäumen eingebettet war, als läge ein ganzes Leben zwischen ihnen. Wenn sich der Junge bei dem Mann neben ihm nicht über die außerordentlichen Veränderungen beklagte, die der Tag gebracht hatte, so deshalb, weil er nach festem Boden suchte, auf dem er Halt finden konnte. Er mußte erst seine eigene Stärke und Selbstsicherheit wiederfinden. Und das würde eine Zeitlang dauern.

Das seltsame, neue Gefühl, allein schlafen zu können, bedrückte ihn eine Weile. Wie gebannt betrachtete er trotz seiner Erschöpfung das bleiche Himmelsviereck, das durch das Fenster sichtbar wurde. Nach einer Weile warf er die weichen Bettdecken von sich und lag nackt in der warmen Morgendämmerung. Das Haus war so weit vom Rest des Dorfes entfernt, daß er keine Stimmen von Dorfbewohnern heraufdringen hörte. Nicht einmal das Rauschen des Flusses war hier oben in seinem Zimmer zu hören. Er dachte an Tama und Escha und wußte, daß sie sich bestimmt Sorgen um ihn machten. Was hatte Tama wohl zu Ke Rala über diese große Veränderung gesagt? Einen Augenblick lang erinnerte sich der Junge wieder lebhaft an den niedergeschlagenen Ausdruck in Tamas Augen, wie er ihn am Morgen gesehen hatte, und eine Welle der Liebe stieg in ihm auf für den Mann, den er als seinen Vater betrachtete.

»Ka Balu sei mit dir«, flüsterte er, »und mit dir, liebe Großmutter Escha.«

Tränen schossen ihm in die Augen, aber er weinte nicht. Yarran hatte ihm gesagt, daß ein Junge, der beschnitten und in die Männergesellschaft aufgenommen worden war, das Weinen fortan den Frauen und Kindern überlassen müsse. Die Hand, die den Bogen des Jägers spannte, durfte beim Anblick von Frauentränen nicht zittern. Lange drehte sich Rulf hin und her, seufzte, wollte schlafen, konnte aber nicht und wurde wachgehalten von der einsamen Stille, bis sein erschöpfter Körper in die Bewußtlosigkeit hinübersank. Das letzte klare Bild, das er vor Augen hatte, war die Morgensonne, die in Wellen über einen braungebrannten Körper glitt, der auf Kopf und Händen in einer vollkommenen Mischung aus Stärke und natürlicher Anmut das Gleichgewicht hielt. Beruhigt schlief der Junge ein.

Während der nächsten Tage ließ ihn Ke Rala nur selten

aus den Augen und sorgte dafür, daß er immer in unmittelbarer Nähe des Hauses blieb. Einen Teil des Morgens verbrachte der Junge damit, dem Häuptling zuzuhören, der ihm von der Ordnung des Dorflebens und der Aufteilung der Aufgaben erzählte und ihm erklärte, wie Ka Balus Gesetze zur Förderung des Wohls ihres Volkes am besten ausgelegt wurden. Vieles davon hatte Rulf schon im Unterricht bei Tama gelernt, aber mehr vom Gesichtspunkt der individuellen Beziehung zwischen Jäger, Priester und Ka Balu. Von Ke Rala lernte der Junge mehr über die Art und Weise, wie sich die Macht des Gottes im Alltag durch den herrschenden Häuptling und die Dorfältesten manifestierte. Ke Rala erzählte lange Geschichten über heldenhafte Episoden im Leben von Häuptlingen, die vor langer Zeit die Geschichte des Hirschvolks bestimmt hatten und die immer wieder in die begeisterte Beschreibung der Reise mündeten, die Da Nala mit seinem Volk vom alten Dorf in dieses neue Land beim Meer des Morgens unternommen hatte. Rulf kam es so vor, als erzählte der Häuptling die bekannte Geschichte mehr zu seinem eigenen Vergnügen, als um seinem Enkel neue Erkenntnisse zu verschaffen. Der Häuptling hielt sich mit vielen Einzelheiten auf, so daß Rulf am Schluß das Gefühl hatte, daß er die Reise selbst nachvollziehen könnte, ohne irgendeine Gefahr, sich zu verirren.

Den unmittelbaren Umkreis des Hauses durfte Rulf nur einmal am dritten Tag verlassen, um Yarran zu besuchen, mit dem er den Nachmittag mit dem Knüpfen der Fischernetze verbrachte. Es war eine ungeheure Erleichterung, wieder im Dorf zu sein, außerhalb der Wände des großen Hauses, wieder die Stimmen von Männern und Frauen bei der Arbeit und die spielenden Kinder zu hören. Es kam Rulf so vor, als behandelte ihn Yarran trotz seiner üblichen freundlichen Art mit einer Ernsthaftigkeit, mit der der Junge nichts anfangen konnte. Doch er sprach die Angelegenheit nicht an.

Am späten Nachmittag sah ihn Rori, kam herübergerannt und platzte mit staunenden Augen gleich mit allen möglichen Fragen heraus. Warum wohnte Rulf im Haus des

Häuptlings? Wie lange würde er dort wohnen? Wann würde er wieder mit seinen Clanbrüdern jagen gehen? Yarran lachte nur, gab Rori einen liebevollen Klaps auf die Schulter und sagte: »Du wirst noch zerspringen, wenn du zu viele Fragen auf einmal stellst. Rulf hat vom Häuptling ein paar Geschichten unseres Volks gelernt. Nicht zuletzt ist der Häuptling sein Großvater.«

Roris Neugierde war nicht zu stillen. Sein »ja, aber ...« wurde schließlich endgültig zum Schweigen gebracht durch Yarrans Aufforderung, er solle wieder gehen, denn Rulf habe zu arbeiten.

»Wann werde ich wieder auf die Jagd gehen dürfen?« fragte Rulf, als Rori mit hängenden Schultern abzog. »Ich möchte mit meinen Clanbrüdern jagen gehen.«

»Vielleicht beim nächsten Mondwechsel, hat der Häuptling zu mir gesagt. Das ist nicht mehr lange. Sieh her, die Knoten müssen ganz fest gezogen werden, wenn das Muster stimmen soll. Mach den letzten noch mal auf und versuch es noch einmal.«

Mehrere Male fragte Rulf den Häuptling, wann er Tama und Escha besuchen könne, bekam aber immer zur Antwort, er solle noch eine Weile warten, nur noch ein paar Tage, dann könne er ihnen mehr über sein neues Leben erzählen. In der Zwischenzeit könne er soviel Zeit, wie er wollte, mit den Wachen verbringen und die Fertigkeiten und Geschicklichkeit erlernen, die sie für ihre Spiele bräuchten. Trotz seiner Abneigung gegen das Schlagrutenspiel hatte er nichts dagegen, bei anderen Übungen der jungen Männer mitzumachen, die jeden Tag viel Zeit mit Rennen, Springen, Ringen und Spielen auf dem Übungsplatz verbrachten. An heißen Nachmittagen lagen sie faul herum oder schwammen im Fluß. Rulf merkte bald, daß vier oder fünf immer in Rufweite des Häuptlings blieben und bei Nacht in den in der Nähe erbauten Hütten schliefen, um sich bei der Bewachung der Tür zu Ke Ralas Zimmer ablösen zu können. Die anderen gingen über Nacht zu ihren Familien zurück.

Obwohl Rulf sich am Anfang vor dem herzlichen und rauhen Verhalten der Wachen scheute, fand er nach wenigen Tagen keinen großen Unterschied mehr zwischen ihrer lärmenden Ausgelassenheit und dem Verhalten seiner eigenen Clanbrüder. Da gab es dieselbe Art von Eifersucht, wer den besseren Körper hatte, von Aufschneiderei, wer mutiger war, von Gelächter und abwechselnd gemütliches Beisammensein, Jagdgeschichten, Dorfklatsch und natürlich die endlosen Spekulationen über Mädchen. Rulf merkte, daß er als Zuschauer wie auch als Mitspieler angenommen wurde. Er machte kein großes Aufhebens um seine blauen Flecken und wurde nur von bestimmten Spielen, wie Ringen, ausgeschlossen, bei denen es hauptsächlich um reine Kraft ging. Er entdeckte, daß der Leibwächter, den er am ersten Tag beim Handstand beobachtet hatte, Marka hieß und viel Zeit darauf verwandte, seine Technik zu vervollkommnen. Er hielt sich von den Raufbolden unter seinen Gefährten fern. Die anderen achteten seine Kraft und Fertigkeiten, doch sie drängten ihn nicht, an den wilderen Spielen teilzunehmen.

Gegen Abend des vierten Tages, nachdem Rulf Marka beim Hürdenlaufen zugesehen hatte, während die anderen Wachen im Schatten gedöst hatten, kam der junge Mann zu dem Jungen herübergeschlendert und setzte sich neben ihn. Ohne Umschweife sagte er: »Ich könnte dir beibringen, wie man über die Stöcke springt, Handstand macht und an einem Seil zwischen zwei Bäumen turnt. Alles, was du willst. Die anderen vergeuden zuviel Zeit, aber ich werde dir helfen, wenn du willst.«

Dankbar und schüchtern murmelte Rulf, daß er gern seine Hilfe annehmen würde, denn er wolle so stark und behende werden wie Marka. Er sah zu, wie der Mann langsam und gleichmäßig seine Bein- und Armmuskeln mit geschmeidigen Fingern massierte, seine Füße beugte und bewegte und sogar seine Zehen mit den Händen bearbeitete. Seine goldbraune Haut glänzte vor Gesundheit, und sein Gesicht, seine Brust und sein Bauch waren glatt und unbehaart. Nur unter den Achseln und an den Schenkeln wuchs ein feiner brauner Flaum. Sein gewelltes braunes Haar hatte er nach hinten gekämmt und mit einer großen Feder zu einem Knoten zusammengesteckt. Als er mit der Massage fertig war, legte er sich mit den Handflächen nach unten auf den Rücken, schwang seine Beine hoch in die Luft und über den Kopf nach hinten, bis er den Boden berührte. Er wiederholte diese Übung mehrere Male mit beherrschter Bedächtigkeit. Rulf sah ihm bewundernd zu.

»Das kann ich auch«, murmelte der Junge.

Marka brachte seine Beine auf den Boden zurück und sah Rulf zu, der die Übung wiederholte. »Noch mal. Streck deine Beine durch. Nicht die Knie anwinkeln. Und halte die Arme eng am Körper.«

Rulf wiederholte die Übung ein paarmal, bis Marka sagte: »Gut.« Dann fragte der Junge schüchtern:

»Wirst du mir beibringen, wie man auf den Händen steht?«

»Heute nicht. Ich gehe jetzt zum Baden zum Fluß hinunter. Du kannst mitkommen, wenn du willst, und mir nachher beim Einölen helfen.«

Er blickte den Jungen an, ohne zu lächeln, so daß seine Worte eher wie ein Befehl als wie eine Einladung klangen. Als Rulf ihm zum Fluß hinunter folgte, ahmte er Markas erhabenen Gang mit zurückgeschobenen Schultern und schwingenden Armen nach. Es fühlte sich seltsam an für Rulf, aber Marka verlieh es ein stolzes Aussehen. Am Fluß angekommen, blieb Rulf am Ufer hocken und beobachtete still, wie sich der Mann den Schweiß vom Körper wusch und sich dann mit einem Stück weichen Leders abrieb. Aus einem Beutel, der bei seinem Lendentuch im Gras lag, nahm er eine kleine, zugestöpselte Flasche und träufelte sich etwas Öl in beide Handflächen. Dann rieb er die Hände gegeneinander und massierte sich damit Beine, Bauch, Brust und Arme. Er war so vertieft darin, als wäre er ganz allein. Deshalb war Rulf auch überrascht, als er sich plötzlich an ihn wandte und sagte: »Du kannst meinen Rücken massieren.« Er spürte, daß von ihm erwartet wurde, das als besonderes Privileg aufzufassen. Er hatte kaum mit dem Einmassieren des Öls begonnen, als Marka ihn unterbrach und sagte.

»Halt. Warte. So geht das. In einer Bewegung zur Seite hin ausstreichen. So. Fest, nicht sanft.« Und schon massierten seine starken Hände Nacken, Schultern und Rücken des Jungen. Der Duft des Öls prickelte Rulf in der Nase.

»So. Und jetzt zu mir.«

Rulf massierte den breiten Rücken, der sich gegen ihn anstemmte, so fest er konnte, bis Marka murmelte: »Genug. Mach jetzt meinen Haarknoten auf.«

Dann schüttelte er seine losen Haare über die Schultern und massierte sich mit leicht eingeölten Fingern die Kopfhaut. Als er ihm in die Augen sah, entdeckte Rulf, daß er in den braunen Augen rötliche Flecken hatte, die wie winzige Steinsplitter aussahen.

»Komm morgen nach dem Frühstück zu mir ans andere Ende des Übungsplatzes«, sagte Marka. »Geh jetzt.«

Die nächsten drei Tage traf sich Rulf jeden Morgen, bevor er zu Ke Rala mußte, mit Marka auf dem Übungsplatz. Die Wachen, die über Nacht dageblieben waren, fingen gerade erst an, sich zu regen, und diejenigen, die zu Hause schliefen, waren noch nicht eingetroffen. Da hatten der Mann und der Junge den stillen, taubedeckten Übungsplatz ganz für sich allein. Marka brachte Rulf bei, wie man die Muskeln lockerte, bevor man größere Anstrengungen unternahm, die Kraft oder Schnelligkeit verlangten, und erklärte die Übungen, die er sich selbst ausgedacht hatte, um Arm-, Schulter-, Bein- und Rückenmuskeln zu kräftigen.

»Als Junge war ich ganz dünn«, sagte er. »Außerdem hustete ich viel. Deshalb beschloß ich, ein starker Mann zu werden, der immer gesund ist. Ich vergeude meine Stärke nicht, indem ich jeden Abend Wurzelbier trinke. Manchmal trinke ich ein bißchen, wenn ich Durst habe. Tust du, was ich dir sage, dann wirst du so stark werden wie ich.«

Als sie am zweiten Tag gerade Weitsprung übten, kam die Hauswache herüber und richtete aus, daß Ke Rala auf Rulf wartete. Schwitzend und mit gerötetem Gesicht grüßte Rulf den Häuptling und war schon auf eine Ermahnung gefaßt, aber als er erklärte, wo er gewesen war, hörte Ke Rala nur ruhig zu und nickte.

»Sorge dafür, daß du immer rechtzeitig bei mir bist«, sagte er, »aber lerne, soviel du kannst, von Marka. Er weiß, wie man den Körper eines Mannes pflegt. Ich wünschte, alle meine Leibwächter würden ihre Aufgabe so ernst nehmen wie er.« Einen Augenblick lang sah der Häuptling auf die Ärmel hinunter, die seine Hände verhüllten. »Er erinnert mich daran, wie ich in seinem Alter war.«

Als Rulf drei Tage später gegen Einbruch der Dunkelheit nach dem Üben mit Marka ins Haus kam, fing der Häuptling ein ernstes Gespräch mit ihm an.

»Ich habe Nachricht von Vater Tama bekommen. Er hat darum gebeten, daß du zu ihm kommst. Warte, Rulf«, gebot er ihm, da er gesehen hatte, daß Rulf vor Freude strahlte und sich bereits halb umgedreht hatte, um gleich loszurennen. »Erinnere dich daran, daß du jetzt ein junger Mann bist und kein Junge mehr. Es war nicht vorgesehen, daß du so früh in dein altes Zuhause zurückkehrst, aber Ka Balu hat es anders gewollt. Gehe ganz langsam durch das Dorf und renne nicht. Vater Tama wird schon auf dich warten. Und bitte Ka Balu um Beistand und Stärke, das ertragen zu können, was du ertragen mußt.«

Rulfs Augen suchten die des Häuptlings. »Großmutter Escha …?«

»Ich weiß nicht viel. Sie fragt nach dir. Nimm mit, was du brauchst. Du kannst so lange bleiben, bis ich wieder nach dir schicken lasse. Gehe jetzt, und Ka Balu sei mit dir.«

Rulf zog seine Sandalen an, wickelte ein paar Dinge in eine Decke und ging durch das Dorf und den Pfad zu Tamas Haus hoch. Und im stillen ging seine Angst den ganzen Weg mit ihm.

4

Tama ging mit gesenktem Kopf am Rand des Dorfes entlang zu dem Pfad, der zum Grat hochführte. Auf halbem Weg nach oben blieb er stehen, entspannte bewußt seine verkrampften Muskeln und atmete ruhig, bis er merkte, daß sich seine Gesichtsmuskeln langsam wieder entspannten. Als er das Haus erreichte, kam Escha heraus. Sie sah sofort, daß etwas nicht stimmte, und rang die Hände.

»Was ist los? Wo ist Rulf?«

Er sah sie an, sah in ihr rundes, fragendes Gesicht und sagte: »Es wird dir weh tun. Laß mich es dir erzählen. Hör ruhig zu. Setz dich.«

Sie blieb stehen und sagte nichts. Er erzählte ihr, daß Ke Rala beschlossen habe, Rulf zu sich ins Haus zu nehmen und ihn als seinen Enkel anzuerkennen. Deshalb solle er auch die Ausbildung erhalten, die sich für den Enkel eines Häuptling zieme. Wenn der Junge so darauf anspreche, wie Ke Rala hoffe, sei es möglich, daß er eines Tages zum Häuptling ernannt werde. Aber die Dorfbewohner sollten noch nichts davon wissen und möglicherweise erst in ein paar Jahren davon erfahren.

Escha hörte ihm zu. Er blickte zu ihr auf, und es war, als habe er ihr einen Schlag ins Gesicht versetzt. Sie starrte über Tamas Kopf hinweg durch das Zimmer, als wäre er gar nicht anwesend.

»All die Jahre«, flüsterte sie, »habe ich ihn geliebt, ihn aufgezogen wie mein eigenes Kind, das ich gestillt habe. Er ist mehr mein Sohn als Vanis. Ke Rala hat nie auch nur seine Existenz bemerkt. Nicht ein einziges Mal. Anielli hat es mir erzählt. Nie hat er nach dem Jungen gefragt. Nicht ein einziges Mal.«

Sie fuchtelte mit ihren Händen in der Luft herum und sah dann zu Tama hin, als wäre sie sich plötzlich seiner Anwesenheit bewußt geworden. »Und du? Was hast du dazu gesagt? Laß mal hören. Hast du ihn etwa einfach so gehen lassen? Wirklich? Hast du zugelassen, daß Ke Rala mir Rulf einfach so wegnimmt, wie er Yaka vertrieben hat?«

Escha schlug mit beiden Fäusten auf den Tisch ein. Ihr Gesicht war von roten Flecken übersät, und ihre Augen sprühten Feuer. »Du hast ihn einfach so gehen lassen, nicht wahr? Du hast ihn da ganz allein mit Ke Rala zurückgelassen. Du hast ihn weggeschickt, wie du Yaka weggeschickt hast. Du wirst ihn mir nicht einfach wegnehmen können! Ich liebe ihn. Er gehört mir. Er ist mein Sohn. Ich werde ihn zurückholen!«

Sie wandte sich um und stolperte schreiend, mit rudernden Armen und wehendem grauen Haar zur Tür hinaus. Tama fing sie ein paar Schritte weiter unten am Pfad ab. Sie kämpften miteinander – ein alter Mann und eine alte Frau kämpften voller Mitleid, Wut und Torheit über die Scherben einer zerbrochenen Liebe, bis Tama schließlich Escha wieder ins Haus führen konnte, nachdem sich ihre Wut erschöpft hatte. Sie hörte ihm mit einer Art dumpfer Gleichgültigkeit zu. Sie hörte ihm zu, ohne ihn zu hören, denn ihr Blick hatte sich bereits nach innen zu ihrem Kummer gewandt. Tamas Versicherungen, daß Rulf sie bald besuchen komme, daß er gegenüber Ke Rala seinen Mann stehen und sie stolz auf ihn sein werde, beeindruckten sie nicht. Er versuchte ihr zu helfen, das zu verstehen und zu akzeptieren, was er selbst noch nicht akzeptieren konnte: daß Ke Rala seine Macht als Häuptling mißbraucht hatte, um ihnen Rulf wegzunehmen, ohne sie auch nur im geringsten darauf vorzubereiten, als höbe er einen Bogen auf, den er Jahre zuvor aus Unachtsamkeit verloren hatte.

Als Tama merkte, daß er nicht zu Escha vordringen konnte, daß sie sich vor ihm tief in sich selbst zurückgezogen hatte, wo sie einen Kummer so schwer wie Stein hegte, brachte er sie zu Bett. Sie drehte sich ohne ein Wort zur Wand.

Er kehrte daraufhin in sein eigenes Zimmer und in den warmen Nachmittag zurück. Er saß bewegungslos am Tisch und dachte eigentlich nicht nach, sondern ließ eine Betäubung von seinem Geist und Körper Besitz ergreifen, die die

Schmerzen der Bewußtwerdung dumpfer erscheinen ließen. Während von den Kochfeuern im Dorf Rauchfahnen in den frühen Abendhimmel aufstiegen, faßte er in aller Ruhe einen Entschluß. Er ging in Eschas Zimmer, weckte sie mit einigen Schwierigkeiten auf und sagte. »Ich gehe ein paar Tage weg, den Fluß hinauf. Es gibt viel zum Nachdenken. Ich muß allein sein. Soll ich eine der Frauen bitten, nach dir zu sehen?«

Escha schüttelte den Kopf und murmelte kaum vernehmlich: »Nein.«

»Möchtest du etwas Fleisch, bevor ich weggehe?«

Wieder schüttelte sie kaum merklich den Kopf.

»Geh morgen früh zu irgend jemandem von deinen Freunden. Sie werden dir helfen. Aber erzähle niemandem, daß Rulf ausgebildet wird, um Ke Ralas Nachfolger zu werden.«

Die Gestalt rührte sich nicht.

»Escha, hörst du mich? Verstehst du mich?«

»Ja«, antwortete sie grob. »Laß mich.«

Daraufhin zog sich Tama kopfschüttelnd zurück. Er wickelte ein paar Dinge in eine Decke und ging langsam den Pfad zum Haus von Tara, dem Dorfältesten, hinunter.

Der alte Mann hörte den wenigen Worten des Priesters zu, nickte und murmelte: »Ka Balu bringe dir Frieden.«

»Ich werde vielleicht sieben bis acht Tage wegbleiben«, sagte Tama. »Richte es Ke Rala aus. Der Kalenderstein wird warten müssen, bis ich zurückkomme.«

Er ging durch das Dorf und nickte mal diesem, mal jenem zu. Die Dorfbewohner beobachteten, wie er dem Pfad am Fluß zustrebte, waren darüber aber nicht besonders verwundert. Priester machten immer seltsame Dinge. Sie waren nicht wie gewöhnliche Männer, die gegen Sonnenuntergang die Kochfeuer aufsuchten und sich zu ihren Frauen und Kindern gesellten.

Etwas erwachte in Tamas Geist, als ihn der Wald empfing. Die großen Bäume tauchten seinen Geist in Stille, vertrieben den Aufruhr und die Verwirrung, reinigten ihn und machten ihn frei für das Einfließen der sanften Milde des Sommerabends um ihn herum. Er streckte sich, schritt stetig durch das lang anhaltende Zwielicht voran, vorbei an dem Heiligen Hain, der jetzt im Sommer mit üppigen grünen Pflanzen überwuchert war, vorbei an den ruhigen Stellen am Fluß, wo die Jungen an heißen Sommertagen gern schwammen und spielten, immer weiter auf dem in verschiedenen Schattierungen schimmernden Pfad, bis Wurzeln und Ranken seine Füße straucheln ließen und ihm geboten anzuhalten.

Es war sehr still. Der Wind hatte sich gelegt, das Vogelgezwitscher war verstummt, und das Rauschen des Flusses war kaum zu vernehmen. Durch die hohen Äste sah er die Sterne glitzern. Ruhig und sicher standen sie über den Zeitläufen der Welt. Er setzte sich mit dem Rücken gegen einen dicken Baumstamm, wickelte sich in seine Decke und ließ seinen Geist auf der Suche nach Reinigung, Stärke und Ruhe in die Nacht hinauswandern. Lange blieb er so sitzen und konnte nicht einschlafen, doch die leisen Atemzüge des Waldes leisteten ihm Gesellschaft. Nach Mitternacht schlief er dann ein und sank in einen traumlosen Schlaf. Erfrischt erwachte er, als das Tageslicht durch die Zweige brach. Die Vögel waren schon auf Nahrungssuche, und eine leichte Brise strich durch die Blätter.

Er trank Wasser und aß nur wenig von dem Kartoffelbrot, das er mitgenommen hatte. Ohne Eile schritt er auch an diesem Tag stetig voran und machte nur einmal in der Hitze des Nachmittags halt. Der Pfad war immer mehr von Farnen überwachsen, kam ab und zu wieder zum Vorschein, doch es war jetzt kein Jägerpfad mehr, sondern mehr ein Weg, auf dem sich die Tiere zum Fluß hinunter bewegten. Das Tal wurde immer wilder, und er kam nur noch stockend vorwärts. Manchmal mußte er umkehren, wenn ihm ein querliegender Baumstamm den Weg versperrte, oder Bäche überqueren, die vom Gebirge zum Fluß hin flossen. Solange es noch Tag war, fand er eine niedrige Höhle unter den Wurzeln eines umgefallenen Baumes, der aus dem Lehmufer herausgebrochen war. Dort verbrachte er seine zweite Nacht. Die erste Vertrautheit des Waldes war einer neuen Form von Beobachten und Abwarten gewichen. Tama spürte, daß hier Lebensformen gegenwärtig waren, die nicht menschlicher Natur waren. Die zweite Nacht war kälter, doch er schlief und wurde nur einmal durch ein lautes Krachen weiter flußaufwärts wach, das die Nacht plötzlich mit Schrecken erfüllte. Doch danach war nichts mehr zu hören. Vielleicht war es ein morscher Ast gewesen, der plötzlich dem langsamen Zerfall nachgegeben hatte und abgebrochen war. Tama schlief wieder ein und wußte, daß er am Morgen das Ziel seiner Reise erreichen würde.

Am Vormittag kletterte er langsam einen Hügel hinauf. Der Fluß in der Schlucht unter ihm rauschte tosend über riesige Felsen. Ein dumpfes Donnern wurde immer lauter. Die Luft wurde feuchter, Tamas Beinmuskeln begannen zu schmerzen, er stolperte und bekam langsam Zweifel, ob er in der Lage war, noch weiterzugehen. Ein verstauchter Knöchel in einer so einsamen Gegend konnte das Ende bedeuten. Der donnernde Widerhall des unsichtbaren Wasserfalls war jetzt überall zu spüren. Er fühlte ihn in seinen Knochen, im Gestein und in der Luft. Er erfüllte alles, war überall. Tama spürte, wie sich langsam ein Gefühl der Angst und Bedrängnis seiner bemächtigte, als würde er von etwas verfolgt. Als ihm die Ursache klar wurde, war er überrascht, daß er nicht schon früher darauf gekommen war.

»Rua«, murmelte er und konnte kaum seine eigenen Stimme hören. »Der Erdrutsch, der auf uns gestürzt ist. Wie konnte ich das nur vergessen. Nach all den Jahren.«

Er hielt schwitzend inne und stützte seine Hände auf die Knie. Dann sah er auf und erblickte durch einen von Blütenstaub erfüllten Schleier aus Sonnenlicht zwischen den Bäumen eine glänzende Säule, die in den Himmel hinaufwuchs und von der das Donnern ausging. Sie war so fest wie Stein, doch erfüllt von sprudelndem Leben und durchwoben von glänzenden Sonnenstrahlen. Sie pulsierte vor geballter Energie. Tama bewegte sich auf sie zu, teilte die Blätter und sah durch einen Nebelfetzen aus sprühendem Wasser den Fluß, der von weit oben über eine Klippe herabstürzte.

Bald darauf trat er aus einem Wald mit verkrüppelten Bäumen auf eine Ebene mit kahlen Felsen hinaus, die sich zur Klippe hin häuften. Über den Abgrund sah er, wie die Klippe steil in ein bewaldetes Tal abfiel. In der Ferne waren blaue Berge zu sehen.

Nichts Menschliches war hier wichtig, wo Götter älteren Ursprungs als Ka Balu die Grundfesten der Welt gemeißelt hatten. Aus der Schlucht wurde ein feiner Sprühnebel hochgetrieben, der die Felsen näßte. Ein zarter Regenbogen überspannte die Schlucht. Langsam hob Tama, von Ehrfurcht ergriffen, seine Arme und schrie: »Ai-jee! Ai-jee!« Doch er brachte kein Gebet heraus. Seine Stimme wurde von dem Sprühnebel davongetragen. Sein Kopf war vom Donner erfüllt, der alles vor sich her trieb. Er hatte gehofft, hier eine Nacht verbringen zu können, doch er sah, daß es unmöglich war. Das Hämmern seiner Träume würde ihn vollständig auslaugen.

Ohne noch einmal einen Blick auf den Wasserfall oder die Schlucht geworfen zu haben, tastete er sich langsam durch den Wald und murmelte vor sich hin: »Tama, ich bin Tama, der Priester des Hirschvolks«, als müßte er sich gegen irgendeinen Ankläger verteidigen. Erst spät am Nachmittag, nachdem er an der Höhle vorbeigekommen war, in der er die Nacht zuvor verbracht hatte, und außer Reichweite des donnernden Rauschens des Wasserfalls war, hielt er an und ruhte sich aus. Jetzt war er wieder in dem freundlicheren Wald, dessen Einflüsse sein Leben geprägt hatten und wo ihn nichts bedrohte. Wieder hatte er sich gegen einen Baum gelehnt und wurde nun der leichten Brise in den Blättern und der Vögel gewahr. Hier in seinem eigenen Land fühlte er sich wieder sicher.

Aber was hatte ihn am Wasserfall so bedroht? Nichts Menschliches, dessen war er sich ganz sicher. Aber auch nichts, das von den Göttern kam, die er kannte, sondern etwas viel Älteres, das dem Menschen und all seinen Taten völlig gleichgültig gegenüberstand und das ihn scheinbar so unbekümmert zerreißen wollte wie ein Junge, der gedankenlos ein heruntergefallenes Stück Rinde zerpflückt. Den ganzen Rest des Tages und den nächsten Tag schlenderte Tama gemächlich flußabwärts, während in ihm die Überzeugung wuchs, daß er die Grenze zu einer Welt überschritten hatte, zu der er und seinesgleichen nie gehört hatten, einer Welt, die merkwürdiger und feindlicher war als die Welt der Toten, in der er Sarn gesucht hatte. Erst am dritten Tag seiner Rückreise fing er an, zusammenhängend über den Anspruch Ke Ralas auf Rulf nachzudenken.

Er hatte nicht im Traum daran gedacht, daß so etwas möglich sein könnte. Bei allem, was er mit dem Jungen vorgehabt hatte, war er davon ausgegangen, daß Ke Rala seine verwandtschaftliche Beziehung zu Rulf nie anerkennen würde. Bei der Erziehung Rulfs hatte Tama zuerst nicht daran gedacht, ihn als Priester auszubilden. Er wollte ihm nur helfen, ein starker, mutiger und beweglicher Junge zu werden, der besser mit Pfeil und Bogen umgehen konnte als er selbst. Erst als Rulf sich für Uunus Bilder interessierte, hatte Tama bemerkt, daß der Junge vielleicht imstande sein würde, tiefer in die Dinge einzudringen, was eine der wichtigsten Eigenschaften eines Priesters war. Er hatte gehofft, den Jungen bei ihrer Reise in die Ebene einer eindringlicheren Prüfung unterziehen zu können, aber das Treffen mit Tukki hatte ihn abgelenkt. Er wußte, daß Rulf nicht die intuitive Kraft, seinen Verstand dem einfließenden Geist von Ka Balu zu öffnen, besaß, die er selbst als Junge so intensiv gespürt hatte. Rulf konnte kein Wild für die Pfeile der Jäger herbeisingen. Aber könnte ich das jetzt noch? fragte sich Tama. Er hatte bemerkt, daß diese Kräfte, die sich seiner für selbstlose Zwecke wie Unterrichten und Heilen früher so leicht bemächtigt hatten, seit einigen Jahren immer schwächer geworden waren. Seinen Geist für Ka Balu zu öffnen fiel ihm jetzt schwerer, sogar sein Wahrheitsstein ließ ihn manchmal im Stich. Kommt das vom Alter? dachte er. Einen Mann langsam Stück für Stück von den Quellen seiner Kraft zu entfremden, ihn zu zerbrechen und in den Wind hinaus zu werfen, bis er nur noch eine leere Hülle ist, war es das? Schon allein der Gedanke daran hatte etwas völlig Falsches an sich, besonders für einen Priester. Vielleicht waren die Schäfer ohne Häuptling und Priester doch weiser. Wie immer, wenn er an das Volk am Langen Wasser dachte, kamen ihm Sarn und Gilda in den Sinn, und er trauerte um das Leid, daß sein Volk ihnen zugefügt hatte.

Rulf. Wieder kehrten seine abschweifenden Gedanken zu dem Jungen zurück. Er befürchtete keine körperliche Bedrohung für Rulf. Ke Rala würde ihn nicht auf dieses Weise schädigen. Aber wenn sich der Junge in irgendeiner Form aus Gründen, die Ke Rala, auch wenn sie nicht ausgesprochen wurden, erraten konnte, gegen den Willen des Häuptlings auflehnte, würde dieser sicher nicht zögern, ihn zurückzuweisen. Tama hatte keinen Zweifel daran, daß aus Rulf einmal ein guter Häuptling werden konnte: Er war klug, mutig, stark, ausgeglichen, fest und hatte einen Gerechtigkeitssinn, alles Eigenschaften eines weisen und gerechten Beschützers. Aber was Tama am meisten zu schaffen machte und sich nicht so leicht totschweigen ließ, war der Gedanke, daß Ke Rala diese Möglichkeiten erkannt hatte, sie fördern und am Ende vom Volk dafür gepriesen werden würde, einen Nachfolger ausgebildet zu haben, den sie frohen Herzens annehmen konnten. Das schmerzte ihn am meisten, noch mehr als der Gedanke, daß Rulf dem Häuptling gegenüber Dankbarkeit und Zuneigung empfinden könnte. Und Tama wußte, als er so gegen den Baum gelehnt dasaß und seine knotigen Hände gegen seine Stirn preßte, daß das, womit er zu kämpfen hatte, Eifersucht war, die untrennbar mit menschlicher Liebe verbunden ist. Er wünschte sich, Rulf würde Ke Ralas Angebot zurückweisen, würde die Möglichkeit, Häuptling zu werden, über Bord werfen, als einfacher Jäger oder vielleicht als Priester leben und sich im Alter um diejenigen kümmern, die ihn von Anfang an ernährt und erzogen hatten. Er wußte, daß sein Gedanke falsch war. Er hatte Angst vor dem Schmerz, den es bereiten würde, ihm auf den Grund zu gehen und ihn loszulassen, obwohl er gleichzeitig wußte, daß er seine Pflichten als Priester teilweise nicht erfüllen konnte, solange er an ihm festhielt.

Er blieb noch zwei Tage am Fluß in einer Gegend, in die die Jäger auf ihren üblichen Streifzügen nicht vorstießen, und gab sich dem Frieden und der Wärme des sommerlichen Waldes hin, die seine Ängste langsam vertrieben. Er hatte nichts weiter gegessen als das wenige, das er mitgenommen hatte. Es war zu früh für Beeren, und er hatte keinen Bogen oder Angelhaken mitgenommen. Als er spürte, daß ihm ganz leicht im Kopf wurde und er nicht mehr sicher auf den Beinen zu sein schien, beschloß er zurückzukehren. Die Kerben in seinem Stock sagten ihm, daß er acht Tage weg gewesen war. Am neunten Tag erreichte er bei Sonnenuntergang das Dorf und kletterte den Pfad zu der Anhöhe hinauf, auf der sein Haus stand. Und erst da spürte er, wie seinen Geist Angst erfüllte.

Vor dem Haus hockten zwei alte Frauen neben der Tür. Sie erhoben sich steif, als er näherkam, sagten aber nichts. Tama sah jeder von ihnen ins Gesicht, und was er darin las, versetzte ihm einen schmerzhaften Stich.

»Escha?« fragte er.

Eine der Frauen bewegte ihre Lippen tonlos und nickte.

Tama trat ins Haus. Ein saurer Körpergeruch schlug ihm entgegen.

Sie lag genauso da, wie er sie vor neun Tagen verlassen hatte: eingewickelt in eine Decke und mit dem Gesicht zur Wand. Er kniete sich neben sie hin und legte ihr eine Hand auf die Schulter.

»Escha?«

Die Frau bewegte sich nicht und reagierte nicht. Sie atmete, aber so flach, daß Tama kaum noch Leben in ihr spüren konnte. Mit den Fingern der einen Hand hielt sie einen Zipfel der Decke fest umklammert und gegen ihr Kinn gedrückt. Er berührte sie, spürte aber, daß sie kaum noch warm waren.

»Escha«, sagte er wieder.

Er wußte, daß sie im Sterben lag und nicht merkte, daß er da war. Und sie würde ihn auch nicht mehr darum bitten, ihr zu sagen, wie sehr er sie brauchte. Sie war schon zu weit fortgeschritten auf dem Weg, den allein zu gehen sie beschlossen hatte.

Er ging hinaus und redete mit den Frauen. Sie war zwei Tage, nachdem er weggegangen war, gefunden worden und hatte jegliche Nahrung und Hilfe verweigert. Einer der Dorfältesten hatte sie besucht und auf sie eingeredet. Alles umsonst. Wenn Menschen zu sterben beschlossen, die Last des Lebens nicht länger auf sich nehmen wollten, war es unter dem Hirschvolk nicht Brauch, sie zurückzuhalten. Daß Escha nicht eine von ihnen war, machte da keinen Unterschied. Die Frauen würden bis zu ihrem Ende abwechselnd bei ihr wachen und sie, wenn nötig, umdrehen.

Tama ging wieder ins Haus zurück und setzte sich neben die Frau, mit der er dreißig Jahre lang zusammengelebt hatte. Er hatte viele Menschen sterben sehen und wußte, daß Escha vielleicht noch die Nacht überstehen würde, aber nicht sehr viel länger. Er empfand keinen Kummer, sondern spürte, daß er sich ins Unabänderliche fügen mußte. ›Tamas Frau‹ hatten sie die Jäger genannt. Es hatte die Jäger nicht gestört, daß er sie nicht geheiratet hatte. Die Frauen hatten ihr mit der Zeit Achtung entgegengebracht, Anielli ihre Freundschaft gesucht, weil sie die einfache Güte der Frau des Priesters erkannt hatte. Hätte sie selbst gern gehabt, daß er sie geheiratet hätte? Die ersten paar Jahre bestimmt. Tama wußte, daß sie sich danach gesehnt hatte, mit ihm den Bund der Ehe einzugehen. Aber mit der Zeit, als sie merkte, daß er sie nie zurückweisen würde, war es unwichtig geworden. Hätte er sie retten können, wenn er nicht zum Wasserfall gegangen wäre? Manche würde das behaupten, aber er bezweifelte es. Wenn sich Menschen zum Sterben entschlossen, oblag es nicht anderen, für sie zu atmen.

Was werde ich ohne sie tun? dachte er. Wer wird sich um mich kümmern? Würde Ke Rala Rulf zurückkommen lassen? Rulf. Er mußte davon unterrichtet werden. Sie könnten die Nacht zusammen Wache halten. Er schickte eine der Frauen mit der Nachricht zu Ke Rala und bat die andere, etwas zu essen zu kochen. Währenddessen setzte er sich auf die Türschwelle und beobachtete, wie sich die Abenddämmerung über das Dorf legte. Die Luft war noch warm und kühlte gerade erst ab im Abendwind, der den Fluß hinunterblies. Als er Rulfs Schritte hörte, stand er auf und ging ihm entgegen, um ihn zu begrüßen, aber noch während er seine Hände zum Gruß ausstreckte, schrie Rulf mit angsterfüllter Stimme: »Was ist los? Ist Mutter Escha krank?«

Einen Augenblick mußte sich Tama zurückhalten, weil er sich darüber ärgerte, daß Rulf ihn nicht förmlich begrüßt hatte, doch dann sagte er ruhig: »Geh leise hinein, Rulf. Mutter Escha liegt im Sterben. Rede sanft mit ihr.«

Rulf ließ seine Deckenrolle auf den Boden fallen, trat ängstlich in das Zimmer seiner Großmutter und kniete neben ihr nieder. Er redete sie mit ihrem Namen an, erhielt aber keine Antwort. Unwillkürlich zog er die Nase hoch bei dem miefigen, sauren Geruch des alten Körpers und blieb eine Weile unsicher neben ihr sitzen. Er spürte, daß er eigentlich weinen müßte, es aber nicht konnte. Dann ging er wieder hinaus, wo er seinen Großvater unter seinem Geistbaum sitzen sah. Er blieb unbeholfen stehen, während sein Großvater in der Dunkelheit unter dem Baum wie ein schattenhaftes Gebilde wirkte.

»Was ist mit Großmutter Escha?«

Sollte er ihm die Wahrheit sagen? Was würde es nützen, wenn Rulf wußte, daß sein Weggehen für Escha einfach zuviel gewesen war? Es würde ihn nur dazu bringen, sich gegen Ke Rala aufzulehnen. Tama war zwar versucht, ihm die Wahrheit zu sagen, antwortete dann aber ausweichend: »Sie ist alt. Sie hat sich schon seit einiger Zeit nicht mehr ganz wohl gefühlt. Ich habe gespürt, daß sich etwas bei ihr verändert. Sie selbst hat es so gewählt, Rulf, sie selbst hat beschlossen, diesen Weg einzuschlagen. Vielleicht hat sie gedacht, es sei am besten zu gehen, während ich weg bin.«

»Ich verstehe nicht. Du warst doch nicht weg.«

»Vielleicht hat es dir Ke Rala nicht erzählt. Ich war neun Tage am Fluß unterwegs, seit du ... seit du weggegangen bist. Es gibt Zeiten, da muß ein Priester alleine sein.«

Rulf blieb stehen. Er erwiderte nichts darauf, denn er hatte eine leise Ahnung, weshalb sein Großvater weg gewesen war. Gleichzeitig war er bekümmert, daß seine kranke Großmutter Escha allein gelassen worden war. Da gab es viel, was er über sein Bleiben bei Ke Rala erzählen wollte, doch er merkte, daß er nichts herausbrachte, da seine Heimkehr so ganz anders verlaufen war, als er sie sich ausgemalt hatte. Tama fühlte sein Unglück und sagte ruhig: »Es gibt viel, worüber wir sprechen müssen, aber heute nacht müssen wir abwechselnd bei Mutter Escha wachen. Es kann sein, daß sie nochmals aufwacht und zu uns sprechen will. Sie haben uns Fleisch gebracht. Komm und iß.«

»Ich habe schon gegessen, danke.«

Rulfs tiefe und heisere Stimme war die eines Mannes, der doch auch noch ein Junge ist und seiner Zunge nicht trauen kann, weil sie ihn verraten könnte.

»Ich muß ein bißchen essen«, sagte Tama. »Komm mit mir.«

Er aß schweigend. Rulf zündete in Eschas Zimmer eine Öllampe an. Die alten Frauen waren nach Hause gegangen. In dem kleinen Haus auf der Anhöhe trug das Schweigen von drei Menschen noch zu der gedrückten Stimmung der warmen Nacht bei. Tama war sehr müde. Er hatte gehofft, Escha hätte ihm bei seiner Ankunft zu Hause heißes Wasser gemacht, damit er sich den Schweiß seiner Reise vom Körper waschen könnte. Der Gedanke machte ihm plötzlich klar, daß sie nun wirklich starb. In seinen Augen brannten schwache Tränen.

»Rulf«, sagte er, »kannst du zuerst bei Mutter Escha wachen, während ich ein bißchen schlafe? Ich bin sehr müde. Wecke mich, wenn der Mond hinter dem Wald versinkt, oder schon vorher, wenn Escha etwas sagt.«

Allein gelassen mit der reglosen Gestalt des Schläfers und mit den Rauchfahnen, die von der Öllampe aufstiegen und in seinen Augen brannten, spürte Rulf eine ungeheure Einsamkeit. Sein Großvater schien Großmutter Eschas Tod sehr gelassen hinzunehmen. Wieder wunderte sich der Junge, wieso er nicht weinen konnte. Hatten ein paar Tage in Ke Ralas Haus ihn alles vergessen lassen, was Mutter Escha für ihn getan hatte? Er wußte, daß dem nicht so war. Vielleicht würden die Tränen später kommen. Vielleicht würde sich Mutter Escha auch noch einmal erholen und genesen. Hatte sein Großvater in seinen Wahrheitsstein gesehen, um herauszufinden, was für sie getan werden konnte? Einmal stöhnte Escha leicht, und der Junge bekam wieder Hoffnung, daß sie noch einmal aufwachen und etwas sagen könnte. Aber sie blieb stumm. Wie sollte er es merken, wenn sie plötzlich starb? Die Wärme und Stille schläferten ihn ein. Er wachte schuldbewußt auf, beugte sich über Escha und berührte ihr Gesicht. Ihr Atem war kaum noch zu hören. Leise schlich er sich durch die Tür in Tamas Zimmer, wo der alte Mann ruhig vor sich hin schnarchte. Rulf öffnete die Tür und trat ins Freie hinaus.

Die Nacht hatte sich ein bißchen abgekühlt, und der Halbmond würde sich bald zum Wald hin senken. Rulf urinierte und entspannte dabei gleichzeitig Geist und Körper. Er überlegte sich, ob Marka wohl wach war oder schlief.

Kurz darauf weckte er Tama. Sie tauschten die Plätze. Rulf lag jetzt auf den Decken seines Großvaters und konnte zuerst nicht einschlafen, weil ihm alles fremd vorkam. Doch dann überfiel ihn der Schlaf.

Als Tama so neben Escha saß, dachte er, um sich wachzuhalten, über die notwendigen Dinge nach, die zu erledigen sein würden, sobald Escha gestorben war: das Zusammenrufen der Frauen, um sie für das Begräbnis fertig zu machen, und er mußte sich mit Tara beraten, wieviel von dem förmlichen Wortlaut am Grab für jemand angebracht war, der nicht ins Hirschvolk hineingeboren wurde. Dann mußte noch jemand gefunden werden, der für ihn kochte und saubermachte …

»Hora, ja.«

Die ruhige klare Stimme ließ Tama erschrocken auffahren. Er beugte sich über Escha. Ihre Augen waren geschlossen, aber sie hatte den Kopf leicht bewegt.

»Ja«, sagte er. »Ja, ich höre dich, Escha. Was ist? Sprich mit mir.«

Er brachte die Lampe näher, sah ihr genauer ins Gesicht. Ein ganz klein bißchen zogen sich ihre geschlossenen Augenlider zusammen. Die Worte kamen mit leisem Flüstern aus ihr heraus.

»Hora, ja. Der Alte hat mir weh getan. Der Junge … der Junge war schüchtern. Hora war der Beste.«

Der Kopf bewegte sich leicht, als ob sich die alte Frau anders hinlegen wollte. Sanft half ihr Tama, sich auf den Rükken zu drehen. Ihre Augen blieben geschlossen. Auf weitere Fragen gab sie keine Antwort.

Was hatte sie gesagt? Hora, der Alte, der Junge? Was konnte das bedeuten? ›Hora war der Beste.‹ Plötzlich tauchten die Bilder wieder vor ihm auf, die er in der Vision in seinem Wahrheitsstein in der Nacht gesehen hatte, als der Alte Weise gestorben war. In der Vision hatten er und andere Männer eine nackte Frau durch den Wald verfolgt und sie dann, einer nach dem anderen, vergewaltigt. War einer von ihnen Hora gewesen? Als Hora Escha aus dem Dorf am Langen Wasser mitgebracht hatte, hatte Tama in ihr die Frau aus seiner Vision erkannt. Hora ... und der alte E Nga und der Junge Ilak ... sie waren es gewesen, die Escha aus dem Schäferdorf mitgebracht hatten.

Tama erhob sich. Das Wissen, daß Hora und seine Gefährten Escha benutzt hatten, bevor sie sie zu ihm brachten, ließ Übelkeit in ihm aufsteigen. Hora. Hora und Gilda. Hora und Escha. Was nützte es jetzt noch, sich aufzuregen über einen Verrat, der schon so lange zurücklag und von einem Clanbruder begangen worden war, der schon tot war? Was hätte er wohl getan, wenn er es damals schon gewußt hätte? Hätte er Escha zurückgeschickt? Wahrscheinlich. Auf sie empfand er keine Wut, war sie doch gegenüber drei Männern völlig hilflos gewesen. Wo war es wohl passiert? Wahrscheinlich in einer der Hütten auf der Reise. Er blickte auf die reglos daliegende Gestalt hinunter.

»Ka Balu«, flüsterte er. »befreie sie. Laß sie in Frieden gehen.«

Gegen Morgen meinte er, sie etwas murmeln zu hören. Aber es wiederholte sich nicht oder verlor sich in dem flachen Atem. Er rief Rulf. Sanft stopfte er die Decken um sie fest und machte ihre Hände frei. So saßen sie jeder auf einer Seite des Bettes und hielten ihr eine Hand, und es war Rulf, der schließlich, als sich das graue Morgenlicht in das Zimmer stahl, sagte: »Ihre Hand wird kalt.«

Und dann war es vorüber.

»Sie hat sich nicht von mir verabschiedet«, sagte der Junge und weinte.

Den ganzen Tag über war ein Kommen und Gehen von vielen Leuten, alten Frauen, die redeten, und ein paar alten Männern, die irgendeinen Grund hatten, sich freundlich an Escha zu erinnern. Außer Rulfs Clanbrüdern kamen nur wenige junge Männer. Soweit das in der engen Dorfgemeinschaft möglich war, hatte Escha zurückgezogen gelebt. Die Fürsorge für Tama und Rulf und früher für Yaka war ihr ganzer Lebensinhalt gewesen. Sie hatte keine Anstrengungen unternommen, anerkannt zu werden oder Freunde zu gewinnen. Eine Ausnahme war ihre Freundschaft zu Anielli. Sie hatte immer geglaubt, daß ihre Abstammung aus dem Schäfervolk und ihre Stellung als unverheiratete Frau sie daran hinderten, von Tamas Volk ganz aufgenommen zu werden. Es schien, als wäre es ihr genug gewesen, von den Dorfbewohnern geduldet zu werden.

Unter einem kühlen, wolkenverhangenen Himmel, der Regen verhieß, wurde sie am folgenden Tag begraben. Die meisten Dorfbewohner kamen. Ein Begräbnis war ein Ereignis im Dorfleben, ein Haken, an dem man Erinnerungen und Gedanken aufhängen konnte. Sogar Ke Rala erwies der Frau seines Clanbruders die letzte Ehre. Er stand am Rand der Menge, wirkte aber bei der verkürzten Zeremonie nicht mit. Escha war kein Geistbaum gegeben worden, dem man ihren Tod mitteilen mußte. Eingewickelt in eine Decke wurde der Leichnam in ein flaches Grab gelegt. Ein paar Dorfbewohner, die Abschiedsgeschenke mitgebracht hatten, schritten am Grab vorbei. Manche hatten ihr Essensgaben mitgebracht. Rulf legte das erste Stirnband, das Escha ihm machen geholfen hatte, auf das graue Haar. Als er zurücktrat, verschränkten seine Clanbrüder auf beiden Seiten mit ihm die Schultern in dem alten Ritual des Teilens von Leid. Auch wenn manche, die Tama ein eng zusammengerolltes Pergament auf die gefalteten Hände legen sahen, sich wunderten, was das sein mochte, fragte doch keiner nach. Vielleicht würden ihre Augen in dem Land, zu dem sie unterwegs war, geöffnet werden, um die Worte der Verbundenheit, der

Liebe und des Abschieds zu lesen und zu verstehen, die er auf das Pergament geschrieben hatte.

Nachdem alle Geschenke ins Grab gelegt waren, nahm Tama, der Priester, zwei Hände voll Erde und richtete seine offenen Handflächen gen Himmel. Es war nicht Teil der üblichen Zeremonie, und was er da leise vor sich hinflüsterte, war für die anderen nicht zu hören, aber die Ältesten sahen schweigend zu und erhoben keine Einwände. Das Grab wurde zugeschüttet und festgestampft.

Erst in diesem Moment hinkte der gebrechliche alte Brusa, der, seit er gestürzt war, mit einer Krücke ging, an den Rand des Grabes. Mit der Spitze seines Stocks zeichnete er in die lose Erde das alte Symbol des fließenden Kreises und gab mit dieser einen Geste Escha an ihr eigenes Volk zurück.

Brusa und Mariti nahmen Tama und Rulf zum Essen der Bannkuchen mit zu sich nach Hause. Nicht einmal die Ältesten konnten sich erinnern, woher dieser Brauch stammte, aber er wurde immer nach einem Begräbnis begangen. Die kleinen, harten, geschmackslosen Kuchen aus Weizenmehl, Wasser und Spucke wurden als Zeichen der Verbundenheit und des Abschieds von dem Toten schweigend gemeinsam gegessen. Aber danach drehte sich das Gespräch bald um andere Dinge, Wurzelbier und Sonnenwasser wurden herumgereicht, und manchmal endete eine solche Feier in fröhlichem Treiben und Tanz. Doch heute war es nicht so. Nach einer angemessenen Zeitspanne dankte Tama seinen Gastgebern und machte sich mit Rulf auf den Heimweg. Sein einziger Gedanke war, daß er mit dem Jungen reden mußte, bevor Ke Rala wieder nach ihm schicken ließ.

Die ersten Anflüge eines eisigen Südwinds ließen die Luft erzittern. Rulf zündete ein Feuer an, und eine Weile saßen sie schweigend davor: Rulf auf dem Boden und Tama neben dem Tisch. Der alte Mann brach schließlich das Schweigen.

»Von jetzt an kannst du Großmutter Eschas Zimmer benutzen, wenn du nach Hause kommst. Du kannst darin alles lassen, was du nicht zu Ke Rala mitnehmen mußt. Alles, was ich brauche, ist in diesem Zimmer.«

Rulf murmelte Dankesworte, starrte aber weiter ins Feuer. Tama fühlte das Gewicht unausgesprochener Worte auf ihm lasten. Er wollte, daß der Junge ihn bat, bleiben zu dürfen, nicht zu Ke Rala zurück zu müssen. Aber diese Bitte wurde nicht ausgesprochen. Statt dessen sah Rulf nach langem Schweigen auf und sagte:

»Glaubst du, mein Vater lebt noch?«

»Ich weiß nicht mehr als du. Nur das, was Tukki mir vor vier Jahren erzählt hat. Ein Jahr, bevor er uns damals traf, hat Yaka nach Horas Tod mit einer Gruppe von anderen das Schäferdorf verlassen. Sie sind nach Süden gegangen, aber auch Tukki hat nichts mehr von ihnen gehört.«

Rulf sagte nichts darauf, aber Tama bohrte tiefer.

»Warum fragst du jetzt danach?«

»Yaka ist mein Vater. Ein Vater sollte seinen Sohn eigentlich kennen.« Der Junge wandte sich Tama zu. »Weiß er überhaupt, daß ich geboren wurde?«

»Nachdem er das Dorf verlassen hatte, hat er bis zu Horas Ankunft sicher nichts gehört, aber Hora hat ihm bestimmt alles erzählt.«

»Hast du nicht versucht, ihn zu benachrichtigen?«

»Es war nicht möglich. Ke Rala hat alles, was in seiner Macht stand, unternommen, um uns vom Schäfervolk abzuschneiden. Manchmal haben sich die Jäger unserer beiden Völker auf den Ebenen getroffen. Ich denke, sie haben über die Ereignisse in ihren Dörfern gesprochen.«

In Rulfs festem Blick lag eine anklagende Unnachgiebigkeit. »In ein oder zwei Jahren, wenn ich stärker bin, werde ich mit meinen Clanbrüdern oder ein paar Wachen losgehen und meinen Vater suchen. Niemand wird mich daran hindern können, weder du noch Ke Rala. Die Wahrheit wurde mir zu lange verschwiegen.«

»Was meinst du damit?«

Tamas Stimme war sanft, aber er fühlte sich unbehaglich. Rulf stand auf. Vor dem Feuer gab er eine eindrucksvolle kräftige Figur ab. Sein verletzter Blick wirkten fast bedrohlich. Er sprach ohne Mitleid mit seinem Großvater.

»Warum hast du vor mir geheim gehalten, daß Ke Rala meine Mutter umgebracht hat?«

»Hat Ke Rala dir das erzählt?«

»Ja, aber ich wußte es bereits. Uunu hat es mir gesagt, als ich ihm die Zeichnung zeigte, die ich von meiner Mutter gemacht hatte. Warum hast du zugelassen, daß ich es so herausfinden mußte? Verstehst du jetzt, warum ich damals zum Strand gerannt bin? Der Häuptling hatte meine Mutter getötet, weil sie den Samen eines Halbbluts in sich trug. Und du hast nichts dagegen unternommen ... all die Jahre ... hast du nichts getan, um mir zu helfen, die Wahrheit herauszufinden und sie zu verstehen.«

Die Stimme des Jungen klang beunruhigt, sein Atem ging schwer. Tama stand auf und betrachtete ihn mitleidig. Doch es fiel ihm schwer, die richtigen Worte zu finden.

»Ich habe Vani, deine Mutter, geliebt. Sie war schöner als alle anderen Frauen unseres Volkes. Ich teilte Ke Ralas Hoffnungen für sie. Sie hatte die Klugheit und den Geist, ein Führer zu werden. Um sie drehte sich Ke Ralas ganzes Leben ...«

»Und dann hatte er nichts anderes zu tun, als sie zu töten! Und du hast es zugelassen! Du hast nichts unternommen, um sie zu retten. Genauso, wie du einfach weggegangen bist und Mutter Escha hast sterben lassen! Du hättest sie vielleicht retten können, du hättest vielleicht einen Weg gefunden, aber du hast es nicht einmal versucht!«

Der Ausdruck völliger Verzweiflung im Gesicht des Jungen hielt Tama davon ab, ihn so zurechtzuweisen, wie es vielleicht gerechtfertigt gewesen wäre. Er ging zum Fenster hinüber. Ein feiner Regen trieb über das Dorf. Manche Leute hielten es für eine besondere Gnade, wenn auf ein neues Grab bald Regen fiel. Escha verdient es nicht anders, dachte er. Wie konnte er dem Jungen helfen zu verstehen, daß Escha gestorben war, weil sie das Gefühl hatte, daß das Leben keinen Sinn mehr für sie besaß, nachdem sie auch noch Rulf verloren hatte? Er schob den Fensterladen vor, drehte sich wieder zum Zimmer hin und ließ sich am Tisch nieder.

»Hör zu, Rulf. Du stellst Fragen, die beantwortet werden müssen. Ich werde auf alles antworten, was du mich fragst. Ich verstehe deinen Schmerz, deine Wut. Aber du weißt, daß du in deinem Herzen auf diese Fragen bereits Antworten gefunden hast. Du mußt diese Antworten loslassen. Wenn du dazu nicht in der Lage bist, wirst du meine Worte nicht hören. Wenn du gehört hast, was ich zu sagen habe, und danach immer noch findest, daß deine Antworten dir gültiger erscheinen als meine, werde ich für uns beide trauern. Aber höre mir zuerst zu, frage mich, was du willst, und beantworte die Fragen, die ich dir stelle.«

Er wurde von einer Frau und einem Jungen unterbrochen, die das Abendessen für sie beide brachten. Sie aßen schweigend, jeder für sich auf seiner Seite einer Kluft, die sie trennte und von der zum erstenmal in ihrem Leben keiner von beiden wußte, wie er sie überwinden konnte. Nach dem Essen fing Tama wieder an zu sprechen.

»Erzähl mir zuerst«, sagte er, »was dir der Häuptling gesagt hat, nachdem ich dich mit ihm allein gelassen hatte. Es wird mir helfen zu verstehen, wie du dich in bezug auf den Tod deiner Mutter fühlst.«

Und so erzählte ihm Rulf, was Ke Rala über die Vergangenheit erzählt hatte, von seiner eigenen törichten Herausforderung des Häuptlings, Ke Ralas Verständnis und seinem Angebot, Rulf in den Pflichten der Führerschaft zu unterweisen, von der Freundlichkeit seiner Tante Ila ihm gegenüber und der Anerkennung, die ihm von seiten der Wachen entgegengebracht wurde. Er endete mit dem Satz: »Der Häuptling hat mir seine verkrüppelten Hände gezeigt. Was ist mit ihnen geschehen?«

»Er hat dir seine Hände gezeigt? Ich selbst habe sie nur einmal gesehen. Er hält sie immer bedeckt. Sie wurden kurz nach dem Tod deiner Mutter verkrüppelt und nutzlos. Ke Rala glaubt, es sei der Wille der Götter gewesen. Ich habe dasselbe Leiden schon vorher bei manchen unserer Alten gesehen.«

Tama wartete auf ein Zeichen des Jungen, das ihm sagen würde, ob er ins Häuptlingshaus zurückkehren wollte, doch Rulf verfiel in Schweigen. Es blieb Tama überlassen, über Eschas Tod zu reden und über sein Entsetzen über Ke Ralas Entscheidung, Rulf für sich zu beanspruchen, was ihn veranlaßt hatte, in die Einsamkeit hinauszugehen, um Klarheit zu erlangen.

»Ein Priester sieht weiter als andere Menschen, aber nicht immer weit genug. Ich habe Frieden gebraucht, um meinen Geist neu zu ordnen.«

»Und hast du den Frieden gefunden?«

Tama zögerte und sagte dann: »Nein.«

Rulf sah auf und blickte Tama zum erstenmal etwas besorgt an, doch er sagte nichts. Bis tief in die Nacht redeten sie, und Tama tat alles, was in seiner Macht lag, um dem Jungen die Umstände des Todes seiner Mutter, seine eigenen Versuche, sie zu retten, seine Entscheidung, Yaka außer Reichweite des Zorns des Häuptlings zu schicken, begreiflich zu machen. Weniger sicher war er sich hinsichtlich der Frage, weshalb er Rulf nicht schon früher die Wahrheit erzählt hatte. Er merkte jetzt, daß er eher deshalb geschwiegen hatte, um sich selbst den Schmerz zu ersparen, Vanis Tod noch einmal zu durchleben, als zu dem Zweck, auf den geeigneten Zeitpunkt zu warten, um ihrem Sohn die Wahrheit darüber zu erzählen. Und jetzt, da Rulf über Eschas Tod betrübt war, war es unmöglich, das Gefühl des unmittelbar Stattfindenden von der Erinnerung der Vergangenheit zu trennen. Der Junge hörte zu und stellte Fragen, aber er blieb auf Abstand, zurückhaltend und abweisend. Als Priester und Mann verstand Tama die Verwirrung im Kopf seines Enkels, wußte er doch, daß er ihm nicht die letzte Gewißheit bieten konnte, die Rulf in der Unwissenheit seines jugendlichen Alters von ihm verlangte. Und wer von den Älteren konnte schon sein eigenes Herz einer so klaren Prüfung unterziehen, daß die Jungen augenblicklich verstanden und annahmen, was ihnen da als Wahrheit angeboten wurde? Tama wußte, daß seine Worte genauso leer und leblos waren wie die Bannkuchen, die zu Ehren der Toten gegessen wurden.

Rulf hatte zugehört und würde sich die Worte seines Großvaters durch den Kopf gehen lassen, aber das tiefe Vertrauen, das ein Leben lang zwischen ihnen bestanden hatte, war schwer erschüttert. Tama war klar, wie sehr ihn das selbst schmerzte, und er konnte sich deshalb Rulfs Verletzung deutlich ausmalen. Zwischen ihnen hatte sich eine Kluft gebildet, die sich nur langsam wieder schließen ließ. Zuviel war in der kurzen Zeit passiert, als daß Rulf alles einfach so hinnehmen konnte. Nachdem sich der Junge in Eschas Zimmer unglücklich in seine Decken gewickelt hatte, saß Tama noch lange wach und starrte in die Asche des Feuers. Sein Mund war zu einer ungewohnten bitteren Linie verzogen. Er hatte nicht gefragt, ob Rulf zum Haus des Häuptlings zurückkehren wollte, aber das war auch nicht nötig gewesen. Er wußte nur, daß für ihn von nun an Einsamkeit weniger eine Ausdehnung seines Geistes als eine Leere sein würde, die sich mit Bedauern erfüllen würde und mit der Sehnsucht nach der Wiederherstellung einer zerbrochenen Welt.

Am nächsten Morgen schulterte Rulf das Bündel mit seinen Habseligkeiten, grüßte seinen Großvater, indem er seine Hand mit beiden Händen ergriff, und wandte sich zum Gehen.

»Komm mich besuchen, wenn du Zeit hast.«

»Ja, o ja, natürlich«, antwortete der Junge. »Oft.«

Dankbar über die Frische des Morgens nach der abgestandenen Luft im Zimmer seiner Großmutter, schlenderte er den Pfad hinunter. Die kühle, feuchte Luft zwang ihn aufzuwachen. Je weiter er sich vom Haus des Priesters entfernte, desto beschwingter wurde sein Geist. Er freute sich darauf, Marka wiederzusehen.

Seine Tante begrüßte ihn freundlich, der Häuptling sah ihn mit einem warmen Lächeln an, und Dugan drückte ihm sein förmliches Beileid für Eschas Tod aus. Plötzlich hatte das große Haus mit seinem warmen Feuerschein und der Gesellschaft anderer Menschen zum erstenmal seit Tagen etwas Tröstliches für ihn. Er fühlte sich, als sei er nach Hause gekommen. Später am Tag, bei einem Spiel, sprach er mit Marka und einigen anderen Wächtern. Doch ein Schatten trübte sein Vergnügen. Nach zwei Tagen, an denen er mehrmals mit Marka geübt hatte, hatte der junge Leibwächter Eschas Tod immer noch nicht erwähnt. Rulf war verletzt, und am dritten Tag, nachdem er mehrere Fehler gemacht hatte, die Marka ärgerten, sagte er unvermittelt: »Ich will nicht mehr üben«, ging einfach weg und setzte sich unter einen Baum.

Marka folgte ihm und fragte: »Was ist los mit dir? Stimmt irgend etwas nicht?«

»Nicht mit mir.«

»Was meinst du damit?«

»Du hast nicht ein Wort über den Tod meiner Großmutter verloren. Andere Wachen haben mit mir darüber geredet. Weshalb tust du so, als sei nichts gewesen?«

»Ich tue überhaupt nicht so. Ich wußte, daß sie gestorben ist, aber, na ja ... alte Menschen sterben eben, oder nicht? Was nützt es dir, daß du dich damit verrückt machst? Meine Mutter und mein Vater sind auch alt. Sie können jeden Tag sterben. Ich habe mein eigenes Leben, das ich leben muß.«

Marka redete leicht dahin. Es klang fast gleichgültig. Die winzigen Steinsplitter in seinen Augen sahen wie kleine Dolche aus. Rulf ließ ihn einfach stehen.

Später fand ihn eine der anderen Wachen, wie er tieftraurig am anderen Ende des Übungsplatzes saß. Er ließ sich neben ihm nieder, und Rulf sah, daß es Froschmaul mit seinen Säbelbeinen, seiner eingesunkenen Brust und dem breiten Mund war, dem er seinen Namen verdankte.

»Laß dich doch von Marka nicht durcheinanderbringen«, sagte er und legte kurz eine Hand auf Rulfs Knie.

»Woher weißt du denn das?«

»Oh, ich sehe viel. Ich habe nicht nur ein großes Maul, sondern auch große Augen. Ja, so bin ich.« Er grinste den Jungen an. »Er ist der Beste von uns, wenn es um Geschicklichkeit und Spiele geht. Er bringt dir gern etwas bei, weil das beweist, daß er mehr weiß als du, aber er denkt immer nur an sich selbst. Er ist kein so guter Jäger wie mancher von uns, weil er es haßt, schmutzig oder müde zu werden oder Blut an die Hände zu bekommen. In mancher Hinsicht ist er wie ein Mädchen, immer auf sein Äußeres bedacht. Er mag sich selbst zu sehr. Lerne so viel wie möglich von ihm, aber laß nicht zu, daß er aus dir sein Spielzeug macht.«

Als Rulf an diesen Abend im Bett lag, spürte er, daß er seine Traurigkeit mit in den Schlaf hinüber nahm. Er war kein Junge mehr, aber trotz der körperlichen Veränderungen, die ihn zum Mann machten, war er auch noch kein ganzer Mann. Es war noch nicht einmal einen halben Mond her, seit Ke Rala ihn zu sich gerufen hatte, und schon hatte sich sein ganzes Leben verändert. Mutter Escha war tot, vielleicht weil Vater Tama nicht genug getan hatte, um ihr zu helfen. Sein eigenes Leben lag in den Händen des Häuptlings, der seine Mutter getötet hatte. Und Marka, dem zu vertrauen er begonnen hatte, machte sich nicht wirklich etwas aus ihm. Er faßte den einsamen Entschluß, so viel wie möglich zu lernen und für das, was er bekam, in gleichem Maße zurückzugeben, aber gleichzeitig auf eigenen Beinen und seinen eigenen Mann zu stehen.

5

Es war, als habe sich die Entfernung zwischen Tamas Haus auf der Anhöhe und der Häusergruppe unter ihm plötzlich um ein Vielfaches vergrößert. Manchmal sah er tagelang niemanden außer der alten Frau, die Wasser und Feuerholz für ihn holte und ihm das Abendessen brachte. Er aß weniger, unterbrach sein nächtliches Fasten mit etwas Wasser und einem Happen Fisch oder Kartoffelbrot und verzehrte bis zum Abend meist nicht viel mehr als ein paar Beeren oder einen Apfel. An schönen Tagen verbrachte er nach der Rückkehr von Ke Ralas Sonnenaufgangsversammlungen die meiste Zeit unter seinem Geistbaum. Der große Rata verfehlte nie seine Wirkung, seinen Geist wiederherzustellen. Er war Zeuge fast seiner ganzen Mannesjahre gewesen und hielt sein Leben in der größeren Fülle seiner majestätischen Schönheit gefangen. Der Baum nahm den Wandel der Natur in seine unveränderliche Lebensfülle auf, und unter seinen Zweigen war Tama zu jeder Jahreszeit in der Lage, sein verändertes Leben als Teil eines größeren Lebensmusters anzunehmen. Er ermöglichte es ihm, die Aussicht auf den unvermeidlichen Verfall des Körpers und den nahenden Tod als das letzte Webmuster jedes menschlichen Lebensweges zu akzeptieren. Doch er wußte tief in seinem Innern, daß dieses Muster nicht einfach dem der anderen Menschen glich. Erst mußte er noch eine besondere Aufgabe erfüllen, wenn er seinen Geistbaum irgendwann in voller Pracht erblühen sehen wollte, wie er ihn als Junge in seiner Vision gesehen hatte. Wie diese Aufgabe genau aussah, wußte er nicht, aber er merkte immer deutlicher, daß er sich in der Einsamkeit seiner Tage in eine neue Richtung bewegte. Es war noch keine Bewegung in Richtung einer klaren Vorstellung, eher eine Bewegung weg von den Pflichten der Vergangenheit. Was immer es war, das ihn zog, eines wurde ihm immer klarer: Er mußte sich von vielem frei machen, was sein früheres Leben ausgemacht hatte. Er betrachtete Eschas Tod und Rulfs Weggehen als eine neue Gelegenheit, tiefer in sich selbst hineinzublicken und nach Anzeichen für neues Wachstum Ausschau zu halten. Die Inanspruchnahme seiner Heilkräfte durch die Dorfbewohner wurde ihm langsam lästig, und er sah ein, daß er jemanden ausbilden mußte, der ihm dabei half. Es schien nun sicher zu sein, daß Rulf kein Priester werden wollte, und deshalb war es nötig, einen anderen zu finden. Doch die Vorstellung, mit einem jungen Priester sein Haus teilen zu müssen, wie er mit dem Alten Weisen gelebt hatte, solange er in die Mysterien eingewiesen wurde und die Fertigkeiten seiner Berufung erlernte, gefiel ihm nicht besonders.

Und er merkte, in gewisser Weise zu seiner eigenen Überraschung, daß er der möglichen Übertragung seiner Aufgaben an einen jüngeren Priester mit Freuden entgegensah, weil es ihn frei machen würde für die unbekannte Herausforderung, die noch vor ihm lag. Der Same war in ihm schon gesät dafür, hatte aber noch nicht zu wachsen begonnen, obwohl er manchmal, wenn er schrieb, spürte, wie sich die Wurzeln regten.

Zwar verlieh ihm sein Geistbaum, solange er unter ihm saß, die innere Ruhe, die er brauchte, um sein Leben in einem größeren Zusammenhang zu sehen, doch konnte er dadurch vielen Dingen, die ihn unmittelbarer betrafen, nicht entfliehen. So vermißte er Escha weitaus mehr, als er erwartet hatte, vermißte die Sicherheit, die ihre beständige Anwesenheit ihm gegeben hatte. Erst jetzt merkte er, wie sehr sie ihn bei seiner täglichen Arbeit unterstützt, wie sie ihm in stiller Anteilnahme zugehört hatte, wenn er sich über die Dorfbewohner beklagte, die von ihm Heilmittel erwarteten, die ihre Krankheiten heilen würden, und dann seine Anweisungen nicht befolgten. Manchmal hatte sie auch ihre Meinung zu Dingen geäußert und dabei oft den richtigen Punkt getroffen. Außer in den letzten Jahren hatte sie sich kaum je bei ihm über irgend etwas beklagt. Sie hatte sich nicht nur körperlich um ihn gekümmert, sondern auch geistig. Jetzt strahlte sein Haus eine Leere aus, die ihn manchmal mit

Schrecken erfüllte, wenn er vom Dorf zurückkam und ihm beim Öffnen der Tür nur Stille entgegenschlug.

Schon kleine Dinge irritierten ihn: wenn er am Morgen merkte, daß er die Nacht zuvor vergessen hatte, trockene Zweige hereinzubringen, um das Feuer anzumachen, oder wenn er seinen Feuerstock verlegt hatte, oder wenn er merkte, daß sich die Fliegen über sein Essen hergemacht hatten, das abzudecken er vergessen hatte, oder wenn die Weka-Rallen eine Decke in den Schmutz gezogen hatten, die er über einem niedrigen Busch zum Trocknen aufgehängt hatte. Bei solchen Gelegenheiten machte er sich Selbstvorwürfe und konnte in einen Zustand des Selbstmitleids verfallen, in dem Rulf zur Zielscheibe seiner Klagen wurde. Es war leicht genug, sich einzureden, daß Rulf doch wirklich genug Freizeit hatte, in der er seinem alten Vater Tama helfen könnte, und es war leicht zu vergessen, welchen Einfluß unmittelbare Ansprüche und neue Eindrücke auf den Enkel eines Häuptlings haben konnten. Daß Rulf in seinem neuen Leben glücklich war, wurde bald offensichtlich. Wenn sie sich zufällig im Dorf trafen, blieb Rulf immer eine Weile bei ihm stehen, erzählte begeistert von seinen vielen neuen Unternehmungen, entschuldigte sich, daß er sein altes Zuhause in letzter Zeit nicht mehr besucht habe, und versprach, bald vorbeizukommen.

In quälenden Zwiegesprächen mit sich selbst suchte Tama jede mögliche Ausrede für die seltenen Besuche des Jungen oder warf ihm bitter vor, ihn zu vernachlässigen. Wenn Rulf dann wirklich einmal kam, spürte er den zurückgehaltenen Groll des alten Mannes, der sich darum bemühte, das Zusammensein ganz locker wirken zu lassen. Aber er wollte alles wissen, was Rulf seit seinem letzten Besuch gemacht hatte. Nichts war zu trivial, um in der Einsamkeit geschätzt zu werden. Rulf spürte die Spannungen in seinem Großvater, und er fühlte sich unbehaglich dabei. Er wollte die ruhige Atmosphäre seines alten Zuhause in sich aufnehmen, irgend etwas von seinem früheren Leben dort einfangen, doch Vater Tama hatte sich verändert und wurde immer neugieriger und mißtrauischer. Da war es für Rulf schon leichter, seine Zeit mit kleinen Aufgaben im Haus und im Umkreis des Hauses auszufüllen, die seine Aufmerksamkeit verlangten. Zwar schätzte Tama seine Hilfe, doch merkte er dann manchmal, wenn Rulf wieder weg war, daß sie eigentlich kaum etwas miteinander geredet hatten. Immer mußte der alte Mann mit seiner Sehnsucht nach Rulfs Gesellschaft kämpfen und sich daran erinnern, daß Ke Rala dem Jungen vieles bot, was ihm kein anderer geben konnte.

Etwa zwei Monde nach Rulfs Weggehen suchte Tama den alten Tara auf und weihte ihn in sein Vorhaben ein, einen jungen Priester auszubilden. Er und Tara hatten sich immer gut verstanden. Zwar hatte das Alter und die Gebrechlichkeit Taras Humor und seine frühere Lebensfreude etwas vermindert, doch schienen sie andererseits seine Wahrnehmung geschärft und seinen Einfluß vergrößert zu haben. Tama hatte schon seit einiger Zeit das Gefühl, daß der wirkliche geistige Vater seines Volks eher Tara als er selbst war. Von allen Dorfältesten war Tara derjenige, dem Tama am meisten Achtung entgegenbrachte, da er als einziger Ke Rala erforderlichenfalls die Stirn bot und häufig sogar bei wichtigen Entscheidungen einige der anderen Ältesten auf seine Seite zog.

Sie unterhielten sich in der Sonne vor Taras Haus. Dem gebrechlichen Ältesten mußte dabei geholfen werden, die paar Schritte von der Tür um die Hausecke zu gehen und sich an der Hauswand niederzulassen. Seine dünnen Beine konnten ihn nicht mehr tragen. Er erinnerte Tama an ein dürres Blatt, das immer noch am Zweig hängt, aber jeden Augenblick vom Wind davongetragen werden kann. Seine ganze Lebenskraft verdichtete sich in seinen Augen, die fast schwarz waren.

»Du hast recht«, sagte er. »Ich habe schon seit einer Weile darüber nachgedacht, daß es an der Zeit ist, daß du einen Nachfolger ausbildest. Und ich wußte, daß du gehofft hattest, es würde Rulf sein. Niemand war auf Ke Ralas plötzliche Entscheidung vorbereitet, den Jungen bei sich aufzunehmen. Vielleicht war sie ja gar nicht so plötzlich. Ke Rala ist ein listiger alter Fuchs. Das Vertrauen, das er Rulf entgegenbringt, ist allerdings überraschend.«

Für Tama war es eine Erleichterung, Tara anzuvertrauen, wie sehr er sich um Rulf sorgte, und zu hören, daß Tara überzeugt war, Ke Rala würde Rulf zu seinem Nachfolger ernennen. Keiner der Dorfältesten hätte, trotz der Herkunft des Jungen, etwas gegen diese Absicht einzuwenden.

Tara hatte sich auch schon Gedanken darüber gemacht, wen Tama zu seinem Nachfolger ausbilden könnte.

»Hast du schon einmal an Yosefa gedacht? Er ist älter als die Jungen, die gewöhnlich eine Ausbildung beginnen. Er muß so um die Dreißig sein. Und er ist verheiratet, aber sie haben keine Kinder. Er hat sich immer für das Heilen interessiert und weiß viel über Pflanzen. Ich glaube, Ke Rala wird in einiger Zeit in Betracht ziehen, ihn zu einem Ältesten zu machen. Er steht unserer Art des Wissens näher als dem Leben der Jäger, obwohl er seinen Teil zur Fleischbeschaffung beiträgt.«

»Er war der Beste seiner Clangruppe«, entgegnete Tama, »und hätte mehr aufnehmen können, als ich ihm gegeben habe. Ein sehr ernsthafter Junge. Er hat nicht wie die anderen Jungen gelacht, wenn ich Witze machte. Aber ich könnte mit ihm arbeiten. Da ist nur eine Sache: Ich möchte nicht, daß er bei mir wohnt. Lieber würde ich mir für die Arbeit mit ihm einen Teil des Tages vorbehalten. Ich habe mir überlegt, ob du mir vielleicht helfen könntest, ihn auszubilden.«

Tara zeichnete mit seinem Stock Striche in den Staub. »Es wäre ungewöhnlich, aber vielleicht weise. Du und ich, wir sind beide alt. Zeit ist ein wertvolles Gut für uns. Und Yosefa hat eine Frau, die sich um ihn kümmern kann. Es ist nicht unbedingt nötig, daß er bei dir wohnt. Du hast dein Schreiben. Es bedeutet dir viel.«

»Woher weißt du das?« Tama blickte in die durchdringenden schwarzen Augen.

»Was bleibt uns beiden verborgen, alter Freund? Du und ich, wir wissen alles, was im Dorf geschieht. Und letzten Winter hast du den Jungen beigebracht, wie man Gedanken mit Zeichen festhalten kann. Das könnte gefährlich sein. Wenn Yosefa sich bereit erklärt, zum Priester ausgebildet zu werden, willst du dann, daß er die nächste Winterschule zusammen mit dir abhält?«

»Nein, vielleicht nicht. Solange Rulf und seine Clanbrüder die nächsten zwei Winter zu mir kommen, wäre es mir lieber, sie allein zu unterrichten.«

»Das habe ich mir gedacht. Ich werde mit Yosefa reden. Und bevor du gehst, erinnere dich, daß Einsamkeit ein schlechter Lehrmeister ist. Du verbringst viel zuviel Zeit da oben allein. Ich kann den steilen Pfad nicht hochklettern. Also kommst du einfach zu mir, abgemacht? In der Einsamkeit trifft der Mensch oft falsche Entscheidungen. Paß auf, daß du nicht verrückt wirst, mein alter Freund. Hilf mir jetzt hoch.«

Der Rat des Ältesten störte Tama, er ärgerte sich sogar darüber. Doch seine Worte gingen ihm nicht mehr aus dem Sinn, und er wußte, daß es gut gemeint war.

Yosefa kam ein paar Tage später zu ihm auf Besuch, und sie beschlossen, daß Tama ihn ausbilden würde. Etwas ungewohnt war, daß die Ältesten darauf bestanden, Yosefa einer Prüfung zu unterziehen, da es schon einige Jahre her sei, daß Vater Tama ihn und seine Clanbrüder unterrichtet hatte, wie Tara erklärte. Nachdem die Eignung Yosefas festgestellt war, willigte Tama ein, ihn bis zum Beginn der Winterschule morgens zu unterweisen, danach würde Tara diese Aufgabe übernehmen. Der Nachmittag wurde von den Ältesten für den Unterricht als nicht geeignet erachtet. Die geistigen Kräfte nahmen ihrer Meinung nach mit sinkender Sonne ab, obwohl die Zeit nach Sonnenuntergang ganz fruchtbar sein konnte. Aber Tama bestand darauf, daß die Abende ihm allein gehörten.

Zuerst fand es Tama schwieriger, als er gedacht hatte, mit Yosefa zu arbeiten. In der Regel fing die Ausbildung zum Priester bereits als Junge an, und Yosefa fiel es zuerst schwer, sich von den Herrschaftsmustern frei zu machen, die sich in ihm gebildet hatten, seit er in die Gesellschaft der Männer aufgenommen worden war. Aber er war fest entschlossen, Priester zu werden, arbeitete ernsthaft und achtete Tamas Wissen. Obwohl sich zwischen ihnen nicht dieselbe Nähe entwickelte, die zwischen Tama und dem Alten

Weisen bestanden hatte, arbeiteten sie zwanglos zusammen. Für Tama wurde jeder Morgen sogar zu einer Herausforderung, auf die er sich freute. Außer, wenn er aus einem dringendem Grund zu einem Kranken gerufen wurde und Yosefa mitnahm, wurden sie nicht gestört. Und so ging alles seinen Gang, bis die Winterschule für Buka und seine Clanbrüder wieder anfangen sollte.

Tama schien es viel mehr als ein Jahr her zu sein, seit die Jungen ihm zum letztenmal zu Füßen gesessen hatten. Eine ungewohnte Nervosität beunruhigte ihn, weil er täglich wieder mit Rulf zusammen sein würde. Mit den anderen Jungen konnte er die Beziehung wieder dort anknüpfen, wo sie stehen geblieben waren. Doch mit Rulf würde es anders sein, ein neues Muster mußte gewebt werden. Fast hatte er dieses Mal Angst vor der Winterschule.

Am ersten Morgen ließ er die Jungen den Heiligen Hain säubern, dürre Äste, Zweige und Wildwuchs vom Sommer entfernen und die Steine putzen und ersetzen. Dann baten sie gemeinsam Ka Balu, ihre Arbeit zu segnen. Den restlichen Morgen verbrachten sie mit Fragen zu bereits Gelerntem. Die Jungen selbst waren ruhig, aber schon auf dem Sprung, sofort loszurennen, sobald sie mit ihrer Arbeit fertig wären. Mit jedem der Jungen hatte Tama beim Aufräumen des Hains ein paar Worte gewechselt und so seine Absicht gezeigt, auf sie zuzugehen und ihr Verhalten anzuerkennen, um die Kanäle für das Lernen wieder zu öffnen. Mit Rulf war er nicht länger zusammen gewesen als mit den anderen Jungen, und Tama war froh darüber. Nachdem sie gegangen waren, blieb er noch eine Weile still in der milden Wärme des winterlichen Mittags stehen.

Ich bin ihr Lehrer, dachte er. Jeder von ihnen ist mir gleich wichtig, Rulf nicht mehr als die anderen. An diesem Ort sind sie alle meine Söhne, keiner ist besser oder schlechter. Doch beim Verlassen des Hains kamen ihm Taras Worte wieder in den Sinn: »Paß auf, daß du nicht verrückt wirst.«

An den schönen ersten Wintertagen empfand der Priester eine tiefe Befriedigung, wenn er am frühen Morgen unter den kühlen Bäumen dahinschritt und sich auf dem Weg hinauf zum Hain genüßlich dem kalten Atem des Flußwassers überließ. Er traf immer etwas vor den Jungen dort ein, breitete sein Hirschfell über den Stein, verscheuchte Gedanken, die ihm durch den Kopf gingen, und versuchte, seinen Geist auf einen Tag des Lehrens einzustellen. In diesem Jahr brauchte er mehr denn je die Beruhigung durch den gemeinsamen Vollzug eines lebenspendenden Rituals, das ihn mit den Erinnerungen an seine eigene Jugend verband. Diese Erinnerungen an ein fernes Land lebten jeden Morgen wieder auf, wenn Tama hörte, wie das Geplapper der Jungen verstummte, wenn sie vom Fluß hochkamen und durch das taufrische Gras zu ihren Steinsitzen gingen. Manchmal war der graue Frost der Nacht an einigen Stellen noch nicht abgetaut. Dann wickelten sie ihre Arme um die kalten Beine und kauerten sich zusammen, bis die Sonnenstrahlen die Schatten der großen Bäume verkürzten und ihre Schultern wärmten. Beim Hinsetzen ließ Tama seinen Blick vom einen zum anderen schweifen, blickte jedem einen Moment lang anerkennend und dankbar in die Augen und half ihnen so, sich von ihren eigenen Schwierigkeiten freizumachen, bevor sie ihre Arbeit aufnahmen.

Die Wiederholung des im Jahr zuvor Gelernten zeigte, daß der junge Riki und die verträumten Alturna und Arris einen Teil bereits vergessen hatten. Ein Grundsatz des Priesters war, daß sich die Jungen gegenseitig beim Lernen halfen. Da gab es kein Eifern, besser sein zu wollen als der andere, sondern die Verpflichtung einem Clanbruder zu helfen, das Wissen zu verstehen und zu meistern. Das hielt zwar bisweilen die intelligenteren Jungen auf, lehrte sie aber gleichzeitig Mitgefühl, Großzügigkeit und Geduld und vertiefte in ihnen allen die Einsicht, was Clanbrüderschaft bedeutete. Das gegenseitige Befragen und Unterweisen war an kalten Morgen eine willkommene Abwechslung nach dem ständigen Zuhörenmüssen, was der Priester sagte. Manchmal ließ er sie auch ein paar Runden um den Hain rennen oder außerhalb des Steinkreises eine Weile ringen.

Als er das Gefühl hatte, daß die ganze Gruppe bereit war, etwas Neues zu lernen, fing er mit der zweiten Stufe des Wissens an, den wichtigsten Ritualen und Herrschaftsregeln im Dorfleben: der Autorität der Mutter gegenüber kleinen Kindern, der Tanten und Großmütter gegenüber heranwachsenden Mädchen, der Väter gegenüber Söhnen ab fünf oder sechs Jahren. Kinder, die von ihren Eltern zu Unrecht bestraft oder grausam behandelt wurden, konnten sich bei den Clanbrüdern ihres Vaters beklagen. Allerdings kam das nur selten vor. Auch die Verantwortung von seiten der Lehrmeister gegenüber den geweihten Jungen war von besonderem Interesse. Manchmal kam es vor, daß ein Junge von seinem Lehrmeister nicht richtig unterwiesen wurde, auch in diesem Fall konnte er sich bei den Clanbrüdern des Mannes beklagen. Diese Autoritätsmuster mußten von allen verstanden und geachtet werden. Diejenigen, die besondere Begabungen und Talente an den Tag legten, würden im dritten Jahr der Winterschule in den höheren Stufen des Wissens unterwiesen werden, bei denen es um die Verantwortung der Dorfältesten, des Häuptlings und des Priesters und um die Geheimnisse ihrer Beziehung zu Ka Balu ging. Aber dieses Wissen war nur wenigen vorbehalten. Im Augenblick hielt Tama nur Buka und Rulf für geeignet, in einige Bereiche dieses Wissens eingeweiht zu werden, doch keiner von ihnen schien in der Lage zu sein, das Dunkle Wissen des Priesters zu meistern. Für die meisten Jungen würde deshalb das dritte Jahr nur eine Erweiterung und Abrundung des Wissens bringen, das sie in den ersten zwei Jahren erworben haben.

Doch da Tama jetzt Ke Ralas Absichten kannte, Rulf zum Häuptling ausbilden zu lassen, wußte er nicht, in welche Bereiche und wie weit er bereits von Ke Rala eingewiesen worden war. Es war immer Aufgabe des Priesters gewesen, dieses Wissen zu vermitteln. Ein eigensinniges Widerstreben, sich mit Ke Rala über Rulf zu unterhalten, bewog Tama zu dem Entschluß, ihn zu lehren, was er für notwendig hielt, wenn die Zeit reif war. Sollte doch Ke Rala herausfinden, welche Unterweisungen Rulfs noch nötig waren.

Tama hatte in seinem Innersten gehofft, während des Morgens manchmal Zeit zu finden, sich allein mit Rulf zu unterhalten. Doch da wurde er enttäuscht. Wenn der tägliche Unterricht vorüber war, verabschiedeten sich die Jungen höflich und stoben dann lachend und plappernd aus dem Hain, froh, wieder frei zu sein. Gelegentlich bat Tama Rulf noch einen Moment dazubleiben, fragte ihn, wie sein Lernen mit Ke Rala voranginge und welche neuen Spiele und Fertigkeiten er mit den Wachen übte. Aber die Unterhaltung glich mehr einem Frage- und Antwortspiel als einem vertraulichen Gespräch oder Meinungsaustausch. Manchmal fragte Rulf, ob sein Großvater wolle, daß er ihm etwas im Haus half, doch im Grunde bedeutete der tägliche Unterricht im Hain bloß, daß Rulf den steilen Pfad zum Grat nur noch seltener erklomm.

Deshalb war es Tama in mancher Hinsicht gar nicht so unrecht, als Mitte des Winters ein Kälteinbruch kam und es nicht so aussah, als ob sich das Wetter bald wieder bessern würde. Sie warteten noch einige Tage ab, dann räumte Tama die wenigen Dinge in seinem Haus etwas um und bat die Jungen am nächsten Morgen, zu ihm nach Hause zu kommen. Innerhalb von wenigen Tagen fand er immer wieder einen Grund, Rulf zurückzuhalten, nachdem er die anderen Jungen nach Hause geschickt hatte. Sie aßen zusammen eine heiße Suppe mit Fleisch und Kartoffeln, die schon vorbereitet war und nur noch warm gemacht werden mußte.

»Ich habe mir überlegt«, sagte Tama, »ob die Jungen wohl gern mit dem Schreiben weitermachen würden, das wir letztes Jahr begonnen haben. Was meinst du?«

Rulf umfaßte mit den Händen die warme Suppenschüssel. »Sie werden tun, was du ihnen sagst.«

»Ja, natürlich ... aber du, würdest du selbst gern weitermachen und mehr über das Schreiben lernen?«

»Ich denke schon.«

»Du scheinst nicht besonders daran interessiert zu sein.«

Rulf sah ihn schuldbewußt an. »Würde das bedeuten, daß wir zu Hause üben müssen? Ich habe einfach nicht viel Zeit. Ich bin so beschäftigt.«

»Als du noch kleiner und noch kein Mann warst, hast du immer gern geschrieben – und gemalt. Erinnerst du dich nicht mehr daran?«

Rulf erinnerte sich noch gut, und sein Gesicht erhellte sich einen Moment. »Ich weiß. Ich habe gern gemalt. Aber ich habe jetzt keine Zeit mehr dafür. Es gibt so viel, was mir der Häuptling noch beizubringen hat.«

Der unterdrückte Groll in Tamas Brust sagte ihm, daß er Rulf die Frage nach seiner Neigung zu schreiben nicht nur gestellt hatte, um seine Meinung zu erfahren. Er suchte nach irgendeinem Grund, dem Jungen einen Teil des Tages für sich selbst abringen zu können. Rulfs Mangel an Begeisterung verletzte ihn.

»Ich werde die anderen Jungen fragen«, sagte er. »Ich bin durch mein Schreiben auf viele Wahrheiten gestoßen, und ich möchte, daß ihr Jungen euch der Kunst des Schreibens bedienen könnt, wenn ihr sie braucht.«

Die Jungen schienen überrascht zu sein, daß sie gefragt wurden, ob sie weiter schreiben lernen wollten.

»Warum fragst du uns, Meister?« forschte Buka nach. »Wir sind hier, um zu tun, was du uns sagst.«

Tama hatte etwas Schwierigkeiten, ihnen zu erklären, daß ihnen etwas ganz Neues angeboten wurde, das ihnen zugute kommen sollte.

Besonders für Buka war es schwer zu glauben, daß es irgend etwas Neues geben sollte, das von Bedeutung sein könnte. Wenn es wichtig war, weshalb war es dann nicht schon zuvor bei anderen Clangruppen unterrichtete worden? Rori war der Meinung, daß es Spaß machen müßte, einander Zeichen zu schreiben und andere damit zu verwirren, die nicht lesen konnten. Alturna war der einzige, der gern weiter schreiben wollte und gestand, daß er im letzten Winter für sich allein geübt, aber nicht genug Zeichen gekannt habe, um viel zu schreiben.

Tama erinnerte sie daran, daß die Wahrheiten Ka Balus zwar ewig währten, aber auch der Wandel zu seinem Plan gehöre. Es gehöre zu den Aufgaben des Priesters, den Unterschied zwischen guten und gefährlichen Veränderungen zu erkennen. Das Hirschvolk habe eine große Veränderung in Angriff genommen, als es seine alte Heimat verließ, aber es sei eine gute Veränderung gewesen. Niemand sei je zurückgekehrt. Durch das Zusammentreffen mit dem Schäfervolk hätten sie neue Dinge hinzugelernt, Schnitzerei- und Holzarbeiten, Töpfern, Weben und Gartenbau.

»Jetzt, da ich eine Technik gefunden habe, wie man Gedanken und Sprache aufzeichnen kann, könnt ihr lernen, wie man Wissen durch Schreiben speichern kann. Es kann euch auch viel Zeit beim Wiederholen des Wissens ersparen, das ich euch vermittle. Manchen von euch fällt es schwer, immer und immer wieder dieselben Worte zu wiederholen, um die Gesetze und Regeln im Kopf zu behalten, nach denen wir leben.«

Das verstanden sie. Ein Gesetz in Haut einzupacken und bei Bedarf hervorzuholen, wenn sie es zu Rate ziehen wollten, war einfacher, als die Worte auswendig zu lernen. Also wurde beschlossen, daß sie mit dem Schreiben weitermachen würden – wie Tama zu verstehen gab, als eine Art Belohnung für ihre gute Arbeit.

Er hatte die Tierhäute aufgehoben, die sie letztes Jahr beschrieben hatten, und holte sie am nächsten Tag gegen Ende des Vormittags hervor. Er konnte nicht umhin, sich über die Jungen zu erheitern, die mit vor Aufmerksamkeit heraushängender Zunge und offenem Mund versuchten, mit den Fingern die Zeichen nachzufahren, die hartnäckig schwiegen, und sich damit herumplagten, ihnen ihre Bedeutung abzuringen, die sie im Jahr zuvor noch gekannt hatten. Er half ihnen, und sie halfen sich gegenseitig. Schon nach ein paar Vormittagen waren sie bereit, neue Zeichen zu lernen, und konnten so einige der kürzeren Tiersagen des Hirschvolks aufschreiben.

Am Tag des Mondwechsels wurde Tama die Nachricht überbracht, er solle sich beim Dorfältesten Tara melden. Also ging er ihn besuchen. Der alte Mann saß in seinem Haus vor dem Feuer und aß getrocknete Beeren. Zwischendurch spuckte er die nicht eßbaren Teile ins Feuer. Tama nahm eine Schale Wurzelbier entgegen und wartete darauf, daß der Alte das Wort ergriff. Als er schließlich sprach, tat er es mit einem beruhigenden Lächeln, das eigentlich nicht hätte nötig sein sollen.

»Du und ich, wir sind Freunde«, sagte er. »Wir haben schon viele Jahre auf dem Buckel. Was ich dir zu sagen habe, ist eine Sache zwischen zwei Dorfältesten, das verstehst du, oder? Ich habe noch nicht mit den anderen darüber geredet. Ich glaube nicht, daß es notwendig sein wird.«

Tama nippte an seinem Bier und hatte seine Augen auf das faltige Gesicht auf der anderen Seite der Feuerstelle gerichtet. Der Älteste mit dem höchsten Rang war zehn Jahre älter als der Priester, aber seine zerknitterte, mit feinen Linien durchzogene Haut, die ihm von den Knochen seiner eingesunkenen Wangen und dem knochigen Schädel hing, der auf einem eingeschrumpften Hals saß, ließ ihn unendlich alt wirken. Er hatte nur noch ganz wenige Haare, und sogar seine Kopfhaut war runzlig.

»Ke Rala hat mich gebeten, etwas über die neue Arbeit herauszufinden, die du Buka und seinen Clanbrüdern beibringst. Ich glaube, er erwartet von mir, daß ich eine Versammlung aller Ältesten einberufe, aber ich rede lieber zuerst mit dir allein darüber. Ich glaube nicht, daß wir dafür ein Treffen im Langhaus brauchen.«

Lag da etwas Drohendes in seinen Worten? Tama sagte nichts, sondern blickte den Ältesten nur weiter über den Rand seiner Bierschale an.

»Sag mir zuerst, ob es wahr ist, daß du den Jungen etwas beibringst, das du keiner der früheren Clangruppen beigebracht hast?«

Tama setzte die Schale ab. »Wenn Ke Rala wissen will, was ich lehre, warum kommt er dann nicht einfach zu mir? Er hat ein Recht darauf, am Unterricht teilzunehmen, wenn er möchte. Dasselbe gilt für die Ältesten.«

Tara lächelte und machte eine abwiegelnde Handbewegung. »Das steht außer Frage. Aber glaubst du, du und Ke Rala könnten sich über ein solches Thema in freundschaftlichem Ton unterhalten, wie wir zwei das können? Ich weiß, was es für dich bedeutet, daß er dir Rulf weggenommen hat.«

»Sage mir doch mal«, erwiderte Tama plötzlich, »was ihn eigentlich stört? Paßt es ihm nicht, daß ich den Jungen das Schreiben beibringe?«

»Ah ja, das ist es, mein Freund. Das sogenannte Schreiben. Jetzt erkläre mir mal, was das genau ist. Worin besteht seine Bedeutung, was ist der Sinn des Ganzen? Das möchte ich gern wissen.«

Tama starrte eine Weile ins Feuer. Hatte Rulf Ke Rala von dem Schreiben erzählt? Oder fragte ihn Ke Rala aus, was er in seiner Clangruppe lernte? Rulf war zu ehrlich, um auf eine solche Frage nicht wahrheitsgetreu zu antworten. Ich darf nicht Rulf die Schuld daran geben. Es ist Ke Ralas Werk. Versucht er mir Schaden zuzufügen?

Tara brach das Schweigen. »Ich weiß, daß du am Anfang, als wir uns hier niederließen und häufiger mit dem Schäfervolk zusammentrafen, mit Chard befreundet warst. Er hat dir erklärt, daß das Alte Volk seine Gedanken und Abbilder seiner selbst in den Musterblöcken festhalten konnte, die er Bücher nannte. Er hat eines davon Ke Rala geschenkt und eines dir. Hast du gelernt, wie man diese Zeichen versteht und die Bücher liest?«

»Nein, nein, ich wünschte, es wäre so. Nein, ich kann die Sprache des untergegangenen Volks nicht lesen. Aber nachdem ich begriffen hatte, daß sie ihre Sprache in Zeichen verwandeln konnten, habe ich selbst einen Weg gefunden, unsere Sprache auf Tierhäuten festzuhalten. Es kostete mich Jahre. Ich mußte die Zeichen erfinden. Ich kann jetzt die Geschichten unseres Volks aufschreiben, unsere Mythen und Legenden. Ich kann sogar meine eigenen Gedanken festhalten und am Verschwinden hindern oder neue Geschichten erfinden.«

Tara sprach ernst. »Du hast dabei zwei Fehler begangen. Warum hast du nicht zuerst die Dorfältesten in dieses neue Wissen eingeweiht, und warum unterrichtest du ohne ihre Erlaubnis die Jungen in diesem Wissen?«

»Aber ich verberge nichts. Wenn die Ältesten die Kunst des Schreibens erlernen wollen, werde ich sie ihnen beibringen. Doch es ist harte Arbeit, und ich dachte, ich müßte zuerst die beste Art des Unterrichtens herausfinden, indem ich ganz einfache Dinge mit den Jungen ausprobierte.«

»Du verwendest Zeit, die für den Unterricht von Ka Balus

Gesetzen vorgesehen ist, um den Jungen deine eigenen Gesetze beizubringen?«

»Was meinst du damit?«

»Setzt du nicht deine eigenen Wünsche vor deine Pflicht als Priester, den Jungen die Wahrheiten Ka Balus beizubringen? Wann ist es je vorgekommen, daß ein Priester das Unterrichtsmuster geändert und durch irgendwelche Spielereien ergänzt hat, die seinem eigenen Kopf entsprangen? Sind diese Jungen mit ihrem Lernen schon so weit fortgeschritten, daß du all diese freie Zeit hast, um ihnen das Schreiben beizubringen?«

»Ich habe ihre Hauptarbeit nicht vernachlässigt ...«

»Hauptarbeit! Willst du etwa deine Spielerei mit Zeichen auf Tierhäuten mit dem Lernen der Gesetze Ka Balus vergleichen? Das sind Gesetze, auf die sich unser ganzes Leben gründet, sie sind unsere Sicherheit seit ewigen Zeiten. Wer sind wir denn noch, wenn wir das Wissen Ka Balus verlieren, wenn wir zulassen, daß neues, ungeprüftes Wissen uns besticht?«

Wütend platzte Tama heraus: »Aber ich bin euer Priester! Viele der Mysterien Ka Balus wurden einzig und allein mir anvertraut vor allen anderen unseres Volkes. Wann habe ich mich dieses Vertrauens, das in mich gesetzt wurde, je als unwürdig erwiesen? Habe ich etwa meine Pflichten gegenüber den Kranken oder Sterbenden vernachlässigt, oder habe ich die Überwachung des Jahreslaufs mit Hilfe des Kalendersteins unterlassen? Habe ich nicht Jahr um Jahr meinen Geist in Wahrheit und Liebe den Jungen geschenkt, die ich unterrichtete? Was habt ihr mir denn vorzuwerfen?«

Tara redete ruhig auf ihn ein. »Ich glaube, du bist nicht weise vorgegangen. Ich bitte dich, darüber nachzudenken. Was immer dieses Schreiben für dich bedeutet, es ist eine Frage, die wir im Augenblick beiseite lassen können. Ist es etwas, das du Yosefa beibringen wirst? Du weißt es nicht? Ich sage dir, daß Ke Rala die Sache nicht auf sich beruhen lassen wird, wenn du weiterhin den Jungen dieses ungeprüfte Wissen beibringst, das du mit niemandem geteilt hast. Denke daran, daß er, besonders mit Unterstützung der

Ältesten, die Klasse schließen kann. Das willst du doch nicht. Oder er könnte Rulf aus der Gruppe herausnehmen und ihn selbst unterrichten. Wenn du weiterhin im Schreiben unterrichtest, kann ich dir versichern, daß Ke Rala eine Versammlung der Ältesten einberufen wird, bei der du dich rechtfertigen mußt. Mein Freund, ich sage dir das nur zu deinem Besten.«

Tama stand auf. »Ich werde darüber nachdenken. Ich werde den Ältesten von meinem Schreiben erzählen, wenn sie möchten. Aber zuerst muß ich daran denken, was für die Jungen am besten ist. Ich danke dir. Der Friede Ka Balus sei mit dir.«

Als Tama noch einmal darüber nachdachte, was Tara ihm gesagt hatte, wurde er sich klar, daß er großzügig gewesen war. Er hatte ihn freundlich vor dem gewarnt, was geschehen könnte, anstatt Tama vor eine förmliche Ratsversammlung zu berufen. Doch Ke Rala gegenüber empfand er einen bitteren Groll. Er war überzeugt davon, daß der Häuptling jeden Vorwand benutzen würde, um Rulf ganz für sich allein zu behalten. Wenn es nur Zweifel oder Neugierde in bezug auf Rulfs Schreibenlernen gewesen wären, hätte man einfach so darüber reden können, ohne die Ältesten mit hineinzuziehen. Es konnte gut sein, daß Tara Ke Rala von einer Ratsversammlung abgeraten hatte. Doch obwohl Tama in Tara einen Freund sah, wie sich in der Vergangenheit gezeigt hatte, wußte er auch, daß die Macht des alten Mannes, die Ältesten von weiteren Nachforschungen abzuhalten, begrenzt war.

Nie zuvor hatte irgend jemand seine Ausbildung der Clangruppen in Frage gestellt. Er erinnerte sich daran, daß einige der Ältesten, nachdem der Alte Weise gestorben war und er die erste Klasse übernommen hatte, den Wunsch geäußert hatten, am Unterricht teilzunehmen, aber sie waren nur ein- oder zweimal gekommen und mit der Art, wie der neue Priester das Gesetz lehrte, ganz zufrieden gewesen. In all den Jahren seit damals war sein Wort nie in Frage gestellt worden. Das machte ihn wütend. Außerdem fühlte er sich gedemütigt. Aber im Grunde quälte ihn auch der Zweifel, ob er den Schreibunterricht, zumindest zum Teil, nicht als Mittel benutzt hatte, um Rulf zurückzugewinnen. Vielleicht hoffte er, daß Rulf ihm dadurch wieder näherkommen würde und er ihn manchmal sogar außerhalb der üblichen Unterrichtsstunden am Morgen für sich haben könnte. Wenn er jetzt mit dem Schreiben weitermachte, würde es als offene Herausforderung gegenüber dem Häuptling angesehen werden. Er überlegte sich, ob er zum Häuptling gehen sollte, schreckte aber davor zurück, weil es wie ein Eingeständnis aussehen könnte, daß er irgend etwas falsch gemacht habe und um Verzeihung bitten wolle. Er beschloß, nichts zu sagen. Es waren noch weniger als zwei Monde bis zum diesjährigen Unterrichtsende.

Am nächsten Tag hielt er bis Mittag den normalen Unterricht ab. Als die Jungen weggingen, fragte Alturna: »Vater, warum haben wir heute nicht Schreiben geübt?«

»Ein andermal«, sagte der Priester. »Wir sind wegen des schlechten Wetters mit unserem anderen Stoff im Verzug. Wir arbeiten besser im Hain als im Haus.«

Schon nach wenigen Tagen erwähnte niemand mehr das Schreiben. Tama hörte von Tara nichts mehr über die Angelegenheit, und Rulf kam weiterhin zu jeder Unterrichtsstunde.

Aber für Tama selbst war die Sache noch nicht erledigt. Er beschuldigte sich, vor Ke Ralas versteckter Drohung, Rulf nicht mehr am Unterricht teilnehmen oder die Schule schließen zu lassen, klein beigegeben zu haben. Er merkte, daß er es nicht ertragen würde, wenn er Rulf nicht mehr täglich sehen und mit ihm sprechen könnte. Immer habe ich die Menschen, die ich liebte, verloren, dachte er: Rua, Sarn, Nikala, Gilda, Vani. Und jetzt wurde mir auch noch Rulf weggenommen, um Ke Ralas Leben zu teilen nach allem, was Escha und ich für ihn getan haben. Es paßte Ke Rala jetzt gut, Vanis Tod wiedergutmachen zu wollen und den großzügigen, vergebenden Häuptling zu spielen, nachdem er den Jungen vom ersten Tag seiner Geburt an nicht einmal zur Kenntnis genommen hatte.

Und während der Sommer immer weiter ins Land ging

und die heißen Tage keinen Seelenfrieden aufkommen ließen, wußte Tama, daß er durch sein Nachgeben gegenüber dem Willen des Häuptlings nicht nur sich selbst verraten hatte, sondern auch die Wahrheit, die seiner Überzeugung nach in der Kunst des Schreibens enthalten war, sowie die Jungen, die er unterrichtete. Es war ein unangenehmes Wissen, das in ihm weiterschwelte und sich jeden Tag tiefer einbrannte, da nichts in seinem Leben der Aufrichtigkeit seines Geistes je so zugesetzt hatte.

In seiner Verzweiflung zog er sich von fast allen zurück, außer von Yosefa, der jeden Morgen zum Unterricht zu ihm kam und so für Tama zu einer ständigen Verbindung zur Dorfgemeinschaft wurde. Wenn jemand im Dorf krank oder verletzt war und die Hilfe des Priesters brauchte, besuchte ihn Tama gleich, nachdem er mit Yosefas Unterricht fertig war. Konnte das Leiden von dem jüngeren Mann behandelt werden, überließ er den Krankenbesuch ihm. Die Nachmittage und Abende verbrachte er nach dem Essen in seiner selbstgewählten Einsamkeit, die sich allzu oft als eine Zeit verlorenen Selbstmitleids gestaltete. Es kam Tama so vor, als sei er nicht nur von allen Menschen verlassen worden, sondern auch von den Göttern. Es war ihm nicht mehr möglich, seinen Geist in ruhigem Glauben für das Herz des Wahrheitssteins zu öffnen und Ka Balus Stimme in seinem Innersten zu vernehmen. Immer wenn er den Wahrheitsstein zu Rate ziehen wollte, zeigten sich ihm nur dunkle Nebelschwaden, und anstelle von Ka Balus Stimme gab es nur Stille. Den Tagesstift auf dem Kalenderstein zu bewegen, schien dem alten Mann in seiner Verzweiflung der einzige Akt eines heiligen Rituals zu sein, das noch Sinn für ihn machte, da es ihn mit der lebendigen Vergangenheit verband, in die sein Geist immer häufiger eintauchte. Obwohl er noch manchmal zu seinem Schreiben zurückkehrte, geschah es nicht mehr mit der alten Kraft der schöpferischen und fantasievollen Freude. Außerdem kam es manchmal vor, daß er Häute seines abnehmenden Vorrats verdarb. Unfähig, sich allein der Suche nach spiritueller Erleuchtung hinzugeben, klammerte er sich ohne Überzeugung an den letzten Bruchstücken seiner früheren Teilnahme am Dorfleben fest, weil er Angst hatte, sonst die Gelegenheiten zu versäumen, Rulf zu sehen. Doch allzu oft hatte er dann bei den seltenen Besuchen an dem Jungen etwas auszusetzen. Die Jahreszeiten vergingen, aber keine Hoffnung auf Veränderung war in Sicht.

Als der Zeitpunkt der dritten und letzten Winterschule näherrückte, in der er Rulf unterrichten würde, nahm Tama all seine Kräfte zusammen, um seine Selbstachtung wiederzugewinnen, indem er den Jungen als Teil ihrer Abschlußarbeit das Schreiben beibrachte. Als er am ersten Morgen in den Hain hinunterging und tief die schneidend kalte Luft einsog, hatte er das seltsame Gefühl, sich auf neuem, unbekanntem Gelände zu bewegen. Die Erinnerung an das Land der frisch Verstorbenen, in das er auf seiner Suche nach Sarn geraten war, kam ihm plötzlich wieder in den Sinn. Dort hatte er die alte Rini wiedergefunden, und ihre letzten Anweisungen an ihn waren gewesen, er solle in das Meer hineinlaufen, dessen hohe Wellen überall um ihn herum gegen schwarze Felssäulen schlugen. Genau dieselbe Angst, die ihm beim Hineinwaten in das Meer fast den Atem geraubt hätte, lag jetzt wieder auf seiner Brust. Überzeugt, daß das Flußwasser wieder über ihm zusammenschlagen würde, blieb er um Atem ringend ruhig stehen, und dasselbe blinde Entsetzen überflutete seinen Verstand. Es dauerte nur einen Augenblick, dann sah er wieder die ruhigen Bäume um sich herum, den altbekannten Pfad zu seinen Füßen. Sein Atem wurde langsam wieder normal. Er wischte sich den Schweiß von den Händen und vom Gesicht. Er hatte keine Zeit mehr, sich große Gedanken über die Bedeutung dieser Erfahrung zu machen. Er ging weiter zum Hain und bereitete sich innerlich auf das Zusammentreffen mit den Jungen vor.

Der erste Unterrichtstag ging wie immer recht ruhig vonstatten. Als er später wieder bei sich zu Hause war, ließ er sich noch einmal seine morgendliche Vision, wenn es wirklich eine gewesen war, durch den Kopf gehen. Aber er konnte das Entsetzen kaum noch nachempfinden. Statt dessen empfand er eine nur noch tiefere Einsamkeit, als wäre er gewaltsam in eine neue Richtung gedrängt worden. Verblüffend war nur, daß er ganz tief unten einen Hoffnungsschimmer zu erkennen schien, der fast wie Jubel aussah. Sein Wahrheitsstein offenbarte ihm nur eine zerfetzte Gewitterwolke, aber als er sich bemühte, seinen Geist für die Stimme Ka Balus zu öffnen, kam ihm der Gedanke: Halte daran fest. Nur diese drei Worte. Und er war auch nicht überzeugt, daß der Gott zu ihm gesprochen hatte, sondern eher, daß die Worte seinem eigenen Geist entsprungen waren. Halte daran fest, dachte er. Nun, das ist immerhin ein vernünftiger Rat. Ich werde mich ihm nicht verschließen: Halte daran fest.

Gegen Ende des ersten Mondes der Winterschule war Tama mit der Arbeit, die sie geleistet hatten, sehr zufrieden und gab den Jungen wieder eine Unterrichtsstunde im Schreiben. Sie schienen froh zu sein, wieder damit anzufangen. Tama ging von einem zum andern, sah ihnen zu, wie sie die Zeichen formten, und beantwortete ihre Fragen. Ihm wurde bewußt, daß sein Geist sich in einer Harmonie mit ihnen befand, wie er sie schon lange nicht mehr erlebt hatte. Er spürte, wie sich unter seiner Hand das Wunder ihres Wachstums zur Selbsterkenntnis entfaltete, und empfand tiefe Dankbarkeit. Noch zwei weitere Tage verbrachten sie jeweils einige Zeit mit Schreiben, doch als Buka nach Ende des regulären Unterrichts am vierten Tag die Schreibsachen ausgab, schüttelte Rulf den Kopf und wollte das Pergament aus den Händen seines Clanbruders nicht annehmen.

»Was ist los?« fragte Tama.

Buka sagte nichts.

Tama wiederholte die Frage, und Rulf stand auf. Tama konnte sehen, daß der Junge verwirrt war, und ging zu ihm. »Was ist los, Rulf?« fragte er ruhig.

In Rulfs Blick lag ein Flehen um Verständnis, als er antwortete: »Der Häuptling sagt, daß ich nicht schreiben darf.«

Hätte sich Tama auf den verletzten Ausdruck in den Augen des Jungen konzentriert, wäre es ihm vielleicht möglich gewesen, gelassen zu antworten, aber er blickte weg und sah, daß alle anderen Jungen aufgehört hatten zu arbeiten und sie ansahen. In dem Augenblick wußte Tama, daß es ein Kampf zwischen ihm und Ke Rala war, und sagte kühl zu der ganzen Klasse: »Macht mit eurer Arbeit weiter.« Er beobachtete, wie sich die Köpfe wieder über die Pergamente beugten, und blickte dann wieder Rulf an. »Wenn du bei mir im Unterricht bist, machst du, was ich dir befehle«, sagte er laut und deutlich. »Nimm dein Pergament und arbeite. Ich bin hier der Lehrer, nicht der Häuptling.«

Rulf blieb stehen. Seine Augen waren vor Schmerz ganz dunkel geworden. Sein Mund zitterte, obwohl er sich um Selbstbeherrschung bemühte. »Ich kann nicht«, sagte er. »Der Häuptling sagt, ich darf nicht.«

Es war seine eigene zornige Bewegung, die Tama aus der Fassung brachte. Er nahm das Pergament und warf es in Rulfs Richtung. »Nimm es!«

Der Junge konnte nicht sprechen, drehte aber seinen Kopf zur Seite.

Eine Wut stieg in Tama auf, wie sie ihn in all seinen Jahren des Lehrens nie gepackt hatte. Im Moment, als sie aus ihm herausbrach, war er sich ihrer Verrücktheit bewußt, ebenso der Tatsache, daß sie unnötig und fast ein gewollter Akt der Selbstzerstörung war. Doch er gab ihr trotzdem nach. Er warf das Pergament zu Boden, hob eine Hand, als wollte er Rulf schlagen, drehte sich dann auf der Stelle um, um den vor Angst zitternden Jungen ins Gesicht zu sehen.

»Ich bin hier der Lehrer. Ich lehre, was meines Wissens nach die Wahrheit ist. Ke Rala hat hier keine Macht. Hier habe ich die Macht. Wenn ich sage, daß ihr schreiben lernen werdet, dann werdet ihr schreiben lernen! Wer glaubt ihr denn zu sein, daß ihr mich herausfordert? Heb' jetzt das Pergament auf und arbeite, oder du wirst diese Klasse verlassen und nie mehr wiederkommen!«

Die hingeworfene Hasenhaut lag zwischen ihnen. Rulf hob sie nicht auf. Er konnte nicht sprechen. In seinen Augen brannten Tränen, aber er hielt seine Kopf hoch erhoben und blickte in die zornsprühenden Augen des Priesters.

»Geh!«

Nichts rührte sich, als Rulf den Hain verließ. Die Jungen

saßen reglos da und wagten kaum zu atmen. Tama blieb stocksteif stehen, bis der Junge außer Sicht war. Dann schritt er langsam von den Jungen weg durch den Hain, und sie sahen, wie er eine Weile mit hinter dem Kopf verschränkten Händen dastand und in die Bäume hochstarrte. Als er zurückkam, schien er wieder gefaßt zu sein und sprach ruhig.

»Das ist alles für heute morgen. Buka wird die Pergamente wieder einsammeln. Ihr könnt jetzt gehen. Ka Balu sei mit euch.«

Gegen Abend kam jene alte Frau vorbei, die das Essen für den Priester kochte, rief seinen Namen und sie bekam keine Antwort. So ließ sie die Schüssel mit dem Essen auf der Türschwelle stehen. Es dauerte nicht lange, da hatten die Wekas es entdeckt, pickten mit den Schnäbeln in das Fleisch und schlugen sich die Bäuche voll. Eine Weka stand auf der Schüssel, die dadurch umkippte. Sie pickten noch eine Weile darauf herum und ließen sie dann umgestürzt im Schmutz zurück.

Als die Jungen am nächsten Tag in den Hain traten, erwarteten sie schon halb, den Priester nicht vorzufinden. Doch er war da. Als sie ihn neben ihren Steinsitzen stehend grüßten, vermieden sie es, ihm ins Gesicht zu sehen, doch jeder von ihnen wußte insgeheim, daß ihr Lehrer den leeren Stein in ihrer Mitte mit einem tieftraurigen Blick anstarrte, den sie nicht ertragen konnten.

Anstatt mit dem Unterricht zu beginnen, erzählte er ihnen von sich selbst. »Ich möchte mit euch über das reden, was gestern geschehen ist. Ihr wißt, was vorgefallen ist. Ich nehme an, ihr habt miteinander darüber gesprochen. Rulf war vom Häuptling verboten worden, mit dem Schreiben fortzufahren. Weshalb, weiß ich nicht. Das muß ich selbst herausfinden und mit dem Häuptling reden.

Aber an diesem Ort bin ich der Lehrer, und er hätte mir gehorchen sollen. Er hat keinen Versuch unternommen, mir von den Anweisungen zu berichten, die der Häuptling ihm gegeben hat. Er hat mich in eine Situation gebracht, in der ich nur entweder zulassen konnte, daß er sich meinen Anweisungen widersetzt, oder mich gegen die Herrschaft des

Häuptlings auflehnen mußte. Ich habe mich entschlossen, mich gegen den Willen des Häuptlings aufzulehnen, und Rulf hat beschlossen, ihm Folge zu leisten. Danach konnte ich nicht zulassen, daß er weiter in meiner Klasse bleibt. Darüber müssen der Häuptling und ich uns unterhalten.

Aber was mir wichtiger erscheint, ist die Art und Weise, wie ich mit Rulfs Ungehorsam umgegangen bin. Zum erstenmal in all den Jahren, in denen ich Clangruppen unterrichte, habe ich völlig meine Selbstbeherrschung verloren. Es beschämt mich, darüber zu reden, aber es muß sein. Ein Priester verbringt viele Jahre seines Lebens damit, seinen Willen und seine Leidenschaft in den Griff zu bekommen, bevor er bereit ist, der geistige Führer seines Volkes zu werden und mit der Aufgabe betraut zu werden, Clanbrüder auszubilden. Das war meine Lebensaufgabe. Es gab Zeiten, in denen ich streng oder sogar wütend war, in denen ich manche Jungen schelten oder gar bestrafen mußte, weil sie mit vollem Wissen falsch gehandelt hatten. Aber noch nie habe ich meine Wut über meinen Geist hinauswachsen lassen, wie es gestern der Fall war. Ich werde den Rest meines Lebens mit der Erinnerung daran leben müssen. Ich hoffe, daß ihr es vergessen könnt, aber ich fürchte, es ist nicht möglich. Wann immer ihr daran denkt, erinnert euch ... erinnert euch ...«

Die Stimme des Priesters versagte einen langen Augenblick, und die Jungen hielten den Atem an. Dann fuhr er ruhig fort: »Erinnert euch daran, daß ein Priester ein Mann wie jeder andere ist, wie auch der Jäger ein Mann ist, und daß auch er Liebe, Kummer, Einsamkeit und Schmerz kennt. Manchmal macht er Fehler ... wie ich gestern. Ich bitte euch, mir zu vergeben, wie ich bereit bin, Rulf zu vergeben.«

Sie beobachteten das strenge Gesicht, das sich vor ihnen erhob. Während er über den Hain blickte, waren seine Hände fest gefaltet. Eine Antwort schien nötig zu sein, doch es wurde keine gegeben. Jeder Junge saß in eisernem Schweigen da, zum Teil aus Verlegenheit, zum Teil aus Scham und zum Teil aus Verachtung verstummt. Tama sah sie an und wußte, was er verloren hatte, aber in einem Versuch, die Situation aufzuheitern, sagte er mit einem halbherzigen Lächeln: »Auf, rennt jetzt viermal um den Hain, dann werden wir mit dem Unterricht beginnen.«

Der Morgen ging dahin, und Tama wußte, daß er wenigstens etwas Zeit mit Schreiben verbringen mußte, wenn er nicht wollte, daß die Jungen ihn vollends verachteten. Nachdem die Pergamente ausgeteilt waren, arbeiteten sie immer noch in der angestrengten Stille, die den ganzen Morgen vorgeherrscht hatte. Tama bückte sich zu dem einen oder anderen hinunter, las, verbesserte, murmelte einen Kommentar, doch es war, als würden sie alle auf irgend etwas warten, und als es schließlich geschah, war ihr tiefes Durchatmen eine Erleichterung.

Etwa die Hälfte der Dorfältesten trat schweigend in den Hain, stellte sich hin und beobachtete, was sich da abspielte. Tama begrüßte sie förmlich, bekam aber keine Antwort. Er bewegte sich noch eine Weile zwischen den Jungen hin und her, bis die Spannung unerträglich wurde. Der Vormittag war fast vorüber. Er ließ die Pergamente wieder einsammeln, und die Jungen blieben hinter ihren Steinen stehen. Tama sah die schweigenden alten Männer an. Ihr Führer nickte ihm zu. Der Priester sprach zu seiner Klasse.

»Geht in Frieden. Ka Balu sei mit euch.«

Die Jungen erhoben ihre gefalteten Hände ihm und den Ältesten zum Gruß und gingen schnell zum Fluß hinunter. Tama hob sein Hirschfell und die Kiste mit Pergamenten, Federn und Tinte auf. Er blieb abwartend stehen, bis einer der Ältesten sagte:

»Vater Tama, heute abend wird es eine Vollversammlung der Ältesten geben. Du wirst gebeten, daran teilzunehmen.«

Dann verließen sie einer nach dem anderen den Hain. Tama folgte ihnen. Als er den Fluß erreichte, blickte er auf die festgetrampelte Erde, die brüchigen Winterhalme, den Halbkreis aus Steinen und die dunklen, schweigend dastehenden Bäume zurück, die so viele Jahre auf seine Klassen heruntergeblickt hatten, und er wußte, daß dies das letzte Mal gewesen war.

6

Ein Feuer schwelte in der Feuerstelle und gab nur wenig Hitze ab. Der lange, zugige Raum war erfüllt von der Kälte des Winters und wirkte vernachlässigt. Da das Langhaus nur selten benutzt wurde, wurde es auch kaum je geputzt oder hergerichtet, und sein Zustand hatte sich seit seiner Errichtung deutlich verschlechtert. Gräser und Zweige aus einem Vogelnest waren in eine Ecke geschoben worden, und sogar während die Ältesten ihre Versammlung abhielten, quiekten Ratten und kratzten an den Wänden in der Nähe der Tür. Die Dorfältesten saßen in einem Halbkreis um das Feuer. Ke Rala saß am einen Ende, Tama am anderen, alle auf Hockern, die für alte Knochen nicht gerade bequem waren.

Für Tama entsprach die Kälte des Raumes der einer inneren Vorahnung und einer Erinnerung an eine andere Situation, als er ebenfalls ins Langhaus bestellt, befragt und vor allen Männern des Dorfes für schuldig befunden worden war, die Gesetze Ka Balus gebrochen zu haben. Und zur Strafe war er einen Mond lang in einem winzigen Käfig eingesperrt worden, in dem er von Krämpfen, Hunger, Angst und Haß geplagt worden war. Er hatte jetzt keine Angst vor einer so grausamen Bestrafung, aber die Erinnerung an das Leiden als Junge kam ihm in aller Schärfe zu Bewußtsein, als die Ältesten zu flüstern begannen, während einer von ihnen sich über das Feuer beugte und es wieder zu entfachen versuchte. Für den Priester schien die Versammlung im Vergleich zu dem Schmerz und dem Bedauern, die ihn von Rulf trennten, keine Bedeutung zu haben.

Es war Tara, der zuerst das Wort ergriff. Wegen seiner Gebrechlichkeit stand er nicht auf, sondern die, die um ihn herumsaßen, rutschten mit ihren Hockern zur Seite und machten ihm Platz.

»Brüder, ihr wißt alle sehr gut, weshalb wir uns heute an

diesem kalten Abend hier eingefunden haben, wo wir doch alle lieber zu Hause an unserem eigenen Herd sitzen würden. Es gibt Zeiten, da müssen wir uns sogar an einem kalten Winterabend treffen, weil wir die älteren Brüder der Clans sind. Wir sind die Wächter über die Gesetze und Bräuche unseres Volkes.

Ihr wißt, ihr alle wißt, daß es nicht einfach ist, die Gesetze Ka Balus zu deuten. Der Gott spricht manchmal auf seltsame Art und Weise mit uns. Es ist nicht immer leicht für uns, ihn zu verstehen. Aber wir versuchen es. Wir befassen uns so lange mit den Schwierigkeiten, bis uns die Bedeutung klar wird, so daß wir, wenn wir zu unserem Volk sprechen, mit einer Stimme sprechen. Und diese eine Stimme müssen wir heute abend finden. Ihr werdet alle die Wahrheit sprechen, so wie sie euch erscheint. Wir werden jeden anhören und dann entscheiden, was zu tun ist. Denn im Volk wird bereits darüber geredet. Die Leute sind verwirrt. Sie wissen, daß etwas nicht stimmt. Es kann sein, daß wir ihnen mitteilen können, daß das Unrecht nur eine dunkle Wolke in einem schlimmen Traum gewesen ist. Ich weiß es nicht. Oder es stimmt tatsächlich, daß das Unrecht unter uns lebt und von uns besiegt werden muß.

Laßt mich kurz mit meinen Worten, die wir später prüfen können, wie wir eine Planke mit Astknoten genau prüfen, bevor wir sie ihn eine Wand einbauen, einen Überblick über den Zweck unseres Zusammenkommens geben. Vater Tama ist unser Priester, seit der Alte Weise ein paar Jahre, nachdem wir in dieses Land gekommen waren, den Weißen Hirsch geritten hat. Manche von euch können sich, wie ich auch, sicher noch gut an die damit verbundene Reise erinnern, aber für andere sind es Geschichten ihrer Väter, die sie ihren Söhnen weitererzählt haben. Ai-jee, es war eine Zeit großer Härte, großen Leidens, aber Ka Balu hat uns sicher geführt in dieses gute Land, in dem wir seither leben. Und er hat, meine lieben Brüder, den Jungen Tama als unseren Führer erwählt. Wir müssen uns daran erinnern, daß Tama nicht von uns erwählt worden ist. Unsere Ältesten glaubten, daß er den Tod seines Clanbruders Rua herbeigeführt habe, indem er in die Berge des Morgens davonrannte, aber Ka Balu hat sich Tama offenbart, dem Jungen Tama und nicht einem der Älteren.

Ich erzähle das, weil wir wissen, daß wir immer noch Menschen sind, auch wenn wir das Wissen von Jahren in uns tragen und das Volk glaubt, daß wir die ganze Weisheit Ka Balus kennten. Wir können Fehler machen. Jeder von uns kann sich irren. Aber bei unserer Entscheidung heute abend darf uns kein Fehler unterlaufen. Wenn wir aus diesem Raum gehen, müssen wir uns gestärkt fühlen durch das höhere Wissen Ka Balus, das es uns ermöglicht, mit einer Stimme zu unserem Volk zu sprechen.«

Der alte Mann räusperte sich und spuckte ins Feuer. Die Spucke zischte in der Glut. Er murmelte etwas über die Kälte und zog sich eine Decke um die Schultern. »Meine Knochen hassen die Kälte. Brüder, wir werden anhören, was jeder von uns zu sagen hat, und Vater Tama bitten, zu uns zu sprechen. Danach könnt ihr ihm Fragen stellen, und der Häuptling wird uns das Muster unseres Denkens zeigen und uns den Willen Ka Balus deutlich machen. Ebana, würdest du bitte beginnen?«

Die stämmige Gestalt neben Ke Rala erhob sich, hob die Hände zum Gruß und starrte ins Feuer. In der Stille, die eingetreten war, hörten sie die beiden Wachen an der Tür mit den Füßen stampfen und die Kälte verfluchen. Tama wußte, das Ebana ein vorsichtiger Mann war, der Vorstellungen ausbreitete, aber keine Richtung wies und die Gegenpartei zermürbte, indem er ein paar einfache Punkte immer wieder wiederholte. Er sagte mehr oder weniger das, was Tama von ihm erwartet hatte:

Ihr Priester habe ihnen seit vielen Jahren gedient und sei immer ein guter Priester gewesen. Vor langer Zeit als Junge sei er bestraft worden, weil er sich dem Gesetz Ka Balus widersetzt habe, aber das sei lange, sehr lange her. Vater Tama habe dem Volk gut gedient, und jeder habe irgendwann einmal von seinen Heilkräften profitiert. Das Volk vertraue auf seine Heilkräfte. Seine Unterrichtung der Jungen, die in die Gemeinschaft der Männer aufgenommen würden, habe die

Bande der Clanbrüderschaft gestärkt. Einige der Ältesten hätten die Gesetze Ka Balus von Vater Tama gelernt.

Es erscheine daher seltsam, daß Vater Tama nun neues Wissen lehre, das nicht von Ka Balu stamme. Das sei bekannt, Vater Tama selbst habe zugegeben, daß es von ihm komme. Sei dieses neue Wissen für Ka Balu annehmbar oder nicht? Hierüber müßten sie entscheiden.

Ebana erzählte zwar nichts, was noch nicht bekannt war, hatte aber auf subtile Weise das Mißtrauen der Zuhörer geweckt.

Danach ergriff Matia, der Gerechte, das Wort. Er wurde so genannt, weil er bekannt dafür war, nie schlecht über jemanden zu sprechen, sondern immer etwas fand, das er zu dessen Gunsten sagen konnte. War er jedoch erst einmal davon überzeugt, daß ein Fehler begangen worden war, trat er entschieden für Bestrafung ein, doch ohne jede Boshaftigkeit. Ach, der vertrauenswürdige Matia, dachte Tama, der Führer der ersten Clanbrüder, die er unterrichtet hatte. Er hat sich nicht verändert, er ist zu dem Mann geworden, den ich schon vor langer Zeit in ihm gesehen habe.

Matia war immer noch eine eindrucksvolle Gestalt, wenn er jetzt auch langsamer war als in seinen besten Tagen als Jäger. Er redete gleichmäßig mit seiner tiefen, wohlklingenden Stimme, die für Tama etwas von der Stimme des Meeres an sich hatte. Matia beim Sprechen zuzuhören, war für ihn immer etwas besonders Angenehmes.

Matia erinnerte die anderen an Tamas langjährigen Dienst für das Hirschvolk, erinnerte sie daran, daß Tama der erste von ihnen gewesen sei, der das Versunkene Dorf entdeckt und etwas über die Kräfte des Untergegangenen Volks herausgefunden habe. Er und sein Clanbruder Rua hätten die geheimnisvollen Musterblöcke gefunden, die die Schäfer Bücher nannten, in denen das Alte Volk ihr Wissen aufzeichnet hatte. Tama sei ein Priester, Wissen seine Arbeit. Es sei daher nur natürlich, daß er schreiben gelernt habe. Es müsse erst noch bewiesen werden, daß irgend etwas daran Unrecht sei. Die Jungen, die Schreiben lernten, hätten offensichtlich keinen Schaden davongetragen. Es müsse erst noch gezeigt werden, was für ein Schaden dadurch entstanden sei.

Der nächste Mann, Ethan, war Tama als ein Freund Ke Ralas bekannt. Er war jünger als die meisten anderen und suchte immer die Gesellschaft der Stärksten.

Er erinnerte seine Zuhörer daran, daß die Götter in der Vergangenheit bereits Mißfallen an Tamas Taten gezeigt hätten. Manche Menschen, sogar Priester, zögen eben Unheil auf sich und andere. Tamas Eltern seien ertrunken, als er noch ganz klein war. Es sei bekannt, daß Waisenkinder den Zorn der Götter auf andere herabrufen könnten. Tama habe Rua überredet, mit ihm in die Berge zu gehen, und Rua sei dabei umgekommen. Matia sei einer von Vater Tamas ersten Schülern gewesen, aber zu jener Clangruppe hätten auch der verkrüppelte Uunu gehört und der arme Nikala, der durch die Flammen zu Tode gekommen sei. Tama sei ein Freund des Schäfervolks gewesen. Chard habe ihm Bücher gezeigt, aber was habe das Gutes gebracht? Bücher enthielten Dunkles Wissen, das ehedem die Zerstörung der Welt ausgelöst habe. Sollte es vielleicht wieder soweit kommen? Seien die Jungen, denen Tama das Schreiben beigebracht habe, vielleicht bereits durch das Dunkle Wissen verdorben?

Das Volk würde spüren, wie sich unter der stets dünnen Oberfläche ihres Lebens uralte Ängste regten, die von Generation zu Generation weitergegeben wurden. Es waren Ängste vor Mächten, die man nicht mehr in den Griff bekäme, vor Männern, die zu arroganten Herausforderern der Götter würden, vor der furchtbaren Bestrafung der Götter durch Zerstörung und Feuer. Es war nicht schwer, diese alten Ängste wieder zu entfachen.

Andere Redner redeten ihm nach dem Mund und schmückten Ethans Andeutungen aus, daß Schreiben ein Teil des unheilvollen Wissens sei, das zur Zerstörung des untergegangenen Volks geführt habe. Bücher seien Kisten, in denen das Dunkle Wissen eingeschlossen sei. Wenn man Jungen oder Männern die Möglichkeit an die Hand gebe, diese Kisten zu öffnen, werde das ganze Übel der Welt über sie hereinbrechen. Was gebe es in Büchern Gutes, Vergnügliches, was gebe es dort, das Ka Balu ehre? Wer habe Ka Balu je ein Buch lesen sehen? Die Vorstellung sei Gotteslästerung. Mit jedem darauffolgenden Redner wurde immer klarer, daß das, wovor die Ältesten Angst hatten, das Unbekannte war, die Macht des Neuen und Fremden. Sie hatten Angst davor, die alte Ordnung aufzubrechen und das Vertrauen in die Macht zu erschüttern. Die Ältesten und das Volk selbst wüßten nichts über das Schreiben, bräuchten auch nichts darüber zu wissen. Das untergegangene Volk sei hingegen ein Volk der Leser und Schreiber gewesen, das die Götter so beleidigt habe, daß es zerstört worden sei. Bücher seien Versuche, die Macht der Götter selbst zu ergreifen und zu bösen Zwecken zu mißbrauchen. Schreiben zu üben sei daher dasselbe, wie dem Bösen zu huldigen, und Büchermachen bedeute, die Fundamente der Ordnung, des Gesetzes und der Herrschaft zu erschüttern.

Während Tama zuhörte, wußte er, daß er damit verurteilt wurde, aber am deutlichsten fühlte er, daß er den Stimmen von Fremden zuhörte. Diese Männer waren nicht sein Volk, obwohl er andererseits nicht wußte, wo sein eigenes Volk wohnte. Nach und nach hatte er in all den Jahren gelernt, diesen angsterfüllten Köpfen zu entfliehen und sich in ein geistiges Land zu begeben, wo er vielleicht allein war, aber ohne Furcht seinen eigenen Geist und die Welt um ihn herum erforschen konnte. Wie seltsam, dachte er, daß mich mein Wissen als Priester durch das Studium der Gesetze Ka Balus in eine Welt geführt hat, wo ich eine wunderbare Freiheit von diesen Gesetzen genießen kann. Oder eine Freiheit von der Angst, die die meisten Menschen vor dem Gesetz haben. Ich weiß jetzt, daß ich in den langen Nächten über der rauchenden Lampe, in denen ich meine Schrift erfunden habe, dem Herzen Ka Balus, dem Herzen der Schöpfung nahe war.

Er hörte, daß sein Name gerufen wurde. Die Ältesten hatten ihre Anklage gegen ihn beendet. Ihre Heftigkeit lag wie ein Gestank im Raum. Er stand auf, sah bewußt jeden von ihnen an, so daß manche seinem Blick auswichen. Dann sagte er, zu Tara gewandt:

»Habe ich richtig verstanden, daß die Ältesten Schreiben als ein Übel betrachten?«

»Du hast gehört, daß sie das gesagt haben, Tama.«

»Und ich verderbe die Jungen, indem ich ihnen das Schreiben beibringe?«

»Das wurde gesagt.«

Tama trat seitlich neben die Feuerstelle, wo ihn jeder sehen und hören konnte. Seine Kopf war klar und ruhig, er war frei von Angst, wie ein Mann, der einen Berg erklommen hat und überall den Himmel um sich herum erkennt. Dann sprach er:

»Der Läufer hat Freude am Laufen, und sein Laufen macht die Muskeln seiner Beine kräftiger, und seine Freude wird dadurch noch größer. Der Jäger spannt seinen Bogen, und mit seinem scharfen Auge zielt er so gut, daß der Pfeil im Herzen des Stieres landet. ›Ai-jee!‹ ruft er vor Freude, und seine Brüder stimmen in seinen Jubel ein. Das Mädchen läßt sich an einem sonnigen Sommertag voller Freude im warmen Wasser des Teichs treiben. Voll reiner Lebensfreude hüpft das Baby im Arm seiner Mutter, und sie sieht voller Freude auf die Frucht ihres Leibes hinab. Freude, meine Brüder, ist das Maß des Guten auf Erden. Alles in der Natur frohlockt vor Freude darüber, daß es lebendig ist. Was ist der Frühling, wenn nicht eine Flut von Freude, die sich über das Land ergießt, nachdem der Winter uns in unseren Gliedern und in unserem Herzen aller Freude beraubt hat? Was ist der Tod, wenn nicht die Angst davor, alle Freude zu verlieren, und was ist der Weiße Hirsch, wenn nicht die Hoffnung darauf, daß alle Freude erneuert wird? Die Macht Ka Balus ist die Kraft seiner Freude. In Ka Balu gibt es keine Angst. Oder könnt ihr euch einen Gott vorstellen, der Angst hat? Nur die Menschen kennen die Angst, weil sie diese Freude verloren haben, die das Maß unseres Daseins ist. Der Sinn des Lebens besteht im Erfahren von Freude.

Ein Priester, meine Brüder, ist ein Mann, der das Wissen liebt, wie der Läufer Schnelligkeit liebt, dessen Herz alles daran setzt, sie zu bekommen, so wie der Jäger dem Wild nachspürt. Die Suche nach Wissen ist genauso aufregend wie die Jagd; das Entdecken von Wissen löst Hochgefühle und Dankbarkeit aus. In dem Wissen um das Wissen, glaubt mir, meine Brüder, trifft der Priester Ka Balu und muß sein Gesicht verhüllen, denn die Freude, ihn zu erblicken, wäre nicht zu ertragen.

Die Jagdgründe des Priesters sind sein Körper, ein winziger Raum, meine Brüder, der die weiten Wälder der Vorstellungskraft beinhaltet, den endlosen Fluß der Sterne bei Nacht, den heranrollenden Donner bei rotglühendem Sonnenuntergang. Alle Männer, alle Frauen und Kinder, ihr Leben, ihr Handwerk, ihre Ängste und Hoffnungen sind die Jagdgründe des Priesters. Er weidet sich an den Früchten des Geistes, wie die großen Stiere und ihre Herden auf der Steppe der großen Ebenen weiden. In seinem täglichen Verständnis der Welt Ka Balus sieht er die Macht Gottes in jeder lebendigen Pflanze, in jedem Vogel, Baum und Menschen erstrahlen. Er weiß, daß die Freude der Götter keine Grenzen kennt. Und er weiß auch, daß alles, was er bei seinem Studium von Ka Balus Wirken herausfindet und ihm Freude bereitet, von Gott kommt und gut ist. Was er ihm schickt, ist gut. Es ist zu unserer Freude bestimmt, er möchte damit seine Freude in dieser Welt, die er erschaffen hat, mit uns teilen.

Als ich vor langer Zeit die Musterblöcke des untergegangenen Volks entdeckte, wurde mein Geist von ihnen durch die Macht der Freude angezogen. Ich war damals nur ein Junge und verstand nur wenig. Nach und nach hat mir der Hirte Chard verstehen geholfen, was die Macht des Schreibens für das Alte Volk bedeutete. Auch damals wußte ich schon, daß es die Macht der Freude war. Es hat mich lange Jahre des Versuchens und der Fehlschläge gekostet, bis es mir gelang, Zeichen zu machen, die Sprache und Gedanken festhalten können.

Und ich wußte, meine Brüder, daß Ka Balu mir ein wertvolles Geschenk gemacht hatte, das zur Freude unseres gesamten Volks benutzt werden sollte. Jede Nacht, wenn ich in meinem kleinen Zimmer die Geschichten unseres Volks aufschrieb, wurde ich von Freude erfüllt, daß ich mit Ka Balu selbst die Schöpfung der Welt teilte, eben das Ordnen der Träume zu einem sicheren Gedanken. Ich verstand, wie sich das geschriebene Wort zum Lobpreis Gottes verwenden ließ und empfand Freude dabei. Wenn ich die Zeichen zu Gedanken, zu einem Wort verband, wußte ich, daß ich Hand in Hand mit den Göttern ging und den Schöpfungsreigen mit ihnen tanzte. Brüder, soll ich mich nun, da ich diese Freude kenne, von meinem Gott abwenden und seine Arbeit ein Übel nennen? Soll ich mich vor der Enthüllung fürchten, die ich gesucht und gefunden habe, mich selbst verleugnen und sagen, was nicht wahr ist, nur weil ihr nicht an meiner Freude teilhaben könnt?«

Tama hielt inne. Beim Sprechen war seine Stimme immer kraftvoller geworden und hatte die dunkle Leere des Langhauses erfüllt, wie seine eigene Begeisterung ihn selbst erfüllt hatte. Nie zuvor, nicht einmal vor sich selbst, hatte er seine Überzeugung so klar geäußert, daß das Schreiben eine ungeheure Kraft des Guten für alle Völker beinhalte. Es war, als habe zum erstenmal seit Jahren Ka Balu durch ihn gesprochen, und sein Gesicht leuchtete vor Leidenschaft.

Die Ältesten blickten den Priester mit einer gewissen Ehrfurcht an, denn sie fanden keine Worte für ihre flüchtigen Zweifel, die immer noch nicht frei waren von einer lebenslangen Angst vor dem Unbekannten, die sie seinen Worten hätten entgegensetzen können.

Einer fragte: »Vater, du redest von der Macht der Freude, die man beim Schreibenlernen empfinde, wenn man Gedanken und Träume mit Zeichen festhalten könne. Aber ist das nicht unnatürlich? Gedanken und Träume kommen und gehen wie Insekten, sie beißen uns wie die Sandfliegen oder ziehen wie Wolken. Können sie denn in Zeichen auf Tierhäuten eingefangen werden und trotzdem noch lebendig sein? Ich stelle mir vor, daß das Schreiben den lebendigen Geist einer Sache eher töten müßte.«

»Vielleicht könnte es das«, antwortete Tama. »Aber nur der Schreiber kann das wissen. Ich glaube, das ist der Punkt, an dem der Schreiber, wie der Jäger, viele Fertigkeiten beherrschen muß. Jede Macht kann falsch oder gut verwendet werden. Ihr habt Angst vor dem Schreiben, weil das untergegangene Volk lesen und schreiben konnte und von den Göttern zerstört wurde; doch muß das noch lange nicht heißen, daß ihr ganzes Schreiben übel war. Ja, es stimmt, auch das böse Wissen, das Wissen über alle Todesarten könnte in Büchern festgehalten werden, und böse Männer könnten dieses Wissen mißbrauchen, aber andererseits könnten gute Männer die Bücher benutzen, um den Menschen die Wahrheit zu sagen.«

»Aber wir kennen die Wahrheit«, rief ein anderer. »Die Wahrheit und die Wahrheiten werden uns von Ka Balu durch unsere Priester, Häuptlinge und Ältesten übermittelt. Wir haben das Schreiben nie gebraucht. Weshalb sollten wir jetzt die Fertigkeit erlernen, die ein Volk benutzt hat, das die Götter herausgefordert hat und zerstört worden ist? Auch wenn das Schreiben für manche Dinge gut ist, kann es für üble Zwecke mißbraucht werden. Deshalb ist es übel und darf unserem Volk nicht beigebracht werden.«

»Nein, das Schreiben selbst ist nicht übel ...«, hob Tama an.

»Wir brauchen das Schreiben nicht.«

»Es ist falsch, den Jungen Zugang zum Bösen zu geben.«

Es war völlig ungewohnt, daß andere Redner Tama unterbrachen. Er hielt inne und wartete ab. Dann sprach Ke Rala:

»Brüder, wir haben gehört, wie Vater Tama sein Schreiben verteidigt hat. Er sagte uns, es sei gut, es sei das Können, das ihm Freude bereitet habe. Wenn es die Aufgabe eines Priesters ist, sein Volk bei körperlicher und geistiger Gesundheit zu halten, warum hat Vater Tama dann diese Macht nicht uns gegeben, den Ältesten seines Volkes? Warum hat er es für sich selbst behalten und lehrt erst jetzt seine große Wahrheit Jungen, die sie nicht begreifen können?«

Tama blickte quer durch den Raum zu seinem Clanbruder hin. »Wenn du möchtest, daß ich dir das Schreiben beibringe, bin ich gern dazu bereit. Euch alle will ich es lehren. Ich verberge nichts. Es war nicht meine Absicht, das Wissen geheimzuhalten, allerdings hatte ich all die Jahre, die ich gebraucht habe, um es zu erschaffen, nichts zu geben, bis die Aufgabe erfüllt war. Und dann, ja, vielleicht hätte ich dann reden sollen. Vielleicht habe ich es zuerst als das Wissen eines Priesters angesehen, das vor dem Volk geheimgehalten werden sollte. Als euer Priester weiß ich vieles, was nicht für das Volk bestimmt ist. Ihr versteht das, meine Brüder. Ich glaube, es hat Jahre gedauert, bis ich in vollem Umfang begriffen hatte, daß Schreiben einen Mann freimachen kann, um Ka Balu in sich selbst zu finden …«

Ausrufe des Protestes und der Bestürzung wurden unter den Zuhörern laut. Tama wartete einen Augenblick und sagte dann:

»Aber sicher ist Ka Balu in jedem von uns, wie wir in ihm sind.«

»Nein«, erwiderte Tara bestimmt. »Du als Priester mußt wissen, daß das falsch ist. Wir sind die Kinder des Vaters, der Samen seines Geistes, aber seine Macht und sein Geist können nicht in uns sein. Denn gerade, weil wir nicht diese Macht haben, brauchen wir die Gesetze Ka Balus, um nach ihnen zu leben. Er belehrt uns … und du bist seine Stimme oder solltest es zumindest sein. Die Gesetze, die uns vom Häuptling übermittelt werden, sind ebenfalls Ausdruck der Stimme Ka Balus. Wenn er in jedem von uns leben würde, würden wir keine Gesetze brauchen. Ohne das Gesetz stirbt ein Volk. Das untergegangene Volk wurde zerstört, weil es die Gesetze der Götter gebrochen hat. Das Gesetz ist heilig.«

»Vor langer Zeit«, sagte Ke Rala, »haben unsere Vorfahren Wissen in Büchern gespeichert, die zum Lesen bestimmt waren. Jeder Mensch muß damals zu seinem eigenen Priester, zu seinem eigenen Häuptling geworden sein. Wie kann man auf diese Weise das Beste für ein ganzes Volk erreichen? Ihre großen Dörfer müssen Orte der Wirrnis gewesen sein, wo die Menschen geraubt und gemordet haben, wie es ihnen gerade gefiel, denn zuerst hatten sie ihre Achtung vor dem Gesetz verloren und fürchteten die Götter nicht mehr. Aber man muß die Götter fürchten, weil sie die Macht haben, uns für unsere Fehler zu bestrafen.«

»Ai-jee, das ist wahr!«

Ke Rala sah in die ihm zugewandten Gesichter, in denen der Feuerschein spielte, und sah ihre Erleichterung, daß er für sie, für das Gesetz eingetreten war. »Es ist Zeit«, sagte er, »daß wir reihum noch einmal jeden zu Wort kommen lassen, um zu erfahren, wessen Meinung sich geändert hat. Wir haben alle gehört, wie Vater Tama sein Schreiben verteidigt hat, aber vielleicht hat er ja noch mehr zu sagen?«

Tama blickte sie an. Seine Leidenschaft, die er bei der ersten Rede empfunden hatte, war jetzt in Verwirrung umgeschlagen. Und sein einziger Gedanke war: Die Wahrheit kann nur weitergegeben werden, wenn die Menschen bereit dafür sind. »Nein«, sagte er. »Ich habe nichts weiter zu sagen.«

Einer nach dem anderen standen die Ältesten auf und sprachen in derselben Reihenfolge wie zuvor. Und Tama hörte, wie ihn einer nach dem anderen verurteilte. Sogar Matia, der abwägen wollte, was möglicherweise Gutes und Böses am Schreiben war, verurteilte es am Ende, weil es für böse Zwecke mißbraucht werden könne. Wie immer sie ihre Argumente wählten, am Ende lief alles auf dasselbe hinaus: Das untergegangene Volk hatte gelesen und geschrieben, es hatte sein Wissen in Büchern gespeichert und sich von den Göttern abgewandt, um seinem eigenen Wissen zu huldigen. Deshalb war es von den Göttern vernichtet worden.

»Sollen wir uns wieder auf diesen brennenden Pfad begeben?« schloß Tara. »Nein, Brüder, nein, wir haben unsere Lektion gelernt. Unsere Sicherheit beruht auf unserem Gehorsam gegenüber den unveränderlichen Gesetzen Ka Balus. Das Schreiben bewirkt, daß die Menschen diese Gesetze in Frage stellen, und deshalb ist Schreiben ein Übel.«

Tama sah, daß der alte Mann erschöpft war. Sein Gesicht war vor Müdigkeit verzerrt, als er seinem Priester in die Augen sah. Sie sahen einander an, nicht mißtrauisch oder furchtsam, sondern wie aus einer größeren Entfernung, als würden sie sich gar nicht sehen. Ruhig nahm Tama einen Stock aus der Feuerstelle, zeichnete damit den fließenden Kreis des Schäfervolks in den Staub. Sein rhythmisches Fließen gab ihm Kraft und Trost. Einer sah es an und sagte:

»Das ist das alte Zeichen, das immer die Türen des Schäfervolks schmückte.«

»Ja«, sagte der Priester, »und es ist mein Zeichen für den Namen unseres Gottes Ka Balu.«

Da brachen die Ältesten in Schreckensrufe aus.

»Wisch es aus!« schrie Dugan.

»Nicht hier, nicht an diesem Ort ...«

»Auf dem schmutzigen Boden ...«

Tama wischte das Zeichen aus und stand auf. »Ich habe eure Worte gehört. Jeder von euch hat mein Schreiben verdammt. Ihr habt nicht mehr davon verstanden, als ihr wußtet, bevor ihr hier hereinkommen seid. Ich hätte besser daran getan, das Wissen als Teil des Dunklen Wissens eines Priesters geheim zu halten. Ich bin müde. Ka Balu sei mit euch.«

»Warte.« Ke Rala stand auf. »Wir sind noch nicht fertig, Vater. Ich habe Fragen, die du mir beantworten mußt.«

Tama blieb stehen.

»Wirst du uns schwören, daß du von heute an nie mehr dein Schreiben üben wirst?«

»Nein, das werde ich nicht.«

»Wirst du aufhören, den Jungen Schreiben beizubringen?«

»Ich werde sie lehren, was sie brauchen. Wenn das bedeutet, daß sie die Kunst des Schreibens brauchen, dann werde ich es ihnen beibringen. Kann ich jetzt gehen?«

»Nein«, sagte Ke Rala. »Du wirst hierbleiben. Neben der Tür liegen ein paar Decken. Die Tür ist bewacht. Unser Volk muß vor der Gefahr, die von deinem Schreiben ausgeht, beschützt werden. Meine Brüder des Ältestenrats werden mir morgen helfen zu entscheiden, was zu geschehen hat.«

Tama sah ihnen zu, wie sie aus dem schummrigen Raum in die Nacht hinausgingen. Langsam begab er sich zur Tür hinüber und sah die Decken. Ke Rala mußte seine Entscheidung bereits getroffen haben, noch bevor die Versammlung überhaupt begonnen hatte. Er trat zur Tür hinaus. Eine verschlafene Wache stand auf.

»Nein, Vater, der Häuptling hat gesagt ...«

Tama sah den jungen Mann an, der ihm ungeschickt den

Weg versperrte. »Möchtest du, daß ein alter Mann auf dem Boden des Langhauses Wasser läßt? Laß mich vorbei.«

Die kalte Nacht ernüchterte ihn mit ihrer klaren Luft, und als er wieder ins Langhaus ging, sagte er: »Wenn ihr mich schon bewachen müßt, kommt zum Feuer und wacht da über mich. Da habt ihr es wenigstens wärmer.«

Die beiden Wachen sahen sich an, und einer rieb die Hände aneinander und grinste. »Danke, Vater.«

Sie folgten ihm schweigend in den Kreis des Feuerscheins. Sie legten mehr Holz auf, und einer blieb stehen, während der andere sich auf dem Boden ausstreckte. Tama wickelte sich zwei Decken um die Schultern, legte sich in den Staub und sank in einen traumlosen Schlaf.

Den ganzen nächsten Tag über war er mit den Wachen allein. Seit das Langhaus gebaut worden war, waren Bäume darum gewachsen, und man konnte deshalb das Dorf von der Tür aus nicht sehen. Das Gebäude besaß keine Fenster, und um dem dämmrigen Licht zu entfliehen, verbrachte Tama fast den ganzen Tag auf einem sonnenbeschienenen Fleckchen nahe der Eingangstür. Er vertrieb sich die Zeit mit den Wachen mit Geschicklichkeitsspielen. Ihre Verwirrung darüber, daß sie den Priester als Gefangenen bewachen mußten, wurde durch seine natürliche Freundlichkeit besänftigt.

Einer der Wächter war ein verheirateter Mann, dessen Kind Tama erst vor kurzem von einem wunden Mund geheilt hatte. Er wiederholte mehrmals: »Danke, Vater, jetzt schlingt sie ihr Essen hinein wie eine junge Weka. Ah, sie ist jetzt ein viel glücklicheres Mädchen. Alles dank deiner Hilfe, Vater.«

Die natürliche Höflichkeit der einfachen Dorfbewohner verbot es den Männern zu fragen, weshalb sie den Priester bewachen mußten. Der jüngere der beiden erzählte gern und ergötzte Tama mit witzigen Geschichten über Jagdmißgeschicke, in denen er selbst immer der Tolpatsch war. Er war einer dieser schalkhaften, sorglosen jungen Männer, die alles dem Zufall überließen, sich sogar noch über ihre Mißgeschicke erheitern konnten und am Ende immer von ihren

Freunden gerettet wurden. Tama war der Meinung, daß solche Männer Ka Balu besonders teuer waren.

»Da mußt du einfach lachen, nicht wahr, Vater? Oder? Du mußt zugeben, du mußt einfach lachen.«

Er hatte oben zwei Zahnlücken, und seine kleinen gelbbraunen Augen zwinkerten einem über roten Backen zu. Wenn er lachte, blieb einem einfach nichts anderes übrig als mitzulachen.

Gegen Abend entfachten die Wachen wieder das Feuer, bevor sie von zwei neuen Wächtern abgelöst wurden, die Tama etwas zu essen brachten. Sie sprachen wenig, weil sie sich unwohl in ihrer Haut fühlten, und bewachten die Tür, während Tama am Feuer sein Essen aß. Den Tag über hatte ihn die Gesellschaft der gutmütigen Kerle bei guter Laune gehalten, aber jetzt, da seine Schüssel leer war und er sich in der weiten Dunkelheit des Raum verloren fühlte, fiel es ihm schwer, sich nicht vor dem zu fürchten, was vor ihm lag. An Rulf wagte er gar nicht zu denken.

Er wurde durch den Ruf der Wachen aus seinem Nickerchen geweckt. Darauf folgte ein Gruß, und jemand trat ins Langhaus. Tama stand auf, und als die einsame Gestalt in den Feuerschein trat, sah er, daß es Ke Rala war. Sie grüßten sich und setzten sich hin. Tama legte weitere Zweige auf das Feuer, auch wenn sie unnötig waren. So blieben sie eine Weile schweigend sitzen. Es stand zuviel zwischen ihnen, als daß es durch ein paar schnelle Worte hätte ausgeräumt werden können.

»Sprich schon.«

»Ich bin gekommen, dir zu sagen, daß du, wenn du dein Schreiben nicht aufgeben willst, nicht länger unser Priester sein kannst.«

Es folgte Schweigen.

»Du sagst nichts, mein Bruder? Ich weiß, was für ein grausamer Schlag das für dich ist, aber ein paar Worte können dich retten. Das Volk braucht nie alles zu erfahren, worüber wir gesprochen haben. Die Ältesten sprechen mit einer Stimme, wenn sie sagen, daß das Schreiben dem Volk nie beigebracht werden soll. Es ist schlecht, daß du damit begonnen hast, aber den Jungen, denen du es beigebracht hast, kann geholfen werden, es zu unterlassen, und andere dürfen nie damit beginnen. Mit der Zeit wird das Ganze beim Volk in Vergessenheit geraten, aber die Ältesten müssen dafür sorgen, daß die Warnung durch den Priester und den Häuptling weitergegeben wird. Wir dürfen nicht die gleichen Fehler wie das untergegangene Volk begehen.«

»Vielleicht sind wir bereits das untergegangene Volk«, murmelte Tama.

»Was sagst du da?«

»Es gibt andere Fehler als die, vor denen du Angst hast. Du möchtest eine Antwort. Ich werde mein Schreiben nicht noch einmal verteidigen. Das habe ich gestern abend getan. Sage mir, wie die Entscheidung der Ältesten lautet.«

»Sie ist ganz einfach. Entweder du gibst das Schreiben auf, oder wir wählen einen neuen Priester.«

»Verlangen die Ältesten, daß ich außer dem Unterrichten der Jungen auch mein eigenes Schreiben aufgebe?«

»Ja, du mußt jegliche Art von Schreiben und Unterrichten des Schreibens aufgeben.«

»Auch wenn du und die Ältesten es nicht glauben könnt, ich weiß, daß Ka Balu mit mir ist, wenn ich schreibe. Ich werde mein Schreiben nicht aufgeben. Ich werde meinen Gott nicht verleugnen.«

Ke Rala atmete tief durch. »Tama, mein Bruder, denk nach, was du da sagst, denk nach, was du dir selbst und unserem Volk antust. Du bist ein guter Priester, die Leute unseres Volks vertrauen dir und brauchen dich. Ich weiß, daß mit den Jahren zwischen dir und mir Dornen gewachsen sind und daß sich unsere Wege geteilt haben. Ich weiß, daß mein Anspruch auf Rulf dich verletzt hat ...«

»Tu nicht so, als müßtest du mich entschuldigen. Meine Entscheidung steht fest und kann durch deine Worte nicht umgestoßen werden. Ich weiß jetzt, daß ich mich seit Jahren auf diese Freiheit zu bewegt habe, daß mein Geist sich mehr und mehr nach einer Erfüllung gesehnt hat, die mir mein Priesteramt nicht mehr geben konnte. Vielleicht ist es gut für das Volk, wenn sie einen neuen Priester bekommen. Yosefa wird ihnen treu dienen. Meine Arbeit für das Volk ist getan.«

Vergeblich versuchte ihn Ke Rala von seiner Entscheidung abzubringen. Tama blieb fest, schüttelte leicht den Kopf, als könne er es nicht glauben, starrte ins Feuer und flüsterte: »Meine Arbeit ist getan.«

Plötzlich drehte er sich zum Häuptling um und sah ihm mit einem warmen, fast glücklichen Ausdruck gerade ins Gesicht, was Ke Rala mitten im Satz innehalten ließ.

»Hättest du je gedacht, daß es einmal so weit kommen würde, als wir vor langer Zeit in unserem eigenen Land Jungen waren? Daß wir einmal so enden würden, zwei alte Männer an einem Winterfeuer, deren Clanbrüder alle tot sind, und du mir sagen würdest, daß die Götter mich zurückweisen und mich bestrafen müßten? Wir sind seit vielen Jahren nur noch dem Namen nach Brüder gewesen. Deine Macht als Häuptling hat dir mehr bedeutet als alles andere auf der Welt. Du benutzt deine Macht, deine Herrschaft jetzt, um mich vor dem Volk nackt auszuziehen. Sie werden dir zuhören und dir glauben. Aber du hast eine Last von mir genommen. Ich bin jetzt frei, wie ich es nicht mehr gewesen bin, seit ich ein Junge war. Ich bin jetzt frei, auf die Stimmen der Götter zu hören. Jetzt verstehe ich, weshalb meine Ohren so lange taub gewesen sind. Die Götter sprechen nicht mehr durch dich und die Ältesten. Du selbst hast die Durchgänge verschlossen. Du hörst nicht auf den Gott in dir, du glaubst nicht einmal daran, daß er da ist. Tara sagte gestern abend, daß Ka Balu nicht in uns lebe, wir aber seinen Gesetzen gehorchen müßten, da wir ihn brauchten. Ja, wir können seinen Gesetzen gehorchen, wenn wir auf seine Stimme in unserem Innern hören. Vielleicht ist es ja nicht einmal für dich zu spät. Höre auf den Gott in dir, mein Bruder.«

Tama brach unvermittelt ab. Ke Ralas entsetztes Gesicht stellte alles in Abrede, was er gesagt hatte. Tama sah dem Häuptling noch lange ins Gesicht und sagte leise: »Ich habe dich einmal geliebt.« Dann wandte er sich wieder dem Feuer zu.

Ke Rala erhob sich und zupfte mit seinen verkrüppelten

Händen den Umhang zurecht, so gut es ging. »Du bist dir klar darüber, was das bedeutet? Das Volk muß die Wahrheit erfahren. Den Dorfbewohnern muß gesagt werden, warum du nicht länger ihr Priester sein kannst, daß dein Schreiben ein Übel ist, das die Götter beleidigt. Die Ältesten sind gnädig gewesen. Sie hatten Angst, du würdest ihr Angebot zurückweisen. Ab morgen wird Yosefa unser Priester sein. Da du ein guter Priester gewesen bist und uns so lange Jahre, dein ganzes Leben lang gedient hast, darfst du für den Rest deiner Tage in deinem Haus am Rand des Dorfes wohnen bleiben. Dafür mußt du dankbar sein. Wenn du nicht mein Clanbruder wärst ...«

»Clanbruder, Clanbruder! Ich werde nicht hierbleiben, um zum Gespött der Leute zu werden, ein alter Mann, auf den die kleinen Jungen Steine werfen und vor dem die Mütter die Köpfe ihrer Babys bedecken, weil sie Angst haben vor dem bösen Blick des alten, verrückten Priesters. Nein, ich werde weggehen.«

»Weg? Wohin?«

»Irgendwohin. Die wilden Tiere werden sich nicht über mich lustig machen. Ich werde zum Schäfervolk gehen. Sie werden mich aufnehmen.«

»Vielleicht auch nicht, erinnere dich an Hora ...«

»Sie werden mich aufnehmen. Sarns Sohn wird mich aufnehmen.«

Ke Rala zögerte und sagte dann: »Du mußt heute nacht hierbleiben. Morgen nachmittag werden wir es dem Volk mitteilen.«

»Weshalb kann ich jetzt nicht nach Hause gehen? Ich habe keine Angst davor, mich morgen vor dem Volk zu zeigen.«

»Nein. Es müssen noch verschiedene Dinge getan werden.«

»Aber warum nicht? Du kannst ja Wachen vor meine Tür stellen, wenn du meinst, daß das nötig ist.«

Ke Rala wandte sich zum Gehen und drehte sich dann noch einmal zu Tama um. »Falls du es dir noch einmal anders überlegen solltest ... es ist noch nicht zu spät ...«

Tama schüttelte den Kopf. Der Häuptling ging langsam auf die Tür zu und hatte sie schon fast erreicht, als er den Ruf des Priesters hörte.

»Ke Rala! Eine letzte Sache, einen Gefallen, um den ich dich bitte. Laß mich noch einmal mit Rulf reden.«

Die Dunkelheit gab ihm Antwort.

»Es ist zu spät. Er ist mit einigen seiner Clanbrüder und ihren Lehrmeistern zum Jagen in die Hügel im Norden aufgebrochen. Er wird noch einige Tage weg sein, vielleicht sogar einen halben Mond.«

Der Häuptling blickte von der Tür aus noch einmal zurück und sah, daß der Priester reglos und schweigend vor dem Feuer saß.

Am nächsten Tag versammelten sich die Dorfbewohner an einem grauen Winternachmittag auf dem Versammlungsplatz, der außerhalb des Dorfes lag. Feuerholz war dort aufgehäuft, aber nicht angezündet worden. Während sie auf die Dorfältesten warteten, redeten sie mit gedämpften Stimmen miteinander, die Besorgnis ausdrückten. Sie wußten, daß Vater Tama wegen irgendwelcher Schwierigkeiten im Zusammenhang mit seinem Unterricht vor den Rat berufen worden war. Gerüchte behaupteten, daß der Häuptling und der Priester sich über Rulfs Zukunft gestritten hätten und daß Yosefa Tamas Unterricht übernehmen solle. Der Tag war kalt, und es schien keine Sonne. Aber vielleicht würde das Feuer angezündet werden, um sie zu wärmen. Sie hofften, die Versammlung würde nicht lange dauern.

Sie verfielen in Schweigen, als sie Ke Rala kommen sahen, der die Ältesten von seinem Haus zum Platz führte. Vater Tama ging als letzter, hinter ihm zwei Wachen. Die Leute bekamen ein unbehagliches Gefühl und rückten enger zusammen. Die Ältesten stellten sich wie üblich dem Alter nach auf. Ke Rala stand am einen Ende und Tama am anderen. Die Wachen stellten eine große Kiste ab. Alle setzten sich, außer Ke Rala, der nach vorn trat und zu sprechen begann.

Er sagte, was Tama erwartet hatte. Wieviel das Volk Vater

Tama für die vielen Jahre seines hingebungsvollen Dienstes, für sein Unterrichten der Clanbrüder und für seine Weisheit im Ältestenrat verdanke. Er zählte die Errungenschaften des Priesters eine nach der anderen auf, nur um sie anschließend wieder in Stücke zu zerreißen. Tama konnte nicht umhin, die Geschicklichkeit zu bewundern, mit der Ke Rala die Herzen des Volks zuerst geöffnet hatte und jetzt mit Unruhe, Verdacht, Furcht und Angst vor unbekannten Mächten füllte. Er machte finstere Anspielungen auf unaussprechliche Übel, die alle darauf zurückgingen, daß der Priester mit Zeichen gespielt habe, lästerlich mit den Namen der Götter umgegangen sei und sich der geheimnisvollen und schrecklichen Mächte des untergegangenen Volks bediene. Tama beobachtete die Dorfbewohner beim Zuhören, sah, wie sie ihm zu Anfang freundliche Blicke zuwarfen, die zunehmend furchtsamer und feindseliger wurden. In den Gesichtern einiger weniger waren Ungläubigkeit und Skepsis zu lesen. Sie schüttelten den Kopf und sahen sich hilfesuchend um, fanden aber kaum jemanden, dem es ebenso erging wie ihnen. Einer nach dem anderen traten die Dorfältesten nach vorn und trugen ihr Scherflein zu der Verurteilung Tamas bei. Tara war der letzte, der, gestützt von zwei anderen Ältesten, das Wort ergriff. Seine Gebrechlichkeit ließ seine Anklage um so vielsagender erscheinen.

»Ich habe Vater Tama vor einem Jahr gewarnt, die Jungen nicht länger im Schreiben zu unterrichten, nachdem der Häuptling mit mir geredet hatte. Er machte sich Sorgen, daß sein Enkel und die anderen Jungen durch das Üben des unheilvollen Schreibens, das die Macht des Menschen vor die Macht der Götter stellt, verdorben würden. Und Vater Tama hat mit dem Üben aufgehört. Ich glaubte, er habe seine Torheit bereut. Ich habe immer gesehen, wieviel ihm an dem Wohlergehen der Jungen lag, die er unterrichtete. Ich habe ihn immer geachtet, aber als er diesen Winter wieder mit dem Schreibunterricht anfing, habe ich gemerkt, daß seine Güte auf Abwege geraten ist. Es gibt böse Mächte, die so lange auf gute Menschen einwirken, bis sie sie zerstören. Es ist für uns alle schlimm, daß dies Vater Tama passieren mußte. Ich weiß, daß es viele von euch sicher kaum glauben können.

Ihr habt gehört, was meine Brüder über die unheilvollen Folgen erzählt haben, zu denen dieses Schreiben führen kann. Ihr wißt, daß es den Verstand der Menschen des untergegangenen Volks mit einer solchen Selbstgefälligkeit erfüllt hatte, daß die Götter sie stürzten. Ein derartiges Machtgefühl läßt die Menschen verrückt werden. Eine solche Macht wurde euren Kindern an die Hand gegeben. Wer weiß, was für schreckliche Dinge geschehen wären, wenn diese Jungen, angefüllt mit diesem üblen Wissen, zu jungen Männern herangewachsen wären? Wie lange hätte es wohl gedauert, bis Ka Balu in seinem Zorn auf uns herabgefahren wäre, wie er im Zorn das Große Dorf zerstört hat, dessen Ruinen in dem Sumpf am Fuße der Hügel langsam verrotten?«

Und so ging es weiter und weiter, bis in den Reihen der Zuhörer Unruhe und Gemurmel aufkam und ihre anfängliche Weigerung zu glauben, daß ihr Priester etwas Böses getan haben könnte, in Angst umschlug. Manche schrien sogar los und erhoben ihre Fäuste, doch Ke Ralas Wachen blieben unverrückbar auf ihren Posten und hatten ein aufmerksames Auge für alles, was um sie herum geschah. Was getan werden mußte, würde getan werden, aber nach der Ordnung, wie es das Gesetz verlangte.

Danach ergriff Ke Rala wieder das Wort. Dem Priester sei die Wahl gelassen worden, seinem Schreiben abzuschwören. Er sei gebeten worden, der geheimen Macht, die er jahrelang aufgebaut habe, zu entsagen, doch er habe es abgelehnt. Diese Macht bedeute ihm mehr als die Fürsorge für sein Volk. Daraufhin habe der Ältestenrat ihm aus Gnade und Dankbarkeit für all die Jahre, die er ihnen treu diente, angeboten, daß er in seinem Haus wohnen bleiben könne, nachdem Yosefa sein Amt übernommen habe, aber er habe geschworen, das Dorf zu verlassen und zum Schäfervolk zu gehen, das die Lust nach dem verbotenen Wissen in ihm geweckt habe.

Schien es ihm nur so, oder sagte Ke Rala wirklich, er habe Rulf zu sich geholt, damit er nicht von Tama verdorben wurde? Wenn er es nicht sagte, so schien er es dem Volk zwischen den Zeilen zu verstehen zu geben. Erinnerten sich die Dorfbewohner jetzt an Fälle versuchter Heilungen durch Tama, die fehlschlugen und zum Tod führten und vielleicht ein Werk der bösen Geister gewesen waren? Tama, der nach außen ganz ruhig wirkte, aber innerlich darum rang, einen ruhigen Kopf zu behalten, wußte in diesem Augenblick mit absoluter Sicherheit, daß er vom Übel umgeben war, daß er nahezu genauso allein unter Feinden war wie damals vor über vierzig Jahren, als ihn Ke Ralas Vater verurteilt hatte.

Nachdem die Ältesten durch Einsatz ihres ganzen Könnens sichergestellt hatten, daß nichts Tama retten konnte, was immer er auch sagte, erteilten sie ihm das Wort. Als der Priester nach vorn trat, brach die Menge in Schreie und Beschimpfungen aus, und ein Stein flog in seine Richtung, der Tama fast getroffen hätte. Die Wachen schlossen sich um Tama zusammen, und andere Wächter gingen mit erhobenen Speeren auf eine Gruppe kämpfender Männer los. Ke Rala erhob beide Arme, drehte sich in beide Richtungen, und die Macht seiner Gegenwart erstickte die Unruhe.

»Laßt Vater Tama sprechen. Hört ihm schweigend zu. Alles, was wir tun, muß geschehen, wie es vom Gesetz vorgesehen ist.«

Tama sah sie an, die Menschen, unter denen er gelebt, denen er sein ganzes Leben lang gedient hatte, und er erkannte sie nicht wieder. Ihre Gesichter waren von Grausamkeit und Wahn verzerrt. In manchen Gesichtern sah er mehr Verwirrung als Angst, und auf diesen wenigen ließ er seinen Blick ruhen. In seinem eigenen Kopf waren keine Angst und kein Haß, nur Mitleid und eine tiefe Traurigkeit. Er ließ seinen vergebungsvollen Blick, mit dem er gleichzeitig Abschied von ihnen nahm, von Gesicht zu Gesicht schweifen. Und von Gesicht zu Gesicht sah er Erkenntnis dämmern und Angst sich auflösen. In manchen Gesichtern sah er Schamröte aufsteigen, erst dann sprach er:

»Männer und Frauen des Hirschvolks. Ich spreche heute zum letztenmal zu euch. Ich werde euch nicht lange aufhalten. Euer Häuptling hat euch von meinem Schreiben erzählt, von den Zeichen, die ich erfunden habe, um Sprache und Gedanken aufzuzeichnen, damit sie nicht vergehen mögen. Ich bin immer davon überzeugt gewesen, daß das, was ich tat, gut war und im Dienste Ka Balus geschah. Da ich das immer noch glaube, kann ich euch nicht länger als Priester dienen. Ein Priester muß mit dem Häuptling und den Ältesten zusammenarbeiten, wenn das Volk gedeihen soll. Da ich das nicht länger kann, muß ich euch verlassen.

Ich kann euch zum Abschied nichts schenken, nicht einmal meinen Segen, da ich nicht mehr euer Priester bin. Ich bitte euch nur noch, euch an all das Gute der langen Jahre zu erinnern, die ich euch gedient und mein Leben mit euch geteilt habe. Es gibt keinen Mann, keine Frau und kein Kind unter euch, denen ich nicht irgendwann einmal meine Hände zur Heilung, zum Segen oder zum Lob aufgelegt habe. Erinnert euch an mich, erinnert euch an mich!«

Sein letzter Schrei, den er der Menge mit ausgestreckten Händen entgegenschleuderte, löste ein paar Antwortschreie aus, und eine Frau fing in hohen Tönen zu klagen an wie um einen Toten. Schnell redete Ke Rala mit einer der Wachen, erhob sich wieder und bat um Schweigen.

»Mein Volk, hört mich an. Das Böse, das wir aufgedeckt haben, muß zerstört werden. Im Hause des Priesters haben wir stapelweise getrocknete Tierhäute gefunden, die mit sonderbaren Zeichen beschrieben sind. Es ist eine Arbeit von vielen Jahren. Sie müssen verbrannt werden, das Böse muß verbrannt werden. Seht, die Kiste wird ausgeschüttet! Seht nur, wie sie durcheinanderfliegen wie Gestalten des Bösen. Berührt sie nicht mit euren Händen, schiebt sie nur mit euren Stöcken ins Feuer. Hier sind die Fackeln. Zündet das Werk des Bösen an!«

Die Wachen warfen brennende Fackeln in den Haufen aus Reisig und Zweigen. Bald knisterte und krachte es, und eine Rauchfahne stieg zum Himmel empor. Die Menschenmenge wich vor der Hitze zurück. Die jungen Männer und Jungen wurden von Aufregung ergriffen, und die Pergamente wurden aufgespießt, aufgehoben und in die Flammen getragen und geworfen. Ein beißender Geruch nach verbrennenden Häuten erfüllte die Luft. Immer mehr Leute stürmten, angestachelt von den Wachen, nach vorn und versuchten, ihren Anteil am Zerstörungswerk zu leisten. Doch manche wandten sich ab und weigerten sich, an der Verbrennung teilzunehmen – ob aus Angst oder aus Mitleid, war schwer zu sagen.

Tama stand abseits und erkannte einige, die weggingen. Da war Brusa, der seinen Arm um Mariti gelegt hatte, deren graues Haar im Wind wehte, während sie weinte; Horas Sohn Rua, der den ganzen Tumult mit hartem Gesicht verfolgte und dabei sein Kind in den Armen hielt; Buka, Rana und Alturna, die sich abwandten, als eine Wache sie zu überreden versuchte, an der Zerstörung teilzunehmen. Als er die Jahre seiner Arbeit in Flammen aufgehen sah, spürte er keine Traurigkeit und sogar kaum Verachtung für diejenigen, die glaubten, Ideen könnten so leicht zerstört werden. Den ganzen Tag schon hatte ein Teil von ihm neben ihm gestanden und alles, was gesagt und getan worden war, aus einiger Entfernung beobachtet. Er nahm diese Entferntheit als gottgesandt an. Sie verbrennen nur meinen Schatten, dachte er. Dem lebendigen Geist können sie nichts anhaben.

Nachdem die letzten Pergamente zusammengerecht und verbrannt, die Dorfbewohner mit dem Rauchgeruch in Haar und Kleidung weggegangen waren, begleiteten vier Wachen Tama den steilen Pfad zu seinem Haus hinauf. Auf halber Höhe blieb Tama stehen und sagte zu ihnen:

»Laßt mich jetzt allein. Oder wenn ihr unbedingt müßt, dann bewacht den Aufgang des Pfades. Ich weiß, daß der Häuptling um meine Sicherheit besorgt ist, aber ich habe keine Angst vor irgend jemandem. Ich bitte euch, laßt mich allein. Laßt mich die letzte Nacht in meinem Haus in Frieden verbringen.«

Unsicher sahen sich die Männer an. Einer kehrte um, um mit Ke Rala zu reden, und die anderen ließen sich am Wegesrand nieder. Tama ging weiter und bekam sie den ganzen Abend nicht mehr zu sehen. Die Haustür stand offen. Er stand auf der Schwelle und sah, daß in seinem und in Eschas Zimmer die Boshaftigkeit der Zerstörung gewütet hatte. Kleider waren auf den Boden gezerrt, Tonschüsseln zerschmettert, der Tisch umgeworfen und Asche auf dem Boden verstreut worden. Von einer Decke ging ein leichter Kotgeruch aus.

Der Kalenderstein lag auf dem Boden. Er war nicht zerbrochen, doch ein Stein war hineingeschmettert worden. Die beritzte Oberfläche war verunstaltet durch Steinsplitter und Staub.

Er ging um das Haus herum zu seinem Geistbaum und sah auf das Dorf hinunter. Es war früher Abend, und Rauch stieg von den Kochfeuern auf. Eine dünne Rauchfahne stieg immer noch spiralförmig von dem Scheiterhaufen auf, auf dem sein Werk verbrannt worden war. Ein Kind rannte zwischen zwei Häusern lachend vor einem anderen Kind davon. Drei Tauben flogen über die Lichtung des Dorfes, und weit oben arbeiteten sich späte Möwen schweigend zu den Hügeln empor. Der kurze winterliche Sonnenuntergang verblaßte schnell, und das Dorf versank in Dunkelheit und Stille.

Tama ließ den Kopf in seine Hände sinken und weinte.

Am Morgen kletterte der große Rua den Pfad zum Haus auf der Anhöhe hoch, blickte in die verwüsteten Räume und fand Tama schlafend unter dem großen Rata-Baum. Leise fluchend weckte er den alten Mann, der plötzlich voller Schrecken seine Augen öffnete und zu fliehen versuchte.

»Bruder meines Vaters«, sagte der große Mann, »sieh doch her, ich bin es, Rua.«

Er streckte seine Arme aus. Der alte Mann zitterte vor Kälte. Die mitleiderregende Verwirrung in seinem Gesicht verschwand plötzlich, und er schrie: »Rua! Oh, Rua! Hilf mir auf!« Er sah sich um, und da kam die Erinnerung an alles zurück. Er packte Ruas Arme. »Hast du gesehen? Mein Haus ... was sie mir angetan haben? Was wird nur Escha dazu sagen?«

Rua legte seinen Arm um die zitternden Schultern und hielt ihn einfach fest, als tröste er ein kleines Kind. »Hör zu, Alter Vater. Ich bin gekommen, um dir zu helfen, wie mein Vater dir geholfen hätte, wäre er hier gewesen. Er hätte die alten Männer verflucht, die dir das angetan haben, wie ich sie verfluche. Nicht alle Leute glauben diesem dummen Gerede über böse Mächte von gestern. Es gibt immer noch einige, die an dich glauben und sich an all das Gute erinnern, das du getan hast. Höre mir jetzt gut zu, alter Freund. Ich war bei Ke Rala und habe ihm gesagt, daß ich dich zum Schäfervolk begleiten werde, und ich glaube, ich kann noch ein paar andere überreden, mit uns zu kommen.«

Tama schüttelte den Kopf. »Nein, Rua, nein. Du hast eine Frau und eine Familie, die dich brauchen. Ich finde meinen Weg schon allein. Du darfst Ke Ralas Zorn nicht auf dich ziehen.«

»Ich werde dich nicht mitten im Winter allein in die Ebene hinausziehen und den Großen Fluß überqueren lassen. Der Geist meines Vaters würde mich in meinen Träumen verfolgen. Und Ke Rala hat gesagt, daß ich gehen kann. Ich glaube nicht, daß ihm die Vorstellung gefiel, aber er hat mir die Erlaubnis gegeben. Außerdem möchte ich mich mit ein paar Schäfern über meinen Vater unterhalten.«

»Ist das weise?«

»Das werde ich dann entscheiden. Aber zuerst räume ich das ganze Durcheinander in deinem Haus auf und sehe nach, was noch gerettet werden kann. Und du kannst dann entscheiden, was du damit machen willst.«

Als Tama noch einmal in sein Zimmer sah und den Unrat sah, schrie er vor Entsetzen auf: »Wie konnten sie nur! Den Kalender ... den heiligen Kalenderstein auf den Boden werfen! Sie haben versucht, ihn kaputt zu schlagen. Sieh nur!«

Er sank auf die Knie zwischen all die zerbrochenen Steine und strich mit der Hand über die verwischte Oberfläche des großen Steins. Seine glänzende Schönheit war durch den Stein, den sie darauf geschmettert hatten, schwer in Mitleidenschaft gezogen. Mit dem Zipfel einer Decke wischte er den Staub weg und betastete mit ehrfürchtigen Fingern die Gravierungen.

»Mein ganzes Leben als Priester ist in diesem Stein, alles, was in vierzig Jahren passiert ist. Sieh her, hier ist dein Name, dein Geburtstag, der Tag, an dem dein Vater gestorben ist, an dem Vani gestorben ist und an dem Rulf geboren wurde. Der Tagesstift! Wo ist er!«

Er suchte verzweifelt zwischen dem Schutt herum, aber vergebens. Rua kniete sich neben ihn hin.

»Sage mir, was mit dem Kalender geschehen soll. Er kann nicht hierbleiben.«

Tama blickte ihn an. »Ke Rala hätte so etwas nicht getan. Es müssen die Wachen gewesen sein, die meine Kiste mit den Pergamenten mitgenommen haben. Ke Rala muß sie bestrafen. Er soll den Stein haben, er weiß, wie man die Tage kennzeichnet, und Rulf weiß es auch. Ja, ich möchte, daß Rulf in Zukunft die Tage markiert. Aber der Stift ist weg.«

»Ich werde vorläufig einen neuen Stift machen, bis Rulf wieder einen aus Stein machen kann. Sage mir, wohin er gehört. Wie weißt du, welcher Tag heute ist? Mit all diesen kleinen Löchern.«

»Ich erinnere mich daran. Mein ganzes Leben besteht aus Erinnerung. Jeder Tag.«

Auch dieser seltsame Tag ging vorüber. Rua sorgte dafür, daß das Haus aufgeräumt wurde, und Brusa kam und half ihm dabei. Der alte Mann war langsam und sagte nur wenig, aber er half aussortieren, was noch zu gebrauchen war und was nur noch vergraben oder verbrannt werden konnte.

»Ich würde ja mitkommen, um meinem Volk mal wieder einen Besuch abzustatten«, sagte Brusa, »aber Mariti hustet Tag und Nacht. Ich glaube, sie wird den Frühling nicht mehr erleben.«

Tama faßte ihn mitfühlend am Arm. Es gab nichts, was er ihm zum Trost hätte sagen können.

»Ich gehe hinunter, um alles für unsere Reise morgen vorzubereiten«, sagte Rua. »Heute nacht wirst du bei mir zu Hause schlafen. Brusa wird dich hinunter begleiten, wenn du fertig bist. Ich werde zwei Männer heraufschicken, um den Kalenderstein holen zu lassen, und eines meiner Kinder wird euch etwas zu essen bringen.«

»Ich kann heute nacht allein hier bleiben. Es macht mir nichts aus.«

»Unsinn. Du wirst dich heute nacht bei mir zu Hause ausruhen. Ich werde Decken und Sandalen und alles, was du sonst noch brauchst, bereitlegen lassen.«

Tama sah dem großen Mann hinterher, wie er den Pfad hinunterschlenderte. »Er gleicht seinem Vater sehr.«

»Ja, aber er ist verläßlicher«, sagte Brusa. »Und er fährt nicht gleich aus der Haut. Hora war ein wilder Bursche.«

Sie setzen sich in den Windschatten, redeten wenig und wenn, dann nur über die Vergangenheit. Brusa erzählte, daß er sein Volk am Langen Wasser wiedersehen wolle, aber in letzter Zeit immer von so einem Schweregefühl, so einer Faulheit überfallen werde, so daß er sich nie wirklich aufraffe. Maritis Tod werde für ihn nichts ändern. Er sei zu einem Mann des Hirschvolks geworden.

Am Nachmittag schlief Brusa, und Tama saß unter seinem Geistbaum. Eine kühle Wolkendecke hing den ganzen Tag über dem still unter ihm liegenden Dorf. Er fühlte sich antriebslos, wollte nicht einmal tief in das hineinsehen, was geschehen war oder was vor ihm lag. Er war froh, daß er im Augenblick alles Rua überlassen konnte. Doch etwas blieb vor Tagesende noch zu tun. Am späten Nachmittag weckte er Brusa.

»Alter Freund, laß mich jetzt eine Weile allein. Laß meinen Geist hier allein von den Göttern Abschied nehmen. Du verstehst das, nicht wahr?«

»Ich werde gegen Sonnenuntergang wiederkommen und dich abholen«, sagte Brusa und erhob sich schwerfällig. »Rua und ich werden unten am Weg auf dich warten.«

Tama ließ die Stille ihren heilenden Einfluß um ihn herum ausbreiten und durch die leeren Räume treiben, in denen nur noch der kaputte Tisch und ein Hocker standen.

»Escha?« flüsterte der alte Mann. Aber es kam keine Antwort.

»Yaka?«

Ein kaltes, feuchtes Schweigen erfüllte das Haus. Der Wind raschelte vor der Tür durch die dürren Blätter.

»Rulf?«

»Alter Vater?«

Als der Nachmittag in die Dämmerung überging, schien

der große Baum immer dunkler zu werden, und seine mächtigen Glieder schienen den kalten Himmel zu stützen.

Weshalb habe ich keine Worte in mir? dachte Tama. Es erschien ihm in diesem Augenblick, als könnten Worte nur verraten. Er verscheuchte die Worte aus seinem Kopf. Sollte der Geist Ka Balus doch von ihm Besitz ergreifen, wann er wollte.

Da fiel ihm sein Wahrheitsstein wieder ein. Er war mit den anderen kleinen Steinen, Knochen- und Muschelstückchen, die er zum Legen der Vorzeichen benutzte, in dem Beutel gewesen, den er in der Kiste mit den Pergamenten, Federn und Tinten aufbewahrt hatte. Der Beutel war nicht im Haus. War er herausgenommen worden, bevor sie die Kiste wegbrachten? Ungläubig suchte er die Erde vor dem Haus nach irgendwelchen Anzeichen ab, daß der Beutel dort ausgeschüttet worden war, fand aber nichts. Er fühlte sich taub, hilflos, suchte jedoch in seiner Verzweiflung Zuflucht an dem einen Ort, der einen möglichen Quelle, die ihm helfen konnte: seinem Geistbaum.

Unter den dunkler werdenden Zweigen ließ er sich schnell atmend nieder und wartete, bis sich die Verwirrung in seinem Kopf langsam beruhigte. Auch als er ganz ruhig war, wartete er weiterhin, denn er wußte, daß Ka Balu ihm zeigen konnte, wo der Stein war, wenn er es ihm offenbaren wollte. Aber wenn der Gott den Stein verlassen hatte, wenn seine Arbeit getan war, warum sich dann mit einem leeren Stein belasten? Der Stein hatte einem Priester gehört, aber diesen Priester gab es jetzt nicht mehr.

Tama blieb ganz ruhig sitzen, bis er wußte, daß keine Antwort kommen würde. Dann stand er auf, drehte sich um und umfaßte den knorrigen Stamm mit beiden Armen. Er dachte an seine Wurzeln, die tief in der Erde verankert waren, an seine Stärke, die ihn jeden Sturm hatte überleben lassen, und an seine strahlende Schönheit, wenn er im Hochsommer in voller Blüte von der Sonne angestrahlt wurde. Der Baum hatte über all seine Mannesjahre gewacht, und er spürte ihn in sich. Sollte ich nicht mehr in der Lage sein, in meinem Wahrheitsstein Bilder zu erschauen, so weiß ich wenigstens, daß mein Baum in mir lebt und meinen Geist mit mir teilt. Wir wachsen immer noch zusammen. Dann blickte er in das dunkle Blätterdach empor.

»Ich gehe jetzt, Geist meines Geistes. Erinnere dich immer an mich. Mache, daß die Jahreszeiten mit der Zeit das Haus wieder zu Erde werden lassen. Laß den Wald wieder wachsen, wo ich gewesen bin und der Alte Vater und Escha und Yaka und Rulf. Erhebe Anspruch auf unsere Vergangenheit, sie hat immer dir gehört.

Ich gehe jetzt. Dein Geist ist mein Geist. Wir leben und sterben gemeinsam.«

Und bald waren da nur noch die Einsamkeit der Nacht um das leere Haus und darüber die Dunkelheit eines großen Baumes.

Rua weckte ihn früh am nächsten Morgen in der Hoffnung, aufbrechen zu können, bevor die anderen Dorfbewohner auf den Beinen waren. Zwei weitere Männer hatten beschlossen, sie zu begleiten, einer davon ein Clanbruder Ruas, beides kräftige Männer mittleren Alters. Sie redeten wenig und verteilten die Lasten. Tama bekam nur eine Deckenrolle und einen festen Stab in die Hand. Es freute ihn, daß sie ihm auch noch neue Sandalen schenkten. Von seinen eigenen Habseligkeiten blieb außer dem, was er am Leib trug, nur ein Dolch und sein Hirschfellumhang übrig. Nach all den Jahren so wenig, dachte er.

Nachdem er sich leise von Ruas Familie verabschiedet hatte, machten sie sich auf den Weg. Erinnerungen an vergessene Tage, als sie früh morgens zur Jagd aufgebrochen waren, ließen das angenehme Vorgefühl eines Geistes aufsteigen, der für diese Reise ohne Bedeutung war. Tama folgte Rua an stillen Häusern vorbei am Rande des Dorfes entlang. Doch als sie fast am Ende des Dorfes angekommen waren, hielt Rua unvermittelt an. Tama sah an ihm vorbei und erkannte, daß sich am Anfang des Waldpfades eine schweigende Gruppe von etwa fünfzig Männern und Frauen versammelt hatte, die auf ihn warteten.

Rua legte ihm eine Hand auf die Schulter. »Hab' keine Angst, alter Freund. Sie sind nur gekommen, um sich von dir zu verabschieden. Wir müssen an ihnen vorbei. Komm.«

Tama fühlte sich tief ergriffen. Ein schmerzliches Gefühl schnürte ihm den Hals zu. Unbewußt hielt er seinen Kopf gesenkt, als schämte er sich oder erwartete jeden Augenblick, geschlagen zu werden. Rua ging ein paar Schritte auf dem Pfad, wurde langsamer und sah zurück. Die Männer und Frauen drängten sich näher an Tama heran und streckten schüchtern ihre Hände aus, um ihn zu berühren. Ein Frau fiel auf die Knie und küßte seine Hand. Ein Gemurmel erhob sich, gefaltete Hände wurden zur Stirn erhoben, und jemand schrie: »Vergib uns Vater, wir wußten nicht, was wir taten.«

Und der Schrei wurde von den anderen aufgegriffen.

»Wir haben auf die Ältesten gehört anstatt auf unsere eigenen Herzen ...«

»Mein Kind, Vater, bitte segne es, bitte.«

»Vergib uns, vergib uns ...«

Tama konnte sich nicht bewegen. Männer und Frauen hatten ihre Hände auf ihn gelegt, flehten mit ihren Augen um Vergebung, weinten und schluchzten und baten ihn, doch zu bleiben. Ihr Leiden machte sein eigenes noch größer und ließ seine Selbstbeherrschung zusammenbrechen. So weinte er mit ihnen, murmelte Segenswünsche und versuchte sich einen Weg zu bahnen. Rua trat zurück, nahm eine seiner Hände und führte ihn vorwärts. Der große Mann schämte sich seiner Tränen nicht, die ihm über die Wangen liefen. Langsam zog er Tama vorwärts, und die anderen Jäger schlossen hinten auf. Die Hände, die sich nach ihm ausstreckten, blieben zurück, und die Wehklagen verebbten, als die vier Männer, einer nach dem anderen, den engen Pfad in die Stille des Waldes hineingingen.

Vierter Teil

DER FLIESSENDE KREIS

1

»Da ist es«, sagte Tama, »endlich.«

Er packte seinen Stab mit beiden Händen, lehnte sich in die steife Brise, die vom Langen Wasser heraufblies, das von weißen, zuckenden Schaumkronen übersät war. Aufgerissene Wolkenformationen trieben vor dem Südwind her, der die Schatten in schnellem Wechsel über Hügel und Wasser jagte.

»Meine Beine. Ich muß mich ein bißchen hinsetzen.«

Mit dem Rücken gegen windgebeugte Büsche und Farne ruhten sie sich eine Weile aus. Rua und seine Freunde sahen dabei auf das Dorf hinab, Tama hingegen in die Hügel. Sie hatten fast einen Mond gebraucht, um die Hügel zu erreichen, denn Regen und Hagel hatten sie in der Ebene aufgehalten. Der vom anhaltenden Regen angeschwollene Große Fluß führte so viel Wasser, daß sie in der zweiten Hütte mehr als einen halben Mond warten mußten, bevor sie ihn mit einem Floß sicher überqueren konnten. Sie hatten unterwegs keine Jäger getroffen und nur wenige Tiere gesehen. Deshalb aßen sie wenig und gingen häufig durchnäßt und hungrig zu Bett. Tama hätte ohne die Hilfe und Unterstützung seiner Gefährten nie überlebt. Er wußte, daß sie die Heimreise nicht antreten wollten, ehe das Wetter sich bessern würde, und empfand dabei – ganz ichbezogen – Trost.

»Kannst du irgend jemanden herumlaufen sehen?«

»Nein«, antwortete Rua. »Nur ein paar rauchende Kamine.«

»Wir müssen hinuntergehen.«

Tama erhob sich steif und machte sich an den Abstieg. Er folgte demselben steilen Pfad, den er einst, vor nahezu vierzig Jahren, mit Ke Rala und Hora, Sarn und Gilda zusammen gegangen war. Er erinnerte sich an die neugierigen, lachenden, freundlichen Leute, die sich um sie geschart und sie in einer Welle von Willkommensgrüßen mit sich getragen hatten. An diesem kalten Nachmittag im Spätwinter war niemand unterwegs, der ihnen die Hand zum Gruß gereicht hätte. Sie kamen an einem Pferch mit blanker Erde vorbei, in dem sich Schafe mit dem Rücken zum Wind zusammendrängten. Es waren dürre, schmutzige Tiere, die zum Teil noch die Wolle vom letzten Sommer auf dem Rücken trugen. Dort, wo einst die ersten Häuser gestanden hatten, wuchsen dürre Wintergräser und kahle Reben aus einem Haufen verrottender Bretter heraus. Kahle Apfelzweige, ein paar hartnäckige braune Blätter, die an einer Eiche zitternd im Wind tanzten, ein wildes Durcheinander von Unkraut in einem Garten über verfaulenden Kartoffelstauden – alles erschien Tama wie ein Anzeichen für einen Winter, der mehr zu sein schien als eine natürliche Jahreszeit der Erde. Aus einem Haus, aus dem Rauch aus dem Kamin aufstieg, kam plötzlich ein Kind gerannt. Als es die näherkommenden Fremden erblickte, schrie es laut auf und eilte zu der Frau zurück, die es von der Türschwelle aus gerufen hatte. Sie starrte Tama verwundert an, als er sie begrüßte.

»Sei gegrüßt. Ich bin Tama vom Hirschvolk jenseits des Großen Flusses. Wir suchen das Haus von Tukki, Sarns Sohn.«

Im Gesicht der Frau war abzulesen, daß sie zwischen Furcht und Neugierde schwankte. Unsicher fuhr sie sich mit der Zunge über die Lippen. Das Kind sah neugierig hinter ihrem Rock hervor. Sie zeigte in Richtung Wasser.

»Hinter den Booten. Das vierte Haus.«

Noch bevor Tama antworten konnte, hatte sie die Tür schon wieder hinter sich geschlossen. Er sagte nichts zu den anderen, sondern trabte nur in Richtung Mole davon, wo gewöhnlich die Fischerboote auf den Strand gezogen wurden. In keinem der Häuser regte sich etwas. Die Fenster waren mit Läden verschlossen. Trotzdem hatte er das Gefühl, beobachtet zu werden. Ein feiner Sprühnebel wurde vom Wasser heraufgeblasen, und windgepeitschte kleine Wellen schlugen gegen die Steine. Das vierte Haus nach den Booten; aber in welche Richtung nach den Booten? Sie sahen den Strand hinauf und hinunter und schlugen dann einen häufig benutzten Pfad zu ihrer Dolchseite ein, gingen an drei Häusern vorbei, die alle still dalagen, und kamen nach einer Baumgruppe schließlich zu einem vierten Haus, das gegenüber dem Strand zurückversetzt war. Auf seiner dem Wind zugewandten Seite besaß es einen an einem Ende offenen Anbau, in dem sich ein noch nicht fertig gebautes Boot, Seilrollen und Werkzeug befanden. Dieser Ort war genauso still wie die anderen. Aber als sie näherkamen, entdeckte Tama mit einem angenehmen Schreck der Überraschung, daß die Tür mit reichen Schnitzereien versehen war: Neben Blättern und Blüten, Fisch- und Vogelmustern war sie mit dem fließenden Kreis geschmückt. Ihm wurde ganz warm ums Herz, und er klopfte an die Tür. Zuerst war es einen Augenblick lang völlig still, aber dann hörte er eine Stimme etwas murmeln. Er rief: »Ich bin's, Tama von der anderen Seite des Großen Flusses, ist dies Tukkis Haus?«

Die Tür wurde von einem blonden Jungen geöffnet, der etwa vierzehn Jahre alt sein mußte und dessen Haar vom Schlaf noch ganz zerzaust war. Er riß die blauen Augen vor Überraschung weit auf, als er die Fremden sah, aber er lächelte halb dabei und murmelte: »Mein Vater.« Dann ging er wieder ins Haus hinein.

Nur noch ein paar Augenblicke waren sie dem eisigen Wind ausgesetzt, dann hießen Tukkis Stimme, sein lachendes Gesicht und seine starken Arme Tama willkommen, und er und seine Gefährten wurden in das Zimmer gezogen, das plötzlich voll warmer, verschlafener und halbangezogener Menschen war, die sich unvermittelt den kalten Händen und Gesichtern der Fremden gegenüberfanden.

Es zeichnete Tukkis freundliche Höflichkeit aus, daß er nicht nach dem Grund ihres überraschenden Auftauchens fragte, sondern zusammen mit seiner etwas ängstlich lächelnden Frau alles tat, um die Gäste mit Wein und Essen so herzlich und gemütlich wie möglich zu empfangen. Rua erzählte von den Widrigkeiten ihrer Reise, und Tukki drückte seine Verwunderung darüber aus, daß sie sich mitten im Winter aufgemacht hatten. Er sagte: »Wir gehen im Winter überhaupt nicht auf die Ebenen hinaus. Alles, was wir an Fleisch brauchen, jagen und trocknen wir bis Ende Herbst.«

»Unsere Reise hat einen bestimmten Grund, von dem ich dir später erzählen werde«, sagte Tama ruhig. Als Beth ihnen Schüsseln mit heißer Suppe brachte und auch ihrer alten Mutter, die zusammengekauert am Feuer saß, eine reichte, warf sie einen Blick in die hintere Ecke des Zimmers, in der eine in Decken gehüllte Gestalt hockte, und sah ihren Ehemann mit fragendem Blick an.

»Später«, sagte er mit leicht gerunzelter Stirn, »später.«

Seine beiden Söhne, der ältere blond und der jüngere dunkel wie die Mutter, hörten der Unterhaltung mit den Fremden mit großen Augen zu. Als der Junge, der Tama die Tür aufgemacht hatte, ihn schüchtern anlächelte, entdeckte er in seinem Gesichtsausdruck nicht nur die Züge von Tukki als Kind, sondern auch eine Ähnlichkeit mit dem jungen Hirten Sarn, dem Großvater des Jungen. Das tröstete ihn.

Als sie sich aufgewärmt hatten und ihre Bäuche gefüllt waren, fragten die Jäger Tukki, ob sie ihre Decken in dem Bootsschuppen ausbreiten dürften, doch Tukki versicherte ihnen, daß sie heute nacht nicht mehr aus dem warmen Zimmer weggehen müßten.

»Wir haben noch ein Zimmer«, sagte er. »Beth, ich und die Jungen und Beth' alte Mutter werden dort schlafen. Aber ihr müßt heute nacht hierbleiben. Das heißt, wenn es euch nichts ausmacht, das Zimmer mit dem anderen dort in der Ecke zu teilen.«

Er drehte sich zu Tama um und warf den übrigen einen kurzen, unsicheren Blick zu. Dann sagte er ruhig zu Tama: »Ich muß dir etwas erzählen. Es kann sein, daß es dir einen Schreck versetzen wird, alter Freund, aber ich muß es dir einfach sagen. Der Bursche in den Decken dort in der Ecke, der sich, seit ihr ins Zimmer gekommen seid, nicht gerührt hat, ist jemand, den du kennst. Aber warte erst noch kurz, bevor du ihn dir ansiehst, und laß mich dir das Wenige erzählen, das ich weiß: Es ist Yaka, dein Sohn.«

Tama saß wie versteinert da und hatte seine Augen auf Tukki gerichtet.

»Ja«, fuhr Tukki fort, »ich spreche die Wahrheit, wie du sehen wirst, aber er ist sehr verändert.«

»Wir kannten ihn«, sagte Rua. »Wir alle, aber er war noch ein Junge, als er uns verließ. Ungefähr fünfzehn.«

»Er war gerade sechzehn geworden.« Tamas Stimme klang in seinen eigenen Ohren, als käme sie von weit her. Der Junge Yaka, der damals sechzehn war, mußte jetzt ein Mann von etwa zweiunddreißig Jahren sein. »Erzähle mir, was du weißt«, sagte Tama zu Tukki.

»Du erinnerst dich noch daran, wie wir uns das letzte Mal getroffen haben, als du und Rulf mit mir und meinen Freunden ein paar Tage zusammen auf der Insel verbracht habt. Das war vor ungefähr zwei Jahren, nachdem Hora ermordet worden war und Gilda seine Leute in Richtung Süden weggeführt hatte. Yaka ging mit ihnen.«

Einen Moment schien es, als zögen dunkle Schatten über Tukkis Gesicht, aber er fuhr ruhig fort: »Wir werden alles tun, was in unsere Macht steht, um ihm zu helfen. Also, wie gesagt, wir haben nichts mehr von Gilda oder den anderen gehört, und so blieb es auch etwa ... sechs Jahre lang? ... bis Yaka vor drei Monden zurückgekommen ist, bevor der Winter anbrach. Als wir eines Morgens aufwachten, war er einfach da und irrte im Dorf herum. Er war sehr schwach, halb verhungert, aber schlimmer noch – du mußt jetzt stark sein, alter Freund –, er war nicht mehr richtig im Kopf. Beth und ich brachten ihn hierher und kümmerten uns um ihn, bis etwas von seiner Kraft wieder in seinen Körper zurückkehrte, aber mit seinen Gedanken ist er immer noch weit weg. Manchmal sagt er den ganzen Tag nichts, manchmal redet er von den Jahren, die er fort war. Aber er macht nur seltsame Bemerkungen wie: ›Es gab keinen Unterschlupf. Er kam so überraschend.‹ Und als ich ihn daraufhin fragte: ›Wer, Yaka, wer kam so überraschend?‹, sah er mich ganz verblüfft an und sagte nur: ›Na, der Schnee. Erinnerst du dich nicht? Der Schnee. Wir konnten ihn nicht aushalten.‹

Ich habe herauszufinden versucht, was mit den anderen geschehen ist – manchmal redet er von Gilda –, aber entweder erinnert er sich nicht daran, oder er will es mir nicht erzählen. Ich glaube jedoch, daß sie im Schnee weit unten im Süden umgekommen sein müssen, vielleicht letzten Winter. Armer Yaka, sein Leiden hat seinen Geist nach innen gekehrt. Er ist halb Geist, halb Mann.«

Langsam erhob sich Tama, ging durch das Zimmer und kniete sich neben die in Decken gehüllte Gestalt nieder.

»Es wird ein Schock für ihn sein«, sagte Tukki zu Rua. »Er hat fast sein ganzes Haar verloren und sieht aus wie ein alter Mann. Aber das Schlimmste sind seine Augen. Sie drücken so viel Qual aus. Wenn er uns nur erzählen könnte, was vorgefallen ist. Vielleicht sind einige der anderen irgendwo noch immer am Leben.«

Sacht hob Tama eine Decke und sah auf das schlafende Gesicht hinab. Da war nichts, was ihm vertraut gewesen wäre, keine Spur des Jungen Yaka, den er einst gekannt hatte. Sogar im Schlaf sah das Gesicht noch abgehärmt aus mit seinen eingefallenen Wangen und seinem dünnen Bart. Die Augenbrauen waren vor Zweifel oder Schmerz zusammengezogen. Sein Haupt war kahl, aber um seine Ohren und hinten am Kopf wuchsen noch einige graue Haarbüschel. Auf seiner Hand, die auf der Decke lag, konnte man die Knochen durch die Haut hervorstehen sehen. Tama stand auf und kehrte zu den anderen zurück.

»Ich kann nicht glauben, daß es mein Sohn ist. Da ist nichts an ihm, was ich wiedererkennen würde. Vielleicht, wenn er aufwacht ...«

»Seine Stimme hat sich sehr verändert«, sagte Tukki, »und auch sein Gesichtsausdruck. Vielleicht erinnert er sich gar nicht an dich. Ich habe das Gefühl, daß er manchmal Beth und mich erkennt, aber ich bin mir nicht sicher. Doch er muß sich an irgend etwas von uns erinnern, sonst hätte er nicht den Weg zu uns zurückgefunden. Er ist keine Last für uns. Er sammelt Feuerholz, hilft mir manchmal beim Ausnehmen der Fische, aber ich nehme ihn nicht mit dem Boot zum Fischen mit hinaus. Er vergißt schnell, was er gerade tut, und läuft einfach weg. Manchmal müssen ihn die Jungen suchen gehen und nach Hause zurückbringen, bevor es dunkel wird. Er schläft viel.«

Beth versuchte ihre Mutter zu überreden, ins andere Zimmer hinüber zu gehen, aber die alte Frau quengelte, daß sie am Feuer bleiben wolle. Rua schlug noch einmal vor, daß sie auch im Schuppen schlafen könnten, aber Tukki wurde fast wütend über diesen Vorschlag.

»Macht euch keine Gedanken«, sagte er. »Die Alte wird zu uns hinüberkommen, sobald sie sieht, daß ihr hier schlaft.«

»Wird sich Yaka durch uns gestört fühlen?« fragte Tama.

»Ich glaube, er wird gar keine Notiz von euch nehmen. Ihr werdet ihn nicht durcheinanderbringen.«

»Tukki«, sagte Tama, »ich habe dir noch nicht gesagt, weshalb wir mitten im Winter diesen weiten Weg hierher gekommen sind und an deine Tür geklopft haben. Aber ich bin sehr müde. Im Moment habe ich nur einen Gedanken im Kopf, daß Yaka hier bei mir und doch nicht hier ist. Bitte laß mich heute nacht schlafen. Morgen früh muß ich dir viel erklären.«

Tukkis einzige Sorge war, daß es seine Gäste so bequem wie möglich hatten. Alle vier waren schläfrig. Das Essen und die angenehme Wärme im Zimmer taten das ihrige dazu. Schon nach kurzer Zeit rollten sie ihre Decken aus und die alte Frau, die den Fremden gegenüber eine schüchterne Abneigung gezeigt hatte, ließ sich von ihrer Tochter in das andere Zimmer führen. Dann waren die Männer vom Hirschvolk allein und legten sich in dem schummrigen Feuerschein zum Schlafen.

Der Morgen war kalt, und während Tukki das Feuer wieder zu entfachen versuchte, lag Tama wach. Nur ungern stellte er sich diesem neuen Tag. Einen Mond lang waren seine ganzen Kräfte darauf ausgerichtet gewesen, das Dorf am Langen Wasser zu erreichen. Jetzt, da er angekommen war, merkte er, daß einfache Fragen geklärt werden mußten: Wo konnte er wohnen? Was konnte er als Gegenleistung für sein Essen zur Gemeinschaft beitragen? Womit würde er seine Zeit verbringen? Würden ihn die Schäfer als Heiler annehmen? Als er sich zur Seite drehte, sah er, daß Yaka sich aufgesetzt hatte und verwundert die vielen auf dem Boden liegenden, in Decken gehüllten Körper betrachtete. Tama sah in dem fahlen Licht die dünnen Gesichtszüge des Mannes, die schlaff herunterhängenden Mundwinkel und den gehetzten Blick, aber er konnte den Ausdruck seiner Augen noch nicht klar erkennen. Er versuchte sich selbst davon zu überzeugen, daß dieser alte Mann sein Sohn Yaka war, aber er konnte es einfach nicht glauben. Er wußte, daß kein überhasteter Versuch bei Yaka Erkennen auslösen würde. Alles mußte ganz langsam und geduldig angefangen werden, wenn Yakas Gedächtnis überhaupt jemals zurückkehren sollte. Aber Tamas Mitleid mit seinem Sohn war auch mit einer Spur Angst vermischt, daß so viel Schmerz für beide vor ihnen liegen könnte.

Später am Morgen spalteten Rua und seine Gefährten Feuerholz und wanderten dann mit Tukkis ältestem Sohn am Ufer entlang, während Tama Tukki beiseite nahm und ihm von den Ereignissen berichtete, die dazu geführt hatten, daß er Zuflucht am Langen Wasser gesucht hatte. Der Fischer hörte ihm ruhig zu, ohne in Empörungsrufe auszubrechen, die ihm vielleicht auf der Zunge lagen. Die Zeit hatte ihn gelehrt, sich über keine Zügellosigkeit des Hirschvolks mehr zu wundern oder vielleicht noch einmal zu fürchten, daß die Hirschjäger wieder in sein Dorf kommen würden.

»Hast du je einen alten Mann namens Chard kennengelernt?« fragte er. »Mein Vater hat viel über ihn geredet. Er hat an das Schreiben geglaubt und besaß viele alte Bücher.«

»Ja, das ist wahr«, sagte Tama. »Er hat mir selbst ein Buch geschenkt und mit mir über das Schreiben gesprochen. Er glaubte, daß es eines Tages möglich sein könnte, die alten Bücher zu verstehen.«

»Aber das ist dir nicht gelungen?«

»Nein. Ich habe versucht, eine Technik zu entwickeln, mit der man die Laute unserer Sprache aufzeichnen kann. Ich habe meine eigenen Zeichen erfunden. Und weißt du was, Tukki, es hat Jahre gedauert, bis ich die beste Vorgehensweise herausfand. Zuerst habe ich es mit einer Art Bilderschrift versucht, aber das war zu umständlich. Als ich endlich entdeckt hatte, daß die Zeichen Laute darstellten, habe ich angefangen, neue Zeichen zu erfinden. Aber ich wollte Zeichen, die durch ein gemeinsames Element miteinander verbunden waren, die wie Blätter aus einem Zweig herauswuchsen, und schließlich fand ich, was ich gesucht hatte, in dem Zeichen des fließenden Kreises eures Volkes. Alle meine Zeichen stellen Teile des fließenden Kreises dar. Ich habe mich so gefreut, als ich den Kreis auf deiner Haustür gesehen habe. Es ist eine wunderbare Tür. Sie erinnert mich an die Tür im Haus deines Großvaters Yonni, die ich gesehen habe, als ich das erste Mal in euer Dorf kam.«

»Es *ist* Großvater Yonnis Tür!« lachte Tukki. »Und du erinnerst dich noch daran! Ach, das freut mich aber. Mein Vater Sarn hat immer gesagt, daß er die Tür gerne hätte, wenn seine Eltern einmal gestorben wären, aber er ist vorher gestorben, und Tante Gilda und seine Mutter haben weiterhin in dem Haus gewohnt. Als das Haus leerstand, war Tante Gilda einverstanden damit, daß ich die Tür verwendete. Jetzt gehen meine Söhne durch dieselbe Tür ein und aus, die ihre Großeltern und Urgroßeltern benutzt haben. Es gibt mir Trost. Verstehst du?«

»O ja, natürlich. Wir brauchen solche Dinge, die uns trösten, Tukki. Für mich gibt es so etwas nicht mehr. Mein Geistbaum wacht über einem Haus, in dem kein Leben mehr ist. Von jenem Haus machte sich Yaka allein auf und kam hierher. Escha ist darin gestorben, und Rulf hat seine ganze Kindheit dort verbracht. Als ich jung war und noch bei dem Alten Weisen in die Lehre ging, habe ich mitgeholfen, dieses Haus zu erbauen. Und jetzt habe auch ich seine Tür hinter meinem ganzen vergangenen Leben verschlossen.«

Tukki sah die Bucht hinunter. Der Wind hatte sich gelegt, aber die Luft war nicht sehr warm. Langsame Wolkenmassen schoben sich über den Himmel und ließen nur ab und zu ein paar Sonnenstrahlen durchscheinen.

»Es ist merkwürdig«, sagte er, »daß du gekommen bist, wie Yaka kam und Hora, um Ke Ralas Wut zu entgehen. Ich erinnere mich an ihn als einen großen Mann mit feinen Zügen, einen großartigen Mann, der so stolz und glücklich war, als Vani all ihre Rennen bei den Spielen gewann. Das waren noch glückliche Zeiten. Jetzt haben wir keine solchen Feste mehr.«

»Auch mein Volk nicht. Es war Ke Rala, der die Spiele nach Vanis Tod verbot.«

»Wo hat unser Unglück begonnen, alter Freund? Ich erinnere mich, daß mein Vater mir erzählte, wie glücklich mein Volk euch bei uns willkommen hieß, als ihr zum erstenmal hierher kamt. Wie sie euch Geschenke machten und euch halfen, euer neues Dorf zu bauen – weit weg, jenseits des Großen Flusses. Weshalb war dieses Glück des Teilens nicht von Dauer? Weshalb wurde Blut vergossen?«

»Es hat mit Blutvergießen begonnen. Als Ke Rala, Hora und ich deinen Vater und Gilda zum erstenmal in den Hügeln trafen, geschah dies, weil Hora Gildas Lieblingslämmchen getötet hatte. Unschuldiges Blut wurde an jenem Tag vergossen, aber nicht zum letztenmal. Unser Volk war sehr darauf aus, zu nehmen, ohne vorher zu fragen, ihre Pfeile sprechen zu lassen anstelle ihrer Zungen. Wir haben euch beigebracht, Pfeil und Bogen zu benutzen, aber was hat es euch geholfen? Eure Schäfer fanden mehr Gefallen daran, wilde Schafe zu töten, als ihre Herden auf den Weiden in den Hügeln zu hüten. Das hat eure ganze Lebensweise verändert und zu den Zusammenstößen der Jäger in den Ebenen geführt. Wegen solcher Angriffe ist dein Vater gestorben. Ich hatte zuerst geglaubt, daß sein Tod meinem Volk eine Lektion erteilt hätte, daß die Spiele in der Lage sein könnten, eure und unsere Wunden zu heilen. Wer weiß? Vielleicht, wenn Yaka nicht bei Vani gelegen hätte oder wenn ich Escha nicht angenommen hätte ... Ich habe einmal gedacht, ich könnte deine Tante Gilda heiraten.«

»Mein Vater hatte zuerst gehofft, daß du das machen würdest.«

»Ich war niemals fähig, Yaka so zu lieben, wie er es gebraucht hätte, so wie ich Rulf geliebt habe. Der Verlust von Rulf war nach Vanis Tod und Yakas Weggang der schlimmste Schlag für mich. Aber jetzt, da ich Yaka wiedergefunden habe, kennt er mich nicht mehr. Ich kann nicht einmal mehr seinen Geist in dieser erbärmlichen Gestalt wahrnehmen. Er sieht älter aus als ich.«

»Ich glaube nicht, daß er noch lange unter uns weilen wird. Er ist sehr schwach und ißt nur wenig. Er scheint immer noch genauso erschöpft zu sein wie an dem Tag, als wir ihn fanden.«

»Ich muß heute mit ihm reden und versuchen, seine Erinnerungen nach und nach wachzurufen. Ich würde ihn trösten, wenn ich könnte.«

»Beth und ich tun für ihn, was wir können. Beth empfindet jetzt nur noch Mitleid mit ihm. Die Wut, die sie auf ihn hatte, als er sich Horas Leuten anschloß, ist so ziemlich verraucht. Vielleicht, weil auch Gilda weg ist. Yaka wird bis zum Ende bei uns bleiben. Als er zum erstenmal als Junge zu uns kam, sind wir Freunde geworden. Das ist jetzt alles, was noch zählt.«

»Ja, ich erinnere mich daran. Aber zuerst muß ich noch ein paar andere Dinge klären.«

Er sah Tukki lange und eindringlich ins Gesicht und sagte dann ruhig: »Ich bin nicht hierher gekommen, junger Freund, um dir irgendwelche Schwierigkeiten zu bereiten. Ich habe mein Dorf aus eigenem Willen verlassen, vielleicht aus meinem eigenen Stolz heraus. Ke Rala hätte mich unbehelligt in meinem Haus wohnen lassen, aber ich habe es vorgezogen, mein Leben zu wagen, indem ich im Winter hierher kam, statt in seinem Schatten zu sterben. Aber es wird keine Jäger geben, die mir folgen. Das ist nicht der Anfang einer neuen Welle von Leuten des Hirschvolks, die sich hier bei euch einnisten wollen. Meine Freunde werden wieder heimkehren, sobald das Wetter besser geworden ist. Aber ich möchte, daß du mir ganz ehrlich sagst, ob dein Volk irgend etwas gegen mein Kommen hat und ob es dulden wird, daß ich hier bleibe. Ich möchte dir in keiner Weise Schwierigkeiten bereiten.«

Tukki schüttelte den Kopf und lächelte. »Nein, es wird keine Probleme geben. Du hast uns immer verstanden, du bringst uns keine neuen Schwierigkeiten, du bist ein Mann des Friedens. Es wird immer einen Platz in meinem Haus für dich geben. Du kannst meinen Söhnen ein Großvater sein. Beth's alte Mutter ist als einzige so etwas wie Großeltern für sie.«

»Ai-jee! Du bist gut zu mir. Aber es gibt noch Arbeit für mich zu tun. Was es ist, weiß ich nicht, aber mein Geist zieht mich dorthin. Das mag für dich seltsam klingen, aber obwohl ich nicht mehr der Priester meines Volkes bin, folgt mein Geist immer noch der Linie, die ich mein ganzes Leben lang verfolgt habe. Ich habe gelernt, in einer Einsamkeit des Geistes zu leben, die sich nur wenige Menschen auserwählen. Für dich wäre es eine unerträgliche Einsamkeit, weil dein Geist glücklich ist, alles mit anderen zu teilen, mit dem Meer, mit der Erde; du erfährst deine Erfüllung jetzt. Du würdest dein Leben nicht ändern wollen, oder?«

»Der Gedanke ist mir noch nie gekommen«, sagte Tukki. »Welches andere Leben gibt es denn? Ich lebe das Leben eines Mannes.«

»Ja, ich weiß. Aber ich bin anders, Tukki. Immer für mich, auch wenn ich damit beschäftigt war, meinem Volk zu helfen, und glücklich dabei war. Immer war da eine einsame Seite von mir, die weit voraus sah und eine andere Art von Erfüllung suchte. Ich bin immer noch überzeugt davon, daß ich noch nicht am Ende meiner geistigen Reise angekommen bin, obwohl ich von dem Moment an, als sie meine Bücher verbrannt haben, bis jetzt noch keine Gelegenheit hatte, darüber nachzudenken. Das Durchqueren der Ebene hat meine ganze Kraft und Willensstärke erfordert.«

»Was willst du mir eigentlich sagen, alter Freund?«

»Ich hätte gern eine kleine Hütte für mich allein, irgendwo einen Ort, wo ich meinen Geist frei fließen lassen kann, wohin auch immer er gehen will. Ich möchte, daß sich der Kreis meines Lebens schließen kann. Vielleicht werde ich wieder schreiben, obwohl ich alle meine Häute und Federn verloren habe. Aber ich könnte neue machen. Eine kleine Hütte mit einer Feuerstelle, eine Schüssel und ein paar Dekken, damit wäre ich zufrieden.«

Tukki schien gerührt zu sein, packte den alten Mann in einem kurzen Überschwang von Zuneigung an den Schultern und stand auf. »Der Wind ist kalt. Komm mit zum Haus zurück, dann machen wir uns etwas Wein warm. Du wirst deine Hütte bekommen. Es gibt noch gute Bretter in manchen leerstehenden Häusern. Ich kann neue Balken anfertigen, falls es nötig ist. Wir werden schon morgen anfangen, solange deine Freunde noch da sind. Irgendwo in der Nähe meines Hauses, wo du nicht weit weg bist, die Jungen mit dir reden können und du mit uns essen kannst. Es wird gut sein, dich in der Nähe zu haben.«

»Du hast deinen Ältesten Sarn genannt?«

»Ja, der kleine Sarn. Es ist bei uns üblich, einen Sohn nach dem Großvater zu nennen. Der kleine Sarn hat etwas von meinem Vater an sich, meinst du nicht?«

»Ja, er hat dieselben blauen Augen, auch wenn deine braun sind.«

Tukki lachte. »Es sind meine braunen Augen und mein blondes Haar, die mich zu einem schönen Mann machen, oder was meinst du, Beth? Uns ist kalt. Bringe uns etwas Wein zum Aufwärmen, Liebes.«

Im Dorf geschah nichts, das sich nicht bald herumgesprochen hätte. Die Leute fragten Tukki über die Fremden in seinem Haus aus, und manche kamen am Haus vorbeigeschlendert oder fanden irgendeinen Vorwand, um Beth einen Besuch abzustatten oder zuzusehen, wie die Arbeit an Tamas Hütte voranschritt. Aber den Männern vom Hirschvolk wurde wenig Herzlichkeit entgegengebracht. Es war mehr Neugierde, vermischt mit etwas Angst vor Feindseligkeit. Die Kinder standen herum, sahen ihnen zu und liefen den Arbeitern zwischen den Beinen herum, aber sie strahlten nicht mehr die Spontaneität und Begeisterung aus, die Tama so an ihnen und ihrem ganzen Volk geliebt hatte, als er sie seinerzeit kennenlernte. Er konnte nicht umhin, Schuldgefühle zu bekommen und Bedauern darüber zu empfinden, daß die Ankunft seines Volkes so tiefgreifende Veränderungen in die falsche Richtung für das Leben des Schäfervolks mit sich gebracht hatte. Es war ihm so vorgekommen, als habe ihr Generationen währendes friedliches Zusammenleben am Langen Wasser sie zu einem sanften

Volk gemacht, das in seiner eigenen Welt zufrieden und nicht neugierig darauf war, was sich hinter ihren Hügeln befinden könnte. Es gab keine Geschichten über irgendwelche Leute aus ihrem Dorf, die in ferne Länder ausgezogen waren. Sie waren weniger abenteuerlustig als das Hirschvolk, das in ein härteres Land an einem wilderen Meer hineingeboren worden war. Ohne es zu wollen, hatte das Hirschvolk die alten Lebensrhythmen des Schäfervolks zerstört und ein Volk zurückgelassen, das nicht mehr an sich selbst und andere glaubte und eine schwermütige Trägheit ausstrahlte, die nichts mehr mit ihrer früheren Lebensfreude gemein hatte. Die Häuser, Gärten und Obstgärten des Dorfes waren nicht mehr gut gepflegt, der jahreszeitlich bedingte Auf- und Abtrieb der Herden zu den Hochweiden fand nicht mehr statt, und so waren auch die damit verbundenen Feste des Pflanzens und Erntens aufgegeben worden. Das Haus der Jugend war inzwischen eine zugewachsene Ruine aus feuergeschwärzten Holzdielen. Und als Tama zur Ruine hinüberblickte und neben den Disteln stand, die ihm den Weg dorthin versperrten, erfaßte ihn eine tiefe Traurigkeit, wenn er an all die Freude und das Leben dachte, die es einmal erfüllt hatten und die von allen jungen Schäfer geteilt worden waren. Jetzt blieben die jungen Leute bei ihren Eltern zu Hause oder bildeten kleinere Gruppen, die gemeinsam schwimmen gingen oder Ausflüge machten. Aber die Zeiten der alten Singfeste am Ufer des Langen Wassers, an denen das ganze Volk teilnahm, waren vorbei. Die Knaben und jungen Männer verbrachten viel Zeit mit Jagen in den Ebenen und neigten dazu, die Gesellschaft von Mädchen zu meiden, bis sie die geschlechtlichen Bedürfnisse dazu trieben, die Nähe eines Mädchens zu suchen. Aber die Gleichheit bei der Arbeit, die sich alle teilten, war zum großen Teil dahin, und der Meinung der Frauen wurde nur dann noch ein Ohr geschenkt, wenn es sich um häusliche Angelegenheiten handelte.

Tukki war der Meinung, daß sich der Geist des Volkes seit Horas Tod wieder etwas erholt habe, und er tat, was er konnte, um die jungen Leute davon zu überzeugen, zu ihrer alten Lebensweise zurückzukehren. Aber nicht einmal er glaubte daran, daß die Schäfer noch einmal ganz zur ihrer alten Lebensart zurückfinden würden, die beinahe ausschließlich auf dem Hüten der Schafe beruht hatte.

Tama suchte Rad auf, den letzten von Sarns früheren Freunden, der noch am Leben war, aber er merkte bald, daß der große, gebeugt gehende alte Mann nicht gern über seine Jugendzeit redete.

»Was vergangen ist, ist vergangen«, sagte er. »Ich lebe allein, seit Lorna gestorben ist. Ich arbeite, weil ich noch am Leben bin. Es ist dumm, der Vergangenheit nachzuheulen.«

Ein paar der Älteren im Dorf erinnerten sich noch an Tama, aber keinen von ihnen hatte er gut gekannt. Und während die Tage so vergingen, wurde Tama bei dem Gedanken, seine letzten Jahre im Dorf verbringen zu müssen, immer unwohler zumute. Zuerst sagte er sich, daß das Winterwetter schuld an seiner Niedergeschlagenheit sei und daß er sich glücklicher fühlen werde, wenn es erst wieder Sommer würde, oder daß er es noch nicht gewöhnt sei, von seinem eigenen Volk abgeschnitten zu sein. Und tatsächlich fing er erst einen halben Mond nach seiner Ankunft beim Schäfervolk wirklich zu begreifen an, daß er nie mehr in seinem Leben die Rituale des täglichen Lebens mit seinem Volk teilen würde, daß er nie mehr in der Abenddämmerung unter seinem Geistbaum sitzen und zusehen könnte, wie sich die sanfte Dunkelheit über das Dorf unter ihm legte und wie die Sterne, einer nach dem anderen, am Himmel über dem schützenden Wald aufleuchteten. Zum erstenmal machte er sich Gedanken darüber, ob es weise gewesen war, Ke Ralas Angebot abzulehnen, weiterhin unter seinem Volk zu leben, auch wenn er nicht mehr dessen Priester wäre. Gegen diese Angst kämpfte er mit all seinem Mut an und versuchte sich zu überzeugen, daß er die Dinge nehmen mußte, wie sie kamen, und daß es vielleicht besser wäre, wie Rad weniger Gedanken an die Vergangenheit zu verschwenden und einfach mehr in den Tag hinein zu leben.

Während Tukki und die Hirschjäger arbeiteten, um seine Hütte fertig zu bekommen, verbrachte Tama soviel Zeit wie möglich mit Yaka. Manchmal half er ihm dabei, seinen unbeholfenen Beitrag zur Arbeit zu leisten. Aber das schien Yaka zu ärgern, der einen gewissen Unabhängigkeitssinn bewahrt zu haben schien. Immer wenn er anfing, seine Augenbrauen mißtrauisch zusammenzuziehen und in Tamas Gegenwart aufgeregt zu werden, ließ ihn der alte Mann allein. Aber manchmal war es ihm unmöglich, mit Yaka an der Mole zu sitzen oder am Strand entlang zu laufen, wo er sich schöne Steine suchte, die er dann in einer Kiste bei seinem Bett versteckte. Einmal, als Tama ihm einen besonders schönen grün und weiß gestreiften Stein anbot, lächelte Yaka dankbar und sah dann in die Augen seines Vaters. Plötzlich bannten ihn seine Augen in einer äußerst starken Willensanspannung und er bewegte seine Lippen, als wollte er einen Namen aussprechen. Doch so plötzlich, wie die Erinnerung gekommen war, verschwand sie auch wieder. Seine Augen umwölkten sich, und er machte sich wieder auf die Suche nach Steinen.

Oft flocht Tama in das Gespräch Namen von Leuten aus dem Hirschvolk und Eschas ein, die Erinnerungen in ihm wachrufen konnten, und redete über Dinge, die sich in Yakas Kindheit ereignet hatten. Und Yaka hörte ihm zu, wie ein Kind zugehört hätte, lächelte, machte dann aber mit dem weiter, was er zuvor angefangen hatte oder lief einfach weg. Sein Verstand war wie ein zerrissenes Netz, das jeden Gedanken zurück in die Vergessenheit gleiten ließ. Nur Tukki antwortete er etwas lebhafter, zeigte allerdings auch dem kleinen Sarn mit vertrauensvoller Geheimniskrämerei seine gesammelten Steine, bevor er sie in seiner Kiste versteckte. Tama unternahm alle möglichen Versuche, doch es gelang ihm nicht, irgendeine Erinnerung oder ein Verständnis der Beziehung zwischen Vater und Sohn in ihm wachzurufen. Er führte dies nutzloserweise nicht nur auf Yakas Leiden zurück, sondern auch auf seine eigene unzulängliche Vaterliebe gegenüber Yaka als Kind. Aus dem Samen, der nicht von Anbeginn wirklich gesegnet ist, geht nur eine bittere Frucht hervor.

Als Rua zuerst von Tukki und danach von einigen Dorfbewohnern, die bereit waren, darüber zu sprechen, die Wahrheit über Horas Leben im Haus der Jugend und seine Unterwanderung der Lebensart der Schäfer herausfand, schämte er sich so für seinen Vater, daß er die Sache auf sich beruhen ließ. Die Scham ließ ihn eine Verteidigungshaltung gegenüber den Schäfern annehmen und führte zu einigen scharfen Auseinandersetzungen mit Tukki über den Bau der Hütte. Tama merkte, daß das enge Zusammenleben von zehn Personen in Tukkis Haus für Tukki und Beth zu einer immer größeren Belastung wurde, besonders im Hinblick auf ihre schwindenden Wintervorräte. Die Hirschjäger brachten zwar auch einige Fische ins Haus, doch sie aßen mehr, als sie beitrugen, und wurden immer ungeduldiger, weil sie nach Hause wollten.

Als die Hütte fertiggestellt war und es Anzeichen für Wetterbesserung gab, teilt der große Rua Tama mit, daß er und seine Freunde sich in ein paar Tagen auf den Heimweg machen würden. Tama hörte ihm betroffen zu. Tukki und Beth waren so freundlich zu ihm, wie man es sich nur wünschen konnte, und er war den Hirschjägern mehr als dankbar, daß sie ihn wohlbehalten ans Lange Wasser gebracht und geholfen hatten, seine Hütte zu bauen. Aber war der große Rua erst einmal weg, so waren seine letzten Bande zu seinem Volk zerrissen. Der Gedanke beunruhigte ihn. Doch Ruas weitere Ausführungen brachen mit ungeahnter Macht in seine Gedanken ein.

»Ich denke, wir werden am Strand entlang zurückgehen anstatt über die Ebenen. Zwischen hier und dem Meer befinden sich die verfallenen Hütten der Schäfer in den Hügeln, wo wir notfalls Schutz finden können. Und wenn wir erst einmal am Strand sind, ist da die Höhle. Vielleicht müssen wir anschließend etwas flußaufwärts gehen, um einige Bäche und den Großen Fluß zu überqueren, aber wir sind noch nie an dieser Küste gewesen. Es wäre spannend. Du brauchst uns jetzt nicht mehr, Vater. Deine Hütte ist fertig. Wenn die Lehmziegel getrocknet sind, kannst du Feuer machen. Und Tukki wird sich um dich kümmern.«

»In ein paar Tagen, hast du gesagt?«

»Ja, Tukki glaubt, daß der Wind, der Regen bringt, sich in ein paar Tagen legen wird.«

Tama ging weg. Der Nachmittag war kühl und bewölkt, aber windstill. Er erinnerte sich, daß es auf dem Hügel hinter dem Dorf einen Hain gab, zu dem die Schäfer manchmal, wenn sie in innerlichem Aufruhr waren, hinaufgingen, um Ruhe zu finden und klare Gedanken zu fassen. Den ›Heiligen Hain‹ hatte ihn Gilda genannt. Er fand den Pfad und stieg langsam den steilen Hügel hoch, aber etwa auf halber Höhe war der Weg durch einen umgefallenen Baum versperrt. Vielleicht kam hier niemand mehr weiter. Also setzte er sich auf den breiten Baumstamm und sah auf die Häuser am Ufer des Langen Wassers hinunter. Er konnte Tukkis Haus und seine neue Hütte erkennen.

Wie könnte er so etwas tun? Wie könnte er Tukkis und Beth's Gastfreundschaft so verletzen, ja beleidigen, indem er alles, was sie ihm angeboten hatten, zurückwies? Tama wußte, daß sich der große Rua durch Tukkis und Beth's Bitten, noch zu bleiben, nicht umstimmen lassen würde. Auf der anderen Seite aber: Was konnten sie alle gegen Tamas plötzliche Überzeugung einwenden, daß er zu der Höhle gehen mußte, in der er und Rua als Jungen so glücklich gewesen waren, weil er glaubte, daß ihn dort eine Enthüllung erwartete? Wenn ich nur meinen Wahrheitsstein bei mir hätte, dachte er. Meine Schriften zu verbrennen, hat jahrzehntelange Arbeit in Asche verwandelt, aber mir meinen Wahrheitsstein zu stehlen bedeutet, mich lahmzulegen. Manchmal in meinen Träumen kommt es mir so vor, als würde ich seine gedämpfte Stimme hören, die nach mir ruft. Aber auch ohne ihn weiß ich, was zu tun ist. Ich weiß es ohne jeden Zweifel. Ich muß zu der Höhle zurückgehen und dort leben. Irgendwie muß ich den großen Rua überreden, daß er mich bis dorthin mitnimmt. Wenn er nicht will, werde ich allein gehen. Aber Tukki, o Tukki, wie kann ich dir nur so weh tun, wo du wie ein Sohn für mich gewesen bist? Wie kann ich Yaka Tukki und Beth allein überlassen? Vielleicht lebt er ja noch ein Jahr oder mehr. Ich müßte eigentlich bleiben und ihnen helfen; aber nichts, was ich tun könnte, würde Yaka in irgendeiner Weise helfen. Ich möchte gehen, ich muß. Wenn Ke Rala je wieder mit mir sprechen wird, muß es in der Höhle sein. Ke Rala? Was sage ich denn da? Ich meine natürlich Ka Balu. Wie bin ich nur auf den Gedanken gekommen? Vielleicht, weil mein Geist gesprochen hat. Ke Rala hat sich benommen, als wäre er Ka Balu selbst.

Was ich suche, ist eine gewisse Klarheit. Ich habe zu lange im Nebel gelebt. Am Wasserfall schien es mir, als ob sich irgendeine unmenschliche Kraft ausgedrückt hätte, die meinen Geist geraubt hat. Seit damals bin ich verwirrt, und die Götter haben sich von mir abgewandt. Aber auch wenn ich alt bin, bin ich immer noch Herr über meine Beine und Sinne. Bei Tukki zu bleiben, wäre falsch. Ich würde meine Unabhängigkeit verlieren. Ich würde sie gegen seine Freundlichkeit und seine Liebe und die von Beth und den Jungen eintauschen, aber Liebe ist nicht mehr genug. Wie seltsam. Mein ganzes Leben lang habe ich Liebe gesucht, habe ich anderen gegenüber Liebe empfunden, ihre Liebe gespürt, aber jetzt sind alle weg. Ich bin jetzt einsamer als zu irgendeinem anderen Zeitpunkt in meinem Leben, außer wenn ich hierbleiben würde. Hier würde mich die Liebe trösten, bis ich keine Anstrengungen mehr unternehmen würde, die Arbeit zu suchen, die ich noch verrichten muß. Was ist es wohl? Ich weiß es nicht, aber hier ist es nicht. Sicher hat Ka Balu durch den großen Rua gesprochen. Die Antwort ist irgendwo da draußen am Rande der Hügel, wo ich im Höhleneingang sitzen und die Sterne aus dem Meer aufgehen sehen, wo ich zusehen kann, wie sie das nächtliche Firmament entlangwandern und hinter den Bergen herabsinken in derselben Prozession voller Wunder wie damals, als ich ein Junge war. Sicher ist es dort, wo ich meinen Kreis schließen und in den dunklen Gang eintreten muß, der vom Ende zum Anfang führt. Das Schäfervolk wird das verstehen. Tukki versteht die Bedeutung des fließenden Kreises auf der Tür seines Hauses. Nein, so wahr die Liebe auch sein mag, ich muß allein eine größere Wahrheit finden, eine Wahrheit, die nicht allen Menschen gegeben ist. Vielleicht werde ich dort wieder zum Priester werden.

Für mich gibt es hier kein Leben, nur ein langes Warten auf das Ende der Freundlichkeit und Zuneigung. Ich hätte nicht herkommen sollen. Aber nein, so würde ich es nicht sagen, ein bißchen mehr in Tukkis Leben eingetaucht zu sein war ja gut. Vielleicht kommt er mich in der Höhle besuchen. Für einen gesunden, kräftigen Mann ist es nicht weit. Ich habe Hunger, nicht nach Kartoffelkuchen und Fisch, sondern nach einer geistigen Nahrung, die in dem Bogen des Höhleneingangs aufleuchtet. Was kann es nur sein? Hier könnte ich mein Leben in einem bequemen Schlaf aushauchen. Nein, ich muß mich wieder auf die Reise machen, wie die Sterne und die Sonne und die Jahreszeiten, wenn die Zeit für sie gekommen ist. Es gibt etwas in mir, das mich noch nicht zur Ruhe kommen läßt, noch nicht. Die Zeit wird kommen, vielleicht schon bald, da es mit mir zu Ende geht, aber nicht, bevor ich das geschaffen habe, was noch zu tun ist. Ah, mein Wahrheitsstein, wenn ich nur die Weisheit deiner Bilder sehen könnte.

Tukki wird Yaka zur letzten Ruhe betten, wenn seine Zeit gekommen ist. Auch wenn er mein leiblicher Sohn ist, waren unsere Geister nie in einer Einheit verbunden. Hierzubleiben und über sein Sterben zu wachen, sein Sterben zu meinem zu machen – nein, das kann ich nicht. Es wäre besser, wenn er über mein Sterben wachen würde. Aber er ist der alte Mann, der dem Tod nahe ist. Ich besitze immer noch Lebensmut und einen Sinn in mir. Er muß seinen Weg gehen und ich meinen.

Der große Rua wird denken, daß ich jetzt völlig verrückt geworden bin; vielleicht wird er sogar wütend werden, weil er mich hierher in Sicherheit gebracht hat und ich sie jetzt ablehne. Ich muß ihn daran erinnern, Ke Rala zu berichten, daß Yaka hier ist und nicht mehr lange zu leben hat. Rulf sollte Bescheid wissen, auch wenn er nichts tun kann. Eine Mutter, die ermordet wurde, und ein Vater, der nicht mehr bei Sinnen ist und im Sterben liegt. Ach, Rulf, möge Ka Balu dich von dem Kummer befreien, den Ke Rala und ich dir bereitet haben.

Ich muß Rua finden und ihm meine Entscheidung mitteilen. Sei stark, alter Mann, halte fest an der Wahrheit, in die dir ein kurzer Einblick gewährt wurde. Ich mag ja alt sein und verrückt und starrköpfig, aber ich kenne meinen eigenen Willen und nehme mein Schicksal an. Ich werde finden, was zu finden ist, und ich werde nicht aufgeben.

Dicke Regenwolken und Nebelschwaden zogen vom Meer herauf und erfüllten die Luft, so daß Tamas Haar und Kleidung tropfnaß waren, als er bei Tukkis Haus ankam und die große Tür für ihn geöffnet wurde, um ihm Einlaß zu der gemütlichen Wärme des Feuers zu gewähren. Gesichter wandten sich ihm zum Gruß zu. Der kleine Sarn rückte zur Seite, um ihm am Feuer Platz zu machen, und erklärte ihm:

»Großvater, ich habe heute deine Hütte ausgekehrt und den ganzen Schmutz weggeräumt, der von den Lehmziegeln noch herumlag. Es ist jetzt alles für dich bereit. Du kannst deine Decken dort ausbreiten.«

»Danke«, sagte Tama. »Danke, Sarn.« Er streckte seine nassen Hände zum Feuer hin und dachte: Nicht heute abend, vergib mir, Ka Balu, nicht heute abend.

Am nächsten Tag fingen die Hirschjäger mit ihren Vorbereitungen für die Heimreise an, machten sich neue Sandalen, prüften ihre Bogen und Pfeile, schärften ihre Dolche und versprachen Fische zu fangen, um den Vorrat an getrocknetem Fisch zu ersetzen, den Tukki ihnen geschenkt hatte. Tama wußte, daß er nicht länger schweigen konnte und zuerst mit dem großen Rua und dann mit Tukki sprechen mußte. Selten war er so aufgeregt gewesen, wenn es darum ging, eine Entscheidung mitzuteilen. Er sah den drei Hirschjägern eine Weile zu, wie sie die Spannung ihrer Bogen überprüften, und sagte dann unvermittelt: »Ich muß euch etwas Wichtiges mitteilen.«

Er wartete, während die drei Männer, betroffen von der Bedeutungsschwere seiner Stimme, aufblickten. »Ich werde bis zur Höhle mit euch kommen.«

»Vater, das ist nett von dir, aber nicht nötig«, sagte Rua. »Wir können alles tragen, was wir haben.«

»Nein, nein, ich meine, ich werde hier weggehen. Ich werde nicht im Dorf bleiben. Ich werde in der Höhle leben.«

Dem großen Rua blieb der Mund vor Staunen offen stehen, die anderen sahen Tama an. Er erklärte ihnen, daß er sich seiner Entscheidung sicher und überzeugt sei, es gebe noch Arbeit für ihn zu tun, die er nur in der Höhle verrichten könne. Aber ihm blieb das Wort im Halse stecken, als er sah, daß die Sorge in Ruas Gesicht einem Ausdruck von Ungläubigkeit wich. Der Jäger unterbrach ihn:

»Vater, du mußt nicht glauben, daß sich durch unser Weggehen irgend etwas ändern wird. Tukki möchte, daß du hier bleibst. Wir haben den ganzen letzten Mond damit verbracht, dir eine neue Hütte zu bauen. Wie kannst du nur auf den Gedanken kommen, sie gegen eine leere, kalte, schmutzige Höhle eintauschen zu wollen?«

Die anderen gaben Rua recht. Keiner von ihnen verstand auch nur im geringsten, was in den Alten Vater gefahren war, daß er auf die lächerliche Idee kam, in seinem Alter in einer Höhle leben zu wollen. Außerdem äußerten sie Bedenken wegen Tukki. Tamas Versuche, ihnen zu erklären, was die Höhle für ihn bedeutete, was sie für ihn und Rua als Jungen bedeutet hatte, machten sie nur noch ärgerlicher.

»Damals warst du jung, zwei Jungen auf einem großen Abenteuer. Und es war Sommer. Das kannst du nicht tun, Alterchen, du würdest vor Hunger und Kälte sterben. Wir haben dich hierher gebracht. Tukki wird sich wie ein Sohn um dich kümmern. Außerdem ist da noch Yaka, willst du denn nicht bei ihm bleiben?«

Als alle seine Erklärungen sie nicht überzeugen konnten, wurde Tama dickköpfig. »Ich werde mit euch kommen. Wenn ihr das nicht wollt, werde ich allein gehen. Aber ich werde zu der Höhle gehen, ob ihr das nun versteht oder nicht. Ihr vergeßt wohl, daß ich ein ... ein Priester war. Die Mysterien der Zeit und meiner eigenen Zukunft sind mir auf eine Weise bekannt, die ihr nicht nachvollziehen könnt. Ka Balu ist mit mir.«

Der große Rua spuckte in die Hände und rieb sie gegeneinander. Mit Daumen und Zeigefinger fuhr er die Bogensehne entlang. »Also gut«, sagte er, »du bist dein eigener Herr. Wenn du gehen mußt, werden wir dich mitnehmen. Wann wirst du es Tukki mitteilen?«

»Gleich jetzt. Wirst du mich begleiten?«

Rua sah ihn mit einem schiefen Lächeln an. »Du sagst, Ke Rala sei eigensinnig. Aber du bist genauso schlimm, alter Mann.«

Beth und Tukki unterhielten sich vor der Feuerstelle, nachdem sie die Asche vom Vortag ausgeräumt hatten. Sie blickten auf, als die vier Männer in den Raum traten und stehen blieben.

»Tukki und Beth«, begann Tama, »ich habe euch etwas zu sagen, das euch überraschen und vielleicht mißfallen wird. Bitte hört mich an, bis ich zu Ende geredet habe. Habt Geduld mit mir.«

Als die Bedeutung seiner Ausführungen offensichtlich wurde, wandte sich Tukki ab und starrte in die kalte Feuerstelle. Beth kniete vor ihm. Keiner von beiden unternahm einen Versuch, ihn zu unterbrechen. Als er seine Gründe für seine Entscheidung erklären wollte, merkte Tama wieder, daß es unmöglich war, für andere etwas verständlich zu machen, das er selbst nicht einmal in vollem Umfang verstand.

»Hier«, sagte er und berührte seine Brust, »in meinem Herzen weiß ich, daß ich recht habe. Aber ich verstehe, daß es euch falsch und dumm vorkommen muß. Nach allem, was ihr für mich getan habt, muß es für euch so aussehen, als würde ich euch keine Dankbarkeit entgegenbringen. Ich kann nur immer wieder sagen, daß es mir leid tut, daß ich diese Entscheidung nicht schon früher getroffen habe. Ich kann euch nur bitten anzuerkennen, daß ich der Wahrheit zu folgen versuche, die in mir ist.«

Er hielt inne und wartete. Langsam drehte Tukki seinen Kopf herum und sah zuerst den alten Mann und dann die anderen an.

»Seid ihr mit seiner Entscheidung einverstanden? Versteht ihr, weshalb er gehen muß?«

»Nun ja«, sagte Rua, »was heißt schon einverstanden. Wir wissen, daß wir ihn nicht daran hindern können, wenn er entschlossen ist zu gehen. Aber ich kann nicht sagen, daß ich ihn verstehe. Ich kann nur annehmen, daß Priester nicht wie andere Männer sind.«

»Aha.« Tukkis Stimme war kalt und gefühllos, sein Mund zu einer verbitterten Grimasse verzogen. »Ich werde dich nicht aufhalten, wenn du entschlossen bist«, sagte er und sah auf Tamas gesenkten Kopf herab, sprach ihn aber nicht direkt mit seinem Namen an. »Ich stimme dir zu, daß du deine Entscheidung früher hättest treffen sollen. Ich denke, daß du undankbar bist, ich denke, daß du die Freundlichkeit meiner Frau und die Sicherheit meines Hauses mißbraucht hast als ... als angenehme Übergangslösung. Du wußtest, daß du in die Höhle gehen würdest, aber es war einfacher, einen Mond oder zwei hier zu verbringen, bis der Winter vorbei wäre. War es nicht so? Und du läßt mich auch noch eine Hütte bauen, obwohl du niemals die Absicht hattest, sie zu benutzen. Nachdem ich deinen Sohn aufgenommen und ihn vor einem erbärmlichen Tod bewahrt habe ...«

Beth zog an Tukkis Arm und bat ihn aufzuhören. Aber wütend schüttelte er sie ab.

»Nie mehr, nie mehr werde ich einem vom Hirschvolk trauen«, sagte er bitter.

Tama stand auf, sah in Tukkis zornrotes Gesicht und ging hinaus. Ungeschickt murmelte Rua: »Wir kümmern uns um ihn«, und ging mit seinen Freunden ebenfalls hinaus. Er holte Tama ein, berührte ihn am Arm und murmelte etwas. Der alte Mann schlug nach ihm.

»Laß mich!« schrie er. »Laßt mich in Ruhe, ihr alle!«

Hilflos sahen sie zu, wie er langsam in Richtung Mole davonging. Nach einer Weile folgten sie ihm in einigem Abstand am Strand entlang, bis sie sahen, wie er auf eine felsige Landzunge hinaustrat, die in die Bucht ragte, und sich dort hinsetzte.

»Laßt ihn«, sagte Rua. »Er muß sich jetzt alles noch mal durch den Kopf gehen lassen.«

Sie wandten sich wieder ihrer Arbeit zu und hatten dabei ein unbehagliches Gefühl, weil vom Haus her laute Stimmen zu ihnen drangen. Tukki kam heraus und lief in Richtung Dorf davon. Erst am Nachmittag kehrte er zurück und sprach Rua gleich an: »Wo ist er?«

»Er sitzt bei den Felsen unten am Strand. Soll ich ihn herbringen?«

»Nein.«

Tukki lief in Richtung der Landzunge davon, kletterte über die Felsen zu der Stelle, wo der alte Mann an einen Felsen gelehnt saß, und setzte sich neben ihn, sagte aber nichts. Eine fahle Sonne hing tief über den fernen Hügeln und ließ ab und zu ein bißchen Wärme durch die Lücken der langsam dahinziehenden Wolkenmassen dringen. Die Wellen der einsetzenden Ebbe schlugen gegen die nassen Steine. Eine Brise kam auf. Am Ende war es Tukki, der als erster sprach.

»Du wirst dir noch eine Erkältung holen. Komm mit mir zurück. Die Jungen haben das Feuer schon angemacht.«

Tama antwortete nicht. Sein Kopf war dem grauen Wasser zugewandt. Wieder hob Tukki zu reden an und spielte dabei mit den Fingern.

»Du bist ein Mann. Du bist auch schon mal vom Zorn gepackt worden wie ich heute. Vergib mir meine grausamen Worte. Ich verstehe nicht alle Geheimnisse deines Herzens, aber ich hätte dir glauben müssen, daß du mir nur die Wahrheit sagen würdest. Beth war sehr wütend auf mich, sie hat es soweit gebracht, daß ich mich schäme. Wenn du uns verlassen mußt, dann soll es so sein. Ich werde dir helfen, dich auf deine Reise vorzubereiten. Vergib mir, Vater Tama. Ich erinnere mich nur daran, daß du wie ein Bruder zu meinem Vater warst.«

Der alte Mann zitterte, seine Schultern bebten, und er schluchzte laut in seine Hände. Tukki quälten Gewissensbisse, aber er konnte wenig tun, bis Tamas Kummer schließlich nachließ und in schwere Seufzer und beschämtes Wegwischen der Tränen überging. Dann legte Tukki dem alten Mann seine Arme um die Schultern, half ihm aufzustehen und ging langsam mit ihm zum Haus zurück.

Drei Tage vergingen. Dann bewahrheitete sich Tukkis Vorhersage, daß sich das Wetter bessern würde. Am zweiten Tag beschloß er, die Hirschjäger bis zur Höhle zu begleiten und so viele Vorräte mitzunehmen, wie er tragen konnte, um die Höhle so behaglich wie möglich einzurichten.

»Ich kann nur ein oder zwei Tage bleiben, aber die anderen können länger bleiben, falls es nötig sein sollte. Es ist nur einen Zweitagesmarsch von hier entfernt, allein könnte ich es sogar schneller schaffen. Ich werde manchmal vorbeikommen und dir einen Besuch abstatten.«

In diesem Augenblick sah Tukki den Gesichtsausdruck des jungen Sarn. Der Junge hatte den alten Mann lieb gewonnen, der ihm und seinem Bruder abends immer Geschichten erzählte.

»Möchtest du mit uns kommen?« fragte Tukki. »Es wäre das erste Mal, daß du die Hügel überquertest.«

»Darf ich?«

Die Freude des Jungen machte sich in einem wilden Schrei Luft, und schon war er weggerannt, um seiner Mutter die Neuigkeit mitzuteilen. Kurz darauf kam sein kleiner Bruder mit dem Daumen im Mund heraus und sah seinen Vater vorwurfsvoll an.

»Was willst du, mein Sohn? Was ist los?«

»Ich will auch mitgehen.«

»Wenn du erst einmal Männerhaare zwischen den Beinen hast, werde ich dich auch mitnehmen. Aber jetzt bist du noch nicht alt genug.«

Der dunkelhaarige Junge ließ den Kopf hängen. »Ich glaube, ein paar Haare habe ich schon entdeckt.«

Die Männer lachten. Tukki hob seinen jüngeren Sohn hoch.

»Was möchtest du von mir mitgebracht haben?«

Am dritten Abend sagte Tukki zu Tama: »Die Ziegel in der Feuerstelle sind, glaube ich, trocken genug, um ein kleines Feuer anzuzünden. Die Hütte gehört dir, wann immer du sie benutzen willst. Wenn du zurückkommst, wird sie immer noch dir gehören. Immer. Aber würdest du etwas für mich tun, bevor du gehst? Würdest du ein Feuer darin anzünden und eine Nacht darin schlafen, um sie mit deiner Gegenwart zu segnen?«

Als der kleine Sarn hörte, daß Tama die letzte Nacht in der Hütte verbringen würde, bettelte er so lange, bis er die Erlaubnis bekam, die Hütte mit ihm zu teilen. »Bitte, Großvater Tama, laß mich bei dir bleiben.«

»Ja, natürlich«, sagte Tama. »Wir werden die ersten Männer sein, die in dieser Hütte schlafen.«

Und so geschah es. Die Nahrungsmittel, Kleider, Waffen und die Geschenke an Haushaltsgegenständen waren zu Bündeln verschnürt und reisefertig. Beth's Bruder bekam letzte Anweisungen, was er zu tun hatte, während Tukki ein paar Tage weg war. Und nachdem sie ihr letztes Mahl geteilt hatten und die Hirschjäger fröhlich bei ein paar Schalen Wein zusammengesessen hatten, breiteten Tama und Sarn in der Hütte ihre Decken auf den Schaffellen neben der Feuerstelle aus.

Sie unterhielten sich noch eine Weile. Der kleine Sarn verscheuchte den Schlaf, indem er seine Knie umschlungen hielt, mit einer Decke um die Schultern dasaß und sich der Aufregung eines Jungen hingab, der nicht abwarten konnte, was der morgige Tag bringen würde.

Aber schließlich bestand Tama darauf, daß sie nun schliefen. »Ich sehe nur noch ein bißchen ins Feuer, bis du eingeschlafen bist.«

»Kannst du mir nicht noch eine Gutenachtgeschichte erzählen, Großvater?«

»Na, heute abend nicht mehr viel. Aber ich werde eine Geschichte anfangen und sie morgen weitererzählen. Es ist eine sehr lange Geschichte. Du mußt mich vielleicht noch einmal in der Höhle besuchen kommen, um das Ende zu hören.«

Er lächelte den in Decken gewickelten Jungen an, in dessen erwartungsvollem jungen Gesicht der Widerschein der Flammen tanzte.

»Vor langer Zeit war es Frühling in einem anderen Land, das in weiter Ferne jenseits der großen Ebenen und weit hinter den Bergen des Sonnenuntergangs liegt. Fünf Jungen machten zusammen eine lange Reise. Jeden Tag wanderten sie ein Stückchen weiter in Richtung Norden, der Sonne zu über Bäche und Flüsse an einer seichten Lagune entlang, auf ihrer Dolchseite die steil aufragenden Hügel und auf ihrer Scheidenseite das Wasser der wilden See. Sie waren keine Brüder und nicht alle gleich alt, aber sie waren alle zur selben Jahreszeit geboren, im Frühling, deshalb gehörten sie alle demselben Geburtsclan an.

Einer von ihnen war groß und stark, ruhig und mutig. Er war der Anführer der Gruppe. Ein anderer war breitschultrig, unbesonnen und aufschneiderisch, aber er hatte ein großes Herz. Der dritte war stark und freundlich und selbstlos, der vierte spielte immer lustige Weisen auf seiner Flöte, und der fünfte war der jüngste. Er hatte vor manchen Dingen Angst, zum Beispiel vor tiefem Wasser, und er wollte mit seinen Pfeilen keine Tiere töten, aber er wollte, soviel er konnte, mit seinen Kameraden teilen. Und er konnte Lieder dichten, die wilde Tiere anlockten, so daß die Jäger sie mit einem gut gezielten Pfeil rasch töten konnten. Jede Nacht machten die Jungen ein Feuer, brieten ihr Fleisch, redeten und sangen, bis sie einschliefen. Und das große Meer war laut an den Stränden, wo sie übernachteten, die Sterne gingen auf und zogen ihre Bahn über den Himmel, und der Mond sah auf die schlafenden Jungen herunter.

Tag um Tag wanderten sie weiter …«

2

Ohne Zwischenfälle hatten sie zweieinhalb Tage später die Hügel überquert. Es war eine kalte Reise, in den geschützten Mulden lag noch Schnee, und oft mußten sie gegen den Wind ankämpfen. Aber erst als sie den letzten Abhang zum Strand hinunterstiegen, fing es von Osten her leicht zu regnen an.

Der Höhleneingang war feucht, doch weiter hinten war der sandige Boden trocken. Neben dem Eingang lag eine tote Möwe, und auf dem Boden war alles voller Vogeldreck. Das schummrige Loch wirkte nicht gerade einladend und versprach keinerlei Bequemlichkeit, aber die Männer drängten trotzdem hinein, um aus dem Regen zu kommen. Durch ihre Gegenwart erfüllten sie die freudlose und abstoßend wirkende Höhle mit Leben und Wärme. Sie zündeten direkt hinter dem Eingang ein Feuer an, das anfangs die Höhle ganz mit Rauch ausfüllte, bis gut brennendes Holz es ihnen ermöglichte, den Rauch aus der Höhle zu blasen. Mit tränenden Augen sah der kleine Sarn Tama besorgt an und sagte: »Das ist aber keine besonders gemütliche Höhle.«

Aber als er und Tukki sich am nächsten Tag nach dem Mittagessen auf den Heimweg machten, sah alles schon viel besser aus: Tamas Vorräte an getrocknetem Fisch, Kartoffelkuchen, Netzen mit verschrumpelten Äpfeln und anderen Nahrungsmitteln, verkorkten Lederbeuteln mit Öl für seine Lampe und drei Schüsseln – »eine für dich, eine für deine Lampe und eine für einen Besucher«, wie Beth ihm lachend erklärt hatte – waren in einer kleinen Nische auf der Rückseite der Höhle außer Reichweite der Ratten verstaut worden. Als er sich an die Nische erinnerte, die er und Rua einst benutzt hatten, war Tama gerührt, da er sie unverändert vorfand, doch sie brachte auch die Erinnerung an die Ratten zurück.

»Tja«, meinte Tukki, »du mußt hier drin alles so sauber

wie möglich halten. Iß am besten im Freien, wenn du kannst, und vergrabe die Essensreste in einem Loch am Strand. Laß sie die Ratten dort finden, wenn du sie schon nicht los wirst.«

Er und der kleine Sarn verbrachten den Morgen mit dem Schneiden von Reisig und dem Zusammentragen von Farnbündeln, die sie zum Trocknen ausbreiteten, um dann eine Decke darüber zu werfen, so daß eine knisternde, aber gemütliche Sitzbank entstand. Es war Ebbe, und Sarn versuchte sein Glück im Flunderfangen. Tukki schoß zwei fette Langohren. Das brachte Tama auf einen Gedanken. Er bat die Männer, die Häute der Langohren behalten und zum Trocknen aufspannen zu dürfen. Die Hirschjäger warfen sich vielsagende Blicke zu, aber keiner von ihnen sagte etwas. Es ging sie nichts an, was der alte Mann damit machen wollte.

Tama begleitete Tukki und den kleinen Sarn noch ein Stück den Hügel hinauf. Der Junge versprach, ihn im Sommer wieder besuchen zu kommen.

»Ich hatte keine Zeit, hier alles genau auszukundschaften«, sagte er.

Die Männer sagten nur wenig. Tama segnete Tukki für die Pflege, die er Yaka angedeihen ließ. Der alte Mann sah dann Vater und Sohn nach, die mit weniger Last als auf dem Herweg den Hügel hochstiegen. Eine steife Brise ließ das Büschelgras silbrig aufblitzen. Der kleine Sarn drehte sich noch einmal um, lief rückwärts und winkte immer wieder, bis ihn Tama hinter der Kurve des Hügels aus den Augen verlor.

Die Hirschjäger hatten eigentlich vorgehabt, ein oder zwei Tage später weiterzuziehen, aber der Ort verzauberte sie, wie er vor langer Zeit zwei Jungen verzaubert hatte.

»Im Sommer muß es hier wunderbar sein«, sagte Rua. »Wir sollten ein paar von den anderen mitbringen und um die Mittsommerzeit zurückkommen, um länger hierzubleiben. Hier gibt es alles: Schafe, Langohren, Flundern, genügend Brennholz, Süßwasser – was brauchen wir mehr. Es ist nicht so zwischen Bäumen eingeschlossen wie unser Dorf. Hier kann man die ganze Welt sehen.«

Tama war ihnen für ihre Hilfe zutiefst dankbar. Als sie schließlich doch beschlossen, es sei an der Zeit, sich auf den Heimweg zu machen, um zu ihren Frauen und Familien zurückzukehren, die sich bestimmt schon Sorgen machten, weil sie die geplante Zeit ihrer Abwesenheit längst überschritten hatten, war die Höhle vollgestopft mit trockenem Holz. Etwa zwanzig Langohrhäute und zwei Schaffelle waren vom Fleisch befreit und zum Trocknen aufgespannt worden, und die Essensnische war gesteckt voll mit geräuchertem und getrocknetem Fleisch.

»Auch wenn du bei schlechtem Wetter tagelang nicht aus deinem Loch herauskannst«, sagte Rua, »hast du genug zum Essen und trockenes Holz zum Feuermachen. Das einzige, was du dir jeden Tag holen mußt, ist frisches Wasser von der Quelle.«

An einem sonnigen Morgen machten sich die Jäger früh auf den Weg. Tama umarmte sie kurz. Niemand redete viel, aber man versprach wiederzukommen.

Als Tama die Gestalten in der Ferne langsam immer kleiner werden und im Meeresdunst weit unten am Strand verschwinden sah, wußte er, wie sich Rini und ihre Gefährten vor langer Zeit gefühlt haben mußten, als sie zusahen, wie das Hirschvolk sein Dorf für immer verließ. Er unternahm nur wenig an diesem Tag, ruhte sich aus, sah der Flut zu, wie sie in Strudeln in die Bucht zurückdrängte, beobachtete die Sonne, wie sie am Himmel entlangzog und hinter den Bergen erlosch. Am Abend wurde es klirrend kalt, und es sah fast nach Frost aus, als er sein Feuer am Höhleneingang für die Nacht zusammenschob. Durch geschicktes Aufhäufen von Steinen hatte Rua einen Aufbau geschaffen, der verhinderte, daß allzuviel Rauch in die Höhle zog, außer wenn starker Wind wehte. Das sanfte Murmeln des Meeres wiegte Tama in den Schlaf, und sein Rhythmus verschärfte noch das klare Bewußtsein, daß er jetzt allein war.

Die ersten Tage konzentrierte er sich hauptsächlich auf die wichtigsten täglichen Aufgaben, wie Feuermachen und Essenkochen. Er sorgte immer dafür, daß die beiden Wasserbeutel gefüllt waren und genug Öl in der Lampe war, so daß er nicht plötzlich im Dunkeln sitzen würde. Er merkte bald, daß die schwache kleine Flamme von dem Docht, die in seinem Raum im Priesterhaus noch genug Licht zum Schreiben abgegeben hatte, sich in der Höhle verlor und nicht ausreichte. Aber wenn er zwei Lampen benutzte, würde er seinen Ölvorrat zu schnell aufbrauchen. Er erkannte, daß er mit einer Lampe auskommen mußte, solange er nicht mehr Öl von Fischen oder Seevögeln bekommen konnte. Aber die Tage wurden jetzt länger, und am Abend war es noch hell genug, um ein bißchen schreiben zu können.

Die Hirschjäger hatten die Quelle am Fuße des Hügels etwas tiefer gegraben und fest mit Steinen eingefaßt, so daß es einfacher war, den Wasserbeutel einzutauchen und schnell mit kaltem, klarem Wasser zu füllen.

Wenn er gehofft hatte, daß ihm die Erfahrung des Lebens in der Höhle das alte Glücksgefühl zurückbringen würde, das er mit Rua in seiner Jugend empfunden hatte, merkte er bald, daß dem nicht so war. Die sorglosen körperlichen Freuden des Fischens und Schwimmens, Kletterns und Jagens, Ringes und Singens gehörten ausschließlich der Vergangenheit an. Die Erinnerung daran war wirklich und tröstend, und es gab Zeiten, in denen er beim Feuerholz- oder Wasserholen stehenblieb und sich plötzlich an einen lang vergessenen Vorfall erinnerte. Solche kurzen Momente des Eintauchens in die Vergangenheit gaben ihm ein tiefes Glücksgefühl. Aber selbst diese Gaben aus seiner Jugendzeit konnten nicht über die Wirklichkeit hinwegtäuschen, daß er jetzt ein alter Mann war, der jede seiner Bewegungen vorsichtig angehen mußte und sich überängstlich sorgte. Manchmal horchte er voller Furcht auf einen Stein, der den Hügel heruntergerollt kam, oder auf einen Schrei in der Nacht, den er nicht gleich zuordnen konnte.

»Es wird eine Weile dauern«, sagte er sich, »bis ich mich hier ganz wohl fühle. Der Sommer wird mir dabei helfen.«

Zuerst zwang er sich, laut zu sprechen, aber nachdem ein Mond zu- und wieder abgenommen hatte, überlegte er sich noch einmal genauer, ob es wohl gut wäre, seine eigene Stimme in seinem Kopf zu hören, und beschloß, daß sie ihn störte und er friedlicher lebte, wenn er einfach schwieg. Seine eigene laute Stimme schien seine Einsamkeit noch zu betonen. Es gab Zeiten, da war er mit sich uneins, bis er merkte, daß er sich in Vorstellungen verloren hatte, daß noch jemand anderes da sei. Er dachte darüber nach, wie sich Männer und Frauen manchmal Wörter an den Kopf warfen und oft zu keinem Einverständnis kamen. Und er erinnerte sich daran, wie er als Junge geglaubt hatte, daß er nur hinzuhören und alle quälenden Gedanken und Ängste aus seinem Kopf zu verscheuchen bräuchte, und schon würden die Antworten, die irgendwo dort draußen auf ihn warteten, ihm in den Sinn kommen. Ka Balu weiß alles, dachte er, ich brauche nur hinzuhören. Sein Friede ist meiner, wenn ich ihn nur in mich einfließen lasse. Ich darf mich nicht selbst durch Reden noch mehr verwirren. Je besser er lernte, die Gewohnheit des Sprechens abzulegen, desto genauer merkte er, wie seine Gedanken immer geordneter wurden und sein Geist immer aufnahmefähiger für die Wandlungen des Lebens um ihn herum. Es brauchte seine Zeit, aber da er Ausdauer besaß, sprossen nach und nach die ersten zarten Keime neuer Gedanken und Gefühle in ihm. Er bemerkte, daß sein ganzes Leben ein Kampf gewesen war, Ereignisse durch das gesprochene Wort zu beeinflussen – das Denken der Leute, ihre Handlungen, Ideen und Gewohnheiten. Jetzt konnte er die Worte wie abgetragene Kleider von sich werfen.

Der Gedanke an das Schreiben, das eine ganz andere Art der Verwendung von Sprache darstellte, kam ihm manchmal, aber ohne große Überzeugung. Trotzdem schabte er weiterhin die Langohrhäute ab, rieb sie mit Sand, bis sie ganz glatt waren, und schnitt sie zurecht. Er machte sich mehrere Schreibfedern unterschiedlicher Größe und stellte Tinte aus Ruß, Vogelkalk und dem Staub der weichen roten Felsen her, die er zwischen Steinen zerrieb und denen er Harz von den Bäumen zugab. Er probierte mehrere Mischungen aus, bis er endlich die schwarze, schnelltrocknende Tinte gefunden hatte, die er am liebsten mochte. Da er nichts besaß, worin er die Tinte hätte aufbewahren können, füllte er das fertig gemischte Pulver in Muscheln, um es je nach Bedarf mit Wasser anzurühren.

Zuerst hatte er im Sinn gehabt, die Geschichten und Legenden seines Volkes noch einmal aufzuschreiben, die Kindergeschichten, die längeren Geschichten von der Reise seines Volkes aus den westlichen Wäldern in das Land der Morgensonne. Immer wenn er an die jahrelange Arbeit dachte, die mutwillig durch das Feuer zerstört worden war, wurde er traurig, aber nicht so sehr wegen seiner verlorenen Arbeit als wegen des Glaubens der Ältesten, daß Ideen und Fertigkeiten so einfach zerstört werden könnten. War ihre gemeinsame Weisheit nur feige Angst vor dem Unbekannten? Ich war töricht, den Jungen das Schreiben beizubringen, ohne vorher die Ältesten zu unterrichten, dachte er. Wenn ich die Kunst nicht so lange für mich selbst behalten hätte, hätte ich das ganze Volk die Gabe des Lesens und Schreibens lehren können. Das hätte uns bestimmt geholfen, neues Wissen zu erlangen. Aber er unternahm keinen Versuch, noch einmal mit dem Aufschreiben all dessen zu beginnen, was zerstört worden war. Es schien ihm nicht mehr wichtig zu sein. Was immer der innere Zwang gewesen war, der ihn in die Höhle getrieben hatte, er schien nichts mit dem Schreiben zu tun zu haben.

Unmerklich zuerst wurden die Tage immer länger, und der alte Mann wurde mit seiner Umgebung und seiner neuen Welt von Meer, Erde und Himmel immer vertrauter. Er eignete sich wieder genug von seinen Fertigkeiten als Junge an, um Flundern speeren zu können und sich damit einen ständigen Vorrat an frischem Fleisch zu verschaffen, so daß er sich die restlichen geräucherten und getrockneten Nahrungsmittel für Tage aufheben konnte, an denen er nichts fing oder das schlechte Wetter ihn am Verlassen der Höhle hinderte. Bisher hatte das Wetter keine Anzeichen gezeigt, daß es nicht der Jahreszeit entsprechen würde. Die Zufriedenheit des alten Mannes nahm zu, seinem Körper ging es gut, er genoß sein Essen und war mit sich und der Welt in Einklang. Eine angenehme Heiterkeit erfüllte seine Tage. Mit dem Glitzern des Sonnenaufgangs auf dem Meer aufzuwachen, die leichten Arbeiten, die seine Tage ausfüllten, mit Freuden zu verrichten, sich abends hinzulegen und in einen friedlichen Schlaf zu sinken, war alles, was er sich wünschte. Er war zu einem Teil eines natürlichen, ungezwungenen Lebenswandels geworden. Zeit hatte wenig Bedeutung, die Vergangenheit beschäftigte ihn weniger, und die Zukunft war nur das Morgen, das eine Wiederholung des Heute war.

Einzig der Gedanke an Rulf schmerzte ihn immer noch. Seine letzte bittere Erinnerung an den Jungen bestand darin, wie er mit geradem Rücken, stolzer Haltung und Tränen in den Augen den Unterricht und den Heiligen Hain verlassen hatte und damit aus Tamas Leben gegangen war – dieser Gedanke schmerzte ihn immer noch wie ein Dolch in einer Wunde. Wenn er jetzt weniger darüber nachgrübelte, so nur deshalb, weil das ständige Durchspielen dessen, was geschehen war, ihm nichts darüber sagen konnte, was Rulf jetzt von ihm dachte, wie vollständig Ke Rala seinen Platz in Rulfs Leben eingenommen hatte. Der Schmerz des Verlustes von Rulf war das einzige, was seinen neu gefundenen Seelenfrieden erschüttern konnte. Deshalb achtete er sorgfältig darauf, wohin seine Gedanken wanderten, damit er nicht immer wieder diese unverheilte Wunde aufriß.

An den wärmer werdenden Frühlingstagen gab es Zeiten, in denen Tama damit zufrieden war, lange vor der Höhle zu sitzen und dem Meer zuzusehen, wie es vom Wind in Wellen an den sandigen Strand gespült wurde und sich zu goldenen Wellenkämmen aufbauschte, um dann in tiefe Täler abzufallen, und wie die weichen runden Wolken in der Ferne am Horizont entlang glitten, fast als wären die täglichen Abläufe von Farbe, Geräusch und Bewegung allein für ihn bestimmt. Ganz in der Ferne hinter dem Ausläufer der Bucht zeichneten sich die Bergrücken wie geisterhaft dahinschwebende Inseln in einem Lichtnebel ab. Auf seiner Scheidenseite fielen die Hügelflanken in Flachsümpfe ab, durch die sich ein Bach zum Meer schlängelte. Dieser Sumpf erstreckte sich weit am Fuß des Hügels entlang und hielt in seinen schwarzen Löchern und zwischen seinen Schilfrohrinseln alle Überreste des Großen Dorfs gefangen, das vor langer Zeit von Ka

Balu zerstört worden war. Nach Westen hin dehnten sich die großen Ebenen bis zu den blauen Berggipfeln mit ihrem ewigen Schnee, hinter denen die Sonne jeden Tag in einem anderen Meer versank.

Wenn er ganz still dasaß, so daß die Möwen bei ihrem lautlosen Gleiten um den Hügel ihn manchmal im Vorüberfliegen neugierig beäugten, spürte Tama, wie die Lebenskräfte um ihn herum in ihn einflossen und er gleichzeitig eine Erweiterung seines eigenen Geistes erfuhr, die ihn mit allem verband, was außerhalb von ihm lag. Manchmal war es, als ob er die ganze Welt in sich hätte, als würde er selbst zur Welt. Solche Momente waren äußerst vergänglich, verflüchtigten sich schnell wieder, waren jedoch genauso wirklich wie der Fels, auf dem er saß. Er war sich in diesen Momenten bewußt, daß zwei Seelen in seiner Brust wohnten, die es ihm ermöglichten, gleichzeitig Beobachter und Beobachteter zu sein. In der Weite dieser Ausdehnung seines Geistes gab es keinen Platz für Fragen, keinen Bedarf nach Antworten: Sein war alles. Es war gleichzeitig seine eigene Bedeutung und Erfüllung und reichte über jede Illusion der Getrenntheit hinaus.

Ungeachtet der Zeitlosigkeit seiner geistigen Erfahrungen vermißte Tama weiterhin das früher gewohnte Ritual des täglichen Weiterrückens des Tagesstiftes auf dem Kalenderstein, das so viel von seinem vergangenen Leben wach hielt. Er wußte, daß ihm nicht mehr genügend Jahre zur Verfügung standen, um einen neuen Stein genau zu kennzeichnen. Aber er stellte einen Schattenstock auf in der Hoffnung, daß der Sommer schön genug werden würde, um den Schatten der Sonne bei ihrem Höchststand am Mittag genau beobachten und so den längsten Tag bestimmen zu können. Dies würde es ihm zumindest ermöglichen, auf der Höhlenwand mit seinen Tinten den Tageslauf der Jahreszeiten festzuhalten. Wenn er nur den Mittsommertag genau bestimmen könnte – so glaubte er –, könnte er sich daran erinnern, wie er bis zur Tagundnachtgleiche im Herbst weiterzählen müßte. Von da an könnte er den Jahreszyklus vervollständigen, selbst wenn die Sonne an vielen Wintertagen hinter den

Wolken verschwunden bliebe. Der Gedanke, zumindest einen mehr oder weniger genauen Kalender zu erstellen, gab ihm neuen Mut und Ansporn, während er den Sand um den Schattenstock einebnete und glattstrich.

Nachdem drei Monde voll geworden und wieder abgenommen hatten, spürte Tama, daß sein Gleichmut durch eine seltsame Rastlosigkeit gestört wurde. Die warmen, wolkenlosen Tage des Frühsommers forderten mehr von ihm, als er zu geben hatte. Dem starken Drang, Tukkis Haus zu verlassen und in der Höhle zu leben, war nachgegeben worden, und die Höhle war zu seinem Zuhause geworden, aber er hatte immer noch nicht erfaßt, wozu er diese Stille und Einsamkeit benutzen konnte.

An einem warmen Spätnachmittag, als er gerade ein Feuer anmachen wollte, hörte Tama vom Hügel her deutlich Stimmen. Sofort überkam ihn eine Welle von Angst, bis er sich sagte: »Das können nur Freunde sein.« Er atmete tief durch und kletterte ein bißchen über die Höhle hinaus. Der Gedanke an ein Wiedersehen mit Tukki und dem kleinen Sarn ließ seine Angst schnell einem warmen Glücksgefühl weichen. Er sah angestrengt auf die runde Hügelkuppe, über die sie kommen mußten, und plötzlich tauchten sie auf, mehrere Gestalten in rascher Folge. Der vorderste erblickte ihn und hob eine Hand zum Gruß. Als Tama zurückgrüßte, sah er, daß es weder Tukki noch sein Sohn waren, die gewunken hatten, sondern eine andere hochgewachsene Gestalt, die er nicht gleich erkannte. Als er schließlich erriet, wer es war, klopfte ihm sein Herz in einem Gefühlsgemisch aus Furcht und Freude bis zum Hals. Die Gestalt, die vor den anderen Männern entschlossen einherschritt, ihr Vorwärtskommen jedoch bewußt zu verlangsamen schien, war zweifellos Rulf.

Tama stieg ein paar Stufen hinunter, bis er auf ebenem Grund stand, drehte sich um und sah, daß Rulf ihm lächelnd entgegenkam. Aber er sprang ihm nicht entgegen, wie es vielleicht der kleine Sarn oder sogar Tukki getan hätten.

»Sei gegrüßt, Vater Tama. Ka Balu sei mit dir.«

Tama trat vor, streckte seine Arme aus und ergriff Rulfs

Hände. »Mein lieber Junge«, sagte er mit zittriger Stimme, »mein lieber Junge.«

Dann legte er seine Hände auf die Schultern des jungen Mannes und sah ihm tief in die Augen. »Du bist gewachsen. Du bist nicht nur größer und stärker geworden, auch dein Geist ist gewachsen. Aber ich sehe auch Traurigkeit in deinen Augen.«

Bevor Rulf antworten konnte, trafen auch seine Gefährten ein und begrüßten Tama, der mit Freuden sah, daß einer von ihnen Tamas Clanbruder Buka war. Die anderen beiden erkannte Tama als die Wachen Marka und Froschmaul. Er begrüßte sie alle und stieg mit Rulf an seiner Seite zu der Höhle hinunter. Ruhig nahm er die Ausrufe von Überraschung und Freude über ihr ordentliches Aussehen und die gut verstauten Vorräte entgegen. Sein Kopf war auf angenehme Weise verwirrt, und er dachte daran, daß jetzt auf einmal mehr Essen nötig wäre und ein Feuer entfacht werden müßte. Aber erst einmal hörte er den Männern eine Weile zu und ließ sie erzählen. Er sah, daß Rulf ihn auf merkwürdige Weise ansah, und ging zu ihm hinüber.

»Hilf mir doch bitte, die Wasserflaschen zu füllen. Die Quelle ist unten am Strand.«

Sie gingen zusammen hinunter.

»Habt ihr heute einen weiten Weg zurückgelegt? Warum seid ihr über die Hügel gekommen und nicht am Strand entlang?«

»Vater, wir sind von Tukkis Volk gekommen. Wir sind zwei Tage nach der Beerdigung meines Vaters Yaka aufgebrochen.«

Tama sah in Rulfs traurige Augen. Sein eigener Gesichtsausdruck war abwartend und fragend.

»Wir haben das Dorf ein paar Tage vor dem Tod meines Vaters erreicht. Tukki war sehr nett zu mir. Er hat versucht, meinem Vater verständlich zu machen, daß ich sein Sohn bin, aber ich glaube nicht, daß er es begriffen hat. Ich habe jeden Tag bei ihm gesessen und ein bißchen mit ihm geredet, aber ich bin sicher, daß er nicht verstand, wer ich war.

Er ist dann einfach langsam eingeschlafen und am dritten Tag nicht mehr aufgewacht.«

»Ka Balu lasse ihn in Frieden ruhen«, sagte Tama. »Auch mich hat er nicht erkannt. Sein Geist war weit weg. Er muß viel gelitten haben.«

Während Rulf Tamas Erzählung über sein Treffen mit Yaka zuhörte, starrte er über die sich kräuselnden Wellen der hereinströmenden Flut hinaus.

»Es ist gut, daß du ihn noch gesehen und berührt hast, bevor es zu Ende ging. Er war dein Vater, aber du mußt nicht allzu lange um ihn trauern. Was vor deiner Geburt in Schieflage geraten war, konntest du nicht gerade richten.«

Rulf antwortete ihm mit ruhiger Stimme, die mutlos klang: »Ich bin nicht traurig, weil er gestorben ist, sondern weil ich ihn nicht gekannt habe. Er war mein leiblicher Vater, aber mein Geist konnte ihn nicht erreichen. Er war wie ein Fremder für mich, als er starb. Aber ich glaube, es war richtig, daß ich ihn noch vor seinem Ende fand. Seit der große Rua mir von ihm erzählt hatte, wollte ich kommen, aber Ke Rala hat es mir verboten. Ich habe ihn gebeten und gebettelt, aber er hat sich geweigert, mich im Winter losziehen zu lassen. Ich glaube, er hatte Angst, ich würde bei dir bleiben.«

Sie füllten die Wasserbeutel.

»Es gibt noch viel, worüber wir reden müssen«, sagte Tama. »Aber laß uns erst ein Feuer und etwas zu essen machen.«

»Einen Augenblick, Vater, ich hab' dir etwas mitgebracht. Ich weiß nicht, ob mich Ke Rala überhaupt hätte kommen lassen, wenn nicht ein paar Kinder, die bei deinem Haus spielten, das hier gefunden hätten. Daraufhin konnte der Häuptling mir mein Kommen nicht mehr verweigern.«

Aus einem Lederbeutel an seiner Hüfte holte Rulf einen kleinen eingewickelten Gegenstand hervor und gab ihn Tama.

In der Hand des alten Mannes begann das tiefe Grün des Wahrheitssteines zu beben und ihn mit einer Welle der Freude zu überfluten. Er war unfähig zu sprechen und sah seinen Enkelsohn nur voller Liebe und Dankbarkeit an. Rulf blickte schnell weg, weil ihm Tränen in die Augen schossen. Alles, was Tama herausbrachte, war: »Gesegnet seist du, gesegnet seist du. Du weißt, was du mir da gebracht hast.«

»Die anderen warten«, sagte Rulf. »Nach dem Essen werden wir uns weiter unterhalten.«

So kletterten sie mit den Wasserbeuteln wieder zur Höhle hinauf. Tama bemühte sich, seine Überraschung zu verbergen, als er sah, daß die anderen bereits ein Feuer entfacht hatten und das frische Fleisch zubereiteten, das sie mitgebracht hatten. Aber die Jäger freuten sich auch über den Fisch, den Tama am Morgen gefangen hatte. Beim Essen wurde wenig gesprochen, weil sie sich ganz dem Genuß hingaben, ihren Hunger zu stillen. Niemand bemerkte, daß Tama fast nichts aß. Er konnte an nichts anderes denken, als daß sein Wahrheitsstein ihm durch Rulfs Hände zurückgegeben worden war. Jetzt fühlte er sich wieder ganz.

Die Jäger waren müde und froh, sich nach dem Essen faul am Feuer ausstrecken zu können. Rulf half Tama, die Fleisch- und Knochenabfälle zusammenzutragen.

»Ich vergrabe sie unten am Strand«, sagte Tama. »Hilfst du mir?«

Nachdem die Essensreste vergraben waren, setzten sich die beiden auf einen aus den Sanddünen herausragenden Baumstamm und sahen über die leere Bucht hinaus, wo die einsetzende Flut langsam die Wasserlöcher füllte und kleine Rinnsale durch die Wattflächen schob. Eine angenehme Kühle kam mit herein. Hoch oben am Himmel färbten sich die Wolken im Licht des Sonnenuntergangs flammend rot. Es war genügend Zeit, um einfach den friedlichen Abend zu genießen. Aber irgendwann blickte Rulf seinen Großvater an und fragte: »Warst du überrascht, uns zu sehen?«

In seiner Frage schwang die Liebe eines Jungen für Überraschungen mit.

»Ich war erstaunt. Als ich die Stimmen hörte, dachte ich zuerst, es müßte irgend jemand vom Schäfervolk sein. Bis ich dich sah. Mein erster Gedanke war, daß du dich verändert hast. Aber du bist einfach größer und breiter geworden. Geht es dir gut, und bist du glücklich mit deinem neuen Leben?«

»Es ist gar nicht mehr so neu für mich. Der Häuptling ist sehr gut zu mir und lehrt mich jeden Tag etwas über das Leben unseres Volkes. Ich gehe mit meinen Clanbrüdern jagen und manchmal auch mit den Wachen. Marka und Froschmaul sind meine Freunde, aber sie tun so, als könnten sie sich nicht besonders leiden. Manchmal muß ich Streit zwischen ihnen schlichten.«

Sie redeten weiter über Zwischenfälle auf Rulfs Reise, über die Freundlichkeit von Tukki und Beth. Der kleine Sarn hatte Rulf zur Höhle begleiten wollen, aber Tukki wollte nicht, daß der Junge anschließend allein über die Hügel zurückkehrte.

»Wir werden am Strand entlang zurückgehen.«

»Wie lange werdet ihr bei mir bleiben können?«

»Tja, ich glaube, nur ein paar Tage, Großvater. Der Häuptling hat uns einen halben Mond Zeit gegeben, aber es wird etwas länger dauern. Er will nicht, daß wir lange wegbleiben.«

»Vielleicht will er auch nicht, daß du mich besuchst. Er denkt sicher, ich würde deinen Geist verderben.«

Rulf errötete und sah auf seine Hände hinunter, die er im Schoß gefaltet hatte. Er erinnerte sich nur ungern daran, wie er aus dem Heiligen Hain weggeschickt worden war. Dann hob er den Kopf und sah dem alten Mann direkt in die Augen.

»Vater Tama, ich weiß, daß ich dir tiefen Kummer bereitet habe. Vergib mir. Ich mußte mich entscheiden, ob ich dem Häuptling oder dir gegenüber Ungehorsam zeigen wollte. Vor meinen Clanbrüdern konnte ich mich nicht gegen den Häuptling stellen, aber ich wollte auch dir gegenüber nicht ungehorsam sein. Ich dachte, du würdest es verstehen und irgendeinen Weg finden ... ich weiß auch nicht ... vielleicht nicht von mir verlangen, daß ich schrieb. Im Innersten meines Herzens habe ich lange gelitten. Als mich Ke Rala mit ein paar seiner Wachen auf die Jagd schickte, war ich zuerst froh, aber ich konnte nicht vergessen, daß ich mich deinem Befehl an dem einen Ort widersetzt hatte, wo dein Wort Gesetz war. Ich hatte beschlossen, dich sofort nach meiner Rückkehr um Verzeihung zu bitten.

Als ich hörte, was geschehen war, wollte ich wegrennen, dich einholen und dir helfen. Ich erzählte dem Häuptling, daß ich schreiben gelernt und es mir nicht geschadet habe, daß ich nicht glaubte, daß du irgend etwas Böses getan hättest. Auch die anderen Jungen waren meiner Meinung, aber sie hatten Angst, es zu sagen, um nicht den Zorn der Ältesten auf sich herabzubeschwören.

Wir sprachen alle davon, dir zu folgen, und ich glaube, der Häuptling ahnte, daß wir etwas unternehmen würden. Deshalb hat er mich nicht aus den Augen gelassen. Manchmal war er sehr wütend auf mich, aber ich wußte, er wollte, daß ich bei ihm blieb. Er hatte Angst, ich würde dir folgen und nie mehr zurückkommen. Vielleicht hatte er damals sogar recht damit.«

»Und jetzt?«

»Er ist mein Häuptling. Du mußt wissen, Vater, daß er mich ausbildet, damit ich einmal seinen Platz einnehme. Ich glaube, daß es inzwischen alle wissen, aber niemand sagt es offen. Ich muß zu unserem Volk zurückgehen.«

»Ich werde nie zurückgehen.«

Die ruhige Hoffnungslosigkeit in Tamas Stimme machte den jungen Mann traurig. Es war ihm am Mund und in den Augen abzulesen.

»Aber warum nicht, Vater? Ke Rala würde dich sicher nicht wegschicken. Dein Haus ist immer noch für dich da, obwohl die Kinder es als Spielhaus benutzt haben. Die Dorfbewohner reden oft von dir, obwohl Yosefa sein Bestes für sie tut. Du bist immer noch einer von uns. Ich brauche dich. Niemand versteht mich so gut wie du. Der Häuptling ist gut zu mir, aber er hört nicht zu und kann die Worte, die mein Geist auszudrücken versucht, nicht deuten wie du. Wirst du denn nicht mit uns zurückkommen?«

Da Rulfs Blick ihn berührte, antwortete Tama nicht sofort. Zurückzugehen und keine Aufgaben als Priester zu haben, nur Beobachter ohne Macht oder Autorität zu sein anstelle des Dienstes am Volk, für den er einmal seinen ganzen Körper und Geist hingegeben hatte? Und dann Ke Rala zusehen zu müssen, wie er eines Tages Rulf als seinen Nachfolger vorstellen würde, und dann das Volk zu hören, wie es ihm Beifall zollte für seine kluge Entscheidung, und keine Anerkennung für die Jahre zu bekommen, die Escha und er damit verbracht hatten, Rulf großzuziehen?

»Nein«, sagte er laut. »Ich kann nicht zurückgehen, Rulf. Dir nahe zu sein, würde meinen Geist glücklich machen, aber Ke Rala und die Ältesten haben mich all meiner Machtbefugnisse als Priester beraubt. Ich werde nicht zurückgehen, um von Ke Ralas Gnade abzuhängen.«

»Aber ... so ganz allein hier draußen. Du könntest krank werden. Wer könnte dir dann helfen? Es muß so einsam sein. Es macht mich traurig.«

Tama legte seinen Arm um Rulfs Schultern. »Was wir beide miteinander geteilt haben, kann uns niemand nehmen. Ich werde immer in deinem Herzen sein. Und mein Geist wird nie weit von deinem sein, auch wenn ich den Weißen Hirsch geritten habe. Du möchtest doch nicht, daß ich mir die Schande antue und in meinem Haus dort oben herumsitze, das leer ist wie die Puppe eines Schmetterlings im Sommer. Du aber hast Arbeit zu tun, die dich stolz macht. Was geschehen ist – daß Ke Rala dich zu sich ins Haus genommen hat –, mußte geschehen, wenn der Erinnerung an deine Mutter je Gerechtigkeit widerfahren soll. Wenn du erst einmal Häuptling bist, kannst du dem Volk die Gesetze Ka Balus vermitteln, ohne dich zu verhalten, als ob du Gott selbst wärst. Du wirst ein guter Häuptling sein, Rulf. Es ist Ka Balu, der durch mich spricht.

Und mache dir um mich keine Sorgen. Ich habe meinen eigenen Weg gewählt. Ich werde ihn bis zu Ende gehen. Für mich gibt es auch noch Arbeit zu tun. Sie steckt da in meinem Wahrheitsstein, der nur darauf wartet, zu mir zu sprechen. Und du wirst auch deinen Teil dazu beitragen. Sobald ich etwas Zeit zum Alleinsein habe, werde ich hören, was mein Stein mir zu sagen hat. Es darf nicht überstürzt werden. Hast du schon deinen Wahrheitsstein gefunden?«

»Noch nicht. Ke Rala hat mich schon mehrmals daran erinnert. Ich könnte ja hier draußen nach ihm suchen.«

»Finde ihn bald, und du wirst durch ihn Stärkung in deinem Mannsein erfahren.«

Sie saßen noch eine Weile schweigend in der Abenddämmerung zusammen. Die Stimme des Meeres wurde jetzt lauter, und die Sterne kehrten an den Himmel zurück. Irgendwann wurde die Nachtluft Tama zu kalt.

»Komm«, sagte er, »wir gehen jetzt zu den anderen zurück. Morgen werde ich dir meine Lieblingsplätze zeigen.«

Sie strebten dem schummrigen Licht des Feuers auf der Klippe zu. Zwei der Jäger schliefen bereits, und bald nachdem das Feuer heruntergebrannt war, hatten sich alle in ihre Decken gehüllt. Tama lag noch eine Weile wach. Sein Körper war zwar müde, aber in Gedanken ließ er sich noch einmal das Gespräch mit Rulf durch den Kopf gehen, während er das beruhigende Atmen der Schlafenden vor dem gleichmäßigen Heben und Senken des Meeres hörte.

Er wachte später auf als gewöhnlich. Seine Gäste waren bereits aufgestanden, und der Geruch aufgewärmten Fischkuchens zog in die Höhle herein. Er unterdrückte schnell ein leichtes Gefühl der Unsicherheit darüber, daß andere die Aufgaben übernahmen, die er in der Regel mit ritueller Ernsthaftigkeit ausführte. Sein Auftauchen wurde mit fröhlichen Scherzen begrüßt, auf die er nur mit einem kurzen Lächeln antwortete. Ein schöner Morgen breitete seine Schwingen der Ruhe über die Küste aus. Auf dem Sand unterhalb der Höhle sah er zwei Gestalten, die sich bückten, streckten und hüpften: Rulf und Marka. Froschmaul, der am Feuer saß, grinste Tama an.

»Die beiden sind immer dabei. Bei schönem Wetter sind sie jeden Morgen auf dem Übungsplatz draußen und rennen, hüpfen und ringen. Rulf ist jetzt schon fast so stark wir Marka. Ich sage Rulf immer, daß er irgendwann noch mal seinen Darm zum Platzen bringen wird, aber er lacht nur.«

Buka brachte Tama ein Stückchen Fischkuchen, den er aus der Hand aß anstatt aus der Schüssel, wie er es sonst immer gern tat. Die anderen beiden Jäger debattierten darüber, was sie den restlichen Tag noch machen sollten, und fragten Tama über Jagdmöglichkeiten in der Nähe aus. Während er ihnen von den besten Gebieten für Langohren und Schafe erzählte und sie davor warnte, in den großen Sumpf vorzudringen, war er sich Rulfs und Markas bewußt, die langsam auf den Weg zu schlenderten, sich dabei gegenseitig die Arme um die Schultern gelegt hatten, redeten und lachten. Eine unerklärliche Eifersucht auf ihre Freundschaft versetzte ihm einen Stich in den Magen, und so drehte er sich, sobald er sie näherkommen sah, zu den Jägern um und unterhielt sich mit ihnen. Gleichzeitig wurde ihm klar, daß er in den Monden des einsamen Lebens in der Höhle nie diese starken Gefühle empfunden hatte, die nur durch die Gegenwart anderer Menschen ausgelöst wurden. Ich muß mich zusammennehmen, dachte er und drehte sich wieder zu Rulf um. Der junge Mann hatte sich den Mund mit Fischkuchen vollgestopft und lächelte ihn an, kam herüber und stellte sich neben ihn. Auch Marka lächelte Tama an.

»Ich glaube nicht, daß ich ihm noch viel beibringen kann, Vater. Er lernt schnell. Aber im Ringen kann ich ihn immer noch bezwingen.«

Rulf stieß mit dem Fuß Sand in Richtung seines Freundes.

»Hört auf!« schrie Froschmaul und tat, als sei er verärgert. »Ich will keinen Sand in meinem Fischkuchen.«

Sie redeten darüber, jagen zu gehen, und fragten Tama nach dem Wetter. Ein feiner Dunstschleier hoch oben am Himmel hatte die Sonne noch nicht erreicht.

»Kommt nicht so spät zurück. Es kann sein, daß es heute nachmittag Regen gibt.«

»Ich glaube nicht, daß ich mitkomme. Mir gefällt es hier. Ich bleibe und unterhalte mich ein bißchen mit Vater Tama«, sagte Buka, der an einen warmen Felsen gelehnt dasaß und die anderen zufrieden angrinste.

»Kommst du, Rulf?«

Rulf zögerte und sah Tama an, der schnell sagte: »Ja, ja. Geh nur mit ihnen. Morgen regnet es vielleicht schon wieder.«

Buka beobachtete sie, wie sie den Pfad hinunterstiegen, und warf ohne Überzeugung ein: »Ich hätte wohl mitgehen sollen. Aber ich habe gedacht, daß ich dir hier ein bißchen helfen kann.«

»Ja«, erwiderte Tama entschieden. »Wir werden die Krümel von den Fischkuchen zusammenräumen und frisches Wasser holen gehen.«

Während der Morgen voranschritt, versuchte er, nicht an Rulf zu denken. Buka half ihm bei dem wenigen, das zu tun war. Sie unterhielten sich über die Ereignisse im Dorf, die sich seit Tamas Weggang zugetragen hatten, darüber, wer ein Kind bekommen hatte, wer krank geworden und wer gestorben war. Und über Bukas Interesse an einem braunhaarigen Mädchen, der Halbschwester seines Clanbruders Rana.

»Rana sagt, sie mag mich, aber immer wenn ich mit ihr rede, lächelt sie nur und läuft weg.«

Tama hörte sich die Vertraulichkeiten an, wie er es so oft in seinem Leben getan hatte, und wußte, daß Buka im Grunde keinen Rat, sondern nur ein offenes Ohr brauchte, um sich über seine eigenen Überzeugungen klar zu werden. Am Ende würde er tun, was er wollte. Tama fragte nach Bukas Clanbrüdern und hörte, daß Alturna von seinem Lehrmeister geschlagen worden sei, weil er bei der schmutzigen Lolli gelegen habe, dem verrückten Mädchen im Dorf, dessen alte Mutter nicht mehr in der Lage sei, sie im Haus zu halten.

»Manchmal benutzen die Wachen sie. Es ist nicht richtig«, sagte Buka mit empörten graublauen Augen. »Ke Rala verbietet ihnen, Mädchen mit in ihre Hütten zu nehmen, aber sie finden andere Wege, um die zu bekommen, die sie wollen. Der Häuptling hat keine Ahnung, was da vor sich geht. Er bleibt die meiste Zeit in seinem Haus. Rulf hat gesagt, daß er im letzten Winter viel gehustet hat.«

Am Nachmittag ging Buka zum Fischen an den Fluß hinunter, vielleicht weil er das Gefühl hatte, daß er auch etwas zum abendlichen Mahl beitragen sollte. Tama verbrachte oft die heißeste Zeit des Tages dösend in der Höhle, aber heute blieb er im Freien. Die von Süden aufziehenden Wolken, die er erwartet hatte, verdunkelten langsam die Sonne. Noch vor dem Abend würde es regnen. Bukas Erzählungen hatten bei Tama die Erinnerungen an das Dorfleben und dumme

Ängste in bezug auf Rulf wiederaufleben lassen. Es überraschte den alten Mann, daß seine Liebe zu Rulf mit Eifersucht und Besitzdenken verbunden war. Durch sein Verlassen des Dorfes hatte er seine Verantwortung für den Jungen abgegeben, aber er war immer noch begierig darauf, Rulf um sich zu haben, und beleidigt, weil er mit den anderen auf die Jagd gegangen war. Was ich will, dachte er, ist mein einsamer Friede hier, aber gleichzeitig Rulf in meiner Nähe. Ich bin ein selbstsüchtiger alter Mann. Und dumm dazu. Wo ist die Weisheit, die ich gefunden zu haben glaubte?

Der erwartete Regen setzte ein, noch bevor die Jäger zurück waren, aber Buka hatte ihn kommen sehen und kehrte mit drei Fischen zurück. Tama machte sich daran, die Steine der Feuerstelle in den Höhleneingang zu dem schnell eingerichteten Herd hin zu verrücken, den Rua mit einer Art Kamin versehen hatte, damit der Rauch so wenig wie möglich in die Höhle zog. Als die anderen schließlich eintrafen, glühte ihnen vom Höhleneingang bereits eine freundliches rotes Feuer entgegen. Sie kamen naß und zitternd herein, denn sie hatten keine Regenumhänge mitgenommen. Sie hatten mehrere Langohren erlegt, aber keine Schafe, und waren die meiste Zeit des Tages am Rand des großen Sumpfes entlanggewandert, um die überwachsenen Ruinen der seltsamen Gebäude in Augenschein zu nehmen.

»Es ist unheimlich«, sagte Rulf. »All diese riesigen Häuser. Ich hatte keine Ahnung, wie groß sie waren oder wie viele es davon gab. Was für große Kräfte und Werkzeuge sie gehabt haben müssen. Und jetzt sind alle tot. Das Wasser macht an manchen Stellen ein schlürfendes, schmatzendes Geräusch, oder ein Schilfrohr bewegt sich im Wind, beinahe so, als ob gleich irgend etwas wieder zum Leben erweckt würde.«

Die anderen sagten zuerst nur wenig. Die Ruinen schienen sie tief beeindruckt zu haben. Aber als sie sich gewärmt hatten und der Duft nach frisch gebratenem Fleisch in die Höhle zog, kehrte ihre Fröhlichkeit zurück. Tama holte eine Schüssel von dem geringen Vorrat an Apfelwein aus dem Schäferdorf hervor, und die Jäger tranken ihn mit so offensichtlichem Genuß, daß er die Schüssel noch einmal füllte und herumgehen ließ. Auch über das Fleisch machten sie sich mit mehr Vergnügen als am Vorabend her. Froschmaul verspeiste seinen Anteil mit solchem Heißhunger, daß er lange vor den anderen fertig war, lauthals über seine eigene Klugheit lachte, sich auf den Rücken legte, mit den Füßen in der Luft strampelte und dabei Knochen in die hinterste Ecke der Höhle warf. Sein Nachbar boxte ihn, um ihn wieder zu beruhigen, aber einen Moment später waren sie schon in einen Ringkampf verwickelt, während die anderen versuchten, ihr Fleisch vor ihren Armen, Beinen und dem herumfliegenden Sand in Sicherheit zu bringen.

»Hört auf ihr beiden! Hört sofort auf!«

Tama war überrascht über Rulfs herrischen Ton und noch überraschter, als er sah, daß die beiden schnaufenden Männer tatsächlich losließen und sich mit schamroten Gesichtern aufsetzten. Rulf sah Froschmaul an.

»Los, geh und sammle die Knochen ein, die du herumgeworfen hast. Vater Tama hält seine Höhle sauber. Er will nicht, daß Ratten hier hereinkommen.«

Froschmaul grinste, tat aber, wie ihm befohlen, und trug die Knochen zu einem Haufen neben der Feuerstelle zusammen. »Entschuldige, Vater«, sagte er, nicht so sehr aus Reue als aus Vergnügen, daß er die anderen unterhalten hatte. »Es ist der Apfelwein, Vater. Er ist mir zu Kopf gestiegen.«

Tama konnte nicht umhin, den großen Kerl trotz seiner kindlichen Ausgelassenheit zu mögen, und lächelte ihn an.

Aber später, als sie enger um das Feuer zusammensaßen und mit dem drehenden Wind die Plätze wechseln mußten, weil der hereinwehende Rauch sie zum Husten brachte, und Marka sein langes Haar kämmte, schüttelte und wieder kämmte, äffte Froschmaul ihn durch übertriebenes Kämmen seines eigenen Haares mit einem Stock nach. Seine Verhöhnung des Schönlings verwirrte Tama, während die anderen ihm wenig Beachtung schenkten und ihre Unterhaltung nicht unterbrachen. Vielleicht verriet sein Gesichtsausdruck sein Mißfallen, denn wieder war es Rulf, der Froschmaul ruhiger als zuvor ermahnte, mit dem Unsinn aufzuhören. Der freche Kerl schob seine Lippen vor und hob seine Augenbrauen in scheinbarer Überraschung, aber er war beleidigt und rollte sich bald danach in seine Decke ein. Einer nach dem andern machten sie es ihm nach, bis nur noch Rulf und Tama am Feuer saßen.

»Ihr hättet nicht so lange beim Sumpf bleiben sollen«, sagte Tama. »Dort geht das Böse um. Es hat meinen Freund Rua vor langer Zeit krank gemacht. Die Männer scheinen streitsüchtig zu sein.«

Rulf zuckte leicht mit der Schulter. »So sind sie eben manchmal. Froschmaul ist ein bißchen rauh, aber er hat ein gutes Herz. Es tut mir leid, daß wir nicht früher zurückgekommen sind, aber wir waren alle so fasziniert von den Ruinen. Morgen werde ich bei dir bleiben.«

Tama erwiderte nichts darauf. Sie schoben das Feuer zusammen und suchten ihre Decken auf. Das Heulen des Windes vor dem Höhleneingang dämpfte das Meeresrauschen.

Am nächsten Morgen regnete es noch immer in Strömen, und die Männer blieben in der Höhle. Tama zeigte Rulf seine Versuche, einen ungefähren Kalender herzustellen, und war höchst erfreut, als er den Jungen fast schelmisch grinsen und ein sauberes Holzstück aus seiner Hüfttasche ziehen sah, die er immer bei sich trug. Auf dem Holz waren mit dem Dolch saubere Kerben eingeritzt. Rulf erklärte.

»Das sind die Tage, seit wir das Dorf verlassen haben. Heute ist der zwölfte Tag. Der Häuptling hat mich gebeten, Wächter des Kalendersteins zu werden. Ich bewege den Tagesstift jeden Tag weiter, wie du es mich gelehrt hast. Ke Rala ist merkwürdig. Er scheint nichts gegen die Worte zu haben, die du in den Stein eingeritzt hast. Allerdings hat er mich gebeten, keine weiteren hinzuzufügen. Als ich ihm seinen eigenen Namen und seine Lebenslinie zeigte, konnte ich erkennen, daß er interessiert war, auch wenn er nur wenig sagte. Als ich das Dorf verließ, war der Tagesstift einen Mond und neunzehn Tage weiter als die Tagundnachtgleiche. Dann sind also jetzt …« – er zählte seine Dolchkerben – »… zwei Monde und drei Tage seit der Tagundnachtgleiche vergangen.«

Sie zählten Tamas Striche und merkten, daß er sechs Tage voraus war. Der alte Mann war glücklich.

»Na, ich war gar nicht so weit davon entfernt. Aber jetzt kann ich die Tage richtig weiterzählen. Das ist gut.«

Kurz nach Mittag klarte der Himmel auf, und die Männer wurden von der heißen Sonne ins Freie gelockt. Rulf redete leise mit Marka, der die anderen mit zum Strand hinunternahm, um in der hereinkommenden Flut Flundern zu speeren. Tama und Rulf kletterten über die Höhle hinaus zu einer Stelle hoch, die Tama besonders liebte. Von dort aus konnte man die ganze Bucht überblicken und zusehen, wie das Wasser die Landzunge umspülte. In die andere Richtung öffnete sich die weite Fläche der Ebene.

Dort saßen sie zusammen, unterhielten sich ruhig und teilten sich eher ihre Gedanken mit, als nach Antworten zu suchen. Tama lernte an Rulf die Eigenschaft schätzen, die auch Ke Rala ausgezeichnet hatte: Er ruhte ganz in sich selbst und würde von einer Entscheidung, die er einmal getroffen hatte, nicht mehr abweichen. Aber Rulf besaß eine feinere Unterscheidungsfähigkeit als der Häuptling und eine Einsicht in menschliche Schwächen, die ihn davor bewahren würde, dieselben Fehler wie der Häuptling mit seinem extremen Geltungsbedürfnis zu begehen. Er sah die Fehler von Marka und Froschmaul, dennoch hingen die beiden wirklich an ihm. Aus der Verwirrung der letzten beiden Jahre – dem plötzlichen Wechsel des Zuhauses, dem Tod von Escha und dem Weggang Tamas – war Rulf zu einem gefestigten Jungen mit gesundem Selbstbewußtsein herangewachsen, das nichts von Überheblichkeit oder Herausforderung an sich hatte, sondern eher eine ruhige Stärke ausstrahlte, auf die sich andere verlassen konnten.

Tama sah sich den jungen Mann, der sich faul auf den Felsen neben ihm ausgestreckt hatte, genau an. Die roten Lichter in dem dunkelbraunen Haar waren jetzt ausgeprägter, einzelne Haare leuchteten auf. Sein Körper war von der Sonne tief gebräunt und die Haut auf seinen Schultern wie poliertes Holz. Das Üben mit den Wachen und seine Schulung in Markas Disziplin hatten seine Schulter-, Arm- und

Beinmuskeln gestärkt. Der Ausdruck seiner lebhaften braunen Augen war klar und entschlossen. Ai-jee, dachte der alte Mann, er ist ein Enkel, auf den man stolz sein kann. Er wird ein guter Führer für unser Volk sein. Und zum erstenmal, seit er das Dorf verlassen hatte, spürte er so etwas wie eine anhaltende Verbindung mit dem Volk, das er zurückgewiesen hatte, nachdem er ihm ein Leben lang gedient hatte. Vielleicht wird in Rulf das Gute aus mir weiterleben, dachte er.

Mit ruhiger Stärke, aber ungeheurer Macht spürte er die Gegenwart seines Wahrheitssteins in seinem Geist, die einfließenden Kräfte aus der Luft, der Erde, dem Meer, allem um ihn herum. Er wandte sich an den Jungen. »Rulf, die Zeit ist gekommen, auf meinen Wahrheitsstein zu hören. Laß mich eine Weile allein. Ich werde dich später wieder rufen.«

Rulf sah seinen Großvater an, sah, wie sich das runzlige Gesicht zu vollkommener Empfänglichkeit entspannte und eine aufwallende Kraft sich in den waldgrünen Augen ankündigte. Er erhob sich und lief gemächlich den Hügel hinauf.

Tama nahm den Stein aus dem Beutel an seiner Seite und hielt ihn in beiden Händen. Er machte seinen Kopf frei von allen Gedanken, spürte, wie sie davonwirbelten wie Sand in einer Welle. An ihre Stelle trat eine leuchtende Klarheit. Er hob den Stein an seine Stirn.

Ein intensives blaues Licht war überall um ihn und in ihm, eine vollkommene Reinheit des Seins hielt ihn aufrecht. Er spürte, daß in dem Licht ein anderes Wesen auftauchen wollte, und eine innewohnende Kraft verdichtete sich.

Er sah zwei Hände, die sich ihm entgegenstreckten. Sie waren eng nebeneinander mit nach oben geöffneten Handflächen, Hände, die eine ungeheure Stärke und Schönheit ausstrahlten. Obwohl sie eindeutig in der Reichweite seines eigenen Sehkreises waren, empfand er, daß sie so weit wie die ganze Welt waren, alles enthielten, was es gab. Aus den offenen Handflächen begann sich eine Bewegung zu entwickeln, ein rhythmisches Fließen von Kraft von einer Hand zur anderen, als ob sich das Licht selbst in das Muster mit hineinweben wollte. Vor und zurück floß die Kraft in einer endlosen Bewegung, im Gleichmaß des fließenden Kreises, im Wechsel von Ebbe und Flut, Tag und Nacht, Geburt und Tod, Aufsteigen und Absteigen der Sterne, im universellen Tanz des Daseins.

Und in der Kraft nahmen menschliche Formen Gestalt an, die Hand in Hand tanzten, sich erhoben und dahinflossen im Pulsieren der Kraft, tanzende Männer und Frauen, die in ihrer Anbetung des Lebens einen Bogen spannten von einer Hand des Gottes zur anderen. Sie waren menschlich, aber gleichzeitig auch mehr als menschlich, denn sie waren wie die Schriftzeichen geformt, die Tama aus dem endlosen Fließen des heiligen Kreises erweckt hatte. Sie kamen aus dem dunklen Raum genau in der Mitte zwischen den beiden Händen; die lebendigen Kräfte des menschlichen Denkens tanzten den ewigen Reigen des sprudelnden Lebens und kehrten durch den Mittelpunkt zu dem unbekannten Wesen des Gottes zurück, nur um immer und immer wieder in das Licht geboren zu werden.

Und Tama wurde zu einem Teil des Tanzes, gab und empfing, und die Zeichen, die er gemacht hatte, verwoben sich mit den Mustern der universellen Lobpreisung. Jenseits von Zeit und Wandel, jenseits allen menschlichen Strebens und Leidens bestand der Kern des Lebens nur aus dem Tanz zwischen den geöffneten Händen des Gottes.

Rulf saß lange Zeit in Rufweite der reglosen Gestalt, die mit dem Kopf in den Händen dasaß. Er sah, wie die Jäger vom Strand zurückkamen, wie die Möwen sich lautlos ihren Weg vom Meer zu den Hügeln hocharbeiteten, wie die Sonne in dem Dunst der Berge am Rande der Welt ausbrannte und wie der alte Mann schließlich langsam aufstand und um sich sah. Der Junge ging zu ihm. Das Gesicht, das er erblickte, strahlte von innen heraus, und der junge Mann wurde von einer Ehrfurcht ergriffen wie angesichts der Präsenz einer Gottesmacht. Tama berührte ihn und ließ etwas von der überschäumenden Freude in ihm zu seinem Enkelsohn überfließen.

»Ich habe meine Vision gehabt, Rulf. Ich kenne jetzt den

Zweck meines Herkommens. Ich weiß jetzt, warum ich mein Volk verlassen und Tukkis Freundlichkeit zurückgewiesen habe, um hier allein in der Höhle zu leben. Hier kann ich die Arbeit tun, die Ka Balu mir aufgetragen hat. Hier kann ich die Enthüllung seiner Wahrheit für unser Volk und das Volk vom Langen Wasser aufschreiben. Mein Schreiben ist gottgegeben.«

Rulf konnte nicht umhin zu glauben, daß er die Wahrheit hörte.

»Und eines Tages wirst du erhalten, was ich schreiben werde, wenn Ka Balu es so will. Du wirst damit umgehen können, eine Macht des Guten für die Herrscher unseres Volkes. Du und ich stehen im Dienst der Gottheit.«

Sie schritten schweigend den Hügel hinunter. Es war ein Schweigen vollkommener Übereinstimmung. Den ganzen Abend lang, während das Feuer angezündet wurde und die Jäger ihr Fleisch teilten, übertrug sich etwas von der Schönheit und Kraft von Tamas Vision, die ihn immer noch mit einem Leuchten erfüllte, auf jeden von ihnen, so daß ihr kleiner Kern menschlicher Wärme von der zeitlosen Kraft der Hügel, den weiten Bewegungen des Wassers jenseits davon und der unfehlbaren Wiederkehr der Sterne gespeist zu sein schien.

3

Als er wieder allein war, verflüchtigte sich das Gefühl von Rulfs Gegenwart bald, und Tama fand im Wiederaufnehmen des gewohnten Tageslaufs die Heiterkeit, die er für seine Arbeit brauchen würde. Zwar war die Vision völlig klar und eindeutig gewesen, doch mußte er jetzt selbst die Richtung finden, in die er seine Gedanken lenken würde. Von den Schriften, die verbrannt worden waren, waren nur wenige das Ergebnis seiner eigenen inneren Reflexionen gewesen, die meisten dagegen eine Zusammenstellung der Geschichten, Legenden, Sitten und Stammbäume seines Volkes. Was er jetzt versuchen wollte, war etwas völlig Neues und erforderte die Entwicklung höchster geistiger Disziplin, wenn er geistige Wahrheiten in ihrer ganzen Reinheit aufzeichnen wollte. Es gab jetzt keinen Zweifel mehr daran, daß es richtig war, die Enthüllung Ka Balus aufzuschreiben. Er hatte jetzt keine Angst mehr, Ke Rala würde ihm dabei über die Schulter blicken. Aber er merkte bald, daß er seinen eigenen Geist von verborgenen Gedanken und Gefühlen, in die er verstrickt war, freimachen mußte, wie man einen Garten von Unkraut befreien muß, bevor er gesunde Pflanzen hervorbringen kann. Und außerdem würde er seine neue Klarheit auf die Wahrnehmung von Farben und Geräuschen, Gerüche, Geschmäcker und die Berührung mit allen Dingen um ihn herum anwenden müssen, damit er in jeder Empfindung und Regung des Körpers und des Geistes eine neue Ausdrucksform des fließenden Kreises erkennen könnte. Diese große Vision war ständig in ihm, und er wußte, daß er in der Lage sein würde, die Wahrheiten, die aufgeschrieben werden mußten, genau zu bestimmen, sobald er seinen Kopf von dem ganzen Unrat befreit und leergemacht hätte.

Von neuem Mut erfüllt, stand er jeden Morgen kurz nach Sonnenaufgang auf und begab sich hinab zu dem seichten

Wasserloch im Fluß. Dort badete er, erneuerte seinen Körper und Geist, der sich über Nacht ausgeruht hatte, und kletterte dann wieder zu seiner Höhle hinauf. Er veränderte seine Essenszeiten, nahm bis spät am Morgen nichts zu sich und dann erst wieder am Abend. Nachdem er etwas von dem Quellwasser getrunken hatte, breitete er sein Hirschfell auf einem Felsen seitlich über der Höhle aus. Dort saß er den ganzen Morgen und ließ sein vergangenes Leben an sich vorüberziehen.

Am frühen Nachmittag ruhte er sich in der Höhle aus und schlief manchmal eine Weile. Abhängig vom Stand der Gezeiten fing er Flundern und stellte seine Langohrfallen auf, rechtzeitig bevor die Tiere in der Kühle des Abends aus ihrem Bau hervorkommen würden. Da er immer an frisches Obst und Wurzel- und Blattgemüse gewohnt gewesen war, hatte Tama sie bald vermißt. Von den getrockneten Nahrungsmitteln, die Tukki ihm mitgebracht hatte, waren jetzt nur noch ganz wenige übrig. Rulfs Männer hatten ihm mehrere Fische dagelassen, aber es war ihm nicht gelungen, viele von ihnen zu räuchern. Die anderen waren verdorben und mußten vergraben werden. Aber er hatte keine Angst, nicht genug zu essen zu haben, und beschloß, den Großteil des letzten Herbstmondes mit dem Vorbereiten und Anlegen eines Wintervorrats zuzubringen.

Jeden Morgen überließ er sich der großzügigen Wärme des Sommers und grub aus seinem Geist Erinnerungen aus, die er dann sorgfältig neu ordnete. Viel Schmerzliches mußte noch einmal durchlebt werden. Stück um Stück nahm er sein Leben auseinander, als prüfte er Garn auf seine Faserstärke, bevor er es zu einem Muster verwob, wobei er darauf achtete, daß er seine Handlungen einer unbeeinflußten Prüfung unterzog. Immer hielt er nach den verführerischen Sümpfen der Gefühle Ausschau, die nur darauf lauerten, ihn in ihre dunkle Tiefe hinabzuziehen. Es verschaffte ihm große Befriedigung zu merken, daß er immer mehr von der Stärke erlangte, die nötig war, um den Mann, der er war, ohne die eitle Reue zu betrachten, die seine Wahrnehmung erschwerte. Aber ob er das, was er in der Vergangenheit getan hatte, gut oder schlecht gemacht hatte, war nicht mehr wichtig – es mußte anerkannt werden und seinen Platz im Reigen des Lebens einnehmen.

Je länger er sich mit dem Aufrollen seines Lebens beschäftigte, desto mehr wurde sich Tama bewußt, daß die Gesetze Ka Balus, in deren Dienst er sein ganzes Leben gestellt hatte, nicht so sehr darauf ausgerichtet waren, einen Mann oder eine Frau mit ihrem Gott in Beziehung zu bringen, sondern mehr dazu dienten, den Männern und Frauen ein Zusammenleben zu ihrem eigenen Besten zu ermöglichen. Die Zäune um die Gärten, die Entwässerungsgräben um die Häuser und das tägliche Auffüllen der Abfallgruben mit Erde dienten ebenso zum Lobpreis des Gottes wie Ke Ralas Versammlungen bei Sonnenaufgang und das Herabbeschwören von Regen durch den Priester. Aber er sah auch, daß die Menschen im allgemeinen ihr ganzes Leben darauf verwenden konnten und es auch taten, den Rahmen des Dorflebens aufrecht zu erhalten, und keinen Versuch unternahmen, weiter in die Räume ihres eigenen Geistes vorzudringen. Ka Balu wurde meist zu einem Namen, den man aussprach, um die Möglichkeit einer weiterreichenden Wahrheit oder eines anderen Wissens auszuschließen. Die Gesetze Ka Balus gaben den Dorfbewohnern kluge Richtlinien für ihr tägliches Zusammenleben, ihre Nahrungssuche, den Hausbau, für die Begrüßung eines Neugeborenen, das Zusammenkommen im Bund der Ehe und das Abschiednehmen von den Toten.

Aber Tama wußte, daß er in seinem eigenen Leben als Priester diese Grenzen überschritten und andere Wirklichkeiten kennengelernt hatte, zu denen nur wenige vorstießen. In diesem Geist hatte er das Schreiben entwickelt in der Hoffnung, dem Selbstbewußtsein des Volkes dadurch neue Wege aufzeigen zu können. Doch die Feindseligkeit und Angst, die durch sein Unterrichten der Clanbrüder in der Kunst des Schreibens ausgelöst worden waren, zeigten, wie töricht sein Versuch gewesen war. Wirklich vonnöten war dagegen eine neue und tiefere Offenbarung von Ka Balus Wesen als Herr des fließenden Kreises des Daseins, in der die Entdeckung von neuem Wissen als Teil eines ewigen Wandels angesehen wurde, als Enthüllung dessen, was im Keim schon immer vorhanden war, als eine andere Art des Wachsens in Richtung eines vollkommeneren Verständnisses.

Schwer fiel Tama die Entscheidung, ob solche Mächte ohne Einschränkung für alle Menschen zugänglich gemacht werden oder das Mittel darstellen sollten, durch das Priester, Häuptlinge und Älteste dem Volk Ka Balu näherbrachten. Er versuchte sich Rulf als Häuptling vorzustellen und sich darüber klar zu werden, ob Rulf solche Kräfte der geistigen Auslegung der Dinge wohl wollte oder brauchte. Er sah in Rulf eher einen weiseren, sanfteren, geliebteren Ke Rala als einen anderen Tama, der immer weiter in seinen eigenen Geist vordrang.

Ich bin ich und ich allein, dachte der alte Mann. Vielleicht unterscheide ich mich von anderen mehr, als mir klar ist. Vielleicht wollen nur wenige zu den Wahrheiten vorstoßen, die ich finden will. Wenn dem so ist, muß ich sie die Gestalt annehmen lassen, die sie verstehen können, und sie nicht an die vergeuden, die darauf herumtrampeln werden. Je mehr er sich damit auseinandersetzte, desto sicherer wurde er sich, daß das, was er schreiben würde, allein denen vorbehalten sein sollte, die sich zum Studium der großen Geheimnisse hinter dem Schein der Dinge hingezogen fühlten, wie er selbst es gefühlt hatte. Wenn er mit dem Schreiben beginnen würde, müßte es auf Leser ausgerichtet sein, die verstehen würden, daß sich mit dem Wachsen alles verändert, wie sich auch die Sitten selbst ändern sollten, wenn der Mensch über die Grenzen seiner Kindheitslehren hinauswachsen wollte. Wissen ist nicht als Käfig gedacht, überlegte er, sondern als etwas, das immer weiter wächst und sich zur vollen Blüte entfaltet. Der Schmetterling sprengt seine Puppe und fliegt in ein neues Leben hinaus. Weshalb sollten nicht auch Männer und Frauen, sogar noch während sie sich in ihrem Körper befinden, ein neues geistiges Leben beginnen? Müssen wir denn auf den Tod warten, um den unvermeidlichen letzten Wandel zu vollziehen, bevor wir bereit sind zu wachsen?

In seinen Jahren als Priester hatte Tama gesehen, daß die meisten Leute das, was das Leben ihnen vorbehalten hatte, mit Leiden an Körper und Geist ertrugen. Diese Art ruhiger Stärke war der Anfang von Weisheit. Nur wenige blickten darüber hinaus und versuchten sich eine neues Leben anstelle der alten zerschlagenen Hoffnungen zu schaffen. Vielleicht war das Uunus Größe gewesen, dachte Tama. Gefangen in einem verkrüppelten Körper, ließ er seinem Geist im Reich der Natur freien Lauf und sah die Schönheiten, an denen die anderen blind vorübergingen. Und Vani, die in ihrer Jugend und Schönheit dem Tod geweiht war, hatte genug Größe gezeigt, um das bittere Wissen hinzunehmen, indem sie sich stolz in ihr Schicksal fügte. Oder Gilda, die im Leben ihres Volkes nie die Verbote Ka Balus gekannt hatte, die ohne jede Angst aufgewachsen war, neue Wege zu suchen, Ideen in Frage zu stellen, Veränderungen anzunehmen und ein neues Leben zu beginnen. Ihr letztes Unterfangen schien im nachhinein Wahnsinn gewesen zu sein, dennoch konnte Tama ihr nicht verübeln, daß sie den Versuch unternommen hatte. Obwohl sie und ihre Gefolgsleute am Ende nur Schnee, Hunger und den Tod gefunden hatten, konnte er sich nicht vorstellen, daß ihr Mut sie je verlassen hatte. Hätte ich ihr wohl, wenn ich sie geheiratet hätte, eine größere Erfüllung geben können, als sie sie gefunden hat?

Er dachte an Escha, an die Jahre ihrer treuen Dienste für ihn und daran, wie wenig er in Wirklichkeit über die Wege ihres Geistes gewußt hatte. Sie war eine sehr zurückhaltende Person gewesen, mehr als die meisten ihres Volkes, aber er merkte, daß viel von seiner neuen Vision, die jetzt in ihm zum Leben erwacht war, auf ihre Zweifel oder ihr Infragestellen des Gehorsams der Leute des Hirschvolks gegenüber den Gesetzen Ka Balus zurückging. Wenn sie damit konfrontiert wurde, war sie immer irritiert gewesen. Sie hatte sich oft geweigert, an Ke Ralas Sonnenaufgangsversammlungen teilzunehmen, aber da sie nicht ins Hirschvolk hineingeboren war, wurde ihre Abwesenheit wortlos hingenommen. Durch die Geschichten des Schäfervolkes, die sie Yaka und Rulf erzählt hatte, hatte Tama die besonderen Eigenschaften der Schäfer, ihren Witz, ihre Sanftmut und Toleranz zu schätzen gelernt. In den Geschichten des Hirschvolks war davon nur selten die Rede. Weit mehr als in Yaka wird Escha in Rulf Gerechtigkeit widerfahren, dachte Tama.

Etwa zwei Monde nach dem Mittsommertag, gegen Ende seiner Zeit der bewußten Selbstprüfung, statteten ihm Tukki und der kleine Sarn einen Besuch in der Höhle ab. Sie brachten Kas mit, einen fröhlichen, säbelbeinigen Freund, der ebenfalls Fischer war und darauf bestanden hatte, die schwersten der Bündel mit frischen Nahrungsmitteln zu tragen, die sie mitbrachten. Tama war ihnen für die Taschen und Körbe voll frischer Äpfel, Pflaumen, Kartoffeln, Kürbisse und Gebackenem von Beth's Herd und die Krüge voller Sonnenwasser über die Maßen dankbar.

»Wie soll ich das je alles essen?« fragte Tama, aber seine Freunde lachten nur und versicherten ihm, daß sie ihm gern aus der Verlegenheit helfen würden. Sie blieben fünf Tage. Es war eine glückliche Zeit für Tama. Er redete und aß mehr als sonst, lachte und ging mit den anderen auf felsigen Pfaden und am Sandstrand spazieren. Der kleine Sarn bestand darauf, Großvater Tama zum Fischen mitzunehmen, und war überrascht, als er merkte, daß der alte Mann genausoviel über das Speeren von Flundern und Fangen von Aalen wußte wie er selbst. Mit dem kleinen Sarn genoß Tama seine Zeit ohne einen Wunsch über den Tag hinaus, denn in der fröhlichen Gesellschaft des Jungen spürte er nichts von der Verlustangst und dem Abschiedsschmerz, die er im Zusammensein mit Rulf empfunden hatte. Tukki und Kas erlegten noch mehr Langohren und spannten ihre Häute zum Trocknen auf, nachdem Tama erwähnt hatte, daß er für sein Buch noch mehr Häute brauche, als er bereits vorbereitet habe.

»Du wirst also ein Buch machen wie das Alte Volk, stimmt das?« fragte Kas. »Wirst du es uns vorlesen, wenn es fertig ist?«

»Vielleicht werdet ihr gar kein Interesse daran haben«, antwortete Tama. »Warten wir's ab.«

Tukki, der ihn später fast dasselbe fragte, versuchte er genau zu erklären, welcher Art der Inhalt seines Buches sein würde, aber es fiel ihm äußerst schwer, das Denken eines ganzen Lebens zusammenzufassen. Aber Tukki verstand die Querverbindungen zu den Dingen, an die die Schäfer glaubten. Tama sagte:

»Ich werde bald schreiben. Ich weiß schon mehr oder weniger, was ich sagen will, aber ich weiß noch nicht, wie ich anfangen soll. Es gibt so viel zu sagen. Wie ich meine Gedanken ordnen soll, das ist das Problem.«

»Es gibt nur den Fluß«, sagte Tukki.

Tama sah seinen Freund an, der sich träge auf einen Ellbogen gestützt hatte, an einem Grashalm herumkaute und dabei aufs Meer hinaussah. Er schwieg einen Moment, drückte dann dankbar Tukkis Schulter und sagte: »Du hast mir gerade meinen Anfang geliefert. Natürlich: ›Es gibt nur den Fluß‹. Aus dem Zeichen des fließenden Kreises habe ich die Formen für meine Schrift entwickelt. Der Fluß wird mich mit sich reißen und mein Schreiben lenken. Gesegnet seist du.«

Tukki lächelte. »Wenn du noch irgend etwas wissen willst, brauchst du nur Tukki, den Fischer, zu fragen.«

Tama fiel es schwer, am sechsten Tag von ihnen Abschied zu nehmen.

»Denk immer daran«, sagte Tukki, »daß du bei uns jederzeit willkommen bist, falls du dich entscheiden solltest, die Höhle zu verlassen, wenn das Wetter zu schlecht wird. Aber wir werden versuchen dich im Herbst noch einmal mit späten Äpfeln und Walnüssen zu besuchen und nachsehen, wie es dir dann geht.«

»Mir wird es gut gehen«, sagte Tama. »Auch Rulf hofft, vor dem Winter noch einmal herkommen zu können. Es wird gut für mich gesorgt. Mach dir um mich keine Sorgen, wenn du vor dem Winter nicht mehr wiederkommen kannst.«

Es dauerte ein bis zwei Tage, bis er sich wieder an die Stille gewöhnte und in sie hineinhorchen konnte. Aber bald darauf mischte Tama seine Tinten, suchte sich die stärksten Möwenfedern aus und beschrieb auf einem Tisch aus Steinplatten seine steifen Pergamente. Als erstes schrieb er die

Worte, die der unbewußten Reinheit von Tukkis Herz entsprungen waren:

Es gibt nur den Fluß.

Während die Sonne jeden Tag weiter nördlich am Horizont auf- und weiter nördlich hinter den fernen Bergen unterging, schritt die Arbeit voran, nicht immer ununterbrochen, wie Tama es sich vorgestellt hatte, sondern plötzlichen Eingebungen folgend, von denen manche ausgereifter waren als andere, und manchmal mit Pausen von mehreren Tagen, bis er wieder eine neue Einsicht bekam. Da es etwas ganz anderes war als alles, was er bisher geschrieben hatte, merkte er bald, daß auch die Technik des Schreibens eine andere war. Und er merkte, daß sich viele seiner Gedanken, denen er manchmal tagelang nachhing, oft plötzlich während einer belanglosen Tätigkeit in ein paar Worten herauskristallisierten, die er dann umgehend zu Pergament brachte.

Es dauerte fast einen Mond, bis er das erste Pergament vollgeschrieben hatte. Für das zweite brauchte er weniger als die Hälfte der Zeit und für das dritte mehr als einen Mond. Doch zu diesem Zeitpunkt machte Tama sich bereits Gedanken, ob Rulf vor dem Winter überhaupt noch kommen würde. Die Tage waren schon deutlich kürzer geworden, die Nächte kühler, und zwei Tage kalte Regenschauer aus dem Süden, die ihn an die Höhle banden, gaben Tama einen Vorgeschmack auf den Winter. Als nach seinem Kalender zwei Monde seit der Tagundnachtgleiche vergangen waren, fand er sich damit ab, daß Rulf wohl nicht mehr kommen würde. Bestimmt ist es Ke Ralas Schuld, dachte er, und nicht Rulfs Entscheidung. Er würde sicher kommen, wenn er könnte. Schwere Regenfälle konnten jetzt jederzeit die Flüsse anschwellen lassen. Seine Gedanken wanderten zu Tukki in der Hoffnung, der gutmütige Freund möge vor Einsetzen des Winters nochmals über die Hügel kommen. Aber Tukki kam nicht, und so sehnsüchtig Tama auch in Richtung der Hügel sah, es kam kein kleiner Sarn heruntergehüpft.

Tama sorgte dafür, daß alles, was er für den Winter

brauchte, in der Höhle war. Ein riesiger Stapel trockenes Holz bedeckte die eine Wand, und vor der Höhle lehnten weitere Äste an den Felsen, die bei Bedarf zum Trocknen hereingeholt werden konnten. Er hatte Ruas schnell hergerichteten Steinkamin über der Feuerstelle nahe dem Höhleneingang durch Zustopfen der Risse mit Lehm verbessert, so daß er auch bei feuchtem Wetter, wenn der Wind nicht zu stark war, über einem Feuer kochen konnte. Ein paar hereinwehende Regentropfen, die auf der Glut zischten, würde er eben in Kauf nehmen müssen. Von dem großen Haufen trockenen Farns konnte er etwa jeden Mond etwas wegnehmen und den zusammengedrückten Farn unter seiner Sitzbank ersetzen, die dann allmählich unbequem wurde. Die Essensnische quoll über vor Vorräten. Hie und da hatte er Stecken in die Risse im Felsen gesteckt und Bündel mit Obst, Kartoffeln und Kürbissen daran aufgehängt. Er sah sie vergnügt an und dachte: Soll ich das wirklich alles essen? Wieviel es doch braucht, um einen einzigen kleinen Körper am Leben zu erhalten.

Der kürzeste Tag kam, und nach ein paar Regentagen war es kalt geworden, und der Himmel hing tief. Aber das Wetter hatte sich bisher noch nicht so rauh oder stürmisch gezeigt, daß Tama die Höhle nicht jeden Tag wenigstens eine Zeitlang verlassen konnte. Wenn der Rest des Winters nicht schlimmer wird, dachte er, habe ich nichts zu befürchten. Er schrieb stetig an seinem Buch weiter und war zufrieden.

Aber das milde Wetter ging seinem Ende zu. Plötzlich kamen sehr viel kältere Regenschauer über die Hügel herangepeitscht, wilde Windstöße fuhren in den Höhleneingang und drückten den Rauch durch Ruas Felsenkamin in die Höhle hinein. Das Meer wurde zu einer verschwommenen, schäumenden Wassermasse, die Tag und Nacht in die Bucht hereinbrandete. Fischen zu gehen kam nicht in Frage. Da die Höhle so groß war, daß er darin herumlaufen konnte, und es von Zeit zu Zeit möglich war, ein Feuer anzuzünden, litt Tama am Anfang nicht sehr darunter. Am schlimmsten war es, wenn das Feuer aus und die Höhle kalt war.

Aber als dann ein Regentag dem anderen folgte und sich

zwischen den nur durch kurze Pausen unterbrochenen Schauern nie auch nur ein Sonnenstrahl zeigte, merkte der alte Mann, daß sich seines Geistes eine Niedergeschlagenheit bemächtigte, die nicht weichen wollte. Fast den ganzen Tag saß er in eine Decke gehüllt an einem winzigen Feuer, das er bei geringer Flamme erhielt, um den Rauch zu vermindern, und starrte auf den formlosen, bleiernen Himmel hinaus. Eines Morgens wachte er auf und sah, daß gefrorener Hagel im Höhleneingang hing und die Felsen draußen vom Eis zu glatt waren, um auch nur einen Fuß hinaus zu setzen. »Ai-jee«, murmelte er, »ich kann nicht mal zum Wasserlassen hinausgehen.« Sein Leiden wurde noch verstärkt, als der Antrieb zu schreiben von körperlichen Beschwerden überlagert wurde, weil die Höhle und alles in ihr ständig feuchter wurden. An mehreren Stellen tropfte Wasser durch die Risse in den Felsen und mußte entlang der Höhlenwand zum Eingang hinausgeleitet werden, der glücklicherweise tiefer lag als der hintere Teil der Höhle.

Unter den eintönigen Tagen, die er auf dem Wandkalender festhielt, gab es manche, an denen Tama fest entschlossen war zu schreiben und den ganzen Morgen lang über sein Pergament auf dem Steintisch gebeugt dasaß, ohne auch nur ein Wort zu schreiben. Er wußte, daß die Wahrheit immer noch in ihm war und nur darauf wartete, freigesetzt zu werden, aber er wußte auch, daß der Körper seinen eigenen Willen hatte und seine Kräfte auf seine eigenen Bedürfnisse und Befriedigungen richtete. Nach solchen Fehlschlägen wanderte er verunsichert in der Höhle herum, berührte Dinge, hob etwas auf und legte es wieder an seinen Platz oder brachte eine feuchte Decke ans Feuer, die er, so gut es ging, im Rauch trocknete. Er aß weniger, nicht weil er nicht genug besessen hätte, sondern weil es so schwierig war, das Feuer in Schach zu halten. Tukkis sorgfältig getrocknete Nahrungsmittel, Fisch, Ente, Wurzeln und schrumpelige Äpfel würden ihm reichen, das schlechte Wetter zu überstehen, aber er sehnte sich nach dem Geschmack frisch gefangener Flundern. Er konnte sich nicht ausreichend reinigen, sein Körper stank, und seine Haut juckte.

An einem grauen Nachmittag, als sich die Wolken über den düsteren Wellen in der Bucht etwas lichteten und helle Streifen weiter oben am Himmel einen blassen Glanz durchscheinen ließen, warf er sich seinen Hirschfellumhang um die Schultern und bahnte sich vorsichtig seinen Weg über die feuchten Felsen zum Strand hinunter. Der Wind zerrte an ihm, und auf seiner Dolchseite donnerte das Meer herein, aber er merkte, wie sich seine Stimmung deutlich hob, als sich sein Körper erwärmte in dem Kampf, auf den Beinen zu bleiben. Einmal hielt er an und blickte in den Wind, der ihm seinen Umhang von den Schultern zu reißen drohte. Während ihm seine grauen Locken fast vom Kopf zu fliegen schienen, hob er die Faust in den Wind und schrie: »Ai-jee! Du kannst noch so wild tun, Wind, aber mit mir ist es noch nicht aus! Ich werde dich überleben, Wind!«

Der Himmel verdunkelte sich über den Hügeln, als sich der alte Mann wieder auf den Heimweg machte. Er sah wie ein winziger, windgepeitschter Käfer aus, der sich vorsichtig und mit zweifelhaftem Fortschritt seinen Weg der schwarzen Wolkenbank entgegen bahnte. Ein stechender, harter Regen prasselte beim Erklimmen des Pfades auf ihn nieder.

Ein weiterer Tag endete mit dem frühen Einbruch der Nacht. Tama zündete seine Lampe an, saß an einem knisternden Feuer und wärmte sein Fleisch auf. Er aß langsam, ohne Appetit, und schob das Fleisch im Mund herum, ohne zu kauen, während sein Geist den Gedanken nachjagte, die er nicht zu fassen vermochte. Er hatte in letzter Zeit weniger geschlafen, bei Nacht lange wach gelegen und war so in der Lage gewesen, das Feuer immer am Glühen zu halten, so daß er es jeden Tag ohne Schwierigkeiten neu entfachen konnte und darin Trost fand während der langen Dunkelheit. Aber der Spaziergang am Strand war gerade genug körperliche Betätigung gewesen, um früher als gewöhnlich einzuschlafen und wenigstens dieses eine Mal das gleichförmige Donnern des Meeres, das sonst wie ein Trommeln in seinem Kopf weiterdröhnte, zum Schweigen zu bringen.

Plötzlich wachte er mit wild klopfendem Herzen auf. Etwas hatte ihn berührt. Er war sich ganz sicher. Ängstlich stützte er sich auf einen Ellbogen auf. Etwas huschte über den Sand, ein leises Quieken wurde von einem anderen Quieken beantwortet. Ratten! Tama schrie heiser auf, richtete sich mühsam auf, während ihm vor Ekel eiskalte Schauer über den Rücken liefen. Vom Feuer war nur ein winziges Glühen zu sehen. Er tastete sich vorsichtig darauf zu, verzweifelt bemüht, keinen lebendigen Körper zu berühren. Der Regen prasselte auf den Höhleneingang herunter, und er fand kaum genug Licht, um die halbverbrannten Holzstückchen auf die letzte Glut schieben zu können. Aus dem hinteren Teil der Höhle, wo die Ratten das Essen gerochen hatten, war weiterhin ein Hin- und Herhuschen und Quieken zu vernehmen. Vorsichtig versuchte Tama, mit kleinen Holzstückchen das Feuer wieder in Gang zu bringen, machte einen kleine Haufen aus Zweigen und Abfällen aus der Feuerstelle, und bald erleuchteten die Flammen den Boden und die Wände der Höhle. Ein Stein krachte herunter. Wut und Angst stiegen in ihm auf, und er kämpfte um Selbstbeherrschung. Sie waren hinter seinem Essen her.

Er legte einen langen Ast ins Feuer, bis er gut brannte, drückte sich dann damit an der Wand entlang in den hinteren Höhlenteil. Ein großer, rachedurstiger Schatten folgte ihm. Schreiend und fluchend erreichte er den hinteren Teil und sah, wie eine Ratte von einem herabhängenden Bündel mit Fischkuchen auf den Boden sprang. Andere huschten quiekend unter den Farnhaufen. Tama schwang ihnen die glühende Fackel entgegen und mußte husten von dem Rauch, der dadurch verursacht wurde. Er sah, wie einige Ratten auf den Eingang zu rannten, aber da er sicher war, daß sich noch manche unter dem Farnhaufen versteckt hielten, warf er Steine hinein und hielt seine brennende Fackel vor sich, um sie den fliehenden Ratten entgegenzustrecken. Ein Farnbündel rollte nach vorn, fiel auf die Fackel herunter und stand einen Moment später lichterloh in Flammen. Tama sprang zurück, als drei Ratten an ihm vorbeisprangen. Trübes Licht erhellte die Wände, und der Farnhaufen fiel in knisternden Flammen in sich zusammen. Die Hitze trieb Tama dem Eingang zu. Voller Verzweiflung schüttete er eine

Schüssel mit Regenwasser in Richtung der Flammen, obwohl es keinen Sinn hatte. Doch so schnell sie entstanden waren, erloschen sie auch wieder. Er bewegte sich auf die sich kräuselnden roten Feuerwürmer zu, scharrte sie von dem Holzstapel weg, packte einige, die noch glühten, und trug sie zu der Feuerstelle hin. Dort machte er sich daran, ein Feuer zu entfachen, das sowohl Licht als auch Wärme spendete, und ertrug ohne Murren den lästigen Rauch, während der endlose schwarze Regen nur ein paar Schritte vor ihm herunterpeitschte und die Nacht langsam einem Tag ohne Sonnenaufgang entgegenkroch.

Den ganzen nächsten Tag, während er Farnasche hinauskehrte, seine Nahrungsmittel überprüfte und die unberührten Beuteln an einen sichereren Platz räumte, überlegte er fieberhaft, wie er die Ratten hindern könnte, ihn noch einmal heimzusuchen. Er verabscheute sie so sehr, daß er jede Grausamkeit angewendet hätte, um sie loszuwerden. Auch wenn sie wie er ein Teil der Wandlungen des Lebens waren, mochte zwar Ka Balu ihren Zweck kennen, aber zwischen Tama und Ratten konnte es nur Angst und Haß geben. Er bereitete kleine Häufchen aus Zweigen, Holzsplittern und übrig gebliebenem Farn vor, um sie bei Einbruch der Nacht am Eingang schnell an Ort und Stelle schieben zu können. Vielleicht konnte er eine kleine Feuermauer errichten, die die scheußlichen Viecher nicht zu überqueren wagten; allerdings fürchtete er, dadurch selbst am Rauch zu ersticken. Tagsüber versuchte er zu schlafen, aber die Angst ließ ihn nicht zur Ruhe kommen, so daß er bei Einbruch der Nacht ein glühendes Feuer bewachte und bereit war, beim ersten Anzeichen eines Quiekens unter den Reisighaufen kleine Brände zu legen.

Völlig elend, aber mit wachen Sinnen hockte Tama beim Feuer. Seine Augen waren auf die dunklen, nassen Steine am Höhleneingang gerichtet. Er wartete lange Zeit und war gerade dabei, seine Sitzhaltung zu verändern, als er hinter sich einen dumpfen Aufschlag hörte. Seine Haare standen ihm im Nacken zu Berge, als er sich umdrehte und hoch oben an der rückwärtigen Felswand über ein Felsgesims einen schwarzen Schatten huschen sah, der dann anhielt und sich auf den Boden fallen ließ. Tama stand mit zitternden Beinen auf. Eine dritte Ratte kam aus irgendeiner unsichtbaren Gesteinsspalte hoch oben an der Wand hervor, schlitterte mit dem Gesicht nach unten um den Sims herum, hielt an und ließ sich dann auf den Boden herabfallen.

Tamas Herz klopfte ihm bis zum Hals. Er dachte sogar, er müsse sich übergeben, aber statt dessen hob er einen brennenden Ast auf und begab sich in die Höhle hinein. Eine große graue Ratte kauerte sich zusammen und fauchte ihn mit gefletschten Zähnen an, bevor sie zur Seite sprang und in den Holzstoß hineinrannte. Zwei andere folgten ihr. Tama wedelte mit dem rauchenden Ast, so nahe es ging, vor dem Holzstoß herum, ohne ihn in Brand zu setzen, aber keine Ratte kam zum Vorschein. Er kehrte zum hinteren Teil der Höhle zurück und hielt den funkensprühenden Ast hoch, um zu sehen, wo das Loch war, durch das die Ratten hereinkamen, aber er konnte nichts erkennen. Hilflos kehrte er zum Feuer zurück und starrte in den Holzstoß, der an der ganzen Höhlenwand entlang aufgeschichtet war. Auch wenn er ihn einreißen würde, müßte er das getrocknete Holz irgendwo unterbringen. Es würde den Biestern immer Schutz bieten.

Lange Zeit verging, bis er es ein nächstes Mal quieken hörte. Anstatt sich sofort zu bewegen, wartete er ab und sah zwei Ratten aus dem Holzstoß heraus auf ein paar andere zuschießen, die sich von der Wand hatten herunterfallen lassen. Er hob mehrere faustgroße Steine auf und ging ruhig halb in die Höhle hinein. Mehrere Ratten zerrten an etwas, das sie hinuntergeworfen hatten. Vorsichtig zielte er und warf einen Stein nach ihnen. Eine Ratte quietschte laut auf, die anderen flohen. In dem flackernden Fackellicht sah er einen Körper sich winden, der vergebens zu entkommen suchte, und sah mit Zufriedenheit, daß er ihm das Rückgrat gebrochen hatte. Wieder kehrte er zum Feuer zurück und wartete ab. Die Ratten waren dieses Mal noch wagemutiger, kehrten früher aus ihren Verstecken zurück und zerlegten den Körper der toten Ratte. Tama spuckte aus und preßte seine Hände gegen den Kopf. Er fühlte sich vor Schreck wie gelähmt und hilflos. Er konnte die Höhle nicht verlassen, und jetzt, da die Ratten seine Vorräte entdeckt hatten, würden sie immer wieder kommen. Mehrmals trug er brennende Zweige zu der hinteren Höhlenwand. Beim letzten Mal warf er vor lauter Verzweiflung einen Ast in den Holzstapel. Ein Durcheinander von Ästen fiel herunter, und mehrere Ratten flohen zum Eingang hin. Furchtsam untersuchte er das Holz, aber es hatte kein Feuer gefangen.

Auch diese schlimme Nacht ging vorüber. Am nächsten Tag wachte Tama mit Kopfschmerzen und vom Rauch geröteten Augen auf. Er bemerkte, daß mehrere seiner Nahrungsmittelbeutel aufgerissen waren, und zwar diejenigen, die er mit einem Stecken an der Wand aufgehängt und für besonders sicher gehalten hatte. Die Ratten hatten von den Stecken aus die Schnüre durchgenagt, bis die Beutel zu Boden gefallen waren. Angewidert kehrte Tama die Überbleibsel zusammen und verbrannte sie. Die Steine, die den Eingang zu der Vorratsnische versperrten, waren nicht verrückt, und das Essen darin war unberührt. Obwohl er ein oder zwei Löcher in der hinteren Höhlenwand zustopfte, konnte er den Riß nicht finden, durch den die Ratten hereinkamen. So beschloß er, am nächsten Abend ein rauchiges Feuer vor der rückwärtigen Wand zu machen, um die scheußlichen Viecher möglicherweise so zu vertreiben.

Tagsüber aß er nur wenig. Sein Magen hob sich schon, wenn er nur an Essen dachte. Irgendwann am Nachmittag schlief er erschöpft ein, aber konnte nicht lange geschlafen haben, denn als er aufwachte, war es noch nicht spät. Der Regen ließ eine Weile nach, und er trat vor die Höhle und sah auf das düstere, schäumende Meer hinaus. Wird denn die Sonne nie mehr scheinen? dachte er.

Eine dritte angsterfüllte Nacht brach an. Tama entfachte sein rauchendes Feuer im hinteren Teil der Höhle, die sich langsam mit Qualm füllte. Er mußte ganz nahe beim Eingang sitzen bleiben, um überhaupt etwas frische Luft zu bekommen, doch der Regen blies herein. Er erkannte, daß er einen Fehler gemacht hatte. Die Höhle war voller Rauch, und er sah nichts mehr. Verzweifelt ergriff er eine Decke und versuchte damit einen Luftzug zu erzeugen, doch der starke Wind vor der Höhle blies den Rauch wieder herein. Mit einem flackernden Ast in der einen Hand und angehaltenem Atem tastete sich Tama zum hinteren Höhlenteil vor, riß das rauchende Feuer auseinander und warf die halb angebrannten Scheite nach draußen. Nach mehreren Versuchen und weiterem Schlagen mit der Decke hatte sich der Rauch zumindest teilweise verflüchtigt. Aber zurück blieb ein verängstigter alter Mann, der sich über die Feuerstelle beugte, um seine zitternden Hände zu wärmen.

Er wartete, hörte aber nichts. Alles in der Höhle stank nach Rauch. Kleine Rinnsale von eindringendem Regen ließen im Eingang Pfützen entstehen, und Regenschauer spien ins Feuer. Tama zitterte. Es ist Schwäche, dachte er. Ich habe nicht genug gegessen. Ich muß morgen etwas essen. Er zog sich seine Decke enger um die Schultern. Zweimal stand er auf und lauschte in die unheimlichen Schatten im hinteren Höhlenteil hinein. Doch er hörte oder sah nichts von den Ratten und kauerte sich wieder ganz nah bei dem wärmenden Feuer zusammen. Allmählich überwältigte ihn der Schlaf, er nickte ein, fuhr mit dem Kopf wieder hoch, nickte wieder ein und begann zu schnarchen. Sein Kopf war auf die Brust gesackt, während er mit um die Knie geschlungenen Armen dasaß. Er schlief unruhig, zuckte von Zeit zu Zeit. Furchterregende Träume verfolgten ihn, bis ihn plötzlich irgendein furchtbarer Schrecken überkam. Halb verschlafen warf er seine Decke zur Seite, versuchte auf die Beine zu kommen, kam aber ins Straucheln und fiel seitlich ins Feuer. Das Gewicht seines Körpers drückte seinen Scheidenarm auf die rote Glut. Brüllend vor Schmerz rollte er sich auf den Rücken. Im Fleisch seines Armes steckten Glutstückchen. Er schlug auf sie ein, lehnte sich gegen die Wand, stöhnte immer wieder voller Angst auf und wußte nicht, was er tun sollte. Sein Kopf drehte sich. Und er hatte gerade noch Zeit, sich ein Stück abseits vom Feuer hinzusetzen, bevor er das Bewußtsein verlor.

Als er wieder zu sich kam, war es immer noch dunkel,

und das Feuer war weit heruntergebrannt. Langsam kehrte die Erinnerung zurück. Er stützte sich auf seinen Dolcharm und sah den anderen Arm an. Vom Handgelenk bis zum Ellbogen bestand der Arm aus einer einzigen großen Brandblase. Ihm wurde schlecht. Neben dem Eingang war ein Schüssel, die mit Wasser gefüllt war. Er trank etwas. Die kühle Reinheit verschlug ihm den Atem, kräftigte aber zugleich seinen Willen. Er warf einen Stein in den hinteren Teil der Höhle. Es kam keine Antwort. Er legte kleine Stecken aufs Feuer und sah in dem aufflackernden Licht voller Entsetzen seinen verletzten Arm an. Sobald es Tag ist, muß ich etwas unternehmen. Aber in seinem Innern war ein anderer Drang stärker, der ihn zu sofortigem Handeln zwang. In seiner Schwäche und mit seinem verwirrten Kopf verstand er zuerst den Antrieb nicht, seinen Wahrheitsstein zu Rate zu ziehen. Aber als er schließlich begriff, tastete er sich zu der Kiste, fand den Stein und kehrte zu dem Feuer zurück. Mit seiner Dolchhand drückte er den Stein an seine Stirn.

Und so einfach, daß es ganz wirklich schien, fand er sich neben der Feuerstelle in der Hütte stehen, die Tukki für ihn gebaut hatte. Es war Nacht, das Feuer brannte und warf einen freundlichen Schein auf die Wände. Aber Tränen rannen ihm über das Gesicht, während er seinen verletzten Arm hielt und vor Schmerzen jammerte. Die Tür der Hütte ging auf, und der kleine Sarn kam herein, sah ihn und schrie auf: »Großvater, was ist mit dir passiert?«

»Hilf mir, hilf mir, Sarn, die Ratten werden mich töten.«

Er hörte seine eigene Stimme in weiter Ferne. Das Bild erlosch, und er sah nichts mehr. Er saß mit dem Rücken gegen die Wand gelehnt da, fand Trost in der Vision von Sarns Gesicht, an der er sich in Gedanken festhielt, und wartete.

Als Tukki, Kas und der kleine Sarn ihn zwei Tage später fanden, lag Tama bewußtlos neben der kalten Feuerstelle. Mit seiner Dolchhand umklammerte er ein Stück Holz. Sein Scheidenarm war eine verwesende Masse eitrigen Fleisches. Am anderen Ende der Höhle bewegten sich ein paar vollgefressene Ratten träge über den Boden.

4

Unter einem klaren Himmel mit hohen, dünnen Schönwetterwolken blies ein leichter Nordostwind die Bucht herunter. Tama saß auf einem Baumstamm am äußeren Ende der Bucht, wo Schilf im seichten Wasser wuchs und es für die Kinder ungefährlich war, ihre Spielzeugboote schwimmen zu lassen. Er sah dem kleinen Sarn zu, der einen kaputten Drachen flickte, den sein Bruder Benna hatte fliegen lassen, bis eine Windbö ihn seitlich ins Wasser stürzen ließ. Der Drachen hatte die Form eines Fisches mit gespreizten, leuchtend gelben und braunen Flossen. Tama konnte sich nicht erinnern, daß im Hirschvolk je so kunstvolle Drachen gebaut worden waren, wie sie manche der Schäferjungen herstellten – Drachen mit einer Spannweite wie die der großen Wandermöwe, die weite Reisen in ferne Länder unternahm, oder mit mehreren Schwänzen oder kastenförmige Drachen, die an jeder Ecke eine lange, geflochtene Flachsquaste hängen hatten, deren Gewicht verhinderte, daß der Drachen umkippte.

Es war ein Morgen, an dem der Himmel und die Bucht von der flirrenden Lust der ersten Frühlingstage erfüllt waren. Die Erde war warm, und neues Leben gierte, daraus hervorzusprießen. Nach den langen, andauernden Regenfällen des Winters war der Frühling spät und plötzlich angebrochen, aber jetzt, da fast die Tagundnachtgleiche ins Haus stand, hielten die warmen Tage endlich an. Die Dorfbewohner hatten die Fensterläden abgenommen, mit denen sie im Winter die Fenster verschlossen, und die Türen standen offen, um den warmen Geruch der Erde einzulassen. Mit der Arbeit in den Gärten war spät begonnen worden, aber jetzt wurde dort um so eifriger geschuftet. Die Jungen begaben sich auf die Suche nach Eiern in den Nestern der Seevögel in den Klippen, und die rosa Knospen an den Apfelbäumen waren dick und prall. Die Dorfbewohner grüßten sich fröhlicher, hielten an, um ein Schwätzchen zu halten, und die alten Leute setzten sich vor warme Hauswände und machten kleine Handarbeiten oder legten ihre Hände einfach in den Schoß, erinnerten sich an alte Zeiten und träumten vor sich hin. Für Tama gewann das Dorf etwas von der Lebendigkeit zurück, an die er sich immer erinnert hatte.

»Also«, sagte der kleine Sarn. »Jetzt versuch's mal so. Halte sie fest. Und jetzt renn los, renn ganz schnell. Ja, so. Und hoch geht's. Laß ihn einfach mit dem Wind fliegen, aber halte die Schnur straff gespannt. Laß sie nicht locker.« Sarn hielt die Hand über die Augen und schirmte die Sonne ab, um seinen kleinen Bruder besser beobachten zu können, der mit höchster Anspannung den hin und her schwankenden Fisch im Zaum zu halten versuchte.

»Das macht er ganz gut«, sagte Tama. Sarn kam zu ihm herüber und setzte sich neben ihn.

»Er kann es jetzt schon besser«, sagte er, »nach all der Zeit, die er mich angebettelt hat, ihm einen Drachen zu machen. Er denkt immer, ich hätte nichts anderes zu tun, als ihm Spielzeug zu basteln.« Der Junge sah den alten Mann an und bemerkte feine Schweißperlen unter seinen Augen. »Ist es dir zu warm hier, Großvater?«

»Nein, nein, ich liebe die Wärme. Nach diesem scheußlichen Winter kann ich gar nicht genug Sonne abbekommen.«

Sarn stützte sich mit beiden Händen auf den Baumstamm und streckte seine Beine waagrecht nach vorne in die Luft, bis seine Muskeln zitterten und sich ausruhen wollten. »Das war länger als letztes Mal. Laß mal sehen, ob du das auch kannst, Großvater.«

Sein verschmitztes Grinsen brachte ein Lächeln auf Tamas Gesicht. »Mir geht es schon so viel besser, daß ich mich nicht wundern würde, wenn ich es könnte. Dank dir, deiner Mutter und deinem Vater.«

»Manchmal denke ich daran«, sagte Sarn ernst, »und es kommt mir wie eine Art Zauberei vor. Wie eine von Shans Geschichten, die die alten Leute erzählen. Er hat immer irgendwelche Sachen gemacht, die heute keiner mehr kann. Es war nicht wie ein Traum. Es kam mir wirklich vor. Ich habe deine Stimme so klar und deutlich gehört wie jetzt. Und sogar noch, als ich mich mit der Decke um mich herum aufsetzte, konnte ich dich um Hilfe rufen hören. Irgend etwas schien nicht richtig daran zu sein, als ich in die Hütte hinauskroch und du nicht da warst.«

Sie schwiegen in trautem Einvernehmen, bis Sarn spielerisch so tat, als wollte er den alten Mann in die Seite kneifen. Er sagte: »Du bist sehr zäh, Großvater. Auch wenn wir nicht gekommen wären, wärst du bestimmt aufgewacht und hättest ein paar Kräuter gefunden, um deinen Arm zu heilen. Ganz bestimmt.«

»Das bezweifle ich, kleiner Sarn. Ihr habt mich gerade noch rechtzeitig gefunden.«

»Ha, ha. Heute abend gibt's keinen Fischkuchen für dich! Du hast mich kleiner Sarn genannt, du hast unsere Abmachung vergessen!«

»Na, dann eben Sarn. Du hast schon recht, du bist kein kleiner Junge mehr, sondern ein junger Mann. Sechzehn ist ein gutes Alter. Ich kann wohl glauben, daß du auf der Reise, bei der du meine alten Knochen über die Hügel schleppen mußtest, zum Mann geworden bist. Ich kann mich an nicht viel erinnern.«

»Jetzt geht es dir auf jeden Fall wieder viel besser. Dein Arm ist geheilt, und du bist fast genauso schnell hierher gelaufen wie ich. Oh, sieh nur!«

Benna hatte laut geschrien, und kurz darauf stürzte sein Drachen ins Wasser. Sarn rannte mit großen Schritten den Strand entlang und rief seinem Bruder nutzlose Ratschläge zu. Tama beobachtete, wie Sarn in das Schilf hineinwatete und die verhedderte Schnur freizubekommen versuchte, während Benna sie langsam aufwickelte. In der ungezwungenen Fürsorge des älteren Jungen für seinen jüngeren Bruder lag eine Schönheit, die es wahrscheinlich bei Jungen des Hirschvolks mit einem Altersunterschied von sechs Jahren nicht gegeben hätte. Durch die Zusammenschlüsse zu Clangruppen war eine Freundschaft mit jüngeren Kindern nicht möglich.

Es gibt immer noch viel Gutes hier, dachte er. Ich werde

mich jetzt im Gegenzug für mein Essen etwas nützlich machen. Sarn möchte gern, daß ich bleibe. Seit mein Geist in seinen Traum eingedrungen ist und er meinen Hilferuf gehört hat, ist er wie ein Sohn zu mir gewesen. Wenn er Tukki nicht davon überzeugt hätte, an seinen Traum zu glauben, wäre ich jetzt nicht hier. Ich verdanke ihm mein Leben, und das weiß er auch. Weshalb sollte ich nicht hierbleiben? Sarn wäre glücklich darüber und Tukki auch, und es wäre so viel bequemer für mich. Ach, aber ich bin ein dickköpfiger, alter Tor.

Er stand auf, streckte sich und stöhnte auf, weil sein Scheidenarm weh tat. Er sah ihn an. Die vernarbte Haut glänzte über dem zusammengesackten, aber festen Fleisch des Unterarms. Sie war immer noch zart. Unter vielen Schmerzen und mit Hilfe von Beth's täglich frischen Umschlägen mit Kräutern, die Tukki für ihn gesucht hatte, war der Arm schließlich geheilt.

Die Jungen kamen mit dem Drachen zurück, der diesmal zu schwer beschädigt war, um nochmals fliegen zu können. Sie mußten ihn zu Hause herrichten. Zusammen gingen sie neben den ruhig gegen das Schilf schwappenden Wellen der Mittagsflut zurück.

Tama trat in seine Hütte. Es war stickig und warm darin, deshalb ließ er die Tür offen. Er setzte sich auf einen Hocker, zog die Sandalen aus und sah einen Moment lang zu seinen Decken hinüber, die in der Ecke zusammengerollt waren, aber er beschloß, keinen Mittagsschlaf zu machen. In der Kühle der Höhle hatte ihn der Schlaf an warmen Nachmittagen immer erfrischt, doch hier in der gemütlichen Enge der Hütte würde er wahrscheinlich eher mit schwerem Kopf und übelgelaunt aufwachen. Aus der Kiste, die Tukki ihm gegeben hatte, wickelte er die Pergamente aus, an denen er am Abend zuvor gearbeitet hatte. Sie gefielen ihm nicht. Die Worte standen da und schienen auch wahr zu sein, aber sie hatten keine Flügel und sangen auch nicht. Sie waren einfach nicht lebendig. Vielleicht liegt es ja nicht an dieser Hütte, sondern mir geht es einfach noch nicht gut genug, um auf die Stimmen zu hören; oder vielleicht sind sie auch nicht hier, vielleicht können sie mich hier am Langen Wasser nicht erreichen. Diese Leute hier sind nicht neugierig auf solche Sachen. Ob sie nun traurig oder glücklich sind, sie nehmen ihr Leben hier an diesem angenehmen Ort als die einzige Wirklichkeit an. Die Welt außerhalb davon existiert für sie nicht. Sie ist nur ein Gerücht. Seit Generationen war die größte Veränderung in ihrem Leben das Kommen des Hirschvolks, und obwohl wir ihnen Schaden zugefügt haben, hat es sie zu keiner Änderung ihres Lebens bewogen. Mein Volk ist abenteuerlustiger als die Schäfer, sogar Ke Ralas Härte war ein Versuch, eine Art Vollkommenheit zu erreichen.

Plötzlich hatte er sein Dorf vor Augen, wie er es so oft am Ende eines Tages von seinem Geistbaum hoch oben auf der Anhöhe aus gesehen hatte – der blaue Rauch, der aus den Kaminen in der Waldlichtung zum Himmel empor stieg, ein paar Jäger, die mit einem an Stöcken hängenden, erlegten Schaf zwischen den Schultern vom Pfad, der in die Ebenen führte, auf den freien Dorfplatz traten, Kinderstimmen, die vom Spielen zu später Stunde heraufklangen. Es fiel ihm plötzlich auf, daß die Schäferkinder viel mehr Zeit mit ihren Eltern in der Familie zubrachten als die Kinder des Hirschvolks, die den ganzen Tag mit anderen ihrer Altersgruppe frei im Dorf, am Fluß oder am Strand herumzogen. Und er bekam Heimweh nach dem gewohnten Leben, das er hinter sich gelassen hatte, und wußte zugleich, daß er sich selbst etwas vormachte. Er konnte nicht zurückgehen, ohne sein Schreiben völlig aufzugeben, und das würde er nicht tun. Das Schreiben, das Buch, wie er es in seinem Geist nannte, mußte zu Ende gebracht werden, entweder in der Hütte oder in der Höhle. Weshalb konnte er es hier nicht zum Leben erwecken? Er hatte nichts anderes zu tun, konnte schreiben, soviel er wollte, und mußte nur manchmal am Abend ein Feuer anmachen, denn er aß bei Tukkis Familie und mußte sich nicht um sein tägliches Auskommen kümmern. Und oft kam Sarn, unterhielt sich mit ihm, schenkte ihm seine Zuneigung und neckte ihn liebevoll, so daß Tama immer aufmerksam bleiben mußte.

Noch einen Mond, dachte er. Ich werde sehen, wie es mir kurz vor Vollmond geht. Wenn ich dann immer noch nicht hier arbeiten kann, werde ich zur Höhle zurückgehen. Vielleicht habe ich es hier zu bequem. Das schläfert meinen Geist ein, selbst wenn mein Körper wach ist. Ich könnte den Sommer über dort bleiben, und bestimmt kommt auch Rulf dann vorbei. Die Ratten werden mich im Sommer in Ruhe lassen. Ich habe gesehen, daß sie da junge Langohren und Vögel fressen. Aber ich kann nicht noch einen Winter dort verbringen. Das Buch muß bis dahin fertig sein.

Die Tage wurden länger, und die Luft im Dorf war erfüllt vom Duft des würzigen Safts der Blätter und dem eindringlichen Geruch der Blüten, dem der Seewind noch den kräftigeren Salz- und Wattgeruch vom Meer beimengte. Die Apfelbäume hoben sich wie flockig weiche rosa und weiße Wolken vor den grauen Wänden der alten Häuser ab. Die riesigen, uralten Eichen an den Hängen der Hügel schlugen aus und brachten Blätter von solcher Schönheit zum Vorschein wie das geschnitzte Laub, das immer noch manche alten Türen des Dorfes schmückten. Unterhalb des Baumbestandes wucherten Gräser und Farne in allen nur erdenklichen Schattierungen von Grün und Braun. Die Kinder wurden hinausgeschickt, um die Mutterschafe zu beobachten, die ihre kleinen Lämmchen säugten, und sie in der Abenddämmerung über Nacht in ihren Pferch zu treiben. Auf dem durchsichtigen blaugrünen Wasser der Bucht schaukelten Fischerboote hin und her und wiegten ihre roten Segel in der leichten Brise.

Tama spazierte ihm Dorf herum, setzte sich in die Sonne, sprach mit anderen alten Männern und beobachtete deren Söhne und Enkel beim Hacken der Gärten oder Reinigen der Netze auf der Mole. Oft saßen sie schweigend beisammen, ohne Neugierde und ohne Erinnerungen austauschen zu wollen, einfach nur zufrieden, daß sie immer noch ein Teil dieses sich entfaltenden Jahres waren. Was sie über Tama erfahren hatten, beunruhigte sie nicht, und er war Tukkis Freund.

Eines Morgens, als eine leichte Brise die Bucht hinunter wehte, nahm Tukki zum Fischen Tama mit. Der alte Mann war keine große Hilfe, aber er freute sich, Tukkis Stärke und Geschicklichkeit beim Manövrieren des Bootes und seine Geduld beim Hinterherziehen der Schleppangel zum Fangen von Wawai-Fischen beobachten zu können. Die wärmste Zeit des Nachmittags verbrachten sie am Strand in der Zweighüttenbucht.

»Hab' ich dich noch nie mit hierher genommen?« fragte Tukki, nachdem er das Boot an einem Baumstamm fest vertäut hatte. Er sah Tama verdutzt an und rief dann aus: »Nein, natürlich nicht, ich habe an Yaka gedacht. Ihn habe ich ein- oder zweimal mit hierher genommen.«

»Du warst immer gut zu ihm. Ich bin froh, daß er hier begraben ist. Er war glücklicher mit deinem Volk als mit seinem eigenen.«

»Er war auch einer von uns, halb Schafhirte, halb Hirschjäger.«

Sie hatten sich mit den Rücken an die warmen Felsen gelehnt und beobachteten faul die Brandung der leicht gekräuselten Wellen, die gegen den kleinen Strand schlugen, und den Tanz der blitzenden Sonnenstrahlen auf dem Wasser vor den im Halbschatten liegenden Hügelflanken auf der anderen Seite der Bucht. Tama konnte nie lange dort hinübersehen, ohne an die Nacht zu denken, in der Sarn auf den Kämmen dieser Hügel zu Tode gejagt worden war. In der angenehmen Wärme eines Nachmittags im Spätfrühling schien der Schrecken weit weg zu sein.

»Geht ihr je auf offenem Meer außerhalb der Bucht fischen?« fragte er.

»Nein, unsere Boote sind nicht groß genug für die offene See. Manchmal bei sehr ruhigem Wetter im Sommer fahren wir mit einem Boot um die Landzunge herum, die die Einfahrt zur Bucht bildet, bis zu der großen Lagune am Strand, wo unser Volk während der großen Dürre vor Jahren ausgeharrt hat. Aber es ist gefährlich. Manchmal steigen die Wellen an, noch bevor der Wind sich gedreht hat. Wenn du gern auf die offene See hinaussegeln willst, könnten wir vielleicht mein neues Boot nehmen – wenn ich es je fertig bekomme. Es ist größer als dieses, und ich arbeite jetzt schon fast zwei

Jahre daran. Es dauert viel länger, als ich gedacht hatte, aber es wird diesen Sommer noch fertig werden.«

Tukki sah Tama verschmitzt von der Seite an und fügte hinzu: »Würdest du gern mitkommen?«

»Das ist nichts für mich, Tukki. Ich fühle mich in Booten nicht zu Hause. Meine Füße sind mit der Erde verwurzelt. Und außerdem …«

»Außerdem was?«

Tukki sah, daß sich die grünen Augen in dem ausgemergelten Gesicht verdunkelt hatten und die Stirn in Falten gezogen war. Tama hob einen Stein auf, ließ ihn zwischen den Handflächen hin und her gleiten und dann wieder fallen.

»Du bist so gut zu mir gewesen, daß es mir weh tut, dir das sagen zu müssen, aber ich muß ehrlich mit dir sein. Ich glaube nicht, daß ich im Sommer hier sein werde. Ich werde jeden Tag kräftiger. Ich arbeite an meinem Schreiben, aber ich bringe nur wenig zustande, und das Wenige ist nicht gut. Doch ich muß mein Buch bald abschließen. Ka Balu wird nicht ewig Geduld mit mir haben.«

Mit zwischen den Knien gefalteten Händen sah Tukki den alten Mann an und sagte ruhig: »Ich habe Achtung vor deinem Ka Balu bekommen, seit er meinem Sohn im Schlaf einen Traum gesandt hat, um uns mitzuteilen, daß du in Gefahr bist. Was sagt er dir jetzt? Möchte er, daß du zur Höhle zurückgehst?«

Ein schnell aufsteigendes Gefühl der Dankbarkeit und Hoffnung sprach aus Tama, als er fragte: »Verstehst du mich? Würde es dir etwas ausmachen, nachdem du dein Leben gewagt hast, um mich zu retten?«

»Alter Freund, ich kenne dich jetzt gut genug, um zu wissen, daß du sowieso tun wirst, was du willst. Was macht es da noch aus, was ich denke? Wenn ich dir sage, daß ich es für dumm und gefährlich halte, in die Höhle zurückzukehren, wird das irgend etwas an deinem Entschluß ändern? Wir wissen beide, daß dem nicht so ist. Ich verstehe nicht, warum du dieses Buch schreiben mußt, aber da ich weiß, daß es von höchster Wichtigkeit für dich ist, werde ich dir helfen. Was wäre ein Freund, der dir nicht hilft, wenn du ihn brauchst? Aber bleib noch eine Weile bei uns. Laß Beth's gutes Essen erst noch ein bißchen Fleisch auf deinen alten Knochen ansetzen, bevor wir uns auf den Weg machen.«

Tama sah auf. »Wir?«

»Du glaubst doch wohl nicht, daß ich dich die Reise allein machen lasse. Und der kleine Sarn muß natürlich auch mit. Du brauchst Essen und ein paar andere Dinge, um dich dort wieder heimisch zu machen. Hast du Angst, die Ratten könnten zurückkommen?

»Nicht im Sommer. Und ich werde nicht noch einen Winter in der Höhle verbringen.«

Die ruhige Überzeugung in seiner Stimme hatte etwas Endgültiges an sich, das Tukki nicht in Frage stellte.

»Du brauchst nicht mitzukommen«, sagte Tama bescheiden. »Das ist jetzt schon das zweite Mal, daß ich deine Freundlichkeit zurückweise.«

»Ein Mann tut, was er tun muß, und ein Freund versteht. Sag mal ... würde dich bei der Arbeit, die du da verrichten mußt, ein Gefährte stören?«

Tama klang zweifelnd. »Nun ja, manche Gefährten könnten schon stören, aber andere könnten mir auch helfen, wenn sie mich zumindest während des Schreibens allein lassen würden.«

»Und zum Beispiel der kleine Sarn?«

Tama sah Tukki überrascht an.

»Ich habe mit dem Jungen noch nicht gesprochen, aber mir ist der Gedanke plötzlich während unseres Gesprächs gekommen. Ihr kommt sehr gut miteinander aus. Ich bin sicher, er wäre glücklich darüber, einen oder zwei Monde mit dir verbringen zu dürfen. Du könntest ihm noch vieles beibringen, wenn du willst. Ich könnte ihn dann abholen kommen, wenn die Zeit um ist. Was meinst du?«

Tama stand auf, hielt die Hand schützend über die Augen, damit ihn das Glitzern des Wassers nicht blendete, während er über die Bucht starrte. »Du bist zu gut zu mir«, sagte er mit leiser Stimme. »Ich könnte sicher sehr gut arbeiten, wenn es möglich wäre, den Sommer mit dem kleinen Sarn zu teilen. Er sagte mir, daß ich ihn nur noch Sarn nennen dürfe, weil er jetzt sechzehn ist. Aber meinst du denn, daß er bei mir bleiben würde?«

Tukki lachte und legte Tama eine feste Hand auf die Schulter. »Fragen wir ihn doch einfach, wenn wir nach Hause kommen, meinst du nicht?«

Als der nächste Mond fast voll war, machte sich Tama zeitig an einem frühen, warmen Sommermorgen mit seinen drei Freunden auf die Rückreise zu der Höhle. Er trug nur seine Decken und sein Schreibmaterial. Tukki und Kas trugen die schwersten Lasten, Sarn ein Paar Sandalen zum Wechseln und die Wasserbeutel. Notgedrungen mußten sich alle Tamas langsamer Gangart anpassen, aber spät am Nachmittag erreichten sie die zusammengeflickten Ruinen der ersten Hütte. Sarn spielte nach dem Essen auf seiner Flöte, bis das Zwielicht der Abenddämmerung vom Himmel gewichen war. Tama lauschte, ohne viel zu sagen, und erinnerte sich an die Nacht, die er und Gilda in dieser Hütte verbracht hatten. Seine Müdigkeit nach dem anstrengenden Tag schlug dabei in Traurigkeit um.

Am nächsten Morgen erhob er sich steif und machte sich nur widerwillig auf den Weg, doch Sarn lachte und trug seine Decken eine Weile, bis die alten Beine wieder in Gang gekommen waren. Der Junge blieb den ganzen Tag nahe bei ihm und half ihm mit leichten Scherzen und starker Hand über schwierige Stellen hinweg, während Tukki und Kas entschlossen vorwärtsstrebten. Als sie am Abend Rast machten, sank Tama erschöpft zu Boden.

»Es ist die Hitze«, murmelte er. »Sie macht meine Beine schwach.«

Tukki grinste. »Die waren noch viel schwächer, als wir dich aus der Höhle gebracht haben.«

Tama schüttelte den Kopf. »Ich kann mich an so wenig erinnern. Wie habe ich es nur geschafft?«

»Du hast nur an die Schmerzen in deinem Arm, nicht an die in deinen Beinen gedacht. Und eine ganze Strecke haben dich Kas und ich abwechselnd getragen. Der Regen war furchtbar, aber Schnee wäre noch schlimmer gewesen. Die meiste Zeit waren wir alle völlig durchgeweicht.«

In der spätnachmittäglichen Hitze des nächsten Tages erreichten sie die Höhle. Der weite Horizont von Meer, Himmel und Ebene hob Tamas Stimmung deutlich. Während seine Gefährten ein Feuer anzündeten, Fleisch brieten und ihre Habseligkeiten in die Höhle einräumten, saß der alte Mann, erfüllt von dem sicheren Wissen, nach Hause gekommen zu sein, mit dem Rücken an einen warmen Felsen gelehnt.

Tukki und Kas ruhten sich am nächsten Tag aus. Sarn stellte Fallen für Langohren auf, ging am Nachmittag Fische speeren und bestand darauf, das Abendessen für alle zu kochen.

»Warte nur, bis ich deiner Mutter davon erzähle«, sagte Tukki. »Womöglich legt sie sich dann erst einmal eine Weile auf die faule Haut, wenn du wieder nach Hause kommst.«

Später am Abend sah Sarn zusammen mit Tama dem Sonnenuntergang über den Bergen zu. Schüchtern faßte er seine Zehen mit den Fingern, schaukelte ein bißchen hin und her und fragte leise: »Bist du sicher, Großvater, daß du möchtest, daß ich bei dir bleibe? Ich kann morgen mit den anderen zurückgehen, wenn du es dir anders überlegt hast.«

Tama zögerte keinen Moment. »Ich möchte, daß du bleibst, solange du kannst. Ich brauche deine Hilfe. Wir werden zusammen glücklich sein.«

Sarn lächelte und schaukelte wieder vor und zurück. »Es wird wunderschön werden«, sagte er.

Tukki und Kas verließen sie am darauffolgenden Morgen. Alle vier waren von einem seltsamen Hochgefühl erfüllt, und es wurde vereinbart, daß Tukki in etwa zwei Monden wiederkommen würde, um Sarn zu holen. Der alte und der junge Mann sahen den anderen noch lange nach, und Sarn winkte jedesmal, wenn Tukki sich noch einmal umdrehte, bis sie sie schließlich aus den Augen verloren. Dann wandte sich der Junge zu Tama um und ergriff seinen guten Arm mit beiden Händen. Mit glückstrahlendem, verschmitztem Gesicht sah er Tama an und sagte: »Jetzt!«, als bejubelte er damit ein Wunder.

Tama kam der Sommer tatsächlich wie ein Wunder vor.

Auch wenn er sein Schreiben aufgegeben hätte, wären seine Tage immer noch mit einer Kraft und Freude angefüllt gewesen, die er vorher für unmöglich gehalten hatte. Sarns Spaß an körperlichen Betätigungen wie Schwimmen, Fischen, Jagen und Klettern, Essen, Singen und Flötespielen wirkte so ansteckend auf Tama, daß seine Adern sich noch einmal mit den alten Verzückungen der Schönheit des Körpers und des Geistes erfüllten, die er für immer verloren geglaubt hatte. Er empfand wieder Freude, lachte viel, genoß sein Essen und war jeden Morgen, wenn er aufwachte, glücklich über das Anbrechen eines neuen Tages. Zwar konnte er in bezug auf Kraft, Schnelligkeit und Ausdauer nicht mit den Kräften des jungen Mannes mithalten, aber dafür lebte er alles, was mit seinen Kräften noch möglich war, voll aus. Besonders gefiel ihm, daß Sarn sein Bedürfnis zu schreiben verstand. Wenn Tama sich jeden Morgen ruhig hinsetzte, um auf die Stimmen zu warten, die sein Schreiben lenken würden, nahm Sarn still seinen Speer, die Fallen oder seinen Bogen auf die Schultern, machte sich allein auf den Weg oder wanderte bis Mittag glücklich in den sommerlichen Hügeln herum, bis die Sonne ihm anzeigte, daß Tama jetzt mit seiner morgendliche Arbeit fertig war. Und in diese Arbeit ließ Tama seine ganzen neuen Kräfte einfließen und spürte, wie der Tanz seines eigenen Glücks der Wahrheit seines Schreibens Form verlieh.

Gemeinsam zog er mit Sarn durch die sommerlichen Hügel. Mehrmals entdeckten sie dabei halbverfallene Steinmauern von den Häusern, die vor Generationen über das Große Dorf hinweg zu den Bergen hinübergeblickt hatten. Welcher Lärm, welcher Rauch und welche Menschenmengen in den glänzenden Kisten mußten diese Pfade erfüllt haben! Wie wundervoll mußte es für die Menschen in den fliegenden Häusern gewesen sein, über die Dächer hinwegzusegeln!

»Denk nur, was sie für riesige Gärten gehabt haben müssen, um all diese Menschen zu ernähren«, sagte Sarn. »Sie müssen weit draußen in den Ebenen Gärten angelegt haben.«

Tama zeigte ihm Bilder in dem Buch, das Chard ihm geschenkt hatte und das die Ältesten seltsamerweise bei der Verbrennung seiner Schriften übersehen hatten. Sarn wurde es nie müde, die Bilder anzusehen und sich über die lebensechten Farben der Häuser, Werkzeuge, Möbel und Kleider zu wundern, von denen er und Tama vieles nicht verstanden.

»Wie schade, daß sie so schlecht waren«, seufzte der Junge. »Sie hätten uns viel beibringen können.«

Zaghaft bot Tama an, Sarn ein paar von den Schriftzeichen beizubringen, die er erfunden hatte. Da er keine abergläubischen Ängste vor der Macht des Schreibens hatte, war Sarn ganz begierig darauf. Und so saßen sie an den meisten Tagen am frühen Abend zusammen, solange noch genug Licht war, und Tama malte seine Zeichen in den Sand und erklärte ihre Bedeutung. Sarn fuhr sie mit den Fingern nach und sprach sie laut aus. Er lernte bald seinen Namen zu schreiben, und hatte viel Spaß daran, ihn in großen Lettern in den Sand zu malen: »Um die Fische anzuziehen«, wie er sagte: 

Er erwies sich als eifriger Schüler, vergaß nichts von dem, was ihm beigebracht wurde, und hatte seine Freude daran, seinem Freund kurze Botschaften zu hinterlassen, wie etwa: Fischen gegangen, großer Fisch tiefes Meer, Frösche im Teich, zwei Langohren Schlingen, Zeh blutig scharfer Stein. Tama hätte Sarn gern länger unterrichtet, wußte aber im selben Augenblick, daß ihm die Zeit nicht vergönnt war. Wenigstens hatte der Junge Interesse daran, und vielleicht könnte er ja eines Tages seine Begeisterung für das Schreiben mit Rulf teilen. Wer weiß, dachte er. Schon tauchte im Geist des alten Mannes die Warnung auf, jemanden nicht zu sehr lieb zu gewinnen, dessen Verlust schon vorgegeben war.

Kurz nachdem der Himmel im Osten sich rötlich färbte, wachte Sarn jeden Tag auf. Schon bei Sonnenaufgang waren beide auf den Beinen. Gab es in diesem Sommer überhaupt einen Regentag? Wenn Sarn in späteren Jahren an jenen Sommer zurückdachte, erschien es ihm immer, als sei jeder Tag von der Morgendämmerung bis zum Aufgehen der Sterne am Abend vollkommen gewesen. Während Tama und Sarn am frühen Morgen ihr Frühstück verzehrten, blickten sie über die fein gekräuselten Wellen des Wassers in der Bucht, sahen den Möwen zu, wie sie von den Tälern herunter und hinaus aufs weite Meer flogen, und redeten nur wenig; jeder eingehüllt in einen Frieden, der durch Worte nicht hätte deutlicher werden können.

Manchmal schrieb Tama morgens nicht, so daß sie zusammen am Strand entlang Entdeckungsreisen unternehmen oder bei Ebbe am unteren Rand der Felsen Miesmuscheln suchen gehen konnten. Wenn es am Nachmittag zu drückend heiß wurde, dösten sie Seite an Seite in der Höhle, standen später wieder auf, machten ein Feuer und bereiteten ihr abendliches Mahl zu. Am Abend, wenn die Schreibstunde vorbei war, saß Sarn gern im Licht der untergehenden Sonne über den Bergen vor der Höhle und spielte auf seiner Flöte. In jenen Momenten stieg in Tama schmerzlich die Erinnerung an seinen ersten Sommer in der Höhle mit seinem Jugendfreund Rua auf, der oft in der Abenddämmerung auf seiner Flöte gespielt hatte. Manchmal hatte Tama dazu gesungen. Die Lieder kommen jetzt nicht mehr aus mir heraus wie damals, dachte der alte Mann. So wie damals kommen sie nur aus denen, die reinen Herzens sind.

Aber wenn es eine Erfahrung gab, die seine Zeit mit Sarn in ihm zu neuem Leben erweckte, so war es gerade diese jungenhafte Fähigkeit zu glauben, daß das Wunderbare möglich und durch Entschlossenheit und Mut zu erreichen war. Tama wußte, daß es im Leben oft anders lief, aber verzaubert durch die Nostalgie von Sarns Musik, hätte der alte Mann, wenn er in das junge Gesicht sah, um nichts in der Welt die Illusion des Jungen zerstört, daß Glück eine Gewißheit war. Sollte er doch einfach glauben, daß alles möglich sei, solange er konnte. Die Erinnerung daran, daß er selbst einmal so gedacht hatte, tröstete ihn eigenartigerweise.

Als der zweite Mond zu einer schmalen Sichel am Abendhimmel wurde, fing Sarn an zu brummeln, daß sein Vater vielleicht noch eine Weile wegbleiben würde, denn das schöne Wetter halte bestimmt noch lange an, und außerdem sei es doch gar nicht nötig, daß er so früh heimgehe. »Und du brauchst mich doch noch, Großvater, oder nicht?«

Tama hätte Sarn natürlich auch gern so lange bei sich behalten, wie der Junge wollte, aber als der dritte Mond voll wurde, entstand eine Spannung zwischen ihnen, ein Gefühl, daß jeder dem anderen über die Schulter nachsah. Und so empfand Tama fast Erleichterung, als er eines späten Morgens vom Schreiben aufblickte und in weiter Ferne am Strand eine winzige Bewegung wahrzunehmen glaubte. Er stand auf und hielt sich die Hand über die Augen, um besser sehen zu können. Aber die Bewegung war so verschwommen, daß er nicht genau erkennen konnte, was es war, obwohl er das leise Gefühl hatte, daß es sich um Menschen und keine Tiere handelte. Er sah sich nach Sarn um, konnte ihn aber nirgends erblicken. Auch auf sein Rufen bekam er keine Antwort. Er wollte den Jungen bei sich haben, bevor die Männer ankamen. Das müssen Hirschjäger sein, die da von Norden kommen, keine Schäfer. Bestimmt war Rulf unter ihnen.

Tama rief wieder nach Sarn. Keine Antwort. Etwa sieben bis acht Männer näherten sich. Er sah sich um, wickelte die Pergamente in ein Tuch und verstaute sie in der Höhle. Im blendend hellen Sonnenlicht im Höhleneingang wäre er fast mit einem völlig außer Atem geratenen Sarn zusammengestoßen.

»Männer! Sie kommen den Strand herauf! Sie sind schon fast da!«

»Ich weiß«, sagte Tama und legte Sarn seine Hand auf die Schulter. »Ich glaube, Rulf ist auch dabei. Was hast du denn da? Zwei Langohren? Wir werden heute mehr brauchen. Komm jetzt, laß sie uns gemeinsam willkommen heißen.«

Ihr Auftauchen wurde mit Begrüßungsrufen von den herankommenden Jägern quittiert. Einer rannte in großen Schritten voraus, und Tama erkannte sofort, wer es war. Er kletterte den Pfad zur Höhle lange vor seinen Gefährten hinauf und kam schwer atmend vor Tama und Sarn zum Stehen.

»Vater Tama, sei gegrüßt. Ka Balu sei mit dir.«

Tama streckte ihm beide Arme entgegen und umarmte

ihn wortlos. Dann trat er, immer noch Rulfs Arm festhaltend, einen Schritt zurück und sah ihn sich an. »Du bist ja größer als ich. Ist denn das die Möglichkeit?«

»Es ist über ein Jahr her, Vater, daß du mich das letzte Mal gesehen hast.«

Rulf lachte, und Tama sah die Reflexe der Sonnenstrahlen auf einem Jadeohrring an Rulfs Ohrläppchen blitzen.

»Dann hat Ke Rala also gesprochen? Hat er dich zum zukünftigen Häuptling ernannt?«

»Ja, letzten Winter. Er war krank, und die Ältesten haben ihn gebeten, einen Nachfolger zu bestimmen. Er hat mich dem Volk vorgeschlagen.«

»Und haben sie dich einstimmig angenommen?«

»Ja. Dann wurde ein Loch in mein Ohr gemacht, und ich bekam den Ohrring eingehängt als sichtbares Zeichen für das ganze Volk.«

Auch die anderen Männer waren jetzt angekommen. Grüße wurden ausgetauscht, und Tama drehte sich zu Sarn um und stellte ihn vor. Rulf und Sarn erkannten sich wieder und lächelten sich freundlich zu. Alle redeten gleichzeitig aufeinander ein.

An jenem Tag gab es kein Mittagsschläfchen für den alten Mann und auch nicht an den folgenden Tagen, da ein ständiges Kommen und Gehen unter den Männern war. Sie gingen jagen, fischen, lagen faul herum und unterhielten sich mit dem Mann, den die Älteren unter ihnen immer noch als ihren Priester ansahen. Buka und Marka waren die jüngsten, die anderen, darunter der große Rua, waren alles Männer in den besten Jahren. Ke Rala war nicht bereit gewesen, Rulfs Sicherheit in die Hände unerfahrener Jäger zu legen. Alle erzählten Tama von ihren Familien, fragten ihn um Rat in persönlichen Angelegenheiten und gaben ihm damit wieder einmal das tröstende Gefühl, gebraucht zu werden. Mehrere von ihnen versicherten ihm, daß er ohne weiteres zurückkehren könne, um unter seinem Volk zu leben. Von den Ältesten habe er nichts mehr zu befürchten. Doch seine Antworten waren bewußt ausweichend. So sehr er die Gegenwart der Hirschjäger, ihre Unterhaltungen und Erinnerungen genoß, brauchte er doch nur ruhig an die Einsamkeit zu denken, die schon auf den richtigen Zeitpunkt wartete, um ihn wieder aufzunehmen, um zu wissen, daß er es sich nicht anders überlegen würde.

Als die Jäger ihr Lager aufschlugen, es sich gemütlich machten und die täglichen Aufgaben des Fleischbeschaffens, Kochens, Holz- und Wasserholens übernahmen, wurde Sarn immer unruhiger. Er war nicht mehr wichtig, denn seine glückspendenden Dienste für Tama wurden von älteren, lärmenderen und selbstsichereren Männern verrichtet, die größere Stärke ausstrahlten. Mehrmals ging Tama zu ihm hin, um sich mit ihm zu unterhalten. Aber es dauerte nie lange, bis sie unterbrochen wurden.

Gegen Sonnenuntergang am dritten Tag nach der Ankunft der Hirschjäger sah Tama einen strahlenden Sarn mit Tukki im Schlepptau in die Höhle hereinkommen. Er war allein gekommen und hatte die Hügel geschwind in nur etwas mehr als einem Tag überquert. Er war zwar überrascht gewesen, die Hirschjäger bei der Höhle vorzufinden, aber auch glücklich über das Wiedersehen mit Rulf. Als Tama Tukki, Sarn und Rulf so glücklich und entspannt miteinander reden sah, erinnerte er sich an den Wunsch, den der erste Sarn in dem dunklen Hain des Todes ausgesprochen hatte. Er hatte sich gewünscht, es möge keine Grenzen mehr zwischen den beiden Völkern geben, jeder sollte auf dem Gebiet des anderen Volkes willkommen sein und Freundschaft die beiden Völker verbinden. Vielleicht, dachte der alte Mann, kommt es ja noch einmal dazu, aber ich werde es wohl nicht mehr erleben.

Tukki betonte, daß er nur ein paar Tage bleiben könne, bevor er mit Sarn ins Dorf zurückkehren müsse. Tama hätte die beiden Tage lieber in Ruhe allein mit Vater und Sohn verbracht, um ihre Freundschaft und Zuneigung zu besiegeln, doch es sollte nicht sein. Tukkis Ankunft wurde am Abend mit dem Sonnenwasser gefeiert, das er für Tama mitgebracht hatte. Bei dem lauten Trinkgelage wurde viel angegeben, und viele Geschichten wurden erzählt, so wie sich Männer eben unterhalten, wenn ihre Frauen weit weg sind.

Der Regen hielt sie am nächsten Tag alle in der Höhle

fest, und die meiste Zeit redete Rulf mit Tama. So wurde Tama erst am nächsten Nachmittag, als sich Tukki und Sarn für den Aufbruch bereitmachten, schmerzlich bewußt, daß es jetzt ans Abschiednehmen ging. Er begleitete sie bis zur Hügelkuppe über der Höhle und setzte sich so lange mit ihnen in eine grasbewachsene Mulde im Windschatten, wie er glaubte, sie aufhalten zu können.

»Ich glaube nicht, daß wir in den nächsten ein, zwei Tagen noch mehr Regen bekommen werden«, sagte er. »Aber ihr werdet ja morgen sicher schon am späten Abend zu Hause sein.«

»Ich könnte auch schneller gehen, wenn ich müßte.« Sarn grinste seinen Vater an, der zurückgab:

»Du bleibst schön bei mir und trägst deinen Teil. Ich bin sicher, daß die Langohren hier fetter sind als unsere, und es gibt hier einige Algen und Seetangsorten, die am Langen Wasser nicht wachsen. Beth benutzt sie gern für Suppen.«

Sie redeten ein bißchen über die Hirschjäger und über Rulf, der wohl bald Häuptling werden würde.

»Ich habe ihn gebeten, uns wieder zu besuchen«, sagte Tukki. »Ich glaube, er könnte ein paar unserer jüngeren Leute überreden, euer Dorf zu besuchen.«

»Ich würde mitgehen.«

Sarns Vertrauen rührte Tama. »Ich hoffe, daß du das machst. Es würde mich sehr glücklich machen.«

»Dann könnte ich dich wiedersehen, Großvater. Du wirst doch nicht noch viel länger in der Höhle bleiben, oder?«

Tukki sah den alten Mann gespannt an, der sich langsam über den Bart strich und antwortete: »Noch zwei oder drei Monde, denke ich, bis meine Arbeit vollendet ist.«

»Und dann?« fragte Tukki.

»Ka Balu wird mich führen.«

Tukki redete ernst auf ihn ein. »Hör mal zu, alter Freund, wenn du bis zum letzten Herbstmond nicht bei uns aufgetaucht bist, kommen wir zurück und holen dich. Du kannst hier nicht noch einen Winter bleiben.«

»Ich werde keinen Winter mehr hier verbringen. Mach dir um mich keine Sorgen.«

»Würdest du lieber in dein eigenes Dorf zurückkehren, als zu uns zu kommen?«

Tama sah in Tukkis besorgte, freundliche Augen und sagte sanft: »Ich weiß, daß ich zu euch kommen kann, wenn ich bereit bin. Dein Haus ist auch meines. Mein Herz findet Ruhe in diesem Wissen. Die Götter werden meine Schritte lenken, wenn der richtige Zeitpunkt gekommen ist.«

Tukki seufzte. »Du sprichst gern in Rätseln. Aber denke immer an das, was ich gesagt habe. Wenn du nach drei Monden noch nicht zu uns gekommen bist, kommen wir zu dir.«

Dann stand er auf und Sarn ebenfalls. Sie nahmen ihre Bogen, Decken und Essensbündel auf, und Tama umarmte jeden kurz. Sarns Augen verdunkelten sich vor unvergossenen Tränen, aber er lächelte und sagte fröhlich. »Es sind ja nur drei Monde, dann kannst du mir mehr Schriftzeichen beibringen. Wiedersehen, Großvater.«

Sie drehten sich um und wanderten los. Tama merkte, wie sich ihre Ähnlichkeit sogar darin widerspiegelte, wie sie mit langen federnden Schritten durch das silbrig im Wind glänzende Büschelgras dahingingen. Zweimal drehte sich Sarn um und winkte. Beim zweitenmal drehte sich auch Tukki noch einmal um. Tama hob die Hand zum Gruß, und schon waren sie hinter einem Felsen verschwunden. Über den Gebirgskamm blies der Seewind sein endloses Auf und Ab.

Die Hirschjäger blieben noch drei Tage. Rulf verbrachte soviel Zeit, wie er konnte, mit seinem Großvater, bis Tama das Gefühl hatte, daß sie durch die Vertraulichkeiten, die sie ausgetauscht hatten, über die Monde der Trennung hinweg weit in die Zeit zurückgelangt waren, als er, Rulf und Escha zusammengelebt hatten. Die Gegenwart der Jäger gab Tama das Gefühl, sich inmitten des alltäglichen Lebens des Hirschvolks zu befinden, und darin konnte er mit Rulf in Frieden sein. Die Rücken an die warmen Felsen am Hügel über den sprudelnden Wassern der flutgefüllten Bucht gelehnt, redeten sie die Sonne vom Himmel herunter.

»Ist sie schnell über ihn gekommen, die Krankheit, die Ke Rala letzten Winter hatte?«

»Nein, es war eine langsame Verschlechterung. Wenn ich es mir genauer überlege, kommt es mir so vor, als sei er seit deinem Weggehen nicht mehr richtig gesund gewesen. Sein Husten hat etwa damals begonnen. Manchmal hat er Atembeschwerden.«

»Hat er Schmerzen in der Brust?«

»Hier, hinter den Rippen, tut es ihm weh.«

»Ai-jee, das ist die Atemkrankheit. Viele unserer Alten erkranken daran. Es gibt kein Mittel dagegen.«

»Wie lange wird es dauern, bis ...«

»Vielleicht ein Jahr. Ich habe nicht gesehen, wie ausgeprägt die Krankheit bei ihm ist. Ein Jahr, mehr oder weniger, dann muß er den Weißen Hirsch reiten.«

Noch während er die Worte aussprach, wurde sich Tama bewußt, wie selten diese Worte noch benutzt wurden, wenn man den Tod meinte. In einem Land ohne Wild wuchsen Generationen von Menschen seines Volkes auf, für die ein Hirsch nur zwei aus einem Schädel ragende Hörner bedeuteten, die von den Tänzern beim Ankunftsfest getragen wurden. Auch dieser Name wurde jetzt seltener benutzt. Häufiger war vom Frühlingsfest die Rede. Rulf hatte noch nie in seinem Leben einen Hirsch gesehen, und doch würde er jetzt Häuptling des Hirschvolks werden. Vielleicht wird sogar die Geschichte von dem Weißen Hirsch, der unsere Vorfahren durch die Berge geführt hat, bald verändert oder vergessen, dachte er. Ke Rala und ich gehören zu den letzten unseres Volkes, die noch in unserer alten Heimat geboren wurden. Bald wird es niemanden mehr geben, der sich an die Reise des Volkes durch die Berge erinnert. Und er dachte an den letzten seiner Clanbrüder, der jetzt an der Atemkrankheit starb.

Als ob er die Gedanken des alten Mannes lesen könnte, sagte Rulf: »Er redet ziemlich oft von dir. Er erzählt mir dann von all den Hoffnungen und Plänen, die ihr zusammen hattet, als das Dorf erbaut wurde.«

»O ja, damals hatten wir noch Träume.«

»Wenn ich zurückkomme, will er bestimmt alles wissen, worüber wir geredet haben.« Rulf hielt kurz inne und sagte dann verwirrt und zaghaft: »Er möchte dich gern noch einmal sehen.«

Tama schwieg. Mich sehen, dachte er. Um mich um Verzeihung zu bitten? Nein, um dem Volk seine Gnade gegenüber dem alten Priester zu zeigen, der ihn herausgefordert hat.

»Ich empfinde keine Bitterkeit gegenüber dem Häuptling, aber ich habe meine Wahl getroffen. Unsere Wege haben sich getrennt, und so muß es auch bleiben. Aber ich hätte gern mehr Zeit gehabt, um dich zu stärken, Rulf. Als junger Häuptling wirst du manchmal Zeiten erleben, in denen du dich gern einem Alten anvertrauen würdest, der viel im Leben gesehen hat. Ohne Ke Rala und mich wird es keinen Ältesten mehr geben, zu dem du mit deinen Sorgen gehen könntest, jetzt, da der alte Tara tot ist. Ihn hätte ich gern noch einmal gesehen. Er ist sehr alt geworden. Du mußt in dir selbst die Stärke finden, die du brauchst. Und vielleicht in meinen Worten. Alles, was ich aufgeschrieben habe, ist für dich. Wenn ich damit fertig bin, werde ich die Schriften gut verpacken und hinter dem Stein verstecken, wo ich das getrocknete Fleisch und die Kräuter im hinteren Teil der Höhle aufbewahre. Dort sind sie sicher vor der Feuchtigkeit und den Ratten.«

Rulf blickte Tama mit großen dunklen Augen an. »Aber du, Vater, wo wirst du sein? Bei Tukki? Ich werde deine Schriften finden und sie mitnehmen, ich werde sie in Ehren halten und versuchen zu verstehen, was du geschrieben hast. Aber soll ich sie auch anderen zeigen? Nehmen wir einmal an, die Ältesten versuchen sie zu zerstören?«

»Studiere meine Worte. Ich glaube, du wirst dort deine Antworten darauf finden. Hab' keine Angst. Ka Balu wird mit dir sein.«

In seinem achtzehnten Lebensjahr, in dem Stolz seiner jungen Männlichkeit konnte der zukünftige Häuptling trotz der Furcht in seinen Worten nicht an seiner Fähigkeit zweifeln, sein Volk gut zu regieren. Tama sah in ihm genug von dem Selbstbewußtsein des jungen Ke Rala, um zu wissen, daß er auch bei Schwierigkeiten nicht aus dem Gleichgewicht geraten würde, und darüber hinaus jenen Anflug von Traurigkeit über seine tragische Herkunft, der seinen Geist für die Worte eines Menschen öffnete, der ihn geliebt hatte.

»Ich glaube, sie hatten recht«, sagte er plötzlich, »ich meine die Ältesten, als sie verboten, die Jungen im Schreiben zu unterrichten. Es war zu früh, ihnen so etwas Wertvolles zu geben. Ich hätte zuerst Ke Rala und die Ältesten dafür gewinnen sollen. Sprache ist das schärfste aller Werkzeuge, die uns die Götter an die Hand geben, um unser Leben zu gestalten. Sie ist kein Spielzeug, das man einfach so benutzen sollte. Und geschriebene Sprache hat eine ungeheure Kraft, Gutes und Böses auszudrücken. Das Alte Volk wußte das, aber seine weisen Männer waren nicht stark genug, um es zu retten. Das Wissen in ihren Büchern fiel in die Hände der Bösen. Ich verstehe das jetzt. Das darf sich bei unserem Volk nicht wiederholen. Das Schreiben ist ein heiliges Geschenk, um Leben und Weisheit zu bewahren. Nur die Herrscher eines Volkes sollten sich dieser Macht bedienen können.

Der weise Herrscher schützt sein Volk vor dem Wissen, das Tod bringen kann. Leben heißt nicht alles wissen, sondern erschaffen, teilen, in Demut vor den Göttern wandeln. Wer bescheiden lebt, lebt lange. Ai-jee, die Macht des heiligen Wissens ist nur für die Priester und Häuptlinge bestimmt. Dieses Wissen muß rein erhalten werden. Ich habe eine heilige Macht in Verruf gebracht und zur Zielscheibe des Spottes gemacht. Ich bin zu Recht bestraft worden.«

»Aber Herrscher können grausam und streng werden ...« Rulf fügte nicht hinzu: »... wie Ke Rala«, aber beide verstanden, was gemeint war.

»Ja, aber wenn jeder Mensch sein eigener Häuptling, sein eigener Priester ist, wenn jeder Mensch denkt, er besitze die Macht der Götter in Form des Schreibens, wird es zu Chaos und Unordnung kommen. Die Menschen müssen ihren Führern gehorchen, und die Führer müssen ihren Göttern gehorchen. Nur den Führern sollte die heilige Macht des Schreibens vorbehalten sein. Wenn einer versucht, selber zu Macht zu kommen, müssen ihn die anderen daran hindern. Nicht das Volk darf entscheiden. Der wahre Herrscher des

Volkes muß das Geschenk der Götter in Form der heiligen Schriftzeichen sein, zu denen nur wenige Zugang haben sollten.«

Er schwieg eine Weile und fügte dann hinzu: »Meine Aufzeichnungen hätten nicht verbrannt werden sollen. Das war nicht nötig. Ich hätte mehr Anstrengungen unternehmen sollen, die Ältesten zu überreden, ihnen das Schreiben beibringen zu dürfen.«

»Warum willst du es nicht jetzt noch einmal versuchen?«

Mit traurig umschatteten Augen antwortete Tama: »Die Zeit wird mir nicht noch einmal geschenkt sein. Die Schriften sind für dich bestimmt, damit du sie weise benutzt. Ka Balu wird dich dabei lenken.«

Einen Augenblick später erwiderte Rulf: »Sarn hat mir erzählt, daß du ihm ein paar Schriftzeichen beigebracht hast.«

»Nur ein paar«, antworte Tama. »Ja, aber es war mehr ein Spiel, da ich ja sowieso wußte, daß ich nicht genug Zeit haben würde, ihn in alles einzuführen. Du meinst, ich widerspreche mir selbst? Wenn du etwas älter bist, Rulf, wirst du merken, daß ein Priester, häufig auch ein Häuptling, in den Herzen der Menschen lesen kann, ob sie gut oder böse sind. Geschenke an die Guten können diese nur weiser machen. Hinter seiner Verspieltheit besitzt Sarn eine reine Stärke, einen ehrfürchtigen Geist. Ich glaube, auch dir ist das nicht entgangen.«

»Ja, ja, das habe ich auch gespürt. Ich mag ihn.«

»Die wenigen Worte, die ich ihn gelehrt habe, werden seine Achtung vor der verborgenen Macht hinter dem Schreiben nur noch vermehren. Regen deine Schreibkenntnisse dich an, mehr darüber herauszufinden, die Macht des Schreibens zu benutzen, um deinen eigenen Geist zu erforschen?«

Rulf dachte einen Moment mit geschürzten Lippen nach, zupfte an einem Grashalm herum und lächelte dann Tama an. »Wenn mir nach Jasagen zumute gewesen wäre, hätte ich wohl nicht gezögert, oder? Meine Tage sind so voll, daß ich wenig Zeit habe, mir Gedanken darüber zu machen, wie anders sie in Zukunft sein werden. Aber weißt du, Vater, im letzten Jahr habe ich oft an dich gedacht, wenn ich abends neben Ke Rala saß – er hat es gern, wenn ich so lange an seinem Bett sitzen bleibe, bis er eingeschlafen ist –, und ich bin mir viel mehr darüber bewußt geworden, was du mir alles mit auf den Weg gegeben hast. Wahrheiten sind wie Samen, sie keimen nicht immer sofort. Die Macht des Schreibens und Lesens schlummert zur Zeit in mir. Ich nehme sie an, weil ich weiß, daß alles, was du für mich getan hast, nur zu meinem Guten ist. Wenn ich die Macht brauche, werde ich sie benutzen.«

Einen Tag, bevor die Jäger beschlossen hatten, sich auf die Heimreise zu machen, fragte Rulf Tama ganz nebenbei: »Hat dir eigentlich jemand von dem Aufblühen deines Geistbaums in diesem Sommer erzählt?«

»Nein.«

»Das tut mir leid. Ich hätte dir schon früher davon erzählen sollen. Er ist unbeschreiblich schön, Vater. Ich habe ihn noch nie so von Blüten übersät gesehen. Die Leute sehen aus dem Dorf zu ihm hinauf und sagen: ›Seht nur, der Geist von Vater Tama ist wieder mit uns.‹ Der ganze Baum gleicht einer einzigen großen Flamme auf dem Grat. Viele Leute sind zu ihm hochgestiegen und haben sich eine Weile darunter gesetzt. Und die Kinder haben mit den herabfallenden Blüten den ganzen Pfad zum Dorf hinunter bedeckt. Um das Dorf stehen noch andere Rata-Bäume in Blüte, aber keiner so schön wie deiner. Bevor ich gekommen bin, habe ich das hier in meine Hüfttasche gesteckt – ach, sie sind zerdrückt. Es tut mir leid, Vater.«

Rulf legte ein paar zerknickte und verblaßte Zweigchen mit karminroten Rata-Blüten in Tamas Hand, die auch im Zerfall noch wunderschön waren. Tama konnte vor lauter Tränen in den Augen fast nichts erkennen. Seine Hände zitterten, und er brachte keinen Ton heraus. Mit seinem Ärmel wischte er sich über die Augen und saß eine Weile schweigend neben Rulf, der mit zusammengekniffenen Augen auf das wie geschmolzenes Eis glitzernde Meer hinaussah.

Am Abend wollten sich auch die anderen noch mit ihm unterhalten. Die Jäger hatten den ganzen Tag damit zugebracht, Treibholz zu sammeln und es in handliche Stücke zu zerteilen, die sie in der Höhle aufstapelten. Außerdem hatten sie noch mehr Farn für Tamas Sitzbank gesammelt. Die Höhle war sauber gemacht und die hintere Nische mit geräuchertem Fisch und zum Trocknen aufgehängten Kräuterbündeln gefüllt worden, um die Tama gebeten hatte. Nach dem abendlichen Mahl saßen alle im Freien beisammen und beobachteten, wie die Sonne hinter der gestaltlosen Fels- und Wolkenmasse am Rand der Welt unterging.

Der Große Rua erzählte noch einmal vom Tod seiner Mutter und daß Brusa danach wie ein Geist herumgeirrt und sein kräftiger Körper plötzlich hohl und ausgemergelt worden sei. »Er wird nicht mehr lange unter uns weilen. Brusa ist ein guter Mann. Nachdem unser Vater weggegangen war, hat er getan, was er konnte, um meiner Mutter zu helfen. Für Lani und Varro war er wie ein zweiter Vater.«

»Als Mädchen war deine Mutter sehr schön, ein sehr geistvolles Mädchen. Sie hatte großen Mut.«

Er dachte an Mariti mit den braunen Haaren, die er als schüchterner Junge einmal hatte berühren wollen. Hora war nicht schüchtern gewesen. Mariti mußte ihn einmal geliebt haben. Und nun hatte der Große Rua, ihr erster Sohn, schon die ersten grauen Strähnen im Haar. Wie langsam das Licht verblaßt, dachte Tama, erst merkt man lange Zeit gar nicht, daß die Schatten länger werden, und wenn dann die Nacht hereingebrochen ist, denkt man, wie kurz doch der Sonnenuntergang war.

Auf die Fragen der Jäger, was er tun werde, wenn er mit seinem Schreiben fertig sei, antwortete er ausweichend und widersprach ihnen nicht, als sie annahmen, er werde dann zu seinen Freunden am Langen Wasser gehen. Auf Rulfs offene Frage, als sie später direkt hinter dem Kreis der ums Lagerfeuer versammelten Jäger zusammensaßen, versuchte Tama, so sehr es ihn auch schmerzte, die Wahrheit zu sagen.

»Du fragst mich, was ich tun werde? Es kommt einmal eine Zeit, Rulf, da wissen die Alten, daß ihre Arbeit getan ist, und vielleicht hat ein Priester ja eine feineres Gespür dafür, wann dieser Zeitpunkt gekommen ist. In ein oder zwei

Monden werde ich mit meinem Buch fertig sein. Ich kann es nur hier zu Ende bringen, weder bei dir in unserem Dorf noch bei Tukki. Es ist meine letzte Arbeit für Ka Balu, und wenn sie getan ist, werden meine Tage in seiner Hand liegen. Jeder Mensch muß sich allein in diese letzte Einsamkeit hineinbegeben. Trauere nicht um mich, mein Geist sagt mir, daß ich nicht mehr hier sein werde, wenn du das nächste Mal kommst. Sage Ke Rala, daß ich mit frohem Herzen gehe. Er wird es verstehen. Für uns beide ist die Arbeit fast getan. Ich verlange nichts mehr von den Göttern. Ich habe keine Angst, mein Geist ruht in Frieden.«

Mit gebrochener Stimme bettelte ihn Rulf an, doch mit ihm und seinen Männern zurückzugehen, und bot an, wenigstens ein paar Jäger bei ihm zurückzulassen, doch Tama schüttelte den Kopf.

»Ich habe meinen Weg gewählt. Wenn deine Zeit kommen wird, wünsche ich dir, daß du deinen so sicher wählen kannst, wie ich es tue.«

»Vielleicht läßt mich Ke Rala vor dem Winter noch einmal zurückkommen, wenn ich ihm erzähle, daß du ... daß deine Arbeit beendet ist, daß du ...«

Rulfs jugendliche Kraft lehnte sich gegen die ruhige Hinnahme des unumgänglichen Todes seines Großvaters auf. Unfähig zu sprechen, rieb er sich die Augen mit den Fingerknöcheln, umschlang seine Knie mit den Armen und blickte blind in die bleichen Wasser der Nacht hinaus. Dann wickelte sich einer nach dem anderen in seine Dekken, so auch Rulf neben Tama. Der alte Mann lag noch lange wach, nachdem der ruhig gehende Atem seines Enkels ihm sagte, daß eine gesunde Müdigkeit ihn in den Schlaf hatte sinken lassen. Manchmal regte sich ein Mann oder hustete; einer schnarchte laut, wachte auf, drehte sich auf die Seite und schlief ruhiger weiter. Immer noch konnte Tama nicht einschlafen. Er lauschte auf die ferne Meeresbrandung, den Schrei eines vorüberfliegenden Nachtvogels, das leise Flüstern des Windes im Höhleneingang. Er dachte über das nach, was er zu Rulf gesagt hatte, und über vieles mehr, was er noch gern gesagt hätte. Aber er wußte, daß es keine Worte mehr gab, die seinen Schmerz über das, was da kommen mußte, gelindert hätten. Und als er die innere Ruhe zu finden versuchte, die der Morgen von ihm verlangen würde, empfand der alte Mann eine tiefe Dankbarkeit für seine eigenen Stärke und eine umfassende Liebe für die Männer, die da neben ihm schliefen und ihm zum letztenmal Gesellschaft leisteten.

Er wachte auf, als Rulf ihn sanft schüttelte. Alle anderen waren schon auf, einer wärmte schon die Fischkuchen über dem Feuer. Draußen lachte der helle Tag. Als sich alle zum Aufbruch fertig machten, unternahm Rulf einen letzten Versuch.

»Wenn ich bald noch einmal kommen kann, werde ich kommen. Und wenn du es dir anders überlegst, geh zu Tukki. Das ist der kürzere Weg. Ich werde dich dort finden. Hinterlasse mir eine Nachricht.«

Tama sah tief in die dunklen, bekümmerten Augen des jungen Mannes. Die Morgensonne glitzerte auf dem grünen Ohrring und strahlte eine Locke an.

»Wie stolz Großmutter Escha auf dich gewesen wäre«, sagte er.

Einer nach dem anderen erhoben die Jäger ihre gefalteten Hände zum Abschiedsgruß und gingen dann nacheinander hinunter zu dem Pfad am Strand, bis nur noch Rulf übrig war. Er legte seinen Bogen neben seinem Bündel aus Decken und seinem Regenumhang nieder. Tama faßte ihn an den Armen, und sie sahen sich in die Augen. Rulf kniete nieder und umfaßte die Füße des Priesters.

»Segne mich, Vater.«

»Ka Balu, sei mit dir, mein Sohn, bei Tag und Nacht, in Freuden und Leiden, im Kreis von Freunden und in Einsamkeit, in der Liebe und in der Vaterschaft. Möge er dir Stärke und Mut, Mitgefühl und Weisheit verleihen. Und möge mein Geist immer in deinem Geist leben. Geh nun, mein Frieden und meine Liebe gehen mit dir.«

Rulf hob seinen Bogen auf, warf sich sein Bündel über die Schultern, hob seine gefalteten Hände ein letztes Mal zum Gruß und ging den Pfad hinunter. Bevor er zu den anderen stieß, sah er sich noch einmal um, winkte noch einmal und wandte sich dann mit den anderen zum Gehen.

Solange es irgend möglich war, eine Bewegung zu erkennen, schirmte der alte Mann seine Augen ab und folgte den in der Gischt des Meeres und dem Dunst des Strandes immer kleiner werdenden Gestalten der Jäger, bis sie nicht mehr zu sehen waren. Auch danach noch starrte er weiter über die Ebene hinaus, ohne etwas zu sehen oder zu hören, ohne Trauer oder Schmerz zu empfinden, versunken in eine Stille, die einer Art Benommenheit glich, die er nicht unterbrechen wollte. Es war ihm, als ob er in dieser Stille immer noch mit Rulf Berührung halten könnte, wie ein letztes Ausstrecken nach ihm, das durch jegliche Art von Bewegung zerstört werden könnte. Und das geschah schließlich, als ihm seine schmerzhaft verkrampften Muskeln zu Bewußtsein kamen.

Er tat, was getan werden mußte, und ging in die leere Höhle.

Erst als der Tag seinem Ende zuging, kehrte etwas Wärme in seinen Geist zurück. Als der trockene Farn, die Rinde und der trockene Reisig Rauch entwickelten, während er seinen Feuerstock zwischen den Handflächen zwirbelte und schließlich eine kleine Flamme hochschoß, die immer größer wurde, kehrte das Gefühl in seine benommenen Glieder zurück. Er beugte sich über das winzige Feuer und versuchte es mit der Fürsorge eines Liebhabers zum Leben zu erwecken. In diesem uralten Ritual fand er tröstliche Sicherheit und Wohlbehagen, die Körper und Geist immer nötig hatten. Als er sein Fleisch aß, wußte er, daß er in ein, zwei Tagen wieder ganz in sein Schreiben vertieft sein würde, und in diesem Wissen sank er in den Schlaf.

5

Manchmal klangen sie wie ferne Flötentöne aus dem Wald, manchmal wie lautes, drängendes Stimmengewirr, das dem schrillen Schrei der Möwen über den Klippen glich, und manchmal wie das atemlose Wunder der Morgendämmerung, die sich über den fernen Rand des Meeres schob – immer verschieden und doch völlig klar erreichten ihn die Stimmen. Wenn die Worte in seinem Kopf widerhallten, tauchte er ungeduldig seine Feder in die Tinte und schrieb rasch auf das steife Pergament. Und dann, wenn der Gedanke zu schwarzen Zeichen verkürzt, sichtbar, unveränderlich sicher eingefangen dastand, setzte er sich zufrieden zurück. Das war immer ein Teil des Wunders beim Schreiben gewesen: dieses Gefühl der Erfüllung, ein körperliches Wohlbehagen, das seine Adern hochkroch wie nach dem Liebesakt mit einer Frau. Doch das Geheimnis des Hörens und Aufzeichnens der Offenbarungen der Götter vermittelte ihm eine Mischung aus körperlichen und geistigen Energien, die er bei der Liebe nur selten erlebt hatte.

Dafür bin ich erschaffen worden, dachte er. Und was war es denn anderes, als ich vor langer Zeit das Wild für Ke Ralas Pfeil herbeisingen konnte, als dieses Lauschen auf das Wissen, das da draußen immer auf uns wartet, wenn wir nur glauben und hören könnten. Aber nein, mit unserem Streben errichten wir Schranken gegen die einfließende Weisheit und huldigen allein unserem Willen. Aber alles steht uns offen, wenn wir uns nur für alles um uns herum öffnen könnten. Wir sind ein Teil des Ganzen, doch wir verschließen uns, rollen uns zusammen wie ein Kind, das sich weigert, den Mutterschoß zu verlassen, um der Wirklichkeit des Lebens ins Auge zu blicken. Wie reich bin ich beschenkt worden, daß ich so lange leben durfte, bis ich das Mitfließen meines Daseins mit dem ewigen Fluß erkannt hatte. Sogar als Priester des Volkes wurden mir nur ab und zu kleine

Einblicke in das Leben als Körper und Geist in einem Wesen teil. Wie könnte es auch anders sein. Ich war ein Wesen, das ständig eingebunden war in die Fürsorge für andere Menschen, wie alle Männer und Frauen aneinander gebunden sind. Wann haben sie schon die Möglichkeit, ganz frei von allem zu sein und ganz allein sich selbst kennenzulernen? Manchmal habe ich Kinder beobachtet, die abseits standen und eingefangen von einem Wunder, das andere nicht hören konnten, lauschten. Aber die meisten Menschen kennen diese Erfüllung nicht. Vielleicht wird für sie der Tod zur Erfüllung. Wenn sie erst einmal durch den engen Gang hindurch sind, wo das Leben auf sich selbst zurückfällt und wir in einer neuen Welt aufwachen – dann, ja dann müssen sie es verstanden haben. Aber warum nicht manchmal schon im Leben, damit sie ihre Bürde voller Hoffnung tragen können? Manchen gelingt es vielleicht. Vielleicht war Vani eine von ihnen. Sie war von einer ruhigen inneren Stärke erfüllt, als ihr Ende nahte. Und Uunu – nein, ich bezweifle, daß er jemals Frieden gekannt hat. Aber er hat zumindest daran geglaubt, daß eine größere Wirklichkeit in Reichweite ist, hat fast wild darum gekämpft, sie in seiner Malerei zum Ausdruck zu bringen. Und Gilda? Nein, ich glaube, ihre Schönheit war eine rein körperliche; aber wer weiß, ich habe sie ja kaum gekannt. Diese eine Nacht – na schön, aber ich erinnere mich auch daran, wieviel Zeit wir mit Streiten zugebracht und uns dann in einer blinden Liebe verloren haben, die wie Dunkelheit in der Finsternis war.

Tama saß an seinem Steintisch vor der Höhle. Es war später Nachmittag, und er hatte sein Schreiben abgeschlossen. Es schien ihm, als hätte er in den zwei Monden seit Rulfs Weggehen die Botschaften aller Stimmen aus seinem Kopf aufgezeichnet. Würden ihm die Götter wohl noch mehr schicken, wenn er nur weiter lauschen und warten würde? Was er geschrieben hatte, war etwas, das sich Priester und Häuptlinge zu Herzen nehmen sollten, über dessen Sätze sie lange nachdenken könnten, um die Wahrheiten für sich selbst herauszufinden. Nur wer für diese Wahrheiten bereit ist, dachte er, wird sie auch verstehen. Sie werden Herzen öffnen, die zum Öffnen bereit sind. Für den verschlossenen Verstand, den nicht erweckten Geist werden sie bedeutungslos bleiben. Aus der tiefen Beschäftigung mit diesen Wahrheiten wird das Wissen über alle Lebensrythmen, über die ewigen Wandlungen entspringen. Jeder wird sie zu dem Zeitpunkt finden, der für ihn der richtige ist. Und sie alle schwingen mit den unendlichen Kräften des fließenden Kreises mit.

In den Händen hielt er einen Flachsfaserstreifen, den er so zusammengefügt hatte, daß innen und außen nicht zu unterscheiden war. Alles ist im Werden begriffen, dachte er, es gibt nie einen Moment, an dem ich sagen kann: »Das ist außen, oder das ist das innen«, doch wenn ich es zu dem fließenden Kreis forme, ist es sowohl außen als auch innen. Es ist das Leben, Sterben und Geborenwerden, der ständige Wandel, etwas anderes zu werden, als man ist. Und dieses Geheimnis habe ich in Worte gefaßt und auf den Pergamenten festgehalten, damit die Weisen es lesen können. Ja, ich habe meine Arbeit getan.

Ihn erfüllte nicht so sehr ein überschwengliches Hochgefühl als eine ruhige Befriedigung. Er stand auf und trug Pergamente, Federn und Tinte zurück in die Hütte. Die letzten Sonnenstrahlen tanzten auf der Wand zu seiner Scheidenseite und beleuchteten die Zeichen an der Wand, mit denen er seinen Kalender führte. Es war nicht länger nötig, die Zeit in Tagen zu messen. Zwei Monde waren vergangen, und er würde keinen dritten mehr hier sein.

Bei der Vorbereitung des Abendessens in der untergehenden Sonne dachte er mit Befriedigung an die letzten beiden Monde zurück. Eine ungestörte Heiterkeit hatte ihn die ganze Zeit erfüllt. Auch wenn er allein war, hatte er ständig das Gefühl, von unsichtbaren Begleitern umgeben zu sein, so daß ihn die Abwesenheit seiner Freunde nicht schmerzte. Es fiel ihm leicht, ohne Groll an sein Volk zu denken und sich vorzustellen, daß sie gleich ihm beim Abendessen saßen. Er konnte sehen, wie Sarn die große geschnitzte Tür im Haus seines Vaters öffnete und hineinging, während hinter ihm die letzten Sonnenstrahlen das stille Lange Wasser in sanftes

Licht tauchten. Fern oder nah hatte ebenfalls nur geringe Bedeutung, da alles gegenwärtig zu sein schien. Am Ende der kürzer werdenden Tage saß er oft mit einer Decke um die Schultern vor dem Feuer, bevor er zu seiner Sitzbank hinüberging, und dachte an die vergangenen Ereignisse und die Menschen, die schon lange tot waren. Sie schienen leibhaftig vor ihm zu stehen und noch einmal lebendig zu werden: die Gefährten seiner Jugend hinter den Bergen, der Schrecken des Großen Schnees in jenem Winter, sein Leiden in dem Käfig, die langsam zugestandenen Enthüllungen des Alten Weisen; seine Reise mit Rua, sein Kampf mit dem Alten Krummzahn, ihr Streit über das glänzende Ding in der Höhle über der Bucht, der blau gekleidete Junge aus einer anderen Welt, der ihn vor Ruas bevorstehenden Tod warnen wollte. Sie drängten sich in seinen Frieden, beunruhigten ihn jedoch nicht, sondern bevölkerten nur seine Einsamkeit. Sie kamen und gingen in seinen Träumen. Habe ich wirklich so viele gekannt, dachte er, so viele, die mich jetzt aufsuchen? Sind sie gekommen, um mich mit hinüber zu nehmen, damit ich ihnen dort Gesellschaft leiste? Nikala, dessen Lächeln sich über seine eigenen Ängste lustig zu machen schien; der alte Chard, der meine Suche nach der Bedeutung der Zeichen in den Büchern verstand; die braunhaarige Escha, die mir ihren Körper und ihr Leben geschenkt hat; Yaka, der mich brauchte und dem ich nie nahekommen konnte; Yonni, wie ich ihn am Anfang in seiner Schnitzerwerkstatt kennengelernt habe mit ihrem Geruch nach frisch geschnittenem Holz und Leim; der junge Fischer Krisa, der Gilda liebte und für sie ertrank; Sarn, mein lieber Bruder im Geist – Sarn, Tukki, kleiner Sarn. Ai-jee, ich habe lange genug gelebt.

Die Zeit war gekommen, sich in den Willen Ka Balus zu fügen und von ihm forttragen zu lassen, wohin er wollte. Er schob die rot glühende Glut zusammen, legte seine Decke ab und nahm seinen Wahrheitsstein aus der Kiste. Er saß kurz hinter dem Höhleneingang, hatte beide Hände um den Stein gelegt, um ihn die Wärme seines Körpers annehmen zu lassen, bis er spürte, daß sich der Geist des Steines nach seinem

Geist zu sehnen begann. Da hob er die Hände und preßte den Stein gegen seine Stirn.

Ganz sanft spürte er, wie sein Geist emporgehoben, herumgewirbelt und um einen Mittelpunkt gedreht wurde, während seine Füße das Muster des fließenden Kreises tanzten. Immer weiter und tiefer wurde er in einer einströmenden Welle von erheiternder Kraft herumgewirbelt. Die Hügel, das Meer und der sich verdunkelnde Himmel waren um ihn, als er spürte, wie er von der Kraft seiner Ekstase emporgehoben wurde, bis es so schien, als ob die Erde, das Meer und der Himmel selbst voller Jubel durch ihn hindurchflössen. Jenseits von Worten, jenseits von Gedanken und jenseits des Wissens um seinen alten Körper tauchte er in eine Seligkeit ein, die schon immer bestanden hatte und die einzige Wirklichkeit war. Er wurde eingetaucht in einen warmen rosafarbenen Glanz, der die eigentliche Substanz seines eigenen Wesens zu sein schien. Wie lange dieser Zustand anhielt, konnte er nicht ermessen, aber irgendwann merkte er, wie die Tanzbewegungen langsamer wurden und ihn der ewige Fluß nach unten in einen sich schnell drehenden Wirbel zog, in dem er das Bewußtsein verlor.

Er wachte auf oder schien aufzuwachen, weil er die Schwere seines eigenen Körpers und die angestrengten Muskeln seiner Beine spürte. Er ging vorwärts und kletterte einen schmalen Pfad hinauf. Hinter ihm war das Gemurmel einer großen Menschenmenge zu hören. Er sah nach vorn und plötzlich wußte er, wo er war. Er ging den altbekannten Pfad zu der Anhöhe hinauf, auf der sein Haus stand. Es war ein warmer Tag im Sommer, und die Düfte eines Sommermorgens hingen in der Luft. Alles war ihm lieb und teuer, das brummende und summende Leben des Waldes, das Gezwitscher der Vögel und die Blätter im Wind, durch die das Sonnenlicht hereinspiegelte. Er kam oben am Pfad an und sah zu dem großen Rata hinauf, der sein Geistbaum war.

Ehrfurcht und Erstaunen ließen ihn auf die Knie sinken. Der Baum, den er da sah, war der äußeren Gestalt nach zweifellos sein geliebter Baum, doch war er um vieles größer und glich mit seinen hoch in den Himmel aufragenden

Zweigen dem riesigen Baum seiner ersten Vision, die er als Junge im Wahrheitsstein erschaut hatte. Aus dem einer grau-braunen Felsenklippe gleichenden dicken Baumstamm streckten sich gigantische Äste in den Himmel, die mit karminroten Blüten übersät waren. Selbst die Erde um die mächtigen Wurzeln war ein einziges karminrotes Blütenmeer. Die Flammen des Baumes verbanden die Erde mit dem Himmel. Der strahlende Glanz, der von innen heraus kam, ergoß sich in zitternden karminroten Lichtwellen nach außen und nach oben. Überwältigt hatte der junge Tama seiner Vision gehuldigt, die jetzt einem alten Mann in seiner Bescheidenheit zuteil wurde, dessen Versprechen erfüllt und dessen Ziel erreicht war. Hinter der gebückten Gestalt brodelte und pulsierte die eng aneinandergedrängte Menge wie ein Ozean. Ihre Kraft war es schließlich, die Tama nach einiger Zeit dazu brachte aufzustehen.

Er trat nach vorn unter die ausgestreckten Arme des Baumes und erkannte auf und in dem Stamm die verschlungenen Gestalten seiner ersten Vision. Da waren Männer, Frauen und Kinder in allen nur erdenklichen Körperhaltungen zu sehen. In Freude und Schmerz, Tod und Geburt waren sie da, einer über dem anderen, immer höher und weiter in Richtung einer größeren Selbsterkenntnis, einer größeren Erfüllung. Alle menschlichen Leidenschaften waren darin enthalten, alles verkümmerte Streben, alle Stärke und die Torheit der Stärke, alle Schönheit und alle Zeugnisse des grausamen Zerfalls der Schönheit.

Als Tama die rauhe Rinde des Stammes umfaßte, hörte er hinter sich leises Jammern, vermischt mit Jubelschreien, doch sie waren nur für sich selbst von Bedeutung, nicht für ihn. Er tat das, wozu er hergekommen war, stellte sich mit den Füßen auf eine große Wurzel, preßte seinen Körper gegen den Baum und klammerte sich mit seinen Fingern oben in Ritzen und Astlöchern fest. Wellen von karminrotem Licht durchfluteten ihn. Er fühlte sich riesengroß, ein Schwindelgefühl erfaßte ihn, weil er so hoch in die Lüfte ragte, und gleichzeitig empfand er eine tiefe, kalte Stärke, die ihn mit der Erde verwurzelte. Der Himmel drehte sich um ihn, er wurde eins mit dem Fluß des Lebens und wallte mit ihm in das Blätter- und Blütendach empor, vereinigte sich mit dem Baum und wurde der Baum.

Am Eingang der Höhle hielt die still vornüber gebeugte Gestalt länger aus als die verglühende Glut des Feuers, bis die Sterne, die zu Beginn der Erschauung über dem Horizont aufgegangen waren, fast ihren Zenit erreicht hatten. Ruhig hob der alte Mann seinen Kopf und stand langsam auf. Er spürte die frische Kühle der Nacht auf der Haut, er sah die vertrauten Sterne am Firmament über dem Meer, er hörte das Kommen und Gehen der gegen die Klippe klatschenden Wellen. Wieder in seinem Körper, spürte er seine Bedürfnisse, hüllte sich in Decken ein und legte sich schlafen.

Die nächsten beiden Tage arbeitete er ruhig um die Höhle herum. Essen, das er mitnehmen konnte, packte er sorgfältig in einen Flachskorb. Außerdem packte er noch eine Schnurfalle, eine Angelschnur, drei Angelhaken, eine Schüssel, den Bogenbohrer zum Feueranmachen und noch ein paar andere Dinge ein und wunderte sich dabei, wie wichtig dem Körper bis zum letzten Tag die Aufnahme von Nahrung war. Vielleicht kommt es daher, dachte er, daß ich immer nur sehr wenig gegessen habe, daß in mir, obwohl mein Körper alt, müde und langsam ist und mein verbrannter Arm steif, immer noch ein gesunder Kern ist. Ich komme vielleicht weiter, als ich denke. Zwei Paar Sandalen, zwei Decken. Brauche ich denn so viel? Weshalb kann ich nicht einfach loslaufen und so lange weitergehen, bis ich zu müde bin? Weil ich den Kreis so vollkommen wie möglich schließen möchte, mein Ende zu meinen Anfängen zurücktragen will.

Er räumte das übrige Essen, das er nicht brauchte, aus der Höhle, ließ jedoch trockenes Holz und trockenen Farn für diejenigen zurück, die kommen und die Höhle leer vorfinden würden. Auf trockene Häute schrieb er ein paar Worte für Rulf und Sarn, wenngleich er wußte, daß keine Worte stark genug waren, um seine ganze Liebe auszudrücken, oder sanft genug, um die schnelle und großherzige Trauer der Jungen zu lindern.

An seinem letzten Tag fastete er, trank nur etwas Wasser

vor Sonnenaufgang und nach Sonnenuntergang und überließ seinen Geist ganz der Dankbarkeit gegenüber den Göttern. Er saß dabei im Freien und beobachtete, wie der Tag zu seiner Dolchseite sich entfaltete und langsam auf seiner Scheidenseite wieder verging. Am abendlichen Feuer beobachtete er, wie die Flammen vor den Felsvorsprüngen der Höhle aufloderten und Schatten warfen, die ihn an die sich verzweigenden, tief abfallenden, hochragenden und sich öffnenden Waldwege erinnerten, auf denen er sein Leben lang gewandelt war.

Was er sich jetzt noch wünschte, war, ein letztes Mal in den Wald zu gehen, sich in seinen Tiefen zu verlieren und zu schlafen. Diesen Gedanken erlebte er weder als Wunsch noch als Zwang, sondern einfach als heiteres Annehmen dessen, was immer ein Teil seines Lebens gewesen war. Zu wissen, daß er den Teil des Kreises erreichte, an dem das Ende sich mit dem Anfang verbindet und eins wird, war kein Grund zum Trauern oder Jammern, sondern erfüllte ihn mit einer tiefen Befriedigung darüber, daß er diesen Moment so bewußt erleben konnte. Er war bereit, die menschliche Liebe und sogar das Vermögen, anderen in ihrer Not zu helfen, hinter sich zu lassen und alle Pflichten, Treuebünde und Verantwortungen von sich abzuwerfen. Das waren Weisen menschlicher Beziehungen, von denen er sich lösen mußte, bevor er sich in die letzte Einsamkeit des Waldes hineinbegab. Und in dieser Annahme des Abwerfens der Last des menschlichen Wesens lag keine Verzweiflung, kein Gefühl der Zerstörung. Weinte denn ein Junge, der sauber und erfrischt von einem Bad im Fluß kommt, dem Verlust von Schweiß und Schmutz nach?

Ich sehe mein Lebensmuster vor mir, dachte er. Was ich war, was aus mir wurde und was ich bin. Ich stehe zu allem. Zu meinen Bestrebungen und zu meinen Fehlern, zu dieser letzten Gelegenheit, etwas Edles und Weises zu hinterlassen. Das waren die Höhen und Tiefen meines Geistes, der jetzt müde ist und sich zur Ruhe begibt, wie der Sommer, der nun von der Sonne in den Winter übergeht. Ich glaube, wenn jetzt einer der schon lange toten Männer aus dem Versunkenen Dorf vor mir auftauchen und sagen würde: »Ich bin gekommen, um dir die Geheimnisse unserer Größe zu enthüllen, um dir die Macht zu zeigen, die wir erlangt haben, und um dir zu erzählen, wie sie uns zerstört hat«, dann würde ich sagen: »Tue, was du nicht lassen kannst, mit den Lebenden, ich gehe jetzt zu meinen Toten.« Die liebsten Gesichter könnten mich nicht zurückhalten, auch wenn ein Feuer heute nacht meine Schriften vernichten würde, würde ich doch morgen für immer aus der Höhle weggehen.

In meinem Wahrheitsstein habe ich gespürt, wie mein Körper und mein Geist eins mit dem Baum wurden. Die Äste breiteten ihren strahlenden Glanz über mein Leben aus. In diesem dunklen Wald, in dem sich alle verlieren müssen, folge ich nur so vielen anderen, die schon vor mir diesen Weg gegangen sind.

Als er mit seiner Meditation zu Ende war, kehrte Tama die Asche und die Glut seines Feuers in eine Schüssel. Vorsichtig trug er sie hinaus. Ein leichter Wind wehte von den Hügeln herunter und auf das Meer hinaus.

»Asche meines Körpers, Flamme meines Geistes, ihr seid frei!« rief er und schüttete den Inhalt der Schüssel über den Rand der Klippe. Im Fallen erleuchteten die Feuerstreifen einen Augenblick lang die Dunkelheit, bevor sie verglühten. Tama zerbrach die Schüssel auf einem Felsen.

»Tue es mir nach, Ka Balu. Ich bin bereit.«

In der Höhle löschte er die Lampe. Ein stechender Rauch stieg ihm dabei in die Nase. Dann wickelte er sich in eine Decke. Der Schlaf überkam ihn rasch. Er schlief traumlos und friedlich.

Am Morgen spiegelte eine leichte Wolkendecke die Farben des Sonnenaufgangs wider, was auf Regen noch vor dem Abend hindeutete. Tama ließ sich davon nicht einschüchtern. Er zündete kein Feuer an, aß nur wenig, legte die Pergamente für Rulf und Sarn unter die Steine, wo sie sie leicht finden würden, und überprüfte noch einmal, ob das wenige, das in der Höhle zurückblieb, ordentlich verstaut war. Er nahm das geringe Gepäck auf, das er tragen mußte, und hob seine Hände zu einem letzten Abschiedsgruß an den Ort, an dem für ihn die schönen Erinnerungen aus seiner Jugend mit einem letzten Glück im Alter verschmolzen waren. Ai-jee, ich bin ein glücklicher alter Mann, dachte er, als er sich abwandte und auf den Weg machte. Der Ort, an dem ich in meiner Jugend Zuflucht fand, war mir auch im Alter noch vergönnt.

Er hatte vor, den Strand entlang zu gehen, bis er an den Großen Fluß käme, und dann so weit wie nötig dem Flußlauf hinauf zu folgen, bis er an eine seichte Furt gelangte. In dieser Jahreszeit war das Wasser niedrig, und es dürfte nicht allzu schwierig sein hinüberzukommen. Seine einzige Angst war, auf Jäger des Schäfer- oder Hirschvolks zu treffen, die versuchen würden, ihn von seinem Vorhaben abzubringen. Solange er nicht weit jenseits des Flusses und in den ersten Vorbergen war, mußte er mit dieser Möglichkeit rechnen.

In der kühlen Morgenluft schritt er langsam voran, doch eine fast jungenhafte Leichtigkeit erfüllte sein Herz. Ich mache mich jetzt auf die Lange Wanderung, dachte er. Wie viele Jungen habe ich losziehen sehen, feierlich oder lachend, aber alle begierig darauf, sich in das große Abenteuer zu stürzen. Ich habe sie als Kinder davongehen und als zerlumpte, langhaarige, schmutzige, schlanke junge Männer mit einer wilden Wachsamkeit in den Augen zurückkommen sehen. Jetzt muß ich eine neue Form annehmen, meine alten Knochen irgendwo in diesen weiten Wäldern zurücklassen und ein neues Leben beginnen.

Fast unwillkürlich fing er an, das Wandererlied zu summen, und wünschte sich einen Moment lang, eine Flöte zu haben, um das Lied anstimmen und singen zu können. Er lächelte in sich hinein. Mit meiner krächzenden alten Stimme? Singen? Aber da fielen ihm die Worte wieder ein, und er brummte beim Vorwärtsstapfen durch den Sand zufrieden das Lied vor sich hin …

Nicht für uns die heimischen Herde,
nicht für uns der Eltern Sorge,
wenige sind wir, doch sind wir eins,
Gefahr ist das Los, das wir teilen.

Vom Schmerz des bitteren Regens,
ohne Schutz unter der Sonne
müssen wir heilen unseres Bruders Leid,
verbergen unser eigenes, bis der Tag ist vollbracht.

Schieß den Pfeil zu seinem Todeswerk,
schärf den Dolch für die Haut des Wildes,
dum de da de da de dum
dum de da dum dum de da …

Er brach ab und kicherte. Wie waren noch gleich die Worte der unanständigen Version, die die Jungen sangen, wenn sie zurückkamen und sich ihrer Taten rühmten? Sie hatten nie gemerkt, daß ihr Priester ihnen dabei zugehört hatte.

Halt deine Eier in deiner Hand,
wenn durch die Dornen du streifst,
dum de da dum dum de da,
sonst kriegst du nie ein Horn.

Wieder lachte der alte Mann mit wehendem, langem grauen Haar. Er blieb stehen, rückte das Bündel auf seinen Schultern zurecht, trank ein bißchen aus dem Wasserbeutel und ging dann summend weiter.

6

Rulf sah sofort, daß die Höhle seit mehreren Monden nicht mehr benutzt war. Ein großer Stein war in die Feuerstelle gerollt und hatte den Kamin zerstört, den der große Rua gebaut hatte. Die Überreste einer toten Möwe lagen um den Holzhaufen herum, und der Boden war übersät mit Vogeldreck. In der Mitte der Höhle waren auf dem Boden kleine Steine vom Strand zu einem Muster zusammengelegt. Einige waren verschoben, wahrscheinlich von streitenden Möwen, aber Rulf erkannte, daß es Schriftzeichen waren. Er legte die verschobenen Steinen in die Lücken und konnte dann lesen:

Sarn, Rulf, Tama gegangen, kommen, suchen

Sollte das bedeuten, daß Tukki und Sarn gekommen waren, um Tama abzuholen, und ihn nicht vorgefunden hatten, oder war es eine Bitte von Sarn, ihm bei der Suche nach Tama zu helfen? Rulf entschied, daß es vor dem Winter geschrieben worden sein mußte, als Tukki wie versprochen gekommen war, um Tama zu holen. Das bedeutete, daß der Alte nicht zu Tukkis Leuten gegangen war. Seitdem war ein Winter vergangen. So ging Rulf in den hinteren Teil der Höhle, weil er wußte und gleichzeitig fürchtete, was er dort vorfinden würde. Er schob den schweren Stein zur Seite, der den Zugang zu der Vorratsnische versperrte, und erkannte in dem schwachen Licht die kleine Kiste, in der Tama seine Häute und Tinten aufbewahrt hatte. Davor war ein einzelnes Pergament mit einem Stein beschwert. Rulf nahm es mit zum Höhleneingang ans Licht und hielt es im Sitzen mit beiden Händen vor sich, um zu entziffern, was darauf geschrieben stand. Langsam und behutsam murmelte er die Worte vor sich hin:

Rulf, künftiger Häuptling,
ich gehe in die Berge, den Weißen Hirsch zu treffen.
Trauere nicht um mich,
mein Herz ruht in Frieden.
Meine letzten Gedanken sind bei dir.
Ich hinterlasse dir mein Buch.
Du wirst ein guter Häuptling sein, stark, weise und sanft.
Ka Balu sei immer mit dir.

Er las es noch einmal, aber der Sinn änderte sich nicht. Er kehrte zu der Nische zurück, öffnete die Kiste und sah den säuberlich zusammengebundenen Stapel Pergamente. Sie waren jetzt ihm anvertraut. Er ging zu den Männern hinaus.

»Macht ein Feuer und bereitet etwas Fleisch für uns zu. Der Tag geht zur Neige.«

»Werden wir in der Höhle schlafen, Häuptling?«

Rulf zögerte. »Wenn ihr wollt, könnt ihr in der Höhle schlafen. Ich glaube, ich schlafe lieber im Freien, wenn das Wetter schön bleibt. Ich werde noch ein bißchen den Hügel hinaufklettern. Ruft mich, wenn das Fleisch fertig ist.«

Graue Nebelwolken hatten sich vor die untergehende Sonne geschoben und ließen die Erde und den Himmel als eine einzige, verschwommene, formlose Masse erscheinen. Irgendwo da draußen, dachte Rulf, irgendwo in dieser undurchsichtigen Wolke ist er verloren gegangen, mein alter Großvater Tama. Ich werde ihn nie wiedersehen. Eine Traurigkeit stieg in ihm hoch. Er trauerte nicht so sehr um seinen Großvater als um sich selbst. Er empfand Achtung und Bewunderung für Tamas einsame Entscheidung. Als Tama ihn vor sechs Monden zum Abschied gesegnet hatte, hatte er schon damals den Eindruck gehabt, daß er den alten Mann zum letztenmal sah. Wäre Ke Rala früher gestorben, hätte er schon früher zurückkommen können, aber auch mitten im Winter wäre es schon zu spät gewesen, wenn Sarn ihn bereits im Spätherbst nicht mehr angetroffen hatte.

Wenn er nur seinen Geistbaum in seiner letzten großen

Blüte noch gesehen hätte. Vielleicht hat der Wintersturm, der den großen Ast abgebrochen und auf das Haus hat fallen lassen, Tama mit demselben Schlag gefällt. Wir müssen versuchen ihn zu finden. Ich kann mir nicht vorstellen, daß er die Berge zu seiner alten Heimat überquert hat. Als ich letztens in meinen Wahrheitsstein gesehen habe, habe ich ein Tal gesehen wie das, durch das wir auf unserer Langen Wanderung gekommen sind. Irgendwo in dem steilen Hügelland vor den Schneebergen muß er sein, und wir werden ihn finden.

Ich wünschte, ich hätte ihm erzählen können, wie ich bei Ke Rala gewacht habe, als er im Sterben lag. Er hat mehrmals nach Tama gefragt, und ich habe gelogen. Ich sagte, er würde kommen. Wenn er jetzt noch hier wäre, würde ich ihn mit uns zurücknehmen, aber ich bin zu spät gekommen. Vergib mir, Vater Tama.

Erschöpft von des Tages Mühen umschlang Rulf seine Knie und starrte auf das dunkler werdende Meer hinaus. Er empfand eine unausgesprochene Sehnsucht, sein Herz in die Dunkelheit hinauszuschicken und den alten Mann neben sich zu finden, um durch die tröstliche körperliche Gegenwart seines Großvaters den Schmerz der Leere zu lindern. Doch diese Leere war eine neue Wirklichkeit, die er annehmen mußte. Seine Männer hatten nicht erwartet, Tama in der Höhle vorzufinden, und auch er nicht; dennoch blieb da die Traurigkeit zurück. Morgen, dachte er, werde ich versuchen, ein paar der Pergamente zu lesen, und übermorgen werden wir uns wieder auf den Weg machen.

In der hereinbrechenden Dämmerung brannte das Feuer um so fröhlicher. Der junge Häuptling erhob sich, reckte seine müden Muskeln und schlenderte dann langsam den rauhen Hügel zu seinen Gefährten hinunter.

Am nächsten Morgen bat er seine Männer, ihn nicht zu stören, und ging mit der Kiste voller Häute zu einem geschützten Platz. Zuerst saß er eine Weile da und sah über das Meer hinaus und über die Ebenen zu der blaßblauen Gebirgskette am Rand der Welt. Der gleichmäßige Rhythmus der an den Strand schlagenden Wellen tröstete ihn ebenso wie der Gedanke, daß sein Großvater an diesem Ort am Ende Frieden gefunden hatte. Rulf zögerte etwas, die Kiste zu öffnen, weil er wußte, wieviel der Inhalt dem alten Mann bedeutet hatte, und weil er fürchtete, daß er das Vertrauen, das Tama in ihn gesetzt hatte, nicht wert sei. Doch er mußte wenigstens einen Versuch unternehmen zu verstehen, was da geschrieben stand. Vorsichtig nahm er das oberste Pergament vom Stapel, hielt es vor sich hin und legte es dann auf seine Knie. Er fuhr mit dem Finger die Zeilen nach und begann langsam laut zu lesen. Manchmal brauchte er mehrere Anläufe, bis er ein Wort richtig entziffern konnte, und vor Anstrengung fuhr er sich dabei mit der Zunge über die Lippen.

Ganz am Anfang standen das heilige Zeichen für Ka Balu und dann ein paar Zeilen in größerer Schrift als der nachfolgende Rest:

Das Buch von Tama,
dem Priester des Hirschvolks
im Land zwischen den beiden Flüssen

Das ist gut, dachte Rulf. Er betrachtet sich immer noch als Priester unseres Volkes. Ich bin froh darüber. Dann las er bedächtig weiter.

Alles ist im Fluß.
Der Fluß selbst ist ohne jeden Wandel, doch in ihm allein ist der Wandel.
Schmelzen und Gefrieren ist der Fluß.
Der Fluß ist Wind über Gräsern.
Sonnenlicht tanzt auf dem Wasser.
Der Mann, der seinen Vater zur letzten Ruhe bettet.
Nur der Fluß ist zwischen dem neuen und dem alten Mond.
Sinnlos, dem Fluß zu widerstehen.
Er allein kann den Willen des Häuptlings beugen.
Der Aufstieg und Fall eines Pfeiles im Flug ist Teil des Flusses.

Flamme und Rauch enthüllen den Fluß, der allein ewig brennt und sich nicht verbraucht.
Der Fluß denkt in Wolken, beugt gar den Totara und verlagert am Ende die Sterne.
Ein Mensch, der versucht, gegen den Fluß zu schwimmen, ist wie ein Sandkorn gegen die Flut.
Ein Mann und eine Frau, in Liebe verbunden, kennen nur den Fluß.
Die Mondzyklen des Körpers einer Frau sind Teil des Flusses.
Was nicht Teil des Flusses zu sein scheint, ist die Blindheit der Augen und Taubheit der Ohren.
Da der Fluß immer allgegenwärtig ist, sammle nicht mehr Holz, als du diesen Mond brauchst, töte nicht das Lämmchen, das du nicht essen kannst, pflücke nicht den grünen Apfel.
Was immer fest und unnachgiebig erscheint, verändert sich langsamer, als wir sehen können.
Herrschaft kann den Fluß nicht eindämmen, aber der Fluß kann die Herrschaft für seine Zwecke nutzen.
Nicht einmal die Stimme der Weisesten kann den Fluß erfassen.
Da wir alle im Fluß sind, ist der Fluß auch in allen von uns.
Alle sind in dem einen.
Wissen ist kein Spielzeug für alle.
Der weise Herrscher schützt sein Volk vor dem Wissen, das tötet.
Zornige Worte erschöpfen den Atem, können aber die Luft nicht wegblasen.
Vergib die kleinen Fehler und mache Platz für Scham.
Die Trennung fließt in die Vereinigung.
Der Schnitzereien in der Tür gibt es viele, ihre Schönheit ist eine.
Die Bäume, ungesehen im Nebel, sind trotzdem da.
Ziehe alles in Erwägung.
Seines Stolzes entledigt, ist der weise Mann offen für den einfließenden Geist Ka Balus.

Was ist, wird sein, was nicht ist, wird kommen.
Der ruhige Geist ist offen für Ebbe und Flut.
Im stillen Teich ist die Welt erschaut.
Für den zur Ruhe gekommenen Geist ist die Wahrheit klar.

Nachdem Rulf unter Schwierigkeiten mehrere Pergamente gelesen hatte, legte er sie in der richtigen Ordnung in die Kiste zurück. Er war sich nicht sicher, was er erwartet hatte – irgendwelche handfesten, praktischen Ratschläge vielleicht, wie sich ein Häuptling zu verhalten habe –, aber bestimmt keine Worte, deren Sinn verschleiert war wie Sterne hinter Wolken. Er unterdrückte ein Gefühl der Enttäuschung, das nahezu Untreue glich. Neugierig zählte er die Pergamente: zehn und zehn und fünf. So wenig, um die Weisheit eines Lebens zu beinhalten.

Er setzte sich wieder auf, und der Rhythmus von Tamas Worten klang in seinem Kopf nach: »Was ist, wird sein, was nicht ist, wird kommen.« Was ist: nun ja, ich bin Häuptling; das ist, was ist, und ich werde Häuptling bleiben. Was nicht ist: mein Tod, der ist noch nicht eingetreten, aber er wird kommen. Ich bin Häuptling, aber ich bin sterblich, alle Menschen müssen sterben. Darauf habe ich genauso wenig Einfluß wie das kleinste Baby. Da ich weiß, daß ich sterben muß, muß ich meine Macht weise zum Wohl des Volkes benutzen. Ich darf nicht handeln, als könnte ich den Tod ignorieren. Ich muß bescheiden sein, mich meines Stolzes entledigen und mich dem einfließenden Geist Ka Balus öffnen.

Ein Lächeln erhellte Rulfs Gesicht. Es war, als häute man eine Zwiebel oder eine feine Rinde von einem Baum. Unter jeder Bedeutung war immer noch eine tiefere Bedeutung. Und einen winzigen Augenblick lang spürte Rulf, wie ihm seine Nackenhaare zu Berge standen, und sah mit einem wilden, seltsamen, machterfüllten Blick auf die Gräser, über die der Wind rollte, und auf das langsame Heben und Senken der Wellen am Strand, der im Schatten lag, weil eine Wolke sich vor die Sonne geschoben hatte. Der Puls seines eigenen Blutes dröhnte im Gleichklang mit dem Rhythmus der Erde, des Meeres und des Himmels in seinen Ohren. Für einen winzigen Augenblick der Ewigkeit schien es, als sei er eins mit allen Dingen, als sei alles Wissen möglich und als gebe es eine ewige Gegenwart in der gesamten Natur. Und dann waren die Wolken wieder Wolken, die Wellen Wellen und der Wind über den Gräsern nichts anderes als das. Doch der Eindruck blieb in ihm haften, daß sich in seinem Geist eine Tür geöffnet hatte, die ihn einen winzigen Augenblick lang eine Schönheit erkennen ließ, die er nicht fassen konnte, die aber nicht geträumt, sondern wirklich war.

Er dachte an seinen Großvater, an seine tiefliegenden waldgrünen Augen, an das Lächeln in ihnen, das wie Sonnenstrahlen aufblitzte. Ai-jee, vielleicht werde ich mit der Zeit alles verstehen, mein Alterchen. Ich habe noch nicht gelernt, weise zu sein. Hilf mir, es zu werden.

Er ging zur Höhle zurück. Ein Teil der Jäger war zum Fischen gegangen, die anderen hockten faul vor den Felsen. Froschmaul sah auf.

»Was sollen wir tun, Häuptling? Wenn wir nicht bald etwas unternehmen, wird Marka seinen Kamm herausziehen und sich zum fünftenmal heute morgen kämmen. Das halte ich nicht aus!«

Rulf lächelte ihn an. »Was würdest du nur anfangen, wenn du Marka nicht necken könntest?«

Froschmaul sah ihn mit offenem Mund an und stotterte: »Was ich anfangen würde, na … ähm, ähm …« Er verlor den Faden und sah, daß Marka ihn auslachte. Er tat, als habe er es nicht bemerkt, zog die Nase hoch und rieb eine Schwiele am Fuß.

Rulf erklärte ihnen, daß sie am nächsten Tag nach Tama suchen würden. Da die meisten sich einig waren, daß es kein großer Umweg sei, zuerst über die Hügel zum Langen Wasser hinüberzugehen, bevor sie sich in die Ebenen aufmachten, wurde beschlossen, Tukki zu fragen, ob er und ein oder zwei seiner Freunde sie begleiten wollten.

»Nicht zu viele«, sagte Rulf. »Nicht mehr als vier. Ich möchte so schnell wie möglich vorwärtskommen. Bis wir wieder zu Hause sind, ist es schon fast Mitte des Frühlingsmondes und Zeit für das Ankunftsfest. Bis dahin müssen wir auf jeden Fall wieder daheim sein.«

Der nächste Morgen war wolkig, und sie brachen früh auf. Am späten Vormittag, als die Sonne durchbrach, hatten sich die Möwen schon lärmend über die wenigen Fleischreste neben der kalten Asche vor der Höhle hergemacht. Und über den Fußspuren der Jäger in dem frischen grünen Gras am Hügel wogten die braunen Büschelgräser und kamen wieder zur Ruhe, nur um sich dem rastlosen Wind, der vom Meer heraufwehte, erneut entgegenzuwerfen …

Das tiefe, dröhnende Rauschen des Flusses und das Geräusch von herunterdonnernden Steinen in seinem Bett schienen aus dem Innern der Erde zu kommen. Von dem Regen auf den Berggipfeln angeschwollen, rauschte der Fluß mit seinem trüben Wasser in eine enge Schlucht, die sich als tiefer Einschnitt durch die breite Talsohle zog. Bis zum Rand der Schlucht wuchsen Büschelgräser, Disteln und kleine Dornenbüsche. Weiter zu den Hügel hin und an deren Hängen wuchs ein dichter schwarzer Buchenwald, dessen obere Buschgrenze sich in den niedrighängenden Nebelwolken verlor. Das Tal wirkte trostlos und unfreundlich, ein Ort, der nun, gegen Ende des Winters, keine Behaglichkeit bot. Kein Wind wehte dort, nur feuchte Kälte und Stille bestimmten die rauhe Natur. Schon verscheuchte die Dunkelheit das letzte fahle Licht des Spätnachmittags.

Eine einzelne, kleine Gestalt bewegte sich unsicher auf den Schafspfaden unter den tief herabhängenden Bäumen des Waldes. Ihr langsames Vorankommen war die einzige Bewegung in der weiten Bedeutungslosigkeit der Hügel. Vor ihr verengte sich der Pfad und führte als schmaler Hohlweg zwischen einem riesigen überhängenden Felsen und dem Hügel hindurch. Zögernd stapfte die einsame Gestalt darauf zu und stützte sich ab und zu auf ihren Stab, um auszuruhen. Als sie näherkam, versperrte ihr der Felsen bis auf den kleinen Ausschnitt, der durch den Hohlweg zu sehen war, die Aussicht ins Tal. Dem alten Mann kam es undeutlich wie ein großes Tor in ein anderes Land vor.

Vor dem dahinter schwebenden Nebel sahen die Felsränder wie die Profile menschlicher Gesichter aus. Ein breites, überhebliches Gesicht auf der einen Seite schürzte höhnisch die Lippen, auf der anderen Seite blickte ihm ein vor Staunen weit aufgerissener Mund einfältig entgegen. Ein kleines trauriges Gesicht starrte in den Nebel. Ob es Gesichter im Felsen oder Gesichter in seinem Kopf waren, spielte keine Rolle. Sie waren da, und er mußte an ihnen vorbei, wenn er die in Nebel getauchten Bäume auf der anderen Seite erreichen wollte. Es war diese Stille der Bäume, die ihn weiter vorwärtszog. Er bewegte sich so langsam, daß er fürchtete, von den spöttischen Gestalten hinter ihm Schläge auf den Rücken zu bekommen.

Erinnerung und Gefühl waren fast ausgelöscht. Er unterschied nicht länger zwischen den Gestalten in seinem Kopf und den Gestalten um ihn herum, zog jedoch seine schmerzenden Beine mit letzter Kraft vorwärts. Scheinbar eine Ewigkeit später trat er aus dem Hohlweg hinaus. Die Bäume, die einzigen in dieser bleichen, ungestalten Nebelmasse noch erkennbaren Formen, waren jetzt nähergerückt.

Als er sich den Buchen näherte, teilte sich der Nebel, fiel von ihm ab, als fürchtete er sein Eindringen in seine Einsamkeit. Der alte Mann spürte einen langsamen Lufthauch, der ihm durch das lange, verfilzte graue Haar fuhr. Er blieb stehen und sah nach vorn in eine Landschaft aus feuchtem Büschelgras und kleinen, strauchartigen Bäumen, in denen die Tropfen des letzten Regenschauers glänzten. Dahinter erhob sich ein welliges Hügelland. Und darüber ragten die hohen Gipfel auf, die ihre Bedrohlichkeit in der stillen Ruhe der Wolken verhüllten.

Es war spät, und das Licht wich langsam von den Steinen, Bäumen und Hügeln zurück, bis es mit den bleichen Weiten des Himmels verschwamm.

Wie das Licht ließ seine Kraft langsam nach. Er wußte, daß keine noch so große Willensanstrengung seinen müden Körper aus diesem braunen Land tragen würde, das selbst aufgebraucht war und nur darauf wartete, daß der Winter seinen Geist entlassen würde.

Die grünen Wälder hinter den Schneebergen waren nicht

mehr zu erreichen, vielleicht waren sie es nie gewesen. Eine späte Sehnsucht konnte in der Erinnerung keine Formen, Bilder und Klänge mehr an die Begegnungen seiner lange verlorenen Jugend heraufbeschwören. Nicht mehr.

Ein feiner gelber Lichtstreifen über dem fernen Schnee zog ihn noch ein paar Schritte vorwärts. Dann schloß sich der Nebel wieder um ihn, und das Tal lag im Dunkeln.

Unsicher stocherte der alte Mann vor sich auf dem Weg mit dem Stock herum, der gegen einen Stein schlug. Er drehte sich zur Seite und schleppte sich mit seinen wunden Füßen ganz langsam, nur seinem Willen folgend, in der Dunkelheit unter eine Buche. Er setzte sich mit dem Rücken gegen den Stamm und gab alle Anstrengungen auf. Nichts körperlich oder materiell Greifbares drang in sein Bewußtsein. Alles, was er spürte, während ihn die Nacht empfing, war die lang ersehnte Hingabe an eine unendliche Müdigkeit, das Loslassen jeder Bestimmung und das Übergehen zur Gestaltlosigkeit, die seinen Geist nicht mehr berührten.

Der Winter bedeckte ihn mit seinem Schnee.

Im Frühling kamen Rulf und seine Männer und fanden, was von Tama noch übrig war.

Mit kurzen Stöcken, die sie von den Dornbüschen abschnitten, gruben sie die dünne Grasschicht auf, räumten Steine zur Seite und hoben so ein schmales Bett aus. Dann nahmen sie die in Lumpen gehüllten Knochen und legten sie in das flache Grab. Rulf murmelte das Begräbnisgebet, berührte zärtlich die Überreste dessen, was einmal Sprechen, Hören und Sehen beheimatet hatte, und ließ die Knochen der Hände und Füße ein letztes Mal menschliche Wärme spüren.

Sie bedeckten die Knochen mit der mageren Erde, die alles war, was die Hügel hergaben, und über dem Grab errichteten sie einen Steinhaufen, damit jeder, der hier vorbeikam, wußte, daß hier jemand begraben lag.

Näher am Fluß zündeten sie ein Feuer an und brieten Fleisch, aber sie redeten nur wenig. Eingewickelt in ihre Decken schliefen sie, und durch die Nebelschleier schienen die fahlen Sterne auf ihrem langen Weg über das Himmelszelt auf sie herab, wurden verhüllt und tauchten kurz wieder auf.

Am Morgen legte Rulf einen flachen Sandstein oben auf den Steinhaufen, in den er mit seiner Dolchspitze einen Namen einritzte, dem Sarn ein anderes Zeichen hinzufügte:

ANHANG I

Ein Pergament aus Tamas Heiligem Buch. Der Text entspricht der Übersetzung auf Seite 500 von ›Der Fluß ist Wind über Gräsern …‹ bis ›… Taubheit der Ohren‹.

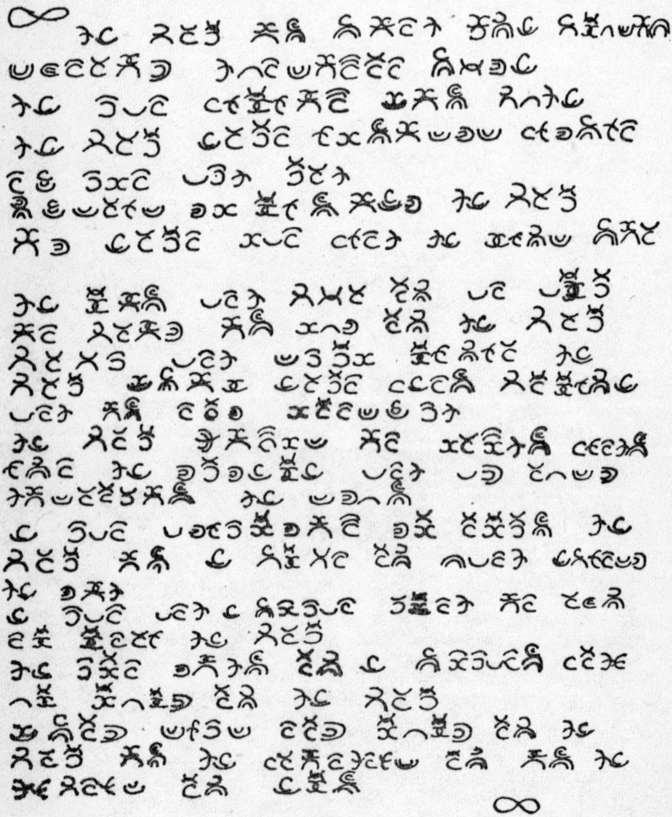

ANHANG II

DER KALENDERSTEIN

Der echte Stein glich seiner Form nach mehr einem abgerundeten Quadrat als einem Kreis, aber interessant ist der Hinweis, daß der Alte Weise und Tama einen sehr genauen Kreis für ein Jahr mit 364 Tagen erstellt hatten. Jeder Tag wurde durch ein kleines Loch markiert, in das der Tagesstift gesteckt wurde.

Der Kalender wurde im Uhrzeigersinn gelesen. Angefangen wurde oben, wo der heliakische Aufgang der Sternenvögel (der Plejaden) ganz unten am nördlichen Himmel die Wintersonnenwende anzeigte. Die Sieben Schwestern, wie sie auch manchmal genannt werden, sind deutlich erkennbar und waren für die scharfen Augen der Hirschjäger auch ohne Teleskop auszumachen.

Unter den Sternenvögeln befand sich die Konstellation ›Ka Balus Baum‹, unser Kreuz des Südens, mit Alpha und Beta Centauri. Das Aufgehen der Sternenvögel fiel mit dem Höchststand von Ka Balus Baum am Winterhimmel zusammen.

Der Hauptkreis des Kalendersteins war in vier Quadranten unterteilt, die die Jahreszeiten darstellten. In der Mitte des Kalendersteins waren Tag und Nacht als Halbkreise dargestellt, die von den vier Phasen des Mondes umgeben waren und diese wiederum von den dreizehn Monden des Mondjahres. Es ist möglich, daß dadurch Verbindungen zwischen den Mondphasen und dem jeweiligen Mond hergestellt wurden, beispielsweise durch Markierung mit kleinen Steinen. Ein Stein auf dem Neumond und dem vierten Mond des Jahres hätte also bedeutet, daß man sich in der Neumondphase im September befand (vier Monde nach Jahresanfang im Juni).

Aus dem Text geht nicht klar hervor, wie viele Lebenslinien außer denen der drei Clanbrüder Ke Rala, Hora und Tama, die alle im Frühling geboren waren, auf dem Kalenderstein festgehalten wurden. Sehr wahrscheinlich war Yakas Geburt gekennzeichnet, und wir wissen, daß Rulf jedes Jahr zusehen durfte, wie seine Lebenslinie weitergezogen wurde. Daß sowohl Yaka als auch Rulf im Frühling geboren sind, ist reiner Zufall. Vanis Geburt im Spätsommer war auch eingemeißelt. Da auf dem Kalenderstein nicht genug Platz war, um alle Geburten aufzuzeichnen, hielt Tama wahrscheinlich nur die seiner Verwandten und der Angehörigen Ke Ralas fest.

Der Alte Weise hatte beobachtet, daß, wenn man von einem Jahr mit 364 Tagen ausging, alle paar Jahre der kürzeste Mittagsschatten des Mittsommertages und die Bewegung des Tagesstiftes immer weiter auseinanderklafften. In unserem Kalender fügen wir alle vier Jahre im Februar einen Tag hinzu, da 365 Tage jedes Jahr etwa sechs Stunden zu früh zu Ende gehen lassen. Da dem Alten Weisen keine präzisen Meßinstrumente zur Verfügung standen, mußte er länger warten, bis er mit bloßem Auge klar erkennen konnte, daß der kürzeste Schatten des Mittsommertags mehrere Tage hinterherhinkte. Als er sich dieser Tatsache sicher war, hielt er den Tagesstift, wenn es wieder soweit war, am Mittsommertag ein paar Tage an, bis der kürzeste Schatten wieder ›aufgeholt hatte‹. Bei einem Jahr von 364 Tagen muß dies alle vier bis fünf Jahre der Fall gewesen sein, aber niemand außer dem Priester hätte gemerkt, daß vier oder fünf Tage auf geheimnisvolle Weise ›verlorengegangen‹ waren. Der Priester konnte sich die ganze Sache nur so erklären, daß auch Ka Balu, wie die Sonne, manchmal müde wurde und etwas langsamer über den Himmel reiste.